dtv
premium

Lada Lusina

Die Hexen von Kiew

Roman

Aus dem Russischen
von Christine Blum

Deutscher Taschenbuch Verlag

Meiner Heimatstadt gewidmet

Ein Glossar befindet sich am Ende des Bandes.

FSC
Mix
Produktgruppe aus vorbildlich bewirtschafteten Wäldern und anderen kontrollierten Herkünften

Zert.-Nr. GFA-COC-1278
www.fsc.org
© 1996 Forest Stewardship Council

Deutsche Erstausgabe
Mai 2008
Deutscher Taschenbuch Verlag GmbH & Co. KG,
München
www.dtv.de

Titel der russischen Originalausgabe:
›Kievskie ved'my – meč i krest‹

Umschlaggestaltung: gray 318
Satz: Fotosatz Reinhard Amann, Aichstetten
Gesetzt aus der Aldus 10,05/12,85˙
Druck und Bindung: CPI – Ebner & Spiegel, Ulm
Gedruckt auf säurefreiem, chlorfrei gebleichtem Papier
Printed in Germany · ISBN 978-3-423-24669-9

Erstes Kapitel,

in dem ein schwarzer Rabe auftaucht

Krächzt der Rabe auf dem Kirchendach,
so ist der Tod nicht weit.
›*Russische Bauernregeln
und Volksweisheiten*‹

An einem klaren Julitag, nicht lange vor Johannis, stapfte eine Gruppe ausländischer Touristen den Andreasstieg entlang, der sich wie eine Schlange vom Podol aus in die Höhe windet.

Sie wurde angeführt von einer ungemein attraktiven Fremdenführerin, einer Dame, so appetitlich wie ein Korb heißer Piroggen. Ihr Alter war unbestimmbar und auch belanglos. Denn – nicht wahr, darin sind Sie sicher meiner Meinung – das Alter einer Frau spielt keine Rolle, wenn fünfzehn Männer ihr kontinuierlich auf den Busen starren und ihre Aufmerksamkeit nur mit Mühe anderen, historischen Sehenswürdigkeiten zuwenden können.

Einer von ihnen, ein Männlein mit einer Nase wie d'Artagnan, schnalzte anerkennend mit der Zunge. »Ô, couleur locale!«

Die Übrigen nickten mit großem Eifer.

Ohne die geringste Verlegenheit darüber, welch gesteigerte Aufmerksamkeit den beiden Nationalkunstwerken in ihrem Dekolleté geschenkt wurde, erklärte die Schönheit in jenem leichten, vertraulichen Ton, in dem Frauen gewöhnlich über Liebesdinge, Mode oder Klatsch reden: »Schauen Sie doch jetzt nach links. Vor Ihnen liegt das Herz Kiews – der Altkiewer Berg. Genau hier gründeten einst die drei Brüder Kij, Schtschek und Choriw die Stadt, die dem Ältesten zu Ehren den Namen Kiew erhielt – die Hauptstadt der Rus, des alten Kiewer Reichs, und Mutter aller russischen Städte.«

Ihre Stimme klang so stolz, als sei nicht von drei frühmittelalterlichen Fürsten die Rede, sondern von einem Heiratsantrag, den sie gestern Abend vom Staatspräsidenten erhalten hatte.

Am Himmel strahlten die Sonne und der beinahe durchsichtige Mond, was in Kiew so häufig vorkam, dass es niemanden allzu sehr verwunderte. Plötzlich, als schüttele dort oben jemand einen Federkiel, kam wie ein Tintenklecks ein schwarzer Rabe angeflogen, ließ sich auf dem grell in der Sonne glitzernden Kreuz der Andreaskirche nieder und stieß zweimal ein lautes, langgezogenes »Ka–a–a–a!« aus. Die Schönheit, die gerade dabei war, den Touristen die düstere Geschichte über den verlorenen Kopf Wladimirs des Großen anzuvertrauen, den der Kiewer Metropolit Peter Mogila aus dessen Grab auf ebendiesem Berg gestohlen hatte, runzelte flüchtig die Stirn, fuhr aber in demselben heiteren Ton fort: »Und wenn Sie nach rechts blicken, sehen Sie die Andreaskirche, eine Perle des ukrainischen Barock, entworfen von Bartolomeo Rastrelli. Sie wurde hier erbaut, weil auf dem Altkiewer Berg der Nestorchronik zufolge der Apostel Andreas als Zeichen der künftigen Bekehrung der Slawen zum Christentum sein Kreuz aufstellte. Neben der Kirche, in der ehemaligen Dreiheiligenstraße 10, lebte der Maler Michail Wrubel. Hier entstand die erste Variante seines berühmten Bildes ›Der Dämon‹.« Aus irgendeinem Grund schien die Schönheit schelmisch zu zwinkern.

Der Übersetzer gab das Gesagte monoton auf Französisch wieder. Einer der Teilnehmer bekam Zweifel, ob es mit der Übersetzung seine Richtigkeit hatte – dem Ton der Schönheit nach hätte man denken können, sie erzähle eine pikante politische Anekdote.

Der Rabe krächzte ein drittes Mal, flog von der Kirche auf und glitt nach Westen davon. Die Schönheit verstummte nachdenklich und verfolgte ihn mit besorgtem Blick. Und plötzlich eilte sie unwahrscheinlich flink auf ihren dünnen Bleistiftabsätzen über das unebene Pflaster des Andreasstiegs weiter. Die Straße machte eine scharfe Biegung nach links, dann nach rechts –

»Schauen Sie nach links«, sagte die Fremdenführerin – nun

hastig, als wolle sie so schnell wie möglich eine banal und fade gewordene Information loswerden, »das ist der Choriw-Berg, auch Chorewiza oder Schlossberg genannt. Er wird von vielen zu den Kiewer Kahlen Bergen gezählt. Es gibt aber auch abweichende Meinungen. Und jetzt nach rechts, bitte. Dem Kahlen Berg gegenüber steht das Haus Andreasstieg Nr. 13 – hier lebte von 1906 bis 1913 der Schriftsteller Michail Bulgakow, der den Andreasstieg als ›Alexanderstieg‹ in seinem Roman ›Die weiße Garde‹ verewigt hat. Etwas dahinter können Sie den Berg des dritten Bruders erkennen, die Schtschekawiza. Dort liegt Fürst Oleg begraben, dessen Tod von dem Dichter Alexander Sergejewitsch Puschkin im ›Lied vom weisen Oleg‹ besungen wurde. Wie Sie vielleicht bemerkt haben, setzt sich Kiew aus Legenden zusammen wie ein Mosaik«, schloss sie metaphorisch elegant, blieb neben einem Haus stehen, das durch ein eigenartiges Schild mit der Aufschrift »Zentrum für Altkiewer Hexenkunst« gekennzeichnet war, und lächelte zuckersüß. »Hier ist unsere Führung zu Ende. Haben Sie noch Fragen?«

Die Franzosen wandten sich dem Übersetzer zu, bildeten einen Kreis um ihn und fingen an, ihn mit Ausrufen und Fragen zu überschütten.

»Sie wollen wissen, ob es möglich ist, ein Erinnerungsfoto mit Ihnen zusammen zu machen«, übersetzte er leidenschaftslos.

»Natürlich«, sagte die Schönheit höflich und strich mechanisch ihre Bluse glatt.

Die d'Artagnans verstanden diese Geste auch ohne Übersetzung und umringten sie sofort von allen Seiten. Der Übersetzer als Nichteingeladener bekam den Fotoapparat in die Hand gedrückt und hielt ihn gleichgültig vors Auge.

»Passen Sie gut auf«, verkündete die Fremdenführerin in professionellem Märchenerzählerton. »Sie sind dabei, sich mit der größten Kuriosität unseres Landes fotografieren zu lassen – der ukrainischen Frau. Ihr Landsmann, der französische Historiker Beauplan, schrieb während seiner Reise durch die vorrevolutionäre Ukraine, dass nur hier, an einem besonderen Tag des Jahres, im Gegensatz zu allen anderen Ländern nicht die Burschen die

Mädchen freiten, sondern die Mädchen die Burschen. Und – merken Sie auf – immer deren Einverständnis erhielten! Dabei halfen ihnen, wie er betonte, gewisse abergläubische Vorstellungen, die in der Ukraine bezüglich der Frauen bestehen. Aber eigentlich hat das gar nichts mit Aberglauben zu tun. Sondern … – Ach übrigens, sind Sie verheiratet?«, fragte sie unvermittelt denjenigen, der ihr am nächsten stand.

Als sie die Übersetzung dieser Frage gehört hatten, brachten die Männer genauso schnell Abstand zwischen sich und die Fremdenführerin, wie sie eine Minute zuvor ihre Nähe gesucht hatten. Einzig derjenige, dem sie die dreiste Frage gestellt hatte, blieb neben ihr stehen, trotz aller Verunsicherung nicht willens oder fähig, zu fliehen.

»Keine Angst, mon ami, ich habe nur einen Witz gemacht.« Die seltsame Fremdenführerin lachte auf, streckte energisch die Brust heraus und verschwand durch die Eingangstür des »Zentrums für Altkiewer Hexenkunst«.

*

Währenddessen war der Rabe, der Unglück auf den Giebel der Andreaskirche herabgeschrien hatte, über die halbe Stadt hinweggeflogen. Er schien nach etwas Wichtigem zu suchen, das allem Anschein nach sehr schwer zu finden war.

Schließlich ging er auf ein Fensterbrett eines gedrungenen Mietshauses aus den Zeiten Chruschtschows nicht weit von den Überresten des Kadettenhains nieder, blickte durchs Fenster und stieß ein scharfes, mahnendes »Ka-rr!« aus. Ein unbeteiligter Beobachter hätte sich sicherlich verwundert gefragt, was der Gockel hier wohl verloren hatte.

Hinter dem optimistisch kornblumenblau gestrichenen Fensterrahmen lag eine winzige Sechsquadratmeter-Küche, vollgestopft mit der vorsintflutlichen Sowjetgarnitur »Rotkäppchen«. Auf Regalbrettern unter der Decke standen rote Vorratsdosen mit silbernen Pünktchen, die mit einer so dicken Schicht Küchenschmutz überzogen waren, dass sofort klar war: sie standen hier allein zu Dekorationszwecken, vermutlich schon seit Anfang der achtziger Jahre, und seither hatten sich die Ansichten der hiesigen Bewohner, sowohl was Schönheit als auch was die Funktion von Vorratsdosen anging, kein bisschen geändert.

Neben dem Herd stand, die Hand nach dem lauthals um Aufmerksamkeit plärrenden rotgepunkteten Teekessel ausgestreckt, eine energische, rothaarige Frau um die vierzig. Zwischen ihren Zähnen klemmte der Stummel eines schwarzen Kosmetikstifts, die ausgebeulte Tasche ihres Morgenmantels quoll über von soeben aus den Haaren entfernten Lockenwicklern, und ihr entschlossenes, volles Gesicht ähnelte einer Bombe, die den Countdown bis zur unabwendbaren Explosion zählt. Ohne hinzusehen, ergriff die Frau mit der Rechten den gellenden Kessel und goss heißes Wasser in eine Tasse, während sie mit der Linken einen Teebeutel billiger Sorte hinzufügte, dieweil ihre beiden Augen – das eine exotisch mit Lidstrich nachgezogen, das andere jungfräulich verschlafen – fest auf den Bildschirm des kleinen Fernsehers geheftet waren.

»Letzte Nacht«, ertönte munter die Stimme des Korrespondenten aus dem Off, »ist im Kurenewski-Viertel ein Leitungsrohr der Städtischen Wasserwerke geplatzt. Die Frunsestraße musste für den Verkehr gesperrt werden ...«

Die Frau stellte rasch die rote Tasse mit den weißen Punkten vor ihrer am Tisch sitzenden Tochter Mascha ab und machte sich daran, das noch fehlende Auge zu schminken, während sie weiterhin auf den Bildschirm schielte.

Die Tochter, neben deren Teller ein dickes, in Zeitungspapier eingeschlagenes Buch lag, löffelte melancholisch ihre Haferflocken.

Wären übrigens nicht die unverkennbaren runden Wangen und die kupferrote Farbe der Haare gewesen, hätte wohl niemand in diesem unscheinbaren Geschöpf die Tochter einer so sturmtosenden Mutter vermutet. Mascha hatte das Gesicht einer Asketin, die an fades, aber gesundes Essen und ein uninteressantes, aber rechtschaffenes Leben gewöhnt ist – rund wie das Zifferblatt einer Uhr, die niemals vorgeht und sich niemals verspätet. Ihre unansehnliche Frisur in Form eines dünnen Pferdeschwanzes, das weite T-Shirt und der lange, blickdichte Rock vervollständigten das Idealbild einer Botanikerin.

Die Tochter riss den Blick von ihrem Buch los und schaute auf den Fernseher, in der Hoffnung, dort ihren Vater zu sehen. Über den Bildschirm flimmerten die Szenen der Morgennachrichten. Die überschwemmte Frunsestraße, eine Meute Arbeiter, die um einen geöffneten Kanaldeckel herumwuselte, dazwischen momentelang das besorgte Gesicht eines Jungen mit scharfgezeichneten orientalischen Zügen, der plötzlich aus Augen, so schwarz wie Tollkirschen, Mascha geradewegs anzublicken schien.

»Die Gründe für das Unglück sind bisher noch nicht bekannt«, fuhr der Fernseher in tragischem Tonfall fort, »aber unter den Bewohnern herrscht Panik. Manche erinnern sich noch an die Tragödie vom 13. März 1961, als hier ein ganzes Wohnviertel in Fluten von Schlamm und Matsch versank. Damals stieg das Wasser bis über Erdgeschosshöhe, Tausende von Menschen starben.«

»Warum sagen sie nichts von der Gefahr für die Einsatzleute?«, rief empört die Mutter, die schon eine Weile auf einen Grund gewartet hatte, in Panik auszubrechen. »Als ob dein Papa nicht auch gerade dort wäre, beim Katastropheneinsatz!«

»Kar-r-r-r«, kommentierte der Rabe mit kehligem Krächzen diese Tatsache.

»Scher dich weg!«, schrie sie und fuchtelte mit den Armen, um den unglückverheißenden Vogel zu verscheuchen.

»K-rr«, brachte dieser knapp seine Meinung über sie zum Ausdruck und flog davon.

»Und nun das Neueste aus der Kultur«, erklärte fröhlich die Nachrichtensprecherin auf dem Bildschirm. »Heute wird im Kiewer Museum für russische Kunst die Ausstellung …«

»Und du liest schon wieder!«, ging die Mutter ohne Übergang auf Mascha los. »Was ist das denn? Ein Lehrbuch?«

Mascha sah ihre Erzeugerin verdattert an – lügen war nicht ihre Stärke.

»Was?«, setzte die Mutter nahtlos nach. »Schon wieder? Schon wieder ›Der Meister und Margarita‹? Wie lange soll das noch so weitergehen? Kannst du nicht deinen Lernstoff wiederholen?«

»Mama«, sagte Mascha leise, ohne viel Hoffnung auf Gnade, »du weißt doch, dass ich das schon lange gelernt habe. Ich kann alles fehlerlos!«

»Alles ... Sie kann *alles*! Das ist doch nicht zu glauben!«, ging die Mutter endlich in die Luft – um im nächsten Moment buchstäblich in sich zusammenzufallen und loszujammern: »Du bist doch keine Missgeburt. Warum hast du so gar kein Glück? Zweiundzwanzig und noch nie einen Freund! Als ich so alt war wie du, warst du schon auf der Welt! Und die Tochter von Tatjana Petrowna heiratet jetzt zum zweiten Mal! Aber du sitzt immer nur zu Hause und liest Bücher über die Liebe. Als ob dich jemand verhext hätte, mit dem bösen Blick bedacht ... Du könntest doch zu einer alten Frau gehen, hm?« Unerwartet wurde die Stimme der Mutter flehend. »Ich habe von einer Kollegin eine Adresse bekommen. Sie meint, das funktioniert. Geh dorthin, Kind, und bitte darum, dass dir der Jungfernkranz abgenommen wird.«

»Mamotschka!« Hilflos verzog Mascha das Gesicht. »Was soll dieses dumme Zeug?« Einen bitteren Moment lang überkam sie wie ein Magenkrampf Scham über ihre eigene Nichtigkeit und Mitleid mit ihrer Mutter, die eine taube Nuss zur Welt gebracht hatte. Und sie wäre gern im Erdboden versunken ... oder hätte sich die Ohren verstopft.

»Geh doch bitte hin, Kind. Was kann es schon schaden?«, flehte die Mutter versöhnlich. »Ich gebe dir auch das Geld dafür. Ja?«

Und ohne Mascha eine Gelegenheit zu weiteren Äußerungen zu geben, zog sie aus ihrer Handtasche, die am Kühlschrankgriff hing, ein paar mit Papier umwickelte Griwnascheine und legte sie schnell auf den Tisch neben Maschas Ellbogen.

»Na gut«, murmelte diese. »Ich gehe hin. Und jetzt muss ich mich beeilen, sonst komme ich zu spät zum Examen ...«

»Vergiss das Geld nicht«, sagte die Mutter, schon wieder strenger.

Die Tochter ergab sich in ihr Schicksal, legte die Scheine in ihr Buch und hastete in den Flur hinaus.

»Au!«, schrie sie auf, als sie sich zum hunderteinunddreißigsten Mal an dem alten, arbeitslosen Fahrrad stieß, das ihr die Eltern zum fünfzehnten Geburtstag geschenkt hatten.

»Man muss schon vor seine Füße schauen!«, rief die Mutter ihr hinterher.

Mascha wartete zusammengekrümmt ab, bis der schlimmste Schmerz vorüber war, und rieb sich den künftigen blauen Fleck.

Sie hatte schon immer Probleme mit der Koordination ihrer Bewegungen gehabt. Im Tanzen war sie ganz unfähig, und das Fahrradfahren hatte sie auch nie erlernt – wenn sie das Gleichgewicht mal ein paar Sekunden hatte halten können, war sie unweigerlich gleich darauf ein Opfer des nächsten Gebüschs geworden.

Aber darüber dachte sie möglichst nicht nach.

Sie machte sich Gedanken über die realen und literarischen Vorbilder des Bulgakow'schen Voland, über das von unzähligen Historikern debattierte Gründungsjahr Kiews, über die Verschmelzung heidnischer und orthodoxer Feiertage ... Nur nicht über sich selbst.

Wozu an traurige Sachen denken?

*

Nach dem unschönen Meinungsaustausch mit Maschas Mutter kehrte der Rabe zum Andreasstieg zurück, umrundete das vieltürmige Hotel »Andrejewskaja« und nahm eines der Fenster im Verwaltungstrakt aufs Korn, in dem die Hotelleitung Büroräume an zahlungskräftige Firmen vermietet hatte.

»Ka-a-a-a«, krächzte er in etwa dem Ton, in dem Männer Frauen nachpfeifen. Und dieses Mal fiel es nicht schwer, ihm zuzustimmen.

Die Dame, die hinter dem Schreibtisch saß, war eine wahre Augenweide!

Allerdings lag in ihrem perfekt sitzenden, teuren Kostüm, der schmalen Goldrandbrille, die ihre messerscharfe Nase betonte, und dem edlen Schmuck, dem vom geschmacklichen Standpunkt her nicht das Geringste vorzuwerfen war, etwas merkwürdig Geschlechtsloses, eine beinahe pathologische Neutralisierung des eigenen Äußeren. Anscheinend wog die Dame ihre Kleidung samt Accessoires im Geiste bis aufs Milligramm danach ab, inwieweit diese ihren Status und gesellschaftlichen Stand widerspiegelte, ohne auch nur eine Sekunde auf das triviale »Steht mir das oder nicht?« zu verschwenden.

»Ka-a-a-a...« Nachdenklich legte der Rabe den Kopf zur Seite.

Doch die strenge Dame, deren rechte Wange mit dem silbernen Telefonhörer verwachsen schien, hörte ihn auch diesmal nicht. Denn erstens waren die Fensterscheiben ihres Büros aus schalldichtem Glas. Und zweitens gab es für Jekaterina Dobrashanskaja momentan nichts Wichtigeres auf der Welt als dieses Telefonat.

»Das heißt also, Ihr Entschluss ist endgültig?«, fragte Katerina drohend in den Hörer. Auf ihrem Gesicht malte sich das letzte Stadium absoluten Menschenhasses ab, doch ihre Stimme klang ruhig und beherrscht, was definitiv von ihrer außergewöhnlichen Willensstärke zeugte.

Was genau ihr der ungezogene Telefonhörer antwortete, ist uns nicht überliefert, doch in der nächsten Sekunde schleuderte Katerina den silbernen Apparat wutentbrannt in Richtung Fenster.

Das Glas hielt dem Aufprall tapfer stand, das Telefon zersprang in Stücke und entblößte seinen Bauch voller Drähte, der Rabe schoss wie eine Rakete in den Himmel, und die Telefonwerferin bedachte ihren phlegmatischen Vize, der sich in einer Ecke des Sofas breitgemacht hatte, mit einem bitterbösen Blick.

»Aus, vorbei!«, schrie sie. »Fünf Jahre Arbeit für die Katz! Wenn er seinen Supermarkt neben unseren stellt, sind wir ruiniert. Mit ihrer Kette können sie es sich leisten, die Preise zu drücken, sie werden uns alle Kunden wegfangen ... Teufel! Teufel! Scheiße, verdammte!«

»Katerina Michailowna«, sagte ihr Stellvertreter träge-beschwichtigend wie ein Schlafmittel, »beruhigen Sie sich doch.«

»Wie bitte?! Und das sagen *Sie* mir? Wenn ich mich beruhige, gehen wir morgen alle miteinander am Bettelstab! Sie auch! Wie viel kosten die Räumlichkeiten, wo die sich niederlassen wollen? Können wir sie ihnen vielleicht vor der Nase wegkaufen?«

»Danach habe ich mich schon erkundigt«, meinte der Stellvertreter ruhig. »Siebenhunderttausend. Und auch nur, wenn wir das Geld innerhalb einer Woche abliefern.«

»Eine Woche? Das ist illusionär. So viel Geld kann ich nicht flüssigmachen!« Katjas zu einer unschönen Grimasse der Konzentration verzogenes Gesicht verriet, wie intensiv es dahinter arbeitete. Man sah deutlich: das Wort »klein beigeben« gehörte nicht zu ihrem Vokabular.

»Eventuell könnte es etwas bringen, wenn Sie sich an Wassili Fjodorowitsch wenden«, meinte der Vize leichthin.

Katerinas Miene verfinsterte sich. Sie warf einen Blick in den Spiegel neben der Tür. Dann trat sie näher heran und betrachtete kampflustig und mit größter Sorgfalt ihr Ebenbild, so leidenschaftslos wie ein Schätzer bei einer Auktion. Nach allem zu schließen sah Katja überhaupt nur in den Spiegel, um ihren Marktwert zu prüfen, wenn ein Geschäftstreffen bevorstand, eine Präsentation oder, wie im gegebenen Fall ...

»Ja«, bestätigte sie wenig begeistert, »Wassili Fjodorowitsch kann mir wahrscheinlich helfen.« Flüchtig und voller Abscheu runzelte sie die Stirn. »Er ist zwar ein Dreckskerl, aber besser er als gar nichts. Ich rufe ihn heute noch an und lade ihn ins ›Merlin‹ zum Essen ein. Er drängt mich ja schon die ganze Zeit ... Zum Teufel!« In ihrem dunklen, kurzgeschnittenen Haar fand sich ein unerwünschtes weißes Element. Katja wurde mit katastrophaler Geschwindigkeit grau.

»Man sollte den Teufel nicht so oft beschwören. Vor allem nicht hier«, grinste der Vize, erleichtert, dass der Sturm vorüber war.

»Warum das?«, wollte seine Vorgesetzte ungeduldig wissen, während sie ihren Kopf nach weiteren Verrätern durchsuchte.

»Wussten Sie denn nicht, dass unsere Fenster hier auf den Kahlen Berg von Kiew sehen?«

»Hören Sie auf mit Ihrem esoterischen Schwachsinn«, schnappte Dobrashanskaja. »Wenn Sie's genau wissen wollen:

ich habe drei Jahre gebraucht, um ›Teufel‹ zu sagen statt ›Fuck‹. Ich habe mir selbst eine Strafe auferlegt: für jedes ›F‹ zehn Dollar für die Armen.« Sie drückte hart auf den Knopf, um nach der Sekretärin zu klingeln. »Natascha, rufen Sie meine Kosmetikerin an, sie soll mich in zwei Stunden erwarten. Und suchen Sie mir ein Foto von Wassili Pokobutko raus – das brauche ich zur Vorbereitung auf das Treffen ... Ach, zum Teufel.«

*

»Sunny, schwing deinen Arsch! Na los, los, mit dem Schwanz arbeiten!«, schrie Dascha den Balletttänzern auf der Bühne zu.

Sie waren alle als Teufel kostümiert, und der Clou der Nummer bestand darin, dass die Teufelsschwänze sich in Abständen steil aufrichteten, dann wieder herumwirbelten wie die Bänder beim gymnastischen Tanz.

»Markerschütternde, du bist ein Despot, kein Art Director!«, keuchte der hübsche Tänzer Sunny.

»Kann sein!« Dascha Tschub zupfte ihren Bikini zurecht. »He, lass deinen Arsch nicht so hängen. Niemals den Schwanz einziehen!«

Die Markerschütternde (wie man sie im Club nicht ohne Grund nannte) schwang zufrieden die nackten Füße auf den Tisch. In ihrer Nase glitzerte ein bunter Stein, ihren Oberarm umschloss ein tätowiertes Band, und ihre Augen sprühten vor Lebenslust.

Die offene Terrasse des Clubs »Oj–oj–oj!« (dieser Name, der kreativen Fantasie des Art Director entsprungen, ersetzte das einstige, etwas lahme »Los Angeles«) ging geradewegs auf den Streifen Sandstrand am Dnjepr hinaus, und Dascha konnte täglich das Angenehme mit dem Nützlichen verbinden – zugleich arbeiten und sich in der Sonne aalen, so dass sie von Tag zu Tag schokoladenbrauner wurde. Allerdings hatte sie nach wiederholten leidvollen Protestschreien des Clubdirektors einen Kompromiss eingehen und sich einen »anständigen« Bikini mit Büstenhalter kaufen müssen, der nach Daschas unbeirrbarer Meinung die ganze Sonnenbräune verdarb und ohne den sie die letzten fünf Jahre hervorragend ausgekommen war.

Die Balletttänzer auf der Bühne vereinigten sich einträchtig zu einem Kreis auf allen vieren, die Schwänze in der Mitte aufragend wie ein Blumenstrauß.

»Super!«, rief Dascha hochbeglückt. »Der Teufelscancan wird den Rest total in den Schatten stellen!«

»Krieg dich wieder ein«, brummte die Hausfriseuse Sajadlaja, die ihre ganze Konzentration darauf verwandte, Daschas weißblonde Mähne in dünne Afrozöpfchen zu flechten.

Diese dachte gar nicht daran, sich einzukriegen. »Die Jungs sind spitze, nicht?«

»Schwul sind sie, alle zusammen«, schnaubte die Friseuse. »Ihren Arsch verkaufen, das können sie, aber zu mehr sind sie nicht zu gebrauchen.«

»So ein Quatsch!«, empörte sich Dascha sofort. »Wetten, dass ich es schaffe, Sunny zu verführen? Und zwar noch vor dem Feiertag. Na, bist du dabei?«

»Von mir aus«, willigte Sajadlaja säuerlich ein. »Aber das schaffst du sowieso nicht.«

»Wir können um mein Moped wetten«, Dascha kam richtig in Fahrt.

»Um dein Moped?« Sajadlaja war ehrlich verblüfft.

»Jawohl! Ich setze mein Moped ein und du den Ring, den dir dein Alex geschenkt hat.«

»Also, jetzt hört's wirklich auf! Weißt du, wie viel der wert ist?« Sajadlaja wurde etwas misstrauisch.

Dascha lachte auf. »Was riskierst du denn, Sajadlaja? Ich schaffe es doch sowieso nicht. Oh, schau mal, schau, da hüpft ein Rabe übers Ufer! Ooh, was für ein riesiges Viech!«

Die Friseuse zog Dascha unwirsch an einem Zöpfchen, um deren ständig in Bewegung befindlichen Kopf wieder in die richtige Position zu bringen. »Man könnte glauben, du kriegst Geld dafür, dass du dich dauernd für alles so begeisterst!«, stieß sie zwischen den Zähnen hervor.

Und da hatte sie völlig recht. Daschas Naturell leichtlebig zu nennen, wäre eine deutliche Untertreibung gewesen – sie schien über dem Boden zu schweben wie ein bunter Luftballon, was folgerichtig alle Exemplare der Gattung *homo sapiens*, die sich als ernsthaft und mit beiden Beinen auf der Erde stehend betrachteten, nur zur Weißglut bringen konnte.

Die Markerschütternde ähnelte einem fröhlichen Fest oder einem unermüdlich über den Boden springenden Kinderball. Sajadlaja hingegen gehörte zu der Sorte Menschen, die genau wissen, dass Kinderbälle gern Fensterscheiben durchschlagen und Vasen von Anrichten werfen, und dass einem bei fröhlichen Festen nur auf die Füße getreten und der Geldbeutel geklaut wird. Was Luftballons anging, so sollte man die besser so fest wie möglich am Zipfel halten.

»Ach«, verkündete sie nicht ohne Genugtuung, »der Direktor kommt. Jetzt kriegst du eins auf den Deckel!«

Geradewegs auf sie zu schritt der verärgert aussehende, in der Hitze schon halb geschmolzene Direktor des Clubs. Dascha nahm die Füße vom Tisch und versenkte sie in ihre unübertrefflichen Stiefel (»genau solche hat auch Johnny Depp«, wie sie jedem erzählte), die sie sommers wie winters trug, seit der Zeit, da sie für sie eine Summe hingelegt hatte, für die man eine junge Frau komplett mit allen Arten Schuhwerks hätte ausrüsten können, inklusive Pantoffeln.

»Meine liebe Daschenka«, begann der Direktor mit zusammengebissenen Zähnen und einer Sanftheit, die nichts Gutes verhieß, »haben Sie heute Abend vor zu singen?«

Dascha strahlte ihn unbekümmert an. »Ja. Warum?«

»Dann habe ich eine ganz persönliche Bitte an Sie. Gehen Sie nicht in den Saal hinunter. Wenn Sie mit den Gästen schäkern und sich auf ihre Knie setzen … Danach rennen die mir immer das Büro ein. Jeden Abend bin ich gezwungen, unter Gewaltandrohungen Ihre zweifelhafte Ehre zu verteidigen. Sie sind ein hervorragender Art Director, Dascha, also benehmen Sie sich bitte nicht wie die letzte …«

»Ich verspreche Ihnen, Alexander Witaljewitsch, heute bleibe ich auf der Bühne stehen wie ein Soldat vor dem Leninmausoleum.« Zur Bekräftigung legte sie zackig die Hand an die Schläfe.

»Vorsicht bei Kopftreffern – es könnte noch Hirn da sein …«, fing der Direktor gehässig an, winkte dann aber ab. »Schon gut. – Was ist eigentlich am Sechsten hier los?«

Dascha wurde wieder lebendig. »Oh! Unsere Johannisnacht wird markerschütternd! Die Presse ist schon informiert – sie sind alle schockiert. Alles heidnisch, restlos alles! Das heißt: Horoskope, Wahrsagerinnen, Sex … Am Strand zünden wir Feuer an, und dann springen wir hindurch! Alle Männer kriegen am Eingang Hörner aufgesetzt …«

Der Direktor fuhr zusammen. »Bitte?«

»Nein, natürlich nicht *so*!« Dascha sprang auf und zog aus der Tasche ihrer auf dem Tisch liegenden Jacke ein abgegriffenes Büchlein. »Nur, die Johannisnacht ist irgendwie so was wie unser slawisches Halloween! Die Nacht vor Allerheiligen – das heißt in unserem Fall vor dem Johannistag –, in der auf der Erde böse Geister ohne Ende wüten! Da gibt es Dämonen und Hexen und Untote!« Sie genoss es sichtlich, mit ihrem Intellekt zu glänzen, der im Gegensatz zu den sonstigen Bestandteilen ihrer Person äußerst selten Gelegenheit zum Brillieren hatte. »Deshalb kriegen die Männer Hörner, Vampirzähne und Schwänze, und die Frauen Blumenkränze und Besen. Und am Morgen lassen die Frauen ihre Kränze mit Kerzen obendrauf den Dnjepr runterschwimmen, und die Männer müssen sie rausangeln … Ich hab restlos alles über Johannis gelesen. Das ganze Programm steht schon fest.«

»Hm«, machte Sajadlaja, was ihrem neben ihr stehenden Vorgesetzten ihre Zweifel klarmachen sollte. »Aber Halloween ist Halloween, das kennen alle. Und das hier … überhaupt, wozu eigentlich zwei Halloweens?«

»Aber das hier ist unser eigenes, unser ganz persönliches!«, rief Dascha.

»Na schön«, seufzte der Direktor resigniert, »arbeiten Sie weiter. Aber denken Sie daran: Ein Schritt von der Bühne runter, und Sie können sich als entlassen betrachten.«

*

»Fertig. Sieht aus, als hätten wir's geschafft«, brummte Maschas Vater und zwinkerte mit vor Übermüdung rotgeränderten Augen. »Das reicht aber auch! Hier kann man ja kaum atmen vor Hitze.«

Unter der Erde herrschte eine unerträgliche Schwüle, wie in einer Banja, deren Ofen bis zur Weißglut aufgeheizt ist. Wladimir Sergejitsch zog sich die viel zu warme Jacke aus und band sie sich um die Hüften. Um die im Matsch versinkenden Füße des kleinen Trupps waberten Dampfwolken.

»Tja, Sergejitsch, es war nun mal das Heißwasserrohr, das geplatzt ist«, merkte sein Gehilfe an. »Da ist noch ein Rinnsal.« Er deutete mit dem Finger darauf. »Schau. Aber das scheint das letzte zu sein. – He, Neuer, gib mal das Werkzeug her.«

Der Neue – es war der Junge mit dem bezaubernden orientalischen Gesicht – kniff die tollkirschenschwarzen Augen zusammen und sah sich aufmerksam um.

»Jetzt sind wir in der Mitte der Stadt«, sagte er mit merkwürdiger Betonung, »beinahe an der höchsten Stelle.«

»Klar.« Der Arbeiter zuckte gleichgültig die Schultern. »Deshalb hat's ja die Straße überschwemmt – weil die tiefer liegt.«

Der unterirdische Abwassertunnel verlief von der Frunsestraße aus nach oben – auf den Berg hinauf, wo sich die zu trauriger Bekanntheit gelangte psychiatrische Anstalt »Pawlowka« befand, und dann weiter Richtung Babi Jar. Vor langer Zeit war das Krankenhaus ein dem heiligen Kyrill geweihtes Kloster gewesen. Seine Funktion hatte sich schon lange vor der Revolution gewandelt – doch erst viel später war der Name des Heiligen durch den des sowjetischen Wissenschaftlers Pawlow ersetzt worden. Von den Klostergebäuden selbst war nur die Kirche geblieben. Ihr Inneres war im 19. Jahrhundert von dem Maler Michail Wrubel gestaltet worden, der aus irgendeinem Grund panische Furcht davor gehabt hatte, seinen Lebensabend hinter den Gittern des danebenliegenden Irrenhauses verdämmern zu müssen.

»Das ist doch ein verdammter Wahnsinn hier!«, regte sich schon zum wiederholten Male an diesem Tag der schlechtgelaunte Sergejitsch auf, als er die »anscheinend letzte« undichte

Stelle befühlte. »Das Rohr ist ganz neu. Wie konnte das einfach so platzen? Kein Rost, kein Pfusch ... Irgendwas ist da faul, Kolja.«

»Ich sag dir doch schon die ganze Zeit, das sind diese Digger*, die da die Sau rauslassen«, nahm der Gehilfe einen nicht zum ersten Mal geäußerten Gedanken wieder auf. »Was sind das bloß für neumodische Sitten, im Kanaldreck rumzuwühlen?«

»Na komm«, seufzte Wladimir Sergejewitsch nachsichtig, »in Kiew gibt's nun mal mehr unterirdische Wege als Straßen obendrüber – die Mönche haben schließlich jahrhundertelang alles umgegraben. Die Jungs interessiert es halt, was es da zu sehen gibt. Aber dass sie Rohre kaputtmachen, kann ich nicht glauben – warum denn?«

»Ah, bah!«, machte Kolja. »Die Kyrillischen Höhlen sind auch ganz in der Nähe! Das muss die Typen doch reizen, die schrecken vor nichts zurück ... Da, der Kanal dort führt geradewegs dahin.«

»Welcher?«, fragte neugierig der Neue.

»Der dort hinten rechts.« Der Gehilfe freute sich sichtlich über die Unterstützung. Als er sah, wie der Junge abenteuerlustig ein paar Schritte in die gewiesene Richtung machte, fügte er hinzu: »Recht so, recht so! Schau dir mit eigenen Augen an, wie's dort aussieht! Wenn sie versucht haben, das Tor zu öffnen, müssen wir das auf jeden Fall den zuständigen Stellen melden.«

Der Neue ging die etwa hundert Meter bis zu dem Seitengang, bog ab und stieß fast sofort auf ein rostiges, in den Boden eingesunkenes eisernes Tor, dessen einer Flügel mit Gewalt so weit geöffnet worden war, dass es einem jungen, biegsamen Menschen möglich sein musste, sich durch den entstandenen Spalt zu zwängen. Er glitt hindurch und sah sich um. Der Strahl der Grubenlampe auf seinem Helm verweilte nachdenklich auf einem Loch in der dahinterliegenden Ziegelmauer. Vor vielen Jahren hatte irgendein leitender Funktionär sich nicht mit dem Eisentor zufriedengegeben und befohlen, den Eingang zu den tausend Jahre alten Kyrillischen Höhlen zuzumauern, in denen man bei jedem Schritt

* Digger: Jugendliche mit dem ungewöhnlichen Hobby, die unterirdischen Gänge und Kanäle der Stadt zu erforschen. (Anm. d. Autorin)

riskierte, dass die komplette Decke auf einen herunterkam. Doch jetzt war ein Teil der gemauerten Wand herausgebrochen worden.

Geräuschlos wie eine Katze ging der Junge weiter durch das verwirrende Labyrinth der engen Gänge, bog furchtlos mal nach rechts, mal nach links ab. Der Strahl seiner Lampe zuckte durch die düsteren Gewölbe der in den Lehm gegrabenen Höhlen und arbeitete sich den Pfad entlang, der den staubigen Boden durchzog – von vielen Fußspuren getreten, die sich verflochten und einander überlagerten. Der Pfad führte ihn schließlich durch eine Öffnung, die aussah wie ein gezähntes schwarzes Maul, in eine Kammer, nicht sehr groß und halbkreisförmig, weil mitten hindurch eine Mauer aus grauem Beton verlief, die sich im Verhältnis zu den uralten Wänden wie ein Neugeborenes ausnahm.

Vor ebenjener jugendfrischen Mauer stand etwas Beklemmendes und Übles. Es war ein dilettantisches Kunstwerk aus Schnipseln orthodoxer Ikonen, die auf neue Weise zu einem monströsen, blasphemischen Mosaik angeordnet worden waren. Inmitten der schauderhaften Ornamente aus ausgerissenen, allsehenden Augen, gramverzerrten Mündern und abgetrennten Händen Christi hing, von vier Reißnägeln gehalten, eine aus einem teuren Kunstband herausgerissene Reproduktion der Muttergottes mit dem stillvergnügten Jesuskind auf dem Schoß.

Einige Sekunden lang betrachtete der Schwarzäugige bestürzt das durch die Feuchtigkeit faltig gewordene Angesicht Marias, das vom Strahl seiner Lampe mit einem trüben Heiligenschein versehen wurde. Und mit einem Mal riss er voller Zorn den Kunstdruck der Ikone von dem wüsten Altar ab, warf den Kopf in den Nacken und stieß einen tonlosen, entsetzlichen Schrei aus.

Aus dem Tagebuch von X.

Es ist wahr! Die Beweise werden immer stärker. Obwohl mein Genius über den Verdacht der Täuschung erhaben ist – wenn auch nicht über den des Wahnsinns … Aber das ist eine Frage des Glaubens.
Ich glaube! Und das bedeutet, sie wird sterben.

Zweites Kapitel,

in dem Mascha einen gefährlichen Hang zur Schönheit entwickelt

> In jener Zeit waren die Menschen in Russland nicht weniger stolz auf die Wladimirkathedrale, als die Zeitgenossen Raffaels und Michelangelos es wohl auf die Fresken dieser beiden Meister im Vatikan waren.
>
> *Alexander Benois*

Flüchtig berührte Mascha mit der Handfläche die steinerne Stufe, bekreuzigte sich ungelenk und betrat das gewaltige, schattenverhangene Innere der Kathedrale Sankt Wladimir.

Wahrer Glaube zählte nicht zu Maschas Tugenden. Doch seit der Zeit, da ihr die Eingangsprüfung der Pädagogischen Hochschule (welche Mascha ohne große Ehrfurcht noch immer mit dem früheren Namen »Institut« bezeichnete) bevorgestanden und eine ihrer Lehrerinnen aus der Schule ihr geraten hatte, eine Kerze dafür anzuzünden, war dieses Ritual vor jeder Prüfung fester, ja unverrückbarer Bestandteil ihres Lebens geworden. Dabei hatte das Ganze überhaupt nichts mit der Prüfung an sich zu tun, sondern war nur ein Vorwand, um regelmäßig aus gutem Grund die schönste Kirche der Welt von innen zu sehen.

Natürlich wusste Mascha, dass es auf der Welt theoretisch eine unübersehbare Menge an Gotteshäusern geben musste, die noch viel schöner waren. Doch dieses abstrakte Wissen konnte ihrem unermesslichen Glauben – keineswegs kleiner als die Kathedrale selbst! – nicht das Mindeste anhaben, dass es auf der ganzen weiten Welt nichts Schöneres gab oder jemals geben würde als *ihre* Wladimirkathedrale, gestaltet von Viktor Wasnezow (Prüfungsbogen Nr. 14, »Kultur der Ukraine Ende des 19. bis Anfang des 20. Jahrhunderts«, Frage 1) – von dem Marmor im Innenraum bis zur zentralen Kuppel, die in Blattgoldmosaik bemalt war wie ein fantastisches Osterei.

Ihrer langjährigen Tradition gemäß machte Mascha genau fünf Schritte und drehte sich dann um, so dass ihr Blick sich mit den riesigen dunklen Augen des Engels des ›Jüngsten Gerichts‹ traf, die unter zusammengezogenen Brauen aus einem schmalen Gesicht mit strengem Mund auf sie herabsahen. Diese Augen bildeten den kraftvollsten Ort der ganzen Patriarchatskirche und zogen Mascha an wie ein Magnet. Die schwarze Gestalt des Engels widmete sich vor einem Hintergrund aus unruhig flackernden roten Flammen ihrer Pflicht, die vom Weltuntergang eingeschüchterten Sünder mit der sich zwischen ihnen windenden feuerroten Schlange, Verführerin Evas, von der Schar der hoffnungsvollen Gerechten zu trennen – jene nach links, diese nach rechts.

Plötzlich lief es Mascha kalt über den Rücken. Sie kniff die Augen zusammen und schüttelte den Kopf, denn vielleicht lag es an der Übermüdung, weil sie die halbe Nacht gelesen hatte, dass ihr schien, als neige sich die linke Schale der eigentlich perfekt ausbalancierten Waage in der linken Hand des Engels ein wenig nach unten.

Blödsinn.

Sie wandte sich wie gewohnt nach links, wo über dem gewölbten Durchgang zur Treppe zum Chor hinauf der große Bekehrer der alten Russen zum orthodoxen Glauben, Fürst Wladimir, die Einwohner von Kiew taufte. Ihre Lippen verzogen sich zu einem unbewussten Lächeln vor Entzücken über den golden gesäumten Purpurmantel, die goldene Krone und die feste, unbeugsame Mundpartie des fünfundzwanzigjährigen Täufers. Und über seine Frau, Fürstin Anna, deren Hände sittsam über dem Schoß gefaltet waren. Nach einer der Versionen (Prüfungsbogen Nr. 4, »Ausbreitung des Christentums in Russland«, Frage 2) war es die Liebe zu ihr gewesen, aus der heraus Wladimir selbst den christlichen Glauben angenommen hatte.

Tja, wer kann das heute schon noch ergründen?

Und über den älteren Edelmann daneben mit dem prächtigen Bart und dem Schwert, der mit schwermütigem, sorgenvollem

Blick einer geheimen Frage nachzuspüren schien, die er nicht zu beantworten vermochte. *Aber er ist schon getauft, sonst stünde er noch in der Potschajna und nicht am Ufer. Was quält ihn so?*

Entschlossen kehrte Mascha das Gesicht wieder dem Mittelschiff zu, wo, umgeben von prächtigen geometrischen Rankenmustern, über den Eckpfeilern und tragenden Bögen die achtzehn altrussischen Erzheiligen und in der Hauptkuppel die vier Evangelisten dargestellt waren; wo sich das Grab mit den tausendsiebenhundertjährigen unverwesten Überresten der siebzehnjährigen heiligen Barbara befand, deren Name selbst einer Stadt im fernen Kalifornien verliehen worden war – und sie liebkoste mit den Augen die von acht Seraphim umgebene, im Gold der Apsis über dem Altar schwebende Muttergottes.

Das Antlitz der Jungfrau lag in den tiefen Schatten des Morgens verborgen. Das düstere Abbild der Muttergottes in den zierlichen roten Schuhen blieb für Mascha ein Mysterium, das sich dem Licht der Bronzelüster an den langen Ketten entzog.

Oh Gott, wie schön es hier ist!

Glücklich holte sie tief Luft und genoss mit jeder Faser die kurze Zeit der Nichtexistenz zwischen Elternhaus und Institut.

Sie liebte es, in dem riesigen, in Schatten gehüllten Haus Wladimirs nicht zu existieren. Zu dieser Tageszeit war die Kirche menschenleer und gehörte nur ihr allein.

Sie blieb stehen, fünf Schritte vom Portal entfernt, und empfand plötzlich so schwindelerregend tief, als hätten sich die Schleier der letzten hundert Jahre vor ihr geteilt, dass genau über die Stelle, wo sie nun stand, einst, am 20. August 1896, der letzte Zar Russlands, Nikolaj, zum Einsegnungsgottesdienst der Kathedrale geschritten war, ebenso wie die Vollender des Heiligtums, die Künstler Wasnezow, Nesterow und Wrubel. Und dann hundert Jahre später Paradshanow beim Drehen seines Films über Wrubel. Und Achmatowa und Kuprin, Belyj und Blok, Majakowski, Mandelstam, Berdjajew und Tairow, Wertinski und Michail Afanassjewitsch Bulgakow! Sie spürte, so dass ihr Bauch vor Glückseligkeit vibrierte, die Schemen derer, die hier einst gegangen waren, einen nach dem anderen durch sich hindurchziehen.

»Ach je, das Examen ...« Mascha griff sich an den Kopf.

Ganz unter uns gesagt, liebe Leser, eigentlich gab es für Mascha Kowaljowa keinen Grund zur Eile. Im Unterschied zu anderen Dozenten ließ die Geschichtsprofessorin Wassilissa Andrejewna die Studenten nicht alle zusammen, sondern nacheinander in kleinen Gruppen zu je fünf Köpfen zur Prüfung antreten, um den Denkprozess jedes Einzelnen bei der Beantwortung ihrer Fragen beobachten zu können. Sie hielt sich etwas darauf zugute, dass es praktisch unmöglich war, bei ihren Prüfungen zu schummeln. Und diejenigen, die leichtsinnigerweise ihre Vorlesung nicht besucht hatten und versuchten, ihr Wissen mit Hilfe von Büchern aufzupolieren, konnten es im besten Fall auf ein »Ausreichend« bringen. Die »weise Wassilissa«, auch Wasja genannt, zählte zur Subkategorie der besonders komplizierten Pädagoginnen. Sie verfügte über eine Fülle einzigartiger Ansichten, die in der Regel den Lehrbuchmeinungen diametral entgegengesetzt lagen, und über einen unverschämt riesigen Wissensvorrat an historischen Einzelheiten, die in keiner Publikation zu finden waren. Vor Wasja fürchtete man sich bis zur Hysterie. Ihre einzige Achillesferse war erwiesenermaßen ihr Stolz. Ein Student, der mit einem Spickzettel erwischt wurde, auf dem ihre ganze Vorlesung zusammengefasst war, konnte mit Fug und Recht auf ein »Gut« hoffen. »Zumindest«, pflegte sie zu sagen, »ist das ein solides Grundkonzept, auf das du immer wieder zurückgreifen kannst. Man muss nicht alles wissen, solange man weiß, wo's steht.«

Nichtsdestoweniger erschien Mascha exakt zur vorgegebenen Zeit vor dem Hörsaal. Erleichtert ließ sie den schweren, mit ausgeliehenen Büchern vollgestopften Rucksack auf den Boden gleiten (Mascha las schlichtweg alles, selbst die Werke, die von Wasja kategorisch abgelehnt wurden) und begann auf etwas zu warten, das nur für sie ganz persönlich eine Bedeutung und mit der Geschichte der Ukraine nichts, aber auch gar nichts zu tun hatte. Sie machte keinen Versuch, in die erste Gruppe von Prüfungskandidaten hineinzukommen.

Fünf ergebene Märtyrer verschwanden hinter der Hörsaaltür. Die Beklommenheit der Wartenden kletterte um einige Grad nach oben – die Guillotine hatte den Betrieb aufgenommen, und die Verurteilten zählten angespannt die Minuten vor dem Gang zum Schafott.

Ein Mädchen im kurzen, karierten Rock gab ihrem Freund unerwartet einen heftigen Stoß gegen die Schulter. »Du bist schuld, du ganz allein!«, stieß sie beinahe unter Tränen hervor. »Wir hatten doch ausgemacht, dass wir die ganze Nacht lernen. Aber du willst ja immer nur ... Wenn ich heute wegen dir die Prüfung nicht bestehe ...«

»... dann heirate ich dich«, verkündete der Ungeduldige fest.

Der karierte Rock starrte ihn fassungslos an. Er nickte feierlich, um zu bekräftigen, dass das kein Scherz war. Die unfreiwillige Zeugin dieses Happy Ends nahm entmutigt ihren Rucksack auf und zog sich betrübt ans Fenster am Ende des Ganges zurück.

Mascha hatte sich noch nie vor einer Prüfung gefürchtet und noch nie eine Liebeserklärung erhalten. Hier im Institut wurde sie konsequent ignoriert. Sie war eine Art geschlechtsloses Gespenst, das traurig vom Rand aus dem Leben zuschaut.

Aber so muss ein wahrer Historiker das Leben betrachten!, tröstete sie sich höchst rational, um das andere, nicht gerade rationale Gefühl zu betäuben, das sich während der glücklichen Schlussszene der fremden Romanze in ihr breitgemacht hatte.

Am anderen Ende der Fensterbank waren drei unzertrennliche Freundinnen aus ihrem Studienjahr – Rita, Lida und Shenja – dabei, sich zunehmend in Panik zu reden. Sie waren passionierte Modepüppchen und Klatschbasen. Rita war sogar schon ein paarmal über die Seiten von Hochglanzmagazinen geflimmert, die absolut flache Lida besuchte eine Modelschule, während die etwas kräftigere Shenja »nur« ganz hübsch aussah, ein bisschen wie ein Cherub.

»Ach, die Weise wird mir den Kopf abreißen«, klagte Shenja trübe. »Ich hab mir gestern absichtlich nicht die Haare gewaschen. Es bringt Unglück, sich vor Prüfungen die Haare zu waschen.«

»Mit dreckigem Kopf kommst du auch nicht besser durch«, zischte Lida nervös. »Das ist nicht die Markowna. Die gibt jeder ein ›Gut‹, die aussieht wie Lesja Ukrainka im Grabe. Aber Wasja fragt dich jedes Datum ab. Ich hab die ganze Nacht gelernt wie blöd, und nützen wird es mir gar nichts!«

»Hey, ihr denkt aber daran«, fiel ihnen Rita ins Wort, »dass wir uns heute Abend zum Feiern im ›Oj–oj–oj!‹ treffen?«

»Eher um unseren Kummer zu ersäufen.«

»Wir müssen ein paar Jungs mitnehmen, die uns einen ausgeben. Oh, schaut mal, wer da kommt!«

Mascha drehte sich um und schenkte dem Neuankömmling einen schnellen, heißen Blick. Dann wandte sie sich voller Angst, jemand könne diese Entgleisung richtig interpretieren, ab und musterte mit großem Interesse ihre alles andere als bemerkenswerten Finger mit den kurzgeschnittenen Nägeln.

Der Anlass dieses flüchtigen Aufblitzens von Emotionen kam mit dem selbstsicheren Schritt eines Mannes den Gang herunter, der keinerlei Probleme damit hat, dass sein Körper ständig von Dutzenden Frauenblicken poliert wird. Er war schön, beinahe zu schön für ein männliches Wesen. Und dieses Übermaß an Schönheit – die ausdrucksstarken Lippen, die kühne Nase, die schwarzen Haare, die im Nacken zu einem Pferdeschwanz zusammengebunden waren – verlieh ihm etwas Anstößiges, als setze er sich über eine allgemeine Norm hinweg.

Die drei Freundinnen strafften den Rücken. Drei Paar Brüste – Cup-Größe A, B und C – richteten sich auf den Jungen wie Revolver. Drei Paar Augen bohrten sich in ihn wie Harpunen und zogen ihn zu sich her. Bislang betrachteten sie Mir, dessen Nachname treffenderweise Krassawizki lautete, als gemeinsamen Besitz, da er keiner von ihnen eindeutig den Vorzug gab.

Da geschah etwas Undenkbares, ja: ein Wunder. Und zwar exakt das Wunder, das sich Mascha jede Nacht bis in die kleinsten Einzelheiten ausmalte. Mir winkte seinen Freundinnen im Vorbeigehen zu und stellte sich, beide Hände zu ihren Seiten auf die Fensterbank gestützt, ganz dicht vor Mascha hin.

»Na, Maschenka, wie geht's?«, fragte er sanft.

Ihr Herz versetzte ihren Rippen hämmernde Faustschläge, so dass sie von dem Dröhnen fast betäubt wurde. »Gut«, erwiderte sie kaum hörbar, während sie hysterisch auf seinen Brustkorb starrte. Himmel, sie wurde von ihm umarmt!!!

»Und, hast du auch einen Spickzettel?«, fragte Mir zärtlich und hob mit einem Finger sachte ihr Kinn an.

»Ja.« Zum ersten Mal in ihrem Leben sah Mascha ihm in die Augen.

»Einen von Wasjas Vorlesung?«, hakte er nach, obwohl das eine rein rhetorische Frage war. »Wozu denn eigentlich – du weißt doch sowieso alles?«

»Wenn ich mir Spickzettel schreibe, gehe ich den Stoff noch einmal gründlich durch und systematisiere ihn«, gab ihm Mascha mechanisch die noch zu Schulzeiten auswendig gelernte Antwort, bei der alle Lehrer in Entzücken ausgebrochen waren: Die Menschheit war noch nicht vollends verloren!

»Ach so...« Er neigte sich so nahe zu ihr, dass der Abstand ihrer Lippen zueinander beängstigend gering wurde. »Und wo hast du ihn?«, flüsterte er verführerisch, ganz dicht über ihrem Mund.

»Unter dem Rock«, sagte Mascha ehrlich.

»Unter deinem Rock«, wiederholte Mir erotisch leise und legte die erfahrenen Hände auf ihre eng zusammengepressten Knie. »Ich biete dir etwas an. Ich kriege deinen Spickzettel – und du einen Kuss der Dankbarkeit...? Bitte, Mascha, gib ihn mir – sonst schaffe ich die Prüfung nicht.«

In ihren Ohren hörte sich das an wie: *Gib dich mir hin, Mascha, sonst verliere ich den Verstand!* Sie konnte zur Antwort lediglich fügsam nicken.

Ihr Traum legte ihr den Arm um die Schultern, drückte sie vor aller Augen an sich und führte sie um die Ecke des Ganges. Mascha war noch genug Herrin ihrer Sinne, um zu bemerken, dass die drei Freundinnen ihnen entrüstet nachschauten. Er roch nach Rauch, Eau de Cologne und unbegreiflichem Glück.

»Und?« Sie standen nun ganz dicht voreinander. Mir kreuzte die Arme auf der Brust und sah sie erwartungsvoll an, ohne auch nur daran zu denken, sich abzuwenden. Mit einem peinigenden Gefühl der Scham drehte Mascha ihm den Rücken zu, hob ungeschickt den Rock hoch und holte darunter eine eigens zu diesem

Zweck genähte Schürze mit vielen Taschen hervor, in die sie die Antworten einsortiert hatte.

»Gott, wie herrlich!«, rief Mir milde erheitert beim Anblick ihres Werks. Er zog den Hemdsaum aus der Hose und band sich die blaue Schürze vor den Bauch. »Danke, Marussja! Du bist echt klasse!« Er warf ihr einen geräuschvollen Luftkuss zu. »Mach's gut. Bis dann!«

Und das Phänomen Krassawizki entschwand ihrem Blick.

Mascha stand da, an der Wand Halt suchend. Die Verzauberung durch das ungeheure Wunder tröpfelte von ihr herunter wie Tauwasser von einem Dach.

Es war, als sehe sie die Szene noch einmal von außen mit an, und ihr war grauenhaft klar, wie lächerlich sie sich gemacht hatte. Die Verführung der Mascha Kowaljowa um eines Spickzettels willen. Es war ihm zu fade gewesen, einfach »bitte« zu sagen. Und aus Übermut und sorgloser Geringschätzung dem Leben gegenüber, und weil er seine drei Freundinnen zum Lachen bringen (oder ärgern?) wollte – oder auch, um sich über ihre Freude darüber, dass jemand wie er jemandem wie ihr Beachtung schenken könnte, zu amüsieren – darum hatte der nonchalante Gott der gesamten, in seinen Händen viel zu formbaren weiblichen Welt Maschas »Geheimnis« nun gleichsam von innen nach außen gekehrt.

Und aus ihrem Traum war ein schäbiger Witz geworden.

Beklommen schielte Mascha um die Ecke – da stand Mir zwischen seinen drei Hübschen, den Arm um Ritas nackte Schultern gelegt. Ihr räumte er stets eine Sonderstellung ein. Oder sie selbst sorgte dafür, dass er es tat – sie gehörte zu der Sorte Menschen, die vieles können, jedoch glauben, sie könnten alles. Ungeachtet ihrer dunkel-exotischen Schönheit erinnerte sie Mascha immer an einen selbstverliebten Samowar.

Als spürten sie alle Maschas Blick auf sich, drehte die ganze Clique wie auf Kommando den Kopf in ihre Richtung und wieherte geschlossen los.

In diesem Augenblick öffnete sich die Tür des Hörsaals, in dem das Examen stattfand, und spuckte fünf abgekämpfte Jungfern aus.

»War es so schlimm?«, fragte Shenja erschrocken.

Doch die jüngsten Opfer der Geschichtswissenschaft bekamen keine Gelegenheit, ihr etwas vorzuheulen. Auf der Türschwelle zeichnete sich die ausnehmend weibliche Silhouette der schönen Fremdenführerin ab. »Die Nächsten, bitte«, verkündete Wassilissa Andrejewna mit Stentorstimme und deutete energisch mit dem Kinn auf die Mitglieder des lustigen Häufleins.

*

Mit einer Miene, so angespannt wie eine zur Faust geballte Hand, betrat Katerina eine frisch renovierte Villa in der Puschkinstraße, an deren Fassade ein spiegelblankes Messingschild mit der schwarzen, wenig aufschlussreichen Aufschrift prangte:

Club Circe. Einlass nur mit Mitgliedsausweis

Doch Katja hatte nicht vor, sich hier auszuweisen. Sie blickte den Wachhabenden am Eingang scharf an, der unter diesem Blick sichtlich zusammenzuckte. »Guten Tag, Jekaterina Michai–« Aber sie rauschte bereits schweigend an ihm vorbei in die Umkleide, schloss ihr persönliches Schrankabteil auf und nahm ihre Trainingskleidung und die Boxhandschuhe heraus.

»Na, sind sie dir heute auch wieder alle dumm gekommen?«, fragte eine Dame, die soeben die Riemen ihrer Goldsandalette um den gepflegten Knöchel band.

»Das ist nicht das richtige Wort«, sagte Katja finster, während sie ihre Jacke aufhängte. »Machst du bei dem Wettkampf mit?« Sie nickte in Richtung des Plakates, das an der Wand hing.

Am 6. Juli findet im Club »Circe« der jährliche clubinterne Wettkampf statt. Zur Teilnahme bitte bei der Verwaltung anmelden.

Die Frage hatte sie aus reiner Höflichkeit gestellt. Die Dame ihr gegenüber gehörte zum dekorativen Menschenschlag der Zuckerpuppen und war nur in den Boxclub eingetreten, weil sie einer hippen Freundin einfach alles nachmachte. Außerdem fand sie es schick, dieser exklusiven Frauenvereinigung mit ihrer modisch-extremfeministischen Note anzugehören.

»Oh, das wird sicher toll«, hauchte die Zuckerpuppe. »Aber ich bin doch eher eine Amateurin. Obwohl ich mir am Zehnten sowieso das Gesicht korrigieren lasse, es wäre also nicht mal schlimm, wenn ich eine aufs Maul bekäme.« Sie lachte über den eigenen Witz. »Aber auf dich würden viele gern setzen. Ich auch. Die meisten setzen, glaube ich, auf das Mastodon ...«

Katjas Züge spannten sich noch stärker an. Im vergangenen Jahr hatte das Mastodon – ein Mannweib von beachtlichen Ausmaßen – Katja im Ring ziemlich auseinandergenommen. Eine Sekunde lang flammte in Katja die Glut des alten Hasses wieder auf, wurde aber gleich von ihrem Verstand erstickt: Es gab momentan wirklich wichtigere Probleme.

In der Trainingshalle war niemand außer einer wildlockigen, schmallippigen Blondine, die nicht sehr gewandt, aber mit sichtlichem Genuss einen Sandsack in Form eines männlichen Oberkörpers bearbeitete. »Da! und da! und da!«, stieß sie befriedigt hervor. »Bin schon fertig«, warf sie Katja über die Schulter zu und zog einen Handschuh aus, um sich den Schweiß von der Stirn zu wischen. »In zwanzig Minuten muss ich bei einer Besprechung sein. Ha, das hat gutgetan! Aber wirklich!«

Katja trat vor den Sandsack hin und befestigte am Kopf der muskelbepackten Gummipuppe das Titelblatt der Businesszeitschrift ›Leader‹, auf dem unter der scharlachroten Schlagzeile »Das heitere Gesicht der Steuerfahndung« der Kopf Wassili Fjodorowitschs abgebildet war. In die Hängebacken des »heiteren Gesichts« bohrten sich zwei lange Stecknadeln.

»Na, mein Lieber, da bist du aber in ganz professionelle Hände geraten!«, lachte die Blondine.

*

»Also. Hier stellen wir die Pavillons aus Zweigen auf. Hier, dort, und dann dort hinten. Damit die Leute so richtig vom Weg abkommen!« Dascha Tschub grub die nackten Füße bis zu den Knöcheln in den warmen Sand des Dnjeprstrandes.

Über das von den Wellen glattgespülte Ufer stolzierte dicht neben der Wasserlinie geziert ein riesiger schwarzer Rabe.

»Dort und dort kommen die Johannisfeuer hin. Ans Wasser

das große, der Kupalez, mit einem Baum voll Girlanden in der Mitte ... Tolik, du musst mir eine Weide oder Kirsche besorgen. Irgend so was! Aber fäll sie nicht extra dafür, es wär schade drum«, wies sie die beiden jungen Clubangestellten an, die ihr auf den Fersen folgten. »Und du, Mika, suchst mir Räder ...«

»Räder?«, fragte der verdutzt.

»Ja – Wagenräder! Die zünden wir an und lassen sie von dem Hügel da in den Fluss rollen. Sie symbolisieren die Sonne. Johannis ist schließlich die Sonnwendfeier, der Scheitelpunkt des Sommers! Und das zweite Feuer – die Krada – kommt dorthin. Auf ihm haben die Christen immer die Strohpuppe der Hexe Marina verbrannt, aber wir«, verkündete sie, überlegen ihr Know-how ausbreitend, »verbrennen die Strohpuppe der Inquisition!«

Die leichte Uferbrise trieb eine zerfledderte Zeitschrift über den Strand, deren Seiten bänglich eine nach der anderen den Anschluss verloren.

»Halt! Keinen Schritt weiter!« Dascha sprang darauf zu und stellte flink den Fuß darauf. »Ach, der ›Boulevard‹ ... Und, was gibt's Neues?« Die Markerschütternde überflog die Überreste des wöchentlichen Klatschblattes, schnaubte beim Anblick des boshaften Gesichts der Sängerin Vicky und blätterte vor Überdruss gleich weiter auf die letzte Seite.

»Was – was?«

Energisch rieb sie sich die Nase. Diese schlechte Angewohnheit machte sich jedes Mal bemerkbar, wenn Dascha intensiv über etwas nachdachte. Und sie dachte weit häufiger nach, als man aus ihrer Art sich zu kleiden hätte schließen mögen.

»Hmmm ... Am Andreasstieg ... Hm, warum nicht?«, fragte die Blondine mit dem Gogol'schen Nachnamen den Fluss, den Gogol geliebt hatte. Offensichtlich fasste sie das träge dahinfließende Schweigen des Dnjepr als Zustimmung auf, denn sie zog aus ihrem Dekolleté zwei gemischtgeschlechtliche Socken – der eine rosa, der andere himmelblau. Schon halb auf dem Weg zu ihren kostbaren Johnny-Depp-Stiefeln drehte sie sich noch einmal um. »Ich muss weg! Wenn noch was sein sollte – sagt mir's heute Abend.«

Drittes Kapitel,

in dem sich die Wege der drei Heldinnen unverhofft kreuzen

> ... auch in den tiefsten Gründen der ›Weißen Garde‹ verbirgt sich ein Teufel – der Voland des »Kiewer Romans«.
>
> *M. Petrowski, ›Der Meister und die Stadt‹*

Das Moped hüpfte wie ein Gummiball unter Dascha über die scharfkantigen Pflastersteine des Andreasstiegs. Hoch über ihr kreiste am makellos azurblauen Himmel der schwarze Rabe, der den hüpfenden leuchtendroten Punkt keine Sekunde aus den Augen ließ.

Ähnlich dem vielbesungenen Arbat in Moskau war der Andreasstieg das Mekka Kiews. Am letzten Sonntag im Frühling – dem offiziellen Stadtfeiertag Kiews – quoll er derart über vor Menschen, dass es gefährlich war, sich dorthin zu wagen: Man wurde herumgestoßen, abgedrängt, zu Tode gequetscht und bis auf die Unterhose ausgeraubt. Doch auch an Werktagen wimmelte die Verbindungsstraße zwischen Unter- und Oberstadt von Bummlern und Touristen, die um die Gemälde und die kleinen handbemalten Porzellanglöckchen und -schweinchen feilschten, die an den Hausfassaden ausgehängt waren, oder in den auf dem Bürgersteig ausgelegten gebrauchten Büchern stöberten.

Über sie alle hinweg ragte die saphirblaue Andreaskirche auf. Etwas darunter erhob sich das stolze »Schloss des Richard Löwenherz« – siebenhundert Jahre nach dem Tode seines gekrönten Hausherrn erbaut, in einem Land, wo dieser nie gewesen war. Und an den Fuß des Seufzerbergs kauerte sich das »Seltsame Haus«, das zur Straße hin zwei Geschosse besaß, vom Hof aus hingegen nur eins ...

Aber wer genauer hinsah, erkannte, dass das alles nur eine

bunte Maskerade war. Von denjenigen Häusern auf der wohl bekanntesten Straße Kiews, die, geduckt und düster, noch vor dem Zuckerbäckerstil-Baufieber der 1880er Jahre errichtet worden waren, waren heutzutage viele unbewohnt, wandten dem verfluchten Berg gekränkt den Rücken zu und starrten blicklos aus den schwarzen Fensterhöhlen. Leer stand das zweite Haus, leer das neunte, das zweiundzwanzigste, von Kopf bis Fuß in ein grünes Gerüstnetz gehüllt, das sechsundzwanzigste mit seiner im langjährigen Koma allmählich immer schiefer werdenden Fassade, und das zwanzigste und das vierunddreißigste. Leer stand das im Dauerrenovierungszustand befindliche Schloss. Das Haus der Turbins leerte sich zur Nacht, ebenso wie das »Museum einer Straße«, das kleine Theater »Koleso«, die Restaurants, die Gemäldegalerien. Auch die Händler auf den schmalen, steilen Bürgersteigen packten abends ihre Waren zusammen und verschwanden. Wer am Wendepunkt des Jahrtausends auch nur ein einziges Mal um Mitternacht den ausgestorbenen Andreasstieg entlangging, den musste zwangsläufig das bizarre Gefühl ergreifen, dass diese Straße nicht real war – dass es überhaupt keine Straße war, auf der er ging, sondern der Geist einer solchen ...

Vor dem Haus mit dem vielversprechenden Schild »Zentrum für Altkiewer Hexenkunst« trat Dascha auf die Bremse, sprang von ihrem Stahlpony und klopfte ihm liebevoll auf den lackierten Hintern. Sie zog ihre rote Lederjacke aus und stand in einem äußerst unauffälligen Top da, das nur knapp ihren erheblich auffälligeren Busen bedeckte, welcher mit einer modischen Installation aus Draht, Schmucksteinen, Perlen und Strass behängt war. Der verschwenderische Umgang mit Make-up auf dem jugendlichen Gesicht der Amazone musste jeden Ästheten schreiend in die Flucht schlagen. Ein Glück, dass Ästheten nicht unter Daschas Männertyp fielen – sie bevorzugte das Unkonventionelle!

Sie zog eine bunte orientalische Kappe aus der Tasche, krönte damit ihre Unmenge weißblonder Zöpfchen und nahm selbstzufrieden Notiz von dem unvermeidlichen Aufsehen, das ihre pittoreske Erscheinung unter den Straßenmalern und sonstigen Ansässigen des sommerlichen Andreasstiegs erregte. Dann trat sie zu dem Schild und studierte mit großem Interesse das Blatt Papier, das darunter befestigt war:

Liebeszauber und -bannzauber
Bannen von Flüchen
Abnahme des Jungfernkranzes
Beschreien von Feinden
u. v. m.

Mit einem befriedigten Brummen betrat Dascha das Gebäude, ging an den Anmeldeschalter und bezahlte, nachdem sie sich erkundigt hatte, ohne mit der Wimper zu zucken die stattliche Summe, die hier für den Liebeszauber verlangt wurde.

»Geradeaus bis ans Ende des Flurs, dann dreimal nach links abbiegen«, setzte das phlegmatische Fräulein an der Anmeldung sie in Kenntnis.

Dascha machte sich in die gewiesene Richtung auf und staunte über die architektonischen Absonderlichkeiten des alten Hauses. Nach drei schneckenhausartigen Linksbiegungen endete der Flur an einer von mehreren abgenutzten Stühlen bewachten Tür mit der Aufschrift »Kyllina«. Auf einem der Stühle saß ein in den für diese Stadt, Straße und Institution äußerst passenden Roman ›Der Meister und Margarita‹ vertiefter junger Mann mit feuerrotem Haar. Er trug weiße Leinenhosen und ein T-Shirt derselben Farbe. Seine rechte Hand zierte ein massiver silberner Ring mit einem großen blauen Stein.

Dascha schnalzte beifällig mit der Zunge. »Wow! Cooler Klunker!« Sie hatte gleich den Eindruck, dass der Mann »einer zum Anfassen« war. »Bist du der Letzte für Kyllina?«

»Ja, ich bin der letzte Besucher«, erwiderte er bedeutungsvoll.

»Dann komme ich nach dir«, erklärte Dascha fröhlich.

»*Aus*gezeichnet«, meinte er gewichtig, als wolle er damit seine ausdrückliche Billigung ihres Anspruchs kundtun. »Oh ... Du interessierst dich ja anscheinend für so was: Ich hab zufällig was zu verkaufen. Willst du's dir mal anschauen? Es ist ein Uroboros.« Der Mann griff in seine Tasche und hielt ihr eine golden glänzende Kette hin.

»Ach!« Dascha war hin und weg. Die fein gemusterte Kette

gefiel ihr phänomenal gut. In der Mitte war sie ziemlich dick, am einen Ende lief sie spitz zu, das andere stellte den Kopf einer Schlange dar, deren Maul als Schließe diente.

»Sie beißt sich selber in den Schwanz«, begriff Dascha. »Und aus Gold! Sieht irgendwie alt aus ... Was soll die denn kosten?« Beim letzten Satz erlosch die Freude in ihrer Stimme gleich wieder. Gerade eben hatte sie dem Anmeldefräulein fast alles gegeben, was sie noch an Geld hatte. Was jetzt noch von ihrem Gehalt übrig war, reichte gerade mal für Benzin und Zigaretten. Dascha bezahlte keine Miete, aus dem einfachen Grund, weil sie keine Wohnung hatte, sondern im Club wohnte, und auf etwas so Profanes wie Essen verschwendete sie niemals einen Gedanken.

»Hundert Griwna, weil du's bist«, grinste der Bursche. Und katapultierte sich damit aus der Kategorie »zum Anfassen« hinauf in den Rang »Der wär doch was ...«. Ein Typ, der bei einem Mädchen, das ihm gefiel, gleich so spektakulär den Preis senkte, hatte sicher noch weitere Vorzüge!

»Das kann doch nicht dein Ernst sein«, wehrte sich Dascha der Form halber ungläubig. Und fügte gleich kokett hinzu: »Na ja, wenn du meinst ...« Ohne lange zu fackeln händigte sie ihm ihren Notgroschen für Mobilität und Suchtbefriedigung aus und befestigte die Neuerwerbung an ihrem Hals – mitten unter der chaotisch bunten Installation. Die Markerschütternde war der felsenfesten Meinung, dass ein Zuviel an Schmuck schlichtweg nicht existierte.

Die nächsten paar Sekunden musterte sich das ungleiche Paar mit sichtlichem Wohlwollen.

»Sag mal«, nahm Dascha das Gespräch wieder auf, »du weißt nicht zufällig, ob die Liebeszauberei von dieser Kyllina auch bei einem Schwulen funktioniert?«

»Sie funktioniert bei *jedem*«, erwiderte der »in Frage kommende Typ« mit Nachdruck, während er weiterhin unverhohlen ihren Anblick genoss. Nicht, dass ihr das etwas ausgemacht hätte.

»Super!«, rief sie aus. »He – vielleicht könnte ich mir dann einen Spaß machen und auch den Alex von der Friseuse verführen ... Soll sie doch heulen und zähneklappern, die Kuh! Ich ruf sie gleich mal an und ärger sie ein bisschen ...«

Dascha ergriff das rote Handy, das ebenfalls um ihren Hals hing, und tippte die Nummer ein, nicht ohne dem in Frage kommenden Typen einen vieldeutigen Blick zuzuwerfen.

Gleich darauf zuckte sie die Achseln. »Hm, kein Netz.« Sie kicherte. »Wahrscheinlich strahlt Kyllina zu starke Störwellen aus – da kommt nichts durch.«

Ungeduldig zappelte sie herum, hin- und hergerissen von zwei sich gegenseitig ausschließenden Wünschen: die Unterhaltung mit dem in Frage kommenden Rothaarigen fortzusetzen und die Friseuse mit der mörderischen Neuigkeit zu erschrecken.

»Na gut«, entschied sie sich endlich. »Wenn jemand kommt, sagst du dann, dass ich nach dir dran bin? Ich geh nur telefonieren und komme dann sofort zurück. Das heißt, ich bin eigentlich überhaupt nicht weg. Ja?«

Er grinste. »Kapiert.«

*

Bedächtig rollte Katjas Volvo vom Hotel »Andrejewskaja« aus den Andreasstieg hinunter.

»Halt!«, befahl sie dem Fahrer aufgebracht. »Du bist schon wieder vorbeigefahren. Mein Salon ist ein Haus höher, du Schwachkopf! Noch so ein Murks, und du sitzt auf der Straße!«

»Katerina Michailowna ...«, fing der Chauffeur entschuldigend an.

»Thema erledigt!«, fuhr ihm Katja über den Mund. »Ich steige hier aus, du würdest zum Wenden nur wieder Stunden brauchen.«

»Bald fährst du noch mit dem Auto aufs Klo, Euer Wohlgeboren«, brummte der Fahrer gereizt durch die Zähne, als sie draußen war.

Unsicher mit den hohen Absätzen auf dem für diese Art von Schuhwerk extrem ungeeigneten Pflaster balancierend, fluchte Katja wie üblich vor sich hin. In diesem Jahr waren ihre Nerven gespannt wie Stahlsaiten, die Tag für Tag etwas mehr angezogen wurden. Alles musste kontrolliert, an alles gedacht werden, um alles musste man sich kümmern. Und derweil konnte ihr Chauffeur sich nicht einmal das Haus merken, in dem ihr Kosmetiksalon war! Warum waren die meisten Leute nur solche Idioten? Die da zum Beispiel, mit ihrem idiotischen Käppchen, Piercing und Tattoo, wie sie gestikulierend und in voller Lautstärke die halbe Straße mit ihrem Handygespräch unterhielt …

In letzter Zeit fiel Katja immer stärker auf, dass sie von ihrer Umwelt permanent auf dumpfe Weise genervt war. Ihr war klar, dass das kein gutes Symptom war.

Wenn der heutige Abend einigermaßen glimpflich ausgeht, versprach sie sich fest, *dann mache ich Urlaub. Auf den Bahamas. Kristallklares Wasser, Massagen … Zwei Wochen lang. Das kann ich mir erlauben. Sonst zerplatze ich, ich kann schon genau fühlen, wie ich zerplatze.*

»Teufel!« Sie knickte um und wäre fast hingefallen. »Oh.«

An der Hauswand, an der Katja sich festhielt, hing einen Zentimeter von ihrer Hand entfernt ein absurder Zettel: *Liebeszauber und -bannzauber. Bannen von Flüchen …*

»Beschreien von Feinden«, las sie amüsiert. »Was für ein Witz. Obwohl …« Sie verstummte. »Wenn's der Teufel will …«

Zweifelnd sah sie auf die Uhr. Und trat, überraschend sogar für sie selbst, durch den hohen, zwei Etagen überspannenden Eingang.

Das Foyer, in dem sie sich wiederfand, war dämmrig und menschenleer. An der Anmeldung saß, in einen trivialen Krimi der Donzowa vertieft, eine Idiotin der üblichen Sorte.

»Ich interessiere mich für die Sache mit den Feinden …« Katja trommelte nervös mit den Fingern auf das Bord vor dem Fenster. Was sie aus ihrer wohlgeregelten Tagesplanung hatte ausscheren und hierherkommen lassen, ließ sich schlecht mit dem Idealbild ihrer selbst vereinbaren.

»Das Beschreien?«, vergewisserte sich die Dame an der Anmeldung gleichgültig und beugte sich über einen Stapel Blankoformulare. »Dreihundertundeine Griwna und dreißig Kopeken.«

Katerina schürzte ironisch den Mund. Die Summe war lächerlich. Viel zu gering, um mit ihrer Hilfe ein Problem zu lösen, das einige Zehntausend wert war – aber zu hoch für einen so schäbigen Laden. Doch sie wünschte sich glühend, demjenigen, der sie heute Morgen am Telefon so abgefertigt hatte, eine sei es auch noch so winzige Unannehmlichkeit zu bereiten.

Und wenn er nur Kopfweh bekam!

»Name, Vorname, Adresse.«

»Larissa Kosatsch, Jaroslawswall 32, Wohnung 5«, bewies Katja gründliche Bildung.

»Kosatsch mit ›a‹?«, bewies die Anmeldung das völlige Fehlen derselben. »Sie müssen zu Kyllina, sie ist noch eine Stunde lang da.« Während sie ihr Buch wieder aufnahm, tauschte sie routiniert Geld gegen Quittung und Berechtigungsschein. »Dort den Gang entlang, dreimal nach links.«

Katja schnaubte verächtlich. »Und es gibt wirklich Leute, die diesen Schwachsinn ernst nehmen?«

»Na, Sie doch auch«, meinte das Fräulein ungerührt, ohne den Blick noch einmal vom Buch zu heben.

Das war nicht von der Hand zu weisen. Katja wurde schon wieder zornig. *Ich sollte dieses Theater wirklich schnell hinter mich bringen,* beschloss sie und marschierte mit zusammengebissenen Zähnen zu Kyllinas Sprechzimmer.

Dort drängten sich zum Glück nicht gerade die Massen. Katerina schaute noch einmal auf die Uhr und richtete den Blick dann fordernd auf den jungen Mann, der als Einziger vor der Tür wartete.

Jetzt saß da kein jungenhafter Rothaariger im zerknitterten Leinenoutfit, sondern ein tadellos gekleideter Mann mit weißblondem Haar, Augen von der Farbe des Winterhimmels und unnahbarem Gesichtsausdruck.

Daran war eigentlich nichts Verwunderliches. Jeder von uns fände sofort eine Erklärung für diesen Wechsel. Der Rothaarige könnte beispielsweise eben in das Sprechzimmer gegangen sein, der Blonde gerade gekommen ... wäre da nicht die bemerkenswerte Tatsache gewesen, dass den Ringfinger seiner rechten

Hand der Ring seines Vorgängers schmückte und er in der Linken dasselbe Buch hielt wie dieser, aufgeschlagen auf derselben Seite.

Es läge hier wohl nahe, sich ein wenig mit Wahrscheinlichkeitslehre auseinanderzusetzen. Hätte sich Dascha und nicht Katja dieser Anblick geboten, hätte sie sich auch sicher gleich gefragt, wie groß die Chance einer solchen Übereinstimmung war. Aber Katja war nicht Dascha und ahnte nichts von der Existenz des Rothaarigen. Daher musterte sie den Mann im weißen Anzug nur eingehend, schätzte im Geist den Preis seiner Hose und seines Jacketts ab, stellte Vermutungen über die mögliche Boutique an, wo beides zweifellos erst diesen Sommer gekauft worden war, und kam zuletzt zu dem Schluss, dass dieses Exemplar der hiesigen Flora und Fauna einem halbwegs gehobenen Standard entsprach und der menschlichen Rede auf vernünftige Weise mächtig sein dürfte. Allerdings wiesen der Bulgakow auf seinem Schoß und der dicke Stein in seinem Ring darauf hin, dass sein Niveau doch deutlich unter dem ihren lag, weshalb es natürlich nicht nötig war, sich besondere Umstände mit ihm zu machen.

»Wollen Sie auch zu Kyllina?«, fragte sie scharf.

Der Blonde sah von dem Buch auf, hob die rechte Augenbraue und betrachtete Katja abschätzend.

»Wären Sie vielleicht bereit, einer Dame den Vortritt zu lassen?« Das war ein Befehl, keine Frage.

»Sie brauchen sich keine Sorgen zu machen«, meinte der Blonde lässig, die farblos blauen Augen unverwandt auf sie gerichtet. »Ich brauche nur eine Minute. Ich werde ihr eine einzige Frage stellen und nicht einmal auf die Antwort warten.«

»Wirklich nur eine Minute?«, vergewisserte sich Katja mit der Strenge einer Vorgesetzten, ohne dem rätselhaften letzten Satz Beachtung zu schenken.

»Nun, um genau zu sein, einunddreißig Sekunden«, sagte der Blonde und lächelte kühl, wobei er makellos weiße Zähne zeigte.

»Na gut«, gab Katerina großzügig nach. »Würden Sie bitte den Platz nach Ihnen für mich frei halten?« Und sie drehte sich auf dem Absatz um und wollte zum Ausgang gehen.

»Entschuldigen Sie«, rief der Mann mit den farblosen Augen

ihr unerwartet nach. Als Katja sich umschaute, sah sie, dass er etwas vom Boden aufhob.

»Sie haben das hier verloren.« Der Mann hielt ihr eine goldene Kette hin.

Erstaunt machte Katja einen Schritt auf ihn zu und nahm ihm das Schmuckstück aus der Hand, das irgendjemand hier liegengelassen haben musste. Die Kette in Form einer Schlange, die sich selbst in den Schwanz biss, war ausgesprochen exquisit – eine Antiquität aus echtem Gold, vermutlich ein Einzelstück. Katja liebte teure Sachen: Sie allein waren noch Beweis dafür, dass auf dieser idiotischen Welt nicht nur Dummheit und Chaos regierten.

»Vielen Dank«, sagte sie knapp, legte sich die Kette demonstrativ um den Hals, ließ sie aber auf dem Weg hinaus hinter den keuschen Stehkragen ihrer Bluse gleiten. Es wäre mehr als idiotisch gewesen, den fremden Besitz offen zur Schau zu stellen, während jeden Moment die wahre Verliererin auf der Suche danach wieder ins »Zentrum« kommen konnte.

Aber wer nicht auf seine Sachen aufpassen konnte, der musste eben sehen, wo er blieb!

*

Nachdem sie noch einmal die Adresse des Hauses mit dem Gekrakel ihrer Mutter auf dem Stück Papier verglichen hatte, in das diese den »Haufen Geld« gewickelt hatte, der um des Wohles der anomalen Tochter willen vom Familienbudget abgezweigt worden war, betrat selbige pflichtschuldig das »Zentrum für Altkiewer Hexenkunst«.

Auf der Türschwelle stieß sie mit einer hochgewachsenen dunkeläugigen Dame im Businesskostüm zusammen, die ihr einen vernichtenden Blick zuwarf.

Die sieht aber gut aus!, dachte Mascha aufrichtig beeindruckt und drehte sich unwillkürlich nach ihr um. Das Gesicht der Dame wurde von einer strengen Brille verunziert, deren ungewöhnlich schmale Gläser ihre Augen zusammengekniffen wirken ließen. Ihre nüchterne Kurzhaarfrisur schien geradezu peinlich darauf bedacht, nur ja nicht mit diesen angespannten, mürrischen Zügen in Verbindung gebracht zu werden, die so aussahen, als seien sie ans Starkstromnetz angeschlossen. Und doch erschienen gegen diese Frau Rita, Lida und Shenja wie billiger Abklatsch.

Wenn selbst so jemand hierherkommt …, machte Mascha sich Mut und stieß die Tür auf.

Indessen beugte Katja sich zum Fenster ihres erfolgreich gewendeten Wagens hinunter, das der Fahrer auf ihr forderndes Klopfen hin eilig öffnete. »Du fährst jetzt zum Salon und bringst Tanja, die Kosmetikerin, mit allem, was sie braucht, zu mir nach Hause. Erinnere sie daran, dass sie die Haartönung nicht vergisst, das passiert dieser Idiotin jedes Mal!«

Der Chauffeur schaute seine Arbeitgeberin verwirrt an und erntete damit nur eine neue Strafpredigt. »Was guckst du so dämlich? Ja, ich habe graue Haare, seit ich achtzehn bin. Und in zwanzig Minuten bist du wieder hier und wartest auf mich!«

Den teuer erkauften Berechtigungsschein in den verkrampften Fingern, bog Mascha Kowaljowa um die dritte Ecke. Der Blonde war verschwunden, als habe es ihn nie gegeben. Auf seinem Platz saß, die Beine übereinandergeschlagen, ein Junge in weißen Jeans mit braunem Haar und mongolisch-tatarischen Zügen. Seine Augen waren schwarz wie Tollkirschen. Mascha ging an ihm vorbei und setzte sich auf den hintersten Stuhl in der Reihe. »Warten Sie auch?«, fragte sie artig.

Der Braunhaarige sah von seinem Buch auf, betrachtete sie freundlich und nickte stumm zur Antwort. Er trug einen auffälligen Ring mit einem durchsichtig blauen Stein.

»Dann komme ich nach Ihnen«, murmelte Mascha und machte sich daran, sorgfältig das zerknüllte Papier zu glätten. Dabei bemerkte sie, dass es tatsächlich ihr geliebtes ›Der Meister und Margarita‹ war, das ihr Nachbar in der Hand hielt! Das hätte sie jetzt auch gern hiergehabt …

»Warum haben Sie sich denn so weit weggesetzt?«, fragte der Junge sie plötzlich. »Haben Sie was gegen Leute, die so aussehen wie ich?«

»Nein, natürlich nicht!« Mascha wurde puterrot vor Scham,

dass der junge Mann sie für nationalistisch oder gar rassistisch hielt.

»Keine Sorge«, fuhr der fort und setzte sich ein Stück näher zu ihr. »Ich bin Ukrainer bis ins Mark. Meine Vorfahren haben schon vor der Gründung der Kiewer Rus hier gelebt. Dann kam der Tatareneinfall. Das hat sich natürlich ein bisschen auf unser Äußeres ausgewirkt.« Er lachte. Mascha gefiel es, dass er scherzte wie ein gebildeter Mensch.

»Das habe ich nicht ... ich dachte nur, ich will Sie nicht stören ...«, erklärte sie stockend.

»Im Gegenteil«, unterbrach er sie entschieden. »Ich habe gar nichts dagegen, hier ein so reizendes Mädchen zu treffen.«

Sie schaute ihn misstrauisch an und versuchte, aus seinen Worten versteckte Ironie herauszuhören. *Er macht sich über mich lustig,* beschied sie sich hart. *Er sieht zu gut aus. Wenn auch nicht ganz so wie Mir. Na ja, vielleicht ist es ihm auch einfach nur langweilig, hier zu warten.*

»Damit hätte ich überhaupt nicht gerechnet«, sprach er charmant weiter und rückte noch einen Platz näher heran. Bei dieser verstohlenen Annäherung zog sich Maschas Magen nervös zusammen. Die Lage wurde gefährlich! Ihre erniedrigende Machtlosigkeit lähmte sie – schon wieder ein überheblicher Kerl, der sein Spiel mit ihr trieb, und sie wusste einfach keinen Ausweg!

»Warum sind Sie hier, wenn das kein Geheimnis ist?«

Sie senkte schnell die Augen – ihre einzige Methode, sich zu schützen. Aber keine besonders effektive.

»Lassen Sie nicht den Kopf hängen«, tröstete er sie. »Sie können mir glauben, er wird Ihnen zu Füßen liegen.«

»Wer ›er‹?«, fragte sie dumpf.

Er lächelte. »Das wissen Sie doch.«

Mascha warf ihm einen vorsichtigen Seitenblick zu und begann sich endlich zu wundern. »Sagen Sie mal«, meinte sie, »kann es sein, dass ich Sie heute Morgen im Fernsehen gesehen habe? In der Reportage über die Überschwemmung. Arbeiten Sie vielleicht mit meinem Vater zusammen?«

Puh. Erleichtert stieß sie ihre Angst mit einem Atemzug aus, und das Gefühl, dass an der Sache ein Haken war, verging. Ganz einfach: der Junge kannte ihren Vater und damit auch sie. Papa zeigte gern allen möglichen Leuten das Familienfoto in seiner Brieftasche. Natürlich versuchte man, zu der Tochter eines Kollegen nett zu sein, wenn man sie zufällig traf, egal wie sie aussah.

»Sind Sie Studentin?«, fragte der Schwarzäugige mit unverbindlicher Höflichkeit.

»Ja, an der PH. Geschichte.«

»Und Sie lesen gern Bulgakow? Wahrscheinlich nur ›Der Meister und Margarita‹?«, fragte der Mitarbeiter ihres Vaters verschmitzt. (Hatte etwa Papa ihm das erzählt? Woher sollte er es sonst wissen?) »›Die weiße Garde‹ mögen Frauen meistens nicht so. Schließlich handelt es vom Krieg.« Der Junge setzte sich jetzt dicht neben sie und hob das Buch mit der Linken hoch, so dass sie den Einband sehen konnte. Es war ein alter, abgenutzter Sammelband, der unter dem Übertitel ›Der Meister und Margarita‹ noch eine Reihe weiterer Werke Bulgakows enthielt, die keiner so großen Schrift für wert befunden worden waren: ›Die weiße Garde‹, ›Hundeherz‹, ›Teufeliade‹.

»Wissen Sie, was meine Lieblingsstelle ist?« Seine Finger blätterten geschäftig die Seiten um. Dabei hielt er etwas zwischen Daumen und Zeigefinger – eine Kette oder einen goldenen Rosenkranz, soweit Mascha sehen konnte.

»Hier. Hören Sie zu«, bat der unbefangene Liebhaber glitzernden Zierrats. »›Über dem Dnjepr ragte das mitternächtliche Wladimir-Kreuz von der sündigen, blutüberströmten und verschneiten Erde in die düstere Höhe. Von weitem schien es, als ...‹«

Was genau dem zutiefst verehrten Michail Afanassjewitsch von weitem geschienen hatte, erfuhr Mascha nicht mehr. Die Tür des Zimmers mit der Aufschrift »Kyllina« schwang auf und enthüllte der Welt die Trägerin dieses seltenen Namens – eine junge Frau mit weichen Gesichtszügen, vollen Lippen, die wirkten wie noch nicht entfaltete Blütenblätter, und hellgoldenem Haar ohne eine Spur dunklerer Ansätze. Die Türklinke noch in der Hand, bedeutete sie ihrer vorigen Besucherin, deren Gesicht bang und bestürzt aussah, ungeduldig mit den Blicken, zu gehen.

»Also wirklich auf den Friedhof, und anders geht es nicht?«, fragte die vom Leben sichtlich gebeutelte Frau mit verzweifelter Hoffnung. Allem Anschein nach war sie der Goldhaarigen schon reichlich auf die Nerven gefallen.

»Genau!«, sagte Kyllina kurz. »Gehen Sie auf den Friedhof, hundert Schritt vom Eingang, dann dreißig Schritt nach Norden, und graben Sie. Was Sie dort finden, ist, was Sie brauchen.«

»Aber...«

»Sie wollen Ihrer Tochter helfen, oder?« Die Stimme der Goldhaarigen wurde schärfer. »Die Erdmutter ist die Beschützerin der Mütter. Gehen Sie jetzt. Der Nächste bitte!«, befahl sie, ohne zu den Wartenden hinzusehen, und verschwand blitzschnell wieder hinter der Tür.

Die Besucherin machte keine Anstalten wegzugehen und starrte stumpfsinnig auf die Tür. Der Junge schien Mascha und Mischa von einem Augenblick zum anderen vergessen zu haben. Er legte das Buch beiseite und bewegte sich in Richtung Tür.

Und Mascha sah, wie er, als er an der unschlüssigen Frau vorüberging, dieser flüchtig die Hand über die Augen legte. Und hörte ihn flüstern:

»Vergiss.«

*

Kyllina beugte sich erschöpft über ihren Schreibtisch und kritzelte schnell einige Worte in ihr Klientenbuch. Die Tür ließ knarrend den nächsten Bittsteller ein.

»Ihren Berechtigungsschein und die Quittung, bitte«, verlangte sie geschäftsmäßig, ohne den Blick zu heben, und streckte wie gewohnt die Hand aus.

Sogleich legte sich in ihre Handfläche ein Stück Papier, zerknittert, ungewohnt fest. Kein Papier für Formulare, sondern für teure Bildbände.

»Vielleicht bist heute ja du an der Reihe, deine Rechnung zu zahlen«, sagte eine ruhige Männerstimme.

Ihre Hand machte eine dumme kleine Zuckung. Das Blatt glitt erschrocken hinunter und segelte sanft zu Boden. Die Reproduktion der Muttergottes mit dem todgeweihten Kind auf den Knien blickte mit schmerzerfüllten, geweiteten Augen zur Decke auf, als leide sie schon im Voraus mit ihm.

Die Stimme des schrecklichen Besuchers traf sie voll in die Brust. »Vater unser, nicht rechtens rufe ich, der ich zur Linken stehe, das Gericht herab auf die Holde Kiewiza ...«

Und es tat weh.

So weh, dass der Schmerz die Angst auslöschte.

*

Mascha schien es, als habe der Mann nicht einmal eine Minute in dem Zimmer verbracht. Er kam wieder heraus, kaum dass er hineingegangen war, und verschwand, ohne sie noch eines Blickes zu würdigen, um die Gangecke.

»Hallo, Sie haben etwas vergessen!«, rief sie ihm hinterher und wies auf das Buch, aber ihr Ausruf erreichte ihn nicht mehr.

Die Seite, auf der er zu lesen aufgehört hatte, war durch den goldenen Rosenkranz markiert. Mascha knickte mechanisch eine Ecke der Seite um, hob die Kette vor die Augen und erkannte eine Schlange, die sich selbst in den Schwanz biss. Ohne nachzudenken drückte sie auf die flache Nase des Reptils: der Mund öffnete sich, und der Schwanz fiel heraus. Ein Verschluss.

Ein Rosenkranz war das nicht, so viel war ihr klar, aber sie kannte sich weder mit Antiquitäten noch mit Edelmetallen aus.

Der Braunhaarige kehrte nicht zurück. *Dann gebe ich beides heute Abend Papa, er soll es ihm mitbringen,* überlegte sie praktisch, legte sich die Schlange unter dem Kragen des T-Shirts um den Hals und verstaute das Buch im Rucksack.

Mit einem tiefen Atemzug trat sie zur Tür. Doch sie zögerte, die mit Ölfarbe gestrichene altertümliche Klinke hinunterzudrücken ... *Guten Tag, könnten Sie mir bitte den Jungfernkranz abnehmen?* Es war schon beschämend, das vor sich selbst zuzugeben, erst recht vor dieser jungen goldhaarigen Kyllina.

»He, hiergeblieben! Jetzt bin ich an der Reihe!«, erscholl da eine befehlsgewohnte Stimme.

Mascha erstarrte. Zwei Frauen eilten auf sie zu. Eine davon war die strenge Dame, die sie am Eingang getroffen hatte. Die andere war eine dralle Blondine mit unzähligen Zöpfchen und einem glitzernden Nasenpiercing.

»Lassen Sie mich vorbei«, sagte Katerina. Sie streckte selbstsicher die Hand nach der Klinke aus, aber Dascha versperrte ihr geschwind den Weg und bleckte die Zähne. »Was soll das heißen, Sie sind dran? *Ich* bin dran, Tusse!«, rief sie absichtlich beleidigend. Ihre Arbeit im Club »Oj–oj–oj!« hatte ihr eine heftige Allergie gegen alle katjaähnlichen Personen eingetragen. Doch während sie dort zwangsläufig versuchen musste, mit ihnen auszukommen, war das hier keineswegs der Fall!

»Ich war die Nächste nach diesem Mann! Wo ist er denn?« Diese Frage richtete Katja an Mascha.

»Er ist gerade eben rausgegangen«, sagte Mascha zaghaft und versuchte sich freizukämpfen. Sie war nur zu gern bereit, diesen beiden den Vortritt zu lassen, doch Daschas Rücken, der sie gegen die Tür drückte, erwies sich als unüberwindliche Barriere.

»Er ist schon weg?« Dascha kam sichtlich aus der Fassung.

»Sehen Sie. Und ich bin nach ihm dran«, knurrte Katja, die allmählich ernsthaft die Geduld verlor. Allein die Tatsache, dass sie sich hier auf Diskussionen mit so einer dahergelaufenen Schlampe einlassen musste, brachte sie auf die Palme. Mit aller Kraft zwängte sie ihre Hand unter Daschas Arm durch und umklammerte Maschas Finger, die sich an der Türklinke festhielt.

»*Ich* bin nach ihm gekommen, von dir war hier weit und breit nichts zu sehen!«, brüllte Dascha wütend und schob Katja mit dem Bauch von sich weg. »Du hältst dich wohl für ganz toll. Glaubst du, wir machen alle einen Kniefall vor dir oder was? Weißt du, was du mich kannst?«

»Geh doch zum Teufel«, machte Katja ihr einen Gegenvorschlag.

Damit hatte Dascha endlich die nötige offene Beleidigung bekommen, um der Gegnerin einen kräftigen Fußtritt zu versetzen, der sie von den Beinen fegte, begleitet von der passenden Beschimpfung – einer so großartigen und einfallsreichen, dass man sie nicht mehr als unter der Gürtellinie bezeichnen konnte; was die Abgründigkeit anging, konnte sie sich mit dem Marianengraben messen!

Die solchermaßen bedrängte Katja konnte das Gleichgewicht nicht halten und fiel mit voller Wucht gegen Dascha.

Und Dascha gegen Mascha.

Und Mascha spürte entsetzt, wie sie mit der Stirn die Tür aufstieß und zu Boden krachte, und über sie hinweg purzelte das ganze restliche Durcheinander.

»*Teufel noch mal!!!*«, kreischte Katja erbittert. Doch plötzlich gab sie so etwas wie ein dünnes »Ahhh …« von sich, das schnell erstarb.

Mascha kämpfte gegen den pochenden Schmerz in ihrem Kopf an und öffnete mühsam die Augen. Im nächsten Moment krabbelte sie hastig auf die Füße. Die Prellung war vergessen, denn der Anblick, der sich ihr bot, löschte alles andere aus.

In dem Zimmer schien ein Wirbelsturm zu toben. Papiere und Gegenstände sausten von einem eisigen Wind getrieben durch die Luft, der Mascha erfasste und ihr, wie es im Winter oft geschah, die Ohren verschloss, so dass sie zugleich betäubt war und in dem kehligen Brausen unzählige Stimmen zu vernehmen meinte, die lachten, heulten und zischten.

Dicht unter der hohen Decke kreiste wie eine riesige, wahnsinnig gewordene Spinne eine furchterregende, monströse Gestalt. »Aaah!«, stöhnte sie. »Aaaah, *bitte nicht*!!« Ihre blau angelaufenen Finger krallten sich in ihren vor Qual zurückgebogenen Hals, als wolle sie sich die Haut in Fetzen vom Leib reißen.

»Mein Gott«, hauchte Mascha und packte die nächste Hand zu ihrer Rechten.

»Teufel noch eins«, kam ein Echo von rechts.

»Oh, oh«, stieß Dascha überwältigt aus – und erstarrte mit offenem Mund. Die Gestalt hatte sie gehört!

Sie verhielt in der Bewegung und fixierte das Trio mit einem Blick voll rasender Pein. Unsäglicher Schmerz bohrte sich in Maschas Augen, sie schloss sie schnell und merkte, dass unter ihren Lidern hervor ein Strom von Tränen rann.

»Euch?!«, stieß die Frau an der Decke hervor, wild wie der Schrei eines Tiers. »Euch dreien soll ich es übergeben? Dreien? Niemals! Nein!!«

Gegen ihren Willen flatterten Maschas Lider erneut, wie vom Lärm aufgeschreckte Vögel. Und sie sah, wie der Sturm den Körper der Frau gnadenlos von einer Ecke in die andere warf, gegen Decke und Wände schleuderte, und sie schrie, schrie, schrie ...

»Nein! Nein! Nein!«

Doch mit jedem neuen Aufprall wurde das »Nein« schwächer.

»Gut!«, kreischte Kyllina dann mit sich schrecklich überschlagender Stimme. »Ich bin einverstanden!«

Im nächsten Moment schmetterte die unerklärliche, geheimnisvolle Gewalt den geschundenen Leib mit dem Rücken gegen die Decke, und die Frau spreizte verzweifelt die gekrümmten Finger, wie um sich daran festzuklammern. Mascha schien es, als versetze ihr jemand einen Faustschlag in die Magengrube, so heftig, dass er Haut und Knochen durchdrang. Finger, sich windend wie Würmer, wühlten in ihrem Inneren und tasteten nach ihrem Herzen ...

Der Schmerz wurde unerträglich.

Eisig. Finster. Unmöglich.

Mascha wusste nicht, wie lange sie dastand, vornübergebeugt und blind vor Schmerz, jeder Atemzug ein unhörbarer Schrei. Doch dann verebbte der Schmerz ganz unerwartet. Mascha hörte, wie etwas Großes, Schweres ihr genau vor die Füße fiel.

Ihre Augen wurden wieder sehend. Und sie erblickte zwischen Bruchstücken von heruntergefallenem Deckenputz den leblosen Körper einer jungen Frau mit goldenem Haar und dem klaren, stillen Gesichtsausdruck eines schlafenden Engels.

Aus dem Tagebuch von X.

Tot. Eine so schöne, junge und lebenshungrige Person. Aber mein Genius erlaubt mir nicht, darüber nachzudenken ...
Der intellektuelle, verstandesgesteuerte Mord im Stil des zer-

rissenen Raskolnikow riecht immer verdächtig nach Paranoia. Der Mord um des Kicks willen nach Irrsinn. Das Verlangen zu töten muss vollkommen natürlich sein, wie Hunger oder Liebe.

Ein gesunder Mensch tötet gelassen, so, wie er Luft holt, ohne sich darüber Gedanken zu machen, wie er sie dabei in Kohlendioxid verwandelt.

Ihr habt euch nicht verhört – ein gesunder Mensch.

Denn eine Verirrung der Natur ist gerade derjenige, der nicht in der Lage ist, aus Notwendigkeit zu töten. Ihr verzieht zweifelnd das Gesicht? Aber wenn euer Macker mit verschränkten Armen dabei zusehen würde, wie ihr von drei Typen vergewaltigt werdet, würdet ihr doch auch schreien: Warum bringst du sie nicht um?

»Das ist doch etwas ganz anderes«, werdet ihr einwenden.

Und schon seid ihr reingefallen!

Weil euch nämlich Gott verboten hat zu töten, selbst aus Notwehr. Er gestattet euch nur, den Tod klaglos hinzunehmen.

Viertes Kapitel,

in dem Dascha ihren Job, Katja einen Eber und Mascha ihren gesunden Schlaf einbüßt

> Ja, der Mensch ist sterblich, aber das ist nur das halbe Problem. Schlimmer ist, dass er mitunter sehr unerwartet sterblich ist ... und nicht die mindeste Garantie dafür geben kann, was er am heutigen Abend machen wird.
>
> *Michail Bulgakow, ›Der Meister und Margarita‹*

Einige Zeit standen die drei dicht beisammen, schweigend, noch immer krampfhaft aneinandergeklammert. Endlich schob Dascha entschlossen Katjas Hände von ihren Schultern, ließ sich auf die Knie nieder, kroch vorsichtig zu der bewegungslosen Frau hin und legte ihr zwei Finger an die Halsschlagader.

»Kein Puls. Sie ist tot«, verkündete sie flüsternd. »Was war mit ihr los? Eine Überdosis?«

»Verflucht«, stieß Katja heiser aus. Das Wort »tot« brachte sie umgehend zur Besinnung. »Egal was los war, gleich haben wir die Polizei hier. Lasst uns abhauen!« Und sie hastete auf ihren eigenen Befehl hin als Erste zur Tür.

Dascha folgte ihrem Beispiel, doch als sie sah, dass Mascha noch immer starr wie eine Salzsäule vor der Leiche stand, ging sie zurück und zog das verstörte Mädchen hinter sich her.

Gehetzte Blicke in alle Richtungen werfend, hastete das Trio durch die hallenden, leeren Gänge des Hexenkunst-Zentrums. Doch sobald sie an den Ausgang gelangten, versuchten zumindest zwei von ihnen, einen unverdächtigen Eindruck zu machen, und schritten betont ruhig an der Empfangsdame vorbei. Diese hob nicht einmal den Kopf von ihrem Krimi.

»Gena, fahr los!«, krächzte Katja, während sie sich wie ein Mehlsack auf den Beifahrersitz fallen ließ.

»Wohin?«, fragte der Chauffeur unsicher.

»Egal, fahr einfach los!«, schnappte Katja. »Mach schon! Los!«

Dascha eilte, Mascha am Arm mitziehend, zu ihrem Moped. »Komm, wir verschwinden!«, keuchte sie. »He, hallo! Wohin soll ich dich bringen?«

»Nach Hause …«, stammelte Mascha kaum hörbar.

»Und wo ist das?«, fragte Dascha gutwillig, während sie sich die wie durch ein Wunder noch dort sitzende Kappe vom Kopf zog und in der Tasche ihrer roten Lederjacke verstaute. »Okay, fahren wir erst mal los. Setz dich hinter mich.«

»Und mein Rock?«, quietschte Mascha und zeigte auf das lange Kleidungsstück.

»Zieh ihn eben hoch, na los!«

Daschas Pony bäumte sich auf und sauste den Andreasstieg hinab – Mascha kniff panisch die Augen zu und fürchtete, das Bewusstsein zu verlieren.

Mit einem lauten »Kar-r-r« erschien woher auch immer der schwarze Rabe und segelte ihnen mit ausgebreiteten Schwingen hinterher.

Flink jagte das Stahlpferdchen am Flusshafen vorbei und machte sich surrend daran, die Steigung des Kreschtschatik zu bewältigen. Die Fahrer einiger teurer Wagen ließen die getönten Fensterscheiben hinunter und begleiteten die beiden kühnen Amazonen mit beifälligen Blicken. Einer von ihnen hob belustigt den Daumen in die Höhe, und Daschas rundes Gesichtchen erstrahlte sofort in der ihr so eigenen ungekünstelten Lebensfreude.

»Hey-ho!«, schrie sie ihrer Gefährtin zu. »Das war doch total krass! Wie in einem Horrorfilm!«

Mascha biss die Zähne zusammen. Sie stand immer noch unter Schock, und ihrer totenbleichen Miene nach zu urteilen würde es noch eine Weile dauern, bis sie sich davon erholte.

»Lass mich bei der Metro raus«, brachte sie mit Mühe hervor.

»Bei welcher Station?«

»Egal.«

»Okay!«

Dascha rollte bis vor die Station »Teatralnaja« und wartete geduldig, bis ihre Beifahrerin umständlich von ihrem Gefährt geklettert war. Diese zog fahrig ihren Rock zurecht und betrachtete die Vorübergehenden mit dumpfem Blick.

»Halt mal«, sagte Dascha. »Tief durchatmen. Bist du sicher, dass du's nach Hause schaffst? Wenn nicht, sag's ruhig, ich kann dich gern hinbringen.«

Zur Antwort schüttelte Mascha nur stumm den Kopf.

»Was glaubst du, was war da eigentlich los?«, fragte ihre Retterin, unbekümmert, ob jemand zuhörte, und ohne sich tatsächlich eine klare Antwort zu erhoffen.

»Ich weiß es nicht.« Mascha durchlief ein matter Schauder. »Aber es war furchtbar. Ganz grässlich. Ich habe noch nie gesehen, wie jemand stirbt.«

»Nein?«, meinte Dascha leichthin. »Weißt du, bei uns im Club ist schon alles Mögliche vorgekommen. Aber solche akrobatischen Symptome hab ich noch nicht gesehen. Ich frag mich wirklich, was sie geschluckt hat ...« Sie rieb sich gedankenvoll die Nase und ging im Geist alle ihr bekannten Möglichkeiten durch.

»Darum geht es nicht«, wandte Mascha plötzlich leise ein. »Ich glaube« – ihre Stimme senkte sich zu einem gänsehautverursachenden Flüstern –, »dass Kyllina –«

»Wowww!«

In Daschas begeisterten Ausruf mischte sich ein spitzer Schrei von Mascha – auf der Lenkstange des Mopeds war wie ein Stein der schwarze Rabe gelandet.

»Ka-a-a-a-a!«, erklärte er großspurig. Dascha erschien es wie ein höfliches »Hallo!«. Mascha machte einen Satz zurück und prallte dabei hilflos stolpernd gegen mehrere Passanten.

»Meine Güte, ist die fertig ... keine Nerven im Leib, die Arme«, murmelte Dascha mitleidig, während Mascha davonlief und von dem dunklen Loch des Metroeingangs verschluckt wurde.

Der Rabe neigte den glänzend schwarzen, smaragdgrün schimmernden Kopf und blickte der Unglücklichen mit unverwandtem Interesse nach.

»Und was bist du für ein Vogel?«, strahlte Dascha ihn an. »Bist du etwa zahm?« Sacht berührte sie mit einem Finger den pechschwarzen Rücken.

Anscheinend mochte der Rabe solche Annäherungsversuche nicht. Er krächzte missbilligend, schwang sich in die Höhe und verschwand hinter einem Hausdach.

»Na, das war ja wohl ein markerschütternder Tag ...«, murmelte Dascha Tschub, tastete nach ihrem Handy und wählte eine wohlbekannte Nummer. Sie platzte fast und brauchte dringend ein Ventil. »Sajadlaja? Du glaubst nicht, was ich gerade erlebt habe!«, brüllte sie in den Hörer. »Was? Unsere Wette? Ach, die ...« Daschas Gesicht umwölkte sich. Ungnädig schaltete sie das Handy aus und spornte böse ihr Moped an.

*

Katja lag auf dem Wohnzimmersofa und starrte düster an die Decke. Die himmelschreiende Geschichte wollte ihr einfach nicht aus dem Kopf. Tanja, die Kosmetikerin, war damit beschäftigt, ihr mit Hilfe einer rosa Porzellankelle sorgfältig eine grünliche Masse ins Gesicht zu schmieren.

»Nicht so anspannen ...«, säuselte Tanja im geübten Tonfall eines liebevollen Kindermädchens. »Wir müssen uns ganz entspannen, damit wir heute Abend wunderschön und ruhig sind.«

Katja seufzte: Tanja war eine selige Idiotin vor dem Herrn. Immer sanftmütig und beruhigend, was der Grund dafür war, dass Katja sie behielt.

Im Wohnzimmer lag ein unauffälliger Klangteppich aus dem leisen Geräusch des Fernsehers vermischt mit dem Schwingen des vergoldeten Pendels einer Wanduhr (das Bronzefigürchen einer Hirtin im Gewand einer hochherrschaftlichen Dame), die Katja im Antiquitätengeschäft »Modern« gekauft hatte. Katja fiel die goldene Kette in Form einer Schlange wieder ein, und ihre Laune besserte sich ein wenig. Sie versuchte den Verschluss aufzudrücken, um die entzückende Neuerwerbung genauer in Augenschein zu nehmen, aber die Schlange hatte sich in ihren Schwanz festgebissen – vermutlich war der Verschluss irgendwie gesichert.

»Vergessen Sie nicht, die grauen Haare nachzutönen«, erinnerte sie Tanja, wobei sie versuchte, ihre Züge unbeweglich zu halten. »Die kann ich nicht gebrauchen.«

»Natürlich«, versicherte die Kosmetikerin lautstark. »So, nicht zu arg mit den Wangen zucken, sonst haben wir nicht die richtige Hautstraffung ... Jetzt liegen wir fünf Minütchen ganz ru-u-uhig da, und schon ist die Haut wieder sechzehn Jahre alt. Ich mache sofort die Tönung fertig, keine Sorge.«

»Keine Sorge ist leicht gesagt«, brummte Katja versöhnlich. »Wenn Sie wüssten, was ich heute durchgemacht habe.«

Dienstfertig ging Tanja darauf ein. »Was war denn heute Schlimmes?« Sie vereinte ihren eigentlichen Beruf erfolgreich mit dem der geborenen Psychologin und fand sich auch gleichmütig mit der Tatsache ab, dass sie ihre Schutzbefohlene heute nicht zum Schweigen bringen würde. Wenn Katerina Michailowna sich gerade jetzt aussprechen wollte, mit dick verkleistertem Gesicht, nun, von ihr aus ... Dem Bedürfnis ihrer Klientinnen, sich die Haut zu verderben, entsprach sie im Zweifelsfall ebenso wie jedem anderen.

»Ich komme heute zu einem wichtigen Geschäftstermin«, klagte Katja ohne Zögern, »und plötzlich bekommt die Mitarbeiterin dort einen Schlaganfall und fällt vor meinen Augen tot um!«

»Wie furchtbar«, rief die Kosmetikerin mit professionellem Schrecken. »Setzen Sie sich doch bitte auf den Stuhl ... Was für ein Albtraum!«

Katja wechselte gehorsam vom Sofa auf den Stuhl und starrte auf den Fernseher, ohne etwas zu sehen.

»... im Museum für russische Kunst wurde heute die langersehnte Viktor-Wasnezow-Ausstellung eröffnet«, versuchte dieser ahnungslos, sie mit seinen Neuigkeiten aus dem Stadtleben zu trösten. »Von 1885 bis 1896 lebte der berühmte Maler in Kiew. Über die ganze Dauer seiner etwa zehn Jahre währenden Kiewer Zeit arbeitete er an seinem legendären Bild ›Die Recken‹, die er realen historischen Persönlichkeiten nachempfand. Angeregt wurde die Ausstellung durch ...«

Namen und Verdienste der kunstliebenden Initiatoren überhörte Katerina, doch ihre Aufmerksamkeit wurde wieder vom Bildschirm angezogen, als dort gleich darauf das Gesicht des winteräugigen Blonden erschien, der erst vor kurzem gemeinsam mit ihr vor dem Sprechzimmer der fallsüchtigen Kyllina gewartet hatte.

Also, Kiew war wirklich ein Dorf!

»Stellen Sie sich das vor«, sprach Katja weiter. »Man bemüht sich überhaupt nicht mehr um hochwertiges Personal. Wie kann man nur Kranke und Krüppel zur Arbeit mit Menschen zulassen?«

»Ja-a-a, wahrha-a-aftig«, bestätigte Tanja, wenn auch im Augenblick sichtlich etwas anderes ihre Aufmerksamkeit beanspruchte. Auf einen Frisierkamm hatte sie eine Strähne von Katjas Haaren gezogen und musterte sie eingehend. Dann nahm sie eine andere auf, und noch eine …

»Ich verstehe das nicht!«, platzte sie schließlich heraus. »Katerina Michailowna, Sie haben nicht ein einziges graues Haar!«

»Das kann nicht sein«, gab diese ungläubig zurück. »Glauben Sie etwa, ich bin blind? Heute Morgen hatte ich ganz eindeutig noch welche!«

Tanja hatte gelernt, alle gefährlichen Klippen im Charakter ihrer Klientinnen zu umschiffen. Sie streckte Katja umgehend ihren Handspiegel hin und lächelte über deren Schulter hinweg hinein: »Schauen Sie selbst nach, wenn Sie mir nicht glauben.«

Katja durchwühlte ungehalten ihre kurzen Haare, verdrehte dabei energisch den Hals und zerpflückte jedes Büschel.

»Teufel auch«, sagte sie zuletzt verblüfft. »Teufel noch eins!«

»Schwarz wie ein Rabenflügel. Sehen Sie, das liegt nur an meinen Geheimrezepten!«, fand Tanja auf der Stelle ihren Eigennutz wieder.

*

»Metro« hatte Mascha nur gesagt, weil das ein einfaches Wort war und keiner zusätzlichen Erklärung bedurfte. Auf dem Weg die Rolltreppe hinunter zählte sie wie im Traum die mit Werbung beklebten Lampensäulen, die den Weg in den unterirdischen Tunnel erhellten (es waren genau neunzehn). Dann setzte sie sich auf eine der Holzbänke und versuchte ihre Fassung wiederzuerlangen. Unbekannte Menschen jagten ihr Angst ein. Nicht, dass sie außer ihren Eltern und der Familie ihres älteren Bruders Bekannte gehabt hätte. Doch gewöhnlich schaffte Mascha es recht schnell, sich wieder zu fangen, sobald sie einige Zeit allein und ungestört war.

Der Rabe!

Genau so einer hatte am Morgen auf dem Fensterbrett ihrer Küche gesessen.

Euch dreien soll ich es übergeben? Dreien? Niemals! Nein!!

Das war doch total krass! Wie in einem Horrorfilm.

Und wenn ... wenn ...

Als sie schließlich wieder ans Tageslicht kam und zur Bushaltestelle auf dem Tolstojplatz ging, wo schon geduldig ein Minibus auf sie wartete, brach unvermittelt die Dämmerung über die Stadt herein. Ein bedrohlich blutroter Sonnenuntergang hatte sich zwischen den Zweigen des Botanischen Gartens der Universität verfangen. Der Minibus rollte, von einem Schwarm anderer Fahrzeuge umdrängt, langsam den Berg hinab. Kiew bestand ausnahmslos aus Bergen und Hügeln – groß, klein und in jeder Zwischengröße, und jeder von ihnen war mit zahllosen Straßen, Straßenzügen oder ganzen Stadtteilen überzogen.

Der Kreschtschatik-Boulevard zählte zur Oberstadt, unter der sich die Unterstadt ausbreitete. Man hätte ihn vielleicht besser als eine Art Mitte bezeichnet, denn er war zwischen zwei höheren Bergen eingeklemmt, auf deren einem sich das in den Hang gebaute Höhlenkloster befand, auf dem anderen die Kiewer Akropolis mit dem Michaels- und dem Sophienplatz, der Andreaskirche, dem Goldenen Tor und dem Jaroslawswall.

Und selbst heute, als sie zum vermutlich millionsten Mal in ihrem Leben den einstigen Bibikow-Boulevard (wie er heute hieß, vergaß sie immer wieder) entlangfuhr, staunte Mascha wieder darüber, in welch steilem Schwung die Straße abwärts führte, nur um sich nach einer kurzen Atempause in der Talsenke des Siegesplatzes wieder triumphal himmelwärts emporzuschwingen. Die Lichterkette der Siegesallee auf dem Berg vor ihr, halb rot von unzähligen Rücklichtern, halb grünlich-weiß, strebte auf einen Punkt in solcher Höhe zu, dass es aus dieser Entfernung schien, als führe die Straße geradewegs in den Himmel …

Und so fuhr Mascha Kowaljowa den Boulevard des armlosen Bibikow entlang, an der schwarz-roten Sankt-Wladimirs-Universität vorbei, wo ihr verehrter Michail Bulgakow Medizin studiert hatte … überquerte die den Boulevard durchschneidende Gymnasiastenallee, mit dem Ersten Kaiserlichen Gymnasium – Haus Nr. 14 – und dem Zweiten – Haus Nr. 18 –, wo ebender später so verehrungswürdige Mischa zur Schule gegangen war …

Ab und zu erhaschte sie mit kurzsichtig zusammengekniffenen Augen einen Blick auf die Schilder, die diese Gebäude heute zierten, und ihren Inhalt vergaß sie sogleich wieder.

Eigentlich hätte man den Boulevard nach Bulgakow benennen müssen! Er ist ihn schließlich tausendmal rauf und runter gegangen! Er –

Mit einem Mal wurde ihr Denken wieder klar. Das Grauen hatte sie endlich freigegeben.

Und während sie auf das asketische Gesicht Mascha Kowaljowas in der dunklen, leicht vibrierenden Glasscheibe des Busfensters starrte, lief vor ihrem inneren Auge wie ein Film noch einmal das Erlebnis am Andreasstieg ab. Ihren Körper durchliefen Adrenalinstöße, während die Szenen einander voll klarer Schönheit abwechselten. Ihr war, als sei sie an der spannendsten Stelle eines Buches angekommen und lese nun trotz ihrer Gier besonders langsam, um den Genuss auszukosten, ließe sich jeden besonders fesselnden Satz mehrmals auf der Zunge zergehen.

Gleich würde sie wieder zu Hause sein und sich alles noch einmal ganz genau ins Gedächtnis rufen, jedes kleinste Detail, sie alle zu einem großen Bild zusammensetzen und sich endlich davon überzeugen können, dass –

Ich wusste schon immer, dass es doch möglich ist! Ich wusste, dass er die Wahrheit schreibt. Ich wusste es!

Kaum hatte sie die Wohnungstür geöffnet, als die erschöpfte Stimme ihres Vaters an ihr Ohr drang. »Das sind Digger, so viel ist sicher.« (Es gab immer etwas, worüber er sich beschwerte: die Regierung, den Bürgermeister, die Preise der öffentlichen Verkehrsmittel ...) »Kolja hat es die ganze Zeit gesagt, und ich hab's nicht geglaubt. Diese Höhlen sind sicher tausend Jahre alt, man braucht nur zu niesen, und schon fällt alles zusammen ... Wahrscheinlich ist dort eine Wand eingestürzt, und von der Erschütterung ist das Rohr geplatzt. Nur gut, dass diese Idioten nicht selbst druntergekommen sind. Oh, wie können die nur so gedankenlos sein!«

»Geh doch nicht gleich in die Luft!«, versuchte die Mutter ihn zu beruhigen.

Die Tochter schloss so leise wie möglich die Tür hinter sich in der Hoffnung, auf Zehenspitzen unbemerkt in ihr Zimmer schleichen zu können. Ohne die Augen vom goldenen Rechteck der Küchentür zu wenden, in dem man gerade noch den ausgetretenen Pantoffel ihres Vaters sehen konnte, der rastlos an seinem nervös zuckenden Fuß wippte, machte sie einige vorsichtige Schritte – und stieß polternd mit dem dreimal verwünschten Fahrrad zusammen.

Warum vergesse ich das Ding nur ständig?, jammerte sie innerlich, obwohl sie schon lange ihre merkwürdige Fähigkeit kannte, die tristen Realitäten ihres Lebens gänzlich aus ihrem Kopf zu verbannen und sich jedes Mal aufs Neue zu wundern, wenn sie wieder mit ihnen konfrontiert wurde.

Das dem Fahrrad zum Opfer gefallene Knie mit der Hand umklammernd, hinkte sie in ihr Zimmer und drehte hastig von innen den Schlüssel um. Schon klopfte es an der Tür.

»Kindchen, was ist?«, hörte sie die Stimme ihrer Mutter, fürsorglich und fordernd zugleich. »Warst du dort?«

»Ja«, gab sie zurück.

»Und, haben sie dir den Kranz abgenommen?«

»Weiß ich nicht.«

Soweit sie sich erinnern konnte, hatte sie noch nie eine Autoritätsperson angelogen. Doch Mascha war vollkommen klar, dass es zum ersten Mal in ihrem Leben unmöglich war, ihrer Mutter DIE GANZE WAHRHEIT zu sagen.

Die Mutter war nicht so leicht zu beschwichtigen. »Und haben sie dich von dem Fluch befreit? Vom bösen Blick? Ist alles in Ordnung? Nichts zurückgeblieben?«

»Mama, später, bitte ... Ich bin furchtbar müde«, rief Mascha klagend. Sie wusste genau, welche Reaktion dieser Einwand bei ihrer Mutter hervorrief. Und sie irrte sich nicht.

»Müde? Wovon denn?«, begann diese sich augenblicklich aufzuregen. »Wenn du arbeiten würdest wie dein Vater! Glaubst du etwa, Studieren ist Arbeit? Die Tochter von Tatjana Petrowna verdient schon so viel, dass die ganze Familie davon leben kann: die Mutter, der Vater, die Großmutter, und einen Sohn hat sie auch noch ... Was glaubst du, wie müde *die* ist!« Die Wut war bei ihr immer stärker als die Neugier. Jetzt, wo sie in Fahrt gekommen war, hatte sie schon vergessen, dass sie noch vor drei Sekunden vorgehabt hatte, liebevoll und geduldig zu sein. Aufgebracht stapfte sie davon.

Mascha stieß einen erleichterten Seufzer aus – unter anderen Umständen hätte sie diesen Sturm niemals freiwillig auf sich herabgerufen, aber in dieser Lage erschien er ihr wie himmlisches Manna.

Sie sprang zu ihrem mit Büchern vollgestopften Regal hinüber und zog gleich drei Bände verschiedener Dicke heraus. Hastig überflog sie die Seiten.

»Ah ...« Ihr Finger blieb unter dem gesuchten Absatz stehen.

»In allen slawischen Quellen, einschließlich der bedeutenden Arbeit Wladimir Dahls ›Über Volksglauben, Aberglauben und Vorurteile des russischen Volkes‹, wird auf die Tatsache hingewiesen, dass Hexen vor allem in der Ukraine geboren werden ...«, versicherte ihr patriotisch der kaum bekannte Autor A. A. Tschub.

»Das ist wahr!«, stimmte Mascha ihm begeistert zu. Sie hatte die Angewohnheit, laut mit ihren Büchern zu reden, ohne darüber nachzudenken, wie verschroben das nach außen wirkte.

Sie machte einen Knick in die Seite, warf das gutgeheißene Buch gewohnheitsmäßig aufs Bett, nahm sich als Nächstes Dahl vor, der bereits seines Auftritts harrte, und schlug das Kapitel »Hexen« auf.

»Die Hexe ist, so glaube ich, einem jeden bekannt, gleichwohl sie namentlich in der Ukraine angetroffen wird, und der Kahle Berg bei Kiew dient dem Hexenvolk sämtlich als Sammelplatz, welches dort nächtens seinen Sabbat feiert ...«, begann das Mitglied der Russischen Akademie der Wissenschaften und Leiter der Extraordinären Kammer des Ministeriums des Innern umständlich seinen Bericht.

»Merci beaucoup, mein guter Freund.« Wladimir Iwanowitsch flog Tschub hinterher. »Und was sagen Sie, Herr Kollege?« Mascha öffnete die ›Kleine Enzyklopädie des historischen Kiew‹ von A. Makarow und blätterte die Seiten durch.

»Kahler Berg – Ort, an dem Hexentreffen stattfinden. In verschiedenen europäischen Ländern waren derartige Berge bekannt. Alle Kahlen Berge auf slawischem Gebiet befinden sich in Kiew«, informierte die Enzyklopädie lakonisch.

»Ja!!« Mascha hob das Buch an die Lippen, als habe dieses ihr soeben eine Liebeserklärung gemacht. Ihre Augen strahlten.

»Und was jetzt?«, flüsterte sie mit vor Freude vibrierender Stimme ihrem platonischen Historikerfreund zu. »Es kann doch nicht sein, dass all das nur *einfach so* passiert ist!«

*

»Wir machen es genau so, wie wir es geprobt haben«, erinnerte die Markerschütternde das Ballett. »Ihr tanzt alles durch, lasst euch am Schluss flach zu Boden fallen, und dann trete ich auf, sozusagen über eure Leichen.«

Sie standen in dem engen, mit Ölfarbe gestrichenen Gang, an dessen Ende hinter einem schwarzen Vorhang ein Stück Bühne zu sehen war. Daschas Gesicht war großzügig mit greller Theaterschminke bemalt, und von ihren Schultern hing wirkungsvoll ein Produkt ihrer eigenen schöpferischen Fantasie: eine Art Flickenumhang aus verschiedenfarbigen, mit Glitzerfäden durchwirkten Stofffetzen. Sosehr sich wohl darüber streiten ließ, wie geschmackvoll dieses Ensemble war, einem Zweck diente es hervorragend: Es war unmöglich, den Blick von der Sängerin abzuwenden.

»Und wenn du durch den Saal gehst, tanzen wir –«, begann Sunny.

»Nein!« Die Clubsängerin und Art-Director in Personalunion schnitt ihm mit einer entschiedenen Geste das Wort ab. »Ich geh heute nicht in den Saal runter. Wenn ich das noch mal mache, wirft mich der Direktor raus.«

»Und unsere Nummer? Erst wenn du in den Saal gehst, können wir doch ...«

»Ihr tanzt einfach hinter meinem Rücken weiter.«

»Aber dann verdeckst du uns«, beschwerte sich der Tänzer.

»Okay, dann setze ich mich auf die Seite, sozusagen als Erzählerstimme. Wie in ›Der Glöckner von Notre-Dame‹. Wir machen das Ganze ein bisschen versetzt, einverstanden?« Sie verdrückte sich nach hinten und zog Sunny am Hemdkragen, zum Zeichen, dass er ihr folgen sollte.

Er kam dem Befehl gehorsam nach und wartete lächelnd ab, was sie sagen würde. Die Markerschütternde stand auf der Liste der von ihm verehrten Persönlichkeiten an zweiter Stelle, gleich hinter Madonna.

»Sunny«, sprach sie in überaus ernstem Ton, »bitte erschrick nicht gleich. Also ... ich hab mit Sajadlaja gewettet, dass ich dich verführe.«

Unwillkürlich machte der Tänzer einen Schritt rückwärts und starrte sie schockiert an – derartige Verfänglichkeiten hätte er nun doch nicht von ihr erwartet.

»Wenn du nicht wirklich willst, lass uns wenigstens so tun als ob. Als Künstler kannst du das doch ohne Probleme! Und mir fällt dabei auch kein Zacken aus der Krone, weißt du.«

»Ja ... gut«, sagte der Tänzer langsam. »Ich kann's versuchen. Aber erklär erst mal genauer ...«

Dascha atmete erleichtert auf. »Das heißt, du machst mit?«

In diesem Moment ertönte hinter ihrem Rücken ein schadenfrohes Klatschen. In der Tür zur Maske stand mit selbstzufriedenem Grinsen Sajadlaja – entgegen ihrer üblichen Gewohnheit, sofort nachdem sie die Tänzer frisiert hatte, in den Saal zu ihrem Alex zu eilen.

Dascha stöhnte innerlich. Na wunderbar! Was hatte die heute nur hier zu suchen?

»Du hältst mich wohl für total blöd?«, sagte die Friseuse giftig. »Na los, geh schon, gib deinem Moped einen Abschiedskuss!«

Das war der Moment, da Dascha eine verwirrende und erschreckende Erkenntnis kam. Diese Frau verabscheute sie aus tiefstem Herzen. Sicher, sie waren nie die dicksten Freundinnnen gewesen, lediglich Kolleginnen, und Sajadlaja war nie müde geworden, sie missmutig zu bekritteln, aber Dascha hatte jedes genervte »Hmpf!« der anderen stets arglos ihrem miesepetrigen Charakter zugeschrieben. Ihre Sticheleien wie auch die heutige Wette waren für Dascha nicht mehr als eine Art kindisches Kriegsspiel gewesen, bei dem man sich nichts Schlimmeres zuziehen konnte als eine Schramme.

»Was habe ich dir getan, dass du mich so hasst?«, fragte sie verständnislos.

»Was du mir getan hast?«, sagte Sajadlaja feindselig. »Würde ein normaler Mensch mich aus irgendeinem schwachsinnigen ›Zentrum‹ anrufen und mir ins Ohr schreien, dass er mir meinen Freund mit einem Liebeszauber abspenstig machen will? Denkst du eigentlich jemals auch nur eine Sekunde nach, bevor du was tust? Hm?«

»Wir müssen«, hauchte Sunny und berührte Dascha leicht an der Schulter.

Und die Musik begann zu spielen.

*

Sehr aufrecht, um ihre Brust und den eleganten Schwung ihres Halses besser zur Geltung zu bringen, betrachtete Katja Dobrashanskaja mit süßlich-starrem Lächeln die von Schweißperlen bedeckte Glatze des Ebers, der ihr gründlich die Hand besabberte. Und gleich darauf den billardkugelähnlichen Kopf hob und sie gierig mit Blicken verschlang.

Erstick bloß nicht daran, dachte sie und zog innerlich eine geringschätzige Grimasse.

Sie fand ihn erbärmlich, wie ein hungriges Kind, das vor Beginn des Festessens schon mal das ganze Büffet beschnuppert und sich nicht entscheiden kann, worauf es sich zuerst stürzen soll. Exakt in dieser Manier hatte Wassili Fjodorowitsch schon den ganzen Abend lang ihr Dekolleté, ihr Gesicht, ihre Beine in Augenschein genommen – wohl wissend, aber noch immer nicht ganz begreifend, dass diese Frau heute Nacht ihm gehörte.

Gleich zu Beginn ihrer Verabredung im Restaurant hatte Katja dem »heiteren Gesicht der Steuerfahndung« ohne lange Vorrede ihre Bitte unterbreitet. Sie war so komplex und schwer zu erfüllen, dass ihm sofort klar werden musste, dass sie bereit war, einen Preis zu zahlen. Ihm oblag es nun, gewisse Andeutungen über die Natur dieses Preises zu machen.

Selbst zu diesem Zeitpunkt hatte er noch nicht zu hoffen gewagt, dass sie sich einverstanden erklären würde. Das kam erst, als Katja nach dem Essen den klassischen Satz von wegen »noch etwas trinken gehen« ausgesprochen hatte ...

»Also kann ich darauf zählen, dass Sie eine arme schwache Frau nicht in ihrer Not allein lassen werden?«, fragte Katja kokett.

»Natürlich«, polterte Wassili Fjodorowitsch voll Inbrunst. »Wie könnte ich anders, bei meiner Ehre! Ich habe Ihnen schon so oft gesagt, wir sollten uns viel häufiger treffen. Glauben Sie mir, liebe Katja, Sie werden keine, aber auch nicht die geringsten Probleme mehr haben!« Sein schon leicht getrübter Blick fixierte den tiefen Ausschnitt ihres Kleides.

Sie ahnte, dass er gerade versuchte, mit seinem von Lüsternheit vernebelten Hirn abzuschätzen, ob der Höflichkeit auch ausreichend Genüge getan war und er sich endlich die Freiheit nehmen konnte, sein lang ersehntes Geschenk des Schicksals auszupacken.

Das Küssen lassen wir aus, beschloss sie rasch. Ihr wurde soeben grundlegend klar, was es mit der ersten Regel der Prostituierten auf sich hatte: Alles Mögliche, aber auf keinen Fall Küsse auf den Mund! Ihren Körper hatte sie unter Kontrolle, aber was war mit dem Brechreflex, wenn die Zunge dieses alten Knackers die sensiblen Areale ihrer Mundhöhle berührte ...?

Seinen abstoßenden Traum musste er jedoch bis zum bitteren Ende erfüllt bekommen.

»Ich bin gleich wieder da«, gurrte sie verführerisch und stupste ihn auf die fleischige Nase. »Warten Sie hier.«

»Katja, Süße«, keuchte er schwer.

»Gleich, gleich ...«

Mit dem geschäftlichen Sex war es so eine Sache: Beeilte man sich zu sehr, hielt einen der Kerl für eine Hure, ließ man sich aber zu viel Zeit, wurde er wütend und glaubte, man wollte ihm etwas vormachen. Alles musste genau bemessen werden, wie die Zutaten einer Arznei.

»Bin wieder da!«

In perfekter Pose zeigte sich Katja im Durchgang zum Schlafzimmer, im seidenen Kimono, darunter Spitzenwäsche und halterlose Seidenstrümpfe. Ihr war klar, dass sie ausah wie irgendein austauschbares, gewöhnliches Flittchen im ›Playboy‹. Und sie bemerkte mit Abscheu, wie gierig seine Miene sich verzog.

Sind es nur die Strümpfe, an denen sich die Männer so aufgeilen, oder ist es nicht vielmehr die sklavische Gefügigkeit, mit der sich die Frauen so geschmacklos aufputzen? Was für ein totaler Idiot ... Ich frage mich, wie lange er brauchen wird, dachte sie verdrossen, als er in der Erkenntnis, dass seine Stunde endlich gekommen war, auf sie zutappte und ihren Körper zu begrapschen begann.

Der Zeiger der Schäferinnenuhr näherte sich der Elf. »Ping«, machte sie.

Mit einem Mal bog sich Katjas Rückgrat durch, und sie begann krampfhaft nach Luft zu schnappen.

»Katja, Liebste, Sie sind unglaublich aufregend!«, erschauerte Wassili Fjodorowitsch.

Katja aber spürte, dass sie aus vollem Halse zu schreien anfangen würde, wenn sie sich nicht auf der Stelle aus seinen erstickenden Armen löste. Wimmernd riss sie sich so heftig los, dass sie fast zu Boden fiel, und klammerte sich hysterisch an der Lehne des Sofas fest.

»Was ist los?«, grunzte ihr Kavalier.

Sie strauchelte ungeschickt durchs Zimmer, wie ein Vogel, der sich nach drinnen verirrt hat und kopflos nach einem Ausweg sucht. In ihr schrie es danach, dem hier zu entrinnen, sich loszureißen, auszubrechen, zu fliehen …

Und in ihrem Kopf entstand ein unbegreiflicher Gedanke: *Ich muss dorthin!*

»Katinka!«, rief Wassili Fjodorowitsch bereits ziemlich nervös.

Verzweifelt an der Wand entlangstolpernd wie eine Blinde, hastete sie in den Flur hinaus.

Wassili Fjodorowitsch versuchte sie aufzuhalten. »Katerina Michailowna, sagen Sie mir vielleicht mal, was los ist?« Im nächsten Moment sandte ihn eine großartige, meisterhaft vorbereitete und vollendet ausgeführte rechte Gerade schmählich zu Boden.

Mit unkontrolliert zitternden Fingern schloss Katja die Wohnungstür auf und stürzte nach draußen. *Schneller, schneller, schneller!*, pochte es in ihrem Kopf.

Indigniert löste sich einer ihrer Samtpantoffeln mit der Quaste aus Schwanendaunen von ihrem Fuß. Zornig schüttelte sie auch den zweiten ab und rannte barfuß in die Dunkelheit, ohne zu ahnen, wohin und warum.

*

Kaum hatte der Kuckuck in der antiquierten Uhr über ihrem Bett den Schnabel hervorgestreckt und den ersten unartikulierten Schrei getan, setzte sich Mascha auf.

Sie hatte sich schon um zehn schlafen gelegt, und auch jetzt noch waren ihre Augen geschlossen, aber ihre Hand schlug entschlossen die Decke zurück. Mascha setzte die nackten Füße auf den Bettvorleger und schlüpfte in ihre Hausschuhe in Form zotteliger Hundeköpfe – ein Geschenk ihres Vaters. Dann machte sie sich mit tastend vorgestreckten Armen und weit gespreizten Fingern in den Flur auf.

Aufgeschreckt von dem ungewöhnlichen Lärm sprangen ihre Eltern exakt gleichzeitig aus dem Bett und konnten aus der Schlafzimmertür heraus gerade noch sehen, wie das kümmerliche

Zöpfchen auf dem roten Baumwollrücken ihrer Tochter und das Hinterrad ihres Fahrrads durch die Wohnungstür verschwanden.

»Wohin will sie denn?«, bellte Wladimir Sergejitsch ungläubig. »Es ist elf Uhr in der Nacht!«

»Schhh!«, fuhr ihm die Mutter rasch über den Mund. »Zum ersten Mal in ihrem Leben verschwindet sie spätabends! Sie ist zweiundzwanzig, sie hat ein Recht auf ihr eigenes Leben. Schau her, der Jungfernkranz wurde ihr abgenommen – und es zeigt schon Wirkung!«

»Ein eigenes Leben im Schlafanzug?«, wetterte ihr Ehemann, fassungslos über diese weibliche Narrheit. »Was für ein Kranz?! Sie ist in Schlafanzug und Hausschuhen! Und Fahrrad fahren kann sie auch nicht ...«

Die Mutter griff sich ans Herz. »Ach Gott! Sie schlafwandelt!« Aus voller Kehle brüllte sie: »Mascha! Töchterchen, komm zurück!«

Hals über Kopf stürzte sie auf den Treppenabsatz und hörte noch, wie der Aufzug sich rasselnd im Erdgeschoss öffnete. Hastig beugte sie sich über das Geländer. »Töchterchen! Liebes!«, schrie sie, die Hände als Schalltrichter um den Mund gelegt. »Liebes, was ist mit dir? Komm sofort zurück, hörst du!«

Mascha aber schwang sich, ohne die Augen zu öffnen, unbeirrt auf ihr Fahrrad und fuhr die menschenleere Umanskajastraße entlang, nicht ahnend, wohin sie unterwegs war – oder dass überhaupt.

*

Im Zuschauerraum des Clubs »Oj–oj–oj!« erhob sich gutgelaunter Applaus. Eigene Lieder machte Dascha zwar nicht, ihr ganzes Repertoire – von ›Dass eine Diebin zur Welt du gebracht‹ bis hin zu ›Mein Zuckersüßer, hab ich nicht recht‹ – war von anderen abgekupfert. Die Stimme und das Temperament der markerschütternden Dascha gehörten allerdings unverkennbar ihr allein.

»Und nun«, verkündete sie, »wird es Zeit, dass wir zum größten Hit dieses Sommers tanzen ...«

Der DJ verstand den Wink und warf die Scheibe an.

Das Publikum pfiff begeistert. Auf der Bühne erschienen die Tänzer, die der Mode ihren Tribut zollten, indem sie zu diesem Lied eine eigene Nummer aufführten.

»Limonade, Limonade«, trällerte die Sängerin ins Mikrofon. Unerwartet machte ihr Herz einen freudigen Hüpfer: Ihr schien, als leuchte dort in der achten Reihe der Rotschopf des »in Frage kommenden Typen«.

Ist er's oder nicht? Wenn ja, dann ist das Schicksal. Nein, er ist es wirklich!

Ihre begierigen Füße trugen sie in gewohnter Manier in Richtung der Treppe in den Zuschauerraum.

Sunny tat eilig, als wolle er sie in den Kreis der Tänzer ziehen. »Dascha, du darfst doch nicht runter!«

Die Markerschütternde fluchte innerlich sehr unschön vor sich hin: Nichts war ihr mehr zuwider als die Tatsache, dass zwischen einem Wunsch und dessen unmittelbarer Erfüllung manchmal essentielle Hindernisse stehen können.

»Rechts«, flüsterte Sunny und tanzte wieder an seinen Platz.

Dort stand an der Tür zu den Personalräumen der Direktor und beobachtete sie mit Habichtsaugen.

»Limonade, Limonade ...« Wild hopste sie auf der Stelle wie ein aufziehbares Kaninchen. Was konnte sie nur tun? Was?

Natürlich sah der Rothaarige sie. Wie auch nicht! Aber ob er sie erkannte?

Kühn stellte sie sich ganz an den vorderen Bühnenrand. »He, da sind ja Bekannte von mir im Saal!« Sie wedelte schwungvoll mit der Hand. »Los, tanzt nur! Traut euch! Der Rote dort in der achten Reihe auch!«

Der Bursche hob den Kopf und lächelte ihr zu. Er wirkte nicht überrascht. Dascha wurde klar, dass er sie längst zugeordnet hatte – womöglich war ihm schon im »Zentrum für Altkiewer Hexenkunst« klar gewesen, wer sie war und wo er sie zu suchen hatte.

Yeah! Sie lief an die Seite der Bühne, wo sich schon mehrere tanzende Paare drängten, und versuchte ihn mit den Blicken zu sich zu locken. Da schnellte ihr linker Fuß in die Höhe, als wolle er in den Saal springen – eine so unerwartete, heftige Bewegung, dass Dascha beinahe das Gleichgewicht verlor.

Sie erschrak gewaltig. *Was war das, ein Krampf?* Mit Mühe brachte sie den rebellischen Körperteil wieder zur Räson. Doch kaum berührte ihr linker Fuß den Boden, als schon der rechte mit gebeugtem Knie nach oben flog. Entsetzt schlug sich Dascha kräftig mit der Hand auf die Kniescheibe.

Die Tanzenden warfen ihr zweifelnde Blicke zu.

»Hey, dieser Song bringt die Beine ganz von selbst zum Tanzen!«, rief sie, um die unkontrollierte Bewegung zu überspielen. »Leider muss ich singen – aber ihr dürft! Tanzt, Leute, nicht so schüchtern!«

In diesem Augenblick machten ihre Beine sich endgültig selbständig. Hartnäckig hüpften sie im Wechsel auf und ab, als sei irgendein Mechanismus in Dascha kaputtgegangen. Mit schmerzverzerrtem Gesicht schlug sie sich auf die Knie, nun offen und unverstellt. Von außen schien es, als hampele sie grimassierend in der Parodie eines blödsinnigen Marsches herum. Die Zuschauer fingen an zu lachen. Die Balletttänzer reihten sich hinter ihr im Glied auf und unterstützten ihre sichtlich in Nöten befindliche Anführerin, indem sie solidarisch mitmarschierten.

»Was ist das bloß?«, keuchte Dascha. Sie war schon völlig außer Atem, zu singen war unmöglich, und den rothaarigen jungen Mann hatte sie über der verzweifelten Anstrengung, das Gesicht zu wahren, vollkommen vergessen.

Gott, was ist nur mit mir los?!

»He, komm, tanz mit uns!«, schlug ihr ein schon total besoffener, wüst zerzauster Kerl vor. Unvermittelt packte er Dascha am Ärmel und zog die lustige Sängerin von der Bühne.

Im selben Augenblick verging der rätselhafte Zwang.

Sie stand mitten in der wogenden Menge und versuchte, behutsam in sich hineinhorchend, festzustellen, ob der Wahnsinn sie verlassen hatte.

Ein zufälliger Wortwechsel drang an ihr Ohr: »Das sieht Rita gar nicht ähnlich.« – »Aber warum kommt sie dann nicht? Meinst du, sie steht dort immer noch rum?« Es waren zwei junge

Mädchen – eine cherubgleiche Blondine und eine Kastanienbraune ohne Oberweite –, die dicht neben ihr ohne Enthusiasmus auf der Stelle traten.

Der Besoffene streckte die Hand nach Daschas Taille aus. Doch mit einem Mal drückte die Sängerin ihm das Mikrofon in die Hand und stürzte, so schnell sie konnte, zum Ausgang. Mit jedem Schritt fühlte sie den Schmerz weichen und stattdessen die Überzeugung in sich einströmen, dass sie sich genau so und nicht anders verhalten musste.

Draußen jagte sie in wilder Hast in Richtung Notausgang, wo ihr getreues Moped wartete. *Schneller! Schneller!*, wirbelte es in ihrem Kopf.

»Halt!«, ertönte da eine atemlose Männerstimme hinter ihr. »Halt, sage ich!« Gnadenlos wurde sie an die Wand gedrängt. Vor ihr stand der bullige Alex, Türsteher des Clubs und Sajadlajas geliebter Schatz in einer Person. Selbige kam übrigens auch schon hinterhergeeilt.

»Ich hab's doch geahnt, dass sie versucht, sich aus dem Staub zu machen!«, hechelte sie.

Mit drohend gesenktem Kopf positionierte sich Alex zwischen Dascha und ihrem Pony und legte besitzergreifend die Hand auf den Lenker. »Das ist nicht mehr dein Spielzeug«, sagte er gewichtig. »Gib die Schlüssel her.«

»Lass mich durch!«, schrie Dascha wild. »Ich muss dorthin! Ich komme zu spät!«

»Zu spät wohin?« Sajadlaja lachte hämisch. »Du bist doch nirgends mehr gefragt! Gerade eben hat der Direktor dich zum Teufel geschickt. Ich wusste ja immer, dass du den Bogen irgendwann überspannst!«

»Haut ab!«, grollte Dascha aus tiefster Kehle. Es war, als pfiffe in ihrem Kopf ein überkochender Teekessel, sie nahm nur mit Mühe die Realität wahr. Doch es gelang ihr, noch einen letzten logischen Gedanken zu erhaschen: »Die Wette gilt bis zum Sechsten! Erst wenn ich's bis dahin nicht geschafft habe, Sunny zu verführen, gehört das Ding euch!«

Alex warf seiner Liebsten einen gereizten Blick zu. »Wenn ihr bis zum Sechsten gewettet habt, wieso machst du dann so ein Theater?«

»Aber sie ist entlassen«, versuchte die sich zu rechtfertigen. »Sie kann sich weiß Gott wohin aus dem Staub machen!«

»Wette ist Wette.« Der Hüne löste mürrisch die Hand vom Lenker und wandte sich an Dascha. »Mach damit bis übermorgen, was du willst.«

*

Beim Klingeln des Telefons fuhr Maschas Mutter hoch und fasste sich panisch ans Herz. »Ogottogott! Ist das ...«

Wladimir Sergejewitsch griff über sie hinweg und hielt sich den Hörer ans Ohr.

»Ja, gut, ich komme«, sagte er nach einem Augenblick finster.

»War das Mascha? Was ist mit Mascha?«, fragte die Mutter mit zitternder Stimme.

»Ein Wasserrohrbruch«, erklärte er unwirsch. »An derselben Stelle. Die Polizei ist schon alarmiert. Die Frunsestraße ist schon wieder überschwemmt! Das ist doch böswilliger Vandalismus. Ich weiß nur nicht, was die Bullen da eigentlich sollen?« Sergejitsch sprang in seine Hosen und stopfte sein altes Holzfällerhemd hinein. »Wenn das Wasser schon die Straße erreicht hat, sind diese Digger doch längst über alle Berge! Wenn sie nicht selber ersoffen sind, natürlich. Dann müssen wir die Leichen rausfischen. Ich kapier's einfach nicht – denken die, da unten ist ein Schatz vergraben, oder was?«

»Und du, was denkst du dir eigentlich?«, zeterte seine Gattin. »Du hast heute frei! Unsere Tochter ist verschwunden! Kaum ruft dich jemand von denen an, hast du alles andere vergessen!«

»Du bist gut«, rief Sergejitsch ungeduldig. »Ich habe fast einen Tag damit verbracht, die Rohre zu flicken, und dieses Gesocks soll mir die Arbeit gleich wieder versauen? Maschka kommt zurück, keine Sorge. Wohin soll sie denn auch? Ich kenne doch meine Kleine!«

Fünftes Kapitel,

in dem ein Verbrechen geschieht

> Ein Schauer lief ihm durch alle Glieder. Vor ihm lag das schönste Mädchen, das es jemals auf Erden gegeben hatte. Sie lag wie lebendig da ... Plötzlich zeigte sich etwas schrecklich Bekanntes in ihrem Gesicht. »Die Hexe!«, schrie er mit gellender Stimme auf.
>
> *Nikolaj Gogol, ›Der Wij‹*

Dascha war bereits unter zwei Brücken hindurchgerast – der Fußgänger- und der Metrobrücke –, als sie plötzlich dachte: *Wohin fahre ich eigentlich?* Doch es war ein schwacher, unwirklicher Gedanke: Sie spürte, dass sie ihrem namenlosen Ziel näher kam.

Sobald sie unter der dritten Brücke, der romantischen »Verliebtenbrücke«, hindurchgebraust war (von weniger romantischen Mitbürgern »Teufelsbrücke« oder »Selbstmordbrücke« genannt), schlug das Moped den Weg zum Wladimirhügel ein, rechts huschte das Goldbedeckte Michaelskloster vorüber, und die Fahrerin begriff, dass sie anscheinend aus irgendeinem Grund auf den Andreasstieg zurückkehrte.

Sie rollte auf die Kreuzung zwischen Wladimirstraße und Großer Shitomirstraße und bog in eine Seitenstraße ab, auf die Landschaftsallee, einen beliebten Ort aller möglicher Freizeitaktivitäten. Hier wurden Hunde ausgeführt, hier spielten Kinder, und auf den Bänken pflegten Jugendliche ihre ersten Bierflaschen zu leeren. Auch Dascha war früher oft mit Freunden hier gewesen, um an einem netten Aussichtspunkt mit Blick über die Stadt mit der Pulle in der Hand eine Kippe zu rauchen.

Genau betrachtet war es eine befremdliche Gegend, auch wenn das den daran gewöhnten Kiewern kaum bewusst war. Dicht neben einer der größten Hauptstraßen, gleich hinter der niedrigen steinernen Trennmauer, gähnte eine tiefe, verwilderte Schlucht, die in nichts an einen zivilisierten Stadtpark oder eine Grünanlage erinnerte. Auch standen zu Seiten dieser Grube zwei Berge, denen ein übler Ruf anhaftete – selbst den wenigen Menschen, die sich tagsüber in die Schlucht hinabwagten, um ihrem geliebten Köter Auslauf zu verschaffen oder hinter einem Busch eine schnelle Nummer abzuziehen, wäre es nicht im Traum eingefallen, sich des Nachts hier hinzubegeben.

Die Allee indessen galt selbst nachts als einigermaßen ungefährlich. Ohne Zögern lenkte Dascha das Moped zum Historischen Museum hinüber, das vor dem Steilabfall Wache hielt, wobei sie eine wunderliche Radfahrerin in zottigen, zähnefletschenden Pantoffeln überholte. Sonst war weit und breit keine lebende Seele zu sehen. Und als sie am dunklen, schweigenden Museum anlangte, wusste Dascha plötzlich, dass sie am Ziel war.

Zu einer Führung, haha, dachte sie noch, als sie vom Moped stieg. Im nächsten Moment sprang sie erschrocken beiseite.

Die bekloppte Radfahrerin hielt mit fest zugekniffenen Augen geradewegs auf sie zu, und als ihr der Zusammenstoß mit der Markerschütternden nicht gelang, krachte sie ersatzweise in die Vortreppe des Museums. Dascha wollte zu ihr eilen – da stieß von rechts eine dritte Person heftig mit ihr zusammen und riss sie von den Füßen. Sie konnte noch den Arm ausstrecken, um möglichst sanft aufzukommen, und sah im Fallen aus den Augenwinkeln, dass die Radfahrerin ohne fremde Hilfe wieder auf die Füße kam, jetzt mit weit offenen Augen, in denen ungekünsteltes Entsetzen und Verwirrung stand. »Wo bin ich?«, rief sie. »Was mache ich hier?«

»Was soll das?!«, schrie eine andere Stimme.

»Ich weiß es nicht!«, brüllte Dascha und hob den Kopf.

Über ihr stand eine weitere Verrückte, diese in Seidenstrümpfen und Spitzenwäsche. Da sie keine Schuhe anhatte, waren die Strümpfe schon bis über die Knie voller Löcher und Laufmaschen.

Aber das sind doch die beiden, mit denen ... Doch es gelang Dascha Tschub nicht, den Gedanken zu Ende zu denken.

Einen halben Meter vor ihr schoss ohne den geringsten Laut eine Feuersäule in die Höhe. Und wie im »Zentrum für Altkiewer Hexenkunst« suchten die drei instinktiv aneinander Halt, drängten sich zu einem verstörten Haufen zusammen und starrten wie gebannt auf das vollkommen unwirkliche Schauspiel, das sich ihnen bot.

Die Feuersäule züngelte direkt aus der Erde, oder besser: aus den Betonplatten, mit denen der Platz vor dem Museum gepflastert war und die eigentlich alles andere als brennbar sein sollten. In dem flackernden Inferno erschien die schlanke Gestalt einer Frau, deren goldenes Haar nahtlos mit den Flammen verschmolz.

»Kyllina«, flüsterte Mascha, überzeugt davon, dass dies alles nur ein schaurig-schöner Traum war.

»Da seid ihr also«, sagte die Erscheinung grimmig.

Kaum hatte sie das erste Wort gesprochen, erloschen die Flammen von einem Augenblick zum nächsten, und der Körper der Frau wurde durchsichtig wie ein Mondstrahl. Man konnte die Lichter der Häuser durch sie hindurch sehen, die Mauer, hinter der die Landschaftsallee lag, und den dunklen, sternenlosen Himmel …

»Hier werdet ihr euch jede Nacht versammeln, wie Katzen, die eine Maus hören, willenlos von ihrem Instinkt getrieben«, erklärte die Tote betrübt. »Ich wurde gezwungen, euch meine Macht zu geben – drei Blinden! Aber freut euch nur nicht darüber!«, stöhnte sie unheilschwanger – als könnten die drei, benommen und stumm vor Angst, sich jetzt über irgendetwas freuen. »Meine Stadt wird euch nicht Geschenk sein, sondern Fluch! Meine Macht eure Sklaverei! Ihr seid dem Untergang geweiht! Ich war die Erste, doch es wird eine Zweite geben, und einen Dritten, und Er wird aufs Neue die Kraft gewinnen, die man Ihm vor langer Zeit geraubt hat. Ihr werdet sterben, noch bevor die Räudige gefreit wird und der Schmerz im Feuer verglüht, denn eure Rettung liegt dort, wohin es für euch kein Zurück mehr gibt …«

In einer gemeinsamen, instinktiven Bewegung wichen die drei jungen Frauen vor ihr zurück – vor diesem schweren, unverwandten Blick, der ihnen gleichsam das Leben aussaugte.

»Alles habe ich euch gegeben, alles ...«, wisperte die gequälte Stimme. »Nur eines noch.« In einer machtvollen Geste hob Kyllina die undeutlich werdende Hand zum Himmel – und Katja, Dascha und Mascha, die ihr mit den Blicken folgten, sahen etwas Großes, Dunkles unaufhaltsam auf sich niederkommen. Ehe sie sich blindlings zur Seite werfen konnten, brach betäubende Finsternis über sie herein.

Doch bevor das Nichts sie verschluckte, konnte Dascha noch sehen, dass der Himmel über ihnen plötzlich hell erstrahlte, dass Tausende silberner Sterne aufleuchteten und irgendwo ganz links ein bedrohlich rotes Licht erglühte.

Ein Flugzeug, dachte sie ... und verlor das Bewusstsein.

*

»Kommando zurück! Da ist alles zu. Scheiße, verdammte!«

»Ja, und jetzt, etwa zu Fuß den Berg rauf?«

»Nein, los, über die Mauer, mit allem Gerät!«

Die missgelaunte, streitlustig gestimmte Truppe der Katastrophenwacht drängte sich vor dem verschlossenen Tor zur Kyrillkirche, die durch eine Steinmauer von den zahlreichen, den ganzen übrigen Berg einnehmenden Gebäuden der Pawlow-Psychiatrie getrennt war. Von der Elena-Telega-Straße her führte eine bequeme asphaltierte Auffahrt hierher. Doch um zu der eisernen Einstiegsluke zur Kanalisation zu gelangen, die sich hundert Meter entfernt befand, musste man entweder gewaltsam das Tor zu dem heiligen Grund und Boden aufbrechen oder – wie bereits erkannt – umkehren und den Abhang mühsam von unten erklimmen.

»Jetzt komm schon!«, rief einer der Arbeiter ihrem Anführer ärgerlich zu.

»Warte mal«, sagte Wladimir Sergejewitsch. »Schaut doch, in der Kirche brennt Licht ...«

In den schmalen Fensterschlitzen der bauchigen Kyrillkirche war ein schwaches gelbliches Flackern zu sehen.

»Sergejitsch, wie illegal bist du heute eigentlich drauf? Man klettert trotzdem nicht über Mauern!«, knurrte der, der »Komm schon« gesagt hatte, und winkte ungeduldig.

»Was denn?«, sagte ein anderer. »Wenn wir rufen, wird uns der da drin schon aufmachen.«

»Nein, das klappt nicht. Die Kirche ist uralt, durch die Wände dringt kein Laut. Helft mir mal ...« Sergejitsch trat an die Seitenpforte neben dem Tor und holte tief Luft. Auf die Schulter eines Kollegen gestützt, zog er sich am Gestänge hoch, setzte den Fuß auf die mit rostigem Draht umwickelte Klinke und schwang sich mit jugendlicher Eleganz über den Torbogen.

»Wartet hier. Ich bin gleich zurück!«, wies er die anderen an.

Breitbeinig schritt Maschas Vater an einigen Abfalltonnen vorüber auf die behäbige, weiß getünchte russische Schönheit zu. Vor der schweren Holztür zögerte er instinktiv, um sich zu bekreuzigen, ließ es dann aber sein, weil es ihm vor den Augen seiner Arbeitskollegen irgendwie peinlich war. Er runzelte die Stirn und drückte einen der Türflügel auf.

Der gab den Blick auf das hohe, quadratische, von Säulen umrahmte Mittelschiff frei. Im Vergleich zum Äußeren der Kirche wirkte das Innere furchtbar klein. Die dunklen Wände trugen noch die abblätternden Überreste tausend Jahre alter Fresken und später darübergemalter fehlender Teile der Heiligen.

Jetzt, im Halbdunkel, verwischten sich die über die Jahrhunderte abgeriebenen Farben zu hellen Flecken, und die Muttergottes in der Apsis, deren Kopf dem Zahn der Zeit zum Opfer gefallen war, und die nicht mehr mit den dazugehörigen Leibern verbundenen nackten Füße der Heiligen, die getreulich Wacht neben der marmornen Ikonostase standen, machten einen schaurigen, beklemmenden Eindruck. Die Kirche schien verwahrlost, leblos, von Gott und den Menschen verlassen ...

Und doch wurde sie genutzt. Eben jetzt war sie Schauplatz einer Sergejitsch unbekannten, vielleicht nicht für die Augen Uneingeweihter bestimmten religiösen Handlung. Auf dem rötlichen Boden aus dicht an dicht gefügten Steinplatten verschiedener Größe erstrahlte ein Dreieck aus beinahe heruntergebrannten Votivkerzen. In seiner Mitte lag mit dem Gesicht nach unten wie tot ein Geistlicher, dessen kreuzförmig ausgestreckte Gliedmaßen die Reihen der Kerzen gerade berührten.

Die Arme des Liegenden bewegten sich nicht, die Beine waren unschicklich entblößt. Sergejitsch wollte sich verlegen zurückziehen, da ihm klar wurde, wie unwillkommen er diesem nächtlichen Büßer sein musste. Er drehte sich um, zum Ausgang, und zuckte leicht zusammen, als sein Blick auf die Fresken rechts neben der Tür fiel, die menschliche Köpfe in den Qualen des Höllenfeuers zeigten.

Heulen und Zähneklappern
wo ihr Wurm nicht stirbt
und ihr Feuer nicht verlischt

las er. Es schrien die abgeschlagenen Köpfe, durchbohrt von den Würmern der Hölle, und knirschten die gebleckten Zähne – ungeschlacht und absichtlich abschreckend gemalt, sie hätten dem Schulheft seines Sohnes entsprungen sein können, zu der pubertierenden Zeit, als dieser große Freude daran gefunden hatte, die grausigsten Visionen künstlerisch zu verewigen.

Daneben hing ein Zettel.

Sehr geehrte Besucher,
in dieser Kirche ist es verboten, die Wände zu küssen.

Der Eindringling hielt inne und berührte unwillkürlich mit drei Fingern seine Stirn. Ihn überkam mit einem Mal die tiefe, namenlose, beklemmende Angst Choma Bruts, als dieser noch nicht wusste, was ihn hinter der Schwelle der mitternächtlichen Kirche erwartete, mit jeder Faser seines Leibes jedoch spürte: es wäre besser, dies niemals zu erfahren! Besser, wegzurennen, ohne sich umzublicken, solange es noch nicht zu spät war!

Es war zu spät.

Wladimir Sergejewitsch blickte sich um. Und jetzt erkannte er, was ihn hatte innerlich erstarren und leise Zweifel an der Heiligkeit der düsteren nächtlichen Andacht hatte empfinden lassen: Das Dreieck, in dem der Betende lag, war rot. So rot wie die höllischen Fresken neben der Tür.

Steif näherte sich Maschas Vater dem kreuzförmig daliegenden Körper, der in schwerem, feuchtem Blut schwamm. Und sah, dass der Büßer mit den nackten Beinen eine Frau im dunklen, kurzen Jeansrock war.

Ihre dicht nebeneinanderliegenden Füße steckten in himbeerfarbenen Stöckelschuhen, schreiender Hohn an diesem Ort. Ihr schwarzes Haar fiel über das weiße Gesicht, dessen Züge schon schärfer wurden. Sie war jung, grauenhaft jung und schön – und grauenhaft tot.

»Was ist hier los?«, ertönte da eine grobe Stimme. Wladimir Sergejewitsch zuckte zusammen und fuhr zur Tür herum.

Doch es war nicht Gogols schrecklicher Wij, von Grabeserde bedeckt, mit steinernem Gesicht und geschlossenen Lidern, sondern drei finstere, wichtigtuerische Polizisten, die wegen »böswilligem Vandalismus« herbestellt worden waren.

»Was ist hier los?«, wiederholte der erste seine Frage.

»Ach du lieber Himmel, das gibt's doch nicht! In der *Kirche*!«, sagte ein anderer.

Von da an wurde die Nacht zum Chaos.

Immer mehr Leute rückten an: Fotografen, Pathologen, Kriminalexperten. Es waren viel zu viele, darunter eine aufgedunsene, gestresste leitende Persönlichkeit, in Begleitung einer zweiten, schlechtgelaunt, unausgeschlafen und mit einem imposanten Schnauzbart.

Dem Zeugen am Tatort, Wladimir Sergejewitsch Kowaljow, zugunsten seiner Aussage von der weiteren Teilnahme am Katastropheneinsatz befreit, wurde schnell klar, dass nicht eigentlich der Mord an einem jungen Mädchen Grund für all die Aufregung war, sondern die Tatsache, dass dieser in einem Gotteshaus stattgefunden hatte.

»Ein Menschenopfer in einer Kirche. Das hat gerade noch gefehlt!«

»Der Bezirksleiter selbst. Und von der Inneren Sicherheit ist auch schon jemand da ...«

»Name, Vorname, Vatersname, Geburtsdatum ...«

»... am Blutverlust. Sie muss lange gelitten haben, das arme Ding.«

»Wie sind Sie reingekommen? War die Tür offen?«

»Das Schloss wurde nicht aufgebrochen. Der Täter muss einen Schlüssel gehabt haben.«

»Digger? Sie sind also der Meinung …«

»Was müssen das für Geisteskranke sein! Denen ist nichts heilig!«

»Warten Sie bitte, der leitende Ermittler will mit Ihnen sprechen.«

»Eine Studentin der Pädagogischen Hochschule?«

Diese letzten fragenden Worte rissen den »Zeugen am Tatort« aus der düsteren Apathie, die sich wie eine schwere Glocke über ihn gelegt hatte. Und obwohl die Frage im Gegensatz zu vielen anderen nicht an ihn gerichtet war, warf der Fragende – ein hochgewachsener, unruhiger Mann mit zu großen Augen in einem flachen Gesicht – Wladimir Sergejewitsch dabei einen messerscharfen Blick zu.

»Ist er das?«, fragte der Flachgesichtige dann, wieder nicht ihn, sondern einen dürren Menschen in Zivil. Der Dürre nickte, und das Flachgesicht ging rasch auf Sergejitsch zu, der in dem Stuhl hinter dem kleinen Tisch zusammengesunken war, auf dem unter Glas Postkarten mit verschiedenen Ansichten der Kyrillkirche ausgelegt waren.

Der Mann setzte sich ebenfalls an den Tisch, wobei er mit dem Blick die moralisierende Wandmalerei streifte, auf der ein magerer, einbeiniger Teufel, dessen Knochen sich unter der braunen Haut deutlich abzeichneten, mit mahnend erhobenem Zeigefinger vor einem halbnackten, augenrollenden Sünder stand.

»Wladimir Bojko, Staatsanwaltschaft Kiew«, sagte er staatsanwaltlich-gewichtig und sehr langsam, als rechne er sich gerade freudlos aus, wie lange der Teufel wohl brauchen würde, um zu begreifen, dass das Böse nicht durch einen mahnenden Zeigefinger aufgehalten werden konnte, sondern nur durch den Gerechten, der die Polizei ruft. »Sie haben die Leiche als Erster …«

»Ist sie eine Studentin an der PH?«, unterbrach ihn Wladimir Sergejitsch aufgewühlt.

»Kennen Sie sie?«, fragte sein Namensvetter vorsichtig.

»Nein. Aber meine Tochter studiert auch dort. Geschichte. Im vierten Studienjahr.«

»Im vierten?« In das flache Gesicht mit den zu großen Augen trat gefährliches Interesse. »In diesem Fall ist Ihnen Rita Bojez möglicherweise bekannt? Sie ist im selben Studienjahr und an derselben Fakultät wie Ihre Tochter.«

»Woher wissen Sie das?« Die Sorge des Vaters wuchs.

»Wir haben ihre Handtasche mit ihrem Studentenausweis gefunden.«

»Oh Himmel!« Ihm wurde kalt. »Himmel hilf! Nein!«

So ungeheuerlich und irr der Mord war, jetzt rückte er ganz nahe an sein größtes Kleinod heran – sein Kätzchen, seine Mascha! Mascha, die heute Nacht auf so absurde Weise verschwunden war.

»Das sind diese Digger!« Ungestüm streckte Sergejitsch die Hand nach seinem Namensvetter aus, wie um ihn am Ärmel zu greifen. »Ich hab's Ihren Leuten schon gesagt. Zwei Nächte hintereinander, an ein und demselben Ort. Und die Kyrillischen Höhlen wurden aufgebrochen! Sie wissen doch, was man sich über die erzählt ...«

»Was denn?«, fragte der Ermittler aufmerksam.

»Ach, alles Mögliche! Dass es dort nicht mit rechten Dingen zugeht. Dass man nicht hineingehen soll, weil sie direkt in die Hölle führen. Kiew hat doch tausend Höhlen, und über jede gibt es Ammenmärchen.«

»Das ist kein Ammenmärchen.« Bojko blickte Sergejitsch mit gerunzelter Stirn an. »Für irgendjemanden ist das keineswegs ein Ammenmärchen. Irgendein Verrückter glaubt so fest daran, dass er deswegen sogar einen Menschen tötet. Das hier war ein Ritualmord. Und es waren keine Digger, sondern Satanisten. Wusste Ihre Tochter über Ihren heutigen Einsatz Bescheid?«

Da begriff Wladimir, dass dieser Mann bereits seine Mascha im Verdacht hatte, und ihn selbst dazu. Doch das brachte ihn nicht in Wut. Die streng gerunzelte Stirn Wladimir Bojkos, die fordernden, schmalen Lippen, der angespannt forschende Blick seiner zu großen Augen, all das sagte ihm: das war ein ordentlicher, seriöser Mensch. Kein Halunke. Auf keinen Fall.

»Über den jetzigen Notfall? Nein, wie denn auch? Das heißt,

heute Morgen hat sie natürlich von dem gestrigen erfahren«, erklärte Wladimir Sergejitsch. »Heute … nun, eigentlich sollte ich nicht einmal hier sein, ich habe frei. Ich hatte nur meinen Leuten gesagt, sie sollen mich anrufen, wenn wieder was ist.«

»Mhm«, nickte Bojko, der das allem Anschein nach schon aus den Aussagen von Sergejitschs Kollegen wusste. »Was hat Sie dazu veranlasst, zu vermuten, dass es ein zweites Mal zu einem solchen Zwischenfall kommen könnte?«

»Ach, ich hatte eben so ein dummes Gefühl, dass irgendwas nicht stimmt. Dass was mit den Rohren faul ist. Das ist doch unmöglich, dass ganz neue Rohre ohne jeden Grund plötzlich auseinanderbrechen! Kolja – ein Kollege und Freund von mir – und ich haben uns noch heute Morgen gefragt, ob man nicht die Polizei benachrichtigen sollte.«

»Sie glauben, jemand hat sie absichtlich beschädigt?«

Sergejitsch verzog den Mund. »Es hat nicht so ausgesehen. Keine Spuren von Werkzeug oder sonstiger Gewalt. Es war nur komisch, und das machte es noch komischer!«

»Und jetzt ist es nicht mehr komisch«, sagte der Ermittler grimmig und vieldeutig. Und wenn sich der Ingrimm auf die »mehr als komische« Situation bezog, so war die Vieldeutigkeit eindeutig auf den »Zeugen am Tatort« und dessen »dummes Gefühl« gemünzt. »Hat Ihre Tochter jemals von jemandem mit den Initialen M. K. gesprochen?«

»M. K.?«, wiederholte Maschas Vater beunruhigt. »Nun ja, ich habe sie schon zu Hause auf alle möglichen Blätter gekritzelt gesehen. Mit Herzchen drumherum. Wissen Sie, junge Mädchen – wenn die verknallt sind … Aber Mascha hat nichts mit dieser Sache zu tun!«, schloss er stählern. »Wenn Sie glauben, dass sie irgendwie an dieser Scheußlichkeit beteiligt ist …«

Sein Namensvetter schüttelte den Kopf. »Nein. Ich bin gänzlich geneigt anzunehmen, dass das nur ein zufälliges Zusammentreffen ist. Aber Sie werden nicht glauben, wie oft in meiner Tätigkeit schon die abwegigsten Zufälle dabei geholfen haben, ein Verbrechen aufzuklären – oder im Gegenteil einen Menschen das Leben gekostet haben. Ich würde es sehr bedauern, wenn an dieser Stelle«, er deutete dorthin, wo der inzwischen mit einem Tuch verhüllte Körper des jungen Mädchens lag, das nun niemals älter werden würde, »morgen Ihre Tochter läge.«

»Woher haben Sie überhaupt dieses M. K.?«, fragte Maschas Vater, dessen Augen sich bei diesem Schreckensbild zunehmend geweitet hatten.

»Das Mädchen wurde hierherbestellt. Durch eine schriftliche Nachricht«, erläuterte der Staatsbeamte. »Unterschrieben mit ›M.K.‹.«

»Ja, natürlich! Krassawizki heißt er«, fiel es Wladimir Sergejewitsch Kowaljow endlich ein. »Den Vornamen weiß ich nicht mehr. Mascha hat es mir mal heimlich gesagt, damit meine Frau es nicht mitbekommt. Aber sie hat nichts mit ihm! Seufzt nur und träumt. Er bemerkt sie anscheinend nicht einmal. Meine Tochter... na ja, sie ist halt kein so Männerschwarm. Leider.«

»Im gegebenen Fall könnte das eher günstig sein«, sagte der Ermittler.

Und abwesend an seiner Unterlippe kauend richtete er die unwirklichen Augen auf den abblätternden Engel der Apokalypse, der an der Wand über ihnen den Himmel zu einer Schriftrolle zusammenrollte.

*

Schon um fünf Uhr morgens breitete sich über den wolkenlosen Julihimmel eine helle Röte aus, und eine halbe Stunde später kroch das Licht unter Katjas Augenlider, drang in die Dunkelheit ihres Schlafes ein, und sie verzog das Gesicht und öffnete widerwillig die Augen.

Sie war immer sofort wach, ohne Zeit darauf verschwenden zu müssen, Traum und Wirklichkeit voneinander zu trennen, sich zu erinnern, wer sie war, was sie wollte, was gestern passiert war und was sie heute vorhatte. So auch jetzt – die Katastrophe stand ihr sogleich klar vor Augen. Sie hatte einen einflussreichen Mann, dessen Hilfe sie dringend benötigte, mitten im schon begonnenen Geschlechtsakt sitzen lassen, und das einzige Argument, das er vielleicht würde gelten lassen, war, dass bei seiner durchgebrannten Flamme tatsächlich im Oberstübchen etwas durchgebrannt war.

Welche Schande.

Ihre Stirn beklagte sich dumpf, doch der schlimmere Schmerz saß in ihrer rechten Schläfe, hatte sich dort ein dickes Nest gebaut und wälzte sich darin umher, was zu bodenlosen Qualen führte. Im Bereich von Hals und Rücken drückte etwas fürchterlich auf ihre Nerven, doch das war vernachlässigbar im Vergleich zu ihrer generellen Lage. Links von ihr saß, die Beine dicht an den Leib gezogen und den Kopf verzagt auf die Knie gesenkt, ein rotlockiges Mädchen in Zottelpantoffeln.

Mascha war als Erste erwacht, und ihr erster gigantischer Schock war inzwischen lähmender Verzweiflung gewichen.

Sie befand sich mitten in Kiew.

In Hausschuhen und einem rotgepunkteten Pyjama, den Mama aus dem Baumwollstoff genäht hatte, der von den Vorhängen ihrer Kindheit übriggeblieben war – extra großzügig geschnitten, »damit nichts umkommt«!

Und obwohl ihre Mutter vermutlich schon sämtliche Krankenhäuser und Leichenschauhäuser angerufen und sich und den Vater an den Rand des Herzinfarkts gebracht hatte, war Mascha nicht einmal um beider Rettung willen fähig, in diesem schmachvollen Pyjama quer durch die ganze Stadt zu laufen. Denn Kiew war dabei, zu erwachen ...

Katja sah sich um. Auf dem Gras unter einer der Blautannen neben dem Museumseingang schlief die Blonde mit den Zöpfchen, mit friedseligem Gesichtsausdruck zu einer Kugel zusammengerollt. (Im Unterschied zu ihren Leidensgenossinnen war Dascha schon öfter gezwungen gewesen, unter freiem Himmel zu nächtigen: auf einem Strandliegestuhl in Koktebel auf der Krim, im Sand beim Kasantip-Festival, und einst hatte sie sich nach einer nicht ganz nüchternen Liebesnacht sogar erstaunt unter einem Fliederbusch im Kiewer Botanischen Garten wiedergefunden.) Nicht weit von Daschas ausgestreckter Hand sah Katja ein altes, unglaublich dickes, in abgegriffenes Leder gebundenes Buch liegen, das mit zwei verzierten Schließen gesichert war.

Und darauf saß als düsterer Wächter der große Rabe, der im Schnabel einen schmalen länglichen Umschlag aus mattschwarzem Papier hielt.

Als er Katjas Blick auf sich bemerkte, hüpfte der Rabe flink vorwärts und hielt ihr den Brief hin. Unsicher nahm Katja ihm die rätselhafte Nachricht ab. Sofort schwang sich der Vogel in die Lüfte, wobei er einen lauten, feierlichen Schrei ausstieß.

Die Rotgelockte hob bei dem Geräusch den Blick und sagte matt: »Guten Morgen.«

Katja gab keine Antwort: das Mädchen war nur eine unwichtige Nebenerscheinung dieses merkwürdigen Geschehens. Und von dem Geschehen selbst war sie verteufelt angewidert. Ihr stets kühles und logisches Bewusstsein versank buchstäblich in der Watte, die ihren Kopf ausfüllte. Das Pulsieren in ihren Schläfen zermürbte sie. Den Kopf möglichst nicht bewegend, streckte sie die Hand nach dem Buch aus und zog es zu sich heran. Auf dem Einband stand nichts. Es schien sehr, sehr alt zu sein. Doch wenn Katja sich auch mit Antiquitäten exzellent auszukennen glaubte, in Sachen antiquarischer Bücher war sie so gut wie ahnungslos – so etwas hatte sie noch nie gekauft.

Mit verdrießlich geschürzten Lippen erwachte nun auch Dascha, gab ein zerknautschtes Stöhnen von sich und schaute die beiden anderen trübe an.

»Wo sind wir eigentlich?«, fragte sie mit dumpfer Stimme, doch ohne Erstaunen.

Mit leidgefurchten Zügen stand Katja entschlossen auf, das schwere Buch an sich gepresst. Die Schließen öffneten sich sofort mit leisem Klicken. Ihr Kopf dröhnte, und abgrundtiefer Hass gegen ihren so verflucht schwachen Körper überkam sie.

Nach Hause, befahl sie ihm. *Dort kriege ich hoffentlich Ordnung in dieses Durcheinander.*

»Wie spät ist es?«, murmelte Dascha. Allmählich sickerte die vergangene Nacht wieder in ihr Gedächtnis. »Was war hier gestern los? Hab ich das allein gesehen, oder...? Und warum sind wir umgekippt?«

»Uns ist das Buch auf den Kopf gefallen«, erklärte Mascha im

Ton der Einserkandidatin, die immer alles weiß und nie etwas vergisst. In ihren Worten schwang Erleichterung mit: Daschas brummig-unbeeindrucktes Gehabe tröstete sie irgendwie, und ihre Verzweiflung ebbte ein wenig ab.

»Das da?« Neugierig betrachtete Dascha das Buch. »Mann, ist das riesig! Damit kannst du echt jemanden erschlagen.«

Katja indessen lauschte auf die ersten Motorengeräusche, die von der Großen Shitomirstraße herüberdrangen. Dascha stand auf und lief geschwind zu ihr. »Lass mal sehen ...« Ohne eine Antwort abzuwarten, griff sie nach dem Buch.

Diese Art Kumpelhaftigkeit brachte Katja sofort zur Weißglut. Sie wich feindselig zurück, riss die Rarität aus den gierigen Fingern und brachte Abstand zwischen sich und das freche Luder mit dem idiotischen Nasenring, das sich so unverfroren aufführte. Doch kaum tat sie einen Schritt, als das »Luder« sich schon wieder an den Einband hängte und sowohl das Buch als auch Katja selbst zu sich heranzog.

»Gib her! Das ist für uns alle!«, röhrte sie mit noch vom Schlaf belegter Stimme.

»Lass los«, stieß Katja zwischen den Zähnen hervor. Ihre Schläfe hämmerte dabei wie eine Glocke.

»Für wen hältst du dich eigentlich, du Tusse?« Dascha kamen jetzt wieder alle vorigen Kränkungen durch dieses Weib ins Gedächtnis.

Mit erbitterten Mienen zerrten die beiden an dem Buch wie an einem Seil. Das Buch, das viel zu dick war, als dass man es mit einer Hand hätte umgreifen können, öffnete sich, und als Dascha ungestüm in die Seiten griff, riss sie ein Blatt komplett aus der Heftung.

Katja erbleichte vor Zorn. »Du hirnlose Kuh!« Rasch fing sie das fallende Buch auf, und im nächsten Moment versetzte sie Dascha einen blitzschnellen, ungnädigen Hieb – nicht sonderlich gut gezielt oder schmerzhaft, aber wirksam: Dascha stolperte nach hinten und setzte sich abrupt aufs Gras.

Katja rannte los.

Die Besiegte sprang wie ein Ball wieder hoch und stürzte ihr nach, wobei sie ihren Rücken mit einer Salve von Schimpfwörtern bedachte.

Mascha, die wie betäubt der unerwarteten Prügelei zugesehen hatte, stand zaghaft auf und tappte, immer wieder Blicke auf die Davonrennenden werfend, zu ihrem Fahrrad. Das sah verheerend aus. Bei dem Zusammenstoß mit der Museumstreppe war ein Rad aus der Gabel gesprungen, das andere hatte die Form einer unvollständigen Acht angenommen.

Mama wird mich umbringen, tönte es vage in ihr, aber viel stärker beschäftigte sie eine ganz andere Frage: Wie war das Fahrrad überhaupt hierhergeraten? Hatte jemand sie auf den Berg gefahren? Wieder warf sie einen Blick nach Südwesten, in der bangen Hoffnung, die kämpferische Blondine werde die Zicke in Spitzenwäsche nicht einholen können und hierher zurückkommen. In ihrer Anwesenheit fühlte Mascha sich weit selbstsicherer. Wahrscheinlich deshalb, weil die andere sich schon einmal hilfsbereit gezeigt und sie im »Zentrum für Altkiewer Hexenkunst« nicht allein neben einer fremden Leiche hatte stehen lassen.

Maschas Gebete wurden erhört. Um die nächste Häuserecke kam die zerzauste, puterrote Dascha gestapft. Die Luft um sie herum war förmlich elektrisch geladen. Sie blieb stehen und stampfte wütend mit dem Fuß auf. Dann sprang sie zu ihrem Moped und trommelte sich selbst mit beiden Händen an den Kopf. »Was bin ich bescheuert! Oh, wie doof bin ich eigentlich!«, jammerte sie los. »Was renne ich ihr zu Fuß hinterher? Stell dir vor, dieses Miststück hat an der Kreuzung ein Auto angehalten! Ich hätte es fast geschafft, ich war nur noch einen Meter hinter ihr! Der Fahrer hat Stielaugen gekriegt, als er sie in ihrem Aufzug gesehen hat – und ab wie die Wutz! … Aber ich krieg dich noch!« Ihre Fäuste ließen von ihrer Stirn ab und fuchtelten drohend in Katjas Richtung. »Ich fühl mich wie 'n totaler Trottel. Aber«, und sie lachte unerwartet auf, »das kommt bei mir so oft vor, dass ich mich schon dran gewöhnt hab. Übrigens, wer bist du eigentlich?«

»Mascha.«

»Na, du bist heute Nacht ja ganz schön auf die Treppe draufgebrettert, Mascha! Wieso fährst du auch mit geschlossenen Augen Fahrrad, du dummes Ding?«

»Ich bin mit dem Fahrrad gekommen?« Die mitternächtliche Radfahrerin konnte das nicht glauben.

Die andere ignorierte ihre Frage. »Du hast das doch auch gesehen, oder? Diese Frau im Feuer? Genau hier?« Sie pochte mit dem Absatz auf die Betonplatten. »Erinnerst du dich noch, was sie zu uns gesagt hat?«

»Dass wir sterben, bevor die Räudige gefreit wird und der Schmerz im Feuer verglüht, weil unsere Rettung dort liegt, wohin es für uns kein Zurück mehr gibt«, erläuterte Mascha mit erstickter Stimme.

»Gefreit? Also, muss das nicht heißen *be*freit?«

»Nein, das ist schon richtig: es heißt, dass jemand sie umwirbt. Heiraten will.«

»Ach, dann sterben wir schon nicht so bald.« Dascha war ganz Optimismus. »Wer will schon eine Räudige haben? Höchstens wenn er Geld dafür kriegt.« Sie kratzte sich die Nase und schaute betreten drein. »Und apropos kein Zurück mehr – mein Job ist futsch. Und ich hab dort gewohnt und gegessen, seit ich von daheim weg bin.« Einen Augenblick schaute sie nachdenklich drein. Dann sah sie auf. »Na gut, wohin soll ich dich bringen?«

»Nach Solomenka. Wenn das geht«, sagte Mascha schüchtern. »Ich würde ja selbst, aber – nun ja …« Verlegen nahm sie den Saum des Pyjamas in die Finger und zerknautschte ihn.

»Ach was, das ist ein toller Pyjama, steht dir total gut! Mach dir keine Gedanken. – Aber weißt du was, Mädel, da nimm.« Flugs zog sich Dascha die Glitzerfetzenjacke aus, die im Licht des jungen Tages ziemlich fehl am Platze wirkte, und hielt sie Mascha hin.

Die hatte zwar das Gefühl, dass dieses Zirkuskostüm auch nicht besser war als ihr rotgepunktetes Zelt, und dass sie beide überhaupt ein ideales Paar Hanswurste darstellten, brachte es aber nicht über sich, das Angebot abzulehnen; dieses freundliche Geschöpf wollte sie nicht vor den Kopf stoßen.

»Und das Fahrrad?«, fragte sie kleinlaut, weil sie Daschas Geduld nicht überstrapazieren wollte.

»Das kann ich beim besten Willen nicht abschleppen. Lass es uns im Gebüsch verstecken, dort in der Schlucht. Du kannst es dann später holen.« Dascha bückte sich und half Mascha, die Teile einzusammeln. »Hast du dir die Dauerwelle gestern machen lassen? Sieht toll aus!«, meinte sie anerkennend.

Mascha Kowaljowa griff sich verwirrt an den Kopf. Und merkte bestürzt, dass dort eine Masse widerspenstiger Locken wild aus dem üppigen Zopf quoll, der gestern noch mausekurz gewesen war und heute schwer und voll bis über ihre Schulterblätter fiel.

*

Der »Kunde«, den Katja an der Kreuzung Wladimirstraße – Große Shitomirstraße so erfolgreich angelockt hatte, kam mit ihr hinauf an die Wohnungstür und erhielt dort zu seinem höchsten Erstaunen von der abgerissenen Nutte tatsächlich das versprochene, mehr als großzügige Trinkgeld.

»Vielleicht …«, sagte er stockend, ohne die Augen von ihr wenden zu können. Die »Nutte« sah verdammt gut aus! Ultramegaheftig gut! Genau aus diesem Grund hatte er vorhin auch eine Vollbremsung gemacht, ohne einen Gedanken an seine heutigen Verpflichtungen, die Straßenverkehrsordnung oder die Risiken zweifelhaften Geschlechtsverkehrs zu verschwenden.

»Denk nicht einmal daran!«, schnitt ihm Katja das Wort ab und schlug ihm die Tür vor der Nase zu.

Sie hatte Schüttelfrost. Und hinter ihrer Stirn war es so heiß wie in einer Waschküche. Der gewölbte Durchgang vom Flur ins Wohnzimmer umrahmte das traurige Bild der Spuren des gestrigen romantischen Vorspiels. Und Katja stand von Neuem vor ihrem bekannten Problem, das sie allerdings gestern eigenhändig so gut wie unlösbar gemacht hatte: Der kahlköpfige Eber, der noch unlängst bereit gewesen war, ihr aus der Hand zu fressen, würde nun höchstwahrscheinlich die nächste Gelegenheit ergreifen, ihr die erlittene Schmach gehörig heimzuzahlen.

Außerdem hatte sich in der Nacht ein zweites Problem offenbart, das kaum weniger gefährlich schien – eher noch mehr …

Mit einem Seufzer lehnte Katja ihren armen wehen Kopf an den Türrahmen. Die Uhr mit der galanten goldenen Hirtin zeigte sechs Uhr dreiundzwanzig an. Zeit, sich fertigzumachen. Um acht war Katja üblicherweise im Büro. Zu Hause hielt sie es nie lange aus, obwohl sie ihre elegant und teuer eingerichtete Wohnung liebte, stolz auf ihre eher unweibliche Sofagarnitur und das rötliche Parkett war, das sie unter der Hand aus einer verwahrlosten Villa in Lipki hatte entfernen lassen, und auf das Uhrwerk in der zierlichen Hand der Schäferin, das nun schon drei Jahrhunderte lang funktionierte, ohne auch nur eine Minute nachzugehen. Diese Liebe war aber eher die zu einem Ideal – nicht die warme, familiäre, unbewusste Liebe, die man gemütlichen Höhlensesseln, abgetragenen Hausschuhen und großmütterlich warmen Karodecken gegenüber empfindet.

Abrupt schob sie die Sentimentalität weg. *Was hat mich nur geritten, dass ich Wassili Fjodorowitsch eine reingehauen und mich barfuß aus dem Staub gemacht habe? Was sollte diese Szene vor dem Museum? Habe ich das wirklich erlebt, oder …* Misslaunig betrachtete Katja das eroberte Buch und den Brief, die sie auf dem Tischchen unter dem Flurspiegel abgelegt hatte. Nur in ihnen konnte des Rätsels Lösung oder zumindest ein Hinweis darauf zu finden sein.

Wie eine dreieckige Zunge aus einem Maul ragte aus dem Buch das Blatt, das die verwünschte Blondine während des Kampfes herausgerissen hatte. Vorsichtig nahm sie das Papier an der mit der Ziffer 104 bezeichneten Ecke.

»Mit der Macht meiner Hände …«, fing sie an zu lesen.

Und erstarrte, unsicher, ob sie vielleicht Wahnvorstellungen hatte.

Die Finger, zwischen denen das Blatt klemmte, endeten in unanständig langen, gebogenen Fingernägeln! Das konnte einfach nicht sein! Das war nicht real! Sie riss den Blick von dieser fremden, unbegreiflichen Hand los und sah in den Spiegel.

Und schrie.

Die Frau, die ihr entgegenschaute, war nicht Katja. Sie hatte einen irren Blick und zerkaute, irrsinnige Lippen. Und an den grauen Wangen hinab hingen bis über die Schultern glatte, blauschwarze Haare.

»Nein! Nein!«, kreischte die unbekannte Frau.

Katerina Dobrashanskaja ließ die Buchseite fallen und riss mit ihren scharfen Fingernägeln das schwarze Kuvert auf – den einzigen Ort auf der Welt, wo sich jetzt noch eine Antwort verbergen mochte.

Nicht ohne Mühe entzifferte sie die fremde, archaisch anmutende Handschrift mit den verschlungenen Buchstaben und Verzierungen.

Holde Kiewizen,

ich habe die Ehre, euch in der Nacht vom 6. auf den 7. Juli zum großen Sabbat auf dem ersten Berge Kiews einzuladen, der dort zu Euren Ehren stattfinden wird.

Doch ob dieser wahrlich ein Fest werden wird, hängt allein von Euch ab. À la guerre comme à la guerre. Und unglücklicherweise kann ich Euch auf Eure unzähligen Fragen gegenwärtig keine einzige Antwort geben.

Doch nichts hindert mich daran, Euch einen Spaziergang auf den zweiten Berg der Stadt kurz nach Sonnenuntergang zu empfehlen. Kommt und fürchtet Euch nicht, Wassili wird Euch kein Leid zufügen! Im Gegenteil, er wird Euch helfen. Weitere Erklärungen findet Ihr im Turm des ersten Hauses am Jaroslawswall, wenn Ihr höflich zu Ihm seid.

K. D.

In den Tiefen des Umschlags steckte noch etwas. Als Katja ihn ungeduldig umdrehte, fielen drei große alte Schlüssel zu Boden. Ihre Köpfe waren großohrigen Katzengesichtern nachgebildet. Reglos und müde stand Katja da und schaute sie lange mit leerem Blick an.

Sechstes Kapitel,

in dem wir erfahren, dass als untrügliches Merkmal einer Hexe der Schwanz gilt

Die Hexe besitzt aber zuvörderst einen Schwanz: dieser ist ihre größte Eigenheit, woran sie zu erkennen ist ... Es wurde so manche Hexe gefangen; wenn man nun das Gericht über sie hielt, was in solchen Fällen unabdinglich ist, so fand sich oft, dass sie keine Hexe war, sondern eine Betrügerin.

›*Brauchtum, Volksglaube, Küche und Getränke Kleinrusslands*‹

Mascha hatte kaum den Schlüssel ins Schloss gesteckt, als von drinnen schon die Schritte ihrer Mutter zu hören waren, die sich bedrohlich der Eingangstür näherten.

»Was sage ich Mama nur?«, flüsterte sie niedergeschlagen.

»Na, wenn das dein größtes Problem ist«, meinte Dascha gutgelaunt, unfähig, den Blick von ihren neuen Zweizentimeter-Fingernägeln abzuwenden. Ihr Leben lang waren ihre Nägel ständig abgebrochen und hatten es noch nie auf dieses heißersehnte Maß gebracht. Daher war die arbeitslose Sängerin darüber, dass ihre Nägel über Nacht zur doppelten Länge angewachsen waren, weniger erschrocken als überglücklich. (Natürlich war Dascha klar, dass das ein verteufelt seltsames Phänomen war. Aber sie konnte sich einfach nicht gebührend darüber wundern, bevor sie nicht zwei Tassen Kaffee getrunken hatte.)

Mascha versuchte erfolglos, die Anarchie auf ihrem Kopf zu bändigen, und drehte vorsichtig den Türknauf.

Wie zu erwarten, stand die Mutter bereits auf der Schwelle, den Mund schon geöffnet, um die schätzungsweise fünfhundert Fragen darin so schnell wie möglich freizusetzen. Doch beim Anblick des rothaarigen Wesens in glitzerndem Fetzenmantel und mit der Dauerwelle von Alla Pugatschowa erstarben sie ihr alle auf einmal in der Kehle.

»Was wollen Sie?«, fragte sie aggressiv und suchte in ihrem Morgenmantel nach der Brille.

»Mama, ich bin's«, piepste Mascha.

»Du? Mein Gott, Kind, was ist mit dir passiert?«

»Äh ...«

»Steht ihr gut, nicht?«, warf sich Dascha kühn in die Bresche. »Das war meine Friseuse. Kostenlos!« Mit dem geübten Blick des Conférenciers hatte sie erkannt, dass für diese Dame »kostenlos« gewiss eines der besten Argumente war.

»Kostenlos, aha ...« Der ratlose Blick der Mutter wanderte zur Markerschütternden und registrierte mit Entsetzen die verwischte Bühnenschminke in deren Gesicht und die juwelengeschmückte Nase. Die Frage »Und wer ist *das*?« stand ihr ins Gesicht geschrieben, aber noch hielt sie sich tapfer zurück – für wie lange, dafür hätte Mascha allerdings nicht garantieren wollen. Die Kowaljow'sche Gastfreundschaft war noch nie einer derartigen Prüfung unterworfen gewesen. Maschas Eltern liebten es, Besuch zu empfangen, aber das waren eingeladene, »ordentliche« Gäste, wohingegen Mascha in ihrem zweiundzwanzigjährigen Leben noch nie Freunde mit nach Hause gebracht hatte, schon gar nicht solche.

»Wo warst du?«, erinnerte sich ihre Mutter an die Hauptfrage bezüglich der vergangenen Nacht.

Maschas schaute sie nur kläglich an, ohne ein Wort herauszubringen.

»Auf einer Fete!«, kam Dascha ihr blitzschnell zu Hilfe. »Es war unglaublich genial. Wir sind erst vor einer halben Stunde dort weg.«

»Im Schlafanzug?«, fragte die Mutter ungläubig.

»Ach, das ...« Dascha grinste. »Stellen Sie sich vor, das war eine Wette! Keiner von uns hätte geglaubt, dass Maschka sich wirklich trauen würde, im Pyjama zu kommen. Aber – na bitte!«

»Auf dem Fahrrad? Durch die Stadt?«, war alles, was die Mutter hervorbrachte, überwältigt von der Vorstellung ihres Töchterleins als wildem Fetenschreck.

»Ach, so weit war es gar nicht.« Dascha wedelte nachlässig mit der Hand nach rechts.

»Und warum hast du nicht angerufen?«, machte die Mutter einen letzten Versuch, den Vorfall zu verstehen.

»Oje!« Dascha schüttelte den Kopf. »Sie können sich nicht vorstellen, welche Sorgen sie sich gemacht hat! Sie konnte ja nicht wissen, dass man denen in der Wohnung das Telefon gerade abgestellt hatte. Und ich hatte das Handy auf der Arbeit vergessen, es war wie verhext«, schloss sie triumphierend, wobei sie Mascha unmerklich einen Tritt ans Schienbein gab.

Diese erinnerte sich plötzlich an etwas. »Mama, das ist übrigens ...« Erst im Reden merkte sie, dass sie ihre redegewandte Begleiterin nie nach ihrem Namen gefragt hatte, und stockte.

»Ich bin Dascha. Dascha Tschub«, lieferte diese fröhlich das fehlende Element. »Sängerin. Ich war auf der Glière-Musikschule, jetzt trete ich in Clubs auf.«

»Ach?« Der Mutter schwammen alle Felle weg.

»Und das ist meine Mutter, Anna Nikolajewna«, vollendete die Tochter das Vorstellungsritual und nützte die allgemeine Verlegenheit, um ihre neue Freundin hineinzudirigieren: »Dorthin, Dascha, geradeaus und dann rechts.«

Sobald sie die Glière-Absolventin erfolgreich in ihren persönlichen Bereich gelotst hatte, zog sich Mascha rasch hinter der Schranktür um. In ihren weiten Jeans und Papas Hemd schlich sie dann in die Küche, um den lebenswichtigen Kaffee zu besorgen.

Sie hatte Glück: Der Kessel pfiff gerade, was die Zeitspanne des unverzüglich einsetzenden neuerlichen Verhörs erheblich verkürzte.

»Wer ist dieses Mädchen?«, donnerte die Mutter so laut, dass es unweigerlich bis ins töchterliche Zimmer dringen musste, wo diese ... diese ...!!! (Was das Substantiv anging, war sich Maschas Mutter noch nicht sicher.)

»Eine Bekannte von mir.« Eilig nahm Mascha zwei Tassen,

schüttete großzügig Instantkaffeepulver auf den Boden und goss heißes Wasser darüber.

»Und wie lange kennst du sie schon?«

»Nicht sehr lange.« Darunter fiel eindeutig auch »keine vierundzwanzig Stunden«.

Die Mutter baute sich dicht vor Mascha auf und versperrte ihr den Zugang zur Zuckerdose. »Und wer war noch auf dieser Fete? Viele Leute?«

»Na ja ...« Mascha bezweifelte stark, dass man eine Nacht, die sie hauptsächlich reglos auf den Stufen des Historischen Museums zugebracht hatte, als »Fete« bezeichnen konnte, geschweige denn als »unglaublich geniale«.

»Waren auch Jungs dort?«, fragte die Mutter weiter.

»Nein.« Mascha war erleichtert – dieses Mal konnte sie die uneingeschränkte Wahrheit sagen. »Nur Frauen!«

Inzwischen hatte sie den Arm so weit ausgestreckt, dass sie den angeschlagenen Porzellanpilz mit dem rotgepunkteten Hut doch zu fassen bekam und hastig in jede Tasse zwei Löffel schaufelte – wobei ihr einfiel, dass Dascha gar keinen Zucker gewollt hatte.

»Was war es denn, ein Junggesellinnenabschied?«, fragte die Mutter enttäuscht. »Was habt ihr dort getrieben? Und wie kommst du eigentlich auf die Idee, diese Person hier mit durchzufüttern?«

Mascha packte die vollen Tassen, drückte mit dem Rücken die Tür auf und leitete den Rückzug vom Schlachtfeld ein.

»Also, das geht aber nicht!«, begrüßte Dascha sie streng. »Du erziehst deine Eltern ja gar nicht! Man darf ihnen nicht so viel durchgehen lassen. Du bist doch keine dreizehn mehr, dass du dich für jedes Wegbleiben entschuldigen musst. Und Ausreden hast du überhaupt keine parat ... und um dein Äußeres machst du dir auch keine Gedanken!«

Sie saß auf dem Stuhl am Fenster und war geschäftig dabei, mit Hilfe von Watte, Maschas Kindercreme und dem alten zerkratzten Spiegel die Reste ihres Make-ups zu entfernen. »Und dieses Zeug schmierst du dir auf deine arme Haut?«, schimpfte sie.

»Ja.«

»Was sehe ich runtergekommen aus!« Die Blondine mit dem Gogol'schen Namen musterte noch einmal unzufrieden ihr Gesicht im Spiegel, wo sich auf dem linken Wangenbein ein unwürdiger blauer Fleck ausgebreitet hatte, der sehr nach »diesem Miststück« aussah. Dann ließ sie sich geschmeidig im Schneidersitz auf dem Teppich vor Maschas Bett nieder.

Etwas zögernd folgte Mascha ihrem Beispiel und stellte die beiden Tassen zwischen ihnen ab. Dascha schlürfte genießerisch.

»Entschuldige, ich hab aus Versehen Zucker...«

»Ach, egal, ich mag ihn auch süß. Und, hast du Freunde?«

»Nein.«

»Schlecht«, folgerte Dascha. »Das kommt nur davon, dass du so verklemmt und verhuscht bist. Obwohl...« Nachdenklich schob sie die Unterlippe nach vorn. »Weißt du was, ich hab auch keine Freundinnen. Also, keine richtigen. Ich frage mich, warum.«

»Vielleicht«, sagte Mascha unsicher, als wolle sie sich schon im Voraus für jedes Wort entschuldigen, »weil du sehr impulsiv und geradeheraus bist. Und sorglos – man hat das Gefühl, für dich ist das Leben ein einziger riesiger Spielplatz. Aber Freunde wünschen sich, dass man ihre Probleme ernst nimmt.«

Dascha, die gerade die Tasse zum Mund führte, hielt mitten in der Bewegung inne – perplex sowohl wegen Maschas psychologischer Einfühlungsgabe als auch wegen der Tatsache, dass diese überhaupt zu einer so langen und artikulierten Rede fähig war.

»Das heißt, ich bin nicht ernst zu nehmen?«, fragte sie nicht gerade erfreut.

»Nein«, beeilte sich die Psychologin, sie zu beschwichtigen. »Du bist nur so schnell, du scheinst dir gar nicht die Zeit zu nehmen, mal anzuhalten und nachzudenken. Schau, mit dieser Frau hast du gleich angefangen, dich zu prügeln, statt zu sagen ...«

»Was hättest du denn zu ihr gesagt?« Daschas Ton wurde gereizt.

Mascha, um eine Antwort verlegen, blinzelte und gab auf. »Schon gut. Vergiss es.«

Erstaunt über ihren leichten Sieg stellte Dascha die leere Tasse ab und nahm, um ihre müßigen Hände zu beschäftigen, ein in eine Zeitung eingeschlagenes Buch vom Nachttisch.

»Was mich angeht, hast du wahrscheinlich schon irgendwie recht ... Aber dieses Weibsbild war ein dreckiges Aas, glaub mir!«

»Sie sieht wahnsinnig gut aus«, sagte Mascha leise.

»Ach!«, machte Dascha Tschub abfällig. »Wie ein Tiger. Wenn du ihn im Käfig siehst, denkst du: Wie schön! Und wenn du ihm direkt gegenüberstehst – dann fragst du dich nur noch, ob dein Gewehr geladen ist. Oho! Und wer ist das?«

Mascha erstarrte. Das Foto, das aus dem Buch in Daschas Händen herausgefallen war, zeigte ihren Geschichtskurs. Mascha stand in der zweiten Reihe neben Mir, und obwohl er den Arm um ein anderes Mädchen gelegt hatte (das auf seiner linken Seite), hatte sie ihre beiden Gesichter – ihr eigenes und Mirs – mit einem vielsagenden roten Herzchen umgeben.

»Ist das dein Freund?« Auf Daschas Miene trat sofort ein Ausdruck schelmischen Verständnisses.

»Nnnein«, murmelte Mascha mit gesenktem Blick. »Nur jemand aus meinem Kurs.«

»Mhm.« Daschas Begeisterung schwand wieder. »Bist du überhaupt mit jemandem zusammen? Mit keinem? Überhaupt nicht? Bist du etwa – noch Jungfrau? Ach je, du bist noch Jungfrau?«, rief sie entgeistert aus. »Echt? Das ist aber überhaupt nicht gut! In deinem Alter muss man eine Menge Sex haben, sonst ...«

Mascha schaute sie so verstört an, als erwarte sie jeden Moment, dass Dascha ihr die Kleider vom Leib riss, um sie zu vergewaltigen.

Die Markerschütternde hielt beschämt inne. »Schon gut. Sag mir lieber was anderes, Marussja: Was hat dich gestern Abend dazu gebracht, zum Museum zu kommen?«

»Ich weiß es nicht«, erwiderte Mascha wahrheitsgetreu (sie hatte noch keine Zeit gehabt, darüber nachzudenken) und erleichtert über den Themenwechsel. »Ich bin hier im Bett eingeschlafen, und als ich aufwachte, war ich dort.«

»Verstehe«, meinte die Sängerin, obwohl das eigentlich alles andere als verständlich war. »Und ich bin im Club von der Bühne gesprungen und dorthin gerast, als zöge mich wer ... Und was denkst du über diese ganze Geschichte? Hast du eine Theorie?«

Zur Antwort nickte Mascha heftig und stellte ihre nicht angerührte Tasse auf den Nachttisch.

»Willst du nichts?«, fragte Dascha und ergriff die willkommene zweite Portion des Aufputschmittels. Mascha schüttelte schnell den Kopf.

»Ich glaube –«, begann sie mutig.

Und hielt inne. Konnte sie dieser netten Blondine tatsächlich die WAHRHEIT sagen?

Andererseits – hatte sie ein Recht, sie ihr zu verschweigen?

»Ich glaube, dass diese Frau im ›Zentrum für Altkiewer Hexenkunst‹ wirklich eine Hexe war!«, sprudelte sie endlich mit vor Erregung zitternder Stimme hervor und erstarrte in Erwartung einer Antwort.

Die Blondine schaute sie über die Tasse hinweg betreten an.

»Du glaubst echt an Hexen?«, fragte sie schließlich skeptisch und rieb sich die Nase. Sie wollte Mascha nicht beleidigen; abgesehen von dem ganzen Koffer zusammengepresster Komplexe, den dieses Mädchen mit sich rumschleppte, fand sie sie eigentlich ganz in Ordnung.

»Schau mal, wenn es keine Hexen gibt, kann man das, was uns passiert ist, nur mit einer Art kollektiver Wahnvorstellung erklären!«, sagte Mascha überzeugt.

»Hm, das ist auch eine Möglichkeit«, stimmte die andere ihr bereitwillig zu. »Aber glaub mir, ich kann Hallus schon von der Wirklichkeit unterscheiden.«

»Na siehst du!«

»Nein, *du* siehst mal.« Selbstzufrieden hielt Dascha ihre rundliche Hand hoch, bewunderte beiläufig noch einmal ihre hinreißenden Nägel und spreizte demonstrativ den Daumen ab. »Erstens kann diese Frau, die wir für tot gehalten haben, auch völlig zu gewesen sein, oder krank, oder möglicherweise hat sie dieses Theater auch absichtlich abgezogen. Ich bin schließlich kein Arzt, vielleicht hab ich ihren Puls auch einfach nicht gespürt. Ja?«

»Nein«, sagte Mascha entschieden. »Sie ist an der Decke gekreist!«

»Ein Zirkustrick! Vielleicht mit unsichtbaren Haltegurten.«

»Und dieser Lärm?«

»Ein Tonband.«

»Und der Wind?«

»Eine Windmaschine. Wir haben so eine hinter den Kulissen. Es gibt auch Maschinen, die Regen und Schnee machen.«

»Und warum sind wir gestern Nacht alle drei auf den Berg gerannt?«

»Hypnose«, behauptete Dascha, in der jetzt der Kampfgeist erwachte, ohne Zögern. »Hypnose ist schließlich eine wissenschaftlich nachgewiesene Tatsache! Warst du damals auf den Sitzungen von Kaschpirowski? Ich ja. Da fallen die Leute stapelweise um. Und diese Tusse war vielleicht auch eine Kaschpirowskaja!«

»Und das Feuer, in dem sie vor uns erschien, kannst du das etwa auch erklären?«, fragte Mascha schon weniger überzeugt.

»Kein Problem! Das war ein Spezialeffekt. Hast du nicht schon mal im Fernsehen eine Doku darüber gesehen, wie Filme gemacht werden? Da rennen die Leute auch durchs Feuer, um sie rum nur Flammen und Explosionen. Aber das ist in Wirklichkeit nur eine Art Bengalisches Feuer, total harmlos. Na, was noch?«

»Da ist noch das Buch, das aus heiterem Himmel auf uns runtergefallen ist!«

»Tja, erstens haben wir das Buch gar nicht mehr – das hat diese Schnepfe mitgehen lassen. Und vergiss das mit dem Himmel. Das hat jemand unbemerkt von der Museumstreppe geworfen, während wir ganz von dieser Feuer-Tusse gebannt waren. Haut es uns auf die Birne – bumm, wir sind ausgeschaltet, und er lacht sich schlapp. Copperfield, beschissener!« Sie veränderte die Stellung ihrer Finger elegant, um zu zeigen, was sie von dem Kerl hielt.

»Aber uns sind die Nägel und Haare gewachsen«, beharrte Mascha säuerlich. Nur der Vollständigkeit halber – sie wusste schon im Voraus, dass Dascha in ihrem Elan auch hierfür eine Erklärung finden würde.

»Nimm's mir bitte nicht übel, Mascha«, sagte Dascha mild, »aber du bist wohl die Einzige in Kiew, die noch nicht weiß, dass man Haare und Nägel künstlich verlängern kann.« Vielsagend spielte sie mit den zu neuer Pracht gelangten Fingern.

»Ja? Wie denn?«, staunte Mascha naiv.

»Das zu erklären würde zu lange dauern. Ach, da fällt mir ein ...« Dascha stellte sich noch einmal vor den runden Spiegel und untersuchte ihren Kopf nach Verbindungsstellen zwischen ihrem natürlichen und dem angestückelten Haar. Dunkel fragte sie sich allerdings, was für ein Irrer wohl auf die Idee gekommen war, ihre fast hundert Zöpfchen aufzuknüpfen und neu zu flechten, nur um sie dreißig Zentimeter länger zu machen?

Als sie auf ihrem Haupt keine Spur frisiertechnischer Einmischung fand, wirbelte sie zu Mascha herum und wühlte ungeniert in deren Dauerwelle.

»Komisch«, meinte sie endlich. »Aber vielleicht ist das eine ganz neue Methode.«

»Aber wozu«, rief Mascha, »wozu sollte jemand das alles *tun*?«

»Ja, das ist die Frage! Aber dass wir darauf keine Antwort haben, heißt ja noch nicht, dass es keine gibt.«

»Nein, das ist logisch«, stimmte Mascha zu, die einen großen Respekt vor Logik hatte.

»Ja, lass uns das logisch aufdröseln«, begeisterte sich Dascha. »Wir sind nur zufällig zu dritt zu dieser Kyllina reingeplatzt. Das heißt, die Show war für jemand Einzelnen gedacht. Logisch?«

»Logisch«, wiederholte Mascha ihr Lieblingswort.

»Aber für wen? Wer will was von dir, Marussja? Und was hab ich zu bieten, außer meiner Impulsivität? Diese Schnepfe dagegen – die ist reich. Ein Volvo samt Chauffeur, teurer Schmuck, und ihre Unterwäsche war auch nicht die billigste. Und an allem sieht man sofort: die ist nicht die Frau von irgendwem. Die ist selber im Geschäft. Vielleicht will ihr jemand ihr Unternehmen oder ihren Laden wegschnappen und sie deshalb um den Verstand bringen. Was meinst du?«

Mascha seufzte.

»Ich auch«, tröstete Dascha sie. »Ich bin felsenfest überzeugt, dass diese Geschichte nicht unser Problem ist, sondern ihres. Ganz sicher!«, versicherte sie noch einmal, als erleichtere sie das Ergebnis ihrer Analyse immens.

Mascha hingegen hätte angesichts dieser realistischen Erklärung der Ereignisse beinahe losgeheult. Das atemberaubende Wunder, das ihr eintöniges Leben so unerwartet durcheinandergewirbelt hatte, löste sich spurlos in Nichts auf...

»Nanana, jetzt guck mal nicht so traurig«, redete die gutherzige Dascha sanft auf sie ein, als sie sah, wie ihre Gefährtin den Kopf hängen ließ. »Hast du etwa echt geglaubt, wir wären zu Hexen geworden? Warum denn? He, erzähl!« Besorgt rüttelte sie Mascha an der Schulter. »Mich interessiert's wirklich! Schließlich«, jetzt kapitulierte sie vor dem Anblick von Maschas gerötetem Näschen, »müssen wir alle Möglichkeiten durchgehen.«

»Ich hab gelesen ...«, schluchzte Mascha jammervoll.

»Was?«, ermutigte Dascha sie mit allem Interesse, das sie aufbringen konnte.

»Dass eine Hexe, die stirbt, ihre Macht nicht mit sich nehmen kann und bis zu dem Augenblick, da sie sie einer Schülerin übertragen kann, in schrecklichen Qualen schmachten muss. Wenn das... also, wenn ... dann würde alles sofort zusammenpassen! Denn als wir in das Sprechzimmer kamen, war Kyllina eindeutig gerade dabei, zu sterben. Es gab für sie einfach keinen anderen Ausweg. Sie hat ja selbst gesagt: ›Ich muss euch dreien meine Macht geben‹!«

»Und danach sind wir alle gleich zu Hexen geworden? Du, ich und die Schnepfe?«, fragte Dascha nach, jetzt schon ehrlich interessiert. Noch einmal beäugte sie ihre herrlichen Nägel und seufzte: »Wär schon cool! Schade, dass es das nicht gibt. Hexen – das ist nun mal Aberglaube ...«

»Alle Volksglauben«, dozierte die abergläubische Mascha von oben herab, ermutigt durch das Interesse ihres kleinen Publikums, »haben einen wahren Kern. Beispielsweise existiert in den Märchen aller Völker der sogenannte Drache oder Lindwurm. Tja, das ist alles Ausdruck unserer uralten Erinnerung an die Dinosaurier!«

»Ja, okay«, lenkte Dascha unerwartet ein, »nehmen wir mal an, wir wären Hexen. Wie können wir rauskriegen, ob das stimmt oder nicht? Gibt es irgendwelche besonderen Merkmale für Hexen? Weißt du noch mehr über sie?«

Mascha sprang überglücklich zu ihrem Schreibtisch. »Hier bei Tschub … Ach, übrigens, das ist kein Verwandter von dir, oder?«

»Gib mal her!« Dascha riss Mascha das schmächtige Heft aus der Hand, auf dessen Titelseite eine »muntere Dirn vom Lande« mit exzessivem Halsschmuck die Hände in die Seiten stemmte. »He, wahrscheinlich doch! A. A. – Andrej Andrejewitsch! Er war Professor. Ist nur schon lange tot. Und Bücher von ihm hatten wir auch nicht zu Hause. Er war Papas Vater, und meine Eltern sind ja schon seit hundert Jahren nicht mehr zusammen … Na, hallo, Großpapa! Haben wir uns lange nicht gesehen!«, begrüßte sie gerührt ihren Ahnherrn.

Mascha widmete dem Gedenken an Daschas Großvater eine rücksichtsvolle Schweigeminute, dann entzog sie ihr das Werk wieder und öffnete es an der durch den Knick bezeichneten Stelle.

»Als untrügliches Merkmal einer Hexe«, las sie voller Pathos vor, »gilt der Schwanz!«

»*Was*?!«

»Ein kurzes Anhängsel des Körpers am unteren Ende der Wirbelsäule …«

»Äh …« Dascha befühlte unwillkürlich ihre Hinterpartie.

Und begann plötzlich hektisch an ihrem Po herumzutasten.

»Maschka, sei so nett, schau doch mal nach«, rief sie entgeistert, »was ich da unten hab? Himmel, bloß nicht! Einen Schwanz überlebe ich nicht!«

Die Aufklärerin kroch zu ihr hinüber, zog unbeholfen Daschas Unterhose herunter und untersuchte gründlich den rundlichen, rosafarbenen, beflissen herausgestreckten Körperteil.

»Das ist nur ein Pickel«, sagte sie erleichtert und rot wie eine Chersoner Tomate wegen dieses unerwarteten intimen Manövers. »Vielleicht von der Kälte. Schließlich haben wir auf der nackten Erde geschlafen …«

*

Maschas Mutter löste sich vom Schlüsselloch und schritt hoch aufgerichtet den Flur entlang, wobei sie niemals zugegeben hätte, dass sie ihrer Tochter nachspioniert hatte – nein, sie war einfach vorbeigekommen und hatte instinktiv auf den verdächtig lauten Schrei reagiert.

In der Küche angekommen, lief Anna Nikolajewna aufgewühlt hin und her. Ihr Mann war erst um fünf Uhr morgens erschöpft und in düsterer Laune von dem Einsatz zurückgekommen. Vor zehn Minuten war er aufgestanden, hatte heiser gefragt: »Ist Mascha da?«, »Wo war sie?« und »Mit Studienfreundinnen?«, und als er die Antworten »Ja«, »Auf einer Fete, sagt sie« und »Nein« erhalten hatte, schnitt er alle weiteren Lamentationen seiner Frau über den wegen einer Wette getragenen Schlafanzug und das im Felde vermisste Fahrrad mit den Worten »Sei um Gottes willen einfach still!« ab. Jetzt wartete er finster und schweigend vor dem Fernseher auf die Nachrichten und nippte gelegentlich an dem Kaffee in seinem persönlichen Becher mit der Aufschrift »Wolodja«. Nach jedem Schluck presste er die Kiefer zusammen, als stecke ihm ein schweres, zähes Übel im Rachen, das er einfach nicht hinunterschlucken konnte.

Die Mutter wusste: in dieser Verfassung war es am besten, ihn in Ruhe zu lassen. Aber …

»Nein, du musst mir zuhören!«, schnauzte sie ihn unvermutet an, womit sie die zehn Minuten erniedrigender Geduld restlos wieder wettmachte. »Sie ist deine Tochter! Weißt du, wen sie mit hierhergebracht hat? Ein – ein Flittchen! Negerzöpfe wie eine Kongolesin! Ein Ring in der Nase! Und obenrum trägt sie nur ein Bikinioberteil! Und sagt mir ins Gesicht: ›Ich bin Sängerin‹!« Abfällig-schrill ahmte sie Daschas Tonfall nach. »Und wie Mascha mit ihr ankam – nicht zum Wiedererkennen! Wildeste Locken, und frag mich nicht, was sie anhatte! Und auf dieser Fete waren anscheinend nur Mädchen. Zuerst hab ich es nicht begriffen … Aber jetzt wird mir klar, was da los ist!« Die Mutter senkte die Stimme zu einem hysterischen Flüstern. »Unsere Maschka ist lesbisch! Hörst du, Vater? Deshalb gab's nie einen Mann bei ihr. Und jetzt, wo der Jungfernkranz abgenommen wurde, kam's sofort raus... Himmel hilf, was kann man da machen? Glaubst du, man kann ihn ihr wieder aufsetzen?«

Wladimir Sergejitsch scheuchte sie mit der Hand beiseite. »Lass mich in Ruhe, Anja. Was faselst du da bloß? Das kann man ja nicht mit anhören!«

»Ich weiß ganz genau, was ich rede! Hast du eine Ahnung, was sie dort in ihrem Zimmer treiben? Sie gucken sich gegenseitig in die Unterwäsche!«

»Und du spionierst ihr schon wieder nach!«, explodierte Sergejitsch. »Lass das Mädel doch endlich mal in Ruhe! Ihr ganzes Leben lang redest du ihr in alles rein! Die Schule hat sie mit einem Preis abgeschlossen, sie will den Doktor machen – und du krittelst und krittelst.«

»Ja, natürlich! Sie ist ja dein Ein und Alles. Frag sie doch mal, wo sie das Fahrrad hingetan hat? Wer weiß, vielleicht hat diese Schmarotzerin sie dazu überredet, Sachen von daheim zu entwenden.«

»Hältst du jetzt mal endlich den Mund?« Sergejitsch hieb krachend mit der Faust auf den Tisch. »Bring sie her! Ich rede selbst mit ihr! Ich muss sowieso...« Er führte den Satz nicht zu Ende. Anna Nikolajewna schaute ihn forschend an, um zu erkennen, welches ihrer Argumente denn nun die gewünschte Wirkung auf ihn gehabt hatte.

»Aber nicht so streng«, sagte sie unsicher, für alle Fälle. »Den Riemen braucht's wohl nicht.«

Wladimir Sergejitsch verzog gequält das Gesicht.

Seinem Sohn Dmitri hatte er schon manchmal die Hosen strammgezogen, aber Mascha hatte er noch nie auch nur ein Haar gekrümmt. Sie war ein so liebes, fügsames, gutwilliges Kind – geradezu Balsam auf alle elterlichen Wunden.

»Lass uns allein«, knurrte er ungnädig, als wenige Minuten später seine Frau die kleinlaute Tochter hereinführte. Dann nahm er Mascha beim mutlos herabhängenden Arm und führte sie auf den Balkon – so weit wie möglich von den allgegenwärtigen Ohren der Mutter entfernt. »Hör zu. Gib nicht zu viel auf deine Mama, Miezekätzchen. Du kennst sie doch: Sie denkt sich die wildesten Sachen aus und macht sich deswegen verrückt. Aber du bist erwachsen, du musst unter die Leute und dich amüsieren. Ich bin als junger Kerl selber wegen einer Wette von der Brücke auf die Truchanow-Insel gesprungen ... Kannst du dir das vorstellen?«

All das sagte Wladimir Sergejewitsch hastig und wegwerfend, als handele es sich um unwichtige, oberflächliche Dinge. Dann fragte er plötzlich: »Sag, Mascha, bist du mit anderen Studentinnen befreundet?«

Die Tochter schüttelte den Kopf, verwundert über die Frage. »Nein.«

»Überhaupt nicht?«

»Nein, ich bin mit gar keiner befreundet«, sagte sie fest.

»Und diese Mädchen, mit denen du gestern zusammen warst, was sind das für welche?«

»Dascha ist Sängerin, sie arbeitet in einem Nachtclub. Die andere ...« Mascha dachte an Daschas Einschätzung der attraktiven Dunkelhaarigen zurück. »Sie arbeitet im Management. Sie ist auch nicht mehr wirklich ein Mädchen – eher so um die dreißig.«

»Na dann, das sind doch vernünftige Leute«, meinte der Vater gutmütig, und in seinem Tonfall lag unbegreifliche Erleichterung. Er lächelte schief und wenig überzeugend und sprach weiter, und man spürte, dass er nur mit Mühe Worte fand: »Und du hast noch nie etwas davon mitbekommen, dass bei euch im Institut von Diggern geredet wurde? Du weißt schon, solche, die in unterirdischen Gängen rumstöbern.«

Vergebens versuchte Mascha das zu verstehen. »Nein, noch nie.«

»Kennst du Margarita Bojez?«

»Ja, natürlich, sie ist mit mir im Kurs. Streift Rita etwa durch Höhlen?« Nach allem, was Mascha über die schöne Rita wusste, interessierte sich diese lediglich für die neuesten sprunghaften Entwicklungen der Mode, reiche Verehrer und Nachtclubs. Sich vorzustellen, wie Rita Bojez in ihren affektierten, blümchenverzierten himbeerroten Sandaletten in irgendeine schmutzige Kiewer Höhle hinunterstieg, gelang Mascha nicht. »Wohl kaum.« Verwundert schüttelte sie ihre neu erworbenen Locken.

»Und kanntest du sie gut, Miezelchen?« Der Vater starrte sie durchdringend an, als glaube er ihr nicht oder könne sich nicht entschließen, etwas Wichtiges zu sagen, das eigentlich nicht für Kinderohren bestimmt war.

»Nein, ich kann mich nicht mal erinnern, dass ich mich jemals mit ihr unterhalten hätte«, gab Mascha beschämt zu. »Warum?«

»Also gut, Kind, du wirst es sowieso erfahren«, seufzte ihr Vater unglücklich. »Heute Nacht haben wir deine Kommilitonin in der Kyrillkirche gefunden. Tot. Ihre Tasche mit dem Studentenausweis war auch dort, daher konnte sie identifiziert werden.«

»Was?«, entfuhr es Mascha. »Rita?«

»Sie wurde ermordet«, sagte ihr Vater finster. »Und das waren diese Digger-Satanisten. Wenn die mir nur unter die Finger kämen, das Pack! Denen sollte man …« Wutentbrannt schlug er mit der Faust aufs Balkongeländer, das gefährlich unter seiner schweren Hand zitterte. »Denk daran, Kind, wenn du im Institut etwas darüber hörst, sag es mir sofort! Und vor allem auch, wenn dich jemand, zum Beispiel dieser Krassawizki, dazu überreden will, mit ihm in die Höhlen zu steigen. Klar? Setz um keinen Preis einen Fuß in die Kyrillkirche!«

Da verkrampfte sich Maschas Gesicht ganz von selbst, und sie schluchzte los.

Sie hatte Rita nicht gut gekannt und noch weniger gemocht – aber sie kannte Rita lebendig. Der Tod hatte Mascha bis zu diesem Zeitpunkt gnädig verschont: All ihre Verwandten, einschließlich beider Großmütter, waren Gott sei Dank gesund und munter. Jetzt – entkräftet und aufgerieben von dem erlittenen Schrecken, übermüdet von der mitternächtlichen Wacht unter dem schwarzen Himmel, vor den Kopf geschlagen von Daschas unanfechtbarer Erklärung »Na, wenn wir keine Schwänze haben, dann sind wir wohl auch keine Hexen«, der ihr mürber Geist nichts hatte entgegenhalten können – traf er sie wie ein Schuss ins Herz. Laut schluchzend, die Hände vors Gesicht geschlagen, weinte sie über alles, worauf ihr überschaubares, langweiliges, ruhiges Leben – wie ein zigmal gesehener Film, in dem man jeden Dialog zitieren kann – sie niemals vorbereitet hatte.

Ihr Vater wollte ihr beruhigend über den Kopf streichen, aber beschämt über sich selbst schrak Mascha vor seiner Hand weg, während sie beide Hände an den Mund presste, aus dem klägliches Wimmern drang.

Wladimir Sergejitsch ging in die Küche zurück und trat vor hilfloser Wut grausam gegen den vollkommen unschuldigen Schemel.

»Nein, Wowa, das muss nicht sein, nein!«, kreischte die Mutter, kam herbeigerannt und hielt ihn am Hemdsärmel fest. »Sie ist doch schon ganz zerknirscht ... Hab Mitleid mit ihr, Vater! Dann soll sie eben lesbisch sein – besser als eine alte Jungfer!«

Aus dem Tagebuch von X.

Habt ihr euch jetzt Gedanken darüber gemacht, ob ihr fähig wärt zu töten?
Ich weiß, was ihr euch auf diese Frage geantwortet habt: »Wenn es darum ginge, mein Leben zu verteidigen, oder das meiner Eltern oder Kinder ...« Doch selbst ein bedingtes »Ja« bedeutet: Ihr seid kein bisschen besser als Tiere. Auch Raubtiere töten nicht ohne Grund. Sie verteidigen ihr Leben und das ihrer Jungen. Sie brauchen Nahrung ...
Und ihr unterscheidet euch von ihnen nur dadurch, dass euer grundsätzlicher Überlebensinstinkt von Tausenden von Tabus überlagert wird. Die Natürlichkeit des Mordes wird von den Gesetzen, der Moral, der Religion in Ketten gelegt, ja selbst von der eigenen Psyche, der von frühester Kindheit an das unbedingte »Das darf man nicht!« eingetrichtert wird.
Aber das Verlangen zu töten steckt in jedem von uns.
»Ich bringe ihn um!«, schreit ihr hilflos im Zorn. Dutzende nicht ausgeführter Morde zerfressen uns als Geschwüre den Magen. Und jeder Selbstmord ist ein fehlgeleiteter Mord. Wir bringen uns selbst um, da wir nicht fähig sind, einen anderen zu töten ...

Siebtes Kapitel,

in dem Katja sehr höflich wird

War Hitler nicht begierig darauf, hierherzugelangen? Und warum hat uns im September 1941 der Erbe der Geheimbünde und Ritterorden, SS-Führer Heinrich Himmler, besucht? ... Seine Besuche dienten immer eher okkulten denn kriegsrelevanten Zielen.

D. Wowk, A. Steklow, ›Einige Geheimnisse Kiews‹

Bleich und entschlossen, den Mund zu einem schmalen Strich zusammengepresst, erschien Katja mit dem eingewickelten Buch unter dem Arm in der Tür des Antiquitätengeschäfts »Modern« an der Großen Wassilkowsker Straße.

»Jekaterina Michailowna.« Der Inhaber, der sie bereits auf dem massiven Jugendstilsofa am Eingang (dem unverkäuflichen und unveränderlichen Wahrzeichen seiner Lokalität) erwartet hatte, sprang auf. »Sie waren lange nicht bei uns! Ich habe nach Ihrem Anruf alles stehen und liegen lassen. Schließlich sind Sie uns eine liebe und teure Kundin ...«

Der Inhaber hatte graues Haar und jugendlich straffe Züge, ein Mann, der den Frauen gefiel.

»Ich möchte Ihnen etwas zeigen«, sagte die Liebe und Teure steif.

»Aber gewiss doch, ich bitte darum«, beeilte er sich zu sagen und bedeutete ihr galant, in sein Kabinett mitzukommen. »Kaffee? Tee? Oder wäre Madame Saft genehm?«

Die altertümlichen Wendungen in seiner Rede, ein Zeichen für den heutigen Kaufmannsstand, der fleißig bestrebt war, sich in einen neuen Adel zu verwandeln, erhöhten die märchenhafte Aura besagten Etablissements um weitere zehn Prozent. Doch Madame war es nicht genehm zu antworten.

Ohne Umschweife legte sie das riesige Paket auf den Schreibtisch, zog finster die dichten Brauen zusammen und setzte den Grauhaarigen knapp über den Grund ihres Besuchs in Kenntnis.

»Viktor Arnoldowitsch, Sie sind ein Kenner der Extraklasse. Was können Sie mir über diesen Gegenstand sagen?«

Der Antiquitätenhändler nickte und begann sorgfältig die Packpapierhülle von dem noch unbekannten Objekt zu lösen.

»Ich sehe, Sie haben eine Typveränderung vorgenommen«, sagte er in dem Bestreben, die Atmosphäre aufzulockern. Doch die Miene seiner Kundin verfinsterte sich nur noch mehr, und sie schwieg weiter.

Ihr langes schwarzes Haar war glatt nach hinten gekämmt und fest mit einem Gummiband zusammengefasst: Katja hasste es, wenn die Haare ihr störend ins Gesicht fielen. Namentlich heute hatte sie jeden Grund, sie doppelt zu hassen.

Als sie in schmutziger Unterwäsche und zerfetzten Spitzenstrümpfen neben den Stufen des Museums die Augen aufgeschlagen hatte, hatte sich in ihrem glühenden Kopf sogleich der Wunsch nach einem fiebersenkenden Mittel und einer dicken Daunendecke breitgemacht. Sie war krank, eindeutig krank und vollkommen fertig. Sie musste sich hinlegen, die Augen schließen, das Telefon aussstöpseln. Dann würde alles verschwinden ...

Aber nichts verschwand!

Ihre Haare waren real. Und ihre Fingernägel ebenso, und die ganze verrückte Nacht, das Buch, der Brief, und derjenige, der ihn mit einem abgerichteten Vogel dorthingeschickt hatte.

Aber kaum hatte sie den Brief selbst gelesen, als das beängstigende Gefühl des Irrealen verschwand wie eine düstere Laune.

Fürchtet Euch nicht, Wassili wird Euch kein Leid zufügen! Im Gegenteil, er wird Euch helfen – dieses höchst pragmatische Versprechen, als Preis für die Teilnahme an irgendeiner ausschweifenden nächtlichen Orgie den zornbebenden Wassili Fjodorowitsch zu besänftigen, brachte sie wieder zur Besinnung. Jetzt war ihr alles klar.

Nun ja ... Es verliebten sich ständig Männer in Katja, und

hätte sie im Zeitalter der Inquisition gelebt, hätte man sie allein darum dem Scheiterhaufen überantwortet, dass Männer sie nur anzuschauen brauchten, um sich in der Folge mit drei Litern Wodka volllaufen zu lassen und noch Jahre später nicht ausgenüchtert zu sein. Und jetzt war einer davon, der zu oft ›The Game‹ gesehen hatte, auf die Idee gekommen, ihr mittels dieser höllischen Schikane Herz und Schwanz zu Füßen zu legen – jemand, der sich anscheinend für Gott und den Teufel in einer Person hielt, so mächtig und gut abgesichert, dass es ihm nichts ausmachte, mit der einen Hand dem Eber einen Nasenstüber zu versetzen und mit der anderen ein kompliziertes Schachspiel aufzustellen.

Das bedeutete: er war gefährlich!

Wie jeder Wahnsinnige, dem die eigene Unverletzlichkeit zu Kopf gestiegen war.

Hol's der Teufel, der hat mir einfach irgendein haarwachstumsförderndes Hormonpräparat auf den Kopf geschmiert! Vermutlich ist es gesundheitsschädlich und verboten, sonst wäre es schon bei allen Friseuren zu kriegen. Der ist total übergeschnappt – und ich frage mich wirklich, ob ich ihn kenne.

Auf dem Weg hierher war Katja im Geist sämtliche ihr bekannten hochkarätigen Ks und Ds durchgegangen, hatte aber niemanden gefunden, der dem von ihr entworfenen Psychoprofil entsprochen hätte.

Doch sie hatte noch Zeit bis zum Sechsten. Und ihre Schwäche zuzugeben und in irgendeiner Wohnung im Zentrum zu Kreuze zu kriechen, um im Austausch dafür, dass sie »höflich« (ha!) zu »Ihm« war, eine Erklärung zu kriegen, hatte sie nicht vor. Zu »Ihm« – das klang nach einem Dritten! *Haben die etwa vor, mich von einem zum anderen herumzureichen?*

Das Spiel, in das man sie gegen ihren Willen hineingezogen hatte, war teuflisch schlüpfrig und unerbittlich. *À la guerre comme à la guerre.* Man würde ihr keine Gnade gewähren.

Du hast ausgespielt, Dummchen!

Gequält hielt sich Katja am eigenen Unterarm fest, die Züge verkrampft vor unangenehmen Erinnerungen. Der Geschäftsinhaber, dem die Nervosität seiner Kundin nicht entging, nahm indessen mit emsigem Interesse das in dunkles Leder gebundene Buch in Augenschein.

»Ich will alles über dieses Ding wissen!«, erklärte Katja fest. »In welcher Buchbinderwerkstatt könnte man so eine Fälschung herstellen? Wer ist der wahrscheinlichste Künstler? Kann man ihn auftreiben? Der Auftrag kann noch nicht allzu lange her sein.«

Der Experte richtete den verwunderten Blick auf sie. »Aber, Katerina Michailowna«, sagte er verunsichert, »das ist alles andere als eine Fälschung. Dieses Buch ist sehr, sehr alt. Ein Wunder, dass es in einem so hervorragenden Zustand ist. Es scheint mir mittelalterlicher Herkunft zu sein. Möglicherweise ...«

»Soll das ein Witz sein? Dieses Buch ist in moderner Sprache geschrieben, ohne Härtezeichen oder sonst was! Es kann frühestens nach der Revolution gedruckt worden sein!«

Doch der Antiquitätenhändler, der jetzt eigentlich schnellstens Asche auf sein Haupt hätte streuen und sich seines schmählichen professionellen Irrtums hätte schämen müssen, schaute sie aus irgendeinem Grund zweifelnd an und sagte ölig, bemüht, das säuerliche Lächeln auf seinem Gesicht aufzufrischen: »Teuerste Katerina Michailowna, Sie irren sich. Dieses Buch ist von Hand in altrussischer Schrift geschrieben.«

»Aber ich habe doch selbst hineingeschaut!« Die unbegreifliche Verbohrtheit des Mannes brachte Katerina jetzt wirklich in Wut. Sie sprang ungehalten auf, trat an den Tisch und stieß, um ein für alle Mal Schluss mit diesem ausweglosen Wirrsal zu machen, herausfordernd mit dem Finger auf die aufgeschlagene Seite: »Bedenke, Holde Kiewiza, dass es dein Recht ist, zu richten über...«

Viktor Arnoldowitschs Lächeln zuckte konvulsivisch und erstarb. Er blickte angespannt in den Text, bewegte leicht die Lippen und legte sich dann fassungslos die Hand auf die Brust.

»Das kann nicht sein«, sprach er mit Nachdruck. »Entweder Sie treiben ein Spiel mit mir, oder...« Plötzlich hellte sich seine Miene auf, und er sah sie hoffnungsvoll an: »Sie treiben ein Spiel mit mir, nicht wahr, Katerina Michailowna?«

Sie hob die Brauen. »Wie bitte?«

Ihre Wut schwand unerwartet und stellte sich geduldig wieder hinten an. Mit dem stets untadeligen, geschniegelten, weltmännischen Viktor Arnoldowitsch, der genau die Grenzen zwischen sich und seiner noblen Kundschaft kannte und diese unsichtbare Linie niemals überschritt, ging etwas Unbegreifliches und höchst Bedenkliches vor. Und Katja kam ein Gedanke ...

»Ich begreife nicht. Erklären Sie sich!«, befahl sie trocken.

»Andererseits«, murmelte Viktor Arnoldowitsch, »können Sie das alles unmöglich auswendig gelernt haben.« Er hielt inne und sagte unterwürfig lächelnd: »Dürfte ich Sie vielleicht bitten, mir noch etwas anderes vorzulesen, das ich Ihnen zeige?«

»Aber danach bekomme ich von Ihnen eine vollständige, ausführliche Erklärung!«, beschied ihn Katja kategorisch.

Der Kunsthändler nickte, hielt ihr das Buch hin und blätterte mit eilfertigen Händen aufs Geratewohl die dicken, steifen Seiten um.

»Lasse, Holde Kiewiza, den Gram verdorren«, »Wenn der erste Frühjahrsmond am Himmel steht«, »Du bist ihr Gesetz, doch auch dir sind Gesetze gegeben«, las Katja gehorsam drei an ganz verschiedenen Stellen stehende Fragmente vor. »Und?«, forderte sie dann scharf.

»So, so ... äußerst entzückend, jawohl.« Der Händler, dem plötzlich eine gefasste, bleiche Grabesruhe anhaftete, in der er auch seine aufgesetzte Höflichkeit wiederfand, rückte ihr aufmerksam den Sessel hin. Mit einer Handbewegung verschob er ihre Frage auf später und trat zu dem kleinen Schrank, der dem 19. Jahrhundert gewidmet war und in dem sich die goldgeprägten Einbände der Enzyklopädie von Brockhaus und Ephron aneinanderreihten, öffnete das untere Fach, wühlte in einem Wust Papieren, zog ein schäbiges Heftchen Kiewer Provenienz mit einer jungen Ukrainerin auf dem Einband heraus. Er schlug es auf, las kurz darin und breitete dann kraftlos die Hände aus.

»Nun wohl«, sagte er mit eher unwohler, heiserer Stimme. »Eine letzte Frage, verehrte Katerina Michailowna. Darf ich erfahren, woher Sie dieses Objekt haben?«

»Nein!«, entfuhr es Katja, doch im nächsten Moment überlegte sie es sich anders. »Ich habe es von meiner Großmutter geerbt.«

»Von Ihrer leiblichen Großmutter?«, fragte er sonderbarerweise sofort nach.

»Ja, von meiner leiblichen Großmutter. Warum?«

»Verzeihen Sie, aber Ihre Großmutter – was war sie?«

»Lehrerin!«, knurrte Katja bedrohlich. »Was hat das mit dem Buch zu tun? Ich kann mich sowieso kaum an sie erinnern.«

»Kaum erinnern? Das erklärt so manches.« Viktor Arnoldowitsch nickte wie ein Spielzeugkasper.

»Entschuldigen Sie, was soll das erklären? Antworten Sie mir jetzt auf meine Frage oder nicht?« Katja ging nun doch offen in die Luft.

»Beruhigen Sie sich, Katerina Michailowna, bitte beruhigen Sie sich!« Mechanisch bewegte er die Hände vor ihr auf und ab, als wolle er die auflodernde Flamme dämpfen. »Wenn Sie eine solche Großmutter hatten, sollten Sie sich besser nicht zu leicht aufregen. Vergeben Sie mir, Katerina Michailowna, aber es obliegt mir, Ihnen eine höchst bedeutsame Mitteilung zu machen. Dieses Buch ist praktisch unbezahlbar!«

»Wie unbezahlbar genau?«, wollte Katja wissen.

»Das ist auf Anhieb schwer zu sagen.«

»Dann sagen Sie es ungefähr.«

»Wenn es tatsächlich besagtes Buch ist ...« – sie sah, wie sich auf seiner Stirn kalter Schweiß bildete –, »wird sich auf ukrainischem Boden kaum ein Käufer finden, der in der Lage ist, die Summe aufzubringen, die seinem wahren Wert entspricht. Im Ausland, ja, da gibt es solche Sammler. Das hat allerdings keinerlei Bedeutung, weil das Buch ohnehin nicht verkauft werden kann. Der Sage nach ist es unmöglich, dieses Objekt aus Kiew zu entfernen.«

»Soll das ein Witz sein?!«, japste Katja.

»Keineswegs«, entgegnete er mit der Würde eines Leichnams in der Gruft. »Wenn es sich wirklich um das Buch handelt, von dem Professor Tschub spricht, so ist es das legendäre Buch der ukrainischen Kiewizen, in dem alle Rituale und Zauberformeln der heidnischen und nachheidnischen Zeit gesammelt sind. Dabei handelt es sich um unvorstellbar alte, gespenstische Volksmagie, noch aus der Zeit vor der Gründung der Kiewer Rus. So zumindest heißt es bei Tschub«, fügte er schnell hinzu. »Und wenn das der Fall ist, wird es auf der Welt sicherlich Kenner geben, die ein solches Werk zu schätzen wissen. Darunter auch Millionäre und Milliardäre.«

»So kostbar ist dieses Buch?« Dobrashanskajas Augen verengten sich skeptisch.

Und der Gedanke, der in ihrer Scheitelgegend entstanden war, verwandelte sich in eine konkrete, unangenehme Frage: *Ist er mit ihnen im Bunde? Haben sie sich etwa ausgerechnet, dass ich mich sofort an ihn wenden würde? Ja, das ist kein Kunststück!*

»Auf der Welt, meine sehr verehrte Katerina Michailowna, gibt es nicht wenige Menschen, die mit dem Satan liebäugeln«, holte der Antiquitätenhändler traurig aus. »Und einige davon betreiben diese Religion überaus ernsthaft. Ich glaube, dass vor siebzig Jahren der Ihnen wohl nicht unbekannte Adolf Hitler für dieses Buch ein Drittel seines Territoriums gegeben hätte. Nicht ohne Grund haben seine Helfershelfer unsere Schwarzerde waggonweise abtransportiert ...«

»Schwarzerde?« Der unerwartete Übergang auf das landwirtschaftliche Gebiet verwirrte Katja zutiefst.

»Es liegt alles an der Erde. Zumindest laut Tschub ... Und Leute mit solchen Wünschen wird es immer geben.«

»Also können Sie mir einen Käufer finden?«

»Brauchen Sie denn dringend Geld?«, erkundigte sich der von irgendwem gekaufte Händler befremdet.

Katja nickte wortlos.

»Für eine solche Transaktion ist sehr viel Zeit erforderlich«, erläuterte Viktor Arnoldowitsch zaghaft. »Außerdem muss zuerst eine Expertise erstellt werden, um das genaue Alter des Buches zu bestimmen. Was seine Echtheit in anderer Hinsicht angeht, wird uns diese niemand eindeutig bestätigen können, aber ich bin sicher ...«

»Warum sind Sie eigentlich so sicher?«

»Hochverehrte Katerina Michailowna«, sagte der Antiquitätenhändler dumpf, »weil ich Sie schon drei Jahre lang kenne. Gut genug, um zu wissen, dass Sie eine unwahrscheinlich vielbeschäftigte Person sind und niemals sechshundert Seiten kaum verständlichen Text auswendig lernen würden, um sich über einen alten Mann wie mich lustig zu machen!«

»Das ist keine Antwort«, bemerkte Katerina ruhig.

»Nun gut, ich fahre fort«, stimmte er müde zu. »In der Beschreibung dieses Buches bei Professor Tschub heißt es, dass eine echte Kiewiza es mühelos lesen kann, selbst wenn sie durch den Willen des Schicksals in einem anderen Land geboren wird und ihrer wahren Muttersprache nicht mächtig ist.« Er hielt ihr das bunte Heft hin und markierte gleichgültig mit dem Fingernagel den entsprechenden Absatz.

»Und was ist überhaupt eine Kiewiza?«

»Kiewiza«, erklärte der Händler beflissen, »kommt von dem Wort ›Kiew‹ und ist gleichbedeutend mit ›Hexe‹. Ich kann Ihnen in Dahls Wörterbuch zeigen –«

»Nicht nötig«, sagte sie ungemein freundlich. »Ich glaube Ihnen.«

*

Der glühende Fieberherd unter Katjas Stirn quälte sie immer unerträglicher. Und sie hatte das blöde Gefühl, als hindere sie namentlich ihr Kopf am Denken.

Aber noch ergab sie sich nicht. Noch nicht.

All das war genauestens und von langer Hand geplant worden! Man hatte ihre Sekretärin oder ihren Vize gekauft und war bestens über ihre Probleme mit dem Konkurrenz-Supermarkt informiert. Ihr bestochener Chauffeur war absichtlich am Kosmetiksalon vorbeigefahren. (Und der bestochene Pflasterstein, merkte Katjas gesunder Menschenverstand ironisch an, hatte sich ihr absichtlich vor die Füße geworfen, damit sie stolpernd Halt an der Wand mit dem Aushang über das Beschreien von Feinden suchte.) Ja, vielleicht war das »Zentrum für Altkiewer Hexenkunst« nur eines von vielen Käsestücken in zahllosen Mausefallen, die man ihr in den Weg gelegt hatte, und wäre sie dort nicht hineingegangen, so hätte man ihr morgen das Buch per Post zugeschickt – getarnt als Erbschaft von ihrer seligen Großmutter.

Und dann wäre sie, wie man es ja vorhergesehen hatte, schnurstracks ebenfalls zu Arnoldowitsch geeilt, der sie an den nächsten »Mitspieler« weiterleiten sollte.

Katja war unaussprechlich beleidigt. *Denken die eigentlich, ich bin völlig bescheuert?*

Aber bescheuert war sie nicht – und darum fing sie jetzt nicht an zu heulen und zu wehklagen und mit den Füßen aufzustampfen. Der unbekannte K. D. erwartete womöglich genau diese Reaktion. Doch sie verzweifelte nicht. Liebenswürdig stimmte sie dem bestochenen Ladeninhaber zu: Ihre Großmutter war eine Hexe gewesen, und der Text des Buches war dazu in der Lage, vor den Augen des Betrachters eine andere Form anzunehmen, je nachdem, ob es sich dem Leser auf mystische Weise verbunden fühlte; sie nahm gleichmütig seinen Vorschlag an (»in Anbetracht Ihres dringenden Geldbedarfs«), sich auf eine Kompromisslösung zu einigen. Und ihr ein Treffen mit einer in Kiew lebenden Persönlichkeit zu organisieren, die vielleicht Interesse daran hätte, den Text ihres Buches für fünfzigtausend Dollar abschreiben zu lassen.

Sie hielten sie nicht für bescheuert, sondern für eine absolute Idiotin!

Wie üblich kam eine Unannehmlichkeit zur anderen – auf dem Weg aus der Stadtmitte hinaus hustete ihr neuer Volvo plötzlich laut und verstummte dann gänzlich. Und in der Zeit, die sie brauchte, um Gena den Kopf abzureißen und ihn des schludrigen Umgangs mit dem Wagen zu beschuldigen, sich ein Taxi zu rufen und mit diesem in einem hoffnungslosen Stau steckenzubleiben, rief der nimmermüde Arnoldowitsch sie auch schon auf dem Handy an und verkündete ihr glücklich, der Ausländer sei einverstanden und bereit, sofort vorbeizukommen.

»Wird er das Geld persönlich mitbringen?« Katja konnte kaum ein zynisches Lachen unterdrücken.

»Ich kann Ihnen nur eines sagen«, meinte der Antiquitätenhändler ernst und überzeugt, »Sie werden es mit absoluter Sicherheit erhalten. Herren wie dieser, welche einen Pakt mit dem Satan eingegangen sind, werden solche verwandtschaftlichen Verpflichtungen niemals verletzen ... Außerdem weiß er bereits, was Ihre Großmutter war.«

»Zum Teufel mit meiner Großmutter!«, entfuhr es Katerina. »In einer halben Stunde erwarte ich Sie bei mir zu Hause.«

Jetzt ködert mich dieser Zirkuskünstler. Und dann wird er vor meinen Augen die Dollarnoten in Konfetti verwandeln. Sie verzog das Gesicht zu einem fahlen Grinsen.

All diese Wunder waren fadenscheinig und ausschließlich auf Trottel ausgelegt. Aber die Ausmaße dieses Spiels schüchterten sie mehr und mehr ein. Sie begriff nicht, was die sich dabei erhofften. Warum sollte man sie um den Verstand bringen wollen?

Viel schlimmer wäre es wohl, wenn die Antwort schon in der Frage läge und dieser K. D. sich entschlossen hätte, sie konsequent in den Wahnsinn zu treiben. Jemand, der sie auf krankhafte Weise liebte oder – viel schlimmer – hasste. Jemand, der ihretwegen den Verstand verloren hatte oder – viel schlimmer – schon von vornherein verrückt gewesen war.

»Natascha«, sagte Katja, als sie endlich an ihrem Schreibtisch am Andreasstieg angelangt war. »Bitten Sie meinen Stellvertreter herein. Und kommen Sie bitte auch selbst für eine Minute. Nein, warten Sie ... Lassen Sie es.«

Nein, sie würde es nicht riskieren!

Die Chefin durchquerte ihren von einem Innenarchitekten gestalteten Empfangsraum, betrat den Aufzug, strich nachdenklich über die Knöpfe und drückte schließlich denjenigen, der sie zur verrücktesten Etage des Hauses bringen würde – sie wurde vorübergehend vom Pressezentrum eines bekannten Musikfestivals okkupiert.

Dort ließ Katja abschätzend den Blick über die Kloake des Showbusiness schweifen und pickte sich aus dem allgemeinen Chaos und Abschaum ein minderjähriges kaugummikauendes Gör mit rotem Rucksack heraus.

»Haben Sie mal eine Sekunde Zeit für mich?«, fragte Katja.

Das Mädchen nickte und trat zu ihr.

»Sind Sie Journalistin?« Auf der Brust des Mädchens hing ein in Plastik eingeschweißter Ausweis.

»Ja, und?« Die Worte klangen, als habe sie sie mit dem Kaugummi zusammen durchgekaut.

»Wollen Sie sich hundert Dollar dazuverdienen?«

»Wie denn?«, fragte die Journalistin. »Über wen soll ich schreiben?«

»Nein, nein«, sagte Katja beinahe sanft. »Ich möchte, dass Sie mit mir in mein Büro kommen und Ihre unabhängige Meinung zu einem bestimmten Umstand sagen. Meine Mitarbeiter...« Sie machte eine wegwerfende Handbewegung, begleitet von einem verächtlichen Gesichtsausdruck. »Mir ist es wichtig, dass ein völlig unbeteiligter Mensch das Ganze aus seinem Blickwinkel betrachtet. Mein Büro ist hier im Haus, ein paar Etagen höher.«

Das Mädchen lächelte vorsichtig. »Das ist alles?«

»Das ist alles.«

Sie fuhren unverzüglich nach oben. Währenddessen bearbeitete das Gör ununterbrochen mit den Zähnen ihren Kaugummi und schielte interessiert zu Katja hin – es war ersichtlich, dass der erhaltene Auftrag ihr außerordentlich schmeichelte.

Die Journalistin musterte die des Vertrauens ihrer Chefin als unwürdig bezichtigte Sekretärin von oben herab und setzte, in Katjas Büro angekommen, eine betont seriöse Miene auf.

»Kommen Sie her.« Katja winkte sie zum Tisch, auf dem das »praktisch unbezahlbare« Werk lag. »Können Sie lesen, was hier steht?«

Das Mädchen starrte eindringlich auf die Seite und runzelte die Stirn.

»Nein«, sagte sie höflich. »Das ist eine ganz alte Schrift.«

»Versuchen Sie es«, bat Katerina sie beunruhigt. »Das ist doch Russisch – nicht?«

Die Journalistin zupfte sich verwirrt am Kinn, spuckte rasch den Kaugummi in ihre Handfläche und bemühte sich, für den versprochenen Hunderter so hart wie möglich zu arbeiten.

»... sie, welche furchteten – ihr ende – von dem bösen ... geiste gekomen ... weineten sehre«, las sie stockend vor und schaute Katja an. »Weiter?«

Statt einer Antwort hielt diese ihr einen glänzenden, knisternden Schein hin und deutete wortlos auf die Tür.

Sie hatte keine Worte mehr. Und auch keine Gefühle oder fassbaren Gedanken. Alles, was Katjas Ich ausmachte, war in Streik getreten und weigerte sich, den einzig möglichen (vollkommen unmöglichen) Schluss zu ziehen: dass niemand ihre zufällige Auswahl dieses dahergelaufenen jungen Dings hatte vorhersehen und das Mädchen hatte kaufen und instruieren können. Was bedeutete, dass das Buch tatsächlich in der Sprache Nestors geschrieben war und sie es wirklich als Einzige ... Und dass Arnoldowitsch wohl doch recht –

Nein, dieser unbarmherzig am Ende einfachster logischer Verknüpfungen aufragende Schluss blieb eisern aus Katjas Bewusstsein ausgesperrt, wo sich schon ein ganzer Bodensatz von Fakten angesammelt hatte, der ihren gesunden Menschenverstand bedrohte.

»Katerina Michailowna«, schepperte auf dem Schreibtisch die verzerrte Stimme ihrer Sekretärin, »Sie haben Besuch. Viktor Arnoldowitsch und ...«

»Lassen Sie sie herein«, sagte die Chefin wie im Traum.

An der Stelle des soeben verschwundenen roten Rucksacks erschienen die in der Erwartung dicker Prozente schon leicht geröteten straffen Wangen des Antiquitätenhändlers. Mit sich brachte er einen hochgewachsenen Herrn um die vierzig, dessen Miene so verschlossen war wie ein Safe.

»Darf ich vorstellen: Adrian Marcato«, wehte Arnoldowitschs Stimme an ihrem rechten Ohr vorbei. Der Nachname des Ausländers zerging in der Luft, ehe Katja ihn aufnehmen konnte.

Automatisch bemerkte sie, dass die Schuhe des nachnamenlosen Adrian aus echtem Schlangenleder waren und ihr Wert sicher nicht weniger als ...

Ach, das ist doch so egal.

Nachdem der Safe ihr kurz, aber betont respektvoll zugenickt hatte, trat er geradewegs an den Tisch und ergriff das Buch mit ungeduldigen Händen.

»This is it!«, stieß er hervor.

Und dann hörte Katja einen unmenschlichen Schrei und sah, dass Adrian brannte, und das Buch ebenfalls, und der Schreibtisch und das darüber hängende Bild, als ob alles mit einem Schwall Benzin übergossen worden sei. Ihr Verstand setzte aus, sie warf sich zurück und prallte ungeheuer schwungvoll mit der Schulter gegen die Wand.

*

Siebenundvierzig Minuten später betrat den menschenleeren Empfangsbereich des »Zentrums für Altkiewer Hexenkunst« eine langhaarige Dame mit grauem, angespanntem Gesicht und starren, erloschenen Augen.

Hinter dem Glasfenster saß die altvertraute ausgezehrte Jungfer mit der noch immer nicht ausgelesenen Donzowa, deren rechte Seite jedoch schon bedeutend abgenommen hatte.

»Guten Tag«, begrüßte Katja sie mit einer vollkommen fremden, sehr höflichen Stimme. »Ich bin Lesja Ukrainka.«

»Ach was!«, schnaubte die Jungfer ungläubig.

»Verzeihung«, stammelte die Besucherin. »Larissa Kosatsch. Sie haben meinen Namen gestern in Ihr Buch eingetragen ...«

Ohne den bunten Krimi aus der Hand zu legen, blätterte die Empfangsdame mürrisch mit der Linken in dem dicken Besucherregister und fragte dann unfreundlich: »Und was ist damit?«

»Könnten Sie bitte so nett sein, nachzuschauen, wenn es Ihnen keine Mühe macht: da müssten unter meinem Namen noch die Namen und Daten zweier anderer Damen stehen ...«

»Ich geb keine Adressen raus«, erklärte die Anmeldung giftig.

Ergeben zog Katja aus ihrer Tasche einen Hundertdollarschein. »Ich muss sie sehr dringend finden«, sagte sie leise.

»Ach du je!« Fräulein Anmeldung war ehrlich verblüfft. »Na, wenn das so dringend ist ... Da steht nur eine. Marija Kowaljowa.«

»Aber es waren zwei«, beharrte Katja geduldig.

»Ist eine davon vielleicht vor Ihnen eingetragen worden?«, schlug die Krimiliebhaberin sehr vernünftig vor. »Na, da haben wir's ja!«, sagte sie zu Katjas Erleichterung. »Darja Tschub. Sie war vor Ihnen da.«

»Also war eine davon tatsächlich vor mir dran?«, fragte Dobrashanskaja verstört.

»Ja, sieht so aus«, nickte die Empfangsdame, die nicht ganz begriff, weshalb diese Tatsache die Klientin so aus der Fassung brachte.

»Das heißt also«, erkannte Katja zutiefst erschüttert, »wäre ich ein netter Mensch gewesen und hätte sie vorgelassen, dann wäre nichts mit mir passiert? Oh, mein Gott! …«, stieß sie zum ersten Mal seit fünf Jahren anstelle des üblichen »Teufel!« hervor. »Mein Gott, mein Gott!«

Denn die somit in Existenz getretene Darja Tschub konnte nur eins bedeuten: Wer auch immer dieses Spiel vom Zaun gebrochen hatte, scherte sich nicht die Bohne um die Superfrau Jekaterina Dobrashanskaja. Er hatte sein Opfer zufällig ausgewählt! So blind und zufällig, wie sich halbstarke Randalierer ihre Opfer aussuchen. Als sie zu dritt in das verfluchte Zimmer gestürzt waren, war Kyllinas gymnastische Show schon in vollem Gange gewesen, und das hieß: Hätte Katja nicht wie immer alles daran gesetzt, als Erste an der Reihe zu sein, wäre die ganze Geschichte überhaupt nicht ihr passiert! Sondern der bleichen Botanikerin, die sie direkt an der Tür gestoppt hatte, oder der streitlustigen Zöpfchenträgerin, die sich unbedingt Kopf an Kopf mit ihr hatte hineinzwängen müssen!

Derjenigen von ihnen, die von Rechts wegen an erster Stelle gewesen war.

»Gott, warum?«, schluchzte Katja los. Und weil sie die Antwort auf diese Frage nur zu gut kannte, flehte sie ohne viel Hoffnung weiter: »Gott, vergib mir! Bitte! Ich werde auch immer zurückhaltend, höflich, freundlich, liebenswürdig, zuvorkommend, tolerant, rücksichtsvoll …«

»Wollen Sie jetzt die Adressen oder nicht?«, unterbrach die Anmeldung Katjas Liste an Tugenden.

»Ja, bitte«, nickte die resigniert. »Sie wissen nicht zufällig, was gestern mit Ihrer Kollegin Kyllina passiert ist?«

»Sie waren bei ihr? Ach, furchtbar ist das!« Die Anmeldung erschauerte in wohligem Entsetzen und sprudelte plötzlich, stotternd vor Aufregung, mit aufgerissenen Augen los: »Die Decke ist auf sie runtergekommen! Tot ... Haben Sie's gesehen? Nein? Dass nur nicht ... Das sage ich jetzt nur Ihnen! Ich bin hingegangen und hab's mir angesehen. Die Balken« – aufgewühlt kreuzte sie zwei Finger –, »also, die Deckenbalken waren überhaupt nicht morsch! Und ein Kiewer Hexer ist schon umgebracht worden. Den haben sie zerstückelt und in die Kühltruhe gestopft, und davor haben sie ihn gepfählt! Das hab ich in der Zeitung gelesen. So geht's bei uns zu, ja. Zuerst zu ihm rennen und ihn um Rat fragen, und dann, wenn sie plötzlich merken, wie ach so gottesfürchtig sie doch sind, bringen sie ihn um! Und Kyllina – Sie wissen gar nicht, was das für eine mächtige Hexe war! Sie hat mich von was geheilt, da hat jeder Doktor nur den Kopf geschüttelt. Sind Sie gestern etwa nicht einmal mehr drangekommen? Ach herrje ... Aber wenn Sie es sehr dringend brauchen, kann ich Sie gern gleich zu Anna schicken!«

»Nein«, beeilte sich Katja zu sagen. »Danke, aber das ist nicht nötig.«

*

»Wer ist da?«, fragte Maschas Mutter streng die Tür, die ein schüchternes Klingeln von sich gegeben hatte.

»Entschuldigen Sie bitte die Störung, aber ich würde gern mit Marija Kowaljowa sprechen«, gab die Tür in unwahrscheinlich gebildetem, höflichem Ton zurück.

Die Mutter riss die Tür auf und erblickte auf der Schwelle eine hochgewachsene Dame, sehr gepflegt und teuer gekleidet, mit einer Chefetagen-Goldrandbrille auf der Nase – eine Frau von der Sorte, die in gewöhnlichen Spießbürgern instinktiv ängstliche, unterwürfige Ehrfurcht hervorruft. Nur mit dem Gesicht der Frau war etwas nicht in Ordnung: Es war kreidebleich und erstarrt, fast wie eine Totenmaske.

»Wenn sie nicht zu Hause ist, würde ich mit Ihrer Erlaubnis gern hier warten.«

»Nein, nein, Mascha ist in ihrem Zimmer«, stammelte Anna Nikolajewna verlegen, die nicht wusste, wie sie sich einer solch erhabenen Persönlichkeit gegenüber verhalten sollte.

»Darf ich reinkommen? Erlauben Sie?«

»Ja, natürlich, selbstverständlich! Kommen Sie nur...«

Die Hausherrin machte schleunigst Platz und geleitete den bedeutenden Gast an die verschlossene Tür ihrer Tochter.

»Sie ist da drin«, flüsterte sie. Dann erwartete sie mit weit aufgerissenen Augen die weiteren Entwicklungen.

Die elegante Besucherin klopfte behutsam an die Tür.

»Was ist?«, kam von drinnen.

»Bitte mach auf – ich bin's, Katja«, bat die wohlsituierte Dame befangen.

Und ein feines, intuitives Gefühl im Bauch ließ Maschas Mutter verwundert erkennen: Diese »Chefin« hatte aus irgendeinem Grund Angst vor ihrer Tochter!

»Welche Katja?« Ihre Tochter konnte den Namen nicht zuordnen.

»Die von gestern Nacht. Wir sind zusammen aufgewacht, erinnerst du dich?«, erklärte die gepflegte Dame dezent.

»Komm rein!«, rief Mascha aufgeregt.

»Vater!«, ächzte die Mutter und stürzte ins Nachbarzimmer, wobei der Stapel Zeitschriften auf der Kommode ihr hinterhersegelte.

Wladimir Sergejewitsch saß auf dem Bett und schnürte sich finster seine rissigen Arbeitsstiefel.

»Wohin willst du?«

»Zu Kolja. Ich muss mit ihm reden.«

»Heute ist Samstag!«, rief seine Gattin. »Und hier im Haus geht Gott weiß was vor! Bist du der Hausherr oder nicht?«

»Was ist denn schon wieder?«, brummte der Hausherr grob.

»Unser Töchterchen hat anscheinend einen ganzen Harem!«, setzte ihn Anna Nikolajewna in Kenntnis, allerdings überwog in ihrer Stimme wachsende Neugier die elterliche Empörung. »Es ist noch eine gekommen – Katja! Also, alle Wetter, das ist eine – vom Feinsten! Und bittet ganz lieb: ›Lass mich rein, Maschaleinchen, weißt du noch, dass wir die Nacht zusammen verbracht haben?‹ Verstehst du? Und du hast mir nicht geglaubt. Wie sagt man so schön: Stille Wasser gründen tief. Wie wahr!«

»Du hast doch gesagt«, bemerkte Wladimir Sergejitsch sarkastisch, der sich bereits mit der neuesten Wahnidee seiner Frau abgefunden hatte, »lieber lesbisch als eine alte Jungfer.«

Das kränkte seine Frau. »Ja was? Bin ich etwa dagegen? Nur diese andere gefällt mir eben nicht. So ein vulgäres Rabenaas! Wenn es schon mal so ist, dann soll sich Mascha wenigstens eine normale Braut suchen.«

»Woher willst du wissen, dass es die Braut ist? Vielleicht ist es ja der Bräutigam?«, merkte ihr Mann lustlos an.

»Ach, Schande über dich! Aber mit dieser Katja ist es was vollkommen anderes. Die ist sehr hübsch und keine solche Lotterliese – ganz seriös mit Brille. Und höflich bis zum Gehtnichtmehr…«

*

Im Zimmer erblickte Katja alle beiden dringend gesuchten Leidensgenossinnen. Die erste, die Rothaarige, saß auf dem Stuhl am Fenster, wo ein runder Spiegel mit schäbigem Metallrahmen lehnte. Die zweite stand mit wild gesträubten Afrozöpfchen über ihr, in den Händen eine Schere und einen Kamm. Die unter ihren Füßen ausgebreiteten Zeitungen waren mit dem funkelnden Flaum abgeschnittener Locken bedeckt.

Der Blick der Rothaarigen unter der bereits Form annehmenden neuen Frisur richtete sich beunruhigt auf Katja. Das runde Gesicht der Blonden nahm einen offen feindseligen Ausdruck an.

»Und, wo ist unser Buch?«, fragte sie herausfordernd. »Hm?«

»Das Buch ist verbrannt«, sagte Katja dumpf.

»Geht es Ihnen nicht gut?«, fragte die Rothaarige erschrocken.

»Mir geht es gar nicht gut«, sagte Katerina aus tiefstem Herzen.

Der Blonden war ihr Zustand völlig egal. »Wieso ist es verbrannt?«

»Ich erzähle gleich alles.« Katjas Stimme war die eines Menschen, der kurz davor steht, sich als Volksfeind zu erkennen zu geben. »Wir sind alle in Gefahr. Es wäre besser, wenn wir zusammenhalten würden ...«

Das Geständnis war lang und bitter und endete mit der Feuersbrunst, die innerhalb kürzester Zeit eine halbe Etage des Hotels »Andrejewskaja« verschlungen hatte, den aufheulenden Sirenen der Feuerwehr und des Krankenwagens, der den nachnamenlosen Adrian mit Verbrennungen dritten Grades abtransportiert hatte, und mit ihrem Stellvertreter, der seine phlegmatische Aura gänzlich verloren hatte und zurückgeblieben war, um die Notlage mit der Hotelverwaltung zu klären.

Die beiden Mädchen hörten gebannt zu. Und im Verlauf der Erzählung begann das ungeschminkte Gesicht der Rothaarigen, das, umgeben von der wallenden Lockenpracht, keinem formlosen weißen Fleck mehr glich, sondern einem rätselhaften Mädchenbildnis wie von Cranach dem Älteren, immer heller und froher zu strahlen. Indessen verdüsterte sich die Miene der Blonden, sie rieb sich intensiv die Nase und schielte immer wieder zu ihrer Freundin hin. Kaum hatte Katja ihre Erzählung beendet, als Dascha plötzlich die Hände schwungvoll in die Luft warf, sich demonstrativ vor Mascha auf die Knie fallen ließ und deren Knöchel umfasste.

»Verzeih mir, Marussja!«, wimmerte sie in komischer Verzweiflung. »Du bist ein Genie! Und ich der letzte Dummbeutel! Ich glaube! Ich glaube an jedes deiner Worte!« Und feierlich zu Katja aufschauend, verkündete sie in triumphalem Frohlocken: »Sollen sie doch alle zum Teufel gehen! Wir sind Hexen!«

*

»Verstehst du«, sprudelte Dascha auf dem Rücksitz des Taxis heraus, ohne sich auch nur einen Deut um die misstrauisch gefurchte Stirn des Fahrers zu kümmern, der aufmerksam der Unterhaltung seiner Fahrgäste lauschte, »Marussja hatte das alles sofort raus. Schon gestern Abend. Unglaublich, wie schlau sie ist! Und was sagst du zu dem Brief, Mascha?« Sie schwenkte das von Katja beschlagnahmte Schreiben. »Hast du eine Idee? Wer ist K. D.? Und auf welchen Berg hat er uns bestellt?«

»Auf den Kahlen Berg natürlich«, erläuterte Mascha, die sich zum ersten Mal in ihrem Leben in eine wichtige Person verwandelt hatte. Seit Dascha zu der Einsicht gekommen war, dass Mascha recht hatte, hing sie an ihren Lippen und sog gierig jedes ihrer Worte auf.

»Ja, richtig«, erinnerte sich Dascha. »Um den dreht sich ja alles, um den Kahlen Berg!«

Mascha seufzte träumerisch. »Am Sechsten ist da sicher ein Ball. Wie bei Bulgakow – der Ball Satans!« Sie umarmte zärtlich ihren dicken Rucksack mit den von zu Hause mitgenommenen lebenswichtigsten Büchern.

»Oder vielleicht eine Disco«, modernisierte Dascha die Vorstellung. »Na, eine Party halt!«

»Und warum am Sechsten?«, brummte Katerina.

Sie begriff beim besten Willen nicht, worüber die beiden sich so freuten. Doch in diesem Augenblick konnte sie die idiotische Überschwänglichkeit der einen und die nicht minder idiotische Hexenduselei der anderen ganz gut ertragen – es beruhigte sie sogar irgendwie. Mit dem Auftreten der beiden neuen Figuren verwandelte sich die tragische Groteske der Ereignisse auf einmal in eine Schmierenkomödie, und Katja begann sich wieder wie der einzige normale Mensch weit und breit zu fühlen.

»Pff!« Dascha grinste verächtlich. (Ungeachtet Katjas freiwilliger Kapitulation plus Geständnis hatte sie für die Schnepfe, die ihr den schillernden blauen Fleck verpasst hatte, noch immer überhaupt nichts übrig, und das zeigte sie deutlich.) »Das weiß ja sogar ich! Die Nacht vom sechsten auf den siebten Juli ist die Johannisnacht. Hast du nie Gogol gelesen?« (Ganz unter uns, Dascha hatte Gogol auch nicht gelesen, aber in dem Buch, das den Ex-Art Director des Clubs »Oj–oj–oj!« zu »unserem slawischen Halloween« inspiriert hatte, wimmelte es nur so von Johannisnacht-Zitaten des guten Nikolaj Wassiljewitsch.) »Übrigens kann ich nicht verstehen, wie du auf die Idee gekommen bist, dass dieser Brief allein für dich bestimmt ist. Da stand ja schließlich schwarz auf weiß: ›Hold*e* Kiewiz*en*‹! Kannst du vielleicht Einzahl und Mehrzahl nicht unterscheiden?«

»Aber du dachtest doch selbst, dieses Theater sei nur wegen Katja inszeniert worden, und wir seien nur zufällig mit hineingeraten. Was regst du dich darüber auf, dass sie dasselbe gedacht hat?«, wandte Mascha ein, deren unerwartet gewachsenes Ansehen ihr Mut gab.

Dascha Tschub ließ sich nicht beirren. »Das war nur, weil wir den Brief nicht hatten. Wenn ich gewusst hätte, dass sie uns auf eine Party einladen ...«

»Auf einen Sabbat – was auch immer das sein mag«, berichtigte Katerina mürrisch. »Und mir wurde in dem Brief konkret zu verstehen gegeben, dass man Wassili im Zaum halten würde. Und was habt bitte *ihr* mit Wassili Fjodorowitsch zu schaffen?«

Dascha warf Mascha einen auffordernden Blick zu, diese möge Katja doch bitte sofort eine alle Argumente erschlagende Antwort vor den Latz knallen, doch Mascha wiegte den Kopf und stellte sich schon wieder auf Katjas Seite.

»Das klingt logisch«, bestätigte sie. »Wir verstehen noch längst nicht alles. Wer hat uns diesen Brief geschrieben? Im Krieg wie im Krieg – was soll das heißen? Und warum hängt es von uns ab, ›ob dieser wahrlich ein Fest werden wird‹?«

»Das ist doch völlig klar«, breitete die Markerschütternde ihre Weisheit aus. »Der Sabbat ist zu unseren Ehren! Wenn wir nicht erscheinen, findet er nicht statt. Ha! Ich fühle, dass uns da eine echt coole Nacht bevorsteht!«

»Oh, Mädels, in was rutscht ihr da nur rein«, meldete sich da väterlich der bis dato stumme Taxifahrer zu Wort. »Erklärt mir mal, warum alle Weiber so verrückt nach Magie sind. Meine kauft auch die ganze Zeit alle möglichen Kräuter.«

»Ja, eben aus genau dem Grund«, gab Dascha hitzig zurück, »aus dem Männer nicht an Hexen glauben! Haben Sie sich nie gefragt, warum Hexen fast immer weiblich sind?«

»Das ist offensichtlich«, grinste der Fahrer gutmütig mit einem Blick auf Daschas helle Afromähne.

»Ich hab schon immer gesagt: wir sind doch alle Heiden«, nahm Dascha ihr aus der Zeit der Vorbereitung auf »unser Halloween« stammendes Thema wieder auf. »Oder zumindest halb! Und warum, frage ich mich?«

»Weil wir einen Körper haben«, gab Mascha schlicht zur Antwort.

»Ja, und?«

»Und weil wir uns körperlich nicht von den Tieren unterscheiden. Wir müssen auch essen, schlafen, uns wärmen, spielen, Sex haben ...«

»Na, was Sex angeht, hast du ja eine Riesenahnung.«

Mascha ließ sich nicht beirren. »Das Heidentum ist einfach die Vergöttlichung der Natur.«

»Dann bin ich auf jeden Fall eine Heidin!«, erklärte die Markerschütternde stolz. »Die Natur ist für mich einfach das Größte! Sonne, Meer, frisch gemähtes Heu ...«

»... und was man darin machen kann«, versuchte Katja wieder zur alten Form zu finden. »Wisst ihr, ich habe immer noch das Gefühl, dass ich irgendwas übersehen habe. Der Brand ist gelegt worden, das ist klar. Aber die Journalistin ...« Sie seufzte ratlos.

Dascha klopfte dem Fahrer auf den Rücken. »Halten Sie hier an, ja, hier!«

Links von ihnen glitt wie ein süßer Pfefferkuchen das Goldene Tor vorbei, und geradeaus erhob sich schon wie ein Schloss aus einem westlichen Märchen ein eindrucksvolles, schlossähnliches Haus mit einem spitzen Turm.

Weitere Erklärungen findet Ihr im Turm des ersten Hauses am Jaroslawswall, wenn Ihr höflich zu Ihm seid.

»Vor dem ersten Haus«, konkretisierte Dascha. Ihre Augen klebten an dem Schloss.

Derjenige, der solchen Wert auf Höflichkeit legte, wohnte in einem der schönsten Häuser Kiews!

»Du zahlst«, wies Dascha die Büßerin Katja an und sprang voller Vorfreude aus dem Auto.

Zwischen weißen Zuckerwattewölkchen hervor sprühte die Julisonne ihren schmeichelnden Glanz über die eigentlich dringend renovierungsbedürftige korallenrote Fassade des Hauses Nr. 1, und mit ihren gotisch zierlichen Balkonen und dem hohen Turmerker, der von zwei grauen Fabelwesen mit spitzen Fledermausflügeln und Löwenköpfen gestützt wurde, wirkte sie auf Dascha verwunschen und wunderschön.

»Nicht schlecht. Die Wohnungen hier sind sicher nicht billig. Nur ziemlich heruntergekommen.« Katja hatte sich endlich mit allem abgefunden und betrachtete geringschätzig den obersten Balkon des Erkers, dessen Geländer gänzlich abgebröckelt war.

Dascha ließ den Anblick auf sich wirken. »Der Turm – das muss ganz oben sein. Das ist *sein* Balkon.« Sie zeigte mit dem Finger auf das gefährlich ungesicherte Viereck. »Ich bin soooo gespannt, wer da nun tatsächlich lebt – vielleicht K. D. selbst?«

»Warum hätte er in der dritten Person von sich schreiben sollen?«, widersprach Mascha und konnte sich nicht zurückhalten, herauszuplatzen: »Womöglich ist es Voland persönlich, wie bei Bulgakow?«

»Voland fängt mit V an«, bemerkte Dascha ganz richtig.

Der kurzfristig suspendierte Vorgesetztenton kehrte in Katjas Stimme zurück. »Wer auch immer, er wird mir jetzt endlich eine Erklärung liefern! Los, gehen wir.«

»Kommandier uns nicht rum«, meckerte Dascha, schloss sich ihr aber an.

Eine rundbogige, schwere Tür führte sie in den Innenhof. Am Hauseingang angekommen, bemerkte Mascha auf der Türschwelle die als schwarzes Mosaik in den schräggetretenen Marmor eingelegte Inschrift »Salve«.

»Das heißt ›Sei gegrüßt‹ auf Latein!«, übersetzte sie.

»Na, dann sei mal auch gegrüßt«, sagte Dascha scherzhaft im Hineingehen.

Sie stiegen eine breite, unmärchenhaft schmutzige und abgenutzte Marmortreppe hinauf, die in der obersten Etage auf einem L-förmigen Absatz mit zwei Türen endete. Alle drei schwiegen erwartungsvoll, innerlich mit ein und demselben Gedanken beschäftigt: Wer lebte in dieser Mansarde? Ein Greis? Ein junger Mann? Ein Mensch? Oder ein Zauberer? Ein intriganter Mystifikator? Der leibhaftige Teufel?

Dascha Tschub, die voranschritt, den einen der drei wunderlichen Schlüssel schon in Bereitschaft, musterte eingehend die beiden Türen ohne Namensschilder oder Nummern, um zu erraten, welche von beiden zum Turm führte, und schaute zur Vergewisserung auch noch einmal aus dem Fenster.

»Die da«, verkündete sie dann überzeugt. »Hm, nur... ist es höflich, so hereinzuplatzen? Sollten wir nicht erst mal klingeln?«

»Das müssen sie verkraften«, schnaubte Katja ungeduldig und schob sie entschlossen mit der Schulter beiseite. »Auf meine Höflichkeit können sie nicht mehr zählen. Lass mich mal.«

Sie zog ihr eigenes Exemplar aus der Tasche und steckte es mit streitbarer Miene ins Schlüsselloch. Der Katzenkopf drehte sich lautlos. Die hohe Tür schwang nach innen. Katja betrat ohne Angst den Flur und äugte nach links und rechts.

»Hallo, ist da jemand?«, rief sie.

Dascha und Mascha folgten ihr.

Der Flur, dessen Decke sich nach oben im Dämmerlicht verlor, war dunkel und so geräumig, dass problemlos eine beeindruckende Menge Schränke hineinpassten.

»Ist hier irgendjemand?«, bellte Katja befehlsgewohnt laut in die völlige Stille.

Dascha, die energisch an der Wand herumgetastet hatte, fand einen metallenen Schalter – und in vier Metern Höhe erstrahlte ein alter fünfarmiger Leuchter. Nun sahen sie, dass auf der Schwelle einer mit einem goldenen Samtvorhang verhängten Türöffnung, wie Schauspieler, die nach der Vorstellung den Applaus entgegennehmen, drei sehr unterschiedliche Katzen saßen und sie unverwandt anblickten.

Dascha war begeistert. »Wow! Da ist ja ein ganzes Nest davon!«

Eine der drei – zweifellos ein Kater, schwarz, von der Größe eines kräftigen Spaniels, mit mächtigem Haupt und enormen

Pfoten, das eine Ohr verwegen zerfetzt – bleckte zur Antwort feindselig die Zähne, und nachdem er mit einem atemberaubenden Zweimetersatz auf den nächstgelegenen Schrank gesprungen war, machte er einen Buckel und fauchte sie böse an. Die zweite, eine Schneeweiße, winkelte nachdenklich ein Vorderpfötchen an, als sei sie nicht sicher, ob sie auf die Besucher zugehen sollte oder nicht. Die Rote begann zögernd zu schnurren.

»Wie süß!« Mascha bewegte sich vorsichtig auf die Weiße zu, um sie zu streicheln. Diese aber machte demonstrativ einen Schritt zur Seite, ohne den ernsten, wissenden Blick von ihr zu wenden, in dem indes keine Spur von Angst war. Die Rote hingegen eilte sofort zu ihr und schlüpfte unter lautem Schnurren von selbst unter die ausgestreckte Hand.

»Ich hasse Katzen«, sagte Katja angeekelt. »Ich bin allergisch dagegen.«

»Es gibt keine Allergie gegen Hexenkatzen«, widersprach ihr eine ruhige Frauenstimme.

Die Köpfe der drei drehten sich nervös nach allen Seiten, auf der Suche nach der Hausherrin, die man ihnen seltsamerweise als männlich dargestellt hatte.

»Wo sind Sie?«, fragte Katja und musterte misstrauisch den goldenen Vorhang.

»Ich bin hier«, sagte die Stimme deutlich und fein artikuliert, wie eine Fernsehsprecherin der achtziger Jahre. »Mein Name ist Belladonna.«

Die Blicke der drei jungen Frauen trafen sich in einem Schnittpunkt dicht über dem Boden.

»Der Schwarze heißt Behemoth, und die Rote Isis. Wir nennen sie aber meistens Puschel.«

Die weiße Katze bewegte den Mund. Daraus ...

»Kommt nur herein und fühlt euch wie zu Hause«, sagte die Katzenschönheit freundlich.

Achtes Kapitel,

in dem Mascha erfolglos versucht, die Kahlen Berge Kiews vollständig aufzuzählen

> In Frankreich gilt der Puy de Dôme als wichtigster Hexenversammlungsort. In Deutschland sind es der Blocksberg, der Hörselberg, der Bechtelsberg und viele andere. In Schweden der Blakulla. In Spanien die Heide von Barahona und die Sandebene bei Sevilla. In Italien sind bekannte Sammelplätze der Nussbaum von Benevent (Noce di Benevento), der Monte Paterno bei Bologna, der Monte Spinato bei Mirandola. In Litauen der Berg Schatria, in den polnischen Karpaten die Babja Gora. In Russland der Kahle Berg bei Kiew.
>
> *A. Amfiteatrow, ›Der Teufel‹*

Katja stand mit aufgerissenen Augen da und wurde sehr schnell sehr bleich.

Mascha erstarrte mit über dem Rücken der Katze schwebender Hand.

Daschas Mund formte sich zu einem langgezogenen »Ooooh«.

»Närrrrinnen!«, grollte Behemoth mit tiefer Stimme vom Schrank. »Haben nicht die gerrrringste Ahnung und brrringen sich in Teufels Küche!«

»Schenkt ihm keine Beachtung«, gurrte Belladonna geschmeidig. »Er hat nur Kyllina anerkannt.«

»A-a-o-o«, stöhnte Katja unartikuliert und stürzte, die Hände auf die Ohren gepresst, blindlings in das Zimmer hinter dem Vorhang.

Belladonna huschte beiseite, um Katjas Flucht auszuweichen, und sandte ihr einen langen, gelassenen Blick nach. Die rote Isis Puschel drehte sich nicht einmal um – sie gab Mascha einen weichen, fordernden Pfotenstupser auf die in der Luft hängende Hand: *He, streichle weiter, was hörst du denn auf?*

»Markerschütternd!« Dascha Tschub fiel sonst nichts mehr ein. »Sprechende Katzen. Was für ein Trick!«

»Sprecht ihr wirklich?«, stammelte Mascha fassungslos. »Oder sind wir es, die euch verstehen können?«

Belladonna schaute sie oberlehrerhaft an. »Ist das nicht etwas spitzfindig, Kind?« Und mit einer auffordernden Kopfbewegung näherte sie sich dem Zimmer.

»Halt!«, rief Mascha erschrocken. »Bitte«, flüsterte sie dann unsicher, »könntet ihr eine kleine Weile lang still sein? Ihr habt ja gesehen, dass es ihr nicht gut geht.«

»Wie ihr wünscht«, erwiderte Belladonna würdevoll.

»Von diesem niederrren Volk brrrauchen wir keine Befehle entgegenzunehmen!«, grollte Behemoth.

»Es sind Menschen. Und sie sind zu dritt«, gab die weiße Katze ernst zurück und schlüpfte unter den goldenen Vorhang.

Der Kater schnaubte ungnädig, flog wie ein schwarzer Wirbelsturm dicht über ihre Köpfe hinweg und verschwand mit auf dem Parkett klickenden Krallen um eine Ecke des Flurs.

Das Zimmer erwies sich als vollkommen rund und war mit einem Ring bis an die Decke reichender Bücherschränke ausgekleidet, die nur die Stellen aussparten, wo sich die Eingangstür, die genau gegenüberliegende Balkontür und der riesige, leblose Kamin befanden. Der breite Kaminsims wurde von den Köpfen dreier zwei Meter hoher Katzen aus schwarzem Marmor gestützt: eine auf der linken und zwei auf der rechten Seite.

Über dem Kamin hing ein abgeblättertes Bild. Nein, kein Bild, sondern ein Fresko im byzantinischen Stil, das auf den Steinhintergrund aufgemalt war – ähnlich den noch erhaltenen Fresken an den Wänden der Sophienkathedrale, die die Familie ihres Erbauers, Jaroslaws des Weisen, darstellten. Hier sah man das flache Halbbild einer byzantinisch aussehenden Frau in blauem Kleid, die in der Hand eine Waage hielt, welche sich stark zur linken Seite neigte.

Ungeachtet der überwältigenden Menge an Büchern, Gegenständen und Krimskrams herrschte in dem Zimmer eine erstaunliche, beinahe museumsähnliche Ordnung. Ja, Mascha, die sich in Bibliotheken und Museen stets wie zu Hause fühlte – oder nein: die sich nur dort wahrhaftig zu Hause fühlen konnte –, schüttelte berauscht den Kopf. Das hier war ein Traum, ein Wirklichkeit gewordener, herrlicher Traum!

»Was kann man nur an diesem alten Gerümpel finden.« Daschas Gefühle waren sichtlich genau entgegengesetzt geartet. »Fast schon komisch, dass es hier einen Fernseher gibt.« Sie trat zu einem in die Bücherregale eingefügten schwarzen Kasten, suchte die Fernbedienung und zappte sich unbeeindruckt durch Fragmente von Nachmittagsserien, Reportagen und Werbung.

Mascha fand, dass Dascha irgendwie schon recht hatte: Sowohl der Fernseher als auch die Programmzeitschrift, die neben einem vorsintflutlichen Telefon mit einer gehörnten Gabel auf einem grazilen Damensekretär aus schwarzem Holz lag, wirkten hier ebenso fehl am Platze wie der wandelnde Misston Dascha Tschub selbst.

»Das ist es!«, keuchte Katja heiser.

Die Mädchen drehten sich um und bemerkten erst jetzt einen höchst interessanten Gegenstand, der auf einem kleinen Tisch beim Kamin lag – groß und schwer, in einem dunklen Einband, der durch zwei figürliche Schließen zusammengehalten wurde. Eine Frau, die wie die im Kühlraum einer anatomischen Lehranstalt eingelagerte Leiche Katja Dobrashanskajas aussah, saß auf dem Sofa und starrte ihn an wie das eigene Todesurteil.

»Ich verliere den Verstand«, sagte sie mit schauriger Stimme. Ihre Finger streckten sich zitternd in Richtung des schrecklichen Objekts aus und zuckten wieder weg, panisch darauf bedacht, nicht mit ihm in Berührung zu kommen. »Das ist es – das Buch, genau dieses Buch!«

Mascha trat neben sie.

»Wahrscheinlich gab es einfach nur zwei«, meinte sie.

Der gewaltige Foliant, der auf dem grünen Malachittischchen lag, sah in der Tat wie der eineiige Zwilling des ersten, von Katja entführten und verbrannten Buches aus. Doch warum sollte der Mensch (oder Nichtmensch?), der in dieser wunderbaren Wohnung lebte, nicht genau das gleiche Buch besitzen?

»Ich habe es schließlich den ganzen Tag mit mir herumgeschleppt!« Katja schien ihre Gedanken zu lesen. »Hier, diese Schramme. Und der Rostfleck auf der unteren Schnalle. Mach es auf – wenn die Seite 104 fehlt ...« Die Hysterie in ihrer Stimme war kurz vor dem Ausbruch.

Dascha, die etwas Aufmunterndes geschnaubt hatte (»Mann, sei doch nicht so ein ängstliches Huhn«), beugte sich furchtlos über den Tisch, öffnete die Metallschließen und fing an, die steifen, unregelmäßig geformten Seiten durchzublättern.

»... 99, 102, 104 – ah! Ha! Wirklich nicht da«, verkündete sie mit einem Blick auf die ausgefranste Abrissstelle.

Ohne sich allzu sehr von ihrer Entdeckung einschüchtern zu lassen, schwang sie alle Seiten nach rechts und las auf der Titelseite:

Ruhm dir, Holde Kiewiza!

Die Kraft sei mit dir, wenn du heute wie in jeder anderen Nacht auf dem Berge stehst, der die Stadt hervorgebracht hat, ein rotes Feuer am Himmel erblickst und dorthin fliegst, um aufzuhalten, was die Wahrheit vernichten mag ...

»Du kannst das lesen? In welcher Sprache ist das geschrieben?«, fuhr Katja auf, und in der Frage des »Huhns« klang so irre Hoffnung mit, dass Dascha es nicht fertigbrachte, sich zur Antwort über sie lustig zu machen.

»Russisch«, brummte sie schroff.

»Modernes Russisch?«

»Na ja, es geht. Wer schreibt heute schon noch so? ›Ruhm dir‹, ›Die Kraft sei mit dir‹?«

Katjas verklärter Blick schweifte durchs Zimmer und blieb an Belladonna hängen.

»Miau«, beeilte sich die weiße Katze mit unüberhörbarem menschlichem Akzent zu sagen. Und fügte zur besseren Glaubwürdigkeit hinzu: »Miau. Miau.«

»Es war alles ein Trick!«, verkündete Katja der Welt unsagbar erleichtert. »Die Journalistin war auch bestochen. Das Buch war getürkt. Es ist gar nicht verbrannt, sie haben es hierhergebracht!«

»Tja, was sollen wir bloß mit diesem Foma Stanislawski machen?«, fragte Dascha abfällig, wobei sie frech zwei berühmte Ungläubige zu einer Person vereinte.

Katjas Blick bohrte sich fragend in Mascha, in der Hoffnung, wenigstens diese werde mit ihren realistischen Argumenten einverstanden sein. Mascha schwieg angespannt. Katja zu widersprechen, würde bedeuten, dieser den Boden unter den Füßen wegzuziehen. Ihr recht zu geben, hieße, sie sich wie einen Mühlstein an den Hals zu hängen, in ihrer Gegenwart wie die Katze zu miauen und so zu tun, als sei nichts geschehen.

Schließlich traf Mascha eine salomonische Entscheidung. »Hört zu. Meiner Meinung nach sollten Sie sich besser hinlegen und eine Weile schlafen. Wir müssen ja sowieso auf den Bewohner des Turms warten. Und Sie sehen aus, als hätten Sie vielleicht Fieber.« Sie hob behutsam die Hand an Katjas Stirn und versuchte sie dazu zu bringen, sich aufs Sofa zu legen.

Zu ihrer Verwunderung wehrte Katja sich nicht.

»Ich habe Aspirin und Schmerzmittel – ich kann Ihnen gleich etwas geben«, sprach Mascha schnell weiter.

Die Markerschütternde war baff. »Was, wofür schleppst du denn so was mit dir rum?«

»Für alle Fälle.« Mascha zog Katja fürsorglich die Schuhe aus und deckte sie mit der gestrickten Karodecke zu, die über dem Rücken des Sofas hing und jetzt sehr gelegen kam.

»Ich könnte dich als Sekretärin und Referentin einstellen«, meinte Katja unerwartet. Sie nahm ihre misstrauisch zusammengekniffene Brille ab und tat einen tiefen, erschöpften Atemzug. »Es ist so schwer, vernünftige Mitarbeiter zu finden. Alle haben sie Ambitionen, Erkältungen, Gefühle. Keiner kapiert, dass er kein Mensch ist, sondern eine Funktion. Aber du scheinst mir sogar ziemlich multifunktional veranlagt. Du würdest mehr verdienen als deine Eltern. Dann wirst du sehen, wie sie um dich herumscharwenzeln!«

Mascha schüttelte den Kopf. »Nein. Mein Vater ist nicht so. Der würde um niemanden herumscharwenzeln.«

»Na ja«, stimmte Katja schon halb im Traum zu, den Kopf an

ein Sofakissen geschmiegt, »es gibt noch eine andere Reaktion auf Macht. Auflehnung. Wenn du solche Eltern hast, tust du mir sehr leid. Dann haben sie dich absolut wirklichkeitsfremd erzogen. Deshalb glaubst du so leicht an Märchen.«

»Und du hast den Verstand für dich gepachtet, ja?«, regte sich Tschub auf.

»Lass es, Dascha«, ermahnte Mascha sie erstaunlich heftig. »Sie hat es auch so schon am schwersten von uns. Gerade weil sie die Klügste ist. Das hier ist mit dem Verstand unmöglich zu fassen. An so etwas muss man glauben. Und um zu glauben, muss man zumindest ein ganz kleines bisschen närrisch sein.«

Beeindruckt überdachte Dascha diese Sentenz. »Meinst du?«

»Das Gespräch über die Arbeit hat sie deshalb angefangen, weil es ihr so schwerfällt, sich an diese für sie total unwirkliche Situation anzupassen. Da hat sie versucht, sich auf etwas Gewohntes zu konzentrieren. Und außerdem wollte sie ›danke‹ sagen. Und anders kann sie das nicht. Oh ...«

Mascha fuhr zusammen und warf einen schuldbewussten Blick auf Katja, beschämt, dass sie so rücksichtslos vor ihr über ihre Schwächen geredet hatte. Da sah sie, wie Katjas maskenhaftes Gesicht mit einem Mal zuckte und in sich zusammenfiel. »Danke«, flüsterte sie ungeschickt. »Wirklich, ich danke dir...«

»Ach, schau mal dorthin!«, heulte Dascha auf wie eine Sirene. »Dein Typ!« Mit einem Satz war sie bei der Fernbedienung und erhöhte die Lautstärke bis zur Schmerzgrenze.

»Wir sind keine Satanisten!«, gellte voller Pathos die Stimme des unanständig hübschen Mir Krassawizki aus dem Lautsprecher. »Wir sind Digger! Unser Hobby ist gefährlich, das wissen wir sehr gut, und deshalb sind wir immer sehr, sehr vorsichtig, es ist uns vollkommen klar, was für fatale Folgen ein Einsturz oder eine unterirdische Überschwemmung gerade für uns selbst haben können. Diese Anschuldigungen gegen uns sind völlig haltlos. Und wenn die Behörden überfordert sind, dann gehen meine Freunde und ich selbst hin und finden heraus, wem wir das zu verdanken haben!«

»Hui, aber fesch ist er, der Haderlump!« Dascha schnalzte mit der Zunge. »An den müsste man ein Schild hängen: ›Vorsicht, Abstand halten! Lebensgefahr!‹ Oder zumindest Verletzungsgefahr … Also ist er ein Digger? Hat *er* vielleicht dieses Mädchen um die Ecke gebracht? Er ist doch in deinem Kurs, und sie auch. Waren sie zusammen?«

»Befreundet.« Einen Augenblick lang bereute Mascha, dass sie die Erzählung ihres Vaters mit Dascha geteilt hatte.

»Zwei Stunden nach seiner Festnahme wegen Mordverdacht im Fall Margarita Bojez wurde Miroslaw Krassawizki, der Anführer einer Gruppe Digger, aus der Untersuchungshaft entlassen«, erläuterte der unsichtbare Nachrichtenkorrespondent. »Sein Alibi zum Zeitpunkt des Verbrechens wurde von zwei Zeugen bestätigt. Wladimir Bojko, leitender Ermittler in dem ungeheuerlichen Fall eines satanistischen Menschenopfers in einer russisch-orthodoxen Kirche, hat hingegen Bedenken, Krassawizki bereits von jedem Verdacht freizusprechen. Die Arbeiter, die an zwei aufeinanderfolgenden Tagen zwei Wasserrohrbrüche reparieren mussten, hatten dabei von Anfang an die ›Kinder der Unterwelt‹ in Verdacht. Die Kyrillischen Höhlen sind aufgebrochen worden. Ob die jugendlichen Erforscher der Kiewer Kanalisation bloße Geschichtsliebhaber sind oder ob sich hinter ihrem Zeitvertreib ein anderes, abscheuliches Hobby verbirgt, muss der weitere Verlauf der Ermittlungen zeigen.«

»Das war er nicht, er hat sie nicht umgebracht!«, hauchte Mascha mit vor Erschütterung hölzerner Zunge. »Du hast doch gehört, er hat ein Alibi!«

Auf der Suche nach Unterstützung sah sie, dass Dobrashanskaja schlief, das Gesicht in den Kissen vergraben und die Decke bis über die Ohren gezogen, als habe der dröhnende Lärm auf sie die Wirkung des idealen Schlafliedes gehabt. Vielleicht waren es tatsächlich gerade die Leichen und geborstenen Wasserleitungen gewesen, die Katjas Seele beruhigt hatten – Zeugnisse einer grausamen, aber sehr realen Welt. Und auf Katjas Kopf ließ sich, ähnlich einer rötlichen Fellmütze, die mit diesem Arrangement sichtlich zufriedene Isis Puschel nieder. Mascha erinnerte sich daran, dass viele Leute glaubten, Katzen seien in der Lage, Krankheiten aus ihren Besitzern herauszuziehen, und sie sich darum auf die kranken Stellen setzten ...

»Ach, bei dem Aussehen bestätigt ihm doch jede Frau ein Alibi!« Dascha zuckte geringschätzig die Schultern. »Und er hat wohl den richtigen Anwalt gehabt, wenn die Bullen ihn nach zwei Stunden wieder aus dem Affenkäfig rauslassen. Seine Eltern sind doch bestimmt keine Straßenkehrer! Schön und dazu noch reich – schlimmer geht's ja kaum!«

Mascha wies mit einem geräuschvollen Zischen auf die schlummernde Katja, packte die Freundin am Jackenärmel und zog sie in den Flur hinaus.

Dascha riss im Gehen noch schnell das Buch an sich, das sie nicht mit der reuigen Diebin allein lassen wollte. »Na gut, wo ist denn hier die Küche? Ich hab furchtbare Lust auf einen Kaffee. Oh Mann! Das ist eine Wohnung!«

In der Mitte einer riesigen hallenartigen Küche stand ein imposantes, monumentales handgeschnitztes Büfett, auf dem mit dem Rücken zu ihnen der schwarze Kater Behemoth lag. Kaum traten sie ein, da knurrte er mit gefletschten langen, gelblichen Zähnen und sprang, sichtlich nicht gewillt, auch nur eine Sekunde in ihrer unwürdigen Gesellschaft zu verbringen, durch die geöffnete Fensterklappe.

Mascha, die dem eigensinnigen Tier gegenüber misstrauisch war (das vielleicht nicht umsonst den gleichen Namen trug wie der bösartige Bulgakow'sche Behemoth), stürzte ans Fenster und sah erleichtert, wie sein buschiger schwarzer Schwanz würdevoll den Dachsims entlangstolzierte.

»Ich sage dir, er ist es.« Dascha meinte nicht den Kater.

»Warum sollte Mir sie umbringen?«

»Marussja, du bist vielleicht schlau, aber genauso blind vor Verknalltheit wie jede andere!« Dascha schüttelte probeweise den silbern glänzenden Teekessel und stellte ihn, nachdem sie sicher war, dass sich Wasser darin befand, auf den Herd. »Außerdem, was braucht er ein Motiv? Wenn sie Satanisten sind, haben sie sie schlicht und einfach geopfert. Schade, dass sie kein Bild von ihr gezeigt haben. War sie hübsch?«

Mascha huschte ins Zimmer hinüber und brachte von dort ihren treuen Rucksack mit, dem sie ihren lieben ›Meister‹ mit dem wohlbekannten Foto darin entnahm.

Dascha betrachtete das Gruppenbild. »Welche?«, wollte sie wissen.

»Die dort, rechts.« Mascha deutete mit dem Finger darauf.

Die Markerschütternde stutzte. »Hm, kommt mir bekannt vor. Ich bin sicher, dass ich sie schon im Club gesehen habe. Sie hatte noch zwei Freundinnen dabei. Die eine war blond, die andere – ich weiß nicht mehr genau.«

»Das sind Lida und Shenja.« Mascha verschob den Finger auf das Duo auf der anderen Seite der Gruppe.

»Ja, klar! Sie haben Männer abgeschleppt. Sind aber keine Nutten, sondern Szenemiezen. Gestern Abend hab ich sie auch gesehen. Die zwei da haben im Club auf sie gewartet ... He, da kommt mir was!« Aus ihrem tiefgründigen Dekolleté zog Dascha die Einladung, die sie hierhergeführt hatte, und reichte sie der Alleswisserin. »Hm, und wo ist hier der Kaffee?«, seufzte sie leidend.

Mascha überflog den Text.

... in der Nacht vom 6. auf den 7. Juli zum großen Sabbat auf dem ersten Berge Kiews einzuladen, der dort zu Euren Ehren stattfinden wird.

... Eure unzähligen Fragen ... keine einzige Antwort ...

... nichts hindert mich daran, Euch einen Spaziergang auf den zweiten Berg der Stadt kurz nach Sonnenuntergang zu empfehlen ... Wassili wird Euch kein Leid zufügen ...

»Na?«, forderte Dascha sie auf, ohne ihre energische Suche zu unterbrechen.

»Was ›na‹?«, fragte Mascha ratlos.

»Na, das sieht doch ein Blinder: Dieser K. D. will sich heute mit uns treffen.«

»Warum heute?«

»Weil morgen schon der Sabbat stattfindet, wo wir uns sowieso treffen werden«, erläuterte Dascha geduldig. »Und bis dahin geht die Sonne nur noch ein einziges Mal unter – heute

Abend! Also frag ich dich jetzt: Wo ist der zweite Berg? Der erste ist der Kahle, das ist klar. Aber der zweite?«

»Wahrscheinlich auch«, vermutete Mascha. »Das Problem ist, dass es schon offiziell vier Kahle Berge in Kiew gibt. Als wichtigster davon gilt der beim Wydubizker Kloster – er ist sogar auf dem Stadtplan. Ja, gut, manche sagen auch, der wichtigste sei nicht der, sondern der Berg gleich bei der Ilja-Muromez-Insel, wo Bulgakows Margarita vor dem Ball des Satans hingeflogen ist. Der dritte ist auf der Schtschekawiza, wo der Weise Oleg begraben ist. Und der vierte ist der Kreuzberg oder Teufelsberg, beim Wladimirhügel.«

»Wo ist das? Im Stadtpark?«

»Na ja, ich hab nie speziell Ausschau nach ihm gehalten. Im Verzeichnis steht ›niedrige Erhebung im Bereich des Boritschstiegs‹.«

»Ach ja?«

»Dort, wo heute die Bergbahn ist.«

»Ah, na gut. Und wo müssen wir jetzt also hin?«

»Keine Ahnung«, gestand Mascha ehrlich. »Aber wir können heute Abend zumindest die vier offiziellen abklappern.«

»Und wie viele inoffizielle gibt es?«

»Oje«, winkte Mascha ab. »Die kann man nicht zählen!«

»Scheiße«, zog Dascha das Fazit. »Und gehört zu denen zufällig ›der Berg, der die Stadt hervorgebracht hat‹?«

»Das ist kein Kahler Berg, sondern der Altkiewer Berg!« Mascha war ehrlich betroffen, dass jemand die berühmte Keimstelle Kiews nicht kennen sollte. »Dort sind wir heute Morgen aufgewacht. Und früher war dort Kijs Stadt. Kij, das war …«

»Ich weiß schon, ich weiß schon!«, unterbrach Dascha sie ungeduldig. »Kij, Schtschek, Choriw und ihre Schwester Lybid! Das tut jetzt nichts zur Sache. In dem Buch steht doch, dass die Kiewizen jede Nacht auf irgendeinen Berg steigen sollen und …«

»Wenn sie ›ein rotes Feuer am Himmel erblicken‹, dorthin fliegen sollen, ›um aufzuhalten, was die Wahrheit vernichten mag‹«, vervollständigte Mascha, die sich wie immer aufs Wort an den Text erinnerte. »Und Kyllina hat uns das Gleiche gesagt: ›Hier werdet ihr euch jede Nacht versammeln, wie Katzen, die eine Maus hören, willenlos von ihrem Instinkt getrieben.‹«

»Was ›dorthin fliegen‹ bedeuten soll, hab ich auch noch nicht ganz kapiert«, sagte Dascha. »Aber ›willenlos getrieben‹ ist ziemlich klar. Was soll das heißen, müssen wir ab jetzt jede Nacht auf diesen Buckel rennen?«

»Hm, vielleicht nicht jede?«, meinte Mascha hoffnungsvoll. »Meine Eltern würden sich Sorgen machen.«

»Jede, Marussja, jede«, betonte Dascha hämisch. »Okay, jetzt setz dich hin, Spinoza, und überleg dir schnell, welcher von den Kahlen Bergen der erste ist und welcher der zweite. Ein so wichtiges Treffen dürfen wir keinesfalls verpassen – wow!« Sie war inzwischen zum Büfett vorgedrungen, hatte die schweren Türen aufgerissen und kriegte sich nicht mehr ein vor Begeisterung: Auf den Schrankborden standen schweres Silbergeschirr, gehämmerte Teller und Kelche mit Emailleglasur und filigranem Rand, in den matte Rohedelsteine eingelassen waren.

»Wer lebt denn hier nun eigentlich, Himmeldonnerwetter?«, rief sie aus.

»Ihr.«

Auf dem Tischrand saß, den fedrigen Schwanz akkurat um die Hinterbeine gelegt, die schöne Belladonna, die bisher unbeachtet ihrem Gespräch gelauscht hatte.

»Früher lebte hier Kyllina«, erklärte sie gelassen. »Jetzt gehört die Wohnung euch.«

»Uns? Das alles? Das gibt's ja nicht!«, rief Dascha – dann machte sie plötzlich mit einem lauten Jubelschrei einen gewaltigen Luftsprung. »Hexe sein ist cool! He, vielleicht zahlt man uns ja sogar noch irgendwas? Ach, Marussja!«

In wilder Ekstase wirbelte sie in den Flur hinaus und drehte sich mit ausgebreiteten Armen um sich selbst, als wolle sie ihr vielquadratmetriges Geschenk des Schicksals umarmen.

»Alles gehört uns! Alles!«, schrie die frischgebackene Hausherrin und öffnete die Tür des nächsten Schranks. »Musja, schau bloß mal her! Und da! Und was ist das? Wowwww!«

Betäubt lächelnd trat Mascha zu ihr hin und blickte vorsichtig ins Innere der Schränke.

Im ersten standen, ordentlich auf durch Holzwände abgetrennte Fächer verteilt, Besen und Schrubber. Darüber, auf dem obersten Bord, lagen ein eingewickeltes Bündel, eine uralte honigfarben furnierte Hutschachtel, bis obenhin mit Kernseife bestückt, und Dutzende rundlicher Deodorantfläschchen (Kyllina war zweifellos eine vorausschauende Hausfrau gewesen). An der Innenseite des rechten Türflügels hing ein auf den ersten Blick antikes Plakat absonderlichen Inhalts. Unter der Überschrift »Manöver der höchsten Besenflugkunst« waren schematisch weibliche Gestalten dargestellt, die auf einem Stecken sitzend atemberaubende Saltos und Pirouetten vollführten.

Der zweite Schrank erinnerte an eine klassische Apotheke mit sorgfältig etikettierten Keramiktöpfchen, Blechbüchsen, Körbchen und Rundgläsern, angefüllt mit Kräutern und Wurzeln, eingelegten Beeren und anderen, weniger nett anzusehenden Dingen, die an eingesalzene menschliche Innereien erinnerten.

Doch am rätselhaftesten war der dritte Schrank. Seine Wände waren voller Haken, an denen Tausende fantastischer Schlüssel hingen, ähnlich den katzenköpfigen, die ihnen Zutritt zu dieser sonderbaren Wohnung verschafft hatten. An der Innenseite der Tür hing ein nicht minder rätselhafter Zettel, der folgende Worte trug:

Anekdote, Persona, Moment.

»Haben wir möglicherweise so viele Wohnungen?«, überlegte Dascha, deren Augen hingerissen funkelten. Unverfroren nahm sie einen der Schlüssel ab, an dem ein Anhänger mit der Aufschrift »Meringstraße 7, Wohnung 4« hing. »Wo ist denn das?«

»Das ist die heutige Sankowezkajastraße«, sagte Mascha gedankenversunken. »Die Adresse kommt mir bekannt vor …«

»Nein.« Bedauernd verwarf Dascha ihre schöne Idee. »Das Haus kenne ich. Da ist ein Büro von einer Konzertagentur drin. Komisch … Aber Besen, Masjana, Besen!« Wieder kam sie ins Schwärmen. »Kapierst du, was das bedeutet? Wir werden fliegen! Am Himmel! Wirklich und wahrhaftig!«

Sie riss den nächstbesten Besen aus dem Schrank, klemmte ihn sich zwischen die Beine und sprang ein paarmal übermütig in die Höhe.

»Uh, das ist furchtbar unbequem«, teilte sie der Freundin mit. »Der Stiel schneidet ziemlich im Schritt. Man müsste wenigstens einen Sattel dranbauen!«

*

Die Menschen machen sich Kiew zu eigen. Sie kaufen Wohungen und Häuser, Bücher und teure Sachen. Und wenn sie sie betrachten, denken sie: Diese Stadt, dieses Haus, dieser Gegenstand gehört mir. In Wirklichkeit aber gehören wir ihnen, und sie werden uns überleben und ihre Herren noch viele Male wechseln. Und die Herren zu sein glauben, sind in Wirklichkeit nur zufällige Vorübergehende, flüchtige Seitensprünge, kurzlebige Partner auf Zeit im ewigen Leben der Stadt, des Hauses und des Gegenstands.

Versailles gehört schon lange nicht mehr Ludwig XIV., aber der Sonnenkönig wird auf ewig Teil von Versailles sein, genauso wie Kij, Wladimir Schöne Rote Sonne und Jaroslaw der Weise für immer zu Kiew gehören werden. Kein Familienschmuck mehr, kein Geburtshaus: all das ändert gleichgültig seinen Namen und seine Besitzer und vergisst – oder trägt im Gegenteil die lange Dienstliste derer in sich, die es geliebt haben, die seinetwegen töteten oder ihr Leben verwirkten …

Noch gestern hat die junge Kyllina süße Kräuter in Körbchen verteilt und peinlich genau etikettiert, um sie bei Bedarf ohne Mühe zu finden. Sie war fleißig und umsichtig und hielt ihre Wohnung in bester Ordnung, ohne zu ahnen, dass in nicht einmal vierundzwanzig Stunden Wohnung wie Ordnung sie unvermutet gegen die temperamentvolle, markerschütternde Dascha Tschub eintauschen würden, die jetzt enthusiastisch die Schränke und Truhen durchwühlt, welche sich ungerührt der neuen Herrschaft unterwerfen. Allein der mürrische Kater Behemoth ist seiner wunderschönen goldhaarigen Herrin noch treu. Doch früher oder später wird auch er Hunger haben.

»Alles habe ich euch gegeben, alles. Aber freut euch nur nicht

darüber! Meine Stadt wird euch nicht Geschenk sein, sondern Fluch!« Als Mascha diese Worte wieder in den Sinn kamen, dachte sie: *Warum hat Kyllina die Stadt als die ihre bezeichnet? Oder habe ich mich verhört, und sie sagte nicht »Stadt«, sondern »Macht« oder »Wacht«?*

Sie war dabei, keuchend aus der Schlucht unter dem Altkiewer Berg emporzuklimmen, kaum imstande, die Fragmente des beim Aufprall auf die Museumstreppe in Stücke gebrochenen Fahrrads hinaufzuschleppen. Dascha hatte sie hergeschickt, den Sattel holen. Doch erstens hatte sich herausgestellt, dass sie schlicht und einfach nicht die Kraft hatte, ihn allein abzuschrauben, und zweitens waren ihr beim Anblick des Häufleins Schrott vor Reue beinah die Tränen gekommen, und sie hatte das Geschenk der Eltern nicht liegenlassen können. Vielleicht konnte ihr Vater es noch einmal zusammenflicken, und …

Und dann wird mich dieses Fahrrad schließlich auch überleben, dachte sie philosophisch.

»Ihr werdet sterben, noch bevor die Räudige gefreit wird und der Schmerz im Feuer verglüht.«

Vielleicht sind die Geistererscheinungen, die man alten Burgen und Herrensitzen zuschreibt, ja die Seelen von Menschen, die sich nicht mit der Treulosigkeit ihrer Häuser und Sachen abfinden können? In diesem Fall müsste es hier auf dem Altkiewer Berg eine ganze Armee von Gespenstern geben.

»Schau, da ist er, der Kahle Berg!«

An der die Schlucht symbolisch vom Museum abgrenzenden Reihe niedriger runder Pfosten, zwischen denen eine bis zum Boden durchhängende Kette verlief, stand ein dubioses Pärchen. Der blonde junge Mann, der den Fuß auf die Kette gestellt hatte und sie schwingen ließ wie eine Schaukel, zeigte mit dem Finger irgendwohin hinter Maschas Rücken. Das Mädchen neben ihm folgte seiner Hand skeptisch mit dem Blick.

»Da tanzen in der Walpurgisnacht die Kiewer Hexen. Und feiern den Internationalen Arbeitertag!« Sein Ton war ironisch-frech, offensichtlich hielt er sich für einen Kenner und wollte bei seiner Begleiterin Eindruck schinden.

»Das ist nicht der Kahle Berg«, entgegnete die indessen kalt. »Der ist dort.« Ihr Zeigefinger deutete weit in die Ferne. »Da, wo die Pawlow-Anstalt steht!«

Ungeachtet des sperrigen, schweren Fahrrads stieß Mascha ein kurzes, tonloses Lachen aus und ließ dabei fast das verkrümmte Vorderrad fallen.

Warum stellt eigentlich niemand Schilder auf den Bergen auf?, fragte sie sich nicht unbegründet. *Die sind schließlich eine unserer Hauptsehenswürdigkeiten. Jeder weiß, dass der Kahle Berg in Kiew ist. Aber wo genau, und wie viele es davon tatsächlich gibt, damit kennt sich keiner aus!*

Letzteres war nicht verwunderlich.

In den Jahrhunderten des Bestehens der Stadt hatten die Kiewer Berge in den Chroniken viele Reinkarnationen durchlaufen müssen, und jedes neue Dasein hatte ihnen einen neuen Herrn gegeben, der ihnen einen Namen seiner Wahl verlieh, in deren Fülle sich selbst Fachleute nicht zurechtfanden. Der kleine Hügel, den der Blonde als Kahlen Berg bezeichnet hatte, wurde Starker Mann oder Keilchen genannt. Und der große, rechts vom Altkiewer Berg, hieß Chorewiza, zu Ehren von Kijs jüngerem Bruder Choriw... und außerdem Schlossberg, zur Erinnerung an das dort im 14. Jahrhundert erbaute und dreihundert Jahre später wieder zerstörte großartige Wojewodenschloss mit der Zugbrücke, die sich über den heutigen Andreasstieg auf den Seufzerberg hinübergespannt hatte... und Kisseljowka zu Ehren des letzten Wojewoden, Adam Kissel... und Florowskaja, denn an der anderen Seite des Berges klebte das bis heute bestehende Flora-Nonnenkloster, und auf den graustichigen Fotografien der Vorrevolutionszeit krönte den Berg die stolze Kuppel der Dreieinigkeits-Friedhofskirche. Und noch einen Namen hatte er...

Genau – der Kahle Berg.

Ja, welcher der unzähligen Berge Kiews war nicht wenigstens einmal in seinem Dasein Kahler Berg genannt worden, wo doch, wie Mascha Dascha auseinandergesetzt hatte, schon offiziell gleich vier mit diesem Namen existierten?

Nein, man müsste wirklich Schilder aufstellen und darauf

auch gleich erwähnen, welcher davon der erste und welcher der zweite ist. Und wonach man sich beim Zählen eigentlich richten soll: nach dem Alter oder einfach von links nach rechts?

Während sie sich noch nach dem streitenden Pärchen umschaute, geriet Mascha mitten in eine Reisegruppe und musste unter erschrockenen Entschuldigungen ihren Schrott halb fallenlassen, halb absetzen. Energisch schüttelte sie ihre verkrampften Hände aus.

»... die Stadt, die zu Ehren des ältesten Bruders Kiew genannt wurde – die Hauptstadt der alten Rus und Mutter aller russischen Städte ...«, drang da eine vertraute, selbstbewusste Stimme an ihr Ohr, die auf sie dieselbe Wirkung ausübte wie das Spiel des Rattenfängers von Hameln auf eine Maus. »Einer alten Kiewer Legende nach war Kij niemand anderer als Kuj – der Held, der den Lindwurm besiegte, der in dieser Gegend lebte.«

Mascha umrundete den kleinen Wald aus interessierten Rücken und bekam freien Blick auf die vor ihnen aufragende Wassilissa Andrejewna. Ihre üppige Figur war ohne falsche Scham in ein mohnfarbenes Kleid gehüllt.

»Als er den Sieg errungen hatte, spannte Kij den Lindwurm vor einen Pflug und bearbeitete die Erde. Aus den Furchen wurden der Dnjepr und die Schwemmhügel und Bodenwellen an seinem Lauf entlang, die den Namen Drachenwälle erhielten. Am Ende der Führung werden wir Drachenwälle sehen, die sich bis in die heutige Zeit erhalten haben. Und nun schauen Sie bitte nach rechts: vor Ihnen erhebt sich der Schwanengesang des Architekten Rastrelli, die Andreaskirche. Diese Kirche ist die einzige in Kiew, die keine Glocken besitzt. Kommen Sie ...«

»Guten Tag, Wassilissa Andrejewna«, sagte Mascha.

»Hallo, Kowaljowa. Hast du eine neue Frisur? Steht dir gut«, begrüßte die Dozentin sie oberflächlich.

Die Reisegruppe bewegte sich langsam in die bezeichnete Richtung. Mascha passte ihren Schritt Wassilissas resoluter Gangart an und lief neben ihr her. In ihrem Mund blähte sich wie ein Luftballon eine Frage, aber sie konnte sich nicht überwinden, sie der strengen Wasja zu stellen.

»Wenn man sich diese topografische Unsäglichkeit anschaut, Kowaljowa«, sagte Wassilissa Andrejewna plötzlich angeregt, den Blick auf die abgetretene Wiese gerichtet, auf der das träge Publikum ohne besonderes Interesse vor den metallenen Tafeln stand, auf denen die Geschichte dieses oder jenes Steins oder Buckels erklärt wurde (die einst zu Wall und Graben der legendären Stadt Kijs gehört hatten), »würde man dann vermuten, dass es sich um einen auf seine Art einmaligen Ort handelt? Ich würde den Altkiewer Berg mit einer Eizelle vergleichen, aus der sich über einen Zeitraum von neun Jahrhunderten nicht nur Kiew, sondern die gesamte Kiewer Rus gebildet hat.«

Da fand Mascha endlich den Mut. »Wassilissa Andrejewna, darf ich Ihnen eine Frage stellen?«

Die Historikerin lächelte. »Willst du fragen, warum die Andreaskirche keine Glocken hat?«

»Nein«, sagte Mascha. »Ich wollte fragen, welcher der vier Kahlen Berge von Kiew der zweite ist.«

»So was interessiert dich also«, seufzte Wassilissa matt.

»Aber Sie wissen das doch bestimmt, oder?«

Leider schluckte Wasja den Köder nicht. »Nein, weiß ich nicht«, schleuderte sie das fruchtlose Kompliment von sich. »Eine solche Unterteilung wird nirgends vorgenommen. Warum willst du das denn wissen?«

Mascha schlug die Augen nieder. »Ich löse ein Rätsel«, murmelte sie.

»Na, dann sag es mir doch im Ganzen!«, forderte Wassilissa sie ungeduldig auf. Ihre gesamte Haltung drückte aus, dass diese Studentin ihr ihre Zeit stahl.

»Kommt auf den zweiten Berg der Stadt und fürchtet Euch nicht, Wassili wird Euch kein Leid zufügen.« Nervös hielt Mascha die Luft an, weil sie sicher war, dieser Nonsens werde die strenge Historikerin endgültig aus der Haut fahren lassen.

»Dann ist es der Teufelsberg, beim Wladimirhügel«, stellte Wassilissa kategorisch fest und wandte sich ab.

»Halt! Halt!« Bei aller Angst, die ihr die eitle Weise Wassilissa einflößte, konnte Mascha einen so wichtigen Hinweis nicht unbeachtet lassen. »Warum Wassili? Und was bedeutet ›fürchtet euch nicht‹?«

Die Reisegruppe (diesmal keine Importware, sondern die hauseigene slawische Marke) schien genug davon zu haben, auf ihre Leitfigur zu warten, und kam langsam näher, so dass sie die letzten Worte Wasjas mitgehört hatte.

»Ja, warum denn? Das ist doch interessant!«, schlug sich einer davon auf Maschas Seite. Verwirrt erkannte sie in ihm den Jungen mit den mongolisch-tatarischen Vorfahren, den sie im »Zentrum für Altkiewer Hexenkunst« getroffen hatte.

»Ganz einfach«, setzte die Historikerin mit leidgeprüftem Blick auseinander, »weil nach seiner Taufe Fürst Wladimir den Namen Wassili erhielt. Und namentlich die beiden Heiligen Wladimir und Barbara wurden in Kiew als Streiter gegen das Dunkle und die Hexen verehrt. Es heißt, dass, nachdem der den Aposteln gleichgestellte Fürst auf dem Wladimirhügel das Michaelskloster gegründet hatte und die Reliquien der heiligen Barbara dorthingebracht worden waren, die Hexen diesen Ort für immer verließen. Es gibt sogar ein volkstümliches Gedicht:

Unser heil'ger Wladimir
hat den schwarzen Gott besiegt.
Und die liebe Barbara,
fort sie alle Hexen trieb,
Hexen, die zur Nachtzeit fliegen
Zu dem Kahlen Berge drüben.«

»Kiew galt ja in Russland als Hauptstadt der Hexen, nicht?«, fragte ein anderer Führungsteilnehmer – aus Moskau, seinen elegant gedehnten Vokalen nach zu schließen. »Ich habe im Internet gelesen, dass alle Hexen hierherflogen! Die russischen, die weißrussischen und ukrainischen. Und Gogol schrieb, dass alle Frauen in Kiew Hexen sind!«

»›Sind doch bei uns in Kiew die Weiber, die auf dem Markt sitzen – lauter Hexen‹«, berichtigte ihn finsteren Blickes Wassilissa, die sich immer fürchterlich über achtlosen Umgang mit klassischen Quellen aufregte.

»Aber warum redet in Kiew keiner darüber?«, fragte Mascha.

»Na, weil das hier auch so jeder weiß!«, fuhr die Weise sie gereizt an und drehte der hartnäckigen Studentin den Rücken zu. »Wenn Sie bitte alle mit mir kommen würden. Die Andreaskirche, entworfen vom berühmten Erbauer der Eremitage, Bartolomeo Rastrelli. Ihren Grundstein legte die Tochter Peters I., Zarin Elisabeth. Ihr Vater war es gewesen, der den Apostel Andreas zum Schutzheiligen Russlands ernannt hatte …«

»Hallo, meine Sonne!« Neben Mascha trat der Tatare. »Wir haben uns schon mal getroffen, erinnerst du dich?«

»Oh, ja, natürlich!« Plötzlich fiel Mascha das Wichtigste ein, und sie griff sich unwillkürlich an den Hals, voller Angst, sie habe im Strudel ihrer wilden Erlebnisse den kostbaren Besitz des anderen verloren. Doch ihre Hand erfühlte unter dem Stoff der Bluse die kunstvolle Schlangenkette.

»Gott sei Dank!«, seufzte sie erleichtert. »Sie haben dort Ihr Buch und eine Kette vergessen. Das Buch liegt bei mir zu Hause. Und die Kette …« Ihre Finger schoben sich eilig in den bis obenhin zugeknöpften Blusenkragen. Doch der Dunkelhaarige bedeckte ihre suchende Hand zärtlich mit der eigenen und schüttelte leicht den Kopf. »Lass es. Betrachte sie als Geschenk von mir.«

»Aber das geht doch nicht«, stammelte Mascha.

»Unsinn!«, widersprach er lässig. »Keine Angst, sie war nicht besonders wertvoll. Nur ein kleiner Glücksbringer … Vielleicht hast du, seit du sie trägst, schon etwas sehr Schönes erlebt?«

Mascha stutzte. »Ja …«

»Na dann«, grinste er, und seinem warmen, unbekümmerten Ton entnahm Mascha, dass er unter »etwas sehr Schönem« die kleinen Freuden junger Mädchen verstand und keineswegs das Ungeheure, Unmögliche, was über die letzten vierundzwanzig Stunden mit ihr passiert war. »Nimm sie niemals ab! Hörst du? Tschüs!« Und er winkte ihr flüchtig zu und eilte der entschwindenden Gruppe hinterher.

»Und das Buch?«, schrie Mascha ihm ungläubig nach.

Der Dunkelhaarige verlangsamte einen Moment lang seinen Schritt, drehte sich halb um und wedelte sorglos mit der Hand. »Behalt es. Vielleicht liest du ja mal die ›Weiße Garde‹.«

Das werde ich so schnell wie möglich, wollte Mascha zurückrufen. Aber sie spürte, dass der großzügige Tatare sich im Grunde nicht für sie interessierte – er hatte nicht einmal ihre neue Frisur bemerkt.

Er ist nur höflich. Und ein netter Kerl, dachte sie, blickte ihm dankbar nach und presste die Hand an die Brust, wo der beste Glücksbringer der Welt sich vor fremden Augen verbarg.

Aus dem Tagebuch von X.

Man braucht nur die Ketten durch einen Adrenalinstoß oder eine Dosis Alkohol zu lockern, und schon töten wir, ohne uns um irgendein Tabu zu scheren. Und am leichtesten fällt es demjenigen, der am wenigsten durch die Zivilisation verdorben ist … »Penner, Asoziale, Verrückte – klar, das sind Tiere!«, sagt ihr.

Aber warum seid ihr so stolz auf eure Zivilisiertheit? Nur weil sie euer Leben mit rosa Schminke überzieht, unter der ihr vergessen könnt, dass jedes Beefsteak, das ihr im Restaurant bestellt, sein Dasein im Blut eines Schlachthauses begonnen hat. Ihr esst den Mord, kleidet euch in seine Haut, schlaft auf ihm und glaubt euch unschuldig … Ihr seid gezähmte Raubtiere, denen ihr innerstes Wesen entfernt wurde, und nähme man euch eure Zivilisation weg, könnte die Mehrzahl von euch nicht einmal ein Schwein schlachten – ihr würdet weinend vor Hunger sterben, das machtlose Messer in der Faust. Euer Fortschritt hat aus euch das gemacht, was Christus nicht gelang – Kastraten und lebende Tote, deren Instinkte mit Fernsehbrei befriedigt werden wie die eurer unglücklichen Haustiere mit Antisexpillen.

Wohnte nicht in den Tiefen eurer Seele die Lust auf den Tod, die Menschheit würde den Mord auf dem Bildschirm lange nicht so gierig verschlingen. Die Massenkultur befriedigt immer die unverwirklichten Wünsche der Konsumenten – selbst diejenigen, die laut auszusprechen man niemals wagen würde. Sobald ihr etwas kauft, bedeutet das, ihr braucht es!

Neuntes Kapitel,

in dem Dascha fliegen lernt

Bilsenkraut, auch Teufelsauge. Es wird am Johannistag auf dem Kahlen Berg am Dnjepr bei Kiew gesammelt.

Papus, ›Schwarze und Weiße Magie‹

Jekaterina Dobrashanskaja verzieh niemals einem Menschen, der auch nur eine Sekunde lang die Oberhand über sie behalten hatte. Doch Mascha verzieh sie die Wahrheit erstaunlicherweise – so wie man einem Arzt verzeiht, der mit einem genau gezielten, schmerzlosen Schnitt eine Schwäre öffnet, und sich voll Vertrauen in seine sanften, umsichtigen, kenntnisreichen Hände gibt.

Kaum hatte Mascha Kowaljowa Katjas Ängste laut angesprochen, da wurden sie so gewöhnlich und banal, dass sie kaum noch Schrecken besaßen. Mit der Decke über den Ohren fiel sie sofort in Schlaf, und ihre Laune wurde nicht einmal dadurch beeinträchtigt, dass sie beim Erwachen die vibrierend schnurrende Wärmflasche Isis Puschel in ihrer Halsbeuge vorfand und genau in ihrem Blickfeld die ungestüme Idiotin mit dem Piercing zu sehen war, die es geschafft hatte, während Katjas Schlummer die Wohnung in ein Schlachtfeld zu verwandeln und vollständig überzuschnappen.

Dascha verkündete ihr als Erstes, die Wohnung (für die sie keinerlei Dokumente hatten!) gehöre jetzt ihnen, »nicht zu fürchten« bräuchten sie sich nicht vor Wassili Fjodorowitsch, sondern vor dem altrussischen Fürsten Wladimir (der seit tausend Jahren tot war!), und dass es heute Abend dringend nötig sei, ganze zwei Berge zu besteigen. (Damit war Katja übrigens halbwegs einverstanden: wenn das ein persönliches Treffen mit K. D. bedeuten konnte, war es den Versuch vielleicht wert.)

Die bedeutendste Entdeckung der »Idiotin« war jedoch ein Putzschrank mit Seifen- und Deodorantvorräten, Besen und Wischmops, an denen irgendwie ein sperriger zusammengepackter Gleitschirm befestigt werden konnte. Und jetzt sprang Dascha, einen Besen zwischen die Beine geklemmt, aufgeregt vor der weit geöffneten Balkontür herum, ziemlich blödsinnig, aber durch und durch zielstrebig. In sicherer Entfernung hinter ihr saßen Belladonna und Isis Puschel und wippten synchron mit den Köpfen, um ihre Zwanzigzentimeterflüge mitzuverfolgen. Wie zu erwarten war, zeigte das primitive Putzwerkzeug nicht die geringste Neigung, sich in die Lüfte zu erheben.

»Na, hast du's gefunden?«, schrie Dascha Mascha zu, die eines der im Haus gefundenen Bücher durchblätterte. »Was steht da über das Fliegen?«

Mascha schaute die Freundin zweifelnd an. »Dascha, wir haben es ja nicht eilig, oder?«

Katja nickte. Die feinfühlige Studentin gefiel ihr immer besser. Und in ihrer Brust regte sich verräterisch etwas Freundliches, Menschliches, wie ein Wunsch zu danken, zu helfen, anzuleiten ...

Die markerschütternde Dascha Tschub hielt inne. »Was heißt nicht eilig? Da steht auf gut Russisch: ›Wenn du ein rotes Feuer am Himmel erblickst und dorthin FLIEGST‹! Setz mal deine grauen Zellen da oben in Gang!« Sie war sichtlich gekränkt über die gleichgültige Teilnahmslosigkeit der anderen. »Ich hab extra deinen Fahrradsattel an das Ding geschraubt. Du wirst aussehen wie Margarita! Ist das nicht toll?«

»Ja, ganz toll.«

Nicht einmal das Beispiel der verehrten Margarita Nikolajewna, die mit dem Besen von Moskau nach Kiew und wieder zurück geflogen war, konnte Maschas düstere Zweifel zerstreuen. Wie weit auch ihr Glaube an Wunder sich erstreckte, sie war ein Kind des 21. Jahrhunderts. Die Flugfähigkeit von Holzstäben konnte in ihr nur sehr mäßigen Enthusiasmus erwecken, und der verrückte Glaube, der sich in Daschas Hirn eingenistet hatte, sie könnten sich nach dem Absprung von einem fünfzehn Meter hohen Turm in die Lüfte erheben, erschien ihr schlichtweg lebensgefährlich. Und zwar für Dascha – sie selbst, das wusste Mascha ganz genau, würde kein literarisches Vorbild je zu einer so aberwitzigen Tat verführen!

»Und du, was sitzt du da wie ein Großmufti? Es ist schon halb neun. Die Sonne geht bald unter!«, stürzte sich Dascha auf Katja.

»Nein danke«, lehnte die kurz ab. »Ich bleibe gern hier sitzen. Jemand muss ja den Notarzt rufen, wenn du da unten liegst.«

»Aber das Ding muss einfach irgendwie fliegen!«, rief Dascha und schleuderte das talentlose Reinigungsgerät von sich.

»Tatsächlich?« Katja hob sarkastisch die Brauen. »Ja, meine Süße, ich war auch schon lange nicht mehr im Zirkus.«

»Blöde Ziege! Da ist ein Schrank voller Besen! Und hier ein Balkon ohne Geländer – wie für den Start geschaffen! Was heißt das denn deiner Meinung nach?«

»An der Landstraße vor Kiew stehen Dutzende von Besen. Die werden da von Bauern für drei Griwna das Stück verkauft. Ist das deiner Meinung nach ein Regionalflughafen?«

»Alle Hexen fliegen auf Besen! Das weiß jeder! Schaut, ich habe heute Mittag gedacht …«

»Ach! Denken kannst du auch noch?«, stichelte Katja.

»Ich wollte als Kind Kosmonautin werden.«

Katerina grinste, wobei sie alle Zähne zeigte. »Das ist natürlich ein schlagender Beweis.«

»Also, Kiew ist luftfahrttechnisch eine unglaublich wichtige Stadt!«, platzte die verhinderte Kosmonautin D. Tschub ungeduldig los. »Hier ist Sikorski geboren, der den Hubschrauber erfunden hat. Und Koroljow – der mit der ersten Rakete – kommt auch von hier, aus Shitomir, und er hat in Kiew am Polytechnikum studiert, und Sikorski auch … Nur das erste Flugzeug haben wir uns duch die Lappen gehen lassen! Aber den ersten Looping hat Pjotr Nesterow in Kiew gemacht. Und die ersten mehrmotorigen Flugzeuge der Welt – ›Recke‹ und ›Ilja Muromez‹ – sind auch von Sikorski! Aus ihnen wurden im Krieg die ersten Bomber entwickelt, die ›Muromzy‹-Kampfgeschwader. Und warum? Weil in Kiew schon *immer* geflogen wurde!«

»Wenn die vorige Besitzerin dieser Wohnung auf ihren Besen geflogen wäre, hätte sie keinen Gleitschirm im Schrank gehabt«, brachte Katja die Kosmonautin ungerührt wieder auf die Erde zurück.

»Du –«

»Und wenn wir nun gar keine Hexen sind?«, sagte Mascha.

Dascha erstarrte mit aufgerissenem Mund und wirbelte zu ihr herum wie zur allerletzten Verräterin.

»Du hast doch selbst ... Als Erste!«, fing sie erstickt an.

Aber Mascha klebte bereits am Bücherregal und versuchte, einen zwischen seinen Geschwistern feststeckenden Lexikonband freizubekommen. »Weder in dem Brief noch im Buch wird das Wort ›Hexe‹ erwähnt. Nur ›Holde Kiewiza‹. Das ist eine komische Anrede – ich habe sie noch nie gehört. Vielleicht sind das ja gar keine Synonyme, sondern ...« Endlich ließ das Buch sich hervorziehen, und Mascha vergrub den Kopf darin. Dascha wartete angespannt, den Blick auf den Besen gerichtet.

»Kiewiza«, Mascha hatte das gesuchte Wort gefunden, »mäßige Hexe. – Hm. Eine Hexe, die mäßig ist ...«

Dascha fuhr zusammen. »Mäßig isst? Was soll das heißen – etwa eine, die Diät hält?« Unwillkürlich fasste sie sich an die wohlgenährte Taille. »Nehmen die nur Schlanke?«

»Ja, natürlich!«, rief Katja amüsiert. »Ich erinnere mich! Ich habe mal eine Sendung über die Inquisition gesehen. Da hieß es, dass man Hexen unter anderem erkennt, indem man sie wiegt! Man glaubte, Hexen müssten sehr leicht sein, sonst würden die Besen sie nicht tragen.«

Schockiert zwinkerte Dascha mit den Augen. Katja fing hemmungslos an zu lachen. »Deshalb hebt dein Besenstiel nicht ab – er befürchtet, unter dir zusammenzubrechen!«

Mascha unterbrach sie scharf. »Sie ist ›mäßig‹ im Sinne von nicht besonders gut.« Sie sah Katja in die Augen. »Warum tun Sie das? Ist es etwa besser, wenn wir uns zerstreiten?«

Katja zügelte ihre Fröhlichkeit. »Das alles ist pure Blasphemie.«

»Sie können auch einfach gehen«, gab Mascha sacht zurück. »Aber Sie gehen nicht. Denn egal, ob Sie daran glauben oder nicht, Sie wollen genau wie wir anderen verstehen, was mit uns passiert ist.«

»Du hast doch gerade selbst gesagt, dass wir keine Hexen sind.«

»Vielleicht ist das auch besser so«, sagte Mascha leise und blickte wieder ins Buch. »Hört mal, was ich gefunden habe. ›Zum Sabbat gelangt man auf Besenstielen reitend, die zu diesem Zweck mit einer besonderen Salbe bestrichen werden. Diese enthält als Hauptbestandteil das Fett kleiner Kinder, welche die Hexe oder der Dämon selbst herbeischaffen müssen.‹«

»Ich werde keine Kinder abschlachten!«, wehrte sich Dascha entsetzt.

»Eben. Wenn man den Büchern glaubt, scheinen Hexen nicht besonders nett zu sein.«

»Und deine Margarita?«, führte Dascha Maschas »Heilige« an. »Sie ist doch zum Ball bei Voland geflogen. Und hat niemanden dafür umgebracht!«

»Asasello hat ihr schon fertige Salbe gegeben.« Jetzt wurde auch Mascha sauer. »Fettig und gelblich.«

»Du glaubst also, Margarita hat sich mit Kinderfett eingeschmiert?«, hauchte Dascha.

»Sie hat es doch nicht gewusst!«

»Was für ein Blödsinn!«, rief Katja laut. »In dieser Sendung hieß es: wenn man sich Stoffe wie Tollkirschenextrakt oder Atropin in die Haut einreibt, kann es sein, dass man das Gefühl hat zu fliegen – man halluziniert, man sei schwerelos. Das Fliegen auf einem Besenstiel ist einfach nur ein Trip. Eure Hexen waren die ersten Drogenabhängigen!«

»Hm«, machte Dascha deprimiert. Keine der Versionen erschien ihr verheißungsvoll: hie Mörderin, da Junkie.

»Das Fett kleiner Kinder«, schnaubte abfällig die bis dahin getreulich stumme Belladonna. »Veraltet und westlich! Slawische Hexen haben seit jeher einen Sud aus Stechapfel und Bilsenkraut verwendet! Das reibt man sich unter die Achseln oder …«

Katjas Blick klebte an der schneeweißen Katze fest, sie sog scharf den Atem ein und griff sich mit der Hand ans Herz.

»Ich hatte dich doch gebeten, nicht zu sprechen!«, rief Mascha vorwurfsvoll.

»Die Deos! Warum hast du bloß nicht früher was gesagt?«, schrie Dascha.

Belladonna verzog demonstrativ das Schnäuzchen und wandte sich ab, um ganz klar zu zeigen, dass die beiden so gegensätzlichen Reaktionen bereits die vollständige Antwort in sich bargen.

Dascha stürzte polternd in den Gang.

Mascha zu der wie tot daliegenden Katja.

»Ist schon gut«, wehrte die ab und atmete tief durch. »Anders hätte ich es wohl nie geglaubt. Ich hätte mir jede nur mögliche Erklärung ausgedacht, aber …«

»Was ist, fliegen wir jetzt?« Mit dem vielversprechenden Deodorant in der Hand sprang Dascha wieder ins Zimmer. Sie packte erneut den Besen, schwang sich darauf und hüpfte auf der Stelle.

»Fliegen!«, wiederholte Katja hysterisch grinsend, schon zum dritten Mal an diesem Tag mit dem Gefühl, endgültig in den Wahnsinn abzugleiten. »Fliegen! Kapierst du nicht, das ist *Stechapfel*! Wie viele Leute sind aus dem Fenster zurückgekommen, aus dem sie im Rausch gesprungen sind? Menschen können nicht fliegen!«

»Können sie doch! Schau her!«

Kühn hüpfte die Kosmonautin auf die Balkonplattform mit dem eingestürzten Geländer. Stellte sich an den Rand, in den Knien federnd, blickte furchtlos hinab auf den Asphalt des Jaroslawswalls, biss die Zähne zusammen und …

… meinte kleinlaut: »Wisst ihr was? Vielleicht nehmen wir doch ein Taxi.«

*

»Was habt ihr vor – geht's zum Hexentanz?«, lachte der junge Taxifahrer beim Anblick der drei jungen Frauen unterschiedlichen Kalibers, von denen eine unerklärlicherweise einen stabilen Haushaltsbesen mit sich schleppte.

»Ja, klar«, antwortete Dascha mit der Koketterie der professionellen Bühnenkünstlerin.

Er drehte neugierig den Kopf. »Und, nehmt ihr mich mit?«

»Nein, tun wir nicht«, säuselte Tschub. »Das ist nur für Mädels.«

»Schauen Sie lieber auf die Straße«, kanzelte Katja ihn in ihrem Chefinnenton ab.

Mascha, die in keiner professionellen Weise des menschlichen Umgangs Erfahrung besaß, wich klug auf ihr eigenes Spezialgebiet aus und versank in intensives Nachdenken.

Was bedeutet »mäßige Hexe« wirklich?

Wenn man sagt »ein mäßiger Arzt« oder »ein mäßiger Schüler«, dann heißt das: diese Leute sind in dem, was ihre Aufgabe ist, nicht besonders gut. Dem Aberglauben nach ist es aber die Aufgabe einer Hexe, unheilbringende Tätigkeiten zu üblen Zwecken zu verrichten. Selbst die verehrte Margarita Nikolajewna hatte, nachdem sie zu einer Hexe geworden war, gleich damit angefangen, die Wohnung des Kritikers Latunski zu verwüsten.

Konnte das also heißen, dass eine »mäßige Hexe« eine Frau bezeichnete, die für eine Hexe einfach zu gut war – tatsächlich eine »gemäßigte« Hexe? Oder wünschte sich Mascha nur um jeden Preis diese Antwort? Andererseits wurde in keiner Hexen-Beschreibung gesagt, dass diese verpflichtet waren, allnächtlich auf einem Berg Wache zu halten, »um aufzuhalten, was die Wahrheit vernichten mag«. Jede Nacht! Da hatte ja ihr Vater einen leichteren Job.

Meine Macht eure Sklaverei, schlich sich die unglückselige Kyllina wieder in ihre Gedanken.

Unsichtbar und frei!, schrie die angebetete Margarita Nikolajewna.

Die Worte der beiden Frauen bargen einen offensichtlichen Widerspruch.

»Was, nicht einen einzigen Kerl nehmt ihr mit?«, staunte der Taxifahrer. »Nein, jetzt mal ernsthaft, was wird das?«

»Eine Abschlussfeier. Wir sind gerade fertig mit der Ausbildung.« Zu lügen fiel Dascha nicht schwerer als zu atmen.

»Ach, was für eine denn?«

»Schauspielschule.«

»Ja, das sieht man!«, lachte der Taxifahrer. »Gibst du mir deine Telefonnummer?«

Dascha kicherte. »Tja, da musst du dich entscheiden. Entweder das Fahrgeld oder meine Nummer.«

Das ernüchterte den Fahrer sofort, und er wählte das Geld. Das Auto bog in die dämmrige Dreiheiligenstraße ein, die von der langen, verwinkelten Mauer um das wiedererbaute Michaelskloster beherrscht wurde, die heute den einst von überallher zugänglichen Park umgab.

»Hier!« Dascha ließ das Taxi neben einem alten Haus halten, das sich an die stuckverzierte Mauer lehnte und vermutlich bereits eng mit dem ursprünglichen Michaelskloster bekannt gewesen war. »Warten Sie auf uns, wir brauchen nicht lange«, log sie für alle Fälle und sagte dann großspurig: »Mir nach! Ich kenne hier jeden Stein.«

Katja runzelte die Stirn und steckte dem Fahrer hundert Griwna zu: »Warten Sie bitte auf jeden Fall.«

Das Trio schlüpfte, Daschas winkender Hand nach, durch ein dunkles Seitenpförtchen, überquerte einen Hof, der zu drei Vierteln von Häusern umschlossen war, und huschte in einen engen Zwischenraum zwischen zwei Hauswänden.

»Bitte sehr«, sagte Dascha schließlich, als sie in das milchig graue Dämmerlicht des Parks hinaustrat. »Ha, ist das schön hier!«

»... auf den Terrassen des herrlichsten Ortes der Welt – des Wladimirhügels!«, schloss Mascha mit einem Zitat.

»Bulgakow?«, vermutete Tschub aufgrund ihrer Intonation. (Bei allem Respekt – ein wenig übertrieb Fräulein Neunmalschlau es schon mit ihrer ›Meister‹-Verehrung.) Diesmal war sie übrigens ganz mit ihr einverstanden. »›Hier steh ich auf dem Hügel, dem des Wladimir. Ringsum Weite – für meine Feder zu groß!‹«*, tönte sie mit einem anderen Klassiker und sang aus voller Kehle: »Ho-ho-ho, und 'ne Buddel voll Rum!«

Der Tag war schon zur Hälfte mit der heraufziehenden Nacht

* »... Einst hat, aufgleißend im geeisten Weine, Perun so hinausgespäht in die Kiewer Rus.« *W. Majakowski, ›Kiew‹*. (Anm. d. Autorin)

verschmolzen, und die samstäglichen Spaziergänger saßen noch Arm in Arm auf den Sommerbänken oder ließen die Beine von der niedrigen Mauer baumeln, versunken in die Aussicht. In dem ovalen Pavillon oberhalb des Hangs hatte sich ein verliebtes Pärchen untrennbar ineinander verschlungen, und Dascha seufzte wehmütig bei der Erinnerung daran, wie sie vor langer Zeit unter der metallenen Rankenzier genau dieser Laube mit ihrer damaligen Großen Liebe geschmust hatte.

Von der Laube mit ihrem grauen geklöppelten Hütchen verlief der Weg in einem Halbkreis hinauf auf die erste Terrasse des Hügels, wo sich das Denkmal Fürst Wladimirs mit dem von elektrischen Lämpchen beleuchteten, über sechs Meter hohen Kreuz erhob. Rechts vom ehernen Täufer der Rus erstreckten sich fünf symmetrisch angelegte Alleen, auf denen noch einige späte Liebhaber städtischer Naturschönheit unterwegs waren. Links, auf einer rund um eine Eiche gezimmerten Bank, hatte sich eine fröhliche, mit einem Kasten Bier bewaffnete Studentengruppe ausgebreitet.

»Trotzdem komisch«, bemerkte Dascha. »Wie kann der Kahle Berg so dicht neben dem Kreschtschatik sein? Ich dachte immer, Hexen versammeln sich an einem total menschenleeren Ort.«

»Früher war dieser Ort menschenleer«, erklärte Mascha. »Der Andreasstieg war lange der einzige Weg von der Oberstadt in die Unterstadt. Der Alexanderstieg, das heißt der heutige Wladimirstieg, vom Kreschtschatik in den Podol wurde erst 1850 angelegt. Ach was, selbst der Kreschtschatik ist erst zweihundert Jahre alt, und Kiew eintausendfünfhundert!«

»Ich habe gehört, es ist jünger«, wandte Katja ein.

»Oder älter. 1500 Jahre ist die offizielle Zahl. In Wirklichkeit weiß niemand so genau, wie alt es ist. Die Historiker streiten sich nach wie vor. Stellt euch vor, was hier früher für ein Dickicht gewesen sein muss, bis zum Dnjepr hinunter! Der Perunhain. Und als dann der Fürst das hölzerne Götzenbild entfernen ließ, haben die Hexen diesen Ort verlassen ...«

»Sie sind gegangen, und wir kommen!«, kicherte Dascha. »Eigentlich bin ich hier sogar aufgewachsen, in der Zehntstraße.

Meine Oma ist mit mir auf dem Wladimirhügel spazieren gegangen, solange ich mich erinnern kann. Vielleicht hab ich ja auf diesem Teufelsberg im Sand gespielt!«

Dobrashanskaja verzog den Mund. »Mein Stellvertreter behauptet, die Fenster unseres Büros gingen auf den Kahlen Berg hinaus.«

Mascha nickte ernsthaft. »Auf den Chorewiza-Flora-Kisseljowka-Schlossberg. Viele halten ihn für den fünften. Er hat noch einen weiteren Namen, ich glaube, Kiewljanka ...«

»Halt!«, schrie Dascha wie angestochen.

Katja und Mascha erstarrten.

»Nein, ich meinte nicht anhalten!« Dascha scheuchte die beiden mit der Hand weiter. »Ich bin in der Nähe eines Kahlen Berges aufgewachsen, du arbeitest in der Nähe von einem! Und du?« Sie sah Mascha erwartungsvoll an.

Die schüttelte verwirrt den Kopf. »Ich nicht. Nein, das passt nicht. In meiner Nähe gibt es keinen, der in Frage kommt.«

»Schade. Wäre eine schöne Erklärung gewesen. Na dann, voran, Susanin!« Dascha klopfte Mascha auf die Schulter. »Jetzt zeig mal deine niedrige Erhebung!«

Sie stiegen auf einem mit Ziegeln gepflasterten Weg nach unten und gingen in Richtung Bergbahn. Der Abend nahm eine kräftig dunkelblaue Farbe an. Ihr »Susanin vom Dienst« schaute sich bestürzt um – erst jetzt erinnerte sich Mascha daran, dass man den Wladimirhügel im 19. Jahrhundert zur Gestaltung neuer Terrassen und Gartenplätze mit Erde von Merings Anwesen aufgeschüttet hatte und es heutzutage praktisch unmöglich war, die ursprüngliche Höhe dieser oder jener »Erhebung« zu bestimmen.

»Vielleicht die da?« Sie deutete auf einen halbrunden Buckel auf einer niedrigen Terrasse. »Oder die? Oder die dort hinten, beim Kokorew-Pavillon?«

»Ja, eine Verabredung würde man logischerweise in einem Pavillon ansetzen.« Unwillkürlich musste Dascha an das Liebespaar denken. »Okay, warten wir dort.«

Das Trio setzte sich auf die Bank.

Langsam stahl sich die Zeit ins Nirgendwo. Fünfzehn Minuten später war es fast völlig dunkel, und über ihnen flammten die doppelköpfigen Laternen auf. Der Dnjepr, der eigentlich von Natur aus immer ganz unten sein sollte, schien vor ihnen am Himmel zu hängen wie eine wundersame Fototapete. Darunter huschten Scheinwerfer vorbei, die sich dort, wo die Uferchaussee den Andreasstieg kreuzte, trafen; rechts leuchtete der Lichterteich des Postplatzes, und man sah die vier Wagen der Bergbahn als Glühwurm nach oben kriechen.

Das heißt, es ist noch nicht elf Uhr, dachte Dascha, und ihr strahlendes Gesicht erlosch und wurde angespannt. Die Abenddämmerung, in der der rätselhafte Briefschreiber erscheinen wollte, verging – ja, war im Grunde vorüber. Der sie umgebenden Stille nach zu schließen, hatten sich die Studenten schon lange auf den Weg gemacht, um sich neue Munition für ihr lustiges Besäufnis zu holen.

»Puh, ist das zappenduster!«, brummte sie.

Außer ihnen dreien war auf der unbeleuchteten unteren Terrasse des Berges kein Mensch mehr zu sehen. Nicht, dass Dascha Angst gehabt hätte – sie fühlte sich nur enttäuscht und leer von der Erkenntnis, dass ihr Treffen geplatzt war. K. D. war nicht gekommen, und höchstwahrscheinlich war es ihre eigene Schuld, weil sie nicht den richtigen Berg ausgesucht hatten. Ihr hauptamtlicher Schlaumeier hatte offensichtlich irgendwo einen Schluss zu viel gezogen.

»Erinnert ihr euch, bei Bulgakow«, sagte Mascha plötzlich laut, während sie überlegte, wo sie dieses romantische Zitat vor gar nicht langer Zeit gehört hatte. »›Über dem Dnjepr ragte das mitternächtliche Wladimir-Kreuz von der sündigen, blutüberströmten und verschneiten Erde in die düstere Höhe …‹«

»Ach, dein Bulgakow steht uns echt bis hier!«, ging Dascha hoch. »Weißt du, man kann auch *zu* schlau sein! Ganze fünf Berge! Hexen oder keine Hexen! Wladimir und Wassili!«

»Schrei sie gefälligst nicht an!«, fuhr Katja dazwischen. »Du selbst könntest doch Wladimir Swjatoslawowitsch nicht mal mit der Lupe von Wladimir Monomach unterscheiden!«

Tschub blinzelte kleinlaut, verstummte und versuchte rasch

und erfolglos, sich ein paar Unterschiede zwischen den beiden historischen Namensvettern ins Gedächtnis zu rufen, um die überkluge Schnepfe zu beeindrucken. Es klappte nicht: Sie hatte immer gedacht, es habe nur einen Kiewer Großfürsten Wladimir gegeben. Und dass in Kiew auch nur ein Kahler Berg existierte. Und jetzt gab es sie wie Sand am Meer!

»Und wenn Wassili nun doch mein Wassili ist?«, machte Katerina höflich auf ihre eigene Variante des Themas aufmerksam.

»Nein«, würgte Dascha sie erfreut ab. »Der Brief gilt uns allen dreien. Und was sollen wir beide uns vor deinem Kerl fürchten?«

»Ist ja schon gut. Dann eine andere Frage: Wäre es nicht logisch anzunehmen, dass der erste Berg tatsächlich der Altkiewer ist, auf dem die erste Stadt gegründet wurde? Und wenn das so wäre, träfe es sich doch ganz gut, dass Fürst Wladimir, auch Wassili Swjatoslawowitsch«, Katja warf Tschub einen schulmeisterlichen Blick zu, »dort gelebt hat und auch begraben wurde.«

»Und woher weißt du das?«, zischte Dascha.

»Ich bin ja nicht ganz blöd«, gab ihr Katja den Rest. »Als ich so alt war wie du jetzt, habe ich noch Stadtführungen mitgemacht.«

»Aber der Altkiewer Berg wurde nie als Kahler Berg bezeichnet!«, widersprach ihr Mascha.

»Glaubst du etwa, die Hexen hätten ihre Berge offiziell eintragen lassen und ihre Lage ans Vermessungsamt geschickt?« Dascha spürte, dass sie allmählich an diesem wandelnden Lexikon verzweifelte. »Das, was in deinen Büchern steht, sind genau solche Gerüchte wie alles andere. Ihr wisst doch nicht mal, wie alt Kiew ist! Wo sich die Hexen wirklich versammelt haben, wissen ganz allein sie selber. Vielleicht genau da, wo es keiner vermutet. Und das hab übrigens ich als Erste gesagt!«, betonte sie, um ihre von Katja verletzte Würde wiederherzustellen. »Das ist der Berg, ›der die Stadt hervorgebracht hat‹. Deshalb hat der Typ auch keine Zeit angegeben: er wusste, dass wir uns wie gestern genau um … ich glaube, da war es etwa elf. Jetzt ist es noch früher … Ihr könnt mir danke sagen, dass ich das Taxi hab warten lassen!«

*

»Hör mal, Sergejitsch, du bist doch komplett verrückt!« Nikolaj Petrowitsch schaute sich kopfschüttelnd um. »Zur Nacht allein in den Kanal schleichen. Was willst du denn da finden?«

Sie standen auf dem obersten Absatz der Treppe zum Kyrillkloster. Und jede Sekunde wurde die Besorgnis auf Petrowitschs Gesicht deutlicher.

»Ich bin nicht allein – du bist ja dabei«, gab Sergejitsch zurück.

»Ich hab mich doch nur hierhergeschleppt, um dich von deinem hirnverbrannten Plan abzubringen!«, schimpfte Petrowitsch.

»Schau mal, was ist das?«, unterbrach ihn Maschas Vater, über seine Schulter deutend.

Der andere drehte sich widerwillig um, sah aber nur die gedrungene weiße Kirche, in der, wenn er seinem Freund und den neuesten Nachrichten Glauben schenken wollte, gottlose Unholde ein zweiundzwanzigjähriges Mädchen geopfert hatten.

»Da ist was vorbeigehuscht.« Petrowitsch, der vor der unerfreulichen Kirche erschauerte, strengte sein Gehör an. »Dort, bei der Anstalt ... Ein Hund vielleicht.«

»Nein.« Wladimir Sergejitschs Miene verfinsterte sich. »Ein Kerl. In einer roten Jacke. So was tragen junge Leute ...«

»Kein Mensch ist dort!«

»Lass uns nachschauen.«

»Wer soll da schon sein!« Sein Freund wurde langsam böse.

»Kolja, ich hab dir doch erklärt, da geht es nicht mit rechten Dingen zu.«

»Dass das nicht recht ist, weiß ich selber! Kann eine Leiche etwa ›recht‹ sein? Klar tut mir das Mädchen leid. Aber du, du kriegst nicht genug, was? Hast mir doch selber erzählt, wie viele Bullen gestern da waren. Die kommen möglicherweise auch ohne dich klar!«

»Hast du's immer noch nicht begriffen? Sie hat mit meiner Mascha studiert!«, schäumte Wladimir Sergejitsch und hob das elterliche Kinn. »Meine Mascha ist in diesen Hundsfott verknallt. Und heute haben sie ihn wieder gehen lassen! Ich dachte, dieser Ermittler ist in Ordnung, aber ...« Er winkte verbittert ab. »Der ist auch nicht besser als die anderen. Ich hab ihm gesagt, dass die Kyrillischen geöffnet wurden. Und die haben Angst, da auch nur die Nase reinzustecken!«

»Und was hast du jetzt vor?« Petrowitsch war fassungslos. »Sergejitsch, du gehörst nicht in die Höhlen, du gehörst ohne Umwege in die Pawlowka! Du bist völlig übergeschnappt. Du weißt genauso gut wie ich: da drin ist alles bröckelig und morsch. Die von der Kripo sind keine Selbstmörder. Und das Mädchen wurde in der Kirche umgebracht. Was in Herrgottsnamen willst du unter der Erde?«

»Da ist was.« Wladimir Sergejitsch furchte die Stirn. »Das spüre ich einfach.«

»Es reicht! Lass uns nach Hause gehen. Genug den Helden gespielt.«

Wladimir Sergejitsch presste stur die blutleeren Lippen aufeinander. »Also, kommst du mit oder nicht?«

»Ich gehe heim! Was bist du bloß für ein Mensch?«, beschwerte der Freund sich unmutig. »Immer mit dem Kopf durch die Wand! Wir haben schon mal bei dir auf der Datscha Wilderer gejagt. Und du weißt sicher noch, wie das ausging.«

»Gott, du schwätzt wie ein Weib«, schnappte Wladimir verächtlich. »Ich gehe jetzt, und Schluss. Es ist schon spät, nur Zeit vergeudet hab ich wegen dir. Statt mit dir rumzudiskutieren, hätte ich auch schon um fünf hier sein können.«

»Na, dann lass uns doch morgen bei Tageslicht noch mal herkommen. Wirklich, was muss es jetzt mitten in der Nacht sein?«

»Unter der Erde ist immer Nacht«, knurrte Wladimir ungehalten. »Es ist scheißegal, ob wir jetzt runtergehen oder tagsüber. Nachts ist es sogar besser. Die kommen ja auch immer bei Nacht … Ach, geh schon endlich nach Hause, kriech zu deiner Frau unter den Rock!«

Nikolaj blieb auf dem Treppenabsatz stehen und blickte sprachlos dem entschwindenden Rücken seines Freundes nach. Dann spuckte er aus und setzte sich aufs Geländer.

Ich kann ihn nicht einfach allein lassen. Vielleicht ist es ja gut, wenn jemand über der Erde bleibt. Wenn er in einer Stunde nicht wiedergekommen ist, gehe ich selbst runter und schaue nach, beruhigte er sein nagendes Gewissen, das in unversöhnlichen Konflikt mit dem gesunden Menschenverstand des verheirateten Familienvaters getreten war. *Also, Sergejitsch, ganz richtig im Oberstübchen bist du nicht.*

Er sah sich unbehaglich um. Kaum war Kowaljow zwischen den Bäumen am Hang verschwunden, da verging das Gefühl, sich auf ungefährlichem, zivilisiertem Gebiet zu befinden, und die Dunkelheit wurde bedrohlich wie im Wald. Auch der Gedanke daran, dass ganz in der Nähe das hell erleuchtete, vertraute Stadtzentrum lag, war kein Trost. Dabei waren es nur ein paar Schritte … Eine seltsame Stadt, Kiew, wirklich. Ein seltsamer Ort hier. Dunkelheit und absolute, betäubende Stille.

Nein, Nikolaj Petrowitsch fürchtete sich nicht vor der Dunkelheit. Sie machte ihn nur nervös. Doch viel nervöser machte Nikolaj Petrowitsch die unklare Lage, in der er sich befand – und etwas, das noch unklarer war, noch obskurer, namenlos.

Die verfluchte Kirche fixierte ihn förmlich mit dem schweren, beklemmenden Blick einer vergewaltigten Frau, und das Irrenhaus hinter der Mauer grinste fahl, glitt lautlos näher und näher, streckte geistesverwirrte, schemenhafte, triumphierende Arme nach ihm aus …

Erst jetzt fiel ihm auf, dass alle Laternen an der Treppe eingeschlagen waren. Wie mit Absicht.

In dem Haus jenseits der Straße erlosch das Licht. Zuerst das eine Fenster, dann das zweite.

Und dann erlosch alles Licht der Welt.

Für Petrowitsch erlosch es endgültig. Und fünfzehn Minuten später erlosch es auch für Wladimir Sergejitsch. Denn der gewaltige, dunkle, mürbe Leib der Erde, der ihn auf seinen Irrwegen durch die verschlungenen Katakomben des Kyrillklosters umschloss, erzitterte plötzlich in einer mächtigen, geräuschlosen Explosion und brach über ihm zusammen.

*

Drei Personen weiblichen Geschlechts hockten niedergeschlagen auf den Stufen des Historischen Museums, in denen sich noch die Wärme des Sommertags hielt. Zu ihren Füßen lag ein abgenutzter Haushaltsbesen.

»Vielleicht hast du ja recht«, sagte Dascha zu Dobrashanskaja. Ihr Blick war aggressiv, als sei diese Möglichkeit nur ein weiterer Beweis der unabänderlichen Niedertracht in Katjas Charakter. »Sieht ja wirklich so aus, als ob der Kerl, der uns hier nach seiner Pfeife tanzen lässt, 'ne Menge Kohle hat – und bisher sind keine Wunder geschehen. Und der Besen fliegt kein bisschen!« Ungnädig stieß sie das hoffnungslose Gerät mit dem Fuß weg. »Was sagst du?«

Aber Katja sagte gar nichts. Sie zog nur verdrossen an ihrem unbequemen Stehkragen und atmete tief die frische Nachtluft ein.

Der Tag, der hinter ihr lag, ähnelte dem Finale des Märchens von Jerschow, in dem der Held nacheinander in drei siedende Kessel steigen muss. Und nun, da sie aus dem letzten Sud wieder nach oben trieb, wusste Katja nicht: würde sie ihm neugeboren entsteigen – oder lebendigen Leibes hartgekocht?

Nun, sie hatte überlebt. Und war auf einem verrückten, irrwitzigen Umweg stupide wieder an den Ausgangspunkt zurückgekehrt – im wörtlichen wie im übertragenen Sinne.

»Und du, hast du nichts dazu zu sagen?« Jetzt ging Dascha auf Mascha los, die schon eine Viertelstunde lang den hoffnungsvollen Blick nicht vom Himmel gewandt hatte.

»Da brennt irgendwie gar nichts«, sagte Mascha mit dünner Stimme.

»Das gibt's doch nicht!«, rief Dascha. »Sie glaubt immer noch dran! Schlag ein Kreuz, Masjana! Es gab nicht ein einziges echtes Wunder! Alles ist erklärbar! Wir leben im Zeitalter des Hightech! Es gibt schon Sprachcomputer für Tiere! Die durchsichtige Frau war eine Filmprojektion! Und wenn jetzt am Himmel ein rotes Feuer erscheint, dann ist das auch nur …«

»Oh Gott!« Mascha Kowaljowa riss den Mund auf. Und ihr himmelwärts schauendes Gesicht überzog sich mit so unendlicher Begeisterung, dass ihre beiden Gefährtinnen unwillkürlich ebenfalls nach oben sahen und etwas erblickten, was mit keiner noch so ausgeklügelten Technologie zu erklären war.

Der Himmel über ihnen flirrte, begann sich zu bewegen, geriet völlig außer sich, die Sterne sprangen aus ihren Bahnen, wirbelten als wilder Schneesturm herum und ordneten sich neu zu den geraden und geschwungenen Linien eines unbegreiflichen und doch erschreckend vertrauten Musters.

»Seht ihr das?«, keuchte Dascha erstickt – und wusste plötzlich: Sie kannte das.

Auswendig!

Es steckte seit eh und je in der Innentasche ihrer roten Lederjacke...

An dem unendlichen, samten blauen Nachthimmel erstrahlte, gelegt aus tausend Sternen, eine Karte von Kiew.

In der Mitte und der oberen linken Ecke der glitzernden Karte sprühten drei blendend rote Flammen. Als Dascha den Blick auf eine davon richtete, war ihr, als stürze der Himmel Hals über Kopf auf sie herunter, oder als trudele sie selbst haltlos vom Himmel auf die Erde nieder, die Sternenlinien flossen zu Straßen und Häusern zusammen, und Dascha flog, instinktiv die Hände abwehrend ausgestreckt, genau auf eine dunkle, mit vielen Kreuzen gespickte Kirche zu.

»Nein!«, schrie sie wie von Sinnen, weil ihr klar war, dass sie gleich an der halbrunden goldenen Kuppel zerschellen würde.

»Oh Teufel – Teufel – Teufel«, zischte Katja neben ihr erstickt, die Finger krampfhaft in ihren Kragen geklammert.

In diesem Moment zerstreute sich die wahnwitzige Phantasmagorie und löste sich auf. Und in ihrem Rücken meckerte unterwürfig ein dünner, ziegenartiger Tenor: »Ihr habt gerufen, edles Fräulein? Was ist Euer Begehr?«

Als Katja sich umdrehte, stand da ein schwarzer, haariger Kerl mit platter Nase. Sie taumelte zurück, stürzte zu Boden, ihre Hand riss wie im Krampf die Knöpfe von ihrer Jacke.

»A-a-a-a-h«, kreischte Dascha.

Mascha öffnete den Mund zu einer tonlosen, erstorbenen

Frage. »Wer bist du?«, machten ihre Lippen, ohne dass auch nur ein Laut herauskam.

Doch der Pechschwarze war offensichtlich in der Lage, von den Lippen zu lesen.

»Der Teufel«, stellte er sich eifrig vor. »Womit kann ich dienen?«

*

Katja arbeitete sich mühselig wieder aus der besinnungslosen Dunkelheit empor, die der engen Bekanntschaft ihrer Stirn mit den Betonplatten gefolgt war, und versuchte sich aufzusetzen. Ihr schien, als sei kaum eine Minute verstrichen, seit sie bei dem unglücklichen Versuch, vor dem schwarzen Kerl zurückzuweichen, auf dem Boden gelandet war. Doch um sie herum war schon wieder Tag, klar und sonnig, und ihr Körper fühlte sich leicht und ruhig an – ohne Rückstände von Entsetzen, Nervenerschütterung und Betonschmerz. Nur mit ihrer Umgebung stimmte etwas nicht. Nein, nicht nur etwas, sondern absolut alles stimmte nicht!

Das graue Museum mit den sechs Stalin'schen Empire-Säulen war verschwunden, und auch die benachbarten Häuser hatten sich verflüchtigt. Stattdessen war zu ihrer Linken woher auch immer eine kreuzgekrönte Kirche mit sechs halbrunden byzantinischen Kuppeln aufgetaucht, zu ihrer Rechten eine hohe Turmburg und eine Vielzahl weiterer Gebäude.

Jemand riss sie mit einem Ruck vom Boden hoch, und eine tiefe, grobe Stimme tönte ihr direkt ins Ohr. Katja erfasste nur ein Wort: »Marinka« – aber selbst das begriff sie nicht. *Was soll das heißen?*

Sie machte den Versuch, sich zu fürchten.

Jedoch, es gelang ihr nicht. Statt Angst verspürte sie ein völlig anderes, unerträglich schweres Gefühl: als wolle sich ihr Herz durch den Brustkorb nach außen pressen und von ihr weglaufen. Der Mann zog sie hinter sich her, während er weiterhin besorgt und unverständlich vor sich hinredete. Seine Hand, die ihren Arm umschloss, war riesig, schwielig und dreckverkrustet – die

Hand eines Bauern. Alles Übrige von ihm war einen Schritt vor ihr, und sie sah nur seinen breiten Rücken in einem schweren Kettenhemd.

Sie stiegen den Berg hinab, dorthin, wo nun kein Andreasstieg mehr war. Auch keine Andreaskirche. Der Berg selbst aber war da, und auf seinem Gipfel stand in die Erde gerammt ein hohes, krummes eisernes Kreuz.

Der Mann drehte sich um, und endlich sah sie sein Gesicht – mit einem langen ungepflegten Bart, einer vorspringenden, entschlossenen Nase und leuchtend blauen Augen. Er war groß, zwei Köpfe größer als die hochgewachsene Katja, mit klafterbreiten Schultern. Doch sie fürchtete sich nicht vor ihm – sie fürchtete um ihn und merkte zugleich, dass sie so wütend auf ihn war, dass sie ihn am liebsten umgebracht hätte!

Der Mann mit den blauen Augen sagte wieder etwas. Und mit einem Mal, als habe jemand die Watte aus ihren Ohren gezogen, hörte und verstand sie ihn:

»Du bist eine Hexe, du allein weißt es. Versündige dich nicht daran! Sag, ist es das?«, flehte der Blauäugige.

Und obgleich sie keine Ahnung hatte, wovon er redete, kannte sie die Antwort genau: Ja, das ist es!

Und wusste auch, dass sie dem Blauäugigen eigentlich nichts davon sagen sollte.

Aber wenn nicht, würde er sterben.

»Sage es mir, Liebste«, bat er so sanft und bitter, dass ihr Herz aufschluchzte.

»Lass ab davon«, beschwor sie ihn ohne Hoffnung. »Richte dich nicht zugrunde! Sage dich von ihr los!«

»Nein.« Grimmig schüttelte er den Kopf. »Nein.«

Sie erkannte, dass seine Wahl getroffen war – und er war standhaft und nicht mehr davon abzubringen. Und das bedeutete, dass es nun an ihr war zu wählen.

Wer würde heute Nacht sterben?

Ihr Liebster?

Oder ihre Stadt?

Und da endlich vermochte sie sich zu fürchten.

Zehntes Kapitel,

in dem wir Bekanntschaft mit Lukanka oder Antschutka schließen

Der Teufel ist nie so schwarz, wie man ihn malt.
Sprichwort

»Der Teufel?«, flüsterte Mascha.

Das bucklige Kerlchen mit der ungepflegten, mit schmutzigem Fell überzogenen Physiognomie machte einen Kratzfuß, wie um zu bestätigen: nun, höchstselbst, in Person! »Oder, falls es Euch genehm ist – das Böse, die Schlange, der Unreine, der Schalk, der Verderber, Verleumder, der Gehörnte, der Daus, der zur Linken, Beelzebub, der Widersacher, der Verführer, der Leibhaftige, Gottseibeiuns, der Lügenknecht, der Entzweier, der Bocksbeinige, der Fersenlose, Lukanka oder Antschutka!«

»Lukanka oder Antschutka?«, wiederholte sie schwerfällig. Und merkte plötzlich, dass sie nicht die mindeste Angst verspürte.

Im Gegenteil – alles erschien ihr schrecklich lustig!

Die zähe Realität, in deren Hierarchie Mascha Kowaljowa nichts war als ein unbedeutender Bücherwurm, barst plötzlich krachend vor ihren Augen. Mit einem Schritt über die dünn gewordene Grenze befand sie sich in der vertrauten Welt ihrer Geschichten, und zum ersten Mal in ihrem Leben hatte sie das Gefühl, einen Sieg errungen zu haben!

»Ich wusste schon immer, dass es möglich ist! Hörst du, ich wusste es! Und *er* wusste es auch!«, schrie sie laut, um das betäubende Rauschen des Blutes in ihren Ohren zu übertönen.

»Und?« Herausfordernd stieß sie den Ellbogen in Daschas Richtung. »Sind es jetzt genug Wunder für dich? Oder brauchst du noch mehr?«

Mascha wusste: jetzt war sie zu allem fähig. Und aus der Überfülle an Glück und grenzenlosen Möglichkeiten heraus brach sie in wildes Lachen aus, das sie schüttelte und zusammenkrümmte, bis sie neben der besinnungslosen Katja auf die Knie fiel.

Katja lag auf der Erde, die Jacke vorn aufgerissen, so dass ihre seidige Brust entblößt war, ihre Hand noch immer um den Kragen gekrampft, an dem sie vor ihrem Fall gezerrt hatte. Ihre Augen waren geschlossen.

»Ha! Sie ist bewusstlos«, verkündete Mascha mit absurder Fröhlichkeit, hob mit vor Lachen bebenden Händen Katjas Kopf an und betastete die leidgeprüfte Stirn. »Ha ... ganz blutleer!«

»Was befehlt Ihr, edles Fräulein?« In Windeseile war der Teufel auf allen vieren neben ihr.

»Wer ist das?« Dascha erlangte endlich ihre Sprache wieder.

»Du hast es doch gehört: Antschutka oder der schreckliche Gottseibeiuns!«, wieherte Mascha los.

»Und hast du das auch gesehen?« Aufgewühlt zeigte Dascha zum Himmel. »Das rote Feuer, und dann ...«

»Und dann bin ich nach unten geflogen, genau auf den Nikolajpark zu!« Mascha breitete die Arme wie Flügel aus.

»Ich bin zu einer Kirche geflogen. Na, es waren ja schließlich drei Feuer«, überlegte Tschub (das dritte war offensichtlich Katja zugedacht gewesen, die momentan allerdings kaum in der Lage war, zur Klärung dieser Frage beizutragen). »Meiner Meinung nach«, erwog sie unsicher, »müssen wir jetzt sofort dorthinfliegen – dorthin, wo wir ›ein rotes Feuer am Himmel erblickt‹ haben. Oder?« Fraglos versuchte Dascha ihren kurzfristigen Anfall von materialistischem Realismus wiedergutzumachen.

»Dann fliegen wir!«, stimmte Mascha unbekümmert zu. »Wo ist deine Kirche?«

»Keine Ahnung.«

»Wie sieht sie denn aus?«

»Sie hatte grüne Kuppeln. Und Kreuze drauf.«

Mascha lachte laut auf: genauso gut hätte Dascha sie bitten können, einen Menschen daran zu erkennen, dass er eine Nase, einen Mund und grüne Augen hatte!

»Das ist normal«, beruhigte die Markerschütternde sie. »Das hatte ich auch, als ich mal Fallschirm gesprungen bin. Ist besser als Coke.«

»Cola?!« Mascha konnte sich nicht mehr halten vor Lachen.

»Koks. Kokain«, erklärte Dascha. Diese selbstgefällige Anmerkung brachte sie sichtlich wieder zu sich. »Okay, zum Teufel mit der Kirche. Fahren wir los.«

»Ja, was soll ich mit der Kirche machen?«, fragte der Teufel hocherfreut.

»Nichts!« Dascha bewegte sich vorsichtshalber ein paar Schritte von ihm weg. »Aber hier, diese Tusse ...«

»Soll ich das edle Fräulein nach Hause bringen?«

»Kannst du das denn?«

»Aber natürlich! Ich weiß noch, wie ich mit dem Erzschelm ...«

»Aber«, wandte Mascha ein, die durch den Kokon ihrer beflügelten Kühnheit nun doch von einem schwachen Gewissensbiss gezwickt wurde. Die bewusstlose Katja in der Obhut des unverbürgten Leibhaftigen zu lassen, war schlichtweg unmöglich!

Doch andererseits: zögern, wenn der Himmel einen um Hilfe bittet und am Horizont das erste WIRKLICHE ABENTEUER lockt ...

»Ja, gut, wir überlassen sie dir«, entschied Dascha das moralische Dilemma, ohne auch nur eine Sekunde mütterliche Besorgnis um Jekaterina Dobrashanskaja zu empfinden. Im Augenblick quälte sie etwas ganz anderes: Ungeduld.

Bedenkenlos nahm sie Katjas Tasche und hängte sie sich über die Schulter.

»Wir brauchen doch Geld für das Taxi!«, wehrte sie Maschas ungläubigen Blick ab. »Komm schon. He, wir sind sie endlich los!«

Mascha zog hastig Katjas Jacke zu und befreite ihren Kragen aus ihren Fingern. Dabei entdeckte sie dort eine vom Hals geglittene Kette. Automatisch steckte sie sie in die Hosentasche.

»Gehen wir!« Dascha klemmte sich den rehabilitierten Besen unter den Arm und zog die zögerliche Mascha mit sich. »Wir müssen uns beeilen! Hör mal, Marussja, entschuldige, dass ich so über dich hergefallen bin. Ich hab's schon mal gesagt: Du bist ein Genie und ich eine dumme Trine. Okay?«

»Okay. Aber wenn du mich noch einmal Marussja, Musja oder Masja nennst...«, begehrte Mascha unerwartet auf.

»Ja, ist gut! Nie wieder, das schwöre ich bei meiner Mutter!«

Sie eilten die mit fünfarmigen Stalin'schen Leuchtern verzierte Treppe hinunter, an der noch ein Schild in russischer Sprache hing:

Gelände des Staatlichen Museums Kiew.

Im Zeitalter der Kiewer Rus befand sich hier das Zentrum des alten Kiew. Durch Dekret der Ukrainischen SSR wird dieses Gelände zum Landschaftsschutzgebiet erklärt ...

Sobald ihre Köpfe verschwunden waren, sog der Teufel mit den schwarzen Nüstern tief die Luft ein, verneigte sich ehrerbietig vor der reglosen Katja und begann hemmungslos, ihr die unbewegte Hand zu küssen. Außer Atem vor Verehrung brabbelte er vor sich hin: »Seid Ihr es? Meine holde Herrin! Ihr seid es!«

*

»Wo ist denn jetzt endlich eure Abschlussfeier?«, wunderte sich der Taxifahrer, der sie an der Andreaskirche erwartete.

»Die blöden Puten aus unserem Kurs verarschen uns wie die letzten Idiotinnen!«, log Dascha leichthin.

»Ihr wisst aber, wie viel schon auf der Anzeige ist?«, sagte er drohend. »Über hundert Griwna!«

»Keine Frage, wir zahlen alles!« Dascha besänftigte den Fahrer munter mit einem großzügigen Schein aus Katjas Tasche, komplett mit Trinkgeld. »Behalt den Rest. Nur beeil dich!«

Der Taxifahrer wurde wieder fröhlich. »Gut. Wohin jetzt?«

»Zum Bibikow-Boulevard«, erklärte Mascha nervös.

»Wohin?«

»Himmel, wie heißt... Zum Nikolajpark an der Universität, also, der Sankt-Wladimir-Universität. Der roten Universität!«

»Also zum Schewtschenko-Boulevard. Bist du nicht von hier?«

»Ich bin Kiewerin mit Leib und Seele!«

»Und dann weißt du nicht mal die Straßennamen?«

»Das Herz Kiews ist viel tiefer!«, fauchte Mascha, und jetzt bewegte sich das Taxi endlich von der Stelle und jagte die breite Wladimirstraße hinunter.

»Und wo habt ihr eure Freundin gelassen?«

Gott, dieser redselige Taxifahrer hatte ihnen gerade noch gefehlt!

»Ist das denn Ihre Sache?«, fuhr ihm Kowaljowa mit ungewohnter Schärfe über den Mund. Es war ihr unangenehm, dass sie nachgegeben und Katja im Stich gelassen hatte, aber das aufregende Abenteuer, das jede Sekunde näher rückte, lockte und verführte sie stärker und stärker.

»Sie hatte keine Lust mehr!«, ging Dascha auf den Fahrer los. »Und wir bald auch nicht! Geht's nicht schneller?«

»Wohin genau im Park?«, brummte er beleidigt.

Sie passierten bereits das gewaltige, hell erleuchtete Opernhaus. Und Mascha las im Vorbeifahren die Anzeigetafel über dem Haupteingang:

Dramatisches Ballett ›Der Dämon‹

In der Hauptrolle: Anatoli Chostikojew

»Zum Russischen Museum!«

Auf der Straße vor dem Staatlichen Museum für Russische Kunst war keine Menschenseele zu sehen. Falls man nicht den schmucken Ilja Repin mit seiner bronzenen Fliege zählte, der auf seinem granitenen Sockel ein Bein nach vorn ausstellte.

Das Taxi fuhr davon, und Mascha sah, wie der Fahrer sich noch einmal nach ihnen umdrehte. Denn zwei junge Damen, die sich nachts um halb eins mit dem Werk russischer Künstler des 13. bis 20. Jahrhunderts beschäftigen wollen, wecken begründeten Argwohn.

»Schau, hier ist die Wasnezow-Ausstellung.« Sie zeigte auf den verglasten Schaukasten, der ein Plakat mit den drei berühmten ›Recken‹ barg.

»Und was machen wir jetzt hier?« Flink sprang Dascha die Vortreppe hinauf und rüttelte entschlossen an der vergitterten, mit zwei Löwenköpfen verzierten Tür.

Aber die Tür rührte sich nicht. Und mit einem Blick auf das Schild *Gebäude ist ständig bewacht. Jede Beschädigung wird gesetzlich verfolgt* hüpfte Dascha sinnlos auf den Stufen herum, ohne zu wissen, was sie mit ihrer überschäumenden Energie anfangen sollte.

»Was soll das für ein Leben sein?«, beschwerte sie sich. »Lauter Rätsel und schlechte Scherze. Warum kann man das nicht auf normale Art gesagt kriegen? Immer muss man erst rumknobeln!«

»Vielleicht sollen wir in die Ausstellung gehen?«

Dascha schnitt eine wütende Grimasse. »Okay, dann gehen wir eben morgen hin!«

Doch sie brauchte nicht bis morgen zu warten.

Hinter den toten Fenstern des Erdgeschosses war plötzlich das aufschreckende Geräusch zersplitternden Glases zu hören. Und ehe Dascha sich besann, warf sie sich instinktiv auf das Fenster zu – das viel zu hoch war, um hineinzuspähen oder hinaufzuklettern –, sprang vor den Augen der erstarrten Mascha ab, schwebte durch die Luft und flog geradewegs ins Fenster hinein, wobei das Glas durch den Besenstiel zu Bruch ging, der sich auf unerklärliche Weise zwischen ihren Beinen befand.

Eine Sirene heulte los.

Dascha purzelte Hals über Kopf in den Ausstellungssaal und kam, ohne den Besen aus den zerschnittenen Händen zu lassen, wieder auf die Füße, unter denen das Fensterglas knirschte.

Von dem Saal führte eine Tür auf einen Korridor, und Dascha rannte ihn entlang, in jeden der zu beiden Seiten liegenden verlassenen Säle spähend, bis sie Sekunden später beim letzten angelangt war – an dessen hoher Stirnwand das gewaltige Bild ›Die Recken‹ hing.

Neben den ›Recken‹ stand eine hochgewachsene, dunkle Gestalt mit über dem Kopf erhobenem Messer und flüsterte etwas.

»... vernichte dich auf ewig, niemals aufzuerstehen, dich niemals wieder zu erheben aus ...« Das körperlose Flüstern brach ab.

Dascha schoss besenschwingend auf die verstummte Gestalt los, ohne sich einen Moment Zeit zum Nachdenken zu nehmen, denn dann wäre sie sicher zu dem Schluss gekommen, dass eine Holzstange (außer, man heißt Chuck Norris) eine alles andere als gute Verteidigung gegen ein geschickt geführtes Messer ist.

Aber erstaunlicherweise schien die Gestalt das anders zu sehen. Und während Dascha um die breite Holzbank in der Raummitte herumlief, sprang die dunkle Gestalt leicht darüber hinweg, stürzte durch die Tür zu den Diensträumen und verschwand als langer schwarzer Schatten darin. Dascha bemerkte nur noch, dass dieser Schatten schlank und gut gebaut war und seine dunklen Haare hinten zu einem Pferdeschwanz zusammengebunden waren.

Sie flitzte zu der Tür, die bereits von innen verschlossen wurde, und hämmerte sinnlos dagegen.

Die Sirene heulte, die ›Recken‹ inmitten ihrer zerschlagenen, in Trümmern liegenden Schutzverglasung riefen schmachvoll nach der Polizei.

Dascha rannte zum Fenster, kam wie durch ein Wunder sofort mit dem komplizierten Fensterschnäpper zurecht und plumpste als formloser Haufen Lumpen auf den Asphalt.

»Dascha!« Mascha eilte zu ihr hin.

»Schnell weg, die Polizei kommt«, keuchte die Einbrecherin.

»Das schaffen wir nicht«, schluchzte Mascha verzweifelt, während sie fieberhaft versuchte, Dascha hochzuziehen.

Wir sitzen in der Patsche, dachte Tschub. *Wie bescheuert ...*

»Dascha!«, schrie plötzlich Mascha und starrte mit weit geöffneten Augen nach oben.

Dascha folgte ihrem Blick und sah, wie der Besen, den sie auf dem Boden des Saales hatte liegen lassen, elegant durchs Fenster geschwebt kam.

*

Das Erstaunlichste daran war, dass nichts daran erstaunlich war.

Kaum saß Mascha seitlich vor Dascha auf dem Besenstiel wie auf der Stange eines Fahrrads und sah, wie die Erde langsam unter ihren Fußsohlen wegglitt, da erkannte sie verblüfft, dass das Gefühl des Fliegens ihr unbegreiflich vertraut war.

Früher, wenn sie zum x-ten Male in dem Kapitel versunken war, das dem wilden Himmelsritt der angebeteten Margarita Nikolajewna gewidmet war, hatte sie sich immer verschreckt gefragt: musste Fliegen nicht entsetzlich sein?

Doch nun, da sie aus zweihundert Metern Höhe auf die dunklen Hausdächer hinabsah, empfand sie nur friedvolle Ruhe, als habe sich endlich ihre ganze Welt zurechtgerückt, und das unergründliche Rätsel der Sphinx löse sich mit Hilfe eines einzigen, einsilbigen Wortes: *Der Mensch.*

Da wird dir, wenn deine Füße sich vom Asphalt lösen, wenn dein Körper sich nicht mehr schwer und unzulänglich anfühlt, sondern leicht und schwerelos wird, plötzlich klar: das hast du schon viele tausend Male gemacht. An diesem Glücksgefühl ist nichts Neues!

Es ist genau dasselbe Gefühl, wie im Traum zu fliegen und unbeschwert über der weit unten liegenden Stadt zu kreisen. Du kennst diese Dächer bereits, ebenso wie das Gefühl der Ruhe und der Geschmeidigkeit des Himmels.

Du wusstest nur nicht, dass es auch in Wirklichkeit existieren kann.

Hört ihr, ich fühle genau dasselbe wie ihr!, rief Mascha in Gedanken den Schlafenden unter den Dächern aus Schiefer, Metall und Ziegeln zu. *Nicht zufällig war eine der kleinlichen Fragen der Inquisition: »Und fliegt Ihr denn im Traume?« Hier ist der Beweis! Es ist möglich! Warum sonst sollten Tausende von Frauen über die Jahrhunderte hinweg ein und denselben Traum vom Fliegen gehabt haben?*

Mascha selbst aber brauchte keine Beweise mehr.

Sie flog.

*

Und Katja fiel. Aus einer Höhe jenseits der Himmel, die weder Beginn noch Ende hatte – so lange, dass sie sich nicht einmal mehr fürchten konnte und erwachte, ohne auf dem Boden aufgekommen zu sein.

Ihr Wecker bezeugte stumm den Anbruch des Morgens. Katja

lag in zerrissenem Hosenanzug und schmutzigen Schuhen im Bett, die Decke bis über die Ohren gezogen. In ihre Seite bohrte sich etwas Hartes. Sie richtete sich auf und zog aus der Hosentasche einen großen Schlüssel mit einem Katzenkopf.

Das Buch. Der Brand. Mascha. Dascha. Die Kahlen Berge. Die Ohnmacht.

Und dann hatten sie sie nach Hause geschleift und liegen gelassen wie ein Bündel dreckiger Wäsche, ohne sich auch nur die Mühe zu machen, ihr die Schuhe auszuziehen.

»Teufel noch mal!«, machte sie sich über alle Punkte zugleich Luft.

»Was befehlt Ihr, Herrin?«, meckerte eine unterwürfige Stimme.

Katja fuhr hoch, die Decke an die Brust gepresst.

Zur Schlafzimmertür sprang ein schwarzes, haariges, schmutziges Wesen herein.

Ein Einbrecher! Ein Wilder! Er ist nackt! Er will mir etwas antun!

»Komm nicht näher!«, schrie sie entsetzt, und nach dem Prinzip »Angriff ist die beste Verteidigung« warf sie sich selbst auf ihn und rammte die Faust mit voller Kraft in seinen hässlichen, haarigen Kopf.

Etwas knirschte, und der Schwarze wurde gegen die Wand geschleudert.

»Keine Bewegung!« Katja blieb am Türrahmen stehen, beide Fäuste unter dem Kinn geballt und auf ihren Gegner gerichtet.

In ihrem Kopf zuckte kurz der Gedanke auf, dass heute der Sechste war, der Tag des Wettkampfs im Club, und dass sie dort anrufen musste, damit man sie von der Liste strich – ihr war wirklich nicht danach.

Der Wilde regte sich.

Er gab ein Fiepen von sich, fasste Katja gekränkt ins Auge und spuckte kläglich einen ausgeschlagenen Zahn aus.

»Womit habe ich Euch erchürnt, Herring?«, murmelte er weinerlich und kroch näher.

»Weg, weg!«, kreischte sie, sprang aufs Bett und trat mit dem Fuß in seine Richtung.

»Wohing choll ich gehen, Herring?«, stöhnte der Verwundete verzweifelt. Er kroch auf allen vieren an ihr Bett heran und küsste demütig den Saum ihres Betttuchs, wobei er sie mit unterwürfigem, zu allem bereitem Gesichtsausdruck ansah.

»Zum Teufel mit dir!«, schrie sie hysterisch.

Der Schwarze setzte sich aufs Hinterteil und richtete ungläubig zwei riesige Augen auf sie.

»Ich ...«, er tippte sich verstört mit einer behaarten Pfote auf die Brust, »choll ...«, der schmutzige Finger beschrieb einen Halbkreis und stieß wieder mit der wolligen Brust zusammen, »chum Teufel gehen? Vercheiht, Herring, dach verchtehe ich nicht. Choll ich mich chelbcht ergrüngen?«

»Dann geh zu Teufels Großmutter!«, wimmerte Katerina.

»Ah!« Der Bepelzte schien erleichtert. »Ich choll chu meinger Grochmutter fliegeng. Gechäftlich? Oger eingfach auf Verwandtchaftchbechuch?«

»Hau ab!«

»Tchu Befehl!«, rief der Kerl glücklich und nahm die Position eines Läufers vor dem Tiefstart ein. Katja sah, dass über seinem behaarten Hintern ein ganz echt wirkender Schwanz mit einer schmutzigen Quaste am Ende hin- und herschwang.

»Halt!«, kommandierte sie unsicher. »Ich glaube, ich verstehe.«

Der Schwarze war nichts als eine weitere Attrappe von K. D.!

Die nackte Missgeburt mit dem Schwanz war selbst für einen Angehörigen einer ethnischen Minderheit überaus behaart. Zwar hatte Katja in ihrem nicht gerade einfachen Leben schon Männer mit behaarten Rücken, Fingern und sogar Ohren gesehen, aber jemanden wie den hier musste man zugegebenermaßen wohl im Raritätenkabinett suchen.

»Was bist du für einer?«, fragte sie barsch, obwohl sie die Antwort schon ahnte.

Das Scheusal sprang auf die Füße und machte eine lächerlich tiefe Verneigung.

»Der Teufel! Ich mache für die Hekchen gie Dreckcharbeit.«

»Warum dachte ich mir das nur schon?«, bemerkte Katja sarkastisch. »Komm mal mit …«

Würdevoll stieg sie vom Bett und schritt ins Wohnzimmer, wo in einem handgeschnitzten Schrank ihre Bücher standen. Katja zog ein ›Guinness-Buch der Rekorde‹ heraus, das sie einmal geschenkt bekommen hatte, fand darin das gesuchte Kapitel »Der menschliche Körper« und las triumphierend vor: »›Die behaarteste Frau der Welt, Julia Pastrana, war am ganzen Körper mit Haaren bedeckt, die Augen ausgenommen …‹ – ›In der Zeitschrift ›Scientific American‹ wurde ein zwölfjähriger Junge aus Thailand beschrieben, der einen 30 cm langen Schwanz hatte. In alten Büchern wird oft auf erwachsene Männer und Frauen mit Schwanz hingewiesen. In heutiger Zeit wird dergleichen sofort nach der Geburt entfernt.‹ Und übrigens: ›Wenn das Kind nieste oder hustete, ringelte oder wand sich der Schwanz.‹ Klar?«

»Ngeing.«

»Das, was man früher für Hexen und Teufel hielt, waren ganz gewöhnliche genetische Anomalien! Sag das deinem K. D.!«

»Aber ich bing ger Teufel!«, stammelte die genetische Anomalie hilflos (offensichtlich kam hier zu der physischen Missbildung auch noch eine klassische Schizophrenie). »Ich wurge Euch dreien chu Dienchten gegeben, bich eine von euch gie wahre Kiewitcha wird.«

»Eine von uns?«, fragte Dobrashanskaja unwillkürlich. »Und die anderen können dann wieder gehen?«

»Ja«, versicherte der Verrückte. Katjas Herz erzitterte in unerwarteter Hoffnung.

O weh, sie machte sich Illusionen.

»Aber auch meingen perchönlichen Ingformatchionchquellen weich ich, dach dach niemang anderch chein wird alch Ihr!«

»Oh, Teufel!«, fluchte Katja.

»Ich bing goch ga!«, fuhr das Wesen nervös zusammen.

»Warum, warum gerade ich?«, stöhnte Katja gequält.

»Weil Ihr die Bechte cheid!«, entgegnete er voll unverstellter Überzeugung.

Bedrückt lachte Katja auf: Das wusste sie auch von allein!

Doch seltsamerweise übte der selige Glaube dieses schlichten Gemüts (und folglich wohl auch seines anonymen Dienstherrn) an ihre Überlegenheit eine unerwartet ermutigende Wirkung auf sie aus.

Über die letzten vierundzwanzig Stunden war Katjas Selbstbewusstsein beängstigend ins Wanken geraten: Der in Klamotten vom Trödelmarkt gekleidete Blaustrumpf und die wirrköpfige Tänzerin – zwei Gestalten, die sie nie im Leben als vollwertige Menschen betrachtet hätte – waren in Wort und Tat permanent schneller gewesen als sie.

Während sie, die doch klüger, erfahrener und stärker war als diese zwei, unerklärlicherweise nur Fehler gemacht hatte, hysterisch geworden und in Ohnmacht gefallen war. Anders gesagt: sich so benommen hatte, dass die beiden allen Grund hatten, jetzt irgendwo in einer Küche zu sitzen und sich darüber lustig zu machen, wie hohl ihre vorgebliche Überlegenheit war.

»Das ist wahr, ich bin die Beste!«, herrschte Katja sie in Abwesenheit laut an. »Und zwar deshalb«, sie nahm die geistesgestörte Verirrung der Natur ins Visier, »weil ich einen Weg finden werde, aus diesem Spiel auszusteigen!«

»Aber meinge holge Herring«, lispelte der fehlgeleitete Möchtegernteufel erstickt, »wotchu auch dem Chpiel auchchteigen, weng Ihr doch gewonnen habt?«

»Gewonnen?« Sie lachte hysterisch auf. »Was denn? Ein geplatztes Geschäft? Ein verbranntes Büro?«

»Glaubt mir«, der Schwarze verbeugte sich noch tiefer und schaute sie mit Hundeaugen an, »weng Ihr die wahre Kiewitcha werdet, wergen Euch all dieche Probleme lächerlich ercheinen.«

»Tatsächlich?« Trotz seiner Angewohnheit, ihr dauernd zu widersprechen, klang in seiner Stimme solch unterwürfige Ehrerbietung vor ihrer Würde mit, dass Katja sich schlicht und einfach nicht über ihn ärgern konnte – lediglich über sich selbst, dass sie diese alberne Unterhaltung fortführte.

»Ech gibt einge Macht, die chtärker icht alch Geld ung Betchiehungen«, raunte der Zottige beinahe lüstern. »Wach wüncht Ihr Euch, holde Herring?«

»Dass du mich in Frieden lässt!« Erschöpft hob Katja die Augen zum Himmel. »Der Supermarkt ›Eko‹ soll zur Hölle fahren! Jemand soll das verfluchte Mastodon umbringen, die ganze Stadt soll zum Teufel gehen, ich will mein Handy abschalten, mir einen Badeanzug kaufen und in Urlaub fahren ... für immer!«

»O-o-o-o-oh!!!«, strahlte der Behaarte entzückt.

Und ohne sich aufzurichten, hopste er im Schweinsgalopp in den Flur, um in Sekundenschnelle wieder vor ihr zu erscheinen, ein ausgefranstes Stück Papier an die Brust gepresst.

Die Seite 104. Sie hatte sie auf dem Boden liegen lassen, erinnerte sich Katja.

»Oh, meinge holde Herring, dach Chickchal icht auf uncherer Cheite«, nuschelte er frohlockend und schwenkte das Blatt. »Wo liegt Euer Ekcho?«

»Dort, ganz in der Nähe«, sagte Katerina kraftlos und zeigte aus dem Fenster auf ein mit silbrigen Platten verkleidetes Gebäude, ein Stück entfernt. »Die haben es verdammt schnell gebaut, die Arschlöcher ...«

Gott, warum erzähle ich ihm das eigentlich?

»Man chieht ech von hier auch?« In der Stimme des Pseudoteufels schwang heilige Ekstase. »Dach Chickchal icht mit unch! Ech icht mit unch! Bitte!« Mit dem Blatt in der Hand verneigte sich die Missgeburt höflich Richtung Balkon. »Cheid cho gut und chtreckt den Arm danach auch, Herring!«

Katja wusste nicht warum, aber sie gehorchte.

Wie geheißen streckte sie den Arm aus, die Finger auf das silbrige, dreistöckige Haus gerichtet. Von hier aus wirkte es so klein und unbedeutend, dass es schien, als könne man es mit einer Hand ergreifen.

»Chtellt Euch vor«, zischelte der Schwarzpelz ihr aufgeregt ins Ohr, »ech wäre Eurech! Ung Ihr könntet ech packen ung von einem Ort an gen anderen chtellen, ech tcherbrechen, ech fallen lachen, ech weggeben. Dach icht chwierig ...«

Er irrte sich. Es war kein bisschen schwierig, und Katja spürte mit einem Mal voller Vergnügen jeden Muskel ihrer Hand, die

Kraft und schicksalhafte Bedeutung jedes ihrer Finger! Sie dachte nicht einmal mehr an die Lächerlichkeit dieser Szene, sondern geriet unwillkürlich in den Sog eines schwindelerregenden Glücks – des Gefühls, dass Macht in ihren Fingern pulsierte und sie in der Lage war, fremde Schicksale, Situationen, ja, selbst Leben mit einer Bewegung ihrer Finger zu vernichten.

»Auchgetcheichnet, meinge holge Herring!«, seufzte das Wesen entzückt. »Und jetcht chprecht mir nach: ›Mit der Macht meinger Hand ...‹«

»Mit der Macht meiner Hand ...«

»Und im Namen meinech Vaterch ...«

»Und im Namen meines Vaters ...«

»Vollbringe ich dach ...«

»Vollbringe ich das ...«

»Wach mein Wunch und Wille icht!«

Ohne nachzudenken echote Katja dumpf seine Worte, während ihr Verstand und ihre Gefühle weit über all dem schwebten und ihr Herz erregt, fast berauscht pochte. Es war, als stünde sie an der höchsten Stelle des Weltgebäudes und blickte stolz über das bescheidene Dasein des restlichen Universums hin.

»Und jetcht chliecht die Faucht! Gantch leicht. Und jetcht chtark!«, hörte sie ihn sagen und ballte mit aller Kraft die Finger.

Das Haus fiel in sich zusammen.

Katja öffnete den Mund.

Sie hörte keinerlei Geräusche – weder den Lärm des Einsturzes noch die Schreie von Passanten. Und der Vorgang übte auf sie keinen stärkeren Eindruck aus als der Tod einer leeren Streichholzschachtel unter dem Absatz eines achtlosen Fußgängers.

In ihr herrschte ein ruhiges, allem enthobenes Staunen und ... eine Erleichterung, die der Schwerelosigkeit nahekam.

»Ist auch niemand umgekommen?«, fragte sie aus dieser Unwirklichkeit heraus.

»O nein, ech icht füngf Uhr morgench, dach icht noch viel tchu früh«, antwortete der Teufel (ja, zum Teufel – der Teufel!). »Ech war wach gantch angeres, alch die Hauptpocht eingechtürtcht icht ...«

»Die Hauptpost? Aber wer …?«, fragte Katja ungläubig.

Der Teufel senkte bescheiden den Blick: »Wenn ich darum bitten dürfte, dach tchu verchieben. Fallch meine holde Herrin jetcht dach Machtodon umbringen will – im Buch der Macht chteht dach Retchept für eingen Unbechiegbarkeitchtrank.«

Katjas Miene verzog sich zu einem Lächeln, sie schloss die Augen und sank in einen Sessel. Sie konnte sich nicht erinnern, wann sie sich zum letzten Mal so unverschämt glücklich gefühlt hatte.

Vermutlich noch nie.

Zehn Jahre lang war Jekaterina Dobrashanskaja eine Zirkusartistin gewesen, die angestrengt versucht hatte, mit ausgebreiteten Armen auf den Fingerspitzen eine schwankende Pyramide aus Dutzenden von Bällen zu balancieren – Gewinne, Werbung, Kontakte, ihr Ansehen und Image … Und nun schaute sie zurückgelehnt, die Hände hinter dem Kopf verschränkt, seelenruhig zu, wie ihre unsichtbaren Bälle zu Boden plumpsten und unter Schränke und Tische rollten – überflüssig, vernachlässigbar, sinnlos.

Denn auf der Welt existierte eine Macht, die stärker war als Geld und Beziehungen.

Und diese Macht – eben die, um die Hitler vor siebzig Jahren ein Drittel seines Gebiets gegeben hätte – war in ihrem Besitz!

»Erlaubt, dach ich Euch eineng Rat gebe«, rief sich der Teufel in Erinnerung. »Weng Ihr die wahre Macht erlangen wollt, chagt Euren Freunginnen nicht, dach die Wahl bereitch getroffeng icht. Gebt nichtch preich, cheid liebenchwürdig tchu ihnen. Und dann pacht den richtigen Moment ab und nehmt dach Buch an Euch. Chie dürfen chich cheiner nicht bedienen, choncht …«

»Verstanden. Du brauchst nicht weiterzureden.«

Katja streckte sich zufrieden, kämpfte sich aus dem Sessel hoch und trat an ihre geliebte Schäferinnenuhr, die Viertel nach fünf anzeigte. Sie grinste. »Sie werden noch schlafen. Ihnen wird doch nichts Schlimmes zustoßen?«, erkundigte sie sich penibel mit einem Blick auf ihren schwarzen Sklaven. »Ich will nicht, dass Mascha …«

»Oh, überhaupt nichtch Chlimmech!«, versicherte ihr persönlicher Teufel ihr eilig. »Aucher dach chie verlieren, natürlich.«

Katja nickte und streichelte liebevoll die kleine Schäferin.

»Nein, es ist Ihre Pflicht, es mir zu versprechen!«, kreischte sie plötzlich unter fürchterlichen hysterischen Grimassen.

Und drehte sich um.

Ihr Zimmer war verschwunden.

Aus dem Tagebuch von X.

Mein Genius stößt mich hartnäckig auf die Idee, dass die Frau dem Manne überlegen ist. Und dass das im Zuge der Zivilisation untergegangene Matriarchat eine der verlorenen Wahrheiten ist.

Sowohl für ihre berühmte Intuition wie für die Tatsache, dass gerade sie stets als Hexe verschrien wurde – und gerade sie stets so begierig danach strebte, eine solche zu werden –, gibt es eine Erklärung: Die Frau wird der Natur immer näher sein. Denn wie die Erde selbst ist sie mit der Fähigkeit begabt, zu gebären.

Der Mann kann sich von der Erde losreißen. Er kann den Hunger nach Krieg durch den nach Macht, Geld, Ruhm ersetzen. Das Töten dadurch, dass er andere für sich töten lässt. Seinen Vermehrungsinstinkt durch Sex. Den Sex durch Sublimierung. Doch die Frau, selbst die verdorbenste oder intellektuellste, wird immer einen Teil der Großen Mutter in sich tragen – einen Teil ihrer unendlichen, vielgestaltigen Harmonie, ihrer kühlen Weisheit und zerstörenden Kraft. Und dieser Teil wird ihr stets ins Ohr flüstern: Du kannst Gewitter und Stürme heraufbeschwören, du kannst vergiften und um den Verstand bringen, und du kannst zum Heil deiner Nachkommenschaft töten, denn du bist ich.

Jede Frau ist Gott, schon allein deshalb, weil sie einen Teil der Unsterblichkeit in sich trägt …

Elftes Kapitel,

in dem Katja plötzlich erfährt, dass sie einen Ehemann hat

> ... mit wissenschaftlicher Nüchternheit erläuterte Prachow die Geschichte der Kyrillkirche, die von ihm aufs Neue »entdeckt« worden war. Die Legende, von der diese Geschichte umsponnen ist, widerlegte er gänzlich, wessen er sich außerordentlich rühmte.
>
> *D. Kogan, ›M. A. Wrubel‹*

Katja stand in einem Arbeitszimmer mit Bildern von Schischkin, Kuindshi und Kramskoj an den Wänden. Hinter einem massiven, mit Grundrisszeichnungen, Skizzen, Fotografien und Chromolithografien übersäten Schreibtisch saß ein Mann mit breiter Nase und einem buschigen Vollbart, der eine runde Professorenbrille und eine samtene Hausjacke trug. Er träufelte besorgt eine Flüssigkeit aus einer gelblichen Arzneiflasche in ein Glas.

»Mein Engel, beruhige dich! Das sieht dir gar nicht ähnlich. Nimm die Baldriantropfen«, sagte er.

Zu ihr?!

Katja sah sich hilfesuchend um. In ihre Augen brannten sich die exquisiten Namenszüge unter den Gemälden.

Das waren Originale! Wie waren sie hierhergelangt? Wo war sie?

Um sie herum standen unbekannte Möbel, Gegenstände und Bücher. Allein die vielgeliebte Schäferin stand gelassen auf ihrem Platz und lächelte gleichmütig ihr süßes Lächeln.

Der Mann kam zu ihr und brachte den angenehmen Duft nach Baldrian mit. »Deine Nerven sind überreizt ... Liebste, ich verstehe einfach nicht ...«

»Wer sind Sie?«, wollte Katja rufen, die noch weniger verstand als er. Doch stattdessen stieß sie ein so scheußliches, schrilles Gebrüll aus, dass sie vor sich selbst zurückschreckte. »Wagen Sie es nicht, mich zu behandeln wie ein Kind! Sie haben es in den Kyrillischen gefunden! Sie haben nicht das Recht, es zu behalten! Ich fordere nachdrücklich –«

»Mein Herz, das sind Märchen«, erklärte der Bebrillte erschrocken mit beschwichtigender Stimme und hielt ihr vorsichtig das Glas hin. »Ich habe alles, was mit der Kyrillkirche und den Höhlen darunter zu tun hat, bis in die kleinsten Einzelheiten ergründet. Ich habe Kiew dieses Gotteshaus neu geschenkt und kann dir aufgrund meiner Forschungen stichhaltig beweisen …«

Er ist also wirklich ein Wissenschaftler! Ich muss –

»Wenn Sie mir nicht auf der Stelle versprechen, es in die Lawra zu bringen, werde ich Sie verlassen! Und zwar umgehend!«, führte Katja ein alles andere als wissenschaftliches, darum aber nicht weniger stichhaltiges Argument an.

»Beruhige dich, mein Herz, es ist ja gut«, gab der Gelehrte bestürzt nach – sein Blick war so fassungslos, als traue er den eigenen Augen und Ohren nicht.

»Geben Sie sofort Anweisung, es nach Maria Entschlafen zu bringen!«, befahl ihm Katerina anmaßend.

Und erkannte an diesem kurzen Satz, dass sie mit dem ahnungslosen Gelehrten spielte wie eine Katze mit einer Maus – denn darin schwang imperialer Despotismus und eine unbegreifliche, geheime Schadenfreude mit.

»Selbstverständlich werde ich tun, was du verlangst, Geliebte, wenn das so wichtig für dich ist. Aber ich verstehe einfach nicht!«, rief der Professor verzweifelt. »In den fast zwanzig Jahren unserer Ehe …«

Dann ist das mein Mann? Ich werde verrückt! Fahrig griff sich Katja an die Stirn.

In dem Studierzimmer wurde es unterträglich stickig.

Ihr vollbärtiger Gatte in der Samtjacke, sein Professorenschreibtisch mit den Zeichnungen und die Wände mit Schischkin und Kuindshi glitten heimtückisch irgendwohin nach links.

»Sie haben Demitri Wladislawowitsch hergebeten«, kam von dort eine Mädchenstimme.

Katja drehte ihren davontreibenden Kopf, konnte aber nur einen sorgfältig frisierten blonden Scheitel und darunter einen länglichen, dunklen Fleck erkennen. Der Fleck beugte sich zu ihr herunter und sprach: »Geben Sie mir Ihre Hand, teuerste Emilia Lwowna!«

Katjas zerfließende Hand wurde von einer gepflegten Männerhand umfasst. Den Ringfinger zierte ein silberner Ring mit hellem blauem Stein. Doch der Ring gab Katja keinen Halt – unversehens drehte sich ihr Magen um, alles schwankte, sie wurde unaufhaltsam nach unten gezogen. Der Boden warf sich ihr entgegen und traf sie hart. Dann war Stille.

»Meinge holge Herring!«, hörte sie ein besorgtes, unterwürfig näselndes Stimmchen. »Gleich geht ech Euch becher!«

Mit Mühe hob Katja die Lider, die an den Augen festzukleben schienen, und erblickte erleichtert an der Decke ihren heimischen Bronzelüster. »Ich habe geträumt ...«, sagte sie, noch zitternd von dem gnadenlosen Ende der Vision und betäubt von dem Zusammenprall mit dem Boden.

»Bitte chich nicht auftchuregen, meinge holge Herring«, nuschelte der Teufel beflissen. »Dach kann pachieren. Bei übergrochem Enttchug innerer Engergie ... Vor allem beim erchten Mal ... Ech geht Euch gleich becher! Glaubt mir!«

»Hör zu«, sagte Katerina Dobrashanskaja streng und rieb sich den benebelten Kopf. »Ich glaube, ich habe vergessen, dich das Wichtigste zu fragen. Wer ist dein K. D. überhaupt?«

»Meing K. D.?«, hakte der Teufel entzückt nach.

Und in seiner vor Verzückung bebenden Stimme klang nur mühsam zurückgehaltener, leidenschaftlicher und zutiefst untertäniger Jubel mit: »Aber meinge holde Herring, K. D. – dach cheid Ihr!«

*

Die Morgendämmerung des sechsten Juli fand Mascha Kowaljowa auf der Plattform des geländerlosen Balkons sitzend (auf dem sie gestern Nacht mit Dascha gelandet war, ohne sich die Mühe zu machen, über die Treppe zu gehen), wo sie mit angezogenen Knien fröstelnd, aber wie verzaubert in den heller werdenden Himmel des ersten Tages ihres neuen Lebens blickte.

Der gestrige Tag war nur ein chaotischer erster Entwurf mit vielen Streichungen und Fehlern gewesen. Der heutige erglühte über *ihrem* Kiew, der Goldgekrönten, der Stadt der Wolken und Berge, der alten Hauptstadt des Glaubens und Herrscherin über die Rus, der ewigen, schrecklichen und heiligen Stadt, die sie, die doch hier geboren war und ihr ganzes unbedeutendes Dasein hier verlebt hatte, jetzt zum ersten Mal wirklich sah.

Ihr bisheriges Kiew hatte nur in ihren Träumen existiert, ein totes Kiew aus Büchern und Vorlesungen, mechanisch auswendig gelernt und längst nicht mehr real. Während das lebendige Kiew sich auf wenige Momentaufnahmen beschränkt hatte: der Hof ihres Elternhauses und der zugemüllte Kadettenhain, Haltestellen, gepflastert mit dem, was achtlose Fußgänger ausspuckten, betriebsame Lebensmittelgeschäfte, Bibliotheken, Museen, die Hochschule …

Und plötzlich platzte die Stadt in ihr Leben, erfüllte es bis an den Rand, und die oberflächlichen Geschichten aus den Lehrbüchern, die Sagen und Legenden erhielten mit einem Mal die Tiefe, die Weite, den Duft echter Berge, Straßen und Häuser. Die Vergangenheit, entfernt wie ein altersschwaches Märchen, und die Fragmente der tagtäglichen Gegenwart fügten sich zu einem vollständigen, unteilbaren Ganzen zusammen – auf ewig. Ebenso wie die Bezeichnung Jaroslawswall für Mascha nun einen uralten, bedeutenden und ewigen Sinn annahm.

Hier (das wusste sie schon seit dem ersten Studienjahr!) hatte vom Goldenen Tor aus ein hoher Wall die Stadt umgeben, um sie vor Feinden zu schützen. Und möglicherweise hatte auf genau dem Platz, wo sie nun saß, vor tausend Jahren ihre Ur-Ur-Ur-Ur-Ur-Urahnin gesessen …

Ruhm dir, Holde Kiewiza!

Die Kraft sei mit dir, wenn du heute wie in jeder anderen Nacht auf dem Berge stehst, der die Stadt hervorgebracht hat, ein rotes Feuer am Himmel erblickst und dorthin fliegst, um aufzuhalten, was die Wahrheit vernichten mag.

Und Weisheit sei mit dir, wenn du zum ersten Festtag des Jahres dein Gericht über die Ewigkeit hältst, die den Augen der Blinden unsichtbar bleibt.

Bedenke stets: Kiew hat ebenso Macht über dich wie du über es! Höre auf Seine Stimme und ängstige dich vor nichts, denn deine Stadt wird dich immer beschützen, wie auch du sie hütest und schützt.

Du bist ihr Gesetz, doch auch dir sind Gesetze gegeben, denn wer an der Grenze zwischen Finsternis und Licht steht, vermag weder dem Lichte noch der Finsternis ganz anzugehören …

Mascha zog die von der Morgenkühle spitzen Schultern zusammen, kehrte ins Zimmer zurück und streichelte das dunkle, ledergebundene Buch.

Dascha schlief auf dem Sofa, die Nase in den weichen Hals von Isis Puschel vergraben – das Schnäuzchen der Katze ruhte auf Daschas Wange, und die beiden Vorderpfoten umarmten auf sehr menschliche Weise Daschas Hals. Es war ein höchst idyllischer Anblick. Die ernste Belladonna strich mit einem Seitenblick auf ihre schlaflose Herrin schweigend an den Kanten der Bücherborde entlang. Mascha legte den Kopf schief, erstaunt, wie sich die Katze auf diesen schmalen Pfaden halten konnte. Diese bemerkte ihren Blick und begann, zierlich und langsam den Hals an den Buchrücken zu reiben.

Kowaljowa seufzte und musterte zum wiederholten Mal das Zimmer auf der Suche nach der Antwort auf die Frage, die ihr den Schlaf geraubt hatte. Und blinzelte. Ihr schien, als hätten die Waagschalen in der Hand der himmelblauen Byzantinerin über dem Kamin ihre Position geändert – seit dem gestrigen Tag hatte sich die linke Schale noch weiter gesenkt …

Es polterte.

»Was denn?«, brummte Dascha schläfrig. »Wie viel Uhr isses?«

Belladonna sah von ihrem Regalbrett unerschütterlich auf die von ihr hinuntergestoßenen Bücher hinab. Mascha warf einen Blick auf ihre Armbanduhr. Die alte, verlässliche »Tschajka« zeigte Viertel nach sechs an.

»Bald halb sieben.« Sorgfältig hob Mascha die heruntergefallenen Bücher auf. Zuoberst lagen zwei Kunstbände. »Wrubel. Und Wasnezow! Das trifft sich ja hervorragend.«

»Pff, es ist ja noch mitten in der Nacht! Warum schläfst du nicht?«, beklagte sich Dascha Tschub.

»Dascha, ich weiß, was wir sind – wir sind keine Hexen. Wir sind Beschützerinnen Kiews! Ungefähr so wie die drei Recken.«

»Ach, und heißt das, dass wir ab jetzt überhaupt nicht mehr schlafen dürfen?«, brummte Dascha zornig.

»Nein, verstehst du«, sagte die neuerklärte Beschützerin, »ich frage mich die ganze Zeit, wer wohl einen Grund hätte, dieses Bild zu zerstören!« Sie betrachtete forschend den Einband des Wasnezow-Buches mit den von Dascha geretteten ›Recken‹ auf ihren drei unterschiedlichen Pferden, einem schwarzen, einem weißen und einem roten ... Ganz genau wie ihre Katzen!

»Was weiß ich!«, rief Dascha verärgert und vergrub den Kopf im Kissen. »Wenn sie es hätten klauen wollen, das hätt ich kapiert – es ist ja sicher unendlich viel wert. Aber so? Welcher Schwachkopf hat was gegen die ›Drei Recken‹? Und was hat Wasnezow mit uns zu tun? Er ist doch überhaupt Russe und hängt in der Tretjakow-Galerie in Moskau.«

»Nun ...« Mascha suchte ihre halb vergessenen Kenntnisse aus dem Prüfungsbogen Nr. 14, »Kultur der Ukraine Ende des 19. bis Anfang des 20. Jahrhunderts«, heraus. »Wasnezow hat zehn Jahre lang in Kiew gelebt, in der Wladimirstraße 28. Er hat unsere Wladimirkirche ausgemalt, die schönste Kirche der Welt. Schau!« Begeistert zeigte sie Daschas gleichgültigem Hinterkopf die Reproduktion ihres Lieblingsmotivs. »Da ist Fürst Wladimir!«

»Swjatoslawowitsch?«, vergewisserte sich Daschas Hinterkopf missmutig.

»Ja, der Sohn von Swjatoslaw Igorjewitsch und Enkel von Fürstin Olga. Und hier in Kiew hat Wasnezow auch an zwei seiner bekanntesten Bilder gearbeitet: ›Iwan-Zarewitsch auf dem grauen Wolf‹ und ›Drei Recken‹. Und erst danach wurden die ›Recken‹ von Tretjakow gekauft und nach Moskau gebracht ...«

Daschas verwuschelter Kopf tauchte blitzschnell aus dem Kissen auf. »Und kaum ist das Bild wieder in Kiew, versucht jemand, es zu vernichten!«

Ihrer warmen Ruhebank beraubt, sprang Puschel beleidigt vom Sofa. Im nächsten Moment kehrte sie noch einmal zurück und beschnupperte Daschas Gesicht: War sie's oder nicht?

»Na, hast du Hunger, Mieze?«, riet Dascha. »Was denkst du«, wandte sie sich wieder an Mascha, »haben schon Läden offen? Ich brauch unbedingt was in den Magen, sonst sterbe ich sofort und auf der Stelle. Ach, erinnerst du dich, wie wir gestern geflogen sind? Das war ein Ding!«

»Ich blättere schon die ganze Zeit das Buch durch«, versuchte Mascha die Rede wieder auf das Reckenproblem zu bringen. »Ich dachte, da steht vielleicht was Brauchbares. Aber da steht so unendlich viel!« Die Studentin bedachte das Buch mit einem zärtlichen Blick. »Und in den ersten Kapiteln geht es nur um Zauberformeln und Tränke. Da ist sogar«, sie kicherte verschämt, »eine Methode, wie man sofort rauskriegen kann, ob jemand schwanger ist – gleich nach ...«

»Nach dem Sex?« Daschas Interesse war geweckt. »Wie denn?«

»Da steht, dass die Kiewiza einer Frau nur tief in die Augen schauen muss, dann sieht sie in der Tiefe den Funken des neuen Lebens. Poetisch, nicht?«

»Nicht schlecht. Sag, ist da auch was, um einen Schwulen zu verführen?«

»Weiß ich nicht«, sagte Mascha verwundert. »Aber es gibt generell eine ganze Menge Anziehungsmittel. Im Sinne von: einen Menschen zu sich ziehen.«

»Genau das brauche ich!« Dascha setzte sich mit einem Ruck auf und machte sich auf die Suche nach ihren im Raum verteilten Stiefeln. »Man muss ja nicht nur den anderen helfen, sondern auch sich selber.«

»Aber mir scheint«, meinte Mascha zweifelnd, »wir sollten diese Zauberei nicht missbrauchen. Und jemanden gegen seinen Willen zu verführen ...«

»He, komm«, schlug Dascha listig vor, »lass uns zuerst was

ganz Wohltätiges tun, damit das Gleichgewicht gewahrt ist, und dann kann ich ruhig was Böses machen!« Beim Anblick von Maschas skeptischer Miene begehrte sie auf: »Oh, Musja, was bist du nur für 'n Korinthenkacker! Ach, sorry: Marija-Korinthenkacker! Pssst …« Sie horchte auf. »Scheint, als käm unser Hausmonster zurück. Die schläft wohl auch nie. Ach, womit hab ich so zwei verdient?«

Aus dem Flur hörte man das Kratzen eines Schlüssels im Schlüsselloch und dann das Öffnen der Tür.

»Jetzt macht sie uns wieder die Hölle heiß«, prophezeite Dascha. »Und wir erzählen ihr als Rache, wie wir gestern geflogen sind. Da wird sie sich in die Hose machen!« In der Vorfreude auf ihren unbeschränkten Triumph verzog sich der Mund der Markerschütternden zu einem breiten Grinsen.

In das Zimmer schwebte Katja mit drei Flaschen Cola und einer dicken Tüte voller Fastfood unter dem Arm. Ihr Anblick war absolut spektakulär: Sie lächelte!

»Salve!«, grüßte sie.

»Hallo …« Daschas Lippen verloren ihre Spannung. »Ist das für uns? Das … du bist ja ein Mensch! Und wo ist deine Brille?«

»Die brauche ich gar nicht«, erklärte Katja fröhlich. »Die Gläser hatten keine Stärke.«

Dascha konnte es nicht fassen. »Was, du hast dich absichtlich hässlich gemacht?«

Katja lachte übermütig los.

Dascha schüttelte verständnislos ihre Zöpfe. *Wie ausgewechselt! Oder ist sie gestern so stark auf den Kopf geknallt?*

»Wie geht's dir heute – besser?«, versuchte sich die Markerschütternde in Liebenswürdigkeit, während sie gierig die Tüte aufriss und sich Katjas Cheeseburger in den Mund stopfte.

»Alles okay.« Das »okay« hatte sich Katja zweifellos bei ihr abgeguckt. »Mein Auto ist repariert! Meine Konkurrenz ist ausgeschaltet! Und weil das Büro abgebrannt ist, brauche ich nicht zur Arbeit zu gehen. Ich hab sowieso nicht vor, da jemals noch mal hinzugehen!«

Ganz klar, sagte sich Tschub, *Gehirnerschütterung.*

»Nur hab ich allen möglichen Schwachsinn geträumt«, beendete die Durchgeschüttelte nachdenklich ihren Monolog, was Daschas Vermutung nachdrücklich bekräftigte.

»In dem Buch steht: Alle Träume von Kiewizen sind Wahrträume«, präsentierte Mascha ihr neu erworbenes Wissen.

»Alle?« Katja wurde seltsam ernst. (Immerhin, gestern noch hätte sie eine solche Bemerkung wie eine lästige Fliege abgeschüttelt.)

»Dann teil doch deine Träume mit uns«, schlug Dascha höflich vor.

»Zuerst«, begann die Umgedrehte – allein an Mascha gewandt, als hoffe sie, diese könne ihr die rätselhaften Visionen auf der Stelle entschlüsseln, »habe ich geträumt, ich sei auf unserem Berg, den Altkiewer. Und ein vollbärtiger bäurischer Kerl bringt mich zu dem daneben. Und nennt mich Hexe, und ›Marinka‹ – keine Ahnung warum. Und mir kam es vor, als hätte er mich mit einer anderen Frau betrogen, und ich war wütend … Nur war das irgendwann im Mittelalter, vor tausend Jahren vielleicht.« Katja versank in nachdenkliches Schweigen. »Und später dann war da ein anderer Mann, ein Wissenschaftler, der anscheinend irgendwas gefunden hatte. Und ich war seine Frau und bestand darauf, dass mein Mann dieses Ding in die Kiewer Lawra bringt. Und dann war ein anderer Mann bei uns zu Gast. Ich weiß nicht, wer er ist – ich habe ihn nur einmal gesehen, im ›Zentrum für Altkiewer Hexenkunst‹. Und seine Gestalt war undeutlich, ich hab ihn nur an seinem Ring erkannt.«

»Hm, vielleicht warst du ja schon in deinen früheren Leben eine Hexe?«, zog Mascha einen sehr buddhistischen Schluss, dachte eine Sekunde lang nach und eilte dann in den Flur hinaus, um ihren Rucksack zu holen.

Dascha zog vollkommen andere Schlüsse aus dem Gesagten. »Ein Typ aus dem ›Zentrum‹? Und der Ring hatte einen blauen Stein? Warum träumst du denn von ihm? Hat er dir etwa gefallen?«

»Was heißt hier gefallen? Es war ein ganz ansehnlicher Blonder«, gab Katja gleichmütig zurück.

»Er war rothaarig!«, widersprach Dascha, erbost, dass jemand anders es wagen konnte, von ihrem möglichen Zukünftigen zu träumen.

»Rotblond, blond – das macht doch keinen Unterschied.« Katja lächelte versöhnlich.

Indessen kam Mascha mit Daschas Großvater in der Hand wieder zurück. »Hm, nein. Hier steht, dass die Seele einer Hexe als schwarze Katze aus ihr entflieht und geradewegs in die Hölle fährt.«

»Gib Großpapa mal her!«, befahl Dascha, erfreut über den Neuankömmling. »Na, das ist ja stark! ›Die Seele einer Hexe entschwebt als schwarze Katze. Das Herz einer Hexe ist eine Kröte. Hexen können kein Gotteshaus betreten. Eine Hexe kann nicht über eine Türschwelle gehen, über der ein umgedrehter Reisigbesen hängt. Dämonen sind einer Hexe wie Hunde bis zum Tode ergeben ...‹«

»Ach, wirklich?« Katja verzog das Gesicht, unsicher, was sie von dieser zwiespältigen Information halten sollte. »Na, erzählt mal lieber, wie es gestern Nacht noch weitergegangen ist.« Fragend musterte sie Daschas mit Pflastern verzierte Gliedmaßen.

»Natürlich!«, rief Mascha. »Das ist ja die Hauptsache! Am Himmel sind drei rote Feuer erglüht. Und dann haben wir verschiedene Dinge gesehen ...«

»Ich auch«, nickte Katja. »Eine Kirche.«

»Mit grünen Kuppeln?«, fragte Tschub hoffnungsvoll.

»Nein, mit hellblauen. Und goldenen Sternen drauf.«

»Mit Sternen ist hier nur das Wydubizker Kloster bemalt.« Unschlüssig legte Mascha diese Information beiseite, bis sich klärte, was damit anzufangen war. »Ich habe das Museum für Russische Kunst gesehen. Und wir waren gestern noch in der Wasnezow-Ausstellung. Das heißt, Dascha«, berichtigte sie.

»Ja. Und da war ein Verrückter«, nahm diese den Faden auf, »der ein Bild zerschneiden wollte. Aber ich hab ihn daran gehindert! Das war ganz schön krass ... Und dann sind wir geflogen! Über Kiew! Auf dem Besen!«

»Ihr wart in der Wasnezow-Ausstellung?«, fragte Katja ungläubig (anstatt sich zu ihrem magischen Rundflug zu äußern!). »Wisst ihr, wer die organisiert hat? Der Mann mit dem Ring! Das habe ich vorgestern im Fernsehen gesehen. Unglaublich – noch so ein Zufall! Und welches Bild?«

»Die ›Drei Recken‹.« Dascha war hingerissen: was für ein Zufall, wirklich! Wie sich ihr Kavalier freuen würde, wenn er erfuhr, dass gerade sie das Meisterwerk in seiner Obhut gerettet hatte!

Um Daschas Antwort zu illustrieren, reichte Mascha Katja den Bildband. Die betrachtete das Trio auf dem Umschlag und öffnete mechanisch das Buch.

»Aber das ist er!«, schrie sie unerwartet auf.

Dascha erschrak. »Der Typ aus dem ›Zentrum‹?«

»Nein, mein Mann – der Wissenschaftler!«

Auf der Stelle waren Dascha und Mascha links und rechts von ihr und betrachteten das schwarz-weiße Gruppenfoto, auf dem in einem massiven Sessel mit hoher, von Schnitzwerk gekrönter Lehne der Mann mit dem hellen Bart und den vollen Lippen saß, auf den Katjas Finger zeigte.

»Professor Prachow?«, sagte Mascha unwillkürlich. »Er war Mitglied der Kommission für den Bau der Wladimirkathedrale. Auf seine Einladung hin kam Wasnezow nach Kiew, um sie auszumalen. Das hat bestimmt irgendeine Bedeutung! Wir retten heute Nacht ein Bild von Wasnezow, und zugleich träumst du von seinem Arbeitgeber – das ist kein Zufall! Bitte versuch dich noch mal genau an alles zu erinnern. Zuerst bringt dich jemand auf einen Berg neben dem Altkiewer Berg ... Auf welchen, den Schlossberg oder die Djetniza?«

»Woher soll ich das wissen?«, schnaubte Katerina freundschaftlich. »Ich bin mit diesen ganzen Bergen nicht persönlich bekannt. Auf dem Berg steht heute die Andreaskirche, und im Traum stand da nur ein Kreuz.«

»Das Kreuz von Andreas dem Erstberufenen?«, rief Mascha so aufgeregt, dass ihre beiden Assistentinnen einen Schritt zurücktraten. »Dann ist es also wahr! Und alle haben über Lochwizki gelacht!«

Dascha starrte sie an. »Über wen?«

»Dem Chronisten Nestor zufolge«, holte Kowaljowa unerwartet weit aus, »kam im ersten Jahrhundert unserer Zeitrechnung der Apostel Andreas nach Kiew, errichtete hier ein Kreuz und sagte: ›Seht ihr diese Berge? Auf diesen Bergen liegt der Segen Gottes. Eine mächtige Stadt wird hier erstehen, und viele Häuser wird man dem Herrn erbauen.‹ Und all das ist in Erfüllung gegangen! Trotzdem ist der Wahrheitsgehalt der Legende immer noch strittig. Aber wenn man sie als Tatsache beweisen könnte, wäre unsere Kirche die apostolische und erste, sie wäre noch vor der des Apostels Petrus gegründet worden!«

»Und das wäre cool?«, fragte Tschuh, die dieser intellektuelle Höhenflug nervös machte.

»Vom Standpunkt des Tourismus aus sehr cool«, bestätigte Katja. »Nur kann das niemand jemals beweisen, weil es keine archäologischen Funde gibt.«

»Doch!«, rief Mascha. »Im Jahre 1832 haben der Archäologe Lochwizki und der Metropolit Jewgeni zwischen der Andreaskirche und der Dreiheiligenkirche Ausgrabungen vorgenommen und ein Stück Kiefernholz gefunden, das ihrer Meinung nach ein Überbleibsel ebendieses ersten Andreaskreuzes war.«

»Mein Kreuz war aus Eisen«, widersprach Katja betrübt. »Und es stand nicht irgendwo dazwischen, sondern ziemlich genau auf dem Platz, wo heute die Andreaskirche steht.«

»Tja, war wohl nix mit Lochwizkis Loch«, grinste Dascha.

Auf Maschas Enthusiasmus hatte das keine Auswirkung. »Das heißt, es muss vor 1215 gewesen sein, weil da Fürst Mstislaw dort die Kreuzerhöhungskirche bauen ließ.«

»Wahrscheinlich«, stimmte Katja zu. »Der Mann, der mich davonschleppte, hatte ein Kettenhemd an, etwa so wie diese Ritter.«

»Und was wollte er von dir?«

»Keine Ahnung! Er sagte: ›Beschmutze das Heilige nicht, sag, ob es das ist oder nicht.‹ Aber was ›es‹ ist, dieses Heilige ...«

»Der heilige Berg!«, verkündete Mascha pathetisch.

»Was hattest du vor, draufpinkeln?«, kicherte Dascha.

»Und dann«, setzte Mascha fort, noch immer in vollem

Schwung, »hat dein Mann, Professor Prachow, irgendwas gefunden und es dem Höhlenkloster geschenkt? Und was war das?«

»Woher soll ich das wissen?« Katja war kaum weniger daran interessiert als Mascha, Sinn in ihre seltsamen Ausflüge in die Vergangenheit zu bringen, aber ihr schien es, als behandle die Geschichtsstudentin ihre Visionen viel zu akademisch.

»Na gut«, sagte die Historikerin, ohne ganz aufzugeben. »Wo hat er es gefunden?«

»Ich glaube«, die gewesene Professorenfrau dachte gründlich nach, »ich habe etwas von den Kyrillischen Höhlen geschrien.«

»Die Höhlen unter der Kyrillkirche?«, rief Mascha erfreut. »Das kann stimmen! Prachow leitete den Wiederaufbau der Kirche. Aber das ist ...«

»Das ist dort, wo die Satanisten das Mädchen umgebracht haben«, beendete Dascha den Satz.

»Und er arbeitet im Trupp meines Vaters!«

»Wer – Prachow?« Langsam kam auch Katja nicht mehr mit.

»Der Junge mit dem Ring! Warum hab ich nicht gleich daran gedacht.« Mascha schlug sich mit der Hand an die Stirn. »Er war schon bei der ersten Überschwemmung dabei!«

»Aber das ist doch unmöglich, dass er zugleich Arbeiter und Ausstellungsorganisator ist«, zweifelte Katja.

»Mit deinem Vater?«, sagte Dascha erstickt. »Dann kennst du ihn? Gut? Schon lange?«

»Papa weiß sicher, wie man ihn erreichen kann.« Mascha stürzte zu dem altehrwürdigen Telefon. »Ach du liebe Güte!« Plötzlich fiel ihr etwas ein. »Ich war heute Nacht gar nicht zu Hause!« Mit dem Telefonhörer in der Hand stand sie erstarrt da und versuchte zu begreifen, wie sie, die noch nie nach den festgelegten 23 Uhr nach Hause gekommen war, hatte vergessen können, dass der Mensch im Prinzip die merkwürdige Gewohnheit hat, abends in sein Heim zurückzukehren.

»Sag ihnen doch, dass du wo eingeladen warst und plötzlich fürchterliches Kopfweh gekriegt hast, so dass du dich aufs Sofa gelegt und überhaupt nicht gemerkt hast, wie du eingeschlafen bist. Oder sag, dass du es versucht hast, aber die Verbindung nie richtig funktioniert hat. Oder dass bei mir auf dem Dorf mein Opa gestorben ist und du mich nicht alleinlassen wolltest. Und dort kann man nur auf der Post telefonieren, und die hatte schon zu. Opa ist es ja sowieso egal«, lieferte Dascha ihr aus dem Stand drei rettende Ausreden.

Mascha schüttelte mutlos den Kopf und wählte die Nummer. »Ich bin's, Mama …«

»Hurenstück!«, drang augenblicklich ein strapaziertes Organ im Ton akuter Hysterie zu den unfreiwilligen Zuhörerinnen herüber. »Bist du völlig außer Rand und Band? Weißt du, dass wegen dir … dein Vater … Und du …«

»Mama!«, rief Mascha entsetzt und lauschte benommen. Dann drückte sie auf die schwarze Gabel und schaute mit flachen, glasigen Augen durch die beiden anderen hindurch.

»Ach, lass sie doch schwätzen«, sagte Dascha mitfühlend.

»Mein Vater wurde wegen Mordes verhaftet«, sagte Mascha erstickt. »Das darf nicht wahr sein. Ich muss nach Hause.«

»Ich komme mit!«, rief die Markerschütternde.

»Nein.«

»Gena kann dich fahren. Das Auto steht vor dem Eingang«, schlug Katja schnell vor.

Dascha hängte sich an Maschas Ärmel. »Ruf aber bitte an. Versprich, dass du in einer Stunde anrufst!«

Mascha nickte gedankenverloren – nicht zu Dascha hin, sondern in Richtung des schwarzen Telefonhörers, an dessen Rücken ein Fetzen Papier mit der hiesigen Nummer klebte.

»Denk daran«, sagte Katja nachdrücklich, »dass du Freunde hast. Selbst wenn dein Vater wirklich im Gefängnis ist – ich werde es mit eigenen Händen abreißen!«

*

Kaum hatte sich die Tür hinter Mascha geschlossen, da sprang Dascha zu dem zierlichen Sekretär, der fast unter dem schweren Buch der Kiewizen zusammenbrach, und blätterte es fieberhaft auf der Suche nach dem Kapitel über Liebestränke durch.

Katja zog die Brauen hoch. »Was machst du da?«

»Gefunden!«, rief Dascha. »Musja hat recht, da gibt's jede Menge!« Mit dem Finger die Zeilen entlangfahrend, begann sie zu lesen.

»Was suchst du?«

»Weißt du«, informierte Dascha sie großspurig, »nicht nur Mascha – auch ich versinke bis zum Hals in Problemen ... Hm, ›Heiratszauber einer Jungfrau‹. Nicht schlecht, aber das hab ich schon hinter mir ...«

Mit einem Mal wurde Katjas Mund trocken: *Sie dürfen sich seiner nicht bedienen ...*

»›Nähe einen neuen Diamantring in einen Flicken aus Samt ein ...‹ Einen neuen Diamantring!« Dascha lachte. »Ich hab nicht mal einen gebrauchten. ›Wenn der erste Frühjahrsmond am Himmel steht ...‹ Zu spät, wir haben Sommer!« Hastig blätterte sie weiter. »›Presse dein eigenes, zuvörderst eingedicktes Blut ...‹ Bäh!« Verärgert ließ sie sich nun doch auf den Stuhl fallen.

Laut schnurrend sprang ihr die rote Isis Puschel auf die Knie. Dascha sah nicht einmal hin, sondern scheuchte sie wieder auf den Boden und beugte sich tief über das Buch. »›Warte, bis dein Liebster oder deine Liebste zur Messe geht ...‹ Sunny zur Messe! Da kann ich warten, bis ich schwarz werde!«

Puschel schaute sie aus unschuldigen Kinderaugen an und begann in die schmale Lücke zwischen Daschas Knien und ihren auf dem Tisch aufgestützten Ellbogen zu klettern.

»›Mische die Blütenblätter einer roten Rose mit dem Haar einer Dirne ...‹ Hm, wenn man so will ...« Dascha überdachte diesen Vorschlag und wickelte mechanisch einen ihrer blonden Zöpfe um einen Finger. »Ich bin zwar keine Dirne – das war alles immer aus Liebe ...«

Sie dürfen sich seiner nicht bedienen!, wisperte die Stimme des Teufels in Katjas Kopf.

»›... und füge die Asche eines Mannes hinzu, der aus unerwiderter Leidenschaft gestorben ist.‹ Brrr!« Dascha schüttelte sich, ergriff die aufdringliche Katze und setzte sie wieder auf den Boden.

»Ihr seid wirklich geflogen?«, fragte Katja hastig.

Ihre Methode war genau die richtige: Der Kopf mit den ungezählten Zöpfen federte sofort von dem Buch hoch wie ein Tennisball.

»Ich schwör's bei meiner Mutter!«, beteuerte Dascha, sprang auf und versuchte, das epochale Ereignis wieder lebendig werden zu lassen. »Es ging so schnell, dass ich zuerst gar nicht kapiert hab, was los ist. Plötzlich, peng – ist der Besen unter meinem Po und ich drauf. Und durch die Fensterscheibe – kawumm! Schau!« Stolz zeigte sie ihre von Pflastern übersäten Hände. »Und dann später, als ich und Musja, nein, Mascha dachten, jetzt sind wir erledigt, gleich kommen die Bullen und sehen uns und wir sind dran – da, schwupp, fliegt er wieder von selber los. Weißt du, was ich glaube«, unterbrach sie plötzlich ihren konfusen Monolog, »ich glaube, der Besen – das sind wir!«

»Wie das?«, fragte Katja interessiert.

»Wie soll ich dir das erklären ... Wenn du im Grunde deiner Seele nicht glaubst, dass er fliegen wird – dann fliegt er auch nicht. Weil, um an Wunder zu glauben, muss man ein bisschen bescheuert sein. Oder noch besser – total irre. Als ich nämlich wie eine Blöde zum Fenster gestürzt bin, kam er sofort mit. Und dann wollte ich wegrennen, und er kam zu mir und hat uns weggetragen. Er – das sind wir!«

»Das heißt«, präzisierte Katja ernsthaft, »der Besen agiert nach unseren Wünschen?«

»Nein, er *ist* unsere Wünsche. Aber nur wirkliche, praktische, keine theoretisch abstrakten. Glaubst du mir etwa?«, fragte Dascha unsicher.

Katja lächelte. »Ja, natürlich.« (Nachdem auf den Wunsch ihrer Finger hin ein massives Gebäude in sich zusammengefallen war wie ein Kartenhaus, wäre es bestenfalls lächerlich, nicht daran zu glauben.)

»Willst du's mal probieren? Ich schwör dir, da kommt nichts ran! Nur eins ist dumm: dass der Stiel so zwischen den Beinen drückt. Wie die darauf geflogen sind, das kapier ich nicht. Wir müssen wohl den mit Musjas Sattel ausleihen, ich glaube, sie hätte sowieso zu viel Schiss, allein zu fliegen ...«

»Das ist doch kein Problem!« Katja lächelte strahlend, nahm den schwarzen Telefonhörer und drehte die Wählscheibe. »Gena? Ich bin's! Sobald du das Mädchen zu Hause abgesetzt hast, fahr schnell zu einem Sportgeschäft und kauf mir ein Fahrrad … nein, besser zwei Fahrräder!«

Dascha war sprachlos. »Das zweite ist für mich?«, fragte sie. »Du bist – einfach super! Markerschütternd! … Oh …«, plötzlich hastete sie quer durchs Zimmer, »entschuldige.« Sie zog Katjas Tasche unter dem Sofa hervor und klopfte ein wenig hypothetischen Staub ab. »Ich hab sie gestern mitgenommen, ich dachte, vielleicht geht sie sonst verloren. Wir haben nur ein klein bisschen Geld rausnehmen müssen, wegen dem Taxi.«

»Ist in Ordnung«, beruhigte sie Katja. »Wie geht es dir eigentlich überhaupt finanziell?«

»Gar nicht. Tiefste Wirtschaftskrise.«

»Hier, nimm.« Während Katja ihre unentbehrlichsten Gegenstände von der gestrigen Tasche in die heutige umräumte, leerte sie ihre Börse vollständig aus und hielt den Inhalt Dascha hin. »Das ist für Mascha und dich für die laufenden Kosten. Wir sind ja jetzt schließlich ein Team, oder?«

»Ja …« Dascha starrte sie an wie den Heiligen Geist. Die Metamorphose, die seit dem Aufprall auf dem Beton mit der Schnepfe Katja vor sich gegangen war, war ein noch größeres Wunder als der mitternächtliche Flug auf dem Besen.

»Und kauf dir vernünftige Kleider. Gleich hier nebenan ist die Boutique ›Sappho‹. Damit kannst du ja nicht auf die Straße …«

Dascha sah verlegen an sich hinunter: der minimale Rock, der bei dem schwindelerregenden Flug durch das Museumsfenster hoffnungslos zerfetzt worden war, dazu das enge Top, das unter der Achsel an der Naht entlang aufgerissen war und, um ehrlich zu sein, schon ziemlich stark nach Schweiß roch. Die magischen »Deodorants« mit dem Bilsenkrautextrakt waren offenkundig nicht dazu geeignet, Gerüche zu neutralisieren.

»Musja kann doch jede Sekunde anrufen.«

»Ich gebe dir mein Handy.« Katja schwenkte verführerisch ihr wiedererlangtes Telefon mit der Titanverkleidung.

»Aber die Nummer weiß sie doch gar nicht. Nur die von hier. Und wir haben nicht mal nach ihrer Nummer zu Hause gefragt, wir Idiotinnen.«

»Keine Sorge, wenn Mascha anruft, gebe ich dir sofort Bescheid«, versicherte Katja mit zierlichem Lächeln.

»Nein. Ich geh jetzt nicht shoppen. Die haben Maschas Vater eingelocht. Und sie ist meine einzige Freundin. Wenn sie jetzt Hilfe braucht?« Und Dascha kehrte zu dem Buch zurück.

»Teu ...« Hastig schlug Katja sich auf die Lippen, um die letzten Buchstaben drinnen zu halten.

Soll ich sie zum Teufel schicken?, dachte sie gallig. *Aber sobald sie wieder zu sich kommt, wird sie kapieren, dass ich das Spiel nicht mehr mitspiele.*

Gebt nichts preis, seid liebenswürdig zu ihnen, rief ihr die Stimme des Teufels mahnend ins Gedächtnis.

Aber jetzt hieß es entweder »liebenswürdig sein« oder »sich seiner nicht bedienen«!

Langsam ballte Dobrashanskaja die Faust und ging in Gedanken die Ausführung ihres unliebenswürdigen Schlages durch.

»Weißt du«, schwatzte Dascha vertrauensselig, »ich muss im Club so ein Zuckerstückchen verführen. Ich hatte nichts Besseres zu tun als zu wetten, dass ich ihn bis zum Sechsten abends rumkriege. Und er ist schwul!«

Hilfe, dachte Katja verzweifelt. Das Buch der Macht für einen solchen Blödsinn zu gebrauchen, während der verbrannte Ausländer Adrian bereit gewesen war, fünfzig Riesen hinzulegen, nur um es anzusehen! *Was für eine Idiotin! Wie im Kindergarten!*

Gleich darauf lockerten sich Katjas Finger, und ihre Stimmung verwandelte sich aufs Neue in wolkenloses Strahlen. Selbst wenn diese schwachköpfige Dascha die gesamte Schwulenszene Kiews verzauberte, wie konnte dieser lächerliche Triumph ihr, der wahren K. D., schaden?

»Und wann gehst du hin?«

»Na, so bald wie möglich!«, rief die selige Närrin. »Ich muss nur einen passenden Zauber finden. Es wär furchtbar, das Moped zu verlieren. Und ich will natürlich warten, bis Musja anruft.«

»Ich denke, wenn sie in einer Stunde noch nicht angerufen hat, solltest du besser selbst zu ihr fahren.«

Tschub wiegte den Kopf. »Stimmt. Mein Moped steht ja noch bei ihr in der Hauseinfahrt, also muss ich das sowieso.«

Ohne sich von ihren vorherigen Misserfolgen abschrecken zu lassen, sprang Isis Puschel, weiterhin laut schnurrend, Dascha keck auf die Knie.

»Was für ein unmögliches Vieh! Der kann wirklich gar nichts die Laune verderben!«

»An irgendjemanden erinnert sie mich ganz stark«, lächelte Katja gönnerhaft.

Puschel stellte Dascha die Vorderpfoten auf die Brust, um ihr ein Küsschen zu geben.

»Ach, na komm her«,Dascha gab dem Kätzchen einen Schmatz auf die süße Nase.

»Merrrrci«, schnurrte die Rote da unerwartet mit starkem ukrainischem Akzent. »Probier mal das dreißischste Recept!« Auf Russisch war ihre Aussprache französisch.

»Das dreißigste?« Dascha überschlug einige Seiten. »Und woher kriege ich Taubeneier?«

»Im Kühlschrank …« Die Katze drehte sich genießerisch auf den Rücken und bot ihren weichen Bauch zum Streicheln dar.

Dascha musste lachen. »Du bist kein Puschel – du bist ein Kuschel, aber hallo!« Ausgiebig kraulte sie das Tier auf jede erdenkliche Weise. »Aber das einunddreißigste hört sich auch gut an. Das muss man nicht mal trinken. Nur in den Wind sprühen.«

»Bessär das dreißischste«, gurrte Isis wohlig und streckte die Vorderpfoten. »Die zwaite Kraft ist unzuverlässisch …«

Was das heißen sollte, verstand Dascha nicht. Ratlos kraulte sie das Katzenköpfchen. Sie wollte immer alles auf einmal, daher fiel es ihr schwer, sich zu entscheiden. Gefielen ihr in einem Geschäft zwei Kleider, so wählte sie gewöhnlich … beide.

Auch jetzt setzte sie auf zwei Pferde. »Okay. Dann mixe ich eben beide, um sicherzugehen.« Mit der rechten Hand fasste sie die vibrierende Puschel unter dem Bauch, mit der Linken ergriff sie das Buch. Und siegessicher schritt sie in die Küche.

Zwölftes Kapitel,

in dem Mischa und Mascha von zu Hause weglaufen

> Vor Sonnenaufgang … lagen im Wald und in den Schluchten Hunderte schlafender oder hoffnungslos betrunkener, größtenteils kaum oder gar nicht bekleideter Galgenstricke herum. Die meisten waren splitterfasernackt. Darunter auch ältere und junge Frauen und Mädchen.
>
> *A. Makarow, ›Kleine Enzyklopädie des Kiewer Landes‹*

Mascha spürte ihre Hände nicht – sie waren völlig taub. Ihre Finger schienen aus Watte zu sein und gehorchten keinem Befehl mehr.

Hier, auf dem staubigen Fußabtreter vor der Tür ihrer Wohnung, begriff Mascha plötzlich: Nichts von dem, was mit ihr geschehen war, hatte irgendeine Bedeutung. Denn kaum war im Telefonhörer die Stimme ihrer Mutter erklungen, da war sie schon nicht mehr die einzigartige, wichtige, weise Beschützerin der Stadt, die von der theatralischen Dascha als Genie verehrt wurde und der sogar die ach so überlegene Katja Anerkennung zollte. Hier, in der kleinen Welt ihrer Familie, deren Reich die gerade mal fünfzig Quadratmeter große Chruschtschow'sche Dreizimmerwohnung umfasste, war Mascha Kowaljowa lediglich ein halbwüchsiges Ding, das über die Stränge geschlagen hatte und zwei Nächte hintereinander nicht nach Hause gekommen war – und hier gab es für ihr Vergehen nicht die mindeste Rechtfertigung.

Sie schüttelte das taube Handgelenk. Die Hand, die den Schlüssel ins Schloss zu stecken versuchte, schien das Schwerste zu sein, was sie jemals hatte heben müssen. Weder im »Zentrum für Altkiewer Hexenkunst«, als ihr zum ersten Mal im Leben der Tod vor die Füße gefallen war, noch auf dem Berg mit der Feuersäule und der schrecklichen Prophezeiung »Ihr werdet sterben«, noch vor dem sirenenumheulten Museum, als ihr eine höchst reale Anzeige wegen Beteiligung an Einbruchdiebstahl gedroht hatte, war Mascha so angst und bange gewesen.

Papa kann nicht festgenommen worden sein ... Nein!

Ihr Magen war versteinert, als habe sie Wasser mit Zement getrunken. Verzagt holte sie Luft, um die eisige Furcht in ihrem Innern zu lindern, und betrat entschlossen den Flur, unfähig, sich auch nur vorzustellen, was ihre Mutter wohl sagen würde.

»Bist du das?«, ertönte aus der Küche eine Stimme.

Da stürzte Mascha los. Sie konnte schon spüren, wie sie das Gesicht in dem kostbarsten Karohemd der Welt vergrub, ihren Vater fest umarmte und alle Ängste verwehten wie ein böser Traum.

»Papa! Du bist zu Hause! Mama hat –« Sie verstummte und erstarrte auf der Schwelle.

Der rechte Arm ihres Vaters war eingegipst, seine linke Wange mit einem wattierten Pflaster bedeckt. Neben ihm auf dem Tisch standen ein halbvolles Glas und eine halbleere Flasche Wodka.

»Aah, Miezekätzchen«, lallte ihr Vater erleichtert und langgezogen. »Du kennt doch unsere Mama ... Immer viel Lärm um nichts ... Hab sie nur von der Staatsanwaltschaft aus angerufen, damit sie sich keine Sorgen macht. Und sie ...«

Mascha war grenzenlos entsetzt. »Was hast du denn beim Staatsanwalt gemacht? Was ist mit dir los, Papa?«

Solange sie ihren Vater kannte, hatte er nie einfach ohne Grund getrunken – immer nur zu besonders festlichen Anlässen. Aber nach einem festlichen Anlass sah das hier ganz und gar nicht aus.

»Hast du dir den Arm gebrochen?«

»Den Arm«, wiederholte er bitter. »Wär besser gewesen, ich hätte mir den Hals gebrochen! Am besten wär ich da drin geblieben!« Rasch kippte er sich den Inhalt des Glases in die Kehle, als wolle er sich selbst den Mund stopfen, und ließ dann den Kopf gramerfüllt auf den linken Arm sinken.

»Papa, du ...« Sie wagte nicht, das Wort »weinst« auszusprechen.

Denn Väter weinen nicht – so was gibt es einfach nicht!

»Nikolaj ist umgebracht worden«, schluchzte ihr Vater in seinen Ärmel. »Unser Onkel Kolja.«

»Onkel Kolja?«, sagte Mascha ungläubig. »Aber wer ...?«

»Ich. Ich bin schuld ...«

»Nein!«

»Doch. Er ist mit mir gekommen. Wollte nicht. Als hätt er's geahnt. Mich wollte er auch davon abbringen ... Und ich Blödmann hab nicht auf ihn gehört! Wie soll ich jetzt weiterleben, Miezchen? Mich haben sie rausgeholt, und ihn ... Kolja ... erst am Morgen gefunden. Vor der Lawra ... Schon tot ...«

Und ich war seine Frau und bestand darauf, dass mein Mann dieses Ding in die Kiewer Lawra bringt.

»Und die Kirche voll Blut ... Schon wieder voll Blut ... und es war Koljas Blut!«

»Die Kyrillkirche?!«

Die Höhlen unter der Kyrillkirche? Das kann stimmen. Prachow leitete den Wiederaufbau der Kirche. – Aber das ist doch ... dort, wo die Satanisten das Mädchen umgebracht haben.

»Und wo ist Mama?« Mascha schaute sich hastig um.

Ihr Vater hob mühsam den Kopf, und sie sah, wie sein leidzerfurchtes Gesicht erfolglos versuchte zu lächeln: »Ich hab sie zur Apotheke geschickt ... Kukakam kaufen.«

»Ah.« Maschas Blick streifte unwillkürlich die Flasche mit der klaren Flüssigkeit.

»Ich konnte nicht mehr«, sagte er gequält. »Keine Kraft mehr ... da hab ich sie weggeschickt ... Soll sie suchen!«

»Wieso, ist das so selten?« Unbewusst hielt sich Mascha an diesem neutralen Thema fest.

»Noch schlimmer – das gibt's überhaupt nicht.« Wladimir Sergejitsch bleckte die Zähne. »Ich hab's mir ausgedacht. Aber du kennt ja die Mama. Sie wird sämtlichen Apothekern an die Gurgel gehen und keinem glauben ...«

»Also bist du nicht des Mordes angeklagt?«

»Nein, kein Mensch klagt mich an!«, brüllte der Vater wutentbrannt.

Mascha verstand, dass es leichter für ihn wäre, sie täten es.

»Sie haben mich aus der Erde rausgegraben. Ich bin für sie ein Opfer!«, schrie er. »Und auf der Frunsestraße ist schon wieder eine Überschwemmung. Und der Staatsanwalt weiß genau, wer es war... Und du auch! Dieser Kerl aus deinem Kurs, wie heißt er schon wieder... dieses hübsche Ungeheuer! Aber bei denen heißt's nur ›kein hinreichender Tatverdacht‹. Davon geht mir's auch nicht besser. Und sowieso, ich weiß ja, dass *ich* Kolja ... als hätte ich ihn mit diesen meinen Händen ...«

Mascha begann am ganzen Leib zu zittern. Ihr war ganz übel davon, dass ihr Vater ihren Mir eines so unmenschlichen Verbrechens beschuldigte. Zugleich tat er ihr unendlich leid. Und mit einem Mal kam, vollkommen fehl am Platz, die Erinnerung in ihr hoch, wie geduldig er sie immer wieder ermutigt hatte, als er versucht hatte, ihr das Radfahren beizubringen, und wie bestürzt er gewesen war, als er gemerkt hatte, dass ihr das panische Angst einflößte und sie bleich wurde, sobald sie nur hörte: »Komm, lass es uns noch mal probieren, hm, Kleines?« Und sie musste denken, wie sehr Papa sich zu jeder anderen Zeit freuen würde, zu hören, dass seine Mühen nicht umsonst gewesen waren. Sie war Rad gefahren, sie war in zweihundert Metern Höhe geflogen, sie ...

»Nein, das ist doch Unsinn!«, sagte Mascha entschieden und staunte, wie fest ihre Stimme klang.

Sie konnte es auch am Gesicht ihres Vaters sehen, daran, wie er versuchte, sich an diese Festigkeit zu klammern.

»Das ist ungefähr so, als ob du Kolja zu uns eingeladen hättest, und auf dem Weg hierher hätte ihn ein Auto überfahren. Würdest du dir dann die Schuld an seinem Tod geben?«

»Aber...«

»Nein«, gab sie an seiner statt die überzeugte Antwort. »Aber du würdest alles tun, damit derjenige, der an seinem Tod schuld ist, bekommt, was er verdient!«

»Was kann ich denn jetzt...«, stöhnte Wladimir Sergejewitsch und hob den eingegipsten Arm.

»Du hast doch mich«, sagte Marija Wladimirowna, froh, dass ihr die Hauptsache geglückt zu sein schien: ihn aus der Sackgasse herauszuholen. »Ich werde heute alle in der Hochschule befragen. Ich werde schon hinter die Sache kommen, das verspreche ich dir! Ich weiß, wen ich fragen kann ...« Sie wunderte sich selbst darüber, wie leicht ihr die Lüge über die Lippen ging und wie leicht ihr die Last schien, die sie ihm da abnahm.

Die Tochter Kowaljowa ging zum Abtropfbrett, nahm ein sauberes Glas und schenkte sich etwas Wodka ein.

»Auf Onkel Kolja, Papa«, sprach sie. »Und dann erzählst du mir alles von Anfang an.«

»Nicht anstoßen«, sagte der Vater mit der Ernsthaftigkeit des Betrunkenen und goss sich das Glas wieder voll.

»Auf Verstorbene stößt man auch an«, sagte Mascha, »nur nicht mit dem Glas, sondern mit der Hand. Mit der Wärme der Hände.«

Sorgsam berührte sie die Finger ihres Vaters, die das Glas hielten.

Trank aus. Nickte auffordernd.

Und er begann zu reden, verworren, grollend, hitzig – wie mit einem Freund, nicht wie mit seinem Miezekätzchen. Und sie hörte aufmerksam zu und schrieb in Gedanken jedes grauenhafte Wort mit:

Der Schwarzäugige ... Rita ... Das Ritual ... Blut ... rote Jacke ... Onkel Kolja ... Erst sie, dann er ... Explosion ... an drei Tagen hintereinander Überschwemmung. Warum dreimal, und nur zwei Opfer? Oder drei?

»Ich hab ihnen gesagt« (ihr Vater meinte die Ermittler), »dass sie es sind, ganz sicher« (jetzt meinte er die Satanisten). »Aber sie« (wieder die Ermittler) »denken das sowieso. Sie haben gesagt, er« (Onkel Kolja) »war schon tot, als er zur Lawra gebracht wurde. Und hat viel Blut verloren, genau wie sie« (Rita). »Die ganze Kirche war voll Blut ...«

Auf einmal erbebte Mascha, denn zugleich mit dem »viel Blut« hörte sie ein vertrautes »Verflucht!« – und wusste, dass damit der Schlüssel gemeint war, der sich in die Tiefen der geräumigen Einkaufstasche ihrer Mutter verflüchtigt hatte.

»Nichtsnutze! Wolodja, hörst du, alles Nichtsnutze!«, tönte es durch die Wohnung. »Was die einem weismachen wollen! Ich zu ihnen: Mein Mann windet sich daheim in Qualen, ich brauche dieses Zeug! Und sie: das hören wir zum ersten Mal. Und ich: ach, das verkauft ihr wohl nur an ganz spezielle Kunden, nur über Beziehungen, und dass andere Leute krepieren, das juckt euch nicht! Ich will das Beschwerdebuch haben. Und sie: wir holen gleich die Polizei. Und ich ... Oho! Wen haben wir denn da? Schau! Schau dir an, was du mit deinem Vater gemacht hast!!«

Ihre Mutter blieb auf der Schwelle zur Küche stehen und betrachtete Mascha, als sei diese Pawlik Morosow und Judas Ischariot in einer Person.

»Siehst du, wozu du deinen Vater getrieben hast?«, schrie sie. »Dich hat er dort gesucht, ja, dich, während du dich weiß der Teufel wo herumgetrieben hast! Schämst du dich nicht? Schämst du dich nicht, ihm jetzt noch in die Augen zu sehen?«

Mascha starrte ihren Vater entgeistert an: davon, dass sein Ausflug in die Kyrillischen Höhlen etwas mit ihr zu tun gehabt hatte, war nicht die Rede gewesen.

»Hör gar nicht hin«, sagte Wladimir Sergejitsch düster. »Ich wusste nicht einmal, dass du die Nacht nicht da warst. War schon tagsüber weggegangen.«

»Natürlich!« Sogleich schlug die Mutter ihre Krallen in ihn. »Was schert es dich auch, dass deine Tochter nachts nicht nach Hause kommt? Dass es höchste Zeit wird, ihr die Flausen auszutreiben! Und ihr Herr Vater kriecht wie ein Halbstarker mit seinem Freund in den Katakomben herum! Du bist schuld, dass dein Freund jetzt unterm Boden liegt ... Was schleichst du da auch runter!«

Ganz langsam wich die Farbe aus dem Gesicht ihres Vaters.

Wenn Maschas Mutter auf jemanden losging, traf sie immer mit tödlicher, gnadenloser Sicherheit die verwundbarste Stelle.

»Ach!« Jetzt hatte sie die verräterische Flasche bemerkt, die bisher hinter Maschas Rücken außer Sicht gewesen war. »Hast dich schon volllaufen lassen! Morgens um sieben. – Beide?!« Scharfsichtig bemerkte sie das zweite Glas. »Saufen tust du also auch schon? Ist an dir denn überhaupt nichts mehr zu retten, du Hurenstück? Wo warst du? Wo warst du, frage ich dich!«

»Bei Dascha –«

»Schon wieder mit diesem blaugeschlagenen Luder! Herrgott, wen hab ich da aufgezogen? Eine Lesbe! Womit hab ich das verdient?«

Mascha verstand nicht so recht. »Wer ist eine Lesbe?«

»Geh in dein Zimmer! Und bis zur nächsten Prüfung machst du keinen Schritt über die Schwelle! Und ich gehe in dieses ›Zentrum‹, suche mir diese Kyllina, und dann gibt sie mir das Geld bis zur letzten Kopeke zurück. Und das, was sie bei dir falsch gemacht hat, hat sie kostenlos richtigzustellen. Und du Säufer gehst und schläfst dich aus. Dir reicht's wohl nicht, deinen Freund ins Grab zu bringen – die Erde sei ihm leicht, dem armen Kolja –, nein, du musst auch noch deine Tochter zum Suff verleiten!«

»Schweig, dummes Weib!«, brüllte der Vater.

»In dein Zimmer, aber schnell!«, keifte die Mutter Mascha an.

»Ich kann nicht«, sagte diese kaum hörbar. »Ich muss ...« Hoffnungsvoll sah sie ihren Vater an, doch der blickte sie wieder an wie sein Miezekätzchen, das den grässlichen elterlichen Streit lieber nicht mitbekommen sollte.

»Entweder du gehst jetzt sofort auf dein Zimmer, oder du setzt keinen Fuß mehr in diese Wohnung! Und dann hast du keine Mutter mehr! Wende mir den Rücken zu, und ich bin nicht mehr deine Mutter! Geh schon!«

Mascha trottete mit gesenktem Kopf von dannen, eskortiert von ihrer Mutter. Diese zog zornbebend den Schlüssel ab, der innen in Maschas Tür steckte, zog sie zu und drehte ihn von außen um.

In Mascha herrschte tiefste Leere, als sie ihren Rucksack auf den Boden stellte. Vor dem Fenster gaukelten sanft noch junge, schutzlose Kastanienkugeln.

Es war, als stünde sie in einem fremden Zimmer – vertraut, aber anonym, ohne Bezug zu ihr. Die Lampe, die an einem weißen Kabel von der weiß gestrichenen Durchschnittsdecke hing. Der dreitürige gelbe Schrank. Der Schreibtisch mit der Glasplatte, unter der ein paar Kinderfotos von Mascha und Bilder lagen, die sie aus Zeitschriften herausgerissen hatte. Unerträglich hässlich im Vergleich zu dem märchenhaften Turm am Jaroslawswall, dem marmornen Kamin, den altertümlichen Bücherregalen, dem schmalbeinigen Sekretär aus schwarzem Holz, dem geschnitzten Büfett voller Silber.

Doch allmählich begann ihr das alles bereits absurd und fantastisch vorzukommen. Wer weiß, vielleicht gab es den Turm gar nicht, und genauso wenig die sprechenden Katzen oder das Buch der Kiewizen? Denn wenn all das wirklich gewesen wäre, hätte ihre Mutter sie dann so ohne Weiteres in ihrem Zimmer einschließen können, wie …

Wie früher?

Mascha setzte sich auf den Bettrand und ließ das Gesicht in die kraftlosen Hände sinken. Ihre Mutter beschuldigte sie fortwährend, sie sei eine Trantüte. Und egal, was weiter aus ihr werden würde, in Mamas Nähe würde sie nie anders sein als …

Als früher.

Und würde hier herumsitzen …

Wie früher.

Wo war sie jetzt, die Kraft, von der das Buch gesprochen hatte? Mascha trat ans Fenster. Ihre Straße war nur auf einer Seite bebaut – auf der anderen streckte der mickrige Kadettenhain seine spindligen Finger der Sonne entgegen, der einst Schuljawski-Hain geheißen hatte und Kiewer Feierstätte der Walpurgisnacht gewesen war – jenes Hexensabbats, der auf der ganzen Welt begangen wurde.

Einst, vor der Revolution, hatte hier an Stelle der Chruschtschow-Mietshäuser und der heutigen jungen, noch schwachen Bäume, also des ganzen Solomenka-Viertels, ein Wald gestanden – ein echter Wald, längst abgeschlagen, gerodet und für immer verschwunden. Und vor Sonnenaufgang hatte die Polizei am ersten Mai hier das unter Büschen und Bäumen liegende nackte, betrunkene Stadtvolk aufgesammelt und auf die aufgrund des heidnischen Festes überquellende Wache gebracht.

Ich bin in der Nähe eines Kahlen Berges aufgewachsen, du arbeitest in der Nähe von einem! Und du?

Ich …

Der erste Mai war der erste Sabbat des Jahres!

Wenn du zum ersten Festtag des Jahres dein Gericht über die Ewigkeit hältst, die den Augen der Blinden unsichtbar bleibt …

Mit einem Satz sprang sie vom Fenster weg, eilte zum Tisch, nahm die dicke Glasplatte ab und zog darunter ein Porträt Bulgakows hervor. Dann öffnete sie entschlossen den Schrank und holte daraus ihr liebstes Hemd hervor – ein abgelegtes ihres Papas.

Dritter Stock. Nebenan war eine Feuerleiter. So furchtbar schwindelerregend war das ja eigentlich nicht.

*

»Kocht es schon?« Dascha hastete in die Küche, die Zipfel eines Frotteehandtuchs über der Brust zusammengerafft. »Himmel, hat die Dusche gutgetan!«, seufzte sie. »Selbst mit Kernseife. Ich frage mich, ob Kyllina wirklich keine andere benutzt hat?«

Auf dem vorsintflutlichen Herd blubberten fröhlich zwei kleine silberne Töpfe mit den zukünftigen Tränken. Puschel saß daneben, die runden Augen fest auf das siedende Gebräu gerichtet.

»Du solltest dich öfter waschen. Steht dir«, grinste Katja freundschaftlich. »Du bist noch in der Zeit.« Sie verglich den Text des Buches mit dem Zifferblatt ihrer Uhr. »In dreißig Sekunden musst du die Fingernägel der rechten Hand dazugeben.«

»Meine eigenen?«, fragte Dascha unwillig.

»Ja, außer du willst, dass er sich in mich verliebt.«

»Ich hab schon kapiert, dass wir die Nägel nicht der Schönheit wegen gekriegt haben, sondern als Arbeitsmittel. Die Hälfte der Gemische da drin besteht aus Krallen.« Mit einem bitteren Blick verabschiedete sich Tschub von ihrer neuen Pracht und schnitt sie eilig in den Sud. »In dich würde er sich vielleicht auch so verknallen. Alle Schwulen fliegen auf Vamps. Und wenn du nicht sauer bist, und ohne Brille … Ich kann mir vorstellen, wie dir die Kerle hinterherhecheln!«

»Kannst du nicht«, sagte Katja ehrlich. »Schau!« Sie wusste selbst nicht, weshalb sie Dascha diesen Teil ihrer selbst zeigte: ihren rechten Arm, auf dem sich, verborgen unter dem Jackenärmel, eine unregelmäßige Narbe verbarg. »Mit dem Messer«, erklärte sie. »Aus Eifersucht. Und nicht, weil ich ihn betrogen hätte. Einfach nur deshalb, weil zu viel nun mal zu viel ist! Zu viel Liebe ist wie Wodka – die Männer berauschen sich daran und verlieren den Verstand. Und wenn eine Frau zu schön ist, ist es auch nicht gut. Keiner traut ihr. Da kann man Penelope sein, es ändert nichts.«

»Deshalb hast du dich hässlich gemacht?«, fragte Dascha mitfühlend.

»Deshalb auch«, stimmte Dobrashanskaja ruhig zu, »aber eigentlich mehr aus geschäftlichen Gründen. Es gibt nichts Schlimmeres, als wenn jeder Zweite, mit dem du zu tun hast, wegen dir ausflippt. Das heißt, natürlich hat es oft günstige Auswirkungen, wenn du mit ihnen schläfst. Aber dann kannst du deinen Ruf die Toilette runterspülen. Um der Karriere willen darfst du nur mit einem Einzigen schlafen – das ist in Ordnung. Andernfalls wirst du von Hand zu Hand gereicht, eh du dich's versiehst. Und einfach nur nein zu sagen, ist kein Ausweg. Da fangen dann endlose Hinhaltespielchen an, jede Entscheidung zieht sich über zweihundert Jahre hin ...«

»Und die Brille hat geholfen?«, fragte Dascha ungläubig.

»Die Brille, die extrem kurzen Haare, die hochgeschlossenen Anzüge. Aber jetzt hat mir niemand mehr etwas vorzuschreiben! Jetzt können sie mich alle mal!«

»Das heißt, du glaubst an unsere Macht?« Dascha schaute sie neugierig an. »Ich hab ehrlich gesagt immer noch nicht kapiert, worin die eigentlich besteht. Wo ist denn diese Kraft, die auf uns übergegangen sein soll? Ja, das Fliegen – schön und gut! Und die Wohnung ist ultrageil! Und die Haare und Nägel sind uns gewachsen, da sparen wir das Geld für die Kosmetikerin. Und die sprechenden Katzen sind einfach unschlagbar. Aber wir selber haben uns doch überhaupt nicht verändert, wir sind noch dieselben wie vorher.«

Nicht wir – ihr, korrigierte Katja sie in Gedanken. Denn wenn sie in sich hineinblickte, brach da wieder und wieder das dreistöckige, silberverkleidete Haus zusammen.

In ihr herrschte ein Fest!

»Oh, Haare und Nägel sind doch schon mal was«, tröstete sie ihre geschlagene Konkurrentin. »Das bedeutet, dass unser Organismus sich gänzlich erneuert hat. Dass unsere Kalziumwerte und so weiter enorm gestiegen sind. Wir sind jetzt so, wie wir von der Natur geschaffen wurden, ehe die Zivilisation uns vergiftet hat ... Du darfst dich nicht ablenken lassen!«, rief sie plötzlich scharf und klopfte mit dem Fingernagel auf die Buchseite. »Hier wird alles nach Sekunden berechnet!«

In der Fensterklappe erschien der arrogante Kater Behemoth, sprang von dort aufs Büfett und schnupperte skeptisch. Gleichzeitig mit ihm betrat die schneeweiße Belladonna die Küche, hob das zierliche Schnäuzchen, schnüffelte, nieste und streckte dann die Hinterpfote nach vorn, um sich hingebungsvoll zu putzen.

»So, jetzt müsst ihr nur noch abgeseiht werden«, verkündete Dascha den beiden Töpfchen. »Eure Brühe kann man dann in ein Getränk mischen, und euren Satz lasse ich trocknen, mische ihn gut durch, gebe schwarzen Pfeffer dazu und knote ihn zusammen mit dem Namen des zu Verliebenden in ein Tuch. Oder des sich verlieben Müssenden? Pff«, sie grinste, »egal. Hm, wie heißt Sunny eigentlich? Alexander oder Alexej?«

»Vielleicht auch Jelisej.« Katerina wuchtete das Buch vom Tisch und setzte sich damit auf die Fensterbank.

Dascha lachte auf. »Das Beste wär noch, wenn er in Wirklichkeit Wassili hieße. Ach was, ich schreibe mal Sascha hin. Wenn das Zeug nichts nützt, braue ich ihm eben einen zweiten!«

Krakelig schrieb Dascha den vermuteten Namen auf einen Fetzen Papier und filterte eifrig die Masse durch ein Tuch.

»Hmmm.« Katja blätterte das Buch durch. »Scheint, als ob ein Unbesiegbarkeitstrank auch nicht leichter zu brauen ist als ein Liebestrank. Das Herz eines Ochsen ...«, murmelte sie vor sich hin. »Das könnte vielleicht noch gehen ...«

»Was Interessantes gefunden?«, fragte Dascha über die Schulter. Sie schüttete vorsichtig drei Esslöffel des Trankes in die von Katja mitgebrachte Colaflasche und betrachtete dann zufrieden das Resultat.

»Ach …« Die beste Lüge ist ein Stück der Wahrheit. Das hatte Katja schon in der Kindheit gelernt. »… ich habe heute einen Boxkampf. Ich dachte, es wäre vielleicht ganz praktisch, einen Unbesiegbarkeitstrank zu brauen. Warum auch nicht?«

»Einen Boxkampf!« Dascha war begeistert. »Wo denn?«

»In einem privaten Club. Ich stehe im Leben so unter Spannung, ab und zu muss ich den Stress auf diese Art abbauen …«

»Meeeegacool! Recht hast du!« Die Feindin Katja war Dascha endgültig zur Schwester geworden. »Mascha, diese Bücherseele, hatte gleich wieder Bedenken, dass wir für uns selber zaubern: das geht nicht, das geht nicht … Aber ich denke: he, man muss die Feste feiern, wie sie fallen. Und zwar volle Kanne!«

In diesem Moment sprang der Kater vom Schrank aufs Fensterbrett, tippte mit der Schnauze drängend an Katjas Nase und begann, schnurrend wie ein Spielzeugtraktor, den Hals an ihrem Arm zu reiben.

»Da schau an«, staunte Dascha. »Und gestern hat er uns noch angeraunzt wie gestört.«

»Tja, er war einen Tag und eine Nacht lang weg. Jetzt will er was fressen«, meinte Katja mit sarkastisch verzogener Miene. »Ich hab ihnen Katzenfutter gekauft. Du bist sicher kastriert, hm?«

Der Kater starrte sie konsterniert an.

»Wenn nicht, haben wir hier bald eine ganze Katzenfabrik.«

»Mit Kolleginnen auf der Arrrbeit? Niemals!«, erklärte Behemoth hoheitsvoll. »Als wenn ich zum Austoben nicht aus dem Fenster könnte, Herrrrin!«

»Weiberheld!«, rümpfte Belladonna anmutig die Nase.

Der Kater verlagerte sein Gewicht auf die Hinterbeine, sprang kraftvoll auf den Kühlschrank und stieß mit der Nase gegen die Tür.

»Im Gefrierrrfach«, schnurrte er, an Katerina gewandt. »Kyllina hat immer zwei Herrrzen genommen.«

»Wenn es im Rezept heißt, eines, dann soll man ja wohl auch nur eines nehmen!«, widersprach ihm Dascha.

»Schwätz nicht!«, fuhr der Kater ihr sofort über den Mund.

»Ihr lasst mich doch daran lecken, nicht, Herrrrin?« Und er sprang Katja vor die Füße und rieb sich demonstrativ an ihrem Knie.

»Tss«, machte die verächtlich, »kaum rede ich von Essen, schon frisst du mir aus der Hand.«

»Bedenkt«, sagte da auf einmal Belladonna, »dass die Wirkung nur dreizehn Stunden anhält.«

»Wie? Was soll das plötzlich?« Hastig blätterte Dascha in dem Buch. »Davon steht hier nirgends was!«

»Ihr seid keine reinblütigen Hexen«, maunzte Belladonna sachkundig, »sondern dahergelaufene, ungeschulte. Und beim ersten Mal sind es ohnehin nie mehr als dreizehn.«

»Das ist doch Diskriminierung!«, protestierte Dascha. »So sieht's also aus? Jede Nacht auf dem Berg sitzen, dafür sind wir gut genug, aber wenn's darum geht, mal was zu tun oder seinen Spaß zu haben, da gibt's plötzlich Probleme. Total ungerecht!«

Belladonna putzte sich ungerührt weiter.

Das Telefon klingelte, und Dascha stürzte so ungestüm, dass sie über den Hocker stolperte, in den Flur hinaus.

Dobrashanskaja holte aus dem Kühlschrank zwei säuberlich in Klarsichttüten eingeschweißte Ochsenherzen und legte sie zum Auftauen ins Spülbecken.

»Was? Was? Ich kann dich kaum verstehen ... Wo? Aus der Telefonzelle?«, drang Daschas aufgescheuchtes Geschrei zu ihr herüber. »Was? Hast du sie noch alle? Du rührst dich nicht vom Fleck, hörst du! Ich bin in fünf Minuten bei dir! Und mein Pony steht bei dir am Haus. Ja? Warte auf mich! Ciao!«

*

»So ist das immer«, sagte Dascha verständnisvoll. »Erst setzen die Leute Kinder in die Welt, dann lassen sie sie nicht leben. Im Zimmer einsperren, als wärst du vier Jahre alt! Aber tja, wenn du eine Woche lang nicht nach Hause kommst, werden sie schnell kapieren, wo's langgeht. Einen Platz zum Wohnen hast du, und volljährig bist du schon seit hundert Jahren – also kann dir niemand was! Du musst ihnen das bloß mal klarmachen.«

»Für Papa wird es schrecklich sein«, murmelte Mascha geknickt.

»Ach was. Du hast doch gesagt, er ist in Ordnung. Wenn du einen Zettel hinterlassen hast, dass du bei einer Freundin wohnst, also bei mir... So, vielleicht kannst du jetzt mal erklären, was wir hier wollen? Ist natürlich krass, dass der Freund von deinem Papa umgebracht wurde. Aber was sollen wir da tun?«, fragte Tschub unlustig.

Ihre Unlust war teils dadurch bedingt, dass die steinerne Treppe, die sich in sieben sinnlosen, im Zickzack führenden Absätzen den Kyrillberg hinaufwand, einfach nicht enden wollte. Und es war brütend heiß – bevor sie hier angekommen waren, hatte Dascha gar nicht gemerkt, was für eine lähmende Schwüle über der Stadt hing.

»Ich hab noch was zu tun – ich muss unbedingt beim Club vorbeischauen«, keuchte Tschub, während sie die Jacke auszog. Die Reste von Kleidung darunter waren dieses Namens kaum noch würdig, aber besser ein Penner als Barbecue!

»Ich hab dich nicht gezwungen mitzukommen.«

»Ja, hätt ich dich etwa allein gehen lassen sollen? Diese Satanisten haben schon zwei Leute umgebracht!«

»Und wenn es drei waren?« Mascha drehte sich so unerwartet um, dass sie Dascha kalt erwischte: »Erinnerst du dich, was Kyllina gesagt hat? ›Ich war die Erste, doch es wird eine Zweite geben, und einen Dritten‹. Eine Zweite und einen Dritten – eine Frau und einen Mann! Rita und Onkel Kolja!«

»Hör mal«, brummte Dascha zweifelnd, »ich verstehe, was du wegen deinem Vater fühlst. Aber unsere Leiche ziehst du hier gerade an den Haaren herbei. – Ach, schon gut«, gab sie dann unvermutet nach.

Zwei Todesfälle im Bekanntenkreis innerhalb zweier Tage, das würde wohl nicht nur ein Bücherwürmchen umhauen. In der gegebenen psychologischen Situation war es angebracht, nachsichtig mit ihr zu sein.

»Lass uns die Beine in die Hand nehmen, dann sind wir schneller da!« Damit überholte Dascha ihre düstere Gefährtin, schritt forsch die Treppe hinan – und blieb auf dem letzten Absatz stehen.

»Ha!«, schrie sie. »Das ist sie! Da steht meine Kirche!«

»Wurdest du hier getauft?«, fragte Mascha ohne großes Interesse.

»Nein! Die Kirche, die ich am Himmel gesehen habe. Mit Kreuzen und grünen Kuppeln! Mein Gott, das war's, warum wir hierhersollten. Wir hätten den Mord verhindern sollen!«

Mascha erbleichte. »Welchen?«

Dascha breitete aufgeregt die Arme aus. »Beide!«

Mascha Kowaljowa biss sich hart auf die Lippe. *Ich bin schuld!*, dachte sie wie betäubt.

Rita zu retten, war wohl unmöglich gewesen, aber Onkel Kolja ...

Natürlich konnte Dascha die Kyrillkirche von oben sicher nicht gut erkennen, aber ...

»Ich bin schuld!«, bekannte Mascha überzeugt. »Ich hätte weiterfragen sollen: wie ist die Kirche gebaut, wie viele Kuppeln hat sie, wo steht sie. Ich hätte sie zuordnen können! Und Nikolaj Petrowitsch wäre noch am Leben ... Oh Gott!« Krampfhaft zwinkerte sie mit den Augen, um den drohenden Tränenstrom aufzuhalten.

»Hör gefälligst auf!«, rief Dascha, entrüstet über diesen Anfall von Selbstgeißelung. »Erstens ist da die Frage, wer wen aufgehalten hätte – wir den Mörder oder der Mörder uns. Was willst du sein – eine Beschützerin Kiews? So 'ne Art Recke? Aber kannst du kämpfen wie ein Recke? Oder hast du vielleicht 'ne Knarre? Katja, die hat 'nen krassen Schlag drauf«, erinnerte sie sich und betastete anerkennend ihren blauen Fleck am Kiefer. »Sogar, wenn sie noch nicht ganz wach ist! Aber du, wie würdest du sie aufhalten? ›Nein, nein, nein, das dürft ihr nicht, lasst dieses arme unschuldige Mädchen in Frieden!‹ Ich sag dir eins: Dass dieser Messerstecher im Museum sich zur Tür gestürzt hat und nicht auf mich, da hatte ich tierisches Glück! Sonst würde ich jetzt mit 'nem Loch in der Lunge in der Leichenhalle liegen. Sieh die Dinge mal, wie sie sind, Marussja!«

Mascha nickte und schluckte die ordnungswidrige »Marussja« zusammen mit den ungeweinten Tränen hinunter – seltsam, aber Daschas Tirade tröstete sie tatsächlich ein bisschen.

»Hier sind schon drei Nächte hintereinander Wasserrohre geplatzt«, kehrte sie zu ihrer wirklichen Stärke zurück – dem logischen Denken. »Es hieß, daran seien die Erschütterungen von Einstürzen in den Höhlen schuld. Und an den Einstürzen die Digger. Aber heute hat Papa gesagt, das, was da geplatzt ist, hätte von einer zufälligen Erschütterung nicht ausgelöst werden können. Da ist gesprengt worden.«

Dascha stockte der Atem. »Gesprengt? Markerschütternd!«

»Genau! So, dass die Erde gebebt hat. Papa wäre fast umgekommen deswegen. Und Onkel Kolja haben sie am nächsten Morgen ans Tor zum Heiligtum genagelt gefunden, am Haupttor des Höhlenklosters.«

»Aber warum haben sie ihn dorthingeschleppt? Das ist doch am anderen Ende der Stadt!«

»Ich weiß nicht warum«, sagte Mascha traurig. »Die Lawra war seit eh und je heiliger Boden. Nicht nur für Kiew, sondern für die ganze Rus. Der heiligste Ort Kiews! Und Satanisten denken sich nie was Neues aus. Darum nennt man den Teufel auch den Affen Gottes. Alle satanistischen Riten sind im Grunde christliche – nur exakt umgekehrt. Sie bekreuzigen sich in der falschen Richtung, hängen umgedrehte Kruzifixe auf, lesen das Vaterunser rückwärts. Deshalb nennt man den Andreasstieg übrigens auch ›verkehrten‹ oder ›Teufelsstieg‹. Er ist die einzige Straße Kiews, bei der die Hausnummern nicht vom Zentrum aus gezählt werden, sondern zum Zentrum hin.«

Dascha verzog das Gesicht. »Das überrascht mich kein bisschen – schließlich hat dort alles angefangen.«

»Und vor der Revolution«, nahm die Studentin den Faden wieder auf, »sind Leute, die sich die Gunst der dunklen Mächte verdienen wollten, zum Höhlenkloster gegangen und haben dort Unheil getrieben. Arme Schlucker, um reich zu werden, Karrierehungrige, um zu Macht zu kommen. Diebe, die wollten, dass das Glück auf ihrer Seite ist, haben sich dort nachts hingeschlichen und was geklaut. Und als die sowjetische Regierung den Krieg gegen die Religion angefangen hat, war die Lawra ihr erstes Opfer, und der Kiewer Metropolit Wladimir wurde zum ersten Märtyrer der Neuzeit. Zu dritt kamen sie nachts in seine Zelle, und morgens fanden die Brüder seine Leiche von Bajonetten durchbohrt neben der Lawra. Und diejenigen, die heute Nacht Onkel Koljas Körper an das Heilige Tor genagelt haben ...«

»Halt!« Dascha trat einen Schritt nach rechts, so dass Mascha nicht vorbeikonnte. »Meiner Meinung nach hast du das Wichtigste überhaupt nicht kapiert. Wer ist denn der Anführer der Satanisten? Dein Schönling!«

Mascha wurde von einem Augenblick zum nächsten wütend. »Das sind keine Satanisten, das sind Digger!«

»Komm mir jetzt bloß nicht mit diesem Alibi!«, bellte Dascha zurück. »Denk selber mal nach.« Wie gewohnt hielt sie die Hand hoch und fing an, an den Fingern abzuzählen. »Erstens war das eine Opfer eine Freundin von ihm. Zweitens studiert er Geschichte, genau wie du. Und wer hat denn sonst Ahnung von irgendwelchen vorrevolutionären satanistischen Riten bei der Lawra? Ich zum Beispiel hab von so was noch nie im Leben gehört! Drittens sagst du doch selber, er ist ein Digger, interessiert sich also für die Höhlen ... Und viertens hat er genau dieselbe Frisur wie dieser Terrorist im Museum!«

»Eine Frisur ist doch kein Beweis. Warum sollte Mir ein Bild zerschneiden? Und Kyllina konnte nur derjenige umbringen, der sie zuletzt gesehen hat. Das heißt, es war niemand anders als der Typ, der dort vor mir reingegangen ist! Der Mitarbeiter von Papa. Allerdings hat Papa gesagt, er hätte dort nur einen Tag gearbeitet und sei danach nicht wieder aufgetaucht. Gestern habe ich ihn auf dem Altkiewer Berg gesehen, als ich mein Fahrrad holen gegangen bin. Und als ich Wassilissa eine Frage über die Kahlen Berge gestellt habe, war er sofort sehr interessiert.«

Dascha runzelte missmutig die Stirn. Die Information, dass Mascha zufällig ihren Rothaarigen getroffen hatte, verärgerte sie viel mehr als die Auskunft, dass er derjenige war, der zuletzt mit Kyllina allein gewesen war. Abgesehen von seiner rätselhaften Doppelexistenz als Installateur und Kunsthistoriker – dass ihr in Frage kommender Rothaariger ein Satanist und Mörder war, daran weigerte sie sich strikt zu glauben!

»Also«, sagte Mascha. »Er kam als Letzter zu Kyllina. Er war da, als die erste Überschwemmung war, und ist danach verschwunden. Er hat die Ausstellung organisiert. Er interessiert sich für Mystik und liest gern Bulgakow. Das hat er mir selbst gesagt ...«

... und danach hat er mir seine Kette geschenkt, beendete sie den Satz für sich. Der Freundin zu eröffnen, dass der junge Mann, bei dessen Erwähnung Dascha Feuer zu spucken begann wie ein eifersüchtiger Primuskocher, ihr ein Geschenk gemacht hatte, wagte sie nicht.

»Bulgakow ist noch gar kein Beweis!«, gab Dascha spitz zurück. »Da könnte man ja gleich auf die Idee kommen, dass *wir* sie umgebracht haben! Wir waren schließlich die Allerletzten in ihrem Zimmer, und du kannst Bulgakow auswendig hersagen und stellst deinen Profs komische Fragen über Kahle Berge. Und dein Vater hat die ganze Zeit dort gearbeitet – vielleicht ist er ja dein Komplize! Der Mörder kann übrigens auch durchs Fenster eingestiegen sein – Kyllinas Zimmer lag ja im Erdgeschoss. Wie viel Zeit war denn vergangen, nachdem er dort war, bis wir rein sind?«

»Zehn Minuten vielleicht ... Ja, logisch«, räumte Mascha ein. »Wir haben keinerlei Beweise, nur Vermutungen. Im Grunde kann jeder verdächtig sein.«

»Zum Beispiel der da!«, setzte Tschub hinzu und deutete mit dem Kinn auf ein unidentifizerbares Wesen männlichen Geschlechts, das auf dem obersten Treppenabsatz stand, vor dem Tor zum Kirchengelände.

»Hallo«, rief das Wesen und winkte ihnen freundlich zu. »Ich bin Mitja.«

Der Mensch hatte ein bleiches, aufgedunsenes Gesicht, in dem ein vages, schlaffes Lächeln hing, was ihn unverkennbar als Bewohner der Pawlow-Anstalt auswies. Bei seinem Anblick musste Mascha denken, dass normale Menschen nicht einmal bemerken, dass sie ihren Mund niemals entspannen, außer im Schlaf. Und manche nicht einmal dann: ihre Mama schlief immer mit unzufrieden zusammengepressten Lippen.

»Wir haben total vergessen, dass nebendran ja ein Irrenhaus ist!« Dascha streckte Mascha zur Versöhnung die Hand hin, diese zögerte und nahm sie dann etwas lustlos.

»Wieso hast du denn deine Nägel abgeschnitten?«, fragte sie, noch enttäuscht vom Zusammenbruch ihrer Schlussfolgerungen.

»Der eine ist abgerissen, da hab ich die anderen auf die gleiche Länge schneiden müssen«, erklärte Dascha schnell, wobei sie unwillkürlich nervös die Tüte mit der Colaflasche schwenkte.

»Und warum nur an einer Hand?«

»Die zweite war mir zu schade.« Das war tatsächlich die reine Wahrheit.

»Na gut, gehen wir«, sagte Mascha mit einem müden Seufzer. »Du musst ja noch in den Club.«

*

An der Kirchentür hing ein Stück Karton mit der Aufschrift »Geschlossen«, was angesichts der jüngsten Ereignisse nicht verwunderlich war. Neben dem Warnschild stand ein nervöser, wichtigtuerischer Geistlicher und betrachtete misstrauisch die gottlose Gruppe Ausländer, die sich im Kreis um ...

Mascha erstarrte. »Wassilissa Andrejewna! Schon wieder!«

»Ach ja?«, fragte Dascha. »Da hast du noch eine Verdächtige. Was hängt die hier andauernd rum, frag ich mich?«

»Nein, nein, sie arbeitet nebenher als Fremdenführerin für irgendeine Stiftung. Die hat andauernd ausländische Sponsoren zu Gast. Und Wasja ist wirklich eine einzigartige Historikerin.«

»Na, dann gehen wir doch und hören zu!«, schlug Dascha vor und zog Mascha energisch hinter sich her zu den Touristen.

»... Kirche, die Mitte des 12. Jahrhunderts als Klosterkirche der Abtei St. Kyrill erbaut wurde«, hörten sie Wassilissas Stimme. »Ende des 18. Jahrhunderts wurde das alte Kloster abgerissen, und an seiner Stelle wurde ein Asyl für Geisteskranke errichtet. Ende des 19. Jahrhunderts wurde die Rekonstruktion der Kyrillkirche dem Kunstgeschichtsprofessor Adrian Prachow anvertraut, der dadurch bekannt wurde, dass er drei geniale Künstler nach Kiew holte – Michail Wrubel, Michail Nesterow und Viktor Wasnezow.«

»Hey!«, rief Dascha erfreut. »Hörst du, sie redet von Katjas Mann!«

»Von Wrubels Hand stammen in der Kyrillkirche Arbeiten wie ›Das Pfingstwunder‹, ›Der Erzengel Gabriel‹, ›Die Beweinung Christi‹ und vier Bilder der Ikonostase. Auf einem von ihnen bildete der Künstler Professor Prachows Frau Emilia, in die er unglücklich verliebt war, in der Gestalt der Heiligen Muttergottes ab.«

»Das ist ja verrückt – dann hat Wrubel persönlich Katja porträtiert!«, staunte Dascha. »Lass uns schauen gehen …«

»Die Kirche ist geschlossen!«, zischte Mascha ihr zu. »Da hängt ein Schild!«

»Das ist doch nur ein Schild, kein bissiger Hund.«

Die Führungsteilnehmer traten etwas auseinander und warfen ungehaltene Seitenblicke auf die beiden respektlosen Findelkinder.

Mascha versank vor Scham fast im Boden.

»Hallo, Kowaljowa, du schon wieder?«, begrüßte Wasja ihre Schülerin und musterte mit skeptischer Neugier deren halbnackte Begleiterin mit dem Körperschmuck aus Pflastern und Schrammen. »Eine Studentin von mir«, stellte sie Mascha weltläufig ihren Zuhörern vor. »Ich wusste gar nicht, was für ein spezialisiertes Interessengebiet sie hat. Hexen, Kahle Berge, Opferzeremonien …«

Der Übersetzer haspelte schnell eine lange Erklärung herunter, und Tschub, die sich ganz leidlich in zusammengestückeltem Englisch verständigen konnte, erriet aus der Reihenfolge der Ausdrücke »satanic«, »a sacrifice in this temple« und »a lot of blood«, dass er ihnen von dem satanistischen Ritual erzählte. Wahrscheinlich hatten sich schon alle Medien über die greuliche Tat ausgelassen.

»Unter dem Gebäude der Kyrillkirche«, fuhr Wassilissa fort, als sei nichts gewesen, »befinden sich die einzigartigen Kyrillischen Höhlen, die noch aus der Altsteinzeit stammen. Sie sind doppelt so alt wie die Stadt, und im Gegensatz zu den unterirdischen Gängen, die von Mönchen unter dem Kiewer Höhlenkloster gegraben wurden, ist bis heute nicht bekannt, wer die Kyrillischen Höhlen gegraben hat und wozu. Kein Wunder, dass es viele Legenden über sie gibt. Die einen sagen, die Höhlen seien die Heimstatt der ersten Menschen gewesen. Andere glauben, der ukrainische Hetman Maseppa habe dort seine Schätze vergraben, die so gewaltig seien, dass man ganz Kiew dafür kaufen könne. Andere, ältere Sagen behaupten, genau hier habe von Anbeginn der Welt an der Kiewer Lindwurm gelebt, und seine Höhle sei so tief, dass sie bis in die Hölle hinunterreiche.«

Einer der Ausländer schnaubte unverhohlen.

Wassilissa lächelte höflich. »Die Angst vor dem Lindwurm hat die Kiewer noch lange danach verfolgt. Den Bylinen, den mittelalterlichen Heldenliedern, zufolge fällt sein zweites Erscheinen in die Regierungszeit des Fürsten Wladimir Schöne Rote Sonne, des den Aposteln gleichgestellten Täufers der Rus. Einer Variante nach gelang es Kyrill dem Gerber, den Lindwurm zu besiegen. Nach einer anderen trugen die drei sagenhaften Recken den Sieg über ihn davon, die am Hof des Fürsten und Täufers dienten.«

»Könnte man das so sehen«, schnarrte ein anderer, russischsprachiger Teilnehmer, »dass Ihre mythischen Recken eine Art Ritter in Christi waren? Haben sie gegen den Teufel gekämpft?«

»Ritter in Christi?«, wiederholte Dascha laut. »Deshalb wollten die Satanisten sie zerschreddern! Solche Idioten! Das sind doch Märchen …«

Die Gruppe drehte sich verwundert zu ihr um. Der Übersetzer fing schon an, ihnen das zweite Hauptthema der Morgennachrichten auseinanderzusetzen: »Someone tried to steal a picture from the museum this night … masterpiece of Russian painting …« Und die Markerschütternde bedauerte sofort aus tiefstem Herzen und gegen jede Vernunft, dass ihrer beider heldenhafte Namen darin nirgends auftauchten.

»Nein, als pures Märchen kann man sie nicht abtun«, erklärte die weise Wassilissa gewichtig. »Die sterblichen Überreste des Recken Ilja Muromez ruhen bis heute im Kiewer Höhlenkloster. Und selbst die alles andere als märchengläubigen Kommunisten hielten es für nötig, die Kyrillischen Höhlen mit Beton auszugießen.«

»Haben sich die Funktionäre etwa vor dem Lindwurm gefürchtet?«, fragte amüsiert der schnarrende Ausländer.

»Eher vor dem Schatz des Hetmans«, lächelte Wassilissa Andrejewna. »Das historische Paradoxon besteht darin, dass im 19. Jahrhundert keineswegs Archäologen, sondern unzählige Schatzsucher die Höhlen fanden und erforschten. Anstelle kostbarer Metalle und Edelsteine brachten sie eine große Zahl von Zeugnissen des Altertums an die Erdoberfläche. Sie gruben aber so hartnäckig weiter, dass am Ende die Mauern der Kyrillkirche zu wackeln begannen und in die Erde zu sinken drohten … Sehen Sie jetzt nach rechts.« Wasja lenkte die allgemeine Aufmerksamkeit energisch in ein anderes Bett. »Die der Kirche benachbarte Pawlow-Klink steht, wie gesagt, auf dem Gelände des ehemaligen Kyrillklosters. Es besteht Grund zu der Annahme, dass es sich hierbei um das älteste Kloster der Kiewer Rus handelte. Von ihm ist nur ein Teil der Mauer geblieben …«

Mascha zog ihre Freundin auf die Seite.

Diese wehrte sich aufgeregt. »Hast du gehört, ja? Beton! Es waren wirklich Sprengungen! Sie haben versucht, diesen Beton wegzusprengen, um an den Schatz zu kommen! Ich frage mich, wie viel das ist – dass man ganz Kiew dafür kaufen kann!«

»Keine Ahnung. Aber im siebzehnten Jahrhundert hat Kiew sicher noch viel weniger gekostet.«

»Warum?«

»Weil es hundertmal kleiner war. Und wenn es nur um den Schatz ginge, hätten sie keine Menschen geopfert.«

»Die hatten vielleicht was gesehen, und sie haben sich der Zeugen entledigt.«

»Zeugen beseitigt man unauffällig und nagelt sie nicht ans Tor der Lawra«, erklärte die Studentin, die im Beisein der verehrten Dozentin so in Verlegenheit gebracht worden war, scharf.

Dascha richtete sich auf. »Weißt du was? Lass uns Katja anschauen gehen! Wär doch witzig, wenn da drin tatsächlich ihr Bild wär!«

Mascha knirschte mit den Zähnen. »Geh, wenn du unbedingt willst. Ich gehe in die Höhlen.«

»Sie sind mit Beton ausgegossen.«

»Nur der Teil direkt unter der Kirche«, erklärte Kowaljowa finster. »Dort, hinter der Mauer, ist ein Kanaldeckel, durch den Papa runtergestiegen ist.«

Dascha Tschub schwankte: beide Ziele erschienen ihr gleich verlockend.

»Okay.« Wie gewohnt versuchte sie gleichzeitig den Kringel zu essen und durch das Loch in der Mitte zu spucken. »Geh schon vor. Ich schau mir nur kurz Katja an und komme dann nach!«

Doch dieses Mal klappte es nicht. Ihre Freundin warf ihr einen verletzten Blick zu und stapfte wortlos davon.

Aus dem Tagebuch von X.

Alle reden von Satanisten ... Der Satanismus ist die Währung, in der die Massenmedien rechnen.
Der Satan ist ihr Popstar. Er ist immer dazu gut, zu schockieren, aufzuwühlen, zu amüsieren und eine hohe Auflage zu garantieren. Die Menschen lieben ihren Teufel und reißen sich darum, ihm in die Karten zu schauen ...
Die Menschen, die Menschen, die Menschen ...
Aber wer es liebt, Blut zu sehen, liebt das Blut selbst!

Dreizehntes Kapitel,

in dem sich die Prophezeiung des Tataren erfüllt

Im Buch Genesis ist die Schlange noch ein Tier – wenn auch das weiseste und gerissenste aller Tiere: in den Teufel haben sie erst die jüngsten Auslegungen verwandelt.

A. Amfiteatrow, ›Der Teufel‹

Die Markerschütternde wandte sich zur Kyrillkirche in ihrem weißgetünchten, mit goldenen Sonnen bestickten Diadem. An der Tür wollte sie an dem schweren Ring ziehen.

»Wohin willst du?« Die Hand des nervösen Geistlichen tippte ihr auf die Schulter. »Siehst du nicht, dass da ›Geschlossen‹ steht?«

»Ich würde nur gerne mal reinschauen«, bat Dascha höflich.

Der hauseigene Zerberus geriet in Wut. »In so einem Aufzug willst du in die Kirche? Schämst du dich nicht? Bist du getauft?«

»Ja!«, erklärte Dascha trotzig.

»Warum trägst du dann kein Kreuz?«, fuhr er sie an.

»Tu ich doch!«, rief die Markerschütternde energisch, hob die zerzauste Drahtinstallation an und eröffnete so den Blick auf ein darunter verstecktes Kreuzchen an einer dünnen Kette, die sich um den Kopf der Schlange gewickelt hatte.

»Was deckst du das Kreuz des Herrn mit schändlichem Tand zu? Wozu willst du in die Kirche – um dir fremdes Blut anzuschauen? Da kommen sie zuhauf, die Gottlosen, zur Wallfahrt Satans! Die Strafe Gottes fürchten sie nicht. Doch sie tun Unrecht! Hörst du, Unrecht!« Der Geistliche zerrte an seinem ungepflegten, dunkelblonden Bart.

»Ich wollte nicht das Blut anschauen, sondern die Ikone der

Muttergottes!« Dascha spielte die rechtschaffen Empörte. Im Gegensatz zur Rechtschaffenheit musste sie die Empörung übrigens keineswegs spielen – sie war kurz davor, sich mit den Fäusten auf den dreimal verfluchten Popen zu stürzen.

»Besuchst du sonntags den Gottesdienst? Hältst du die Fastenzeit ein?«, ging er zur nächsten Attacke über.

»Leck mich doch«, spuckte Dascha zornbebend. »Das hier ist übrigens auch ein Museum. Und ins Museum darf man gehen, wann man will! Kapiert?« Damit drehte sie sich auf dem Absatz um und rannte der verschwundenen Mascha hinterher, weil sie merkte, dass sie sonst vor Wut platzen würde.

»Eine hat ihre Bestimmung schon ereilt! Gottlose«, brüllte der Pope ihr drohend nach.

Rita. Dascha bremste ab. *Und wenn er es war?* Sie sah sich um. Er stand noch immer dort, in seinen Augen der Blick der erbarmungslosen mittelalterlichen Inquisition.

Als nachts ein Mädchen in einem kurzen Rock zu ihm kam, hat er sie flachgelegt, der Pharisäer! Und Gott hat's von oben gesehen, wie er Rita absticht, und die Erde erzitterte ...

Puh. Blödsinn.

Obwohl ... Immerhin war das Türschloss nicht aufgebrochen gewesen. Es war mit dem Schlüssel geöffnet worden. Und den Schlüssel konnte nur ...

»Hallo! Ich bin Mitja.«

Dascha zuckte zusammen.

Außen vor dem Tor, verlegen an den Mauerpfosten gedrückt, stand der lächelnde Verrückte, den sie vorhin gesehen hatten. Er ähnelte einem schmeichelnden, verzogenen Kind.

»Was erschreckst du mich so, verpiss dich«, grollte Dascha.

»Solche wie du sollten sich nicht von uns absondern«, gab er zur Antwort, noch immer lächelnd.

»Was?«

»Er schreit alle an. Aber Onkel Kirja hat gesagt, ich soll ihm nicht zuhören, weil auch ich ein Kind Gottes bin. Und er hat mir in der Kirche ein Bild gezeigt, das der Maler mit uns gemalt hat ...«

»Was heißt mit uns?« Der Ärger brodelte noch immer in

Dascha, beruhigte sich aber allmählich. Der Verrückte mit seinen arglosen Kinderaugen wirkte irgendwie besänftigend auf sie.

»Mit denen, die damals in unserem Haus lebten. Weil wir Gott näher sind«, erklärte er ihr bereitwillig.

»Im Irrenhaus?«

»Mhm.«

»Aha.« Dascha fiel auf, dass der Geisteskranke eigentlich gar nicht schlecht angezogen war, nur hingen die klassisch geschnittene Lee-Jeans und das T-Shirt von Benetton wie Säcke an ihm herunter. »Und was hat dein Onkel dir noch erzählt?«

»Viel«, prahlte Mitja mit schiefgelegtem Kopf und rollenden Augen. »Er hat gesagt, dass diese Erde schlecht ist. Und dass die Gottesmutter hier nicht sein sollte. Sie sollten sie besser im Museum aufhängen, sagt er…«

»Hast du sie gesehen?«, fragte Dascha neugierig. »Wie sieht sie aus, erzähl!«

»Wunderschön«, sagte der Verrückte aus ganzem Herzen. »Und ganz dunkle Augen. Bodenlos tief!«

»Das ist Katja, aufs Haar!«, rief die Markerschütternde. »Na gut, tschüs. Ich hab keine Zeit mehr. Werd gesund, Mitja! Du bist 'n netter Kerl.«

*

Unter der Erde fühlte sich Mascha zuerst sehr unwohl. Doch dieses Gefühl verschwand bald, und die Taschenlampe in ihren Händen hörte auf zu zittern. Früher, als sie klein gewesen war, hatte ihr Vater sie ab und zu mit in die Unterwelt genommen, und seither hatte sich dort nicht viel verändert – die dicken Röhrenschlangen, die ins Nirgendwo verschwanden, der Dreck und die Illusion des Geheimnisvollen, geschaffen von der Dunkelheit und der Endlosigkeit der Gänge.

Hier gibt's bestimmt Ratten. Nicht darüber nachdenken…

Mascha hängte sich die Taschenlampe um den Hals und holte aus ihrem Rucksack eine Kerze und ein Stück Kreide.

Die kleine Taschenlampe war vor der gewaltigen Finsternis so machtlos wie ein Strohhalm – ihr gerader Strahl beleuchtete immer nur winzige Fragmente. Die Kerze indessen verbreitete sofort in einem angemessenen Umkreis gleichmäßiges Licht – und eine Kerze beruhigte.

Vor langer Zeit hatte sich die zehnjährige Mascha mit einer ebenso romantischen Kerze in der Hand auf den Weg gemacht, die unterirdischen Gänge zu erkunden, noch ganz fassungslos, dass der Vater es erlaubt und sie auf diese fantastische, unendliche Reise hatte gehen lassen.

Sie war gewandert und gewandert, vollkommen allein, hatte beseelt dem Knirschen ihrer eigenen Schritte gelauscht, und vor jeder Biegung war ihr Herz schier zersprungen vor Angst und im Vorgefühl des Wunders. Erst jetzt, zwölf Jahre später, erkannte sie den Grund der erstaunlichen väterlichen Sorglosigkeit: Er hatte sie durch die Gewölbe unter den Messehallen gehen lassen, die hermetisch abgeschlossen und quadratisch angeordnet waren, so dass es schlicht unmöglich war, sich zu verirren.

Jetzt bewegte sich Mascha sehr langsam voran, markierte ihren Weg gewissenhaft mit Kreidekreuzchen, schaute sich immer wieder wachsam um, versuchte erfolglos, hier irgendetwas zu entdecken, was des Rätsels Lösung oder zumindest ein Hinweis darauf sein könnte.

Ich bin schon ein bisschen wie mein Vater, der es einfach nicht sein lassen kann, musste sie unerwartet denken.

Der Tunnel mündete in einen dunklen Gang. Wie lange war sie schon unterwegs? Sie hatte vergessen, auf die Uhr zu sehen, und unter der Erde – dieses Gefühl war ihr noch aus der Kindheit vertraut – schien die Zeit stillzustehen, zäh und unbeweglich zu werden.

Am Ende des Ganges zeichnete sich ein in Schatten gehülltes Tor ab. Das musste es sein – ein anderes konnte es hier einfach nicht geben.

Mascha hielt inne, um Mut zu sammeln – im Unterschied zu einem gewöhnlichen städtischen Abwasserkanal waren die Kyrillischen Höhlen ein lebensgefährlicher Ort.

Mit einem Mal machte ihr Herz einen Satz. Über die Wände spielte ein Lichtstrahl, und Schritte wurden hörbar – nicht Daschas, dafür waren sie zu sorglos, zu selbstsicher. So geht man nur auf Wegen, die man kennt.

Mascha Kowaljowa erstarrte hilflos. Im besten Fall war das die Polizei, die sie am Schlafittchen packen und wieder nach oben zerren würde. Im schlimmsten …

… bin ich verloren.

Um die Ecke kamen zwei Gestalten. Ihre Gesichter, durch scharfe Schatten entstellt, erschienen ihr grässlich, unmenschlich. Doch auf ihren Köpfen saßen vertraute Grubenhelme mit Stirnscheinwerfern.

»Ho!«, sagte der eine.

»Halt!«, rief der andere.

Aber Mascha hätte ohnehin nicht weglaufen können: Unvorhergesehene und plötzliche Ereignisse lähmten sie augenblicklich, nahmen ihr restlos alle Tatkraft. Die beiden kamen mit frechem Grinsen auf sie zu. Der eine (derjenige, der »Ho!« gesagt hatte), er trug ein fleckiges gestreiftes Hemd, stellte sich ganz dicht vor sie.

»Was für ein Vogel ist uns denn da reingeflogen, he, Olesha?«, säuselte er und musterte sie wie einen unverhofften Lottogewinn.

»Das ist kein Vogel, sondern das Fröschlein, das auf Reisen ging«, berichtigte der andere. »Was machst du denn hier, Süße?«

»Ich bin gekommen, weil … Ich wollte …«, stotterte Mascha.

»Na, na, was wollten wir denn?«, fing der Gestreifte den Ball auf. »Satanismus? Ein Menschenopfer bringen? Schau mal, Olesha, sie hat sogar eine Kerze mitgebracht … Wolltest du die für deine Seele aufstellen? Oder zum Wohl Satans?« Er fing hemmungslos an zu lachen.

Olesha nahm ihr einfach die Kerze aus der Hand. »Los, los, nur nicht so schüchtern …« Er machte eine unmissverständliche Geste mit der Hand.

Maschas Herz sank ihr geradewegs in den Magen, und der Magen schrie auf vor Entsetzen vor dem albtraumhaften Finale.

»Nein, bitte nicht«, flüsterte sie mit aufgerissenen Augen.

»Ja was, jetzt heißt's schon ›bitte nicht‹«, grinste Olesha, sie nachäffend. »Was seid ihr Weiber doch unberechenbar. So bricht man Männerherzen.«

Der Gestreifte packte sie an den Schultern und drückte sie gegen die Wand.

»Dascha!«, schrie Mascha verzweifelt, und dann »Teufel!«, in der Hoffnung auf das gestrige Wunder.

Doch es geschah kein Wunder. Ihr Schrei wurde von der Luft verschluckt wie von Watte: Sie war noch nicht sehr weit gegangen, aber weit genug, dass ihre Hilferufe ungehört verhallten.

»Oh, gibt's hier auch noch eine Dascha?«, machte Olesha mit seinen Witzeleien weiter. »Dascha, komm her, deine Freundin ruft dich! Sie will nicht allein für zweie die Beine breitmachen!«

Mascha wand sich fieberhaft. Die rechte Hand des Gestreiften glitt unter ihr Hemd und öffnete den Verschluss ihres BHs. Die linke hielt ihre beiden Arme hinter ihrem Rücken fest. Alles war unerträglich abstoßend und zugleich sonderbar unwirklich.

»He, was für Titten!« Der Gestreifte zog mit einem Ruck Maschas Hemd hoch. Der andere lachte haltlos. »Und was haben wir da versteckt?« Hastig zog er den Reißverschluss ihrer Hose auf.

»Ha ... Na komm schon, Kleine, komm schon!« Vor Erregung begann der Gestreifte zu schwitzen, schnaubte, stieß sie wie einen Sack auf den Boden und warf sich mit seinem langen Körper über sie. »Wag es nicht, mich zu kratzen, kleine Nutte! He, Olesha, vergiss die Kerze und zieh ihr die Hose runter!«

Maschas Jeans entflohen an ihre Knöchel. Der Gestreifte drückte mit den Beinen ihre Schenkel auseinander und begann sich selbst an der Hose herumzufummeln.

»Na, gib's ihr schon!«, rief der Kerzenhalter. »Du bist nicht allein ... Andere wollen auch noch!«

Mascha schluchzte krampfhaft auf und riss den Kopf nach oben, als wolle sie die fühllose, halbrunde Decke des Gangs um Rettung anflehen.

In dieser Sekunde erbebte die Decke, begann zu bröckeln, weinte kleine Steinbrocken und ließ aus ihrem Innern ein gewaltiges scharfkantiges Felsstück fallen.

Mascha kniff reflexartig die Augen zu. Der schwere Männerleib über ihr zuckte zusammen, schrie auf und wälzte sich weg.

Die Befreite zerrte instinktiv ihre Hosen hoch, ohne etwas

zu empfinden außer wahnsinniger, bebender Hysterie. Der Gestreifte krümmte sich auf der Erde und hielt sich den Kopf, der heftig blutete. Olesha hüpfte um ihn herum und jammerte erschrocken: »Lebst du noch? Lebst du noch? Was war das?«

»Was geht hier vor?«, fragte da im Befehlston eine Stimme, die Mascha auf der Stelle erkannte.

Etwas verschwommen im Visier ihres getrübten Blicks schwebte Mir Krassawizki in der Toröffnung und starrte sie an, als traue er seinen Augen nicht. Mascha zog fahrig ihr Hemd zurecht.

»Auf Koka ist ein Stein runtergefallen«, erklärte Olesha kleinlaut.

Der Gestreifte wimmerte leise.

Ist Mir etwa ihr Anführer?, stöhnte etwas in Maschas Albtraum auf. Und sie merkte, dass sie jetzt endlich zu weinen anfangen würde. Sie ließ es nicht zu – weinte nicht, sondern krächzte, das gedemütigte Gesicht mit beiden Händen bedeckt: »Sie … Ich …«

Olesha ließ von dem Verletzten ab und stürzte zu ihr. »Halt's Maul, Nutte!«

»Lass sie!«, bellte Mir. »Was habt ihr mit ihr gemacht?«

»'n Scheiß haben wir!«

Oleshas Kopf flog im Schwung des Schlages, der ihn getroffen hatte, nach hinten.

»'n Scheiß? Gleich wirst du 'n Scheiß!«, schrie Krassawizki ihn an. »Und zwar aus allen Löchern! Weißt du, wer das ist? Eine aus meinem Kurs!«

»Noch eine?«, stöhnte der Getroffene.

»Ja, noch eine … Hat dir eine nicht schon gereicht? Uns wird der Boden heiß, und ihr … ihr wüstes Pack!«, brüllte der Anführer der Vergewaltiger und Mörder. »Und was machst du hier, Kowaljowa?«, fuhr er sie im selben Ton an.

»Und du? Was ist mit dir?!«, schrie sie hysterisch. »Warst du es? Du? Hast du gestern meinen Vater und Onkel Kolja …?«

»Dann war das dein Vater?« Mirs Gesicht verfinsterte sich. Gott, er versuchte nicht einmal, es abzustreiten!

»Ja«, antwortete sie blutleer. »Das war mein Vater.«

»Das ist mein Ende«, sagte Krassawizki bitter. »Es ist doch wie verhext! Irgendwann müssen sie ja draufkommen.«

Mascha kam nicht mehr mit. »Wer?«

»Die Bullen!« Er knirschte mit den Zähnen. »Die erste Leiche – Rita! Die zweite – der Vater einer Kommilitonin. Alles deutet auf mich! Nie im Leben komme ich ungeschoren davon!«

»Mein Papa lebt, tot ist ein Freund von ihm«, berichtigte Mascha dumpf.

»Egal«, winkte er ab. »Das heißt, natürlich gut, dass dein Vater lebt, aber... Sie werden sich trotzdem daran festbeißen! Heute sind sie schon wieder gekommen. Alle, aber auch wirklich alle denken, ich sei's gewesen. Das heißt, wir!«, sagte er mit einem verächtlichen Blick auf seine niedergestreckte Truppe. »Aber heute bringe ich wirklich jemanden um.«

Langsam ging er auf die beiden zu.

Der Verwundete wimmerte herzerweichend und versuchte wegzukriechen. Der Geschlagene wich angstvoll zurück.

»War bloß ein Witz, ich schwör's«, piepste er.

»Scheiß-Witzbold!«, zischte Mir im Näherkommen. »Und sie geht jetzt hin und zeigt euch an, und die Bullen drehen uns einen Strick aus euren Witzen! Wir sitzen mit einem Bein im Knast – oder in der Klapse. Da hast du deine Witze, du Mistkerl!«

Er schlug zu.

Olesha wischte sich wutentbrannt das Blut vom Mund und stürzte sich auf seinen Anführer. Aber er war ihm bodenlos unterlegen – Mirs Zorn war der eines todgeweihten Tiers, das nichts zu verlieren hat. Sie rollten über den schmutzigen Boden.

»Dann warst es nicht du? Nicht du?«, rief Mascha fassungslos vor Freude. »Halt, Mir, ich flehe dich an, halt!«

Die beiden Gegner erstarrten.

»Du auch? Hast du auch gedacht, ich war's?«, fragte er, nickte dann aber sofort resigniert. »Natürlich, jetzt wirst du um nichts in der Welt glauben ...«

»Ich glaube dir! Wirklich!« Mascha flatterte mit den Händen, als wolle sie abheben. »Ehrenwort!«

»Wir sind Digger! Digger, keine Satanisten«, sprudelte er hervor, an ihren Blick geklammert wie an einen Rettungsring, noch immer nicht ganz überzeugt, ob sie ihm tatsächlich glaubte. »Auf der Jagd nach Geschichte, Architektur, Geologie. Ich studiere doch nicht ohne Grund Geschichte. Ich hasse nur diesen Lehrbuchkram. Ich bin ein Forscher! Himmel, mit wem hab ich mich da zusammengetan! Dreck, übelster Dreck!« Angeekelt wandte er das Gesicht ab.

Olesha zog verwirrt die Nase hoch.

»Und was macht ... Was machst du hier?«, fragte Mascha laut (was die beiden anderen hier machten, wusste sie nur zu gut).

»Wahrscheinlich das Gleiche wie du«, brummte Krassawizki. »Ich wollte die Wahrheit herausbekommen.«

»Und?«

»Wer auch immer sie sind, die Satanisten existieren wirklich«, erklärte er freudlos. »Das haben die Journalisten sich nicht ausgedacht. Dort«, er zeigte auf das Tor hinter seinem Rücken, »habe ich ihren Altar gefunden. Den hat sonst noch niemand entdeckt. Hast du die Nachrichten gesehen?«

Mascha schüttelte den Kopf. »Nein. Was gibt es denn?«

»Rate mal ...« Er verzog mürrisch das Gesicht. »Drei Tage hintereinander eine Überschwemmung auf der Frunsestraße. Zwei Morde in Kirchen innerhalb von zwei Nächten. In Obolon ist heute ohne jeden Grund ein Haus eingestürzt ...«

»Und das Bild«, meldete sich die verzeihungheischende Stimme Oleshas.

»Das hat damit nichts zu tun«, wies Mir den Rehabilitierungsversuch ab und erklärte seiner Kommilitonin höflich: »Heute Nacht hat jemand versucht, die ›Recken‹ aus der Wasnezow-Ausstellung zu stehlen. Fast hätte es deswegen einen internationalen Skandal gegeben, weil das Bild eines der Nationalheiligtümer Russlands ist.«

»Und die Kirche ist abgebrannt«, gab Olesha wieder seinen Senf dazu.

Mascha horchte entsetzt auf. »Die Kirche vom Wydubizker Kloster?«

»An den Namen kann ich mich nicht erinnern.«

»Egal! Ist das nicht die Apokalypse pur?«, schloss Mir. »Die Presse wirft jedenfalls alles auf einen Haufen!«

Mascha presste die Finger gegen die pochenden Schläfen. Der Haufen war in der Tat schon ziemlich gewaltig, vor allem, wenn man den Mord an Kyllina und die Erlebnisse ihres leidgeprüften Trios hinzuzählte.

Sie schüttelte den Kopf, um das grundlos eingestürzte Haus daraus zu entfernen (in Kiew stürzten mit eindrucksvoller Regelmäßigkeit Häuser ein). »Wie auch immer, das Ganze hat ja wohl vorgestern angefangen, mit der ersten Überschwemmung und der Tatsache, dass das Tor zu den Kyrillischen Höhlen wieder offen steht. Du sagst, es gibt dort einen Altar ... Wo?«

»Am Ende der Höhlen. Dort ist es richtig gefährlich, ein Teil der Wände ist schon eingestürzt.«

»Also ... Hier platzen Rohre. Hier steht der Altar. Hier hat Papa die Explosion gehört.« Mir, der ihr aufmerksam zuhörte und nach jedem Punkt nickte, hob fragend die Brauen. »Ja, eine Explosion«, bekräftigte sie. »Und die ›Recken‹, die jemand versucht hat zu ... hmm ... stehlen, haben den Bylinen zufolge *hier* den Lindwurm besiegt.«

Und Prachow hat ebenfalls hier etwas gefunden ... Etwas aus der Altsteinzeit? Aber warum sollte er es in die Lawra bringen?

»In jedem Fall«, fasste Mascha zusammen, »dreht sich alles um die Kyrillischen Höhlen.«

»Aber warum?«, fragte Mir. »Und was wollen die Kerle erreichen? Haben sie überhaupt ein Ziel?«

»Entweder sie suchen tatsächlich den Schatz des Hetmans«, wiederholte Mascha zweifelnd Daschas Vorschlag. »Oder ... Nein!« Unwillkürlich machte sie einen Schritt nach vorn. Ihre Augen funkelten. »Ich hab's! Sie beten den Lindwurm an, den sie mit Satan gleichsetzen! Denn der Legende nach führt das Nest des Wurms geradewegs in die Hölle. Und in der Bibel ist Satan die Schlange oder der Drache, das heißt, ein Lindwurm!«

»Ja, das stimmt. Denn einen Schatz sucht man normalerweise still und heimlich. Selbst wenn man dabei jemanden umbringt, macht man nicht so einen Zirkus in Kirchen. Nein, das sind Verrückte. Nur Verrückte würden einen solchen Wirbel um das Objekt ihrer Anbetung machen, dass die ganze Stadt davon redet. Aber das ist nicht wichtig ... Wenn das, was du sagst, stimmt, werden sie heute Nacht wiederkommen. Und ich werde sie kriegen. Ich werde ...«

»Nein!«, schrie Mascha heftig im Gedenken daran, wie dieses heroische Vorhaben für ihren Vater geendet hatte. »Bitte nicht! Bitte! Bloß nicht!«

»Mascha!«, kam von irgendwoher eine Stimme. »Mascha?«

»Dascha, ich bin hier!«, rief Mascha zurück.

»Ich komme!«, ertönte es, zugleich mit raschen Stiefeltritten. Und um die Ecke, die Colaflasche über dem Kopf schwenkend, stürmte Dascha Tschub, die Markerschütternde.

»Hände weg von ihr! Schert euch weg, ihr Gesocks!«, brüllte sie, und kaum erkannte sie Mir, da warf sie sich schon auf ihn und hieb ihm die Flasche rechts und links um die Ohren.

Mir versuchte wegzuspringen und prallte mit dem Schädel gegen ein Wasserrohr.

»Nein!«, kreischte Mascha und zog ihre verspätete Beschützerin am Top zurück. »Er war es nicht!«

Die Nähte des Tops gaben endgültig nach. Dascha packte hastig den Saum, um ihre Vorderseite zu bedecken. Dabei ließ sie die Flasche fallen und trat ungeschickt auf die Hand des Gestreiften, der schon länger kein Lebenszeichen mehr von sich gegeben hatte.

Der Gestreifte wimmerte. Olesha, der noch immer vorhatte, sich in Mirs Augen zu rehabilitieren, warf sich auf die erschrocken stehen gebliebene Dascha.

»Halt«, krächzte Mir heiser, »halt, sage ich –«, und verstummte, weil Olesha gerade einen hervorragend gezielten und entscheidenden Kniestoß in seine wertvollsten Teile erhielt.

»Wo warst du denn!«, rief Mascha böse. »Die haben mich ...« Sie sprach nicht weiter. Die Bitterkeit in ihr krampfte sich zu einem harten Knoten zusammen, der ihre Kehle ganz ausfüllte: Dascha hatte sie wegen einer totalen Nichtigkeit im Stich gelassen! Was für eine Freundin war sie eigentlich?

»Ich hab mich verlaufen! Ich bin endlos rumgeirrt«, rechtfertigte die Markerschütternde sich kläglich.

»Ich hab doch überall Kreuzchen gemacht!«

»Und woher sollte ich wissen, dass die Kreuzchen von dir sind?«, hielt die Verlaufene ganz richtig dagegen. »Wie geht es dir eigentlich?« Sie blickte Mir mit unverhohlenem Misstrauen an.

Dascha mochte zu gutaussehende Männer aus Prinzip nicht. Und aus der Nähe war Mirs Visage noch viel prinzipieller als auf dem Bildschirm!

»Ich glaube ihm nicht. Und an sein Alibi glaube ich auch nicht!«, erklärte sie rundheraus.

»Stimmt«, brummte Mir mit verkniffenem Gesicht, die Hand an der schmerzenden Stirn, »das Alibi ist falsch. Meine Mädels haben es konstruiert.« Erschöpft sank er auf den Boden nieder.

»Was hab ich dir gesagt?«, verkündete Tschub mit der Verve eines Redners auf den Barrikaden der Revolution. »Irgendwelche blöden Hühner.«

»Lida und Shenja«, verbesserte er. »Sind von selbst angerannt gekommen, als sie erfahren haben, dass jemand ihre Freundin umgebracht hat.«

Mascha erstarrte. »Wie das?«

Mir seufzte matt. »Na ja, Rita hat mich ständig angebettelt: nimm mich mit, nimm mich mit, ich will auch bei euch Diggern dabei sein. Ich habe immer nein gesagt: mit so einer wäre das nur nervig gewesen. Außerdem hat es sie kein bisschen interessiert, es war nur ein Vorwand –«

»Sich den Fuß zu vertreten und sich danach dir an den Hals zu hängen«, ergänzte Dascha trocken, die das genannte Mittel zur Annäherung auch schon praktiziert hatte.

»Und die beiden hatten ihr einen Zettel zugespielt, so als ob er von mir käme. Aus Spaß, anscheinend. ›Wenn du wissen willst, was es heißt, ein Digger zu sein, dann triff mich um 19 Uhr an der Kyrillkirche. M. K.‹«

»Warum an der Kyrillkirche?«, bohrte Dascha beharrlich.

Wieder seufzte Miroslaw. »Weil dort das Rohr geplatzt ist und im Fernsehen darüber berichtet wurde. Dabei wurden ja sofort die Digger erwähnt, keine Ahnung warum – wir waren noch nie in den Kyrillischen gewesen. Und der Zettel wurde bei Rita gefunden, und damit führte die Spur natürlich zu mir. Gott sei Dank war es nicht meine Handschrift. Shenja hatte sie gefälscht.«

Dascha schenkte ihm einen glühend misstrauischen Blick. »Warum haben sie der Polizei nicht einfach die Wahrheit gesagt?«

»Weil sie dumme Zicken sind!«, spuckte Mir wütend aus. »Hatten Angst, dass man sie verdächtigt. Und eigentlich haben sie nicht unrecht – die Bullen hätten sie nicht so schnell wieder in Ruhe gelassen.«

»Und dass sie jetzt von dir abhängig sind, das macht ihnen keine Sorgen?«

»Oh doch. Als ich festgenommen wurde, sind sie in Panik zu meinen Eltern gelaufen und haben erklärt, ich sei die ganze Nacht mit ihnen zusammen gewesen – mit beiden zugleich. Und jetzt würde ich schweigen, weil ich als Gentleman ihren Ruf wahren wollte. Meine Eltern natürlich sofort zum Anwalt – und der zur Staatsanwaltschaft …«

»Okay«, entschied Dascha. »Gib mir ihre Telefonnummern, ich frage sie selbst.«

»Von mir aus gern«, gab Krassawizki wütend zurück. »Lidas ist 494-22-27. Shenjas weiß ich nicht auswendig. Frag Lida ruhig. Aber ich glaube nicht, dass sie dir etwas sagen wird!«

»Einen Zettel gab es, das hat mir Papa erzählt«, kam Mascha ihm zu Hilfe.

»Den kann er auch selber geschrieben haben. Oder es jemand anderen machen lassen.« *Aber dann hätte er ihn nicht bei Rita gelassen*, fiel Dascha ein. *Außer natürlich, er hat es absichtlich getan, um hinterher sagen zu können: Ich wäre nicht so ein Idiot gewesen, ihn hier zu vergessen. Aber so ein doppelter Bluff funktioniert nur in amerikanischen Filmen. Bei unseren Bullen … Wenn der Zettel nicht gewesen wäre, wären sie vermutlich gar nicht erst auf ihn gekommen!*

Und dann: *»Meinst du, Rita steht dort immer noch rum?« – »Das sieht ihr gar nicht ähnlich …« – »Aber warum kommt sie dann nicht?«*

Natürlich – die flache Kastanienbraune und das blonde, dümmliche Engelchen von Maschas Kursfoto waren an jenem Abend im »Oj–oj–oj« schon unruhig wegen ihres Scherzes mit den Kyrillischen Höhlen gewesen!

Dascha schnaubte unmutig, konnte aber nicht anders, als sich mit dem Gedanken anzufreunden: *Gut, er ist ein Egoist, ein hoffnungsloser Schönling und Lackaffe, aber wohl kein Mörder.*

»Hör ihr einfach nicht zu!«, schnappte Mascha und verwies Dascha damit endgültig in die Kategorie »keine Freundin«.

»Mascha ...«, begann Dascha versöhnlich.

»Halt den Mund!«

Vermutlich war dieses »Halt den Mund« zu laut und scharf geraten – aus dem Loch in der Decke rieselte jäh ein Strom von Klümpchen.

Olesha erfasste Panik. »Sie stürzt ein! Weg hier!«

»Ja, hau bloß ab«, schrie ihn Mir wütend an, spuckte aus und bekam einen Hustenanfall, weil er Staub eingeatmet hatte.

Und während Dascha ihre staubbedeckten Lider rieb, hob Mascha die Colaflasche auf, die auf dem Boden lag, und hielt sie Mir schnell hin. Er schraubte den Verschluss auf, wartete ab, bis es nicht mehr schäumte, und hob die Öffnung an die Lippen.

Daschas wieder sehend gewordene Augen quollen aus den Höhlen.

Der Schönling blinzelte ein paarmal mit seinen langen Wimpern, gab Mascha die Flasche zurück und begann sich heftig mit beiden Fäusten die Augen zu reiben.

»Ist dir was ins Auge gekommen?«, fragte Mascha besorgt.

Krassawizki hatte Mühe, die Lider wieder auseinanderzubekommen. Dann starrte er sie fassungslos an.

»Mascha«, sagte er verstört. »Du – du bist so schön ...«

»Guten Morgen, auch schon aufgewacht?«, platzte Dascha los und hielt sich den viel zu breit grinsenden Mund mit der Hand zu. »Okay«, plötzlich hatte sie es eilig, »ich muss gehen – muss unbedingt noch in den Club. Die Cola lasse ich euch da«, fügte sie bedeutungsvoll hinzu. »Hörst du, Mascha?«

Aber Mascha verstand nicht, was sie meinte. Sie hörte nicht einmal zu. Sie betrachtete beklommen den zu ihren Füßen sitzenden Mir und wusste nicht, was sie sagen sollte.

*

Zuerst erklärte sich Mir seine massive Gefühlsverwirrung in Sachen Mascha mit der nackten Angst um seine Haut: Ihre Anschuldigung, man habe sie zu vergewaltigen versucht, konnte leicht zum durchschlagenden Argument in der langen Reihe der Verdachtsmomente gegen seine Untergrundorganisation werden. Und während er Olesha mit dem ihm schwer über der Schulter hängenden Koka endgültig seiner Wege schickte, dachte er angewidert, dass jeder, der immer der Erste sein wollte, sich unbewusst Freunde suchte, die unter ihm standen, und dass der Unterschied zwischen Gesinde und Gesindel oft genug verschwindend klein war...

Außerdem brauche ich sie. Sie weiß eine Menge. Und könnte mir helfen. Schlau ist sie wirklich, das muss man ihr lassen.

Im Übrigen – nach ihrem Zusammenstoß mit seinem Pöbel vom Dienst war die Mitstudentin weder in einen hysterischen Dauerstatus gefallen, noch hatte sie damit gedroht, sich bei Papa, dem Prorektor und den Onkels von der Kripo zu beschweren, oder war am Rockzipfel der Freundin heulend davongelaufen – nein, sobald sie mit ihm allein war, verlangte sie finster, Mir möge sie in die Kyrillischen Höhlen zum Altar der Satanisten bringen.

Und da geschah etwas Seltsames und vollkommen Unerklärliches: Obwohl er eigentlich strikt dagegen war, willigte er ein – entgegen seiner Überzeugung und seinem gesunden Menschenverstand, der ihm dringend riet, das unterirdische Labyrinth zu verlassen und sich nie wieder dort hineinzubegeben.

»Da gibt es Stellen, wo man auf dem Bauch kriechen muss. Und jeden Augenblick kann die Decke über uns einstürzen. Es gab auch vor ganz kurzer Zeit einen Einsturz.«

»Gestern«, präzisierte Kowaljowa grimmig. »Aber ich will ihn trotzdem sehen. Ich kann ihn auch allein finden, wenn du mir erklärst, wie ich hinkomme.«

»Nie und nimmer! Wenn dir was passiert ...«

... dann kann ich auch nicht mehr leben!, beendete eine Stimme in ihm den Satz.

Wie bitte?!, fragte er ungläubig nach.

Er hatte diese hemmungslose Übertreibung schon von unzähligen Frauenstimmen gehört. Und sie war ihm immer ebenso platt erschienen wie die unweigerlichen Phrasen: »Ohne dich sterbe ich«, »Ohne dich kann ich nie wieder glücklich sein« oder »Ohne dich hat mein Leben keinen Sinn«, die er ebenso unweigerlich pariert hatte mit: »Du stirbst schon nicht«, »Doch, kannst du schon«, oder »Irgendeinen Sinn wird es schon haben«.

Und es ist wirklich noch niemand daran gestorben, dachte er, während er sich an den unebenen Wänden des Höhlenlabyrinths entlang vorarbeitete. Nur die in dem karierten Rock hatte letztes Jahr eine Überdosis längst abgelaufenes Dimedrol von ihrem Großvater genommen und war in der Philosophieprüfung unrettbar eingeschlafen. Und danach hatte sie sich wie jede andere dem Nächsten an den Hals geschmissen.

Doch jetzt, da hinter seinem Rücken die halsstarrige Mascha mit ihrer Kerze in der Hand einherstapfte, erkannte er plötzlich voller Grauen, wie real der Satz sein konnte: »Wenn ihr etwas passiert, sterbe ich.«

Schon allein die Worte »wenn ihr etwas passiert« stießen sein Ich in den Abgrund!

Mir schaute mit klopfendem Herzen nach hinten und versuchte sich darüber klar zu werden, warum in aller Welt sie sich seiner Führung anvertraut hatte.

»Alles in Ordnung?«, fragte er flüsternd.

»Geht so.«

Maschas persönlicher Pfadfinder nickte in Richtung einer unregelmäßig geformten Höhle. »Da vorn kommt eine schwierige Strecke. Wir müssen auf allen vieren ganz langsam gehen. Sollte die Decke runterkommen, krieg bitte keine Panik, mach keine hastigen Bewegungen und schrei nicht. Und versuch nicht, mich zu retten. Wenn du dich bewegen kannst, versuch ganz, ganz langsam zurückzukriechen.«

Und wenn nicht? Wenn ihr nun etwas zustößt?

... dann sterbe ich, wiederholte seine innere Stimme ruhig.

Klar, dachte Mir verächtlich. *Weil ihr Tod nämlich mir angelastet würde. Und ich sterbe lieber, als ins Gefängnis zu wandern!*

Vorsichtig umrundete er einen lehmigen Vorsprung und glitt in die Dunkelheit des eingestürzten unterirdischen Gangs. Mascha duckte sich und schob ihren Kopf und die Hand mit der Kerze hinterher. Auf allen vieren kroch Mir behutsam und mit erstaunlicher Leichtigkeit über die Spreu aus Krumen jahrtausendealter gepresster Erde.

Vielleicht war es genau diese Last, die gestern Nacht Papa unter sich begraben hat, dachte Mascha beunruhigt und blies die Flamme aus.

Die Finsternis war erstickend.

Sie versuchte so leise zu atmen wie möglich, während sie die Bewegungen ihres Führers genau nachahmte. Jetzt ging nur noch von ihm Licht aus. Das kümmerliche Taschenlämpchen hatte sie in die Hemdtasche gesteckt. Ihre Lockenpracht fiel ihr in die Augen und versperrte ihr die Sicht. Die mürben Lehmbrocken zerkrümelten unter ihren Fingern.

Mascha bewegte sich fast nur noch mit Hilfe ihres Tastsinns vorwärts. Sie konnte gerade noch erkennen, dass die Decke schon beinahe Mirs Rücken berührte – die Decke, die jeden Moment herunterkommen konnte. Ihr Gefährte drehte sich um, der Strahl seiner Grubenlampe traf sie in die Augen.

»Entschuldige«, hauchte er kaum hörbar. »Jetzt kommt das gefährlichste Stück. Nur noch ein Spalt. Kriech mir nach. Aber warte, bis ich dir leuchte.«

Sie sah, wie Mirs leuchtender Helm in einer Ritze unter der bedrohlich ausgefransten Schicht einer frischen Abbruchstelle verschwand – und mit Mir verschwand das Licht. Allein in der undurchdringlichen Schwärze, erstarrte Mascha. Sie wagte nicht einmal nach ihrem Lämpchen zu tasten. Ihr war, als verginge eine kleine Ewigkeit, ehe das Licht wieder durch die Öffnung irrte und die Ränder scharf hervortreten ließ. Mirs Gesicht erschien von der anderen Seite. Mascha atmete kurz durch und begann auf ihn zuzukriechen wie auf ein Leuchtfeuer.

Gleich bricht die Höhle um mich zusammen, jetzt!, wimmerte ein eisiger Klumpen in ihrem Magen. Jede Bewegung musste sie der Angst abtrotzen.

Ihre Augen hefteten sich auf Mirs Gesicht, das in dieser trostlosen Finsternis ihren einzigen Lebenssinn darstellte.

Da drehte ihr Kommilitone den Kopf zur Seite, damit der Strahl sie nicht blendete, packte sie fest an den Schultern und zog sie zu sich herein. Mascha stieß sich vorsichtig mit den zitternden Füßen ab.

Wer hätte gedacht, fuhr es ihr plötzlich unpassenderweise durch den Kopf, *dass er und ich jemals ... zu zweit ... Ja, davon habe ich immer geträumt.*

Mir zog Mascha aus der Öffnung heraus, wobei er sie fest an sich drückte. Sie rutschte mit ihrem ganzen Gewicht auf ihn herunter und suchte instinktiv Halt an seinem Hals. Einige Augenblicke lang stand er da, an einen Wandvorsprung gelehnt, und Mascha ruhte an seiner Brust und lauschte, ohne zu denken, dem heftigen Pochen ihrer beider Herzen.

Wer hätte jemals gedacht, dass sie und ich ... Wenn unser Kurs uns jetzt sehen könnte! Sie würden es nicht glauben!

Ach, was kümmerten die ihn jetzt? Die Umstände hatten sich nun einmal so gefügt, dass er jeden Schritt dieses wandelnden Spickzettels auf dem Weg in die verfluchten Höhlen überwachen, behüten, erleichtern musste. Denn wenn ihr etwas zustieß ...

Zärtlich strich Mir dem Spickzettel über den Kopf und zog Mascha, ohne die Umarmung zu lösen, schnell mit sich über den abschüssigen Geröllboden.

»Das war's! Das Schlimmste liegt hinter uns.«

Abgesehen vom Rückweg – doch das sprach er nicht aus. Ein Weilchen sollte seine Gefährtin ruhig atmen können.

Vor ihnen lag ein Gang mit verschatteten, vorgewölbten Wänden, aber zumindest konnte man wieder aufrecht auf zwei Beinen gehen.

Und Mascha wurde mit einem Mal bewusst, dass die geheimnisvollen Erdhöhlen einer von der Sonne ausgetrockneten Sandburg ähnelten – nur hundertmal größer. Während ihr Höhlenforscher überhaupt keine Ähnlichkeit mehr mit dem lässig-eleganten, herablassend-unerreichbaren Institutsschönling Krassawizki hatte. Hier in den Tiefen der unterirdischen Sandburg wirkte er beinahe wie ein vertrauter Freund.

»Komm. Noch zehn Minuten vielleicht«, sagte er, wieder energisch.

Laut Maschas »Tschajka« hatte Mir ein beneidenswertes Zeitgefühl, denn genau zehn Minuten und siebenunddreißig Sekunden später sagte er mit erschöpfter Stimme: »Hier. Da ist er.« Und ließ sie, ganz Gentleman, als Erste durch das gezähnte Loch treten.

Mit der auferstandenen Kerze in der Hand schritt Mascha Kowaljowa durch den beinahe geometrisch gekrümmten Durchlass und fand sich in einer halbrunden Kammer wieder, wo ihr Blick sofort auf das Objekt fiel, dessentwegen sie hierhergekommen war – einen hohen, groben Altar aus zerschnittenen orthodoxen Ikonen, gegen die gebogene Betonwand gelehnt.

»Mein Gott ...« Sie trat näher und strich beklommen mit der Hand über die ihrem Zusammenhang entrissenen Fragmente.

Miroslaw betrachtete verzaubert ihre flammend roten Locken, auf denen das Licht der Kerze tanzte.

Das liegt nur an der Frisur, versuchte er sich seine Gefühle zu erklären. *Damit ist sie wirklich hübsch. Nein, mehr als hübsch ...*

In ihrem Anblick lag etwas Ergreifendes, Aufwühlendes: wie der Duft von Gras oder eine spannende, gefährliche Reise, wie eine Tragödie, die sich vor einem abspielte.

»Eine Muttergottes. Und noch eine Muttergottes mit dem Kind. Und noch eine«, versuchte Mascha die Opfer zu identifizieren. »Das sind alles Ikonen der Heiligen Jungfrau. Keine anderen ... Seltsam.« Angewidert berührte sie einen von drei angerosteten Reißnägeln, die in der diabolischen Ikonostase steckten. An seiner Spitze hing noch ein kleiner Fetzen Glanzpapier. »Hier hat ein Bild gehangen, aber es wurde abgerissen.«

»Tatsächlich? Du hast eine gute Beobachtungsgabe. Das habe ich gar nicht gesehen«, log Mir.

»Und was ist das?« Mascha führte die Kerze dicht an die beiden unteren Reißnägel, so dass sie die halb verwischte, bräunliche Schrift »mia donna« beleuchtete. »›Meine Herrin‹«, übersetzte sie. »Oder vielleicht ›meine Madonna‹?«

»Und klug bist du«, sagte er bewundernd.

Die Buchstaben zerfielen unter ihrem Finger.

Sie sog erschrocken den Atem ein. »Das ist Blut! – Haben Satanisten etwa eine Madonna?«

»Soviel ich weiß, hat LaVey, als er die offizielle Kirche Satans ins Leben rief, Marilyn Monroe zur satanischen Madonna erklärt.«

»Glaubst du, sie hing hier?« Sorgfältig befreite Mascha das Stückchen Glanzpapier unter dem Reißnagel.

»Und schön.«

»Welche Schauspielerin ist denn nicht schön?«

»Nicht Marilyn – du!« Mir versuchte seiner Stimme den gewohnten überheblichen, amüsierten Klang zu geben, aber es gelang ihm nicht – die Worte kamen heiser und ernst heraus. »Du bist sehr schön mit dieser Frisur«, verbesserte er sich rasch.

»Danke.« Wie beim vorigen Mal schob Mascha das Lob von sich wie eine falsche Münze, in der schwachen Hoffnung, Mirs Schmeichelei entspringe seiner Dankbarkeit und enthalte keine verschleierte Ironie.

»Den Reißnägeln nach zu schließen«, führte sie ihre Beobachtungen weiter, »steht der Altar hier schon eine ganze Weile. Warum sind die Satanisten erst jetzt gewalttätig geworden? Und warum eine so strikte Auswahl an Ikonen?«

»Keine Ahnung«, sagte Mir ohne Interesse.

Mascha verspürte eine ungewohnte Verlegenheit – die aber keineswegs unangenehm war wie früher – und fing an, in der Betonwand herumzustochern.

»Wasja hat gesagt, dass die Höhlen unter der Kyrillkirche mit Beton ausgegossen worden sind. Scheint, als sei die Kirche direkt über uns.« Der Beton war nicht sonderlich nachgiebig. »Es sieht aus, als habe hier jemand schwarze Messen abgehalten. Und in der Kirche wurden Rita und Onkel Kolja ermordet.«

»Er wurde doch vor der Lawra gefunden.«

»Aber ermordet wurde er hier. Sein Blut war überall in der Kirche.«

Wieder rieb Mascha an der Wand, die den unbesonnenen Schatzsuchern zu verdanken war, wie um zu prüfen, ob sie auch stabil war, und ertastete endlich, was sie bisher vergebens gesucht hatte: einen tiefen Riss, der sich außerordentlich gut zum Stochern eignete.

»Mir!«, rief sie und hob die Kerze über den Kopf.

»Was denn, Mascha?«

Der gezackte Riss vom Boden bis zur Decke weckte eine eisige, namenlose Angst in ihr.

»Und wenn wir uns geirrt haben?«, sagte sie plötzlich laut. »Wenn der Satanismus nicht das Ziel war, sondern doch nur ein Mittel, um den Schatz zu finden? So wie bei den Dieben, die früher das Höhlenkloster entweihten, damit der Unreine ihnen hilft, reich zu werden. Zuerst bringen sie ein Opfer in der Kirche, unter der der Schatz liegt. Und dann vor den Toren der Lawra, um Satan um Beistand zu ersuchen.«

Und die Recken haben sie aus demselben Grund zu zerschneiden versucht, so nach dem Motto: Schau, was wir mit deinen drei eingeschworenen Feinden machen!

»Schatz? Beistand Satans? Wo hast du das wieder gelesen? Hat dir das Wasja erzählt?« Wassilissa Andrejewna, die Mascha mit einem solchen Ballast an überflüssigem Wissen überladen hatte, weckte in ihm jetzt tiefste Missbilligung.

Sie schüttelte den Kopf. »Nein. In den Vorlesungen erzählt sie uns keine Legenden, nur Tatsachen. Aber die Entweihungen der Lawra sind ein historischer Fakt, sie standen sogar auf meinen Spickzetteln, für den fünften Prüfungsbogen. Die Geschichte des Höhlenklosters. Hast du das etwa nicht gelesen?«

»Ich hatte den achtzehnten.«

»Aber sie können doch nicht wirklich glauben, dass all das ihnen helfen wird, hinter die Betonwand zu kommen? Es ist ja nicht einmal nur eine Wand, sondern ein massiver Betonausguss!«

Wieder untersuchte sie den Riss. Und die Panik in ihr wuchs. Die Panik füllte ihren Kopf aus und ließ ihre Brust bersten. Weg. Nur weg. Sofort. So weit wie möglich.

»Mascha ...« Mirs Stimme sank zu einem samtenen Flüstern. »Erinnerst du dich, was ich dir schulde?«

Sie drehte sich ruckartig zu ihm um. »Was?«

»Einen Kuss. Zum Dank für den Spickzettel.«

»Ja?«, gelang es ihr noch zu fragen ...

... ehe das Licht in ihrer Hand einen Satz machte und die Welt der finsteren Höhlen, der satanischen Madonnen, der schrecklichen Tode und unlösbaren Geheimnisse von einem ganz anderen Geschehen ausgelöscht wurde.

»Nein!«, schrie Mascha auf und stieß dieses unerwartete, fremd-erwachsene Geschehen von sich.

Aber zwischen ihrem »Ja« und dem »Nein« verging eine ganze Ewigkeit.

Aus dem Tagebuch von X.

Nun, fanatische Satanisten sind genau solche Idioten wie alle anderen Fanatiker! Und der Teufel ist genauso eine aufgeblasene Primadonna wie alle anderen Stars. Man muss einem Star nur näher kommen, um das gejagte Geschöpf darunter zu erkennen, geplagt von gewaltigem Ehrgeiz und noch viel gewaltigeren Komplexen, mit labiler Psyche, stressbedingten Hautekzemen und ständigen nervösen Verdauungsstörungen. Genauso klein und unglücklich wie ihr alle.

»Und dieser Mensch war für mich ein Symbol des Erfolgs?«, fragt ihr euch dann entsetzt.

Aber wie kommt ihr darauf, dass der Satan das Symbol der Macht ist?

Vierzehntes Kapitel,

in dem Mascha ein Irrenhaus besucht

> Die Kyrillischen Anstalten … Dorthin fuhr man, um zu gaffen, die Schwachsinnigen anzustaunen und zu lachen, sich an ihren Kapriolen und ihrem blödsinnigen Geplauder zu ergötzen – und sich dann zu den dortigen Wahrsagerinnen und Hellsehern zu begeben, um sich die Zukunft voraussagen zu lassen.
>
> *›Kiewer Telegraf‹, 1864*

Nachdem Dascha ihr Moped vor dem Hinterausgang des Clubs abgestellt hatte, schaute sie sich schnell nach allen Seiten um, versteckte die Schlüssel zu ihrem zweirädrigen Freund im Gras und legte zum besseren Auffinden einen Stein darauf.

Sie ging auf der rechten Seite um das Gebäude herum und erreichte die offene Terrasse. Theoretisch sollte die Ballettprobe eigentlich in vollem Gange sein – der Festabend nahte, und sicher dachte niemand daran, ihn wegen Daschas Entlassung ausfallen zu lassen. Der Club hatte schon viel zu viel für Werbung, Kostüme und anderen Kleinkram ausgegeben.

Aber ohne mich schaffen sie es eben doch nicht!, schnaubte die Markerschütternde befriedigt.

Und verschluckte sich.

Am clubeigenen Strand, zwischen den Pavillons und den beiden akkurat aufgeschichteten Holzhaufen, die heute Abend zu Kupalez und inquisitionspuppengeschmückter Krada werden würden, saß auf dem Sand der rothaarige Typ!

Daschas Herz machte in ihrer Brust einen solchen Hüpfer, dass sie es mit der Hand festhalten musste.

Er sucht mich! Mich! Dieser ergreifende Gedanke rann durch ihre Kehle in ihren Magen und breitete sich dort aus wie warme

Milch. Am liebsten wäre sie auf ihn zugerannt, so schnell, als habe sie ihr ganzes Leben lang auf ihn gewartet.

Doch stattdessen machten Daschas kluge Beine von selbst kehrt und huschten, verschwörerisch in den Knien gebeugt, wieder zurück zum Hinterausgang.

Sie konnte dem Rothaarigen nicht mit nacktem, ungeschminktem, blaugeschlagenem Gesicht, in schmutzigen, zerrissenen Kleidern und der Flickenjacke, die er schon einmal gesehen hatte, unter die Augen treten – auf keinen Fall!

Fünf Sekunden, warte nur fünf Sekunden! Bitte!! Ich muss mir bloß die Wimpern tuschen …

Dascha schlich zur Tür hinein – und drückte sich drinnen sofort an die Wand.

»Mich beruhigen?«, hörte sie Alex' Stimme. »Ich bin selber Digger. Hab das früher oft gemacht. Mir haben vielleicht die Ohren geschlackert, als sie die Reportage gebracht haben! Die beschuldigen uns, kannst du dir das vorstellen? Satanisten – wir?! Heute geh ich hin und erzähle ihnen, was Sache ist!«

»Bist du völlig durchgeknallt – zur Polizei gehen?«, rief Sajadlaja. »Wenn die dich erst mal kennen, wirst du sie nie wieder los!«

Die Friseuse und der Rausschmeißer standen außerhalb von Daschas Blickfeld auf dem Treppenabsatz, der vom gesamten Club nur als »Rauchfang« bezeichnet wurde. Dascha verfluchte sie alle beide: Die Treppe führte in die Maske, wo Daschas geräumiger Schrank stand, und jetzt mit diesem Pärchen zusammenzustoßen, wäre gleichbedeutend mit einer vernichtenden Niederlage in allen brenzligen Punkten.

»Denk nicht einmal daran«, fuhr Sajadlaja fort. »Konzentrier dich lieber auf diesen neuen Job. Ich hätte auch gute Lust, zu wechseln. Alles ist besser als dieses Irrenhaus hier!«

Jetzt raucht schon zu Ende und verpisst euch!, schrie Dascha innerlich. Das Scheppern einer Kaffeedose war zu hören, in der Alex wohl zu heftig seine Kippe ausdrückte, und dann das Klappern von Absätzen auf Treppenstufen.

»Vielleicht hast du ja recht.« Seine Stimme war schon oben im Gang.

»Natürlich hab ich recht.« Sie entfernten sich.

Uff! Wie ein Dieb nach allen Seiten spähend, huschte Dascha nach oben und schlüpfte in die erste Tür, an der noch immer ein strahlendes Bühnenfoto von ihr hing.

Sunny fuhr zusammen. »Oh, die Verschollene!«

Er saß am Schminktisch und war dabei, ein Stück Papier vollzuschreiben. »Hier herrscht das totale Chaos. Alles bricht zusammen! Stell dir vor, mir haben sie die ganze Organisation für das Programm aufgebrummt … Du hast deine Haare verlängern lassen? Ist toll geworden! Sieht aus wie echt.«

Dascha brummte etwas Unverständliches, warf die Jacke in eine Ecke und lief zum Sofa, wo die Tasche mit ihren Sachen schlummerte.

Das Gesicht des Tänzers verdüsterte sich. »Dascha, die sind nicht mehr dort. Der Direktor hat sie konfisziert. Deine Klamotten, dein Handy, deine Bücher … Zur Strafe, hat er gesagt. Nur die Kappe hier ist noch übrig.«

»Was? Meine ganzen Sachen?«, brüllte die Markerschütternde. In tiefster Verzweiflung stürzte sie zum Spiegel und fing fieberhaft an, sich mit den erstbesten Utensilien, die ihr in die Hände gerieten, anzumalen. »Hast du was zum Schminken?«

»Sofort! Sofort!« Hastig klaubte Sunny seinen beträchtlichen Bestand an Kosmetikartikeln aus seiner Handtasche.

»Da wartet ein Typ auf mich!«, stöhnte Dascha und hob den Arm, um ihr Top zu demonstrieren, dessen Hälften sie notdürftig an der Seite zusammengeknotet hatte. »Und ich laufe in Lumpen rum!«

»Wer hat dich denn so zugerichtet?«, fragte Sunny mitfühlend und betrachtete Daschas schon langsam grau werdende Pflaster.

»Ich hab mich an Glas geschnitten.«

»Hier.« Der Tänzer zog sein Bühnengewand aus roten Straußenfedern vom Bügel. »Zieh wenigstens obenrum was Richtiges an.«

»Danke, du bist ein echter Freund«, sagte Dascha aus tiefstem Herzen.

Nachdem sie ihrem Gesicht in aller Eile etwas verliehen hatte, was entfernte Ähnlichkeit mit überirdischer Schönheit hatte, riss sie sich ohne jede Scham vor ihrem schwulen Kollegen die drei Tage alten Lumpen vom Leib und wusch sie im Waschbecken aus.

»Ist es dein erstes Treffen mit ihm?«, grinste Sunny verständnisvoll.

»Mehr oder weniger. Verstehst du ... da darf ich ihn nicht enttäuschen. So, ich trockne das Zeug schnell in der Toilette unter dem Händetrockner. Gott, hoffentlich wartet er!«

»Geh doch ohne die Sachen, das macht sowieso mehr her.«

»Du bist ein Genie!« Sie ließ das nasse Bündel Wäsche auf die Seifenschale fallen und zog sich ihren Rock und das Federkleid über. Feierlich setzte sie sich das wiedererlangte orientalische Käppchen auf den Kopf. »Und?«

»Markerschütternd!«

Der Anblick des ehemaligen Art Director des Clubs »Oj–oj–oj« hatte unbestreitbar etwas Irrwitziges. Doch die schillernde, beinahe greifbare Aura des frohen Vorgefühls der Verliebtheit ließ Daschas rundes, unelegantes Gesicht unüberwindlich anziehend wirken – es lenkte den Blick auf sich wie ein funkelnder Stern.

Dascha hatte bisher in der Liebe nie viel Glück gehabt, doch mit einer Umschreibung von Churchills Ausspruch, nach dessen Definition Erfolg bedeutet, sich mit wachsendem Enthusiasmus von einem Misserfolg in den nächsten zu stürzen, hätte man sagen können, dass Daschas ganzes Leben aus Stürzen von einer hirnrissigen Romanze in die nächste bestand – mit stetig wachsendem Enthusiasmus.

»Super!« Ihr treuer Freund besprühte sie zur Verstärkung der allgemeinen Wirkung mit seinem Eau de Cologne. »Das ist ein toller Duft, für beide Geschlechter. Was hast du jetzt eigentlich vor, wirst du ganz abhauen? Ich muss mit dir reden, wegen dieser Party heute Abend. Da bin ich total in einer Sackgasse.«

»Ich muss auch mit dir reden«, erinnerte sich Dascha.

Sie griff nach ihrer Tüte und ließ unbemerkt das kleine Bündel mit dem Liebeszauber in die Tasche der Federjacke gleiten.

»Na, das trifft sich ja wunderbar.«

Das Moped, um dessen Rettung willen sie hierhergekommen war, war Daschas liebstes Haustier, doch selbst das verblasste und schrumpfte in ihren Augen im Vergleich zu …

Nein! Diese beiden Dinge konnte man kein bisschen miteinander vergleichen. Denn Liebe war für Dascha etwas Gewaltiges, Blendendes, Unermessliches – das Leuchten eines riesigen Sonnenballs aus Glück!

Und dieses allentflammende Feuer war schon dabei, sich über den Dnjepr zu erheben.

*

Mascha kletterte aus der Luke und eilte, ja rannte beinahe zur Treppe, während sie nervös ihre verdreckten Kleider ausklopfte.

»Warte«, rief Mir ihr nach.

Sie blieb resigniert stehen. Ihr war unerklärlich beschämt zumute, eine Scham, die ihren Magen revoltieren ließ.

Warum, warum?, fieberte ihr Bewusstsein. *Er liebt mich doch gar nicht. Das ist nur der Stress, das Unter-der-Erde-Sein, die Kerze, die Angst. Gemeinsam bestandene Gefahren verbinden. Aus reinem Selbsterhaltungsinstinkt wirft man sich dem anderen in die Arme. Das ewige Freud'sche Schema – der Kampf zwischen Eros und Thanatos!*

Das waren nur die Höhlen, die Kerze, die zum Zerreißen gespannten Nerven, dachte Mir. *Fast hätten wir es getan dort unten … schade, dass es nicht so weit kam … es hätte die Spannung gelöst. Wir hätten miteinander geschlafen, und Schluss mit der Liebe … Ach, was hat das Wort Liebe hier zu suchen? Woher soll die denn kommen?*

»Lass uns zu mir gehen.«

»Ich kann nicht«, sagte Mascha heiser, wandte sich ab und hielt sich mit dem Blick an der momentan eigentlich völlig überflüssigen Kyrillkirche fest.

Die Reisegruppe war verschwunden, ebenso der Geistliche. Auf dem von der Bergseite durch einen Zaun mit eisernen Spitzen geschützten Kirchengelände befand sich niemand mehr außer dem verrückten Mitja, der auf dem Boden kauerte und, die schlaffen Lippen vorgeschoben, etwas im Gras zu beobachten schien.

»Mascha«, sagte Mir flehend und berührte ihre Schulter.

»Ich muss nach Hause.« Sie machte einen Schritt zur Seite, um die Hand abzuschütteln.

Nein!

Bei dem Gedanken *Sie geht gleich!* drohte ihm der Kopf zu bersten.

Und wenn es doch Liebe ist?, dachte er erschrocken. Und erschrak noch mehr, als er merkte, dass er bereit war, einen Kopfstand zu machen, ein Rad zu schlagen, im Kreis um sie herumzutanzen wie um einen Weihnachtsbaum, sie an sich zu drücken, festzuhalten und nicht mehr loszulassen – nur, damit sie jetzt nicht irgendwohin verschwand.

Sanft umarmte er sie noch einmal. »Aber wir sind immer noch zu keinem Ergebnis gekommen. Willst du mich wirklich hängenlassen?«, beschwor er sie.

Deine Liebe ist dein Problem!, sagte er sich streng. So streng, wie er das immer zu anderen gesagt hatte. Kaum jemand wusste besser als er, dass alle Verliebten durchgeknallte, lästige Idioten waren, die glaubten, ihre Liebe zu dir mache dich zu ihrem Privateigentum.

Deine Liebe ist dein Problem!, sagte er ihnen dann, um sich von ihren Gefühlen abzugrenzen.

Es ist euer Problem, wenn ihr euch ständig danach sehnt, mich zu sehen, wenn euch bei meinem Anblick die Beine den Dienst versagen und euer Gehirn anfängt zu schwirren, und nur weil es mit mir zu tun hat, wird es deshalb noch lange nicht zu meinem Problem!

Doch jetzt begriff Mir plötzlich, wie die Mädchen sich fühlten, die um drei Uhr nachts seine Nummer wählten, mit Selbstmord drohten und schreiend auf die Knie fielen: »Geh nicht ... Ich kann ohne dich nicht leben!« Selbst die total Bekloppte, die ihm täglich Briefe geschrieben und Blumen ins Haus geschickt hatte, was seine Eltern ganz hysterisch gemacht hatte, und die zu guter

Letzt über die Dachrinne zu seinem Zimmerfenster hereingeklettert war.

»Ich habe dir überhaupt keinen Grund dazu gegeben! Zwischen uns war nichts, gar nichts! Ich bin für dich ein Fremder!«, hatte er geschrien, fuchsteufelswild von ihren unablässigen Annäherungsversuchen.

Doch sie hatte sich ihm an den Hals geworfen, denn für sie war er doch etwas, in ihm war mehr von ihr, als in diesem Augenblick noch in ihr selbst war. In ihm lagen ihre Hoffnung und Verzweiflung, ihr Glück und ihr Ruin, der ganze Sinn ihres sinnlos gewordenen Lebens.

Er hielt ihr Herz in der Hand, und sie versuchte mit aller Kraft, es wieder zurückzuholen. Nur wenn sie ihm nahe war, ganz, ganz nahe, fühlte die Elende, dass es wieder an seinen Platz rutschte.

Mascha entfernte sich unerbittlich von ihm.

Mirs Herz glitt aus seiner Brust. Das Leben wurde öde und trüb.

Vielleicht ist es eine Grippe? Hoffnungsvoll berührte er seine schweißbedeckte Stirn. *Oder verliere ich den Verstand?* Selbst dies erschien ihm als die bessere Alternative.

»Dürfen die Bewohner hier eigentlich frei herumlaufen?«, fragte Mascha Kowaljowa.

Er sprang ihr hinterher. »Was meinst du?« Als er ihrer Blickrichtung folgte, bemerkte er Mitja.

»Lass uns zu ihm gehen«, schlug sie vor.

Er seufzte. »In Ordnung.« Nahm den Helm ab, zog aus der Brusttasche ein weißes Taschentuch und reichte es ihr. »Hier, wisch dir das Gesicht ab.« In seinen Worten schwang die Kapitulation mit: *Ich werde alles tun, was du sagst. Was du wünschst.*

Ist das nicht doch Liebe? Vollkommene Willenlosigkeit, der plötzliche Verlust jeglicher Orientierung im Leben, das albtraumhafte, erniedrigende Gefühl der Abhängigkeit, so als ob sich von ihr zu dir ein unsichtbarer Sauerstoffschlauch erstreckt, und wenn sie auch nur einen Schritt zu weit weggeht, dann reißt er, und du erstickst ...

Sag mal, wieso sollte ich dich eigentlich bedauern? Die Liebe ist ein Witz, so belanglos wie ein Pickel am Arsch!, rief er sich noch einen seiner bevorzugten Aphorismen in Erinnerung.

Aber man musste sich eingestehen, dass auch ein Pickel am Arsch unter Umständen eine Menge unangenehmer und äußerst schmerzhafter Probleme bereiten konnte.

Der Verrückte hob nicht einmal den Kopf, als sie näher kamen. Mascha hockte sich vorsichtig neben ihn.

»Was ist dort?«, fragte sie freundlich. »Ein Grashüpfer?«

Mitja drückte behutsam zwei Finger auf den Boden, so als wolle er dessen Temperatur fühlen.

»Das ist schlechte Erde«, sagte er ernst. »Deswegen haben sie sie uns gegeben. Früher hatten die Leute kein Mitleid mit solchen wie uns.«

Mir kniff die Augen zusammen. »Was?«

»Als aus dem Kyrillkloster ein Krankenhaus gemacht wurde«, erklärte Mascha ihm angespannt, »herrschten hier so fürchterliche Zustände, dass der Name zu einem negativen Ausdruck wurde. Die Redewendung ›in die Kyrillische kommen‹ bedeutete, in üble Not zu geraten. Meistens wurden die Kranken nur hierhergebracht, um zu sterben.«

»Die Erde ist böse.« Mitja schaute Mascha an. Dass er nicht normal war, war sofort an seinen Augen zu erkennen, himmelblau und ungetrübt von allen irdischen Sorgen, schlicht und ehrlich wie die eines Tiers. »Der, der dieses Haus gebaut hat, ist später auch darin gelandet.«

»Er meint wohl den Ingenieur Geschwend«, erklärte Mascha. »Geschwend hat ein paar neue Pavillons für die Anstalt erbaut. Und dann ist er selbst hier gestorben – in einem der Pavillons, die er entworfen hatte. Ironie des Schicksals.«

»Hat dir das auch Onkel Kirja erzählt?«, fragte Mitja zutraulich. »Und von dem Maler, der uns gemalt hat und dann auch einer von uns wurde ... Ja?« Ungeduldig zog er sie am Ärmel.

Mascha blickte Mir an. »Wrubel?«

»Der hat die Fresken in der Kyrillkirche restauriert?«, demonstrierte dieser unsicher sein historisches Wissen.

»Ja«, nickte Mascha ermunternd. »Es heißt, dass er für die

Apostel in dem Fresko ›Das Pfingstwunder‹ im Chor Studien der Insassen der Kyrillanstalten angefertigt hat. Und in seinen letzten Lebensjahren wurde er auch wahnsinnig. Er hatte übrigens furchtbare Angst, dass man ihn dann genau hierherbringt.«

»Klar, wenn hier so unerträgliche Bedingungen herrschten.«

»Nein, zu dieser Zeit war es hier nicht mehr schlimmer als in jedem anderen Krankenhaus.«

Mir lächelte. »Du bist ein unerschöpflicher Born des Wissens.«

»Und unser Arzt auch«, verkündete Mitja fröhlich. »Nicht Onkel Kirja, ein anderer. Er ist jetzt auch einer von uns. Weil diese Erde böse ist!«

»Weil darunter ein Schatz vergraben liegt?«, suggerierte Mascha vorsichtig.

Er nickte und sprach mit kindlicher Bedeutsamkeit: »Gold ist eine Kraft, und eine große Kraft kann nicht gut sein.«

»Und weißt du denn, was neulich hier passiert ist?«

Er nickte wieder. »Ja.«

»Hier ist vor kurzem ein Mädchen gestorben«, fing Mascha vorsichtig an.

»Ja.« Traurig senkte Mitja den Blick. »Ich bin schuld. Ich wollte es nicht.«

Mascha setzte sich zu ihm ins Gras. »Was meinst du damit?«

»Ich wollte nicht, dass sie stirbt«, weinte Mitja jämmerlich los, die Augen auf seinen Bauch geheftet. »Aber sie ist gestorben. Weil ich sie nicht geliebt habe. Das hat sie mir selbst gesagt … Und hat mich gerufen. Aber ich war böse. Ich wollte es nicht!«

»O-ho«, sagte Mir.

»Da ist sie!« Mitjas Hand mit dem ausgestreckten Zeigefinger schoss in Richtung Kirche. Mascha und Mir drehten sich ruckartig um, sekundenlang in der Erwartung, dort die tote Rita in ihren blutdurchtränkten Kleidern zu erblicken.

Doch sie sahen nur einen großen schwarzen Raben, der vor der geschlossenen Tür der Kyrillkirche ernst über das sonnenbeschienene Pflaster stolzierte.

*

An der Wand des Sprechzimmers hing ein altes, in Gouachetechnik gemaltes Plakat. Es zeigte einen Arzt und eine Ärztin mit gelblichen, kantigen Gesichtern in der Haltung des legendären Paares »Arbeiter und Kolchosbäuerin«, die einen Kelch mit der Asklepiosschlange über ihren Köpfen hielten, und stammte eindeutig noch aus der Sowjetzeit. Neben ihnen posierte in gutem Einvernehmen eine Popsängerin im ›Playboy‹-Stil, die an den Ecken ebenfalls schon ziemlich ausgefranst war.

»Was wollen Sie denn wissen?«, fragte der diensthabende Arzt mit einem beunruhigten Blick auf die beiden länglichen grünen Scheine, die aus Mirs Hosentasche auf seinen Schreibtisch herübergewandert waren.

Mascha teilte die Gefühle des Arztes: In ihrer Familie war diese Art Geld nicht alltäglich, ja kam nicht einmal zu Besuch. Bei seinem Anblick empfand sie eine ungute Mischung aus Besorgnis und Misstrauen.

»Sie sind Onkel Kirja, oder?«, erkundigte sich Mir.

Der Arzt Kyrill Snurowski wurde noch unruhiger und nickte kaum wahrnehmbar. Er schien sich vor den Besuchern fast zu fürchten.

»Ich weiß nicht, ob Sie die Nachrichten gesehen haben ...«

»Ja, doch«, bestätigte der Arzt schnell. Er hatte das farblose Gesicht und Haar einer mittelmäßigen Existenz mit absolut nichtssagenden, alterslosen Zügen. Er mochte dreißig oder vierzig sein. »Ich habe Sie gesehen. Sie sind Krassawizki.« Er sprach den Namen des Besuchers aus, indem er mit der Zunge vorsichtig jedem Buchstaben nachspürte, als könne er seinen Geschmack nicht erkennen.

Mascha begriff, dass er nicht vor ihr Angst hatte, sondern vor Mir. Und verstand nicht, warum er dann eingewilligt hatte, sie zu empfangen, als der Wachmann an der Pforte ihm den beängstigenden Namen durchs Telefon mitgeteilt hatte.

»Dann muss ich Ihnen wohl nicht erklären«, der staubbedeckte Besucher setzte ein kühles Lächeln auf, »in was für einer ... hm ... prekären Lage ich mich im Augenblick befinde. Mir ist klar, dass Sie keine Lust haben, sich in Schwierigkeiten zu bringen. Denn falls sich herausstellen sollte, dass einer von Ihren Patienten …« Bedeutungsvoll ließ Mir den Rest des Satzes unausgesprochen. »Aber Sie verstehen sicher, dass meine Situation noch weit unangenehmer ist als Ihre. Ich werde des Mordes verdächtigt. Ihre Hilfe wäre mir sehr lieb … und teuer.«

Der Psychiater verstand den nicht gerade versteckten Wink mühelos. Mit gerunzelter Stirn trommelte er mit den Fingern auf den Scheinen herum, ohne sich zu beeilen, sie zu nehmen.

»Mit anderen Worten«, sagte er unbehaglich, »Sie wollen wissen, ob diese Morde von einem meiner Patienten begangen worden sein könnten.«

»Sie laufen schließlich frei auf dem Anstaltsgelände herum.«

»Tagsüber. Nachts nicht«, korrigierte Kyrill Snurowski.

»Und nachts werden sie eingeschlossen? Oder mit Schlafmitteln ruhiggestellt?«, bohrte Mir frech.

Das Kinn des Arztes schob sich verärgert nach vorn. »Wir fesseln unsere Bewohner nicht an die Betten, egal was man sich über uns erzählt! Natürlich sind manche unberechenbar, aber die werden unter keinen Umständen nach draußen gelassen. Die vergangenen beiden Abende waren hier allerdings, verzeihen Sie den Kalauer, das reinste Irrenhaus. Eine Massenhysterie. Und die Polizei«, bemerkte der Arzt kalt, »weiß darüber sehr wohl Bescheid. Viele Patienten sind aus ihren Betten gesprungen, haben versucht, sich zu verstecken oder wegzulaufen …«

»Und wie erklären Sie sich das?«, fragte Mascha ehrlich überrascht.

»Was das menschliche Gehirn betrifft, wird Ihnen niemand jemals irgendetwas vollständig erklären können«, erwiderte Kyrill Snurowski. »Die Lunge, die Leber, das Herz, der Verdauungstrakt – das sind einfache und verstehbare Organe. Selbst wenn man sich da in der Diagnose irrt, die Pathologen finden immer die Wahrheit …«

Mir schenkte dem uralten Witz ein höfliches Lächeln.

»Aber das Gehirn – ach Gott! Das ewige Rätsel!« Offensichtlich war der Arzt bei seinem Lieblingsthema angekommen. »Wer sind meine Patienten? Wer sind sie?«, fragte er lebhaft. »Die einen halten sie für von Dämonen besessen, die anderen für gesegnet und näher an Gott. In der vorrevolutionären Zeit brachte man Menschen, die nicht ganz in dieser Welt lebten, die gleiche Ehrfurcht entgegen wie Propheten und Heiligen. Sie haben sicher von dem Kurenewsker Jungen gehört?«

»Nein.« Der war selbst Mascha unbekannt.

»Aber von dem bekannten Moskauer Wunderwirker Iwan Korejscha, der hat auch in einer Anstalt gelebt. Und der Kiewer Gottesnarr Feofil sagte Nikolaj I. die Niederlage im Krimkrieg voraus! Wie wollen Sie das erklären? Wie? Persönlich erscheint es mir, als hätten diese Menschen Fähigkeiten wie sonst nur Tiere. Nicht im negativen Sinne.« Er hob mahnend den Zeigefinger. »Sie wissen, dass solche Leute« – Kyrill Snurowski vermied sichtlich den Ausdruck »Verrückte« – »gewaltige Kräfte besitzen, über die sie vor ihrer Erkrankung nicht verfügten. Wenn mein Mitja in Rage kommt, werden drei Sanitäter nicht mit ihm fertig! Und sie bemerken manchmal schon, dass es brennt, bevor der Rauchgeruch in ihre Nase dringt. Und sie sind in der Lage, das Böse zu spüren – so, als sende es ungreifbare, unmessbare Wellen aus. Eine andere Erklärung habe ich nicht!«

Unwillkürlich wechselten Mascha und Mir einen Blick.

»Wenn ich Sie recht verstehe«, fasste Krassawizki zusammen, »sind Ihre Patienten wegen dieser unmessbaren Wellen zwei Nächte lang durch die Anstalt gerannt, und es gibt keine Garantie dafür, dass nicht der eine oder andere –«

»Verzeihung, aber was bringt Sie zu dieser Annahme?«, unterbrach ihn der Arzt ungehalten. »In Kiew leben über eine Million Menschen, die zur gegebenen Zeit am Tatort gewesen sein könnten. Das Krankheitsbild meiner Patienten ist noch kein Motiv.«

»Und woher weiß Ihr Patient Mitja so viel über die Geschichte der Pawlow-Anstalt?«, fragte Mir.

»Und über die Kirche«, steuerte Mascha bei. »Und den Schatz.«

Der Doktor wurde ungesund grau. »Was für ein Schatz? Ich versuche nur, ihren geistigen Horizont zu erweitern. Sie sollen sich nicht minderwertig fühlen müssen ...«

Auf Mirs Gesicht zeichnete sich offenes Misstrauen ab. »Und darum erzählen Sie Mitja von all diesen Wahnsinnigen, die gesellschaftliches Ansehen hatten. Und dass Verrückte Modell für die Apostel gestanden haben. Und dabei auch gleich vom Schatz des Hetmans und von der bösen Erde hier.«

»Was für ein Schatz? Ich verstehe wirklich nicht, was Sie meinen!«

»Der Schatz des Hetmans in den Kyrillischen Höhlen«, erklärte Mascha. »Es heißt, Maseppa habe ihn dort vergraben.«

»Davon habe ich noch nie gehört.« Kyrill wurde betont geschäftsmäßig und distanziert. »Und mein Patient folglich auch nicht. Aus eigenem Antrieb liest er keine Bücher.«

»Aber er hat uns gesagt ...«, hielt Mascha dagegen.

Kyrill Snurowski verzog skeptisch das Gesicht. »Gesagt oder auf Ihre Fragen geantwortet?«

»Er kannte das ermordete Mädchen«, fügte Mir hinzu.

»Hat er von sich aus gesagt: ›Ich kenne das ermordete Mädchen‹, oder haben Sie ihn ausgefragt, und er hat gleich angefangen, Reue zu zeigen? Sie sollten vielleicht wissen, dass vor knapp einem Jahr Mitjas Mutter gestorben ist. Und was hat er gesagt? ›Ich bin schuld ... Ich wollte nicht, dass sie stirbt. Ich bin böse.‹ Das sagt er bei allen möglichen Gelegenheiten.«

Plötzlich zog der Psychiater entschlossen den Papierkorb zu sich heran und warf Mirs Geld hinein.

»Wissen Sie, für Mitja kann ich die Hand ins Feuer legen«, sagte er voller Überzeugung. »Ich weiß mit absoluter Sicherheit, dass er gestern Nacht die Anstalt nicht verlassen hat. Außerdem bin ich mir ganz sicher, dass kein Ermittler Ihre Hinweise ernst nehmen wird. Das Leben ist kein amerikanischer Thriller, junger Mann.«

»Warum verteidigen Sie ihn so? Und warum nennt er Sie Onkel Kirja? Was für eine Beziehung hat er zu Ihnen?«, fragte Mir misstrauisch. »Ist er vielleicht –«

»Er ist nicht mein Sohn«, erriet Snurowski seinen Verdacht. »Und auch sonst nicht verwandt. Er ist der Sohn einer Frau, die ich geliebt habe. Sein leiblicher Vater hat ihn nicht anerkannt und später auch sie verlassen. Aber anscheinend bereut er das inzwischen.«

»Wie heißt er mit Nachnamen?«

»Wassilkow, es ist der Name seiner Mutter. Entschuldigen Sie, aber ich glaube nicht, dass ich Ihnen noch weiterhelfen kann. Ich wünsche Ihnen alles Gute«, sagte er schroff und stand auf.

Beim Verlassen der Anstalt kämpften in Mascha die unterschiedlichsten Empfindungen.

Einerseits hatte der Arzt ohne Weiteres Auskunft gegeben, ihnen buchstäblich alles an den Fingern heruntergebetet. Andererseits hatte er selbst deutlich gemacht, wie viel ihm an Mitja gelegen war.

Drittens gefiel ihr der helläugige Mitja Wassilkow, und sie konnte nicht glauben ... Nein, das konnte sie einfach nicht!

Viertens war sie vollkommen ratlos.

»Und, was sagst du?«, fragte Mir und dachte dabei: *Bitte nicht »Ich muss nach Hause«! Bitte nicht! Bleib!*

Sie setzten sich auf eine Bank im Anstaltspark, und Mascha starrte traurig auf die Spitzen ihrer uralten Turnschuhe, die noch den Sportunterricht in der Schule mitgemacht hatten. Mirs Herz zuckte unruhig hin und her, wie zum Sprung bereit ...

»Ich weiß es nicht«, seufzte sie nach kurzem Nachdenken. »Angenommen, der Arzt hat ihm dies oder jenes vorgelesen, und Mitja hat eine Wahnidee entwickelt ... Angenommen, er konnte sich nachts rausschleichen und wusste, wie man die Kirche aufschließt – schließlich treibt er sich immer dort herum, vielleicht hatte er ja sogar einmal die Gelegenheit, einen Schlüssel zu stehlen ... Angenommen, er hat dann Rita getroffen, die hier auf dich wartete ...«

»Die von Lida und Shenja hergelockt wurde«, beeilte sich Mir zu sagen.

»... und hat sie getötet«, fuhr Mascha unbeirrt fort.

Was mache ich mich denn verrückt? Sie glaubt mir! Sie glaubt mir! Ihr nervöser Gesprächspartner wurde etwas ruhiger. *Sie war schließlich vom ersten Studienjahr an in mich verknallt. Das weiß jeder. Nicht?*

Ja, so war es. Nur sein logisches Denken funktionierte nicht richtig. Bei jeder seiner Handlungen befürchtete er, ihr nicht zu gefallen!

»Aber wie hätte ein einzelner Mensch, dazu noch ein Verrückter, Onkel Kolja zu den Toren der Lawra bringen können? Geld hat er vermutlich keins«, seufzte Mascha.

»Das wissen wir nicht«, sagte Mir gleichgültig. »Mitja ist nicht schlechter angezogen als ich, aber sein Arzt windet sich beim Anblick von zweihundert Dollar. Das heißt, wahrscheinlich wird Mitja von seinem reumütigen Vater unterstützt. Und der ist nicht arm. Weißt du was …« Er zog sein Handy vom Gürtel und drückte den Knopf für die Stimmerkennung. »Koka!«

Mascha starrte ihn verständnislos und vorwurfsvoll an. Mirs Herz machte einen Salto.

»Der ist der Einzige, den ich darum bitten kann«, wisperte er. »Selbst kann ich es nicht machen, der Arzt kennt mich schon.« Am anderen Ende meldete sich jemand. Mir fuhr ihn äußerst grimmig an: »Ich bin's! Komm so schnell wie möglich wieder zur Pawlowka und freunde dich mit einer Krankenschwester oder Pflegerin an … Du musst herausfinden, was der Patient Dmitri Wassilkow dort für eine Stellung hat, wer ihn besucht, was er in den letzten zwei Tagen gesagt und getan hat und wo er die vergangenen Nächte war. Verstanden?«

In Mascha wogte Übelkeit hoch. Sie hatte gedacht, Mir werde sich nun auf immer von ihren Beinahe-Vergewaltigern lossagen und kein Wort mehr mit ihnen wechseln. Fieberhaft versuchte sie sich eine andere Methode einfallen zu lassen, die Wahrheit herauszufinden, aber sie fand keine. Außer, Dascha zu einem Pfleger zu schicken. Nur, wo war Dascha jetzt? Gut möglich, dass sie erst am Abend wieder auftauchte, und bis dahin würden die Satanisten vielleicht eine weitere Person umbringen …

Oder keine Satanisten, sondern ein Verrückter mit kornblumenblauen Augen, der »gewaltige Kräfte« besaß und, wenn er in Wut geriet, mit drei Sanitätern fertig wurde?

»Wahrscheinlich muss das sein«, sagte sie schicksalsergeben zu ihren Turnschuhen.

»Nein! Muss es nicht!« Mirs Gesicht füllte sich mit Entsetzen. Er hatte es vergessen! (Er hatte es vergessen, weil er sie zu diesem Zeitpunkt noch nicht geliebt hatte.) Dieser Unhold hatte sich an *seinem* Mädchen vergriffen! Oder dem zweiten Unhold dabei geholfen ... Diese mit Hochspannung geladene Erkenntnis ließ Mirs Kopf zerfließen und schwirren, und seine Augen verhärteten sich vor Hass.

»Ich sage ihm sofort ab!« Sein Daumen setzte das Versprechen bereits in die Tat um. »Ich mache es selbst. Ich kriege das schon hin. Ich hätte ihn dort unten gleich erschlagen sollen. Ich weiß nicht, warum ich –«

»Halt!« Ungeschickt riss Mascha ihm das Telefon aus der Hand. »Das ist nicht nötig, Mir, das ist meine Sache. Du hast recht, lass uns ihm eine Chance geben. Dass er es wiedergutmachen kann ...«

»Wiedergutmachen?«, rief Krassawizki. »Was redest du da? Ich bin ein Idiot! Ich hätte sie beide umbringen sollen!«

»Nein«, sagte Mascha finster, »du musst den Mörder von Rita und Onkel Kolja finden. Und von Kyllina«, setzte sie hinzu.

Ihr ritterlicher Idiot wurde wieder nüchtern. »Von was für einer Kyllina?«

Mascha zuckte zusammen – sie hatte sich versprochen.

Ein paar Augenblicke blieb sie stumm. Dann seufzte sie. »Na gut, ich sollte dir wohl etwas erzählen. Aber ich fürchte, du wirst mir schlicht und einfach nicht glauben.«

Mir schwieg und seufzte dann ebenfalls. »Und glaubst du mir«, meinte er leise, »wenn ich dir sage, dass ich dich liebe?«

*

»Hallo! Du suchst nicht zufällig mich?«

Der Rothaarige drehte sich um und schmunzelte beifällig.

Mit verführerisch schwingenden Hüften kam die Markerschütternde auf ihn zu, liebreizend in die roten Federn gehüllt. Das geschickt ausgeklügelte Kostüm verfügte über genau einen Knopf, und seine Ränder gaben den Blick auf den unaufdringlichen Saum ihres kurzen Röckchens und das appetitlich braungebrannte Kugelbäuchlein frei. Die hellblonden Afrozöpfe fielen locker um die Schultern bis auf die Hüfte.

»Da kommt ja der Star!«, sagte er schmeichelhaft. »Ich dachte, du wärst entlassen worden.«

Mutwillig schüttelte Dascha die blonde Mähne. »Ich bin von selber gegangen!«

Er lachte. »Das hab ich gesehen! Alle sind völlig durchgedreht, als du von der Bühne gewirbelt bist! Und ich hatte gedacht, wir finden ein bisschen Zeit zum Reden – ich war extra wegen dir gekommen.«

»Ach, ist das eine Hitze ...« Majestätisch nahm Dascha auf dem Sitz des »Sonnenwagens« Platz (ein grober einachsiger Wagen, der still die nächtliche Kundschaft erwartete) und wandte dem in Frage kommenden Typen großmütig das rechte Profil zu. »Glaubst du mir, wenn ich sage, dass ich jetzt eine Hexe bin?«

»Du?« Er sog ihren Anblick so fühlbar in sich auf, dass es Dascha beinahe vorkam, als ziehe er sie einen Moment lang zu sich her und setze sie dann wieder zurück auf ihren Platz. »Na klar!«

»Nein, ich meine es ernst«, sagte sie gedehnt. »Weißt du eigentlich, was gerade in Kiew so alles abgeht?«

Er wurde ernst. »Natürlich weiß ich das. Heute Morgen um fünf ist in Obolon ein Haus eingestürzt. Nur gut, dass kein Mensch dabei zu Schaden kam – es war kein Wohnhaus, sondern ein noch nicht eröffneter Supermarkt. Und in der Nacht hat die Wladimirkathedrale gebrannt ...«

»Die Wladimirkathedrale? Welche ist das?«

»Die am Schewtschenko-Boulevard. Groß mit blauen Kuppeln, weißt du, mit Sternen drauf.«

Dascha bekam große Augen. »Mit Sternen drauf? Gebrannt! Heute Nacht! Wie kam das?« Doch schon wurde sie wütend: wie schon, wenn Katja, der das dritte Feuer gegolten hatte, blöde und hilflos in Ohnmacht gefallen war?

»Es war nicht so schlimm«, beruhigte er sie. »Die Malereien sind wohl unversehrt. Der Brand war ganz seltsam. Draußen brannte alles lichterloh, sie haben eine Stunde zum Löschen gebraucht. Das Feuer kam aus allen Fenstern, in den Nachrichten hat man Bilder davon gesehen. Und dann hat sich herausgestellt, dass drinnen alles noch ganz war, nur die Kerzen sind zerschmolzen, der Läufer in der Mitte ist verbrannt und die Ziervorhänge an den Ikonen. Aber die Ikonen waren noch heil! Und die Fresken auch. Sind nicht einmal verrußt. Ein Wunder Gottes, heißt es. Aber«, er grinste, »die Wladimirkathedrale ist sowieso mit Glück gesegnet. Weißt du, dass sie im Krieg vermint wurde? Sie sollte gesprengt werden, um dem Feind nicht in die Hände zu fallen, wie es mit Maria Entschlafen passiert ist. Und die Deutschen haben sie wieder entmint. Gutes Manöver, was?«

»Gott sei Dank!«, seufzte Dascha erleichtert, und das unerwartete, unerklärliche Schuldgefühl, das sie überkommen hatte, fiel von ihr ab. (Die Kathedrale war keine zwei Schritte vom Museum entfernt, aber woher hätten sie das wissen sollen?)

»Und weißt du auch, dass schon zwei Nächte hintereinander Satanisten in Kirchen Menschenopfer bringen?«, warf sie ihm beiläufig den Köder hin.

»Natürlich«, nickte der Rothaarige. »Zuerst sind dort Rohre geplatzt, und danach habe ich selbst ihren Altar gefunden.«

Die Markerschütternde tat verwundert. »Was hast du denn dort gemacht?«

»Ich hab dort gearbeitet, ich war einer von denen, die den Rohrbruch repariert haben.«

»Sag nur nicht, dass du Klempner bist!«, lachte Dascha neckend und schaute ihn an wie einen Geburtstagskuchen in der Mitte der Festtafel.

»Wieso, würde es dich stören, wenn ich Klempner wäre?«, gab ihr Kavalier zurück.

»Das ist mir egal. So eine bin ich nicht!«, erklärte sie würdevoll. »Nur, seit wann richten Kanalarbeiter Ausstellungen aus?«

»Woher weißt du das?«

»Ich weiß alles über dich!«, erklärte Tschub dramatisch.

»Ach, du hast es im Fernsehen gesehen! Na gut, ich sag's dir...« Er verzog verächtlich den Mund. »Mein Vater« (die Grimasse war eindeutig für diesen bestimmt) »hat in Kiew ziemlich was zu sagen. Ein Drahtzieher.«

»So eine Art graue Eminenz?«

Der eminente Sohn krauste die Nase. »So ähnlich. Er will mich auch ins Geschäft bringen. Ausstellungen, all solches Zeug … Stell dir vor, ich mit Krawatte!«

»Und?«, fragte Dascha erwartungsvoll.

»Und ich hab ihm gesagt, er kann mich mal, und bin zum Sanitären Katastrophendienst gegangen.«

Die Markerschütternde war begeistert. »Hört sich bekannt an! Ich hab mich auch mit meiner Mutter verkracht. Ich wohne jetzt schon drei Monate hier in der Maske, ohne einen Schritt über ihre Schwelle zu machen.«

»So konsequent war ich leider nicht«, sagte er bedauernd. »Ich hab's nur einen Tag lang ausgehalten. Nicht weil's mir zu anstrengend war oder so. Ich hasse es nur, eine Sache nicht zu Ende zu bringen. Und wenn ich nicht zurückgegangen wäre, hätte ich die Ausstellung den Hasen geben können.«

Daschas Denken setzte vor Entzücken aus. *Das erklärt alles! Ein solcher Typ ist mehr, als man sich wünschen kann! Und wenn …* Vorsichtig tastete sie in der Tasche nach dem bewussten Bündelchen. *Nur um auf Nummer sicher zu gehen!*

»Sag mal, du heißt nicht zufällig Sascha?«

Er grinste breit. »Wieso Sascha? Magst du nur Saschas, oder was? Dann tut's mir leid. Ich heiße Jan.«

Verdammt! Warum hab ich bloß Mascha die Cola gelassen?

»Ich muss jetzt los«, erklärte er plötzlich.

Ihr Herz wurde förmlich von einem Gummiband zusammengeschnürt – damit hatte sie überhaupt nicht gerechnet. Sie hatte bereits darauf gezählt, den Rest ihres Lebens mit ihm zu verbringen. Oder wenigstens den heutigen Tag …

Jan kam geschmeidig auf die Füße und klopfte den Sand von seinen hellen Hosen.

»Na, dann tschüs«, sagte Dascha und schaute ihn mit Augen an, die um nichts in der Welt den erhofften stolzen, unabhängigen Ausdruck annehmen wollten.

Er lächelte ihr zu. »Treffen wir uns doch heute Abend noch mal.«

Das Gummiband erschlaffte. Dascha fasste wieder Mut. »Wann?«

»Was ist hier heute Abend los?« Der Rothaarige zeigte auf die Scheiterhaufen und das mit Schleifen verzierte Feuerholz samt Strohpuppe in schwarzer Kutte daneben.

»Johannisnacht. Ein Fest. Meine Erfindung!«

»Ach was – ich hätte gedacht, du wärst mindestens fünfhundert Jahre jünger«, zog er sie auf. »Was ist das?« Er nickte in Richtung Krada und Strohpuppe.

»Die Strohpuppe der Inquisition! Unsere Kampfansage! Früher wurde an Johannis die Hexe Marina verbrannt, wir verbrennen einen Inquisitor. Um es ihnen heimzuzahlen!«

Er grinste anerkennend. »Kreativ. Aber man hat nicht Marina verbrannt, sondern den Tod. Solange Marina brennt, gibt es keinen Tod.«

»Was?«

»Treffen wir uns am Feuer? Wann geht es los?«

»Um zehn. Aber ich arbeite doch gar nicht mehr hier...«

»Kein Problem, ich bezahl dir den Eintritt«, meinte er fröhlich. »Und, trägst du meine Schlange auch?«

»Natürlich!« Sie zeigte mit dem Finger auf das metallene Rankengewirr um ihren Hals. »Ich hab nicht vor, sie jemals wieder abzunehmen!«

»Wirklich?«

»Ja.«

»Sehr gut ... Dann sehen wir uns auf dem Sabbat?«

»Gut. Am Eingang. Um halb zwölf. Vorher passiert sowieso nichts Interessantes.«

Der rothaarige Kavalier nickte, warf ihr einen vielversprechenden Luftkuss zu und schritt davon.

Ach du lieber Gott ...

Er ging zu schnell, er war schon am Tor.

... wir sind heute Abend doch schon woanders eingeladen!

»Warte!«, brüllte sie. »Ich kann nicht! Jan!«

Sie wollte ihm hinterherstürzen, stolperte und fiel vom »Sonnenwagen«. Landete auf allen vieren im Sand. Sprang auf und rannte weiter. Aber als sie das Tor erreichte, war draußen niemand mehr zu sehen.

*

An der Tür der Boutique »Sappho« wurde Jekaterina Dobrashanskaja von einer aufgelösten Verkäuferin eingeholt, die ihr Kostüm in der Hand hielt: »Meine Dame, Sie haben das hier in der Kabine vergessen.«

Die Dame drehte sich um. Sie trug ein weißes Kleid – schlicht geschnitten und äußerst aufreizend in Kombination mit dem dichten, jetzt locker fallenden blauschwarzen Haar.

»Ich habe es nicht vergessen – ich habe es absichtlich dagelassen. Ich brauche es nicht mehr.«

Die Dame hatte kühne Brauen, geschwungen wie Rabenflügel, und ihre bodenlosen, dunklen Augen bargen eine solche Kraft, dass die Verkäuferin, als sie diesem Blick begegnete, in plötzlichem Schwindel wusste: *In diesem Leben ist alles möglich!*, ohne zu versuchen, dieses »alles« zu begreifen, denn dieses »alles« bedeutete in der Tat »alles« und schloss so unendlich viel in sich ein, dass eine Aufzählung bis ans Ende aller Tage gedauert hätte.

Sie verstummte, blickte dem sich entfernenden, gerade aufgerichteten Rücken nach und dachte: *Was für eine Frau! Was für eine Frau ...* – ganz ohne Neid, denn erstens gibt es eine Art von Schönheit, die zu beneiden schlicht unmöglich ist, das Einzige, was einem bleibt, ist, fassungslos den Kopf zu schütteln: dass es so etwas gibt! Und zweitens deshalb, weil das teure Kostüm, das vor gerade zwei Wochen in ihrem Geschäft gekauft worden war, exakt die Größe der Verkäuferin hatte und nichts sie daran hinderte, den Satz »ich habe es dagelassen« mit dem fehlenden, ausschlaggebenden »Ihnen« zu ergänzen.

Was für eine Frau!, dachte sie zum dritten Mal. *Wie ... wie ...* Der Verkäuferin fiel gar kein Vergleich ein.

Der Fahrer Gena stand am Auto und war dabei, eine verschrumpelte Kippe zu rauchen. Sie fiel ihm aus den Fingern. Ungläubig und erschrocken reckte er den Hals, um sicherzugehen, dass seine Augen ihn nicht trogen.

»Na, ungewohnt?«, lachte Katja, die wusste, wie gründlich sie dem Burschen abgewöhnt hatte, als Erster das Wort zu ergreifen.

»Schon …«, murmelte er verdattert.

Sie benahm sich schon seit dem Morgen ungewohnt, vor allem, nachdem sie das Haus Nr. 1 schließlich mit einem schweren Paket unter dem Arm, einer Flasche Cola in der Hand und restlos glücklichem Gesichtsausdruck verlassen hatte – einen solchen Gesichtsausdruck kann man an Menschen beobachten, die auf einem Liegestuhl am Strand liegen, weit entfernt vom täglichen, wirklichen Leben, und sorglos auf den sonnenfunkelnden Ozean hinausschauen.

»Ich habe da zwei Fahrräder«, hatte er sie erinnert und sich schon im Voraus vor dem erwarteten Rüffel geduckt.

»Fahrräder?«, hatte Jekaterina Michailowna leichthin gefragt. »Die brauche ich nicht mehr. Lass sie einfach im Hauseingang. – Nein, nicht nötig«, hatte sie seinen Versuch abgewehrt, ihr das schwere Paket aus der Hand zu nehmen. »Das trage ich selbst.«

Seine monolithische Arbeitgeberin zerfiel vor seinen Augen in nicht miteinander vereinbare Fragmente: der gewohnte Mund, aus dem alles andere als gewohnte Anweisungen kamen, die gewohnte Gestalt, die sich ungewohnt anmutig bewegte, die gewohnten, ungewohnt weichen Züge. Und sie fügten sich von neuem zu einer absolut neuen Jekaterina Michailowna zusammen – nicht mehr jener aus schwarzem Metall geschmiedeten, mit Dynamit geladenen Frau, um die stets ein Minenfeld lag.

Jener früheren hatte sich ohne Angst nur ein Minenräumer nähern können. Als Beleidigung hatte sie anscheinend schon die Tatsache aufgefasst, dass jemand auch nur bemerkte, dass sie schön war.

Diese hingegen …

»Sie sind unglaublich schön!«, sagte er seltsam schüchtern und schuldbewusst – plötzlich schämte er sich seiner einstigen Gleichgültigkeit für sie. »Wunderschön!«

Natürlich hatte er immer gewusst, dass sie schön war, aber dieses Wissen war eher theoretisch gewesen. Jetzt war es vom bloßen Wissen zu einem Gefühl geworden, das ihn von Kopf bis Fuß einhüllte. Denn sie war nicht mehr aus tödlich schönem Stahl, der über ihm geschwungen wurde, sondern …

Er wusste es nicht.

Er wusste nur, dass er dasselbe fühlte wie vor drei Jahren, als er mit seiner Familie zur Mutter seiner Frau nach Amerika gefahren war und vor den Niagarafällen gestanden hatte. Gewaltig. Faszinierend schrecklich. Grauenhaft betörend. Ein Wasserfall, der einen im Handumdrehen verschlingen konnte und dabei dennoch dasselbe überwältigende Wunder blieb, das man unmöglich hassen konnte. Denn bei seinem Anblick musste man ihm das Recht zugestehen, einen zu töten …

»Schön? Wirklich?« Seine Arbeitgeberin lächelte und setzte sich ins Auto, ohne abzuwarten, bis er ihr die Tür aufhielt.

Beunruhigt betrachtete Gena den üblen vernarbten Schnitt an ihrem nackten Arm – bisher hatte er ihn noch nicht gesehen, aber jetzt dachte er, dass dieser Schnitt das Einzige war, was von der verhassten, hasserfüllten Jekaterina Dobrashanskaja geblieben war, so als sammle sich deren ganzes Wesen darin, würde zu einem verzerrten, geröteten Riss aus vergangenem Schmerz.

»Zum Kreschtschatik, ins Café ›Château des fleurs‹. Danach stellst du das Auto am ›Circe‹ ab und kannst nach Hause gehen. Ich brauche dich nicht mehr.«

»Überhaupt nicht?«, fragte er erschrocken.

Sie lachte. »Heute. Mach Feierabend.«

Sie staunte, als sie erkannte, dass sie nicht wie sonst wütend über ihn wurde, sondern über seinen ungläubigen, wie geblendeten Blick nur lachen musste.

Sie ging nicht in das Café hinein. Setzte sich in einen Korbsessel draußen und bestellte einen frisch gepressten Orangensaft und eine Schachtel Zigaretten. Sie hatte vor einigen Jahren aufgehört zu rauchen, ohne besonderen Grund – einfach nur, um sich zu beweisen, dass sie keine Gewohnheiten hatte, dass alles ihre freie Entscheidung war. Aber jetzt erschienen ihr ihre einstigen Versuche, ihre völlige Freiheit von allen Zwängen unter Beweis zu stellen, lächerlich.

Abgekämpft von all ihrer Selbstverwirklichung war die damalige Katja in den Sommer hineingetaumelt. Den Ellbogen träge auf den Tisch gestützt, den Kopf leicht geneigt, nahm die jetzige Katja das von zwei langen Balkonen durchgestrichene Haus Nr. 15 auf der anderen Seite des Kreschtschatik »in die Hand«.

»Im Namen meines Vaters ...«, sagte sie leise vor sich hin. Und das Gefühl, dass es ausreichen würde, noch dreiundzwanzig weitere Worte auszusprechen, um dieses solide achtstöckige Haus mit den fünf diademartigen Dachgauben und dem teuren verglasten Kaufhaus darunter, diese teure Adresse zwischen der Passage und der Metrostation »Kreschtschatik«, in sich zusammenstürzen und Hunderte von Menschen unter sich begraben zu lassen, die alle von sich glaubten, einen freien Willen zu haben, ließ ihr Inneres unendlich weit und groß werden.

Dreiundzwanzig Worte. Nur dreiundzwanzig Worte. Und wie viele weitere Worte erwarteten sie im Buch der Macht!

»Ihr Saft und die Zigaretten.«

»Bringen Sie mir bitte noch einen Martini. Bianco.«

»Und setzen Sie ihn auf meine Rechnung«, ertönte eine ruhige Männerstimme.

Katja drehte langsam den Kopf, die Lippen schon zusammengepresst in der Vorbereitung einer ätzenden Zurechtweisung des etwas zu selbstbewussten Opfers ihrer Schönheit, erblickte über sich jedoch zwei eisblaue Augen und murmelte vor Überraschung nur einfallslos: »Glauben Sie, das kann sie auseinanderrechnen?«

»Ich hoffe es«, erwiderte er ohne die Spur eines Lächelns.

Seine Hand mit dem blauen Juwel hielt ihr einen Aschenbecher hin. Und während sie an ihrer Zigarette zog, sah Katja ihm neugierig in die Augen – dort herrschte ein Schneegestöber, das ihrem Blick und ihrem Gesicht gegenüber vollkommen gleichgültig war.

»Mir scheint, als hätten wir uns schon einmal gesehen«, sagte Dobrashanskaja, obwohl es überhaupt nicht ihr zukam, das zu sagen, sondern ihm, der ihr so unverschämt seine Anwesenheit aufdrängte. »Im ›Zentrum für Hexenkunst‹. Im Podol. Haben Sie sich dort von einem Fluch befreien lassen?«, fragte sie boshaft.

Seltsam: Sie begann langsam, sich allmächtig zu fühlen.

Er lächelte charmant. »Und Sie wollten vermutlich Ihren Feinden Unglück auf den Hals wünschen? Ich bin mir sicher, dass Ihnen das gelungen ist.«

Katja sah ihn von unten herauf an und versuchte, die gefährlichen Worte zu deuten, aber die Miene des Blonden war undurchschaubar, so als ob er nur höflich den Scherz des Gegenübers weiterführe.

»Und Sie beschäftigen sich mit der Organisation von Ausstellungen?«

Er stutzte ein wenig. »Das wissen Sie schon?«

»Ich weiß alles über Sie«, parierte Katja. »Sogar, dass Sie gleichzeitig geplatzte Rohre flicken.«

»Rohre – ich?« Der Blonde hob fragend die silbern schimmernden Brauen. »Verzeihen Sie, ich verstehe nicht.«

»Spielen Sie nicht den Überraschten«, schnappte sie verärgert. »Vorgestern im ›Zentrum‹ habe ich eine junge Frau getroffen. Sie war nach mir an der Reihe. Sie hat gesagt, dass Sie bei ihrem Vater arbeiten. Und ihr Vater hat die Überschwemmung auf der Frunsestraße behoben.«

»Das ist doch …« Die Winteraugen des Blonden bedeckten sich von innen her mit Reif. Doch zu Katerinas Enttäuschung erschien er eher verdutzt als ertappt. »Das heißt, er repariert Rohre«, sagte er dann gelangweilt. »Was wundere ich mich eigentlich darüber?«

»Wer – er?«

»Mein Bruder, denke ich.«

Sie hörte nun wirklich auf, ihm zu glauben. »Sie wollen doch nicht behaupten, dass Sie einen Zwillingsbruder haben!«

»Nur äußerlich«, beschwichtigte der Blonde sie. »In allem Übrigen ist er mein genaues Gegenteil. Ich habe ihn auch schon viele Jahre nicht gesehen.« Nachdenklich verzog er die Lippen und holte dann, als habe er sich zu etwas entschlossen, aus seiner

Hemdtasche einen goldenen Parker-Kugelschreiber, schrieb sieben Ziffern auf die Serviette und schob diese unter Katjas Hand. »Falls es Ihnen nichts ausmacht, könnten Sie ihm über Ihre Bekannte einen Gruß von mir ausrichten lassen. Ich glaube zwar nicht, dass er Kontakt zu mir aufnehmen wird. Aber es gibt immer wieder Überraschungen im Leben ...«

»Ich fürchte, ich werde dieses Mädchen nicht so bald wieder treffen«, sagte Katja, erstaunt darüber, dass die Geschichte mit dem Zwillingsbruder ihr plötzlich gar nicht mehr so unglaubwürdig vorkam.

»Oh, ich habe es nicht eilig«, erklärte er ungerührt. »Sie verstehen ja gewiss, dass ich auch ohne ihn genügend Probleme habe.«

»Woher sollte ich etwas über Ihre Probleme wissen?«

»Sie haben doch selbst gesagt ... Verzeihen Sie, ich dachte, Sie hätten es in den Nachrichten gesehen. Heute Nacht hat jemand versucht, die ›Recken‹ von Wasnezow zu stehlen. Und da ich die Ausstellung organisiert habe ...«

»Ach, das ... Ja, und?«, fragte Katja, wider Willen aufmerksam.

Der Kunstfreund schüttelte den Kopf. »Eine seltsame Geschichte. Aber wenn sie Sie interessiert ...«

»Aber sicher.«

»Im Museum ist natürlich ein Nachtwächter«, begann der Blonde weitschweifig. »Aber er hat trotz der Alarmsirene tief und fest geschlafen. Die herbeigerufene Polizei musste durch das eingeschlagene Fenster einsteigen, er hat ihnen nicht mal die Tür geöffnet.«

»Wird er als Komplize verdächtigt?«

»Er konnte nur mit Mühe geweckt werden und ist noch immer nicht wieder ganz bei sich. Man geht von einer Vergiftung mit einem seltenen Gas aus. Aber das ist vollkommen absurd«, sagte der Blonde verächtlich, »weil die Tat von Laien begangen wurde. Stellen Sie sich vor, die Täter haben einfach ein Fenster eingeschlagen, sind eingestiegen, haben das Schutzglas über dem Bild zerschlagen und sind durch ein anderes Fenster wieder verschwunden. Sie werden vermutlich sagen, dass sie nur nicht genug Zeit hatten, die Leinwand herauszuschneiden ...«

Katja, die nichts dergleichen zu sagen vorhatte, nickte mit ausdrucksloser Miene, wobei sie wieder dieses überlegene Gefühl hatte: Wenn der Blonde wüsste, wie dreimal verrätselt all das wirklich gewesen war, wäre es aus mit seiner kühlen Nüchternheit.

»Aber das hätten sie ohnehin nicht geschafft«, fuhr der Ahnungslose fort, »so schnell wie die Polizei da war. Es ist schon erstaunlich, dass es ihnen gelungen ist zu fliehen. Was wollten sie also? Was wollten diese Mädchen?«

Katja verlor auf einen Schlag all ihre kühle Herablassung. »Mädchen?«

»Vor fünfzehn Minuten«, erzählte der Blonde, »wurde mir mitgeteilt, dass ein Taxifahrer aufgetaucht ist, der nachts zwei junge Damen gefahren hat. Die Zeit stimmt. Diese Mädchen haben sich das Taxi ans Haus kommen lassen, sind eine ganze Weile gemeinsam mit einer dritten Freundin in der Stadt herumgekurvt und haben ihn dann gebeten, sie zum Museum zu fahren. Sie haben sich als Schauspielschülerinnen ausgegeben. Ihre äußere Erscheinung war der Beschreibung nach höchst schillernd, die eine hatte blonde Afrozöpfe bis zur Hüfte und die andere wilde rote Locken. Vor allem die Erste kann man ja wohl kaum verwechseln! Die Polizei ist schon auf dem Weg zu ihrem Haus ...«

»Die Polizei?«

Plötzlich hasste Katja ihr neues Kleid. Es war unbequem und ungewohnt, ganz anders als ihre gepanzerten Kostüme.

»Aber warum sollten Schauspielschülerinnen ...?«

»Ja, warum?«, fragte der Blonde mit Nachdruck und starrte sie aus seinen gefrorenen Augen an. »Offensichtlich nicht, um es zu stehlen. Aber warum dann, was denken Sie?«

»Woher soll ich das wissen?«, entgegnete Katerina.

Und begann zusammen mit dem Kleid auch den verfluchten Blonden zu hassen, der ihr diese völlig unerwünschte Verantwortung für zwei ihr völlig gleichgültige Schicksale aufbürdete.

Seit sie wusste, dass das Gefängnis, das Maschas Vater drohte, nur eine hysterische Übertreibung von deren Mutter war, und sobald sie Dascha mit Bedacht vorgewarnt hatte, dass sie heute wegen des Wettkampfs den ganzen Tag weg sein würde, hatte Katja ihre beiden zufälligen Gefährtinnen aus ihrem Gehirn verbannt, und zwar sehr, sehr weit hinter die Grenze ihrer persönlichen Welt.

Aber ihr unbeschwerter Zustand hatte nun ein plötzliches, unvorhergesehenes Ende gefunden.

Die Polizei ist schon auf dem Weg.

Was für bescheuerte Idiotinnen! Mit dem Taxi dorthin zu fahren!

Jetzt kennt die Kripo ihre Adresse komplett mit Wohnungsnummer und Telefon. Sie wird ihnen auflauern und sie ohne jede Mühe festnehmen. Der Taxifahrer wird sie identifizieren. Und Daschas Fingerabdrücke stimmen mit denen auf dem Museumsfenster überein. Und es wird lächerlich klingen, einen Verrückten mit einem Messer überhaupt zu erwähnen. Niemand wird ihnen glauben. Mascha wird als Mittäterin gelten ... Und das wird ihr Ende sein, denn im Unterschied zu Dascha wird sie nicht erst im Gefängnis zugrunde gehen, sondern schon in der Untersuchungszelle, wo sie in weniger als einer Stunde sitzen wird. Aber ...

Die Polizei ist schon auf dem Weg.

Diese blöden Idiotinnen!

Jekaterina Michailowna Dobrashanskaja hatte sich ihr Leben lang als Miststück von seltener Herzlosigkeit bezeichnet. Andere hatten es auch getan, aber sie war solidarisch mit ihnen gewesen und hatte sich selbst ebenso wie sie in dieser Ansicht bestärkt. Sie mochte sich als Miststück: Denn als Miststück zu leben, das sich einen Dreck für den Rest der Welt interessierte, war bequem, lukrativ und gesund für die Seele.

Doch durch ein unerklärliches Wunder tauchte vor ihrem inneren Auge nun die naive Studentin auf, die erste und letzte Person, die versucht hatte, sie zu verstehen und ihr zu helfen, nicht, weil sie Geld dafür bekam, sondern weil sie den festen Glauben hatte: Katja ist gut. Es gab niemanden außer Mascha, den Katja als »gut« bezeichnen würde, einschließlich sich selbst. Aber das Problem bestand darin, dass sie in Maschas Anwesenheit selbst begann, sich wenn nicht als gut, so doch zumindest als nicht ganz so schlecht zu betrachten ... Und so gern sie jetzt ein gleichgültiges Miststück von seltener Herzlosigkeit gewesen wäre, sie schaffte es nicht!

Aber was kann ich tun, wenn die Polizei schon beim Haus ist? Es wurde mir vor fünfzehn Minuten mitgeteilt.

Fünfzehn Minuten!

Die Bedienung brachte endlich den Martini. Aber Katja hatte keine Lust mehr, ihn zu trinken.

»Nun, was auch immer sie für Ziele hatten«, plauderte ihr fremder Gesprächspartner weiter, »sie haben sie nicht erreicht. Doch das ist ihr geringstes Problem – viel schlechter ist, dass sie unsere Aufmerksamkeit auf sich gezogen haben.«

»Ja, das ist verteufelt schlecht«, stimmte sie ihm aus vollem Herzen zu.

»Auf sich und auf dieses Bild.« Seine Stimme erklang irgendwo am Rand ihres Bewusstseins.

»Wieso das Bild?«

Mit aller Macht versuchte Katja sich die Telefonnummer der Wohnung am Jaroslawswall ins Gedächtnis zu rufen. *224 ... Und dann? 224-12-22. Nein.*

»Nun, es ist nicht irgendein Bild – es sind die ›Drei Recken‹. Und wenn ihnen etwas passiert wäre ...«

»Dann hätte man Sie nur bedauern können.«

Vielleicht 224-22-12? Mascha könnte schon zurück sein ... 224-22-17? Und die Polizei ist sicher noch nicht da ... 224-27-22? Jede Sekunde zählt!

»Und nicht nur mich, sondern uns alle – unsere Stadt, unser Land«, rückte der Blonde das Problem selbstherrlich in den Mittelpunkt der Welt.

»Glauben Sie, es hätte unsere Beziehungen zu Russland getrübt?«

Vor Anspannung wurden Katjas Handflächen feucht. *224-72-27? Nein! Nein! Nein! Es ist alles aus!*

»Es gibt Probleme, die man unmöglich in die Kategorien ›unsere‹ oder ›eure‹ einteilen kann. Und sei es darum, weil zu der Zeit, als hier die drei Recken lebten, auch dieses Gebiet zur Kiewer Rus gehörte. Und was war, wird immer sein«, erwiderte er rätselhaft und plötzlich ungeheuer ernst.

Nervös wischte sich Katja die Handflächen an der Serviette ab und warf das Papier von sich. Eine abgeknickte Ecke mit vor Feuchtigkeit verschwimmenden Ziffern darauf fiel ihr ins Auge. 311-72-21.

224-72-21, ganz sicher. Das ist die Nummer!

Sie erhob sich. »Entschuldigen Sie, ich muss gehen.«

»Aber natürlich ...«

Hastig ging Katja ins Café zum Telefon und versuchte, ohne durch das Fenster in der Eingangstür die Augen von dem Blonden zu wenden, zu der verirrten Museumsbesucherin durchzukommen. Es nahm niemand ab. Der Blonde schaute auf die Uhr, legte einen Schein auf die Tischdecke und stand auf – ein Glück! Aber da erstarrte er. Und gemeinsam mit ihm erstarrte auch Katjas Finger mitten im Wählen.

Der ganze Kreschtschatik, eingerahmt vom Holz der Tür, verwandelte sich in ein erstarrtes, zitterndes Standbild.

Was ist los?, dachte Katja unruhig.

Die Antwort folgte auf dem Fuße.

Wie ein roter Kugelblitz raste ein knallrotes Moped die Fußgängerzone des Kreschtschatik herunter, darauf saß die splitternackte Dascha Tschub mit einem blau-gelben Banner um den Leib.

Katjas Augen traten aus den Höhlen.

»Junge Frau in der Nationalflagge, bitte halten Sie an!«, erscholl eine megafonverstärkte Stimme.

Dascha wurde von der Polizei gejagt!

Fünfzehntes Kapitel,

das fast nur aus hochkonzentrierter Liebe besteht

Warum, Asasello, warum? Was hast du mit MIR gemacht?
Michail Bulgakow, ›Der Meister und Margarita‹

Sunny stand auf der Bühne. »Na, wie war's?«

»Hier.« Dascha, wieder mit den Resten ihrer Tops bekleidet, gab ihm die Jacke zurück und tat einen resignierten Atemzug – sie hatte nicht die geringste Lust mehr, Sunny zu verführen. Nicht die geringste! *Noch vor einer Viertelstunde … Aber jetzt, wo alles so unglaublich toll ist, doch nicht!*

Unglaublich toll war es deshalb, weil es Dascha auf dem Weg vom Tor bis hierher gelungen war, die einzig richtige und schwindelerregend feierliche Entscheidung zu treffen, vor der ihr buchstäblich der Atem stockte: Und wenn ganz Kiew heute Abend in Schutt und Asche gelegt würde, sie würde sich mit Jan treffen, koste es, was es wolle!

Eigentlich, fuhr ihr durch den Kopf, *könnte ich Sajadlaja auch den Wert des Mopeds in Geld geben. Katja leiht es mir sicher – schließlich ist sie echt in Ordnung!*

Sunny hielt sich das Kostüm an den Leib, wie um zu prüfen, ob es durch Daschas Tragen womöglich größer oder kleiner geworden war. Er liebte seine Sachen und hütete sie wie seinen Augapfel, und dass er Dascha sein bestes Stück geliehen hatte, war seine persönliche Heldentat.

Sie lächelte. »Ich will, dass das Fest markerschütternd wird! Ich komme auch, mit Jan. Er lädt mich ein! Ist das nicht toll?«

»Das Erscheinen Anna Kareninas in der Grand Opéra!«, meinte der belesene Sunny beifällig. »Der Direktor kriegt einen Herzinfarkt.«

»Vor allem, wenn ich bei all meinen eigenen Wettspielen gewinne! Und den Preis kriege …«

»… ein halbes Jahr lang kostenlosen Eintritt. Das bringt ihn um! Schau mal«, er zog ihr Buch über alte Volksfeiertage hervor. »Das hat er mir gegeben. Aber was du da so unterstrichen hast … Wofür hast du die Zelte gedacht?«

»Pavillons! Die sind enorm wichtig – um sozusagen ins Gebüsch zu verschwinden. Kapiert? Du wirst sehen, spätestens um eins in der Nacht geht's hoch her … Und he, Johannis ist die beste Zeit, um Kinder zu empfangen!«

»Und was ist mit dem Farnkraut? Und was für eine Lumpenpuppe werden wir verbrennen?«

»Wo?« Dascha schlug das Kapitel über Johannis auf und las einen mit Bleistift umkringelten Absatz durch. Dann las sie ihn noch einmal und noch einmal, und beim dritten Mal begannen sich die Buchstaben vor ihren Augen zu drehen. »Das ist … das …«, stammelte sie. »Himmel, das ist heute!!«

»Natürlich ist das heute. In einer Stunde kommt der Lastwagen mit dem Farnkraut. Was mache ich damit?«

»Ich werde heute sterben!«, stieß die Markerschütternde hervor, außerstande, ihren eigenen bebenden Worten zu glauben.

»Ich auch, glaube ich«, seufzte der Tänzer deprimiert. »Ich kriege diese Party allein einfach nicht hin. Der spinnt doch, dich zu entlassen. Damit hat er sich selbst die Schlinge um den Hals gelegt.«

»Du verstehst nicht: Ich sterbe wirklich!«, schrie sie verzweifelt. »Entschuldige, ich muss sofort los.«

»Aber Dascha –«

»O-o-oh, wen hat's denn hierherverschlagen? Unser zweifelhaftes Glückssternchen!« Sajadlaja hatte wahrlich das Talent, in den unpassendsten Augenblicken aufzutauchen. »Alex! Alex, komm mal schnell!«

»Schrei hier nicht rum!«, zischte Dascha, in der alles drunter und drüber ging. »Ich hab verloren. Du kriegst alles von mir. Heute Abend. In Geld.« Sie wollte zum Ausgang stürzen.

Sajadlaja packte sie am Handgelenk. »Was für Geld? Woher willst du das nehmen?«

Dascha riss sich los und hastete zur Tür. Irgendwoher roch es beunruhigend verbrannt.

»Alex!«

Die Friseuse griff mit beiden Händen nach Dascha und erwischte nur noch ihre Kleider. Der Rock ging erfolgreich endgültig in Fetzen und blieb in Sajadlajas Hand hängen.

Dascha quiekte hysterisch auf, setzte sich auf den Boden und zog die Reste des Tops nach unten. Hinter der Bühne kam der sehnlichst erwartete Alex hervor und erstarrte mit offenem Mund.

»Was, hast du mich noch nie nackt gesehen?«, fauchte die Markerschütternde giftig. Ihr liebster Bikini, eine Komposition aus dünnem String, war auch nicht viel keuscher.

Der Rausschmeißer schaute sie trotzdem völlig perplex an, schluckte und wetterte dann überraschend mit sich überschlagender Stimme in Richtung Sajadlaja los: »Was hast du mit ihr angestellt, du Schlampe? Hast du sie nicht alle? Für so was gehört dir eins in die Fresse! Was hast du an dem Mädel rumzuzerren?«

Instinktiv zog Dascha den Kopf zwischen die Schultern: dieser plötzliche Anfall von Gerechtigkeitssinn musste Alex eine so geballte Ladung Zorn einbringen, dass es besser wäre, ganz still und heimlich zu verschwinden.

»Herrgott, verzeih mir, Daschenka!«, rief da unbegreiflicherweise Sajadlaja mit tränenerstickter Stimme. »Das wollte ich nicht! Sunny! Sunny, gib ihr...«

Und da sah Dascha endlich, dass der Tänzer wie vom Donner gerührt dastand, in der Hand das aufgegangene Bündelchen mit dem Liebespulver, das sie in der Tasche des Kostüms vergessen hatte.

»Mir ist schlecht«, sagte er schwach, den Blick auf die verschüttete Mischung auf dem Boden und in seiner Hand gerichtet. »Furchtbar schlecht ... Und mein Kopf! Ist das absurd ...« Es hörte sich an, als wolle er gleich losheulen. »Warum tut ihr das? Kapiert ihr nicht, dass der Club ohne Dascha nicht existieren kann? Sie ist eine echte Künstlerin! Ein Star! Ihr seid doch nur neidisch auf sie. Spießer! Abschaum!« Er presste die Hände auf seinen Bauch und krümmte sich wie vor Schmerz.

Offensichtlich hieß er wirklich Sascha.

»Abschaum?«, grollte Alex drohend. »Wenn sie nicht da wäre, würde ich dich ... Gib dem Mädel endlich dieses Federding!« Mit geballten Fäusten ging er auf den Tänzer zu.

Dascha wich die Farbe aus dem Gesicht. *Alex! Er heißt auch Sascha!*

»Daschenka, nimm das, bitte! Diese Kerle, müssen sich immer prügeln ...« Sajadlaja knöpfte ihr Kleid auf, ohne darauf zu achten, dass ihre Knopfbrüste sichtbar wurden, und hopste mit verschränkten Armen umher im Bemühen, es über den Kopf zu streifen.

Sajadlaja? Wieso Sajadlaja?

»Wie heißt du eigentlich mit Vornamen?«, fragte Dascha piepsig.

Der strubbelige Kopf tauchte unter dem Kleid hervor. »Sascha.«

»Was veranstaltest du da für einen Zirkus!«, fuhr Alex jetzt seine Freundin an, wobei er im Vorübergehen sein ärmelloses Shirt abstreifte. »Nimm, Dascha.«

»Nein, Dascha, hier ...« Sunny sprang heran, die Kostümjacke in der Hand.

»Was soll das werden? Ein Massenstriptease?«, erscholl eine entrüstete Stimme.

In der Tür stand der erboste Direktor des Clubs.

Daschas Verehrerschaft inklusive der Verehrten erstarrte: Alex mit entblößtem Oberkörper, Sajadlaja in Unterhosen, Dascha selbst in nichts als den Stiefeln à la Johnny Depp.

Sunny war der Erste, der wieder zu sich kam; er trat schnell zu Dascha und half ihr hastig, die Jacke überzuziehen. Dascha krallte die Finger hinein wie in einen Rettungsring.

»Entschuldigung«, keuchte sie. Ihre Arme hatten es irgendwie geschafft, sich in den Ärmeln zu verheddern. »Alexander Witaljewi –«

Alexander! Sascha!! Sie starrte ihn entgeistert an.

»Dasch-scha«, ächzte der Direktor, als sei ihm auf einmal der Mund ausgetrocknet. »Sie sind zurück?«

»Sie wird einen Dreck tun und zu Ihnen zurückkommen, Sie Mistkerl!«, schrie der Tänzer schrill. »Und ich gehe auch! Ich gehe mit ihr! Und das ganze Ballett mit mir!«

»Und ich hab schon gekündigt!«, grollte der Rausschmeißer.

»Aber Dascha, Sie müssen nicht gehen!«, sagte der Direktor ganz durcheinander, verwirrt von seinen eigenen Worten. Er schaute blöde vor sich hin, als seien sie Seifenblasen, die auf ungeklärte Weise seinem wohlanständigen Mund entströmten. »Ich kann Ihnen sogar Ihr Gehalt erhö ... hö ...« Die Lippen des Direktors verzerrten sich qualvoll im Widerstreit gegen diesen unerhörten und völlig unmöglichen Vorschlag.

»Dascha, geh nicht, vergib mir! Es ist alles meine Schuld«, wimmerte Sajadlaja und warf sich mit ausgestreckten Armen vor ihr auf die Knie, als wolle sie ihr die Füße küssen.

Dascha sprang unwillkürlich beiseite.

»Verzieh dich, du neidisches Biest!« Alex schob seine Geliebte grob weg. »Wie hab ich es bloß ein Jahr lang mit dir ausgehalten! Dascha ...« Er trat entschlossen zu ihr hin und legte ihr die Hände auf die Schultern.

Sie quiekte erschrocken auf und duckte sich mit eingezogenem Kopf.

»Nimm deine Pranken von ihr, du Bauernlümmel! Hau ab in deine Hundehütte!«

Mit unvermutetem Hass stieß Sunny Alex seinen durchtrainierten Tänzerfuß in den Bauch.

Alex fiel auf den Rücken.

Sajadlaja schrie auf.

Der Direktor, der jetzt schweißüberströmt war, rannte zu Dascha und versuchte sie durch die Hintertür in Sicherheit zu bringen.

Der Rausschmeißer sprang auf und ging mit wutverzerrter Miene auf den Tänzer los.

Jetzt verarbeitet er ihn zu ... Zu was genau, wagte Dascha nicht weiterzudenken, aber vor ihrem inneren Auge erschien das blutverschmierte, eingeschlagene Gesicht ihres Freundes, der sich nicht mehr hatte zuschulden kommen lassen, als ihr sein liebstes Kostüm zu leihen.

Da überkam sie ein Impuls der Inspiration, und sie schrie: »Sascha! Komm mit!«

Und rannte weg. Sie fühlte, ohne es zu sehen, wie vier menschliche Körper sich hastig nach ihr umdrehten, als seien sie mit Stahlseilen mit ihrem Rücken verbunden. Der Geruch nach Verbranntem wurde stärker. Sie hörte, dass die Prügelei endete, ehe sie richtig beginnen konnte – die vier Saschas vergaßen ihre persönlichen Meinungsverschiedenheiten und hetzten ihr nach, vereint durch einen einzigen Gedanken: *Sie hat mich gerufen!*

Sie ging in die Knie, zog den Schlüssel unter dem Stein hervor und sprang in den Sattel.

»Da-a-a-scha!«, brach von hinten ein vierstimmiger Chor der Verzweiflung über sie herein, aber sie hatte es schon bis auf die Fußgängerbrücke geschafft.

Geschlafen hätte Sunny trotz allem nicht mit mir, dachte sie mit unerklärlicher Befriedigung. *Er hat mich nur als Star angehimmelt – als wär ich die Ranewskaja und die Pugatschowa in einem!*

*

Das erste Auto hängte sich an ihre Fersen, kaum dass sie aus dem Gebüsch der Alexej-Insel auf die Fahrbahn einschwenkte. Der Fahrer des Peugeot hupte und winkte ihr aus dem offenen Fenster zu. Dascha betastete vorsichtig ihren Po und zog die kurze Jacke tiefer herunter – nein, es war nichts sichtbar.

Wahrscheinlich gefalle ich ihm einfach, dachte sie beruhigt.

»He, Süße, wie heißt du?«, rief der Fahrer.

Der Süßen stand der Sinn leider überhaupt nicht nach so was.

Auf der Brücke über die Metro wiederholte sich das Ganze.

»Halt doch mal an, Mädel!« Aus dem Fenster eines halbverfallenen Shiguli lehnte sich ein verschwitztes, grinsendes Subjekt mit Zähnen zweifelhafter Qualität.

»Keine Lust!«

»Ich hab aber Lust! Verdammt viel Lust ...«, johlte er.

»He, he, was machst du die Kleine blöd an?«, wurde er aus dem daneben wartenden Auto angeschnauzt. »Mädchen, wenn er Sie belästigt ...«, grollte ein Bursche mit grober Visage und Augen wie ein Bullterrier.

Doch das Mädchen preschte virtuos an beiden vorbei und grinste über ihre dummen Gesichter. Der Flirt en passant war ein fester Bestandteil von Daschas Leben – ihr Anblick fesselte jeden Zehnten. Der Anblick einer nackten Blondine in einer feuerroten Jacke mit wehender Zöpfchenmähne allerdings musste auf alle außer die willensstärksten Männer wirken wie ein rotes Tuch auf einen Stier.

Am Ende der Brücke erwartete sie ein Stau.

Dascha hielt an. Ein streng wirkender blonder Herr im grauen Anzug hinter dem Steuer eines Mercedes kritzelte etwas auf eine Visitenkarte aus Glanzpapier und hielt sie ihr schweigend hin. Er sah aus, als begreife er selbst nicht, was er da tat.

»He, Lady in Red, du bist fantastisch!«, ertönte von links eine ungenierte Stimme.

Mechanisch warf Dascha einen Blick auf die Visitenkarte: »Alexander Stolnikow« ... *Sascha?! Nein, das muss Zufall sein* ... Sie stopfte sie in die Tasche und ertastete dort das offene Bündel mit dem stinkenden Liebespulver.

»Lady in Red, lass uns zusammen gehen!«, rief hartnäckig die linke Stimme.

»Heißen Sie Sascha?«, fragte sie.

Der Playboy im roten Skoda war verblüfft. »Wie haben Sie denn das erraten?«

»Was haben Sie da für ein Parfüm?« Von hinten schnupperte jemand an ihr. »Das merke ja selbst ich. Wie heißt es?«

»Sascha!«, japste sie hysterisch und gab ihrem Moped die Sporen.

»Sascha? Ich auch!«

»Ich auch ...«

»Wieso hauen Sie denn ab?«

Der Stau teilte sich, und die Amazone schlängelte sich lebensgefährlich zwischen den Autos durch, betäubt von Hunderten Hupsignalen, und warf, kaum dass sie die Uferchaussee erreicht hatte, wütend das verfluchte Bündel auf die Fahrbahn und drehte das Innenfutter der Tasche um.

Der Brandgeruch stieg ihr in die Nase.

»He, du da im roten Jäckchen!«, schrie jemand von der Gegenfahrbahn. Voller Entsetzen sah Dascha, wie ein mächtiger panzerähnlicher Hummer-Jeep unter Missachtung sämtlicher Verkehrsregeln wendete und sich ungeniert hinter ihr einfädelte. Hinter ihm tauchte aus dem Nichts der klapprige, unverwüstliche Shiguli mit der Dufttanne am Rückspiegel auf.

»Rotkäppchen, ich fresse dich!«, röhrte der verschwitzte Typ und entblößte seine angerosteten Zähne.

Schon überholte ihn der rote Skoda. Die Miene des Playboys hinter dem Steuer war grimmig und wagemutig. Sein erregtes, langgezogenes Hupen klang für Dascha wie das Signal zur Treibjagd.

Die Markerschütternde stöhnte dumpf und brauste über die Uferchaussee davon, ohne einen weiteren Blick nach hinten zu wagen.

Hinter ihr hupte es wie verrückt. Als sie den Postplatz mit dem Flusshafen umrundete, konnte sie sehen, dass schon eine ganze Schwadron hinter ihr war, etwa fünf bis sieben Autos. Die entgegenkommenden Fahrer bremsten mit weit aufgerissenen Augen. Die Fußgänger auf den Gehsteigen erstarrten.

Der albtraumhafte Hummer hatte sie eingeholt. »Junge Dame, warum fahren die Ihnen alle hinterher?«

»Warum tun Sie's denn?«, kreischte Dascha.

Sie hörte, dass hinter ihr mehrere Wagen krachend aufeinander auffuhren. Jemand schrie.

Vor Angst kam ihr armes gehetztes Pony ins Rutschen, als sie in den zwischen zwei Bergen liegenden Wladimirstieg einbog. Rechts erhob sich der Wladimirhügel, überzogen von steilen gepflasterten Spazierpfaden, die sich zum ehernen Täufer der Rus und dem irgendwo in seiner Nähe verborgenen Teufelsberg emporwanden. Links fiel zum Dnjepr hin der Alexanderberg ab.

Und hinter ihr war die Hölle los.

Der Hummer wich ihr nicht von der Seite, so dass Dascha von seiner einschüchternden Masse verdeckt wurde. Womöglich rettete nur das sie vor der wildgewordenen Meute der Jäger, die sie hetzten wie einen erbarmungswürdigen Hasen. Der ungeduldige Skoda versuchte den Tausendtonner-Jeep zu überholen und rammte dabei einen zufällig entgegenkommenden Mazda. In das wilde Hupkonzert fiel von fern eine Polizeisirene ein. Zwei rote Eichhörnchen flohen entsetzt in großen Sprüngen den Wladimirhügel hinauf. Der Brandgeruch verzog sich nicht. Er blieb dicht bei ihr. Jede Feder ihrer Jacke war davon durchdrungen, und Dascha wurde von dem Gefühl in Schrecken versetzt, das Moped unter ihr brenne und versenge mit seinen glühenden Flanken ihre nackten Waden.

Aber ich habe es doch weggeworfen!, stöhnte sie innerlich, steckte noch einmal die Hand in die Tasche – und schwungvoll bohrten ihre Finger sich in ein Loch im Stoff. *Himmel!*

Die teuflische Mischung mitsamt ihren Fingernägeln hatte sich fröhlich ins Futter verteilt!

Das war das Ende. Sie würden niemals von ihr ablassen.

Herrgott, wie viele Saschas gab es eigentlich in dieser Stadt?

»Junge Dame, brauchen Sie Hilfe?« Aus dem Fenster des Jeeps blickte ein rundes Männergesicht sie besorgt an. »Was haben Sie denen getan?«

»Helfen Sie mir, ich bitte Sie!«, schrie sie in äußerster Panik.

Rechts sauste schon das Haus Nr. 1 vorbei, das einzige am Wladimirstieg. Unabwendbar nahte der Europaplatz – vollgestopft mit einer schwerfällig durcheinanderkrabbelnden Masse Demonstranten, die langsam aus der Richtung des Parlamentsgebäudes heranströmten und anscheinend vorhatten, den Kreschtschatik entlangzumarschieren. Die vielköpfige Menge mit Flaggen und Plakaten füllte den ganzen Platz aus und legte den Verkehr lahm. Oberhalb, auf der Gruschewskistraße, funkelten angestaute Autos. Auf den Gehsteigen leuchteten die tiefblauen Hemden von Polizisten.

Oh Scheiße! Jetzt rasen sie in die Menge rein! Sie werden

nicht bremsen können!, fuhr es Dascha durch den Kopf, und bevor die neue Helena von Troja noch weiter dachte, riss sie sich verzweifelt die verfluchte Jacke vom Leib und schleuderte sie mit aller Kraft hinter sich.

Bremsen quietschten.

Mit einem flüchtigen Blick nach hinten sah sie, dass der gehörnte Hummer quer auf der Straße stand und den Übrigen den Weg versperrte. Hinter dem Jeep hervor rollte ein Wagen der Verkehrspolizei mit Blaulicht auf dem Dach, das beim Anblick der nackten Übeltäterin wutentbrannt aufheulte und blinkte.

In voller Fahrt pflückte Tschub irgendjemandem die gesenkte Flagge aus den Händen, ignorierte die nächstgelegene Dreiheiligenstraße und jagte geradeaus – auf die Fußgängerzone des Kreschtschatik, manövrierte sich an zur Seite springenden Straßenkünstlern, Luftballonverkäufern und verliebten Pärchen vorbei und hoffte nur, dass die Polizisten nicht anfangen würden, die Leute umzunieten. Dass sie bremsen würden. Zurückbleiben. So dass sie ihnen auf der Proresnajastraße entkommen konnte, die geradewegs zum heiß ersehnten Jaroslawswall führte.

Dascha hüllte sich mehr schlecht als recht in das Fahnentuch ein. Zu spät schoss ihr die bittere Wahrheit durch den Kopf: *Mascha hatte recht, es ist überhaupt nicht gut, zum Spaß zu hexen!*

»Junge Frau in der Nationalflagge, bitte halten Sie an!«, erscholl von hinten eine megafonverstärkte Stimme. »Junge Frau in der Nationalflagge, halten Sie an!«

*

Mascha zog den Samtvorhang beiseite. »Hier ist die Wohnung.«

Ihr Begleiter betrat das runde Turmzimmer und ließ befangen den Blick über die vergoldeten Reihen der Bücher und den Kamin mit den drei marmornen Katzen schweifen, deren Ohren das hohe Kaminsims stützten. Von den lebendigen Katzen war erstaunlicherweise keine zu sehen. Zum Glück war Mir auch ohne sprechende Katzen einigermaßen überwältigt.

»Ich weiß schon, dass du mir nicht glauben wirst …«, begann Mascha.

»Nein, nein«, beeilte sich Mir zu sagen. »Nicht, dass ich dir nicht glaube.« Nervös nahm er auf dem Sofa Patz. »Nur … Also, noch mal von vorn. Ihr seid in das ›Zentrum für Altkiewer Hexenkunst‹ zu einer gewissen Kyllina gegangen. So hieß sie, oder?«

»Ja.« Kowaljowa nickte. »Ungewöhnlicher Name.«

»Und sie ist gestorben. Vor euren Augen, vorgestern Nachmittag?«

»Ja. Am Vierten.«

»Und im Tod hat sie euch ihre Kraft übergeben?«

»Scheint so«, bestätigte Mascha fest und musste daran denken, wie Dascha sie als »eine Art Recke« bezeichnet hatte.

»Und danach«, fuhr Mir fort, »hat irgendein K. D. euch einen Brief geschickt und euch hierherbestellt. Und ihr habt gemerkt, dass ihr Hexen geworden seid.«

»Kiewizen«, verbesserte sie. »Das ist nicht das Gleiche. Wir verteidigen sozusagen Kiew.«

Es klang nicht sonderlich überzeugt.

»Oder beherrscht es, sozusagen?«

»So steht es in dem Buch.«

Davon, dass sie Macht über was auch immer hatte, war Mascha noch weniger überzeugt. Konnte sie die Forderung, etwas zu verteidigen, wenigstens noch in eine ihr vertraute Kategorie von Pflichten einordnen, so war »Macht« ein Begriff, den sie noch nie mit sich selbst in Verbindung gebracht hatte, und selbst ihre unerklärliche, aber spürbare Macht über Mir brachte sie viel eher in Verlegenheit, als dass sie sich darüber freute.

»›Kiew hat Macht über euch, ebenso wie ihr über es‹«, deklamierte sie. »Aber vielleicht ist das eine Art Metapher.«

Mir schüttelte heftig den Kopf im vergeblichen Versuch, die monumentale Kiewer Phantasmagorie dort unterzubringen.

»Und warum habt ihr drei rote Feuer am Himmel gesehen?« Er sah bodenlos unglücklich aus.

»Darüber steht auch etwas in dem Buch«, erklärte sie entschuldigend. »Die Feuer haben uns zum Wydubizker Kloster gerufen, zum Museum und auf den Kyrillberg, wo der Mord …«

»Aber warum denkst du, dass Kyllina auch von den Satanisten umgebracht wurde? Das ist unlogisch!«

»Warum?«, fragte Mascha erstaunt.

»Weil die Morde auf dem Kyrillberg nicht nur einfache Morde waren, sondern Opferungen. Sie wurden gemäß ein und demselben Ritual vorgenommen. Und Kyllinas Tod passt kein bisschen in dieses Konzept.«

»Aber Kyllina sagte: ›Ich war die Erste, doch es wird eine Zweite geben, und einen Dritten, und Er wird aufs Neue die Kraft gewinnen, die man Ihm vor langer Zeit geraubt hat.‹«

Mir erschauerte. »Wer ist Er?«

»Ich weiß es nicht.«

»Mhm …« Mir verlor sich in Gedanken, und Mascha konnte nur raten, was in seinem mit Unmöglichkeiten überfrachteten Bewusstsein vorging.

»Warte mal …« Sie rieb sich angestrengt die Schläfen, um ein vergessenes Wort daraus hervorzupressen. Dann tauchte ihre Hand hastig in die Hosentasche. »Ich habe mir heute Nacht etwas aufgeschrieben, über das ich später nachdenken wollte. Das mache ich immer«, erklärte sie, während sie das gefaltete Stück Papier ans Licht zog. »Eine Stelle aus dem Buch mit einem komischen Widerspruch: ›Schreckliches Ritual oder Ritual, das unmöglich auszuführen ist.‹ Wenn es unmöglich ist, warum wird dann beschrieben, wie es gemacht wird? Was bedeutet hier unmöglich? ›Um die vorige Macht wiederzugewinnen, müssen zum Opfer eine Blinde, ein Blinder und eine Holde Kiewiza gebracht werden, nach deren Willen …‹«

Miroslaws Augen verengten sich. »Eine Blinde und ein Blinder? Und –«

»Und ich war zu dumm, es damit in Verbindung zu bringen, weil ja kein einziger Blinder umgebracht wurde!«, erklärte Mascha. »Aber jetzt ist mir eingefallen, dass ›blind‹ in dem Buch die Bezeichnung für gewöhnliche Leute sein könnte! Dass es nur ein Synonym ist, wie ›Spießer‹ oder so. Daraus ergäbe sich, dass man eine Frau, einen Mann und eine Kiewiza töten muss. Das Ritual ist schon vollendet!«, rief sie. »Aber wer hat nun die vorige Macht wiedergewonnen? Die Wand hat nur einen Riss, der Schatz ist nicht aufgetaucht ...«

»Niemand, würde ich sagen.« Mir vergrub das Gesicht in den Handflächen und atmete tief durch. »Es war nur ein Verrückter. – Hör zu! Ich muss dir etwas sagen, etwas sehr Wichtiges! Ich liebe dich wirklich. Ich weiß nicht, wie es dazu gekommen ist. Ganz plötzlich ...« Er verstummte und dachte wehmütig daran, wie virtuos er Frauen immer hatte anlügen können. Je weniger Gefühle da sind, desto leichter ist es, Sehnsucht vorzutäuschen und über Gefühle zu sprechen. Aber die Liebe lähmt selbst dem Redegewandtesten die Zunge. »Du kannst mir vermutlich nicht verzeihen, dass ich dich ... damals ...«, sprach er niedergeschlagen sein eigenes Todesurteil.

Mascha begriff, dass er seinen selbstgefälligen Scherz in der Hochschule meinte. Wie weit weg das war, wie unwichtig, es hatte sich in einem anderen Leben ereignet – und dennoch war es genau dieser Vorfall, der ihr wie eine Gräte in der Kehle steckte und verhinderte, dass sie Mirs Geständnis ohne Weiteres schlucken konnte. Der dazu führte, dass sich ihr Magen zusammenzog und sie alles, was er sagte, nur wie von fern hörte.

Außerdem gab es noch einen zweiten Grund: Seine Liebe zu ihr war vollkommen unlogisch. Wenn es überhaupt eine logische Erklärung dafür gab, dann die, dass Mir jetzt panische Angst davor hatte, von allen allein gelassen zu werden ...

Und drittens: im Unterschied zu dem wahnsinnigen Mörder konnte diese Unlogik warten.

Und Er wird aufs Neue die Kraft gewinnen, die man Ihm vor langer Zeit geraubt hat ...

Wer war Er?

»Aber ich glaube ganz fest, dass du verstehen kannst ... versuchen kannst ...«, murmelte Mir, den Blick wie zuvor auf den Boden gerichtet, »weil ich dich wirklich und wahrhaftig liebe. Hörst du?«

»Ja. Das heißt, nein, tue ich nicht«, sagte sie wahrheitsgemäß.

Mir hob den Blick und lächelte wie ein Sterbender. »Macht nichts. Ich liebe dich auch taub.«

Aus dem Tagebuch von X.

Nein, was für ein seniler Schwachkopf muss man sein, um sich ernsthaft den Anhängern Satans anzuschließen und zu glauben, dieser werde einen im Tausch gegen Menschenopfer mit Geld und Macht überschütten?
Der despotische Christus hat ihnen immerhin seine Liebe versprochen. Was hat ihnen der Teufel versprochen, der sich seit eh und je ohne Scham als Leuteschinder zeigt, als Vater der Lüge und Feind des Menschengeschlechts? Nur eines: sie zu hassen, zu täuschen und in den Tod zu treiben. In dieser seiner Ehrlosigkeit ist er ehrlich. Und niemals hat er seine Absichten verschleiert. Ihn um Hilfe zu bitten, ist ungefähr dasselbe, wie einen Dieb dein Haus bewachen zu lassen oder einen Triebmörder als Leibwächter anzuheuern …
Nein, das ist nicht einmal Wahnsinn, sondern die banale Debilität von Fanatikern, die auf Friedhöfen streunende Hunde aufschlitzen und, während sie ein umgedrehtes Kreuz küssen, flehen: »Sei mein Herr, Satan! Hasse mich, täusche mich, vernichte mich!«
Sind das nicht totale Idioten?
Das Lachhafteste aber ist die Tatsache, dass da niemand ist, der sie hassen, täuschen oder vernichten wird. Niemand außer ihnen selbst, von ihrer eigenen Täuschung getäuscht. Denn ihren charismatischen Menschenhasser gibt es schlicht und einfach nicht. Es gibt nur die Ignoranz der Coca-Cola-Generation, deren Vorstellung vom Satan geprägt ist von amerikanischen Filmen mit Jack Nicholson, Robert De Niro, Al Pacino.
Aber es ist nicht De Niro, der zu euch kommen wird, macht euch nur keine Hoffnung.
Derjenige, den ihr ruft, ist euch schon jetzt ganz nah …

Sechzehntes Kapitel,

in dem sich ungeahnte Auswege auftun

> Das Gebiet von Kiew hat erwiesenermaßen direkte Verbindungswege zu anderen Welten. Diese Wege werden von Bulgakow *dargestellt*, nicht aber *benannt* …
>
> *M. Petrowski, ›Der Meister und die Stadt‹*

»Halt!«, unterbrach Mascha ihn hastig und sogar grob.

Erstens darum: Wenn ein Mann ihr seine Liebe gesteht, steigt in einer Frau das seltsame, vollkommen illusorische Gefühl auf, dass dieser Zustand für immer anhalten wird und die Erklärung somit gar nicht so wichtig ist.

Und zweitens, oder besser gesagt, vordringlichstens: In beinahe greifbarer Nähe dämmerte eine Erkenntnis auf, und Mascha schnalzte ungeduldig mit den Fingern, um sie noch näher zu locken.

»Erinnerst du dich an diesen Autor … Nein, kein Historiker … dieser, wie hieß er denn? Wassilissa hat uns von ihm erzählt, als sie davon sprach, dass Alexander II. Kiew als das russische Jerusalem bezeichnet hat.«

Mir schaute sie mit ungeheucheltem Interesse an, wie es nur der wahrhaft Verliebte für ein Mädchen aufbringen kann, das so wirr daherredet.

»Petrowski!«, entfuhr es Mascha. Ihre Hand erschlaffte und blieb wie eine halbgeöffnete Knospe in der Luft hängen.

Sie verstummte und suchte mit den Blicken gründlich das Zimmer ab – jetzt war die Erkenntnis ganz nahe, stand mit angehaltenem Atem in einer der dunklen Ecken. Und sie war absolut und umschloss restlos alles, wie ein Set von Matrjoschkas, deren kleinste, mit keinerlei Geheimnissen im Inneren, Mascha selbst war, umhüllt von einer etwas größeren, dem Rätsel der letzten nunmehr fast drei Tage, und einer dritten, riesigen und unvorstellbaren, die sich Kiew nannte – die Stadt Kiew, wo all das stattgefunden hatte, in diesen Tagen und seit eh und je.

»Weißt du, warum –«, sagte sie erregt.

Das heisere Klingeln des alten Telefons unterbrach sie.

Die Rednerin verzog das Gesicht und vernahm, nachdem sie den Hörer ans Ohr geführt hatte, Katjas ungewohnt aufgewühlte Stimme: »Gott sei Dank, du bist da! Gleich kommt die Polizei zu dir! Wegen dem Einbruch ins Museum. Der Taxifahrer hat ihnen die Adresse gegeben. Hau ab!«

»Wohin denn?«, fragte Mascha entgeistert.

»Nach Hause.«

»Da kann ich nicht mehr hin«, krächzte sie, bevor sie begriff, dass keine Zeit für lange Diskussionen war.

Aber Katja schrie bereits: »Club ›Circe‹! Das ist auf der Puschkinstraße, neben dem ›Bergognier‹. Ich warte bis um halb drei am Eingang. Schnell!«

»Und Dascha?«

»Die haben sie schon geschnappt!«

Aus dem Hörer drang mahnend pulsierendes Tuten.

Und kaum lag er wieder auf der Gabel, da schrillte das Telefon von neuem los.

»Wo bist du?«, gellte Daschas hysterischer Schrei an Maschas Ohr.

»In unserem Haus ...«

»Ich bin auch in unserem Haus«, schluchzte Dascha verzweifelt. »Aber du bist nicht da!«

*

Dascha fischte aus ihrem Stiefel den Schlüssel mit dem Katzenkopf (und beglückwünschte sich selbst zu der idiotischen Angewohnheit, den Schlüssel in der Socke zu tragen). Sie steckte ihn ins Schlüsselloch, während sie zugleich auf die Klingel drückte. Der Schlüssel traf auf keinen Widerstand, aber das war egal, weil die Tür bereits geöffnet wurde. Die Markerschütternde warf sich durch den entstehenden Spalt – und stieß mit einem unbekannten glatzköpfigen Opa mit Bierbauch und schreckerstarrter Miene zusammen. Er taumelte zurück, stieß gegen den Schrank und begann am ganzen wabbeligen Leib zu beben.

»Wer sind Sie?«, quietschte der Glatzköpfige mit dünner Stimme, der er vergebens einen drohenden Ton zu verleihen versuchte.

»Wer sind *Sie*?!«, platzte Dascha heraus und warf rasch die Tür hinter sich zu.

Das Schloss war sonderbarerweise nicht unter der Klinke, sondern darüber, und kein bisschen alt, das heißt, alt schon – vielleicht aus den sechziger Jahren –, aber nie im Leben antik.

»Was ist mit dem Schloss?«, schrie Tschub den Glatzkopf an. »Wo ist Mascha?«

»Hier gibt es keine Mascha«, blökte der Mann durch die Nase wie ein Schaf. »Wer sind Sie?«

Dascha schnitt ihm mit einer Geste das Wort ab, stürzte ins Wohnzimmer und blieb wie angewurzelt stehen.

Es war nicht das gleiche Zimmer! Es war nicht einmal rund, sondern rechteckig, hatte links einen Durchgang zu einem zweiten mit einem runden Erker und war mit Möbeln wie aus Daschas Kindertagen vollgestellt.

Einen Moment lang hoffte sie, sie habe sich nur in der Etage geirrt, obwohl es ziemlich schwierig war, die oberste Etage zu verfehlen, über der nur noch der Dachboden kam. Doch von diesem rettenden Gedanken angezogen, schoss Dascha durch die offene Tür auf den Balkon hinaus und erkannte sofort: der war derselbe geblieben wie bisher – ohne Geländer, zum Abheben einladend, beschirmt vom spitzen Hut des grauen Schieferdachs.

Gehetzt wandte sie sich wieder dem Dickwanst zu und brüllte in ihrer Hilflosigkeit: »Wann sind Sie hier eingezogen? Wann?«

»In den Siebzigern«, stotterte der Hausherr.

Es klingelte an der Tür.

»Nicht aufmachen!«, schrie Dascha. »Ich werde verfolgt. Die machen Sie auch fertig!«

Um die passenden Worte war sie noch nie verlegen gewesen.

Der Glatzkopf erstarrte und richtete seinen stumpfen, verwirrten Blick auf das stämmige Weibsbild in der gelb-blauen Flaggentoga – eindeutig eine gemeingefährliche Verrückte!

Dascha hastete zum Telefon und wählte.

»Halt, sage ich!«, knurrte sie und hob drohend den Flaggenschaft.

Der Glatzkopf, der sich leise in Richtung des von wildem Klingeln und Schlägen gegen die Tür erzitternden Flurs hatte davonstehlen wollen, erstarrte wieder und schielte hastig irgendwo zur Seite. Dem Schaft folgend, löste sich der Rest der Flagge etwas, und darunter wurde Daschas Brust sichtbar, so optimistisch und fest wie ein Apfel der Sorte »Ruhm dem Sieger«.

»Hallo?«, hörte sie Maschas verstörte Stimme.

»Wo bist du?«, rief Dascha erstickt, während sie versuchte, mit dem Fuß den gelb-blauen Stoff aufzunehmen und sich zwischen die Beine zu klemmen.

»In unserem Haus …«

»Ich bin auch in unserem Haus. Aber du bist nicht da! Hier ist nur so ein Glatzkopf! Es ist eine ganz andere Wohnung!«

Der Glatzkopf verzog kläglich das Gesicht und versuchte sich ganz klein zu machen.

»Hast du dich in der Wohnung geirrt?«, fragte Mascha vorsichtig.

»Nein, hab ich nicht, es ist unsere Wohnung. Aber sie ist ganz anders, und wir wohnen hier nicht!«

»Wie … wie kommen Sie hierher?«, stammelte der Glatzkopf, der unverkennbar die Absicht hatte, vor Grauen zu zergehen (etwas Zergehen würde ihm sicherlich nicht schaden).

»Ich bring dich um, wenn du dich auch nur einen Schritt bewegst. Kapiert?«, knurrte Tschub grimmig und schwenkte drohend den Telefonhörer.

Aber der unappetitliche Dickwanst stürzte, während ein unangenehmes Geräusch aus seinem Mund drang, zur Tür.

»Polizei!«, brüllte er. »Rettet mich! Sie ist hier!«

»Lass dir was einfallen, ich rufe dich zurück!« Dascha legte auf und stürzte auf den Balkon.

Einige lange Sekunden stand sie auf der flachen Plattform, trauerte um den fehlenden, unerreichbaren Besen, dann wickelte sie sich fest in das Banner ihres Vaterlandes, trat an das Sims in der Mauer und schob sich darauf entlang, an die Wand gepresst und tapfer jeglichen Blick nach unten vermeidend.

*

Mascha warf den tutenden Hörer auf den Tisch und (»Bin gleich wieder da, Mir!«) eilte auf den Treppenabsatz.

»Dascha, Dascha!«, rief sie übers Geländer gebeugt. Die Worte verhallten im Nirgendwo.

Sie rannte nach unten. Ihre Gedanken hingen fest wie das Bild auf einem Computerbildschirm, wenn weder Maus noch Tastatur funktionieren. Kowaljowa war noch nie eine schnelle Denkerin gewesen, und in Extremsituationen, die sofortiges Handeln erforderten, schien sie wie auf Kommando zu verblöden.

Sie ist in unserer Wohnung, und es ist nicht unsere Wohnung. Wo ist sie dann? Maschas Gedanken drehten sich im Kreis, in der trüben Hoffnung, das Rätsel werde sich auf irgendeine einfache Weise lösen und sie werde die Freundin eine Etage tiefer finden.

Aber der Absatz war leer und von Schweigen erfüllt. Soweit sie sich erinnern konnte, waren sie auf dem Weg in ihren Turm noch nie anderen Hausbewohnern begegnet. Mascha huschte in den Hof hinaus – und stolperte fast über Daschas Moped.

Aha! Sie ging durch den niedrigen Tordurchgang und stand auf dem Gehweg, wandte den Kopf und erstarrte.

Auf ihren geländerlosen Balkon strömten aus der Wohnung fremde Leute, drückten sich furchtsam an die Wand, schrien: »Komm zurück!« und fuchtelten mit den Armen. Und über den Sims, der um den Turm lief, schob sich, an die Wand geschmiegt, Dascha in einem merkwürdig asymmetrischen Kleid von blaugelber Farbe. Unter dem Arm trug die Stadtalpinistin eine Art Stecken. Unbeholfen, aber ohne Furcht sprang sie auf das Dach des an den Turm anschließenden dreistöckigen Teils des Hauses und kraxelte die beinahe senkrechte Dachschräge hinauf zu einem offenen Dachfenster.

Die Männer entschwanden sofort wieder durch die Balkontür nach drinnen, während Maschas ewige Unentschlossenheit ihr ausnahmsweise einen unerwarteten Dienst leistete: Sie sah, wie die Freundin mit einem raschen Blick nach allen Seiten wieder aus dem Dachfenster kletterte und durch ein Mascha unerklärliches Wunder die hintere Wand des Turmes erklomm.

Mascha erriet, was sie vorhatte, stürzte ins Treppenhaus, in der Hoffnung, den Verfolgern zuvorzukommen, und sprang die Treppe hinauf, die plötzlich voller Lärm und Stimmen war. Im zweiten Stock traf sie auf die ihr bereits bekannten Leute, die an eine Tür pochten.

»Aufmachen, bei Ihnen ist eine gefährliche Straftäterin eingestiegen ... Aufmachen!«

Atemlos kam Mascha im dritten Stock auf dem L-förmigen Treppenabsatz an und musste sich, als sie zu ihrer leicht offen stehenden Wohnungstür kam, am grünen Geländer festhalten.

Hinter der Tür lag eine fremde Wohnung! Durch die Türöffnung war ein mit einer modernen Tapete beklebter und mit fremden Sachen vollgestellter Flur zu sehen, und dahinter ein ihr unbekanntes Zimmer, in dem mit eingezogenem Kopf ein sichtlich unglücklicher glatzköpfiger Dickwanst stand, der von einem gereizten jungen Mann bedrängt wurde.

»Was hast du mit ihr zu tun? Du hast doch gesagt, du kennst sie nicht?«, fragte er, dicht über ihn gebeugt, und es war nicht schwer zu erraten, dass die Rede von Dascha war.

Alles andere war viel schwerer zu erraten – genauer gesagt: absolut unmöglich.

Der junge Mann ließ von dem Alten ab, rannte hinaus und die Treppe hinunter, wobei er Mascha fast umriss, ohne sie auch nur eines Blickes zu würdigen. Der Dicke wankte hastig zur Tür und schlug sie Mascha vor der Nase zu. Mascha indessen tat das Einzige, was ihr in den Sinn kam: Sie eilte zum langen Ende des »L«, wo sich die Tür zum Dachboden des Turms verbarg.

»Dascha, falls du hier bist – ich bin's, Mascha!«, flüsterte sie.

Schritte waren zu vernehmen.

»Mascha?«, fragte die Tür kaum hörbar.

»Ja, ich bin's, mach auf!«

Die Tür knirschte glücklich und gab den Blick auf ihre Freundin frei, die benommen wirkte und brennend rote Wangen hatte.

»Gott sei Dank, du bist es!«, seufzte sie. »Wo ist unser Haus?«

»Ich habe es auch verloren ...«

Dascha ließ ihr keine Zeit zum Überlegen. »Dann lass uns schnell von hier verschwinden. Den Rest klären wir nachher. Wo sind sie?«

Mascha huschte zum Geländer und blickte in den Treppenschacht hinunter, in dem zwei bis drei Aufzüge Platz gehabt hätten. Daschas Verfolgern war es anscheinend gelungen, die Tür in der Etage unter ihnen aufzubekommen, und jetzt schienen sie die Wohnung dahinter zu durchstöbern.

Sie nahm Dascha an der Hand. »Schnell!«

Sie sausten die Treppe hinab, immer zwei Stufen auf einmal.

Und obwohl Mascha immer noch nicht klar war, vor wem sie eigentlich flohen, versuchte sie, nicht hinter Dascha zurückzubleiben, die – *Himmel, was ist nur mit ihr passiert?* – in die ukrainische Flagge gehüllt war.

»Wenn sie bloß das Moped nicht weggenommen haben!«, stöhnte Dascha in verzweifelter Hoffnung.

Sie waren schon unten angekommen, als die an so stürmische Aktivitäten überhaupt nicht gewöhnte Mascha sich unglücklich den Fuß vertrat, auf ein Knie fiel und es sich auf der marmornen Schwelle aufschlug.

Die Eingangstür wurde von einer hochgewachsenen, laut klingelnden Silhouette verdeckt.

Dascha schrie auf und sprang zurück.

Aber die Silhouette stürzte sich nicht auf sie, sondern auf Mascha und hob sie fürsorglich vom Boden auf.

»Wo warst du?«, fragte sie besorgt mit Mirs verliebter Stimme, die das lärmende Handy in seiner Tasche übertönte. »Ich hab dich überall gesucht ... Steh auf, Kätzchen, hast du dich arg gestoßen?«

Aber Mascha schüttelte seine Besorgnis unwillig ab. Noch immer auf den Knien, neigte sie sich über die marmorne Schwelle, als ob ihr der plötzliche Impuls gekommen sei, genau jetzt und hier für ihre Rettung zu beten.

»Salve!«, hauchte sie und starrte den schmutzigen Marmor an. »Ich hab's verstanden! Hauen wir ab! Am besten nach oben. Das heißt, eigentlich brauchen wir uns nicht mehr zu beeilen. Jetzt holen sie uns nicht mehr ein. Nimm das Moped mit ins Haus!«

Dascha bewegte sich nicht. »Was?«

»Und woher kommen diese Fahrräder?«, fragte Krassawizki verwundert. »Die waren vorhin noch nicht da.«

*

»Was ist denn jetzt los?«, rief Dascha, als Mascha Mir den Schlüssel aus der Hand nahm, die Tür aufschloss und sich ihren Augen die abhandengekommene Wohnung darbot.

Mir, der von der zweifachen Metamorphose nichts bemerkt hatte, lud sich die beiden mit Verpackungsmaterial umhüllten Fahrräder von den Schultern, betrachtete das Display seines verstummten Handys, warf einen argwöhnischen Blick auf die halbnackte Tschub und ging in die Küche, um zurückzurufen.

»Weißt du, wer hinter dir her war?«

»Die Straßenwacht. Ich hab ein Verkehrschaos verursacht.«

»Nein, die Polizei. Katja hat angerufen. Sie hat erfahren, dass der Taxifahrer, der uns zum Museum gebracht hat, unsere Adresse verraten hat. Die haben dir hier aufgelauert. Ich weiß gar nicht, wie du reingekommen bist, wahrscheinlich sind sie eine Minute nach dir gekommen ...«

»Dann müssen wir verschwinden!«

»Nein, müssen wir nicht.« Mascha trat an den Damensekretär, wühlte in den Papieren, die darauf lagen, und hielt Dascha die Einladung hin: »Lies mal die letzten Worte!«

»Euer K. D.«, brummte diese. »Wer ist K. D.?«

»Nein, nicht die Unterschrift, sondern die letzten Worte: ›... wenn Ihr höflich zu Ihm seid‹!« Bedeutungsvoll hob sie den Zeigefinger.

Dascha wurde sauer. »Was machst du so ein Theater? Das ist kompliziert! Und die Zeit ist knapp!«

»Zu Ihm – das heißt, zu dem Haus!«, zog Mascha feierlich den erstaunlichen Schluss. »Zu unserem Haus! Wir konnten unsere Wohnung nicht finden, weil wir vergessen hatten, das Haus zu begrüßen!«

»Und jetzt haben wir es begrüßt?«, fragte Dascha ungläubig.

»Ja, haben wir! Ich habe doch laut das Wort ›Salve‹ vorgelesen. Salve heißt auf Lateinisch ›Sei gegrüßt‹!«

»Das hast du schon gesagt …«

»Und du hast damals gesagt: ›Dann sei mal auch gegrüßt!‹ Du hast es begrüßt, und es hat uns reingelassen. Und ich kann mich genau erinnern, dass ich später, als ich mit dem Fahrrad wiedergekommen bin, es auf der Schwelle abgesetzt habe, um Atem zu schöpfen, und da habe ich wieder ›Salve‹ gesagt, ganz unbewusst. Weil die Augen einfach an dem fremd geschriebenen Wort hängen bleiben. Und Mir hab ich es auch gezeigt. Aber vorhin, in der Panik, als ich dich auf dem Sims gesehen habe, hab ich natürlich nicht mehr nach rechts und links geschaut …«

»Und heute Morgen hat Katja ›Salve‹ gesagt«, erinnerte sich Tschub. »Das heißt also, wenn du es begrüßt – lässt es dich durch! Jeder, der einfach ›hallo‹ sagt, kann hier rein …«

»Na ja, in Kiew gibt es nicht viele Leute, die Latein können. Ich kann es auch nicht. Nur zwei, drei Worte.«

»Egal«, rief Dascha trotzig. »Jeder beliebige Professor, der es zufällig übersetzt …«

»Nein«, fand Mascha endlich die Lösung. »Nicht jeder beliebige. Man braucht auch noch den Schlüssel.«

Daschas Gesicht hellte sich auf. »Den Schlüssel.«

Sie schauten sich schweigend an – dann stürzten sie, ohne sich abgesprochen zu haben, in den Flur zu dem Schrank mit den rätselhaften Schlüsseln.

Dascha riss die Tür mit einem Ruck auf und ließ den Blick begeistert über den bis an die Decke reichenden, mit tausend und abertausend Schlüsselhaken gespickten Raum schweifen: »Das heißt, wir haben wirklich einen Haufen Wohnungen. Und es ist überhaupt kein Problem, wenn dort irgendwelche Büros sind …«

Mascha nahm aufs Geratewohl einen der Schlüssel heraus.

»Große Podwalnajastraße Nr. 32«, las sie die Adresse von dem Anhänger ab.

Dascha nahm einen anderen Schlüssel. »Große Podwalnajastraße Nr. 9.«

»Große Podwalnaja 15.«

»Große Wladimirstraße 28. Irgendwo habe ich das schon mal gehört ... Ist noch gar nicht lange her.«

»28!« Mascha riss Dascha den Schlüssel aus der Hand und starrte ihn mit riesigen Augen an. »Das ist die Kiewer Adresse von Wasnezow! Das habe ich dir heute Morgen vorgelesen.«

»Stimmt«, sagte Dascha. »Schon wieder der! Haben wir also eine Filiale in seiner Wohnung?«

»Eine Filiale ...« Aufgewühlt betrachtete Mascha den Schlüssel. »Und wenn ... Nein, das ist ganz unmöglich! Aber das, was mit uns passiert, ist auch unmöglich ... Und wenn«, fuhr sie atemlos fort, »das wirklich der Schlüssel zu seiner Wohnung ist?«

»Was sag ich denn?«, fragte Dascha beleidigt.

»Nein. Ich meine, vielleicht ist das der Schlüssel zu seiner Wohnung vor hundert Jahren! Schau – Wladimirstraße 28: Wasnezow. Podwalnaja 32: Lesja Ukrainka. In der Nr. 9 hat der Schriftsteller Paustowski gelebt, in der Nr. 15 Sikorski, dein Flugzeugerfinder. Die Schlüssel sind kein bisschen wahllos ...«

»Und was ist die Große Podwalnaja für eine Straße?«

»Unser Jaroslawswall! Und den ersten Hubschrauber hat Sikorski hier getestet, im Hof des Hauses Nr. 15 ...«

Mascha verstummte, in Erwartung eines nüchternen Kommentars, aber Dascha machte seltsamerweise keinen Gebrauch von ihrem Talent zum Streiten.

»Wenn das stimmt!«, sagte sie schwärmerisch. »Was haben wir für eine Straße! Ein Haus mit Hexen, eins mit Hubschraubern – da kommt so schnell nichts ran! Wer weiß, vielleicht haben sie sogar was gesehen, stell dir vor!« Dascha drückte Maschas Schulter. »Gesehen, wie die Kiewizen vom Balkon ...! Und stell dir vor, wie Sikorski gaffen würde, wenn wir jetzt bei ihm reingeschneit kämen! Schade, dass wir die Parole nicht wissen. Wird wohl kaum Salve sein.«

»Vielleicht wissen wir sie ja ...« Mascha zeigte auf den oberen Rand des Schrankes, wo, umrahmt von wunderlichen geschnitzten Ornamenten, ein matt gewordenes Metallschild hing. »Wir brauchen eine Leiter, anders können wir das nicht lesen.«

Sie liefen einmütig ins Nebenzimmer, um die gewendelte Leiter von den Bücherregalen zu holen, und fünf Minuten später stand Mascha auf der obersten Stufe und las laut: »›Im Namen meines Vaters gebiete ich: Zeige mir, was ich wissen muss!‹«

»›Anekdote, Persona, Moment‹«, ergänzte Dascha mit einem Blick auf die Innenseite der Tür, wo das neue, computergedruckte Blatt Papier hing.

»Wahrscheinlich muss man die Parole aussprechen und gleichzeitig genau benennen, was man wissen will. Moment im Sinne eines bestimmten Zeitpunkts, ein Tag, eine Stunde. Persona – eine Person ...«

»Und dann noch ein Witz.«

»Nein.« Mascha sprang zu Boden. »Eine Anekdote ist nicht unbedingt etwas Witziges. Es kann auch einfach eine Geschichte damit gemeint sein.«

»Wir sollten das irgendwie ausprobieren. Nur nicht jetzt. Jetzt brauchen wir wirklich keine Hubschrauber! Du kannst dir nicht vorstellen, was ich erfahren hab. Infos im Wert von Millionen Dollar!«, erklärte Dascha impulsiv. Und stockte: denn im Licht der letzten stürmischen und allumfassenden Ereignisse erschien ihr das viel zu platt ausgedrückt. »Kurz gesagt, Marussja, möglicherweise sterben wir heute.«

Mascha war verdattert. »Heute? Wieso?«

»Erinnerst du dich an ›die Räudige gefreit und der Schmerz im Feuer verglüht‹? Damit meinte Kyllina Johannis. Es heißt, dass man sich nur das Gesicht mit dem Tau der Johannisnacht waschen muss, dann verschwinden alle Pickel und sonstigen Hautprobleme, und man wird eine markerschütternde Schönheit. Und im Johannisfeuer hat man zusammen mit altem Gerümpel immer auch alle Sorgen, Krankheiten und Kummer verbrannt. Es reinigt von allem: von Not und Übel, vom bösen Blick. Früher, als die alten Fürsten in den Krieg gegen die Tataren gezogen sind, sind sie vorher durch das reinigende Feuer gesprungen … Das hatte ich schon mal gelesen, als ich die Party vorbereitet hab, aber irgendwie hab ich es nicht mit all dem anderen in Verbindung gebracht. Aber jetzt schon! Und heute Nacht ist Johannisnacht. Und die Fete, zu der wir eingeladen sind …«

»Aber Hexen sterben nicht in der Johannisnacht«, widersprach Mascha überzeugt. »Höchstens an Alkoholvergiftung. Schließlich ist sie eines der drei wichtigsten Hexenfeste!«

»Na gut. Ich hab's dir gesagt, mach damit, was du willst!«, brummte Dascha eingeschnappt.

»Ja, in Ordnung. Was weißt du noch über Johannis?« Mascha wusste nur, dass der Feiertag einst der altslawischen Gottheit Kupalo geweiht gewesen war und auch unter der ins Christliche gewandelten Bedeutung noch damit verbunden wurde (nach Mascha Kowaljowas Meinung ein eindeutiger Beweis für die Klugheit des orthodoxen Glaubens, nach außen hin streng, im Verborgenen aber nachsichtig).

»Alles!«, erklärte die Markerschütternde selbstgefällig. »Die Nacht vor dem Namenstag des Täufers ist unser slawisches Halloween, wo alles finstere Gezücht, so wie du und ich, absolut alles machen darf, was es will.«

»Und was noch?«

»Na, das Farnkraut blüht. Schlangen, sogar ungiftige, werden gefährlich. Man darf nicht ohne Vorsichtsmaßnahmen baden gehen, weil Kupalo einen sonst runterzieht: Er glaubt vermutlich, alle, die an diesem Tag ins Wasser gehen, wären ein Geschenk an ihn. Früher hat man an dem Tag ein Mädchen ertränkt, als Opfer an ihn. Und die jungen Leute haben es am Ufer wild miteinander getrieben. Damals sah man das noch nicht als Sünde an, sondern als ideale Nacht, um schwanger zu werden.«

Jetzt kam Mir aus der Küche, mit nachdenklicher Miene. »Ich muss weg«, sagte er, die Augen auf Mascha geheftet. »Nicht für lange.« Er bemühte sich, den Blick abzuwenden, aber es gelang ihm nicht. »Wartest du auf mich? Warte, bitte! Wir müssen unbedingt offen miteinander reden. Es ist wichtig!«

»Was ist passiert? Wo willst du hin?«, fragte seine störrische

Geliebte, die seine lebenswichtige Liebeserklärung nicht zu Ende angehört hatte.

»Koka hat angerufen. Er hat sich an eine Schwesternschülerin rangeschmissen und hängt jetzt mit ihr in einer Kneipe ab.«

»Und was hat sie erzählt?«

»Viel Interessantes«, antwortete er abstrakt und schaute Dascha missmutig an.

Diese erwiderte den Blick nicht weniger argwöhnisch. Obwohl Krassawizki von jedem Verdacht befreit war, riefen zu hübsche Männer in Dascha nun mal ebensolche Gefühle hervor wie zu große Banknoten in Mascha. *Mascha weiß ja immer noch nichts von dem Liebestrank,* fiel ihr mit Schrecken ein. *Auweia.*

»Red ruhig offen, wir stecken doch alle in der Sache drin«, versuchte Mascha den Verliebten aus der Reserve zu locken.

»Na gut. Es gibt ernsthafte Verdachtsmomente. Das Mädel hat bestätigt, dass die Verrückten sich die letzten zwei Nächte verhalten haben wie wirkliche Verrückte. Gestern war sie nicht da, es wurde ihr nur erzählt. Aber vorgestern, als sie Dienst hatte, dauerte es mehrere Stunden, bis alle in ihren Zimmern und ruhig waren. Mitja zum Beispiel wurde erst gegen Morgen gefunden, unter der Treppe hinter ein paar Kisten mit neuen Geräten. Und an seinen Kleidern war Blut. Man dachte, er habe sich verletzt, und hat ihn sofort zu Snurowski gebracht ...«

»Mitja – ist das der Typ, den wir heute Morgen ...«, unterbrach Dascha.

Mir zog eine verärgerte Grimasse in ihre Richtung und brachte sie kurzangebunden auf den neuesten Stand.

»Mitja hat dort wohl tatsächlich eine privilegierte Position. Eine Art Anstaltskronprinz. Erstens ist er Privatpatient – der reuige Vater zahlt jeden Monat ein hübsches Sümmchen für ihn. Zweitens macht dieser Arzt ›Onkel Kirja‹ ein Theater um ihn wie die Henne ums Ei. Aber das ist noch nicht das Interessanteste.« Der Schönling wurde finster wie eine Sturmwolke. »Die Schwesternschülerin hat gesagt, dass unter all dem historischen Gefasel, das unser Prinz dauernd von sich gibt, auch die Behauptung ist, dass seine Ahnen vom Hetman Maseppa abstammen.«

Siebzehntes Kapitel,

das sich mit den Schätzen der Vergangenheit beschäftigt

> Eine blaue Flamme schoss aus der Erde; ihr Inneres erhellte sich und ward wie aus Kristall gegossen; und alles, was unter der Erde lag, wurde sichtbar wie auf der Handfläche. Tscherwonzen und Edelsteine in Truhen und Kesseln ... Wie ein Wahnsinniger packte er das Messer, und unschuldiges Blut spritzte ihm in die Augen ... Teuflisches Gelächter erdröhnte von allen Seiten.
>
> *Nikolaj Gogol, ›Die Johannisnacht‹*

»Der Schatz des Hetmans!«, quiekte Dascha. »Alles passt zusammen! Die Johannisnacht ist die beste Zeit, um Schätze zu finden! Nicht nur für diejenigen, die ihre Seele dem Teufel verkauft haben – erinnert ihr euch, wie es bei Gogol heißt? Deshalb kümmert er sich nicht um den Beton: er hofft, dass der Schatz ihm nach all den Vorbereitungen von selbst in die Hände fällt. Ich hab doch gleich gesagt, es geht um den Schatz! Und ich hab auch zuerst gesagt, dass es Mitja sein könnte!«

»Du hast gesagt: ›Zum Beispiel der da‹«, berichtigte Mascha. Ihre Miene war seltsam unzufrieden. »Hör zu«, sagte sie besorgt. »Frag dieses Mädchen auf jeden Fall, ob Mitja eine rote Jacke hat. Papa hat dort nachts jemanden in etwas Rotem gesehen. Und wenn nicht Mitja, dann frag, ob der Arzt so was hat.«

»Das ist noch nicht alles.« Düster sah Mir seine Geliebte an. »Vorgestern wurde die Schwesternschülerin losgeschickt, um Mitja zum Mittagessen zu holen, und sie hat ihn bei der Kyrillkirche gefunden, wo er mit einem hübschen Mädchen redete. Sie trug Sandalen mit himbeerfarbenen Blumen drauf ...«

»Rita?«, schrie Mascha entgeistert.

»Vermutlich.«

»Du solltest der Krankenschwester ein Foto von ihr zeigen.« Mascha lief zu ihrem Rucksack, kehrte aber viel langsamer zurück, in der Hand die Gruppenaufnahme ihres Kurses. Es war offensichtlich, dass sie sie plötzlich überhaupt nicht mehr gern vorzeigen wollte.

Mir nahm ihr das Foto sanft aus den Händen und erstarrte beim Blick auf das rote Herzchen, das ihrer beider Gesichter umrahmte.

»Mascha«, sagte er bitter. »Mascha … Ich werde dich von jetzt an nie mehr kränken. Ich verspreche, dass ich dir nie, nie wieder Schmerz zufügen werde!«

Dascha wand sich gequält bei diesen Worten, die sie schon ein paar Dutzend Mal gehört hatte. *Warum,* dachte sie resigniert, *fängt ein Mann jede Beziehung mit dem Versprechen an, dir niemals Schmerz zuzufügen? Und warum kapieren wir erst beim fünfundzwanzigsten Mal, dass dieses plötzliche Versprechen nichts anderes heißt, als dass er davor schon einem Haufen Weiber das Leben ruiniert hat? Aber das muss man bei dem hier gar nicht erst erwähnen, das steht ihm ganz dick auf die Stirn geschrieben!*

Krassawizki gefiel Dascha auf katastrophale Art immer weniger und weniger, und zwar nicht deshalb, weil er ein so schlechter Mensch war, sondern weil er die lebende und himmelschreiende Verkörperung ihrer Schuld darstellte.

In ein paar Stunden verfliegt die Wirkung des Tranks, und was dann? Sie ist furchtbar verliebt, und sie fängt schon an zu glauben, dass er sie auch liebt! Ob ich ihm einfach weiter regelmäßig davon zu trinken gebe? Ehrenwort, der Freundin zuliebe war Dascha selbst hierzu bereit.

»Was findest du nur an ihm?«, rief sie, sobald sich die Tür hinter Mir geschlossen hatte. »Außer seiner Visage ist doch nicht das kleinste bisschen an ihm dran!«

»Das stimmt nicht!«, wehrte sich Mascha.

»Was hat er denn zu bieten?«, ging die Markerschütternde zum Angriff über. »Kohle? Die kommt sicher von den Eltern. Er arbeitet doch nicht, oder?«

»Nein.«

»Na bitte! Also, was findest du nun an ihm? Oder findest du ihn vielleicht gar nicht mehr so toll?«, fragte sie hoffnungsvoll.

»Ich liebe ihn! Ich habe ihn immer geliebt«, rief Mascha hitzig (aber in ihrer Stimme klang ein verräterischer Zweifel mit). »Er ist intelligent.«

»Du bist zehnmal intelligenter!«

»Und mutig.«

»Wir sind mutiger! Denk mal an gestern ...«

»Er studiert auch Geschichte, wir haben eine Menge gemeinsam. Er hat Würde, und Selbstsicherheit, und Manieren, und er ist immer gut angezogen ...«

»Aber glaubst du, er liebt dich wirklich?«, fragte Dascha. »Weil ... weil ...«

Nein, sie konnte es nicht sagen.

Später. Irgendwann.

Aber nicht jetzt.

»Weil«, redete sie sich heraus, »er sich an dich drangehängt hat wie an einen Strohhalm. Ihr seid wie zwei, die auf einer unbewohnten Insel gestrandet sind – außer dir glaubt ihm oder versteht ihn keiner. Und sobald sein Problem sich gelöst hat ...«

»Weißt du was, das denke ich auch«, stimmte Mascha ihr unvermutet zu. »Denn irgendwie glaube ich ihm trotzdem nicht so ganz. Das heißt, ich glaube ihm, dass er nicht lügt«, verbesserte sie. »Aber diese Liebe – nein! Ich habe die ganze Zeit das Gefühl, dass er sich selbst irrt – dass es ihm nur so vorkommt, als ob er mich liebt, und sich später herausstellen wird, dass das ein Irrtum war. Seine ganze Liebe ist wie hinter Glas, nicht wirklich bei mir. Verstehst du?«

»Ja«, rief Dascha aus, entzückt von Maschas scharfsichtiger Intuition. »Recht hast du! Glaub ihm nicht! Das wird bald wieder vergehen. Vielleicht schon heute Abend.«

»Aber im Augenblick geht es ihm sehr schlecht«, seufzte Mascha mit wehem Herzen.

»Das ist jetzt aber keine Liebe mehr, sondern Mitleid«, schnitt Dascha ihr das Wort ab. »Wenn du jeden lieben willst, der in

Schwierigkeiten ist, dann fang lieber mit dir selber an. Wir sterben heute. Schon vergessen?«

Mascha nickte matt. »Ach ja …«

»*Au!*«, schrie Dascha auf, denn in ihre sowieso schon leidgeprüften Knie bohrten sich unerwartet zehn lang vermisste Krallen. Die unbemerkt herangeschlichene Isis Puschel stand auf den Hinterpfoten und reckte die vorderen an Daschas Beinen hoch, damit diese sie auf die Arme nahm.

»Dummes Ding! Wo kommst denn du her?« Dascha hob das gewichtige Sofakissen auf. Die Katze stupste sie seelenvergnügt mit der Schnauze an die Lippen. »Oh, Küsschen! Na dann, komm … Süß! Schau mal, sie liebt mich!«

Auf das Kaminsims sprang der schwarze Kater Behemoth und setzte sich mit so geradem Rücken hin, dass er einer der Statuen glich.

»Wo wart ihr denn?«, fragte Mascha ohne Interesse.

»Hier war ein Gast«, ertönte Belladonnas gemessene Stimme. Sie kam unter dem roten Samtüberzug hervor und sprang würdevoll aufs Sofa. »Er war krank.«

»Schwerrr krrrank«, schnurrte Isis.

Mascha erschrak. »Ist Mir krank? Was hat er?«

»Das solltet ihr besser erfahren«, sagte die weiße Katze geziert.

»L'amour«, säuselte die Rote glücklich und schloss unter Daschas Zärtlichkeiten die Augen.

Diese war dabei gewesen, kichernd den Hals der Katze zu kraulen, hörte aber schnell damit auf.

»Liebe ist keine Krankheit«, sagte sie hastig.

»In der siebten Stunde kommt die Krise«, erklärte Belladonna belehrend, »und bis zur dreizehnten ist ein tödlicher Ausgang möglich.«

»Was soll denn das!«, fiel ihr Dascha empört ins Wort – sie wusste nicht, wie sie das geschwätzige Tier zum Schweigen bringen sollte, bevor es ihre Tat preisgab. »An Liebe ist noch keiner gestorben. Wir dagegen sind in wirklicher Lebensgefahr! Und ich wette, wir werden daran sterben, dass heute Nacht ein rotes

Licht in den Kyrillischen leuchten wird und wir versuchen, uns einzumischen. Und wer wird euch dann füttern? Still!«

Belladonna blickte sie scharf an und zog sich dann mit resigniert gesenktem Kopf zurück.

»Warte, ist das etwa wirklich wahr?« Jetzt nahm Mascha die Prophezeiung endlich ernst.

»Kyllina hat niemals gelogen!«, fauchte Behemoth heftig vom Kaminsims her.

»Und Mitja bringt uns alle drei um? Das ist absurd! Du hast ihn doch gesehen ...«

»War da nicht was mit drei Sanitätern? Schön, dass wir jetzt wenigstens Bescheid wissen«, fasste Dascha philosophisch zusammen und setzte Puschel wieder auf die Erde.

»Nein, nicht ganz«, widersprach Mascha. »Wir wissen bis heute nicht, was Katjas Träume bedeutet haben. Warum war sie Prachows Frau? Was hat Prachow in den Kyrillischen Höhlen gefunden? Warum ist der satanische Altar, den Mir und ich dort unten gefunden haben, aus lauter Muttergottes-Ikonen zusammengesetzt? Warum sollten die ›Drei Recken‹ zerstört werden? Wozu war es nötig, dass Kyllina gestorben ist und uns ihre Macht übergeben hat? Und das Wichtigste: Wer ist K. D.?«

»Hm«, seufzte Dascha schwer beladen.

Sie entrollte das Tuch, das derzeit ihre gesamte züchtige Garderobe darstellte, und bot Mascha so zum zweiten Mal ohne Scham den Anblick ihrer üppigen Anatomie dar. Sie riss entschlossen den heimatlich blau-gelben Stoff von der Fahnenstange und schlang ihn sich über Kreuz um wie einen Strand-Pareo.

»Ach übrigens, du weißt das noch nicht – aber heute Nacht hat die Wladimirkathedrale gebrannt!«

»Was?!«, schrie Mascha. »Meine Wladimirkathedrale? Nein!!«

»Nicht aufregen«, beschwichtigte Dascha, »nur die Außenmauern. Drinnen ist alles heil: die Malereien, die Ikonen, alles. Ein göttliches Wunder! Und übrigens, Fräulein Neunmalklug, ihre Kuppeln sind blau mit goldenen Sternchen.«

»Oh, stimmt«, sagte die vergessliche Studentin beschämt. »Aber es ist noch nicht lange her, dass sie so gestrichen wurden.

Davor waren sie lange Zeit grau. Und so hab ich sie auch vor Augen, mit den grauen Kuppeln.«

»Hast du eigentlich überhaupt was Heutiges vor Augen?«, neckte Dascha. »Mich vielleicht? Hallo, Mascha«, rief sie, wedelte mit der Hand vor Maschas Gesicht herum und blickte ihr in die Augen wie in ein Kameraobjektiv.

Mascha verzog beleidigt das Gesicht.

»Kurz gesagt«, meinte die Markerschütternde versöhnlich, »Katja hat die Wladimirkathedrale gesehen. Und diese zwei Lichter hatten tatsächlich etwas miteinander zu tun. Die Wladimirkathedrale wurde auch von Wasnezow ausgemalt.«

»Und«, fügte Mascha, immer noch etwas verschnupft, hinzu, »das dritte Licht stand für sich! Denn Prachow hat in den Kyrillischen …«

»Den Schatz gefunden«, sagte Dascha schlicht. »Und ihn als anständiger Mensch einem Kloster gespendet.«

»Vom historischen Standpunkt aus war das nicht besonders anständig«, protestierte die Historikerin.

»Wer weiß.« Träumerisch richtete Dascha den Blick nach oben. »Womöglich waren es alte Ikonen. In Gold gerahmt, mit Juwelen verziert …«

Sie rieb sich die Nase. Kraulte dann die Katze hinter dem Ohr. Reckte den Hals, um auf Maschas Uhr zu sehen, und fing bei der Entdeckung, dass es erst drei Uhr nachmittags war, breit an zu lächeln. »Wir haben massenweise Zeit! Sollen wir nicht mal bei Wasnezow zu Hause vorbeischauen? Gehen wir doch zu ihm und fragen ihn, was er da eigentlich gemalt hat, dass es noch heute Leute gibt, die es vernichten wollen. Und wo hat dein Prachow gewohnt?«

Mascha starrte sie an. »Um die Ecke, in der Wladimirstraße.«

»Das ist ja ganz nahe! Dann zu beiden«, entschied Dascha fröhlich in einem Ton, als ob es darum ginge, zwei in der Nähe wohnende gute Freunde zu besuchen. »Okay. Such du den zweiten Schlüssel. Ich versuche, uns eine passende Verkleidung zu finden. Bin im Handumdrehen wieder da.«

»Dascha! Wir werden belagert!«

Dascha kratzte sich wieder die Nase. Und hob sie schließlich optimistisch: »Ich gehe über den Speicher! Mit dem Besen!«

»Dascha«, rief Mascha ganz durcheinander. »Das mit den Schlüsseln ist reine Spekulation. Es ist überhaupt nicht gesagt, dass das funktioniert!«

Die andere zuckte unbekümmert die Achseln. »Wenn es nicht funktioniert, dann eben nicht. Man wird uns nicht den Kopf abreißen, oder? Überhaupt, mir ist schon lange klargeworden … Alle sagen, man soll zuerst denken, dann handeln. Das ist totaler Müll. Bevor man was tut, sollte man sich besser keine Gedanken über die Folgen machen. Sonst kommst du vielleicht darauf, dass du es besser gar nicht versuchen solltest! Und so tust du das ganze Leben lang gar nichts und wartest nur.«

*

Katja ließ voll Verzeiflung den Kopf aufs Lenkrad sinken und sagte kläglich: »Oh, Teufel …«

»Wach wüncht Ihr, Herring?«, krähte prompt die Missgeburt vom hinteren Sitz.

»Idiot.« Katja drehte sich mit einem Ruck um und fasste ihn hart ins Auge. »Ich habe vergessen, dass ich …«

Sie hatte über eine Stunde in der Puschkinstraße auf Mascha gewartet. Erfolgreich hatte sie das Gespräch mit der Clubbesitzerin verschoben, mit der sie noch ein paar Einzelheiten des Kampfes hatte besprechen – oder besser: sich im Voraus an ihrem zauberhaften Sieg hatte weiden – wollen. Doch jetzt war Katja nicht einmal mehr sicher, ob sie wirklich das Mastodon umbringen oder nicht lieber den verfluchten Unbesiegbarkeitstrank in den nächsten Gully werfen wollte.

Mascha war nicht gekommen. Sie hatte sie zu spät gewarnt.

Und erst, als »zu spät« wirklich nicht mehr wegzuleugnen war, als es das Auto breit ausfüllte und Katja mit all seiner angestauten Schwere niederdrückte, erinnerte sie sich, den Kopf verzweifelt auf dem Lenkrad, dass sie eine Kiewiza war.

»Mascha ist bei der Polizei. Ich habe sie zu spät gewarnt, sie hat nicht mehr fliehen können … Ich muss ihr helfen.«

»Aber, meine holge Herring, warung?«, jammerte der Teufel außer sich. »Ihr dürft ihnen nicht helfen! Choncht...«

»Ich habe dich nicht nach deiner Meinung gefragt!«, fuhr Katja ihn an. »Mascha ist mein!«, zischte sie, ohne sich in Einzelheiten zu ergehen. Denn »ist mein«, war für Katja ein Ausdruck, der keiner weiteren Erklärungen bedurfte – wie etwa »meine Freundin« oder »meine verwandte Seele«. Und niemand auf der ganzen Welt hatte Anspruch auf etwas zu erheben, was Dobrashanskaja als »meins« bezeichnete!

»Kannst du sie befreien? Ja oder nein?«, bellte sie, schon ganz souverän in der Rolle der Teufelschefin.

»Wie Ihr wüncht, Holge Kiewitcha«, knurrte der Angestellte beleidigt durch die Zähne.

»Was sitzt du dann noch hier rum? Los, los!«

Der Teufel flimmerte kurz vor ihren Augen. Katja blinzelte und öffnete den Mund, um ihm nochmals den Marsch zu blasen, aber er plapperte hastig los: »Eure Macha icht im Turm der Kiewitchen, meine holge Herring, und bei ihr icht die tchweite!«

»Tschub? Die Polizei ist also nicht gekommen?«

»Die Herren Politchichten chitchen um den Turm herum. Chie warten darauf, dach die Kiewitchen den Turm verlachen. Wüncht Ihr, dach ich beide rette?«, fragte er missmutig.

»Das verstehe ich nicht. Warum haben sie sie nicht gleich geschnappt?«

»Oh, meine holge Herring...« Der Teufel machte sich eilig an eine lange, nicht immer verständliche Erklärung: über ein für »die Blingen« »untchugänglicheh« »ewigech Immer«, gewürzt mit wiederholten »Ihr dürft ihnen nicht helfen«, »chie dürfen nicht wichen«, »choncht« ...

Mit gerunzelter Stirn, sich geplagt die rechte Schläfe reibend, fasste Katja für sich selbst zusammen:

Mascha hat es nicht geschafft, aus dem Turm zu fliehen, während Dascha der Polizei entkommen ist – über das Dach in den Turm. Solange Mascha und Dascha im Turm der Kiewizen sitzen, droht ihnen kein Unheil. Und solange Mascha mit Dascha zusammen ist, wird sie nicht ohne diese fliehen.

Aber Mascha UND Dascha, das ist zu viel ...

»Schon gut, es reicht«, brummte sie schließlich ungehalten und startete den Motor.

»Cheid nicht traurig, meine holge Herring«, plapperte der schokoladenbraune Teufel. »Dach Chickchal icht auf uncherer Cheite. Chollen chie nur da chitchen, da habt Ihr alle Tcheit der Welt, um die wahre Kiewitcha ...«

»Dazu brauche ich dich nicht«, schnitt ihm Dobrashanskaja das Wort ab. Der Volvo fuhr an.

Etwa eine halbe Stunde später, nach einer Einkaufstour zu mehreren Märkten und Geschäften, war Katja stolze Besitzerin einer voluminösen blonden Perücke aus tausenden Zöpfen, eines Paars seidener Handschuhe, eines gebrauchten, namenlosen Handys, eines Kiewer Telefonverzeichnisses und der gesondert herausbekommenen Telefonnummer des Glatzkopfes, der die für »Blinde« zugänglichen Räumlichkeiten im Turm der Kiewizen bewohnte.

Noch weitere fünfzehn Minuten lang füllte Jekaterina Dobrashanskaja mit seidenumhüllten Fingern und hämischer Schadenfreude den Speicher für »persönliche Nummern« auf dem Handy aus. Die Nummer des Glatzkopfs erhielt die Bezeichnung VERRÄTER. Die Nummer des Mannes, der für den Schnitt auf Katjas Arm verantwortlich war, wurde SCHEISSKERL getauft. Die Nummer, die über dem Tisch des Pförtners im Museum für Russische Kunst hing, bekam die schlichte Bezeichnung MUSEUM. Dazu kamen ein Dutzend Restaurants, Friseursalons und anderer Adressen, an denen Katja nie im Leben gewesen war, wohl aber eine gewisse junge Dame aus ihrem früheren Leben.

Diese Dame trug denselben Familiennamen wie der SCHEISSKERL, in Sachen Liederlichkeit konnte ihr nicht einmal Fräulein Tschub das Wasser reichen, sie war passenderweise für kurze Zeit (nicht ganz ein Jahr) auf der Schauspielschule gewesen und hatte einst mit Hilfe chronischer anonymer Anrufe ihren geschiedenen Papa davon überzeugt, dass diese Schlampe Dobrashanskaja nur mit ihm schlief, um seine Unterschrift unter einen

Vertrag zu bekommen, und dass sie diese Methode nicht nur bei ihm anwandte.

Und obwohl diese fadenscheinige Verleumdung vom ersten bis zum letzten Buchstaben erstunken und erlogen war, war es Katja nicht gelungen, sich zu rechtfertigen, ungeachtet dessen, dass sie während ihrer ganzen Beziehung keinerlei Unterschriften aus ihrem Liebhaber herauszukitzeln versucht hatte, das auch nicht vorhatte und ihm bis auf ein einziges Mal treu gewesen war.

Er hatte ihr nicht geglaubt. Und erst recht nicht an die Schuld seiner minderjährigen Xanthippe.

Das war es, und nicht der Schnitt, der ihren rechten Oberarm verunzierte, was sie ihm nicht vergeben konnte.

Dobrashanskaja rief aus der nächsten Telefonzelle ihren neuerworbenen Apparat an. Sie füllte die Mailbox in immer demselben schrillen und hämischen Ton: »Ich bin's! Es hat alles geklappt! Dein Glatzkopf sitzt in der Scheiße! Geh bloß nicht hin, da sind die Bullen. Ich hab sie gesehen. Der ist bald am Ende – und mein Papa auch! Wie seine dürre Hure damals ... Ha! Geschieht ihnen ganz recht!«

»Teufel«, rief sie, als sie zum Auto zurückkam. Und fuhr fort, ohne sich umzudrehen: »Die blonde Perücke muss von dem Dach fallen, über das Dascha geflohen ist. So, dass die Polizei sie findet ...«

»Verchtehe, Holge Kiewitcha.«

»Das Handy muss auf dem Speicher versteckt werden. Die Lage muss so aussehen: Zwei fiese Luder wollten dem dicken Glatzkopf eins auswischen. Weshalb, das können die Bullen sich selber ausdenken. Die zwei haben ein Taxi zum Haus des Dicken bestellt. Danach sind sie hin und haben im Museum Chaos veranstaltet. Ihr Äußeres haben sie verändert. Wenn die eine eine Perücke aufhatte, dann die andere vermutlich auch ... Alles in allem eine idiotische Geschichte, aber für diese Idioten gerade gut genug!«

»Wie Ihr wüncht, meine holge Herring.«

Mit einem Mal lachte Katja hysterisch auf, ließ die Stirn aufs Lenkrad fallen und setzte ein ungehöriges Hupsignal frei.

»Wenn sie erst erfahren, wo der ›Scheißkerl‹ arbeitet, dann begraben sie diese Sache für alle Ewigkeit in den ungelösten Akten. Er sucht schon ein Jahr lang alle Kaschemmen nach seiner Scheißtochter ab. Soll er endlich kapieren, wen er da aufgezogen hat! Mir hat er nicht geglaubt. Und wenn der Taxifahrer sich an mich erinnert ...«

»Oh, meine holge Herring«, legte der teuflische Speichellecker seine Lieblingsplatte auf, »wenn Ihr die wahre Macht erlangt, wird all dach ...«

Katja schaute sich rasch um. »Und wann erlange ich sie?«

»Früher, alch Ihr vielleicht denkt«, sagte der Teufel mit diebischer Freude.

*

Dascha brauchte tatsächlich kaum ein Handumdrehen. Als sie zurückkam, hatte sie zwei vollgestopfte Plastiktüten dabei, und auf ihrem pausbäckigen Gesicht zeichnete sich äußerste Selbstzufriedenheit ab.

Lässig warf sie die Tüten aufs Sofa. »Und, hast du ihn gefunden?«

Mascha Kowaljowa saß auf dem Boden des runden Zimmers und betrachtete verzückt den Schlüssel in ihrer Hand – als sei er der Heilige Gral, der Stein der Weisen, das Elixier der Ewigen Jugend, das *perpetuum mobile* und der verlorene Kopf Wladimirs des Großen in einem.

»Hast du ihn jetzt gefunden, ja oder nein?«, rief Dascha. »Ist er das?«

»Das ist der Schlüssel zum Andreasstieg 13«, sprach Mascha wie im Traum, ohne die Augen von dem wundersamen Schlüssel zu wenden.

»Wer hat da gewohnt?«

»Bulgakow.« Aus Maschas Mund klang das wie »Gott der Herr«. »Der wirkliche, lebendige Bulgakow, kannst du dir das vorstellen? Kannst du dir vorstellen, dass wir uns mit dem lebendigen Bulgakow treffen könnten?«

»Und die anderen Schlüssel?«, fragte Dascha entnervt. »Hatten wir nicht was ausgemacht? Was haben wir mit Bulgakow am Hut? Wir brauchen Prachow und Wasnezow!«

»Prachow gibt es nicht«, sagte Mascha verstimmt, »ich habe alle Schlüsselanhänger durchgeschaut. Da ist nur noch die Dreiheiligenstraße 10, wo Wrubel gewohnt hat.«

»Der Katja gemalt hat? Na gut. Dann halt Wrubel!«

»Nein«, sagte Mascha halb begeistert, halb flehend zu ihrem Schlüssel. »Das wäre viel zu schön. So etwas gibt es nicht! Es wird nichts dabei herauskommen.«

»Ist doch egal – Hauptsache, wir haben Spaß! Schau dir lieber an, was ich habe! Das ist aus dem ›Museum einer Straße‹. An unserem verflixten Andreasstieg.«

Endlich riss die Studentin den Blick von dem Schlüssel los und richtete ihn ungläubig auf die markerschütternde Dascha. »Was?«

Erstaunlich fand sie weniger, dass Tschub die 750 Meter Andreasstieg als ihr Eigentum betrachtete, sondern vielmehr die Tatsache, dass die Museumsangestellten einer zweifelhaften jungen Dame in einem aus der Nationalflagge bestehenden Gewand ihre kostbaren Exponate überlassen hatten.

»Die haben sie dir einfach so gegeben?«

»Nicht einfach so – gegen Kaution. Gut, dass Katja uns Geld dagelassen hat. Ich hab gesagt, dass ich echte Requisiten für einen Videoclip von Vicky brauche.« Recht unzeremoniös schüttelte Dascha den Inhalt aus den Tüten.

»Und das haben sie dir geglaubt?«

»Warum nicht? Ich hab früher schließlich als Intendantin für sie gearbeitet. In dem Museum haben wir eine Fotoserie mit ihr aufgenommen.«

»Intendantin? Du bist doch selbst Sängerin?«

»Intendantin, Sängerin, und was ich sonst noch so bin«, grinste Dascha. »Ach, als was ich schon alles gearbeitet habe! Bei Vicky, als Journalistin bei einer Zeitschrift, und ... Ach, besser, du weißt es nicht ... Lass uns anprobieren!« Feierlich schwenkte sie ein langes Kleid aus geraffter schwarzer Seide. »Das ist für dich, ich passe nicht rein. Und da sind noch Schuhe dazu. Die sind toll, nicht?«

Mascha starrte auf das Kleid. »Das geht nicht – falsche Zeit«, flüsterte sie dramatisch.

»Was? Wieso?«, fragte Tschub.

»Es hat keine Turnüre!«

»Keine was?«

»Eine Turnüre – das ist so ein ausgestopftes Hinterteil«, erklärte sie, so gut sie konnte. »Der Stoff wurde in Falten zusammengenommen, und hinten war eine Ausbuchtung. Dieses Kleid hier hat man Anfang des 20. Jahrhunderts getragen.«

»Aber mir haben sie gesagt, es ist vorrevolutionär!«, verteidigte Tschub ihre Errungenschaft.

Die künftige Historikerin geriet in Rage. »Ja, glaubst du, bis zur Revolution hätte sich die Mode nie geändert? Und Schuhe hat man um 1880 auch andere getragen, vorn nicht abgerundet, sondern spitz zulaufend!«

»Ich hab noch was«, sagte Dascha kleinlaut. Schnell entfaltete sie ein zweites Stoffbündel. »Ein Nonnengewand. Mit passendem Schleier! Oder sind Nonnen auch mit der Mode gegangen?«

Maschas Gesicht verdüsterte sich noch mehr. »Nein, das nicht. Aber wie willst du eine Nonne mit einem Künstler zusammenbringen? Ich hatte mir alles so genau überlegt! Ich dachte, dass eine von uns so tut, als wollte sie ein Porträt von sich bestellen, und die andere bringt einen Hut von einer Hutmacherin vorbei. Eine Hutschachtel haben wir... Und Wasnezow hat mit seiner Frau hier gelebt, die hätte vielleicht einen Hut bestellen können.«

»Eine Nonne mit Hutschachtel wirkt wohl ein bisschen unwahrscheinlich«, gab Dascha zu.

»Eine reiche Kundin ohne Turnüre auch! Und noch dazu ohne Hut. Ohne Hut sind damals nur Prostituierte rumgelaufen.«

»Ich hab ein Tuch«, versuchte die Einkäuferin sie zu versöhnen und zog aus einer Tüte einen schwarzen Schal mit Lochstickerei. »Er hing mit deinem Kleid an der Ausstellungspuppe. Und überhaupt gab es in dem Museum gar keine anderen Frauenklamotten, nur noch Priesterroben und Männeranzüge. Wir können es auch ganz lassen!«

»Schon gut.« Mascha blies die Backen auf.

Demonstrativ zog sie den Schnürsenkel aus einem ihrer Turnschuhe, fädelte den geheiligten Schlüssel des Bulgakow'schen Hauses daran und hängte sich die Schnur um den Hals.

Erst dann trat sie zwei Schritte von Dascha weg, musterte die markerschütternde Freundin von Kopf bis Fuß und sprach mit professorenhafter Stimme: »Merk dir! Oder besser: schreib dir auf. Sag nicht ›verflucht‹. Sag ›elend‹. Sag nicht ›genial‹, sondern ›herrlich‹. Nicht ›so 'ne Art‹, sondern ›gleichsam‹ oder ›von der Art eines‹. Und sag um Himmels willen nicht ›markerschütternd‹ oder ›cool‹, sondern ›apart‹, und nicht ›wow‹ – sondern: ›Der Herr sei gepriesen‹!«

»Und wenn ich damit meine: heftig?«

»Dann sagst du: ›Der Herr vergebe uns armen Sündern‹!«

»Okay.«

»Nicht okay! Sondern: ›Ich stimme Ihnen vollkommen zu.‹«

»Ok– na gut. Und was soll ich dazwischen sagen?«

»Sag Viktor Michailowitsch Wasnezow«, begann die Geschichtsstudentin auf die Schnelle zu überlegen, »du kommst aus dem Nonnenkloster Sankt Flora im Podol.«

»Ich bin eine Nonne?«

»Nein, besser eine Novizin.«

»Was ist der Unterschied?«

»Der ist gewaltig. Eine Nonne hat schon den Schleier genommen«, erklärte Kowaljowa. »Eine Novizin hingegen kann jederzeit wieder gehen. Sag ihm, dass du von frühester Jugend an ein Talent zum Malen gehabt hättest und es dein sehnlichster Wunsch sei, Gott zu Ehren die Mauern Seines Hauses auszuschmücken. Aber die Mutter Oberin gibt dir nicht ihren Segen dazu. Sie betrachtet das als Hochmut und kein Werk für Frauen. Daher möchtest du das Kloster verlassen und bist gekommen, um ihn anzuflehen, er möge dich bitte der Nikolaj-Muraschko-Schule für Malerei empfehlen.«

»Wow!« Tschub schüttelte überwältigt die Zöpfchen.

Mascha kniff prüfend das rechte Auge zusammen, um die Freundin und die soeben erfundene sittsame Geschichte gedanklich miteinander in Einklang zu bringen.

»Bekreuzige dich«, forderte sie sie auf.

»Das kann ich, meine Mama geht immerhin in die Kirche!« Stolz demonstrierte Dascha die erlernte Fertigkeit.

»Der blaue Fleck – hm ... Sag, die Mutter Oberin sei in Zorn geraten, weil du ihr zu widersprechen wagtest und zur Antwort gabst: jegliche menschliche Gabe komme von Gott, und sie ersterben zu lassen, sei nicht nach Seinem Willen. Viktor Michailowitsch wird dich sicher verstehen. Er wollte selbst Priester werden, hat aber das Seminar im letzten Jahr geschmissen und ist auf die Kunstakademie gegangen. Schmink dich ab!«

»Okay.« Dascha seufzte.

»Nicht ›okay‹, sondern ›Wie Sie wünschen‹, oder von mir aus auch ›Das versteht sich von selbst‹. Und lass das Piercing verschwinden! Schneid deine Nägel!«

Bedauernd warf Dascha einen letzten Blick auf die verbliebene Pracht an ihrer linken Hand und seufzte leise ein zweites Mal.

»Schlag die Augen nieder. Du musst die ganze Zeit zu Boden schauen. Nonnen lassen den Blick nicht durch die Gegend schweifen und sehen ihrem Gesprächspartner fast nie ins Gesicht, sie strahlen mit ihrem ganzen Wesen Demut aus.«

Dascha gähnte trotzig und starrte dann demütig auf ihre Stiefelspitzen.

»Wenn du gähnst, schlag ein Kreuz um den Mund, damit der Unreine nicht in deine Seele eindringt. Nein! Nicht die Augen heben! Gewöhn dich daran! Nicke zum Einverständnis. Schon besser!«, lobte die gestrenge Lehrerin.

»Und wenn er mich, *Gott sei mir gnädig,* bittet, etwas zu malen?«

»Dann malst du etwas.«

»Was?«, rief Dascha dem Parkett zu. »Punkt, Punkt, Komma, Strich? Und was wird er danach zu mir sagen?«

»Wenn er etwas Unerfreuliches sagt, dann fang an zu weinen, fall in Ohnmacht – schinde Zeit!«, befahl Mascha unerwartet hart. »Denn wir haben keine Ahnung, was für einen Hinweis wir bekommen sollen und von wem. Das heißt, es ist unsere Aufgabe, so viel wie möglich in Erfahrung zu bringen. Und schreib dir die Parole auf einen Zettel, damit du sie nicht vergisst: *Im Namen meines Vaters gebiete ich: zeige mir, was ich wissen muss.*«

Dascha Tschub rieb sich unsicher die Nase. »Hast du eigentlich keine Angst, dass unser Vater … na ja, ich meine: dass unser Vater vielleicht nicht Gott ist?«

Aus dem Tagebuch von X.

Es gibt auch den Teufel der Popen: gehörnt, geschwänzt und ohne Ferse … Aber er ist langweilig und hat schon lange keine Ambitionen mehr zum Popstar. Der Teufel der Popen ist ein schmutziger, stinkender Tattergreis, viel zu primitiv in seiner Bosheit. Ein toter Mann, der im Altersheim der Kirche auf sein letztes Stündlein wartet.
Doch wenn ihr euch die Zeit nehmen würdet, ein paar Bücher durchzublättern, wüsstet ihr, wen man anbeten sollte.
Lest Bücher, ihr Idioten, lest nur ab und zu ein Buch, dann erfahrt ihr, dass das umgekehrte Kreuz alles andere als den Satan bezeichnet.
Ihr habt nur vergessen, wen man vor tausend Jahren den Teufel genannt hat!

Achtzehntes Kapitel,

in dem sich Mascha mit Mephistopheles trifft

Sein Anblick war mehr als ungewöhnlich: Vor der Kulisse der urtümlichen Hügel des Kyrillberges hinter mir stand ein flachs-blonder, ja fast schon weißhaariger Mann, jung, mit äußerst markanten Gesichtszügen, der kleine Schnurrbart ebenfalls beinahe weiß. Von eher kleinem Wuchs und sehr gleichmäßigem Körperbau, und seine Kleidung ... sie war es, die mich zu jener Zeit am meisten erstaunte ... er trug ein gänzlich schwarzes Kostüm, mit Trikotstrümpfen, einer gebauschten Kniehose und Gamaschen. Der Eindruck war ganz der eines jungen Venezianers aus einem Gemälde Tintorettos oder Tizians.

L. Kowalski, ›Michail Wrubel‹

Niemand fing sie im Hauseingang ab.

Die Sophienstraße lag zwischen der Wladimirstraße 28 (wo sich Mascha von der Novizin des Floraklosters getrennt hatte) und der Zehntstraße 14 (vor der Revolution Dreiheiligenstraße 10, Ziel der ungebetenen Besucherin des Herrn Wrubel). Mascha durchquerte sie wie ein Soldat auf Spießrutenlauf – auch wenn die Passanten der kostümierten jungen Frau nicht mehr als einige beiläufig-neugierige Blicke schenkten. Im Zentrum Kiews gab es nicht wenige Institutionen, deren Personal historisch ausstaffiert war, und vermutlich hielt man sie für eine davon. Doch Mascha, die davon nichts ahnte, litt fürchterlich.

Es wird nichts dabei herauskommen, dachte sie gequält, als sie vor der brandneuen Tür aus drahtdurchwirktem Strukturglas stand, neben der zwei abschreckende vergoldete Tafeln mit dem ukrainischen Wappen prangten:

STAATLICHER RUNDFUNK- UND FERNSEHRAT DER UKRAINE

STAATSKOMITEE DER UKRAINE
FÜR KINDER-, JUGEND- UND FAMILIENANGELEGENHEITEN

Da wird man mich nie im Leben reinlassen. Außerdem ist sowieso geschlossen, weil Sonntag ist!

Mascha zweifelte nicht an ihrer vollständigen Niederlage. Mit schwerem Herzen blickte sie zum Andreasstieg hinab, wo das legendäre Haus Nr. 13 stand, und klopfte dann matt an die Tür – *Im Namen meines Vaters gebiete ich: Zeige mir, was ich wissen muss! Anekdote, Persona, Moment* … und die Tür gab ganz leicht nach.

Die Eingangshalle war leer und dämmrig. Mascha, die noch nie hier gewesen war, konnte beim besten Willen nicht feststellen, ob sie anders aussah als sonst, oder ob die Staatskomitees sie im historischen Zustand belassen hatten – in der Altstadt gab es nicht wenige Häuser, bei deren Betreten man sich um ein Jahrhundert in der Zeit zurückversetzt fühlte.

Die Wohnungsnummer kannte die Studentin nicht. In den Wissensfetzen, die sich in ihrem Kopf erhalten hatten, seit sie auf den vierzehnten Prüfungsbogen gebüffelt hatte, fand sie Folgendes: *Das Atelier des Kunstprofessors Wladimir Orlowski mit einer Wohnkammer und Balkon auf den Dnjepr hinaus, in welchem sich Wrubel für 30 Rubel im Monat eingemietet hatte, befand sich in der obersten Etage.* Also auf jeden Fall in dem Teil des Gebäudes, dessen Fenster auf den Hof hinausgingen, hinter dem sich der steile Hang des Andreasberges zum Fluss hinabsenkte.

Sie stieg die Treppe hinauf, zog den Schlüssel aus der Tasche und probierte aus, ob er in eins der Türschlösser passte – nein. Aber die Stille ringsum war tröstlich, so wie anderthalb Stunden zuvor, als sie nur das Wort »Salve« hatte aussprechen müssen und das Treppenhaus zu ihrem Turm wie ausgestorben gewesen war.

Bei der vierten Tür glitt der Schlüssel ungezwungen ins Schlüsselloch und drehte sich lautlos in ihren Fingern. Mascha erstarrte – *hatte es etwa tatsächlich geklappt?!* –, fühlte, dass das

Unglaubliche ihre Brust von innen her weitete, atmete geräuschvoll aus, verbarg den Schlüssel schnell in der Tasche und klopfte, da sie keinen Klingelknopf fand, unsicher an die Tür.

Es kam keine Antwort, und die Besucherin versuchte Mut zu fassen. Nervös zupfte sie ihren Spitzenschal zurecht. Was sie *wissen musste*, konnte sie ja auch zu einer Zeit erfahren, da der Bewohner gar nicht zu Hause war. Sie wünschte sich brennend, es möge sich so verhalten – dass der Fokus gewirkt hatte, sich hinter der Tür nicht einfach eine andere Katzen-Zauberwohnung befand, sondern wahrhaftig jenes Atelier für 30 Rubel, das sie ungehemmt durchsuchen und dann rasch und ohne böse Überraschungen verlassen konnte.

Für alle Fälle klopfte sie noch einmal. Als wieder nur Stille antwortete, drückte sie vorsichtig die Klinke herunter – und fuhr entsetzt zusammen, als die Tür von innen aufgezogen wurde, so dass ihr die Klinke aus der Hand rutschte. Vor ihr stand ein hellblonder junger Mann mit nervösem Gesicht und unruhigen, dunklen Augen.

»Oh …«, hauchte Mascha, die Augen so rund wie ihr Mund.

Denn vor ihr stand jemand Unerhörtes, Undenkbares. In einem schwarzen Wams, weißen Strümpfen, bauschigen Kniehosen und einem zerknautschten Barett à la Mephistopheles – einem Kostüm des 16. Jahrhunderts, im ausgehenden 19. Jahrhundert ebenso fehl am Platz wie ihr Kleid aus dem frühen 20. Jahrhundert!

Aber so was hat man in Kiew überhaupt nie getragen! Sie wich einen Schritt zurück. *Als man so was überall außer in Kiew trug, waren in Kiew türkische Pluderhosen in Mode.*

»Me … Me … Me …«, stöhnte Mascha.

»Michail Alexandrowitsch«, stellte Mephistopheles sich vor. »Und wer sind Sie – Nadeshda? Von Wladimir Fjodorowitsch geschickt, ja?«, sagte er eher als Feststellung denn als Frage und sehr ungehalten. »Ich habe Sie morgen erwartet!« Das erklärte seine Verärgerung. »Und warum ist die Tür nicht verschlossen«, murmelte er für sich. »Kommen Sie bitte herein.«

Michail Alexandrowitsch trat zur Seite, um sie durchzulassen, und Mascha-Nadeshda durchschritt das dunkle Vorzimmer, das ihr mit der schmiedeeisernen Ecke einer Truhe einen alles andere als gastfreundlichen Stoß versetzte, betrat das Atelier des Kunstprofessors Orlowski und verschlang es mit staunenden Blicken.

Eine Staffelei, die mit einem nicht sonderlich sauberen Tuch verhängt war. An den Wänden Bleistiftskizzen, unter anderem eine von Hamlet in einem ebensolchen zerknautschten Barett, wie es der Künstler trug, über ihm eine langnasige Ophelia. Eine Unmenge Bücher und Papier. Farben, Paletten, Bleistifte ... Unwillkürlich warf Mascha einen neugierigen Blick auf den Balkon (»auf den Dnjepr hinaus«) – und erblickte zu ihrer tiefen Verwirrung nur graues Zwielicht in dem schmalen Spalt zwischen den zugezogenen Vorhängen.

Hat es etwa geregnet? Komisch ...

Auf dem Tisch stand eine bereits entzündete Lampe.

Eine Auer'sche Gaslampe oder eine Carcel'sche Öllampe? Welches Jahr wir wohl haben? Irgendwann in den 1880ern ...?

Etwas störte sie an diesem Zimmer, passte nicht zu dem, was sie sich vorgestellt hatte. Und eine Sekunde später begriff Kowaljowa, was es war: Sämtliche Sachen waren neu!

Die Fragmente des späten 19. und frühen 20. Jahrhunderts, die bis in ihre Zeit erhalten geblieben waren und sorgsam in den Museen gehütet wurden, waren vergilbte Fotografien, Konzertflügel, von denen der schwarze Lack abblätterte, unglaublich schmale Damenhandschuhe aus vertrocknetem Leder mit rührenden Knöpfchen an den Handgelenken, müde Spitzenfächer aus Elfenbein, abgeschilferte Dosen, die einst Tee oder Konfekt enthalten hatten – Dinge, die die Stürme der Zeit überdauert hatten. Dinge mit einer rätselhaften Vergangenheit. Und aus genau solchen Dingen hatte sie ihr Bild jener wundervollen Zeit aufgebaut.

Das schummrige 19. Jahrhundert war für sie vergilbt und leicht abgewetzt, herzergreifend zerbrechlich wie in der Hand zerbröselnde Schriftstücke, zierlich wie ein mit Tinte geschriebener Namenszug voller Schnörkel, samten-moiriert-gerüscht, mit nostalgisch ausgeblichenen Farben. Und sie war ganz und gar nicht vorbereitet auf die Tatsache, dass im wirklichen Jahr 188? das Papier weiß war! Und die Blechdose mit der Aufschrift *Schokolade und Halwa. G.I. Schick, Kiew. Oberer Wall No. 12*, die auf dem Tisch stand, war ebenso kitschig-bunt, primitiv und neu wie die Konfektdose »Bisca Roses«, die in dem Kiosk neben ihrem Haus verkauft wurde.

»Nadeshda –?«, wollte der junge Mann ungeduldig wissen.

»Wladimirowna«, sagte sie hastig, da ihr gerade noch rechtzeitig einfiel, dass in jener denkwürdigen Zeit nicht nur ältere und höhergestellte Leute mit dem respektgebietenden Vatersnamen beehrt wurden.

»Sie sind... verwitwet?« Seine unruhigen Samtaugen musterten verwundert die zweifelhafte Garderobe der Besucherin – die einzige Sache in diesem Zimmer, die in Rätselhaftigkeit, Abgenutztheit und Ausgeblichenheit ihrer Vorstellung von jenem »dort« entsprach.

Mascha schlang erschauernd die Arme um den Leib. Natürlich, »arme Witwe« war der einzig logische Schluss, den ein Mensch des ausgehenden 19. Jahrhunderts beim Anblick einer Frau in einem Kleid des angehenden 20. Jahrhunderts – das schon hundert Jahre auf dem Buckel hatte! – ziehen konnte.

Sie nickte ohne großen Nachdruck – so dass sie es später, wenn nötig, widerrufen konnte. »Nadeshda, von Wladimir Fjodorowitsch geschickt« konnte ebenso gut ein unerwartetes Geschenk des Schicksals sein wie ein gefährliches Verhängnis.

»Nun gut...«, sagte Michail Wrubel langsam und anteilnehmend, »mag sein, dass ich Ihnen ein etwas höheres Entgelt geben könnte.« Mit offenkundigem Mitleid betrachtete er die abgerundeten, stumpfen Spitzen ihrer abgeschabten Seidenschühchen. Dann ließ er den Blick ohne jede Scham missbilligend über ihren Körper wandern – anscheinend weckte ihre schmächtige Person in ihm ebenfalls beträchtliche Zweifel. Kein Wunder: Nach den herrschenden Schönheitsidealen hätte man aus jeder grazilen Ballerina dieser Zeit mindestens zwei Maschas modellieren können.

Arm und nicht genug zu essen, fasste sie für ihn zusammen.

»Sie haben derlei noch nie gemacht«, stellte er wiederum anteilnehmend fest.

»Nein«, antwortete Mascha, innerlich erstarrend.

WAS, UM GOTTES WILLEN?!

Der junge Mann richtete den Blick auf ihre starren Züge. Schaute sie so beharrlich und tief an, dass Mascha einen Moment lang der Atem stockte. Dann verzog er resigniert das Gesicht, zog aus seiner Wamstasche eine silberne Taschenuhr, studierte eingehend das Zifferblatt und klappte geräuschvoll den Deckel zu.

»Noch eineinviertel Stunden«, brummte er. »Das schaffen wir, wenn wir uns beeilen. Wie absurd das alles ist ... Nadeshda Wladimirowna, würden Sie belieben, sich auszuziehen?« Der Maler begann energisch sein Samtwams aufzuknöpfen.

»Was?« Nadeshda Wladimirowna machte einen erschrockenen Schritt rückwärts und schalt sich dafür, dass sie den Vorwand und die Gelegenheit ergriffen hatte. Der Schützling Wladimir Fjodorowitschs entpuppte sich als gewöhnliche Prostituierte. Oder keine gewöhnliche, sondern eine »halbseidene«. Aber davon wurde Mascha nicht leichter ums Herz.

»Ich bin eine tugendsame Frau!«, keuchte sie. »Das ist gewiss ein Irrtum! Ich ... ich ... Sie ...«

Wrubels Miene veränderte sich, er kam ungestüm auf sie zu.

Mascha schrak zurück und presste sich mit dem Rücken gegen die Wand. Plötzlich erinnerte sie sich daran, dass der Maler am Ende seines Lebens verrückt geworden war, aber schon in der Jugend als Sonderling gegolten hatte.

»Wie können Sie es wagen?«, kreischte sie. »Die Heiligen in der Kyrillkirche malen und zugleich ... Wissen Sie nicht, dass die wahren Ikonenmaler monatelang gebetet haben, ehe sie zum Pinsel griffen!« *Richtig war's, dass man Ihnen nicht erlaubt hat, meine Wladimirkathedrale auszumalen!*, hätte sie gern hämisch hinzugefügt, obwohl sie es bis zu diesem Tag ehrlich bedauert hatte, dass man Wrubel in ihrer weltschönsten Kathedrale nur das Ornament in der südlichen Apsis überlassen hatte.

»Ich bitte Sie!«, rief der Künstler erschüttert. »Hat Ihnen Wladimir Fjodorowitsch etwa nichts gesagt? Und Sie haben gedacht …? Mein Gott, was bin ich für ein Tölpel! Ich bin dieser Tage nicht ich selbst. Und Sie kamen so unerwartet … Ich suche nach einem Modell! Nach einem Gesicht! Einem Bildnis! Und Kiewizki hat gesagt, er werde Sie schicken, Sie seien eine Bekannte von Wladimir Fjodorowitsch. Ich verstand, dass Sie nicht in den besten Umständen leben und sich daher einverstanden erklärten, mir Modell zu stehen. Vergeben Sie mir, ich bitte Sie!«

Mascha warf den Kopf zurück und sah in seine reuigen Augen. In ihr zerplatzte ein dicker Knoten, und ihr wurde leicht zumute, und beschämt.

Himmel, was bin ich blöd … Aber natürlich, er ist Maler. Gut, dass ich nichts über die Wladimirkathedrale gesagt habe. Er hat auch so schon genug darunter gelitten, dass er die Beweinung Christi nicht hat malen dürfen. Außerdem hat er vielleicht überhaupt noch nicht angefangen, irgendeine Beweinung zu entwerfen, die er hinterher nicht ausführen durfte …

»Verzeihen Sie, ich habe Sie missverstanden«, sagte sie ehrlich.

Wrubels Züge erhellten sich. Leise murmelte er etwas wie »Wenn Sie erlauben«, berührte schüchtern ihre Wange und drehte ihren Kopf leicht nach rechts. Trat einen Schritt zur Seite. Mechanisch umgriff er mit der Hand sein Kinn, sein Daumen knetete das nervöse Gesicht, und in seine Augen trat ein seltsamer, suchender, aufgewühlter Ausdruck, so als ob er etwas nicht recht glauben könne.

»Ja, Kiewizki hatte recht … Sie sind es«, sagte er schließlich. »Jetzt sehe ich es auch. Zuerst habe ich es nicht erkannt, Sie waren zu verängstigt. Aber glauben Sie mir, Sie brauchen sich nicht vor mir zu fürchten. Ich werde Ihnen kein Leid zufügen. Wenn Sie nichts dagegen haben, nur ein paar Skizzen … Ich brauche Ihr Gesicht!«

Mascha nickte. »Ja. Ja! Was muss ich tun?«

Besser hätte es gar nicht kommen können! Aber das war es nicht allein, sondern vielmehr die atemberaubende Tatsache, dass sie jetzt von Wrubel höchstpersönlich gezeichnet würde und, wenn sie zurückkehrte, womöglich in dem Kunstband, der am

Morgen auf sie heruntergepoltert war, eine Bleistiftzeichnung ihres eigenen Antlitzes finden würde! Mascha kitzelte es vorfreudig und gespannt im Bauch.

Dass er es sich nur nicht anders überlegt …

»Ich bin mit allem einverstanden!«

»Ausgezeichnet.« Er lächelte entrückt, schon ganz in etwas versunken, das froh und feierlich in ihm selbst lag. »Nehmen Sie das Kleid dort, hinter dem Wandschirm. Und auf den Kopf …«, sagte er mehr zu sich selbst, »ein dunkles Tuch. So wie Ihr Schal. Darf ich Sie bitten, Nadeshda Wladimirowna, in dieses Zimmer zu gehen.« Er zeigte auf eine geschlossene Tür. »Seien Sie unbesorgt, ich werde nicht hereinkommen.«

Mascha war nicht weniger aufgeregt als der Maler, als sie sich beeilte, die Anweisungen auszuführen. Der Nebenraum erwies sich als äußerst spartanisch möblierte Schlafkammer. Ein eisernes Bettgestell, ein gepolsterter Hocker und wenige Kleidungsstücke, die einfach von Haken an der Wand hingen. Unerklärlicherweise war es hier höllisch kalt. Aber Mascha schüttelte den Frost rasch von den Schultern, wickelte hastig ihre seidene Schärpe ab und schlüpfte aus dem Kleid, wobei sie weniger fürchtete, der Künstler könnte sie nackt sehen, als dass er ihrer Nylonstrümpfe und Unterwäsche ansichtig werden könnte, die mit dem 19. Jahrhundert ebenso viel zu tun hatten wie sie selbst.

Mit bebenden Fingern – *Mein Gott, geschieht das wirklich und wahrhaftig?* – entfaltete das Modell das Gewand, das er ihr gegeben hatte: eine bodenlange, weit und frei geschnittene Tunika.

Diese Aufmachung weckte in ihr einen schrecklichen Verdacht. *Himmel, er will mich als Modell für die Muttergottes!*

Sie erbleichte und presste das dunkle Gewand der Kyrillischen Madonna an die kalte Brust, unfähig, eine Lösung für dieses historische Paradoxon zu finden. Nur am Rande registrierte sie, dass man, da das Marienbildnis noch nicht gemalt, aber schon in Planung war, das Jahr 1884 schreiben musste, die Lampe wahrscheinlich noch ein Carcel-Modell war und ihr Licht nach einer neu eingeführten Einheit die Helligkeit von etwa 7,4 englischen Walratkerzen ausstrahlte.

Aber was kümmerte sie jetzt die Lampe!

Es ertönte ein gleichmäßiges Klopfen an die Wohnungstür. Ihm folgte ein alles andere als gleichmäßiges Poltern, als etwas zu Boden fiel. Und dem Poltern folgte auf dem Fuße, ohne jede Vorwarnung, der Maler, der mit abgewandtem, angespanntem Gesicht hereinstürzte.

»Sie sind –«, krächzte er bestürzt mit halblauter Stimme.

»Oh!«, quiekte Mascha gleichfalls im Flüsterton und bedeckte ihre deplatzierte Unterwäsche mit dem dunklen Gewand.

»– nicht angezogen!« Seine Stimme war vollkommen verzweifelt. »Um der Liebe Gottes willen, sitzen Sie ganz still – kein Rascheln, kein Laut … Ich werde Sie gut bezahlen!« Es sah aus, als wolle er vor ihr auf die Knie fallen. »Wenn *sie* Sie unbekleidet in meinem Schlafzimmer findet …«

»Ich bin still«, wisperte Mascha.

»Gott, wenn sie es ist! Oh!« Er wirbelte herum und schoss in wilder Hast dem Vorzimmer zu.

Mascha schlich auf Zehenspitzen zu der nicht ganz zugefallenen Tür und stellte sich an die Wand daneben, horchte auf das, was im Atelier vor sich ging, und spürte, dass sie nun erfahren würde, »was sie wissen musste«.

»Emilia Lwowna«, erklang Wrubels zutiefst ergebene Stimme. »Sie hatten sich für fünf Uhr angemeldet.«

Emilia Lwowna! Prachows Frau! Mascha erzitterte. *In die Wrubel verliebt ist … Es hat geklappt!!*

»Bin ich etwa nicht pünktlich?«, gab eine Frauenstimme zurück, und Mascha konnte in der höflichen Frage deutlich den reizbaren, energischen und kindischen Despotismus einer verwöhnten Prinzessin erkennen.

»Wie können Sie das nur fragen?«, erwiderte der Verliebte erstickt. »Als Sie versprachen, mich selbst zu beehren …«

»Da haben Sie sich alles Mögliche ausgemalt, ich sehe schon«, schnitt ihm die Dame herrisch das Wort ab. »Lassen Sie mich erklären, dass ich lediglich aus Mitgefühl zu Ihnen gekommen bin und als nichts denn Ihre gute Freundin. Selbst Adrian hat schon bemerkt, dass mit Ihnen etwas nicht in Ordnung ist. Vorgestern, nach Ihrem Besuch, sagte er, er sei sehr besorgt ob Ihrer bedrückten Stimmung und verstehe nicht den Grund dafür. Er scheint Ihnen eine großzügige Vorauszahlung geleistet zu haben und Sie nun auf Staatskosten nach Venedig zu schicken ...«

Ja, natürlich, flimmerte es in Maschas Gedächtnis auf, *Professor Prachow hat Wrubel nach Venedig geschickt, damit er dort Anregungen für die Ikonostase sammelt. Wir haben 1884! Turnüren sind ganz groß in Mode!*

»Er ist sehr auf Ihr Wohl bedacht, er fühlt sich für Sie verantwortlich«, sprach die Professorengattin weiter. »Wenn er wüsste, worin der wahre Grund Ihrer Melancholie liegt!«

»Sie sind grausam zu mir«, sagte der junge Mann mit niedergeschlagener Stimme.

»Nein, Sie sind es, der mir Unrecht tut! Ich habe Ihnen mitgebracht, worum Sie gebeten haben.«

Das leise Rascheln von Papier war zu hören, und der Maler seufzte glücklich auf. »Haben Sie das allein auf meinen Wunsch hin anfertigen lassen? Emilia Lwowna, glauben Sie mir, dort, fern von Ihnen, wird Ihr Gesicht mein einziger Trost und Freund sein!«

»Ich hoffe«, sagte sie in unnachgiebigem Ton, »dass mein Gesicht höheren Zielen dienen wird. Falls die Photographie nicht ausreicht, bin ich bereit, Ihnen persönlich Modell zu sitzen. Kommen Sie heute Abend zum Essen zu uns ...«

»Sie wünschen, dass ich Ihr Porträt male?«, fragte Wrubel zaghaft.

»Ich wünsche«, erklärte die Dame mit sonderbarer Feierlichkeit, »dass Sie dieses Meisterwerk schaffen, das mein Mann von Ihnen erwartet. Zudem wünsche ich mir, dass Sie wieder zum wahren Glauben zurückfinden. Erinnern Sie sich daran, dass ich bedeutend älter bin als Sie, dass ich Mutter und die Gattin Ihres Lehrers und Gönners bin.«

»Ich bitte Sie«, sagte er erstickt, »Sie wünschen doch nicht etwa, dass ich nach Ihrem Portät die Muttergottes male?«

Ja, genau das will sie, dachte Mascha bissig.

»... bildete der Künstler Professor Prachows Frau Emilia, in

die er unglücklich verliebt war, in der Gestalt der Heiligen Muttergottes ab.«

»Das ist ja verrückt – dann hat Wrubel persönlich Katja porträtiert!«

Mit einem Mal verspürte das verhinderte Modell ein nagendes Gefühl der Eifersucht: *Wieso Katja? Und ich? Warum weigert er sich nicht? Nimm dir ein Herz und weigere dich!*

»Aber das ist undenkbar. Sie sind …« Mascha konnte unverstellte Angst in seiner Stimme hören.

»… eine Dame von Welt«, stieß Katja oder auch nicht Katja verstimmt hervor. »Die von den Freunden meines Gatten – streiten Sie es nur nicht ab, ich weiß das! – für überaus unbesonnen und kapriziös gehalten wird. Und ich fürchte, Sie haben sich nur deshalb in mich verliebt, weil Sie mich für leichtfertig hielten. Ist es nicht so?«

»Nein, nein …«, protestierte er unglücklich.

»Aber das ist nicht der Fall!«, rief sie aufgebracht. »Und ich wünsche mir von Herzen, dass das Gefühl, das Sie, wie Sie nicht müde werden zu versichern, für mich empfinden, für Sie einen anderen, höheren Sinn erhält. Würde ich einwilligen, Ihre geheime Geliebte zu werden, wäre mein Risiko weit geringer. Doch welch ein Getuschel, was für Gerüchte wird ein solches Bildnis hervorrufen! Um Ihretwillen«, sagte sie sehr betont, »bin ich bereit, diesen Schritt zu tun. Denn ich glaube fest daran, dass diese gottgesegnete Arbeit Sie von Ihrer unglücklichen Leidenschaft heilen und diese in eine andere Bahn lenken wird. Dass sie Ihnen helfen wird, dort Licht zu erblicken, wo für Sie jetzt noch die Finsternis und Verzweiflung der unerwiderten Liebe herrschen.«

Was für eine Psychologin!, dachte Mascha mit unwillkürlicher Bewunderung für die gesprächige Professorenfrau. *Und gewiss nicht Katja. Katja hätte so etwas niemals gesagt.* Soweit sie sich erinnern konnte, hatte die Maria mit dem Gesicht Emilia Lwownas tatsächlich sofort eine Menge zwielichtiger Gerüchte aufkommen lassen, die dazu geführt hatten, dass der Professor an der Treue seiner besseren Hälfte zu zweifeln begann. Sie glaubte sich zu erinnern, dass die beiden sich später sogar getrennt hatten …

Aber das muss sie doch überhaupt nicht durchmachen!, sagte plötzlich jemand. Mascha hob erschrocken den Kopf, denn die zögernde Stimme in ihr sprach in einem ganz ungewohnt boshaften Ton. *Soll er* mich *malen, und alles ist okay!*

»Hören Sie mir zu, Michail Sanytsch?«

Doch zur Antwort erhielt das beredte Opfer des eigenen Edelmuts lediglich schweres, angespanntes Schweigen. Mascha konnte nicht an sich halten, zog die Tür ein wenig weiter auf und spähte durch den Schlitz.

Die Dame, die mit dem in ein Korsett eingeschnürten Rücken zu ihr stand, unter dem sich eine höchst verführerische seidene Turnüre bauschte, hatte mit Katja rein gar nichts gemein – sie war kleiner und viel femininer gebaut, mit weizenblondem Haar.

Ihr Kopf, auf dem ein bezaubernder Hut saß, war hoch erhoben, während der Sünder, der seines Nächsten Weib begehrt hatte und nun von dieser auf den rechten Weg zurückgewiesen worden war, voller Zweifel zu Boden sah.

Er schwankte so unverstellt und gequält, dass es den Anschein hatte, als zerfiele sein Gesicht mit den zusammengepressten Lippen, der feinen, kühnen Nase, den fiebrigen Augen in unzählige Fragmente, die sich gegenseitig leidenschaftlich bekriegten. Mascha begriff: Wrubel wollte ihr nicht absagen! Und ihr wurde sehr warm, stolz und etwas ängstlich zumute.

Mascha wollte von ganzem Herzen Maria werden.

Aber dann, zischte Mascha, die Historikerin, aufgewühlt in ihr, *änderst du die Geschichte. Und das darf nicht sein!*

Na und? Na und? Was macht das schon?, widersprach ihr die neue, boshafte und eigensinnige Mascha.

»Wenn Sie meine Bitte erfüllen, erlaube ich Ihnen, mir aus Venedig zu schreiben«, sagte die Dame sanft zu dem Maler. »Ich selbst werde Adrian Viktorowitsch eine Erklärung dafür geben. Das verspreche ich Ihnen.«

Es war wohl dieses Argument, das die Sache entschied. Der Künstler nickte erschöpft. Und Mascha riss sich enttäuscht vom

Türspalt los und hielt die Hände vor die Augen, die sich mit Traurigkeit füllten.

»Ach, Sie sind wunderbar!«, erklang glockenhell die Stimme der Dame. »Ich wusste, dass ich Sie überzeugen kann. Verstehen Sie, ich will nur Ihr Bestes und glaube fest an Sie. Heißt das also, dass wir Sie heute erwarten dürfen? Wir essen wie gewöhnlich um acht zu Abend, aber kommen Sie doch ein wenig früher...« Sie verstummte und schlug wieder ihren Plauderton an: »Und das ist Ihr neues Gemälde? Darf ich es mir ansehen?«

»Ich bitte Sie, nein!«, schrie er auf.

Gleich darauf ertönte noch ein Schrei – der einer Frau. Und das Geräusch einer gepfefferten Ohrfeige. Mascha überlief es kalt, und wieder presste sie das Ohr an den Spalt.

»Wie konnten Sie nur?!« Die Stimme der Dame war mit Hysterie geschwängert. »Wann haben Sie das gemalt? Was für ein Wahnsinn hat Sie da geritten? Wenn Sie es wagen, jemandem dieses... dieses... Ah!«

Mascha hörte das fliegende Klappern ihrer Absätze in Richtung Ausgang, sein »Verzeihen Sie mir, Emilia Lwowna, ich weiß selbst nicht, was ich tue. Ich bin wie im Fieber!« und das Schlagen einer Tür.

Sie streifte hastig wieder ihr eigenes Kleid über, neugierig geworden durch das letzte, unbegreifliche Geschehen, und glitt dann, nachdem sie es wie durch ein Wunder geschafft hatte, die Häkchen auf ihrem seidenen Rücken zu schließen, ins Atelier.

Der Maler stand an der Staffelei und verhüllte mit steifen, fahrigen Bewegungen das Bild wieder mit dem mit Ölfarbe verschmierten Tuch.

»Verzeihen Sie«, sagte Mascha.

Er fuhr herum und starrte sie an, als habe er erwartet, den Teufel selbst zu sehen.

»Ach, Sie sind es«, sagte er mit kaum merklicher Erleichterung. Dann verzerrte sich sein Gesicht erneut, als habe er Zahnschmerzen, und er blickte sie gequält an. »Die Sitzung wird nicht stattfinden. Ich habe keinen Bedarf mehr an einem Modell. Aber ich werde Sie bezahlen, wie ich es versprochen habe. Schließlich sind Sie hergekommen, haben Ihre Zeit vergeudet ... Ich bitte Sie, Nadeshda Wladimirowna, niemandem je von diese Szene zu erzählen. Vor allem nicht Wladimir Fjodorowitsch.«

Die selbsternannte Nadeshda Wladimirowna hatte nicht vor, dem ihr unbekannten Wladimir Fjodorowitsch irgendetwas zu erzählen. Während Wrubel nervös in seinen Taschen nach Geld tastete, blickte sie schweigend auf das schmutzige Tuch, das die rätselhafte Leinwand bedeckte, und suchte krampfhaft nach einem triftigen Grund, es zu entfernen.

Aber sie fand keinen, wie sie es auch drehte und wendete.

Der Maler streckte ihr schon einen zerknitterten Schein hin, der automatisch das Ende dessen, »was sie wissen musste«, besiegelte. Dabei war das Wichtigste dessen, was hier vorgefallen war, vielleicht unter diesem öligen Lumpen verborgen!

»Ich brauche das Geld nicht«, sagte Mascha schwach, um Zeit zu schinden. Sie nickte zu der Staffelei hin. »Darf ich es ansehen?«

»Warum sollten Sie das wollen?«, fragte der Maler heiser.

»Ich frage mich nur, was Em ... ähm, daran so erschreckend sein soll. Es muss sicher ganz grausig aussehen!«, versuchte sie ihren Impuls mit der Neugier des einfachen Volkes zu erklären.

»Das ist nur leere ... Was interessiert es Sie!«, sagte Michail Sanytsch schroff. Und plötzlich bekam Mascha schreckliches Mitleid mit Michail Sanytsch, der ihr gegenüber so machtlos war. Um das Geheimnis zu erfahren, das er um jeden Preis zu hüten suchte, musste sie nur seine Wohnung verlassen und um den nächsten Block gehen, wo in der Großen Shitomirstraße die Bibliothek der Künste lag.

Gute Idee eigentlich, fiel ihr flüchtig ein. *Ich sollte mir diese Emilia – nicht Katja – mal anschauen, um herauszukriegen, was sie und Katja miteinander gemein haben.*

»Seien Sie so freundlich.« Selbst nicht sehr freundlich wies Wrubel auf die Tür.

Mascha nahm sich zusammen. Ihr blieben zwei Möglichkeiten – nach Hause zu gehen. Oder zu Daschas bevorzugtem Mittel zu greifen und die Konfrontation zu suchen!

»Sie sollten es mir nicht verweigern. Sie wollen doch nicht, dass ich alles ...« Mascha verstummte, weil sie noch schwankte, ob sie den konkreten Prachow oder den abstrakten Wladimir Fjodorowitsch nennen sollte.

Doch der Maler entschied die Frage selbst.

»Sie werden es Kiewizki erzählen!« Er wurde aschfahl. »Oh mein Gott, ich bin verloren! Was wollen Sie? Geld? Ich habe inzwischen welches. Ich kann Ihnen alles geben! Alles, was Sie verlangen ...«

»Ich habe nur darum gebeten, das Bild sehen zu dürfen. Sonst nichts«, sagte Mascha beschämt. Wieder tat er ihr furchtbar leid. Er schenkte ihr einen unbegreiflich flehenden Blick und zog dann in kraftloser Verzweiflung das Tuch von der Leinwand. Es stellte sich heraus, dass sie sich ihre Erpressung hätte schenken können – selbst vom kunstwissenschaftlichen Standpunkt aus. Denn von der Leinwand blickte ein grobes, nur mit grauer Ölfarbe gemaltes, abstoßendes, dicknasiges Gesicht zu ihr auf, in dem mühelos das noch nicht ausgeformte, aber bereits den Schatten entstiegene Antlitz des berühmten Wrubel'schen ›Dämons‹ zu erkennen war.

Aber dass Wrubel den ersten, später vernichteten ›Dämon‹ hier in Kiew gemalt hatte, wusste Mascha auch so.

»Hat schon Ähnlichkeit«, sagte sie gedankenversunken.

»Ähnlichkeit?!« Der Künstler begann unkontrolliert am ganzen Leib zu zittern. »So sehr, wirklich? Oh! Nein!«

Mascha hatte nur sagen wollen, dass die Ähnlichkeit mit dem Dämon in der Tretjakow-Galerie – dem in den blauen Hosen, mit der fleischigen Nase, dem dunklen, granitenen Mund und der Träne auf der Wange – durchaus vorhanden war. Nur wirkte dieser hier bösartig und scharf, mit schwarzen Tollkirschenaugen ...

Aber Wrubels Aufschrei ließ unerwartet ein anderes, rätselhaftes Gefühl in ihr aufsteigen: dass dieser erste ›Dämon‹ tatsächlich jemandem glich, den sie erst vor kurzem gesehen hatte – vielleicht sogar jemandem aus ihrem Bekanntenkreis. Sie runzelte die Stirn, versuchte sich zu erinnern.

Aber er fing an, sie zu bedrängen. »Erklären Sie sich bitte augenblicklich! Wer sind Sie? Warum stellen Sie diese Fragen? Hat Kiewizki Sie geschickt? Was will er? Weshalb quält er mich? – Zwischen mir und Emilia war nichts, gar nichts. Zu keiner Zeit. Das haben Sie selbst gehört.«

Vor Angst trat ihm der Schweiß auf die Stirn, er wirkte wie im Fieber. Plötzlich riss er sich den Kragen des Wamses auf und begann überstürzt sein Hemd aufzuknöpfen. Und Mascha sah, dass seine bleiche Brust von langen, bewusst zugefügten tiefen Schnitten überzogen war.

»Michail Sanytsch!«, keuchte die unglückliche Erpresserin, um ihn aufzuhalten. »Ich wollte Ihnen nicht schaden! Ich kenne keinen Kiewizki! Ich wurde von Wladimir Fjodorowitsch geschickt. Ich wollte nur sagen, dass er... dass er Ähnlichkeit mit dem Dämon von Lermontow hat!«, kam ihr im letzten Moment ein Geistesblitz, doch sie begriff sofort, dass diese Ausrede nicht die beste war.

»Wie haben Sie erkannt, dass es ein Dämon sein soll?«, flüsterte Wrubel, offensichtlich noch verstörter als zuvor.

Mascha presste die Lippen zusammen, ohne eine Ahnung, was sie auf diese Frage antworten sollte.

»Ich ... ich habe erst vor kurzem das Poem des Herrn Lermontow gelesen, und mir schien ... Verzeihen Sie mir! Ich war nur neugierig, was diese Dame so erschreckt hatte«, wiederholte sie flehend. »Ich gehe schon ... Machen Sie sich keine Sorgen, bei der Liebe Christi, ich werde keinem Menschen etwas sagen!«, fügte sie beschwichtigend hinzu, da ihr klar war, dass er sich ihrer kleinlichen Drohung wegen vielleicht noch viele Wochen und Monate quälen würde, aus Furcht, die Ehre einer verheirateten Frau aufs Spiel gesetzt zu haben. »Ich habe das nur so dahergesagt, weil ich gekränkt war... Zürnen Sie mir bitte nicht.«

Er kam allmählich wieder zur Vernunft. »Also sind Sie ... Sie sind nicht mit Kiewizki bekannt?«

Mascha schüttelte heftig den Kopf und zog sich in Richtung Tür zurück, wo ihr 21. Jahrhundert lag.

»Warten Sie, ich bitte Sie, Nadeshda Wladimirowna. Ich

möchte das verstehen! Sie sind ein sonderbarer Mensch. Einen Augenblick lang schien mir, als läge in Ihnen meine Rettung. Es war so klar, so offenkundig ... Und gerade eben haben Sie mich wieder so seltsam angesehen, mit genau diesem Blick, als wüssten Sie alles von mir und nähmen Anteil an einem Leid, das ich vielleicht selbst noch nicht kenne. Ein solcher Blick ist der einer Erlöserin. Sind Sie schon lange verwitwet?«, fragte er mit unerwartet leidenschaftlichem Interesse.

»Ja, schon lange.« Sie machte eine unbestimmte Handbewegung. »Ich muss nach Hause. Verzeihen Sie.«

»Wer sind Ihre Eltern? Wo leben Sie?«

Mascha spürte, wie sie in die Enge getrieben wurde. »Ich bin eine Waise. Meine Eltern waren Kleinbürger. Aber ich bin eine anständige Frau!«, ratterte sie der Reihe nach die ersten drei Klischees herunter, die ihr in den Sinn kamen.

»Sie können das Geld ruhig nehmen.«

»Ich will keine Bezahlung, wenn ich dafür nicht ehrlich gearbeitet habe«, erging Mascha sich pathetisch in Klischee Nr. 4.

»Vielleicht mögen Sie ...«

... *etwas essen*, erriet sie das unausgesprochene Wort aus der Art, wie er sichtlich stockte, aus Angst, sie mit dieser Frage zu demütigen, und sich hastig verbesserte.

»Gestatten Sie mir vielleicht, Sie einzuladen? Ohne jegliche Zweideutigkeiten. Um über Lermontow zu sprechen. Waren Sie schon einmal bei Semadeni, auf dem Kreschtschatik?«

»Nein«, bekannte sie ehrlich. »Und ich glaube, ich werde auch nie die Gelegenheit dazu haben.«

In Gedanken stand Mascha bereits draußen, rannte schon die Wladimirstraße entlang nach Hause, zum Jaroslawswall, in der Schatztruhe ihres Gedächtnisses nach jenem dem Dämon so ähnlichen Gesicht wühlend, da sie fühlte, dass sich in dem, was Frau Professor Prachowa so erschreckt hatte, das wichtigste Detail der schon zerflossenen Stunde der Wahrheit verbarg.

»Geben Sie mir bitte die Ehre. Oh, seien Sie großmütig – es ist mir ein dringendes Bedürfnis, mich jetzt bei jemandem auszusprechen. Und Ihnen habe ich sofort vertraut. Wie meiner eigenen Schwester. Gehen wir, Nadeshda Wladimirowna?« Seine Frage klang seltsam angespannt, als habe er sich zu einem verzweifelten Schritt entschlossen.

Aber das spielte keine Rolle. Sie konnte ihm nichts erklären, und es schien ihr der beste Ausweg, einfach nachzugeben und mit ihm durch die Haustür der Dreiheiligenstraße 10 zu treten – auf die Zehntstraße und aus seinem Leben hinaus, in eine andere Zeit.

Sie gingen die Treppe hinunter, und ihr Begleiter bot ihr mit demselben entschlossenen Gesichtsausdruck seinen Arm. Und als sie ihre manikürelose, unbehandschuhte Hand in die samtene Beuge seines Ellbogens legte, begriff Mascha plötzlich, dass seine Entscheidung sich auf eine bettelarme Kleinbürgerin in einem abgetragenen Kleid bezog – dass sie auf ihre Weise eine Heldentat war, und unvermutet ertappte sie sich dabei, dass es ihr leid tat, sich von ihm trennen zu müssen.

Es war schrecklich, ihn hier allein lassen zu müssen – so unglücklich, einsam, genial und gutherzig – so unerbittlich dazu verdammt, sich in der Menge seiner Apostel wiederzufinden, denen die Wahnsinnigen vom Kyrillberg Modell gestanden hatten.

Sie hielt im Gehen inne und blickte ihn an, mit einem Schmerz, der ihr die Kehle zuschnürte.

Ist es denn wirklich unmöglich, etwas zu ändern?

Er blieb ebenfalls stehen, erwiderte ihren Blick und lächelte: »Warum sehen Sie mich so an? Was sehen Sie?«

Sie schüttelte lediglich stumm den Kopf und schritt mit einem gehauchten »Leben Sie wohl« über die Schwelle.

»Sie sind gestolpert!« Ihr Begleiter fasste sie am Ellbogen. »Haben Sie sich verletzt?«

Er ließ sich auf ein Knie sinken und betastete ihren tauben Knöchel.

»Wow!«, entfuhr es Mascha.

Neunzehntes Kapitel,

in dem wir das Café Semadeni besuchen

Winterabend ... lang und düster ...
Und das Lampenlicht so wenig ...
Ach, mich zieht's zu dem Gelächter
hin, zum Café Semadeni ...
B. A. Semadeni, ›Winter‹

Vor ihr lag der Platz vor der Andreaskirche, gepolstert mit lockerem, tiefem Schnee! Und es schneite in großen, wattigen Flocken. In der Mitte des Platzes brannte ein Feuer, davor stand, die großen Hände reibend, ein bärtiger, breitschultriger Schlittenkutscher in einem Bauernkittel, wie er ihr von alten schwarzweißen Stichen vertraut war. Und hinter ihrem Rücken, auf dem Altkiewer Berg, ragte die Zehntkirche auf, die sie so oft auf vorrevolutionären Schwarzweißfotografien gesehen hatte, mit den fünf Zwiebelkuppeln, dem wuchtigen gemauerten Leib und Fürst Wladimir in seinem steinernen Grab. An ihre rechte Seite schmiegte sich wie eine weiße Decke der von Tjutschew besungene, verschneite Murawjow-Garten, der in jenen Tagen die Stelle der bodenlosen Schlucht einnahm und in dem es

... süß, sich auszuruhn.
Die Stille schwebt im Raume.
Die Ferne unermesslich schön.
Und höher schwingend sich in traulich sel'gem Traume,
Siehst nichts du zwischen dir und jenem Himmelssaume,
Du Seele, herzschlaglang entfloh'n.

Helles Licht schimmerte in den Fenstern des ersten Hauses am Andreasstieg (den Hausnummern nach des letzten). Das Licht war warm und golden. Der Kittel des Kutschers dunkelblau. Und gerade ging eine Dame in einem himmelblauen, pelzbesetzten kurzen Mantel und einer Kapuze mit violetter Schleife an ihnen vorbei, die vorsichtig eine fliederfarbene Schachtel vor sich hertrug, von der sie ab und an mechanisch mit vor Kälte geröteter Hand den Schnee abwischte.

Die schwarz-weiße Zeit war bunt!

Und all das zusammen war so unermesslich schön, so unmöglich und heißersehnt, dass Mascha vergaß, dass sie eigentlich an einem ganz anderen Tag, zu einer anderen Stunde aus dieser Tür hatte treten wollen. Im Gegenteil – sie ertappte sich bei dem verrückten, aber wonnevollen Gedanken, endlich nach Hause gekommen zu sein ...

»Sie frieren, Nadeshda Wladimirowna«, brachte Michail Wrubel sie wieder auf den Boden der Tatsachen zurück. Um ihre Schultern lag ein Herrenmantel, den sie bisher nicht bemerkt hatte. »Nun, wir haben dieses Jahr einen frühen Winter... Heda!«, rief ihr Kavalier dem Kutscher zu, der sich die Füße vor dem Feuer vertrat, die Nase rot von Wodka. Der bärenhafte Kerl kam breitbeinig zu ihnen herübergeeilt.

Mascha stakste forsch durch den stiebenden Schnee und wusste nun, warum ihre seidenen Schühchen solches Mitleid in dem Maler erweckt hatten. Beim Gehen versank man knöcheltief. Und Mascha Kowaljowa versank mit Haut und Haar in der Vergangenheit, die plötzlich feucht, kalt und bunt war und nach Wirklichkeit roch. Und ihre entfloh'ne Seele kämpfte sich frei, stieg auf, tanzte mit den lustigen Schneeflocken und war kein bisschen bereit, in Mascha oder das Jahrhundert, das sie geboren hatte, zurückzukehren.

»Auf den Kreschtschatik zu Semadeni«, befahl Michail Alexandrowitsch dem Kutscher.

»Das macht zwei Rubel, gnädiger Herr«, entgegnete der in rollendem Bass mit einem schiefen Blick auf den seltsamen Herrn in den weißen Strümpfen; höchstwahrscheinlich war dieser Preis völlig überteuert. Doch der gnädige Herr winkte nur lässig, half seiner Begleiterin in den Schlitten und hüllte sie bis zur Nasenspitze in die Decke.

»Auf diese Art werden Sie krank, ehe Sie sich's versehen. Sind Sie so vom Podol zu mir heraufgelaufen?« Seine Züge hatten sich ganz geglättet, er kam ihr vor wie ein zehnjähriger Junge, der sich glücklich um einen ungeschickten Welpen kümmert.

»Können wir – bitte ...«, flüsterte Mascha mit übersprudelnder, welpenhafter Begeisterung, berauscht von der eisigen, klaren und unmöglichen Luft. »Können wir über den Bibikow-Boulevard fahren? *Bitte!*«

»Hörst du, was die gnädige Frau sagt?«, lachte Wrubel. »Los!«

»Hü!«, trieb der Kutscher die rote Stute an. »Aus dem Weg!«

*

Es war die schönste Fahrt ihres Lebens. Nein – überhaupt das Schönste, was Mascha in ihrem Leben je widerfahren war.

Kiew warf sich ihr voller Leidenschaft in die Arme.

Stürzte sich auf sie in Form der riesigen, von den Kiewern »Tintenfass« genannten pseudobyzantinischen Zehntkirche, erbaut nach dem Vorbild des höchsten orthodoxen Gotteshauses der Welt, der Moskauer Erlöserkirche, und in den dreißiger Jahren des 20. Jahrhunderts nach demselben Vorbild abgerissen.

Das Pferd schlug einen munteren Trab an, erreichte den Sophienplatz, und als Mascha den Kopf nach links drehte, konnte sie in der Ferne das echte – nicht das rekonstruierte – Goldbedeckte Michaelskloster erkennen. Daran zu denken, dass dort jetzt noch in einem neun Pud schweren, märchenhaften silbernen Reliquiar, unter einem vierzehn Pud schweren silbernen Baldachin (für welche der Hetman Maseppa einen Teil seines Schatzes hergegeben hatte!) die heilige Märtyrerin und Hexenjägerin Barbara lag, an ihren Händen die funkelnden Ringe russischer Zarinnen, von diesen gegen Barbaras eigene Ringe eingetauscht! Und über ihr die auf einer goldenen Tafel gemalte, mit dreitausend Diamanten bestückte Ikone des Schutzheiligen von Kiew, des Erzengels Michael, Anführer der Himmlischen Heerscharen, eine Gabe Alexanders I. Zwei kostbare, heilige Schätze, die *ihrem* Kiew für immer abhanden gekommen waren und deren Beschreibung Maschas Vorstellungskraft immer bis zum Äußersten beflügelt hatte.

Können wir nicht anhalten?, wollte sie schreien. *Nur auf einen Blick! Ich habe so oft davon geträumt!*

Aber der Schlitten trug sie schon die Große Wladimirstraße entlang, wo jene alten Häuser, aus denen sie »dort« ihr »wahres« Kiew zusammengesetzt hatte, noch nicht einmal gebaut waren. Das pompöse Haus, in dem sich das Café »Marquis« befand, existierte noch nicht, ebenso wenig wie das Haus am Jaroslawswall 1; und noch war es nicht nötig gewesen, ein neues Opernhaus zu errichten, weil das alte Städtische noch stand.

Ihre Universität hingegen existierte! *Hallo, alter Freund!*

Rot-schwarz gestrichen. Dem heiligen Wladimir gewidmet. Erbaut unter Generalgouverneur Dmitri Gawrilowitsch Bibikow.

Auch das Erste, einst Kaiserliche, Gymnasium war da. Und der Boulevard – unter dem Namen Bibikow!

Sie bogen in ihn ein und flogen darauf entlang, zum Kreschtschatik – einem Kreschtschatik, wie Mascha ihn noch nie gesehen hatte.

Maschas eigener Kreschtschatik war, außer dem kleinen Stück vom Bibikow-Boulevard zur Frunsestraße, ein Altersgenosse der Moskauer Wolkenkratzer. Der Bulgakow'sche Kreschtschatik – der aus Maschas Träumereien, der den Bomben des Zweiten Weltkrieges zum Opfer gefallen war – war europäisch-großbürgerlich gewesen, mit Jugendstilfassaden, »Pullman«-Straßenbahnwagen, schwarzen Schnörkelverzierungen an den elektrischen Straßenlampen ... Dieser hier hingegen, gasbeleuchtet, kleinwüchsig und unbegreiflich jung – vor erst sechzehn Jahren hatte er seinen offiziellen Namen »Kreschtschatik« erhalten! – wirbelte sie in einer temperamentvollen Umarmung herum und prahlte mit Hunderten geckenhafter Reklametafeln, die neben- und übereinander hingen und die Häuserfassaden verdeckten.

Als der Schlitten sie nach einer Kehrtwendung über die ganze Straßenbreite auf der Seite des Kreschtschatik-Platzes (*Was war da noch gleich in meiner Zeit?*) entlangtrug, sperrte Mascha weit den Mund auf, als habe sie Angst, den einen oder anderen Anblick nicht in sich aufsaugen zu können. Sie verschlang das legendäre älteste Haus des Kreschtschatik – zweistöckig, 1797 im klassischen Stil in der noch vollkommen unbesiedelten Kreschtschatik-Talsenke erbaut – mit den Augen, und das noch legendärere Anwesen Professor Merings zur Rechten. Und das skrupellos den Platz zur Linken (*ach ja, Unabhängigkeitsplatz!*) beinahe ganz einnehmende Gebäude der Stadtduma, von deren dreigeschossigem Glockenturm der himmlische Schutzpatron der Stadt, St. Michael, hinunterblickte. Die »Neue Schweizer Konditorei B. A. Semadeni« auf der gegenüberliegenden Straßenseite. Und Maschas einzigen Bekannten – das auf dem Berg über der »Straße der tausend Einkaufsmöglichkeiten« gelegene »Institut für junge Damen« des Herrn Beretti sen., der sich vierzig Jahre zuvor eingebildet hatte, es in einer der stillsten und unbevölkertsten Ecken der Stadt errichtet zu haben.

Das Pferd hielt vor einem Haus an, das mit dem Reklameschild des Schweizer Konditors verziert war, der dank der Erfindung von Mentholbonbons gegen Husten Weltruhm erlangt hatte.

Der Kutscher brummelte etwas unter seiner zottigen Fellmütze. Kowaljowa warf einen letzten, hungrigen Blick in die Ferne – auf den Europaplatz, der bis in Maschas Zeit einige Namensänderungen durchmachen und schließlich zu seinem Mädchennamen zurückkehren sollte. Auf das erstarrte Becken des »Iwan«-Brunnens und ein Eckchen des Wladimirhügels, unter dem noch nicht das einstige Leninmuseum und heutige Kulturhaus der Ukraine stand, sondern der Gasthof »Europa« des Herrn Beretti jun. Auf das neu wirkende Versammlungshaus der Kaufleute, das sie als alte Philharmonie kannte.

Und dann atmete sie halb besinnungslos tief durch, nahm Wrubels ausgestreckte Hand und tröstete sich innerlich mit dem Rückweg. *Auf jeden Fall über das Michaelskloster! Um Barbaras Hand mit den Ringen anzuschauen*, wirbelte es in ihrem Kopf.

Ihr Begleiter hielt ihr mit ruhiger Sicherheit die Tür der Konditorei auf. Und erst hier konnte die junge Dame den Wahnsinn ihres Kavaliers ganz ermessen: Denn sofort drehten sich alle Gesichter nach ihnen um, ungläubig, missbilligend, verächtlich und ausschließlich männlich.

In größter Verlegenheit versuchte sich Kowaljowa das Datum

in Erinnerung zu rufen, das ihre Dozenten leider niemals in irgendeinem Examen abgefragt hatten: Wann hatten Frauen – anständige Frauen, keine Prostituierten – angefangen, öffentliche Kaffeehäuser zu besuchen? Ihr war, als sei das schon in den 1860ern gewesen … Eigentlich war es aber egal, weil keiner der hier anwesenden Herren, die sie über den Rand der ›Sankt-Petersburger Nachrichten‹ oder des ›Kiewer Telegraphen‹ hinweg musterten, ein Mädchen in einem Herrenmantel, das sich in Begleitung eines flachsblonden Venezianers aus einem Tiziangemälde in der Öffentlichkeit blicken ließ, je als »anständige Frau« bezeichnen würde.

Er ist wirklich verrückt, dachte sie zärtlich und versonnen. *Wahnsinn. Herrlich! Was will er bloß mit dieser Prachowa?*

Ihr extravaganter Gefährte rückte Mascha feierlich einen Stuhl am Fenster zurecht, und sie nahm Platz, krampfte zehn Finger um die runde Marmortischplatte und beugte sich darüber, gerade noch an sich haltend, um sie nicht vor den Augen des staunenden Publikums mit Küssen zu bedecken.

Die kenne ich! In Paustowskis Biographie ist sie beschrieben! Nur waren zu seiner Zeit die Tischplatten bei Semadeni mit Zahlen vollgekritzelt. Neben dem Café war schon die Börse gebaut worden, und die Angestellten dort hatten den Gewinn einfach auf den Tischen ausgerechnet, hätte sie fast zu Wrubel gesagt. Schnell schlug sie die Hand vor ihre haltlos lächelnden Lippen.

»Die Prachows lassen sich immer Kuchen von Semadeni bringen, und Torte von George. Aber die Preise hier sind vollkommen angemessen, machen Sie sich keine Sorgen, Nadeshda Wladimirowna. Was hätten Sie gerne?«

Marija Wladimirowna ließ genüsslich eine Lehrbuchseite in ihrem Gedächtnis auferstehen.

»Pistazieneis!«, verkündete sie voll übersprudelnder Freude.

Und dachte mit glückselig geschlossenen Augen: *Genau das, was Paustowski immer bestellt hat. Und er hat auch das Erste Kaiserliche Gymnasium besucht, gemeinsam mit Sikorski und Bulgakow. Und Wrubel heißt auch Mischa …*

Ich bin zu Hause!

Ein distinguierter Herr am Nebentisch musterte sie über seinen Kneifer, und von seiner aufgeblasenen Physiognomie konnte Mascha die genau gegenteilige Meinung ablesen: *Was ist das eigentlich für eine? Was erlaubt sie sich? Man sollte sie unverzüglich hinauswerfen …*

Teufel noch eins!, gab sie ihm in Gedanken zurück. *Semadeni – das ist kein Restaurant am Europaplatz, sondern ein Etablissement »für alle Arten der Jugend«, auch für einfachere Leute. Das ist mir allergenauestens bekannt!*

»Mischa« schaute sie fröhlich-ungläubig an.

Mascha fing an zu lachen. »Ich friere nicht! Wirklich!« Sie erschauerte. »Das sind nur die Nerven. Weil ich so glücklich bin.« Wie auf dem Altkiewer Berg überkam sie eine ununterdrückbare Hysterie der Freude, nur genau 1884-mal stärker!

»Sind Sie etwa noch nie mit dem Schlitten gefahren?«, wollte ihr Begleiter wissen, nachdem er bei einem säuerlichen Kellner die Bestellung aufgegeben hatte (»Womit kann ich dienen? Was wünschen der gnädige Herr? Für das enthaltsame Publikum hat unser Haus eine Auswahl an exzellenten Teesorten, Kaffee, Schokolade, Limonade gazée …«), der sich offensichtlich gefragt hatte, ob es überhaupt lohnte, sie von diesem höchst wunderlichen Paar aufzunehmen, ihnen dann aber doch die leuchtend blaue Karte ausgehändigt hatte.

»Nein, bin ich nicht!« Mascha fing fast an zu weinen. »Und die Stadt habe ich auch noch nicht gesehen. So nicht. Wissen Sie, Misch … Michail Sanytsch, ich liebe Kiew so sehr! Ich habe gerade eben erst begriffen, wie sehr ich es liebe!«

»Ich auch.« Er beugte sich zu ihr herüber, seine leuchtenden Augen weiteten sich. »Auch ich liebe diese Stadt … zumindest in den ersten Monaten habe ich sie geliebt. Nirgends und nie war mir so leicht und froh zumute. Nicht zu Hause in Charkow, und erst recht nicht in Petersburg. In Charkow ist meine Familie, mein Vater … er hat mich nie verstanden. Petersburg ist kalt und grau. Kiew aber ist eine Stadt weiter grüner Hügel und weißer Kirchen, makellos wie ein Bild aus einem Märchen. Offen, urwüchsig, launisch, wie ein lebendiges Wesen! Schon als ich es aus dem

Waggonfenster sah, dachte ich, ich sei in ein Märchen versetzt worden, und erkannte, dass ich nach Hause gekommen war.«

»Nach Hause«, echote Mascha wie verzaubert und lauschte auf das leise Klicken der Kugeln im Billardraum nebenan.

Das beste Billard Kiews wurde bei Semadeni gespielt!

Unendlich froh blickte sie zum Fenster und fühlte sich als Heldin der Verse des Schweizer Konditors, der sein liebstes Kind gern mit seiner eigenen Dichtkunst bewarb:

Trinke Tee und Schokolade,
Träume hier ein Stündchen nur …
So vergeht, und niemals fade,
Winterabend ohne Spur.

Wie zauberhaft es hier ist!

Mischa sprach weiter: »Ich weiß noch, wie ich meiner Schwester geschrieben habe: ›Wie zauberhaft es hier ist. Schade, dass ich hier nicht lebe!‹ Jeden Tag bin ich zu Fuß auf den Kyrillberg gegangen, von der Afanassistraße aus.«

»Das ist ziemlich weit«, staunte Mascha.

»Ich bin auf einem Pfad durch die Repjach-Schlucht gegangen, dann den Berg hinauf. Man erzählt sich Übles über ihn. Aber Adrian Viktorowitsch hat wissenschaftlich belegt, dass das leeres Geschwätz ist. Den ersten wichtigen Auftrag meines Lebens habe ich dort ausgeführt. Ich wurde, wenn man so will, zu einer bedeutenden Persönlichkeit. Ich stand einem ganzen Atelier vor, die Schüler der Muraschko-Schule haben nach meinen Rezepten Farben gemischt, meine Bilder kopiert … Aber vor allem habe ich zum ersten Mal in meinem Leben auch Geld verdient – bis dahin hatte ich nur unbedeutende, minderwertige Aufträge. Und jetzt merke ich bitter, wie sehr ich noch an mir arbeiten muss.«

»Es wird sich alles fügen!«, versicherte Mascha ihm. »Und irgendwann, in hundert Jahren, wird man diesen Pfad ›Wrubel-Pfad‹ nennen!«, prophezeite sie voll heimlicher Freude.

»Warum denken Sie so?«, fragte der Maler begierig. »Haben Sie meine Arbeit in der Kyrillkirche gesehen?«

»Ja. Glauben Sie mir!«

Ihr distinguierter Nachbar im grauen Gehrock warf noch immer bitterböse Blicke auf die aufgeregt zapplige Mascha, ohne die Augen von ihr wenden zu können: *Eine Kokotte?*, fragte das rechte. *Eine Kursistin?*, widersprach ihm das linke.

Ach, der Winter ist behaglich
In dem warmen, hellen Saal,
En passant verbring' den Tag ich
Mit der großen Zeitungszahl.

Wie schön. WIE WUNDERSCHÖN!

»Wie gern würde ich Ihnen glauben.« Wrubel sah sie an und schüttelte den Kopf. »Andererseits«, sagte er gedankenversunken, »*sie* glaubt auch an mich. Als ich gerade in Kiew angekommen war, hätte ich mich beinahe in ihrem Haus einquartiert. Auf ihrer Datscha waren wir so unbekümmert! Wir haben Spiele gemacht, Scharaden aufgeführt. Meine hat nie jemand erraten können. Ich war so glücklich! So glücklich! Und dann wurde ich gleichsam krank ...« Er verstummte und sah Mascha unsicher an. »Eine solche Frage sollte man einer Dame nicht stellen, aber Sie ... Sie sind ja gewissermaßen erfahren ...«

»Sie können vollkommen offen sprechen. Nichts, was Sie sagen, wird mich frappieren, nehmen Sie mein Wort dafür!« Mascha dachte zu spät daran, dass diese Ausdrucksweise für eine einfache Kleinbürgerin vom Podol etwas zu hochgestochen war.

Der flinke Ober stellte mit beneidenswerter Geschicklichkeit einen Kelch mit Pistazieneis und ein Glas Limonade gazée vor ihnen auf dem Tisch ab, worauf er ihrem Nachbarn mit dem Kneifer eine Flasche »Bolgatur« servierte.

Mascha tauchte den Löffel genüsslich in die weiße Masse.

»Sagen Sie«, fragte der Maler, nachdem er höflich abgewartet hatte, »ist es Ihnen jemals geschehen, dass Sie sich etwas so stark wünschten, dass Ihr ganzes Wesen, all Ihre Gedanken und Gefühle zu diesem einen unstillbaren Wunsch wurden?«

Er stockte, als fürchte er ihre Reaktion auf diese überaus offene, ja zudringliche Frage. Aber Mascha dachte lediglich einen Augenblick lang nach, während sie am Löffel leckte und ihre

Liebe zu Mir an diesen Worten maß, und schüttelte dann entschieden den Kopf.

»Nein. Nicht so.«

»Danken Sie Gott!«, sagte er heftig. »Ich habe das noch niemandem erzählt, nicht einmal meiner Schwester, und wir stehen uns sehr nahe ... Sie aber wissen es ja ohnehin. Sie haben unser Gespräch mit angehört. Und Sie konnten wohl erkennen, dass sie ein wundervoller Mensch ist!«

Kowaljowa runzelte die Stirn. »Ja?«

»Nicht im Geringsten wie andere Damen«, sagte er vertrauensvoll. »Dabei ist sie unglaublich klug, gebildet, sie hat eine Ausbildung als Pianistin am Konservatorium! Wurde von Liszt persönlich unterrichtet! Aber sie ist nicht scheinheilig, nicht geziert – sie ist natürlich und lebendig. Überhaupt nicht gesetzt, wie man es von einer Mutter dreier Kinder erwarten sollte. Sie ist selbst wie ein Kind.« Sein Gesicht wurde von einem schwärmerischen Lächeln erhellt. »Und was für eine Backpfeife sie mir vorhin gab, die hatte sich gewaschen!«

»Sie verehren sie«, sagte Mascha trübe.

»Ja«, antwortete er, und seine Miene verdunkelte sich. »Aber kaum hatte ich mich in sie verliebt, da kam in mir das quälende Gefühl auf, ich stünde am Rande eines Abgrunds und sei im Begriff, etwas nie Wiedergutzumachendes zu tun, was meine Seele auf ewig ins Verderben stürzen würde. Und Kiew sei eine Falle, die das Schicksal mir gestellt habe! Aber was hat Kiew damit zu tun? Sie ist die Frau meines Gönners, wer wäre ich ohne Adrian Viktorowitsch ... Und doch habe ich in Kiew, der Stadt der Kirchen, plötzlich bemerkt, dass ich den Glauben verliere. Denn es gibt eine Liebe, die sich aus sich selbst heraus Gott widersetzt. Weil sie so gewaltig ist, dass in deinem Herzen der Platz für zwei Götter einfach nicht ausreicht. Und ganz unbeabsichtigt stößt du den himmlischen Schöpfer hinaus. Dein Gott ist die Person, die du liebst! Die, welche dir als Einzige Glück und Leid bescheren, dich vernichten oder erheben kann. Und jedes ihrer Worte ist für dich größer und bedeutender als alle Worte Christi.«

Der Künstler lockerte plötzlich den Kragen seines Wamses,

tastete mit der Hand darunter und zog eine feine Kordel hervor, die er um den Hals trug. An der Kordel hing ein winziges Säckchen, das er in Maschas bereitwillig ausgestreckte Hand legte.

»Sehen Sie, was ich inzwischen trage, anstelle …«

»… eines Kreuzes«, erriet Mascha.

Zögernd öffnete sie das Amulett und erspähte etwas, das aussah wie staubige Erde. »Was ist das?«

Er befreite ruckartig seinen Hals aus der Kordel, es war, als reiße er zugleich auch sein fieberhaftes Geständnis von sich ab und befreie sich in derselben Sekunde von seinen Gefühlen.

Sarkastisch sagte er: »Erde. Erde, über die ihr Fuß gegangen ist! Wie unendlich pathetisch! Dort, auf der Datscha, als wir Scharaden aufgeführt haben, tat ich so, als sei ich ein Ritter, und sie war die Dame meines Herzens. Ich sagte: ›Erlaubt mir, die Erde zu küssen, die Euer Fuß berührt hat.‹ Und sie hat gelacht: ›O nein, Herr Ritter, das ist ein viel zu gefährliches Unterfangen!‹ Und sie meinte: ›Ich hebe sie Euch besser selbst auf und nähe sie Euch in ein Amulett ein. Wenn Ihr dann das Bedürfnis verspürt, könnt Ihr es öffnen und sie küssen.‹ Und danach hat sie es zum Spaß wirklich genäht und mir gegeben. Lachend. ›Sie sind jetzt mein Ritter und haben mir ewige Treue gelobt.‹ Zuerst lachte ich auch … aber dann war es nicht mehr zum Lachen.«

Traurig bohrte Mascha den Finger in die Erde von der Prachow'schen Datscha. Sie musste daran denken, dass um ihren Hals auch kein Kreuz hing, sondern der Schlüssel zum Haus Nr. 13. Und dass das sicherlich auch nicht gut war …

Geistesabwesend grub sie aus der Erde eine vergilbte Kiefernnadel hervor, die sich noch an einen fröhlichen Mischa erinnern konnte, und zerknickte sie in der Hand.

»Ich habe mir die Brust zerschnitten«, sagte er plötzlich.

»Was?« Mascha kehrte in die Gegenwart zurück und blickte den Maler aus schreckgeweiteten Augen an.

»Bis es blutete. Mit dem Rasiermesser.« Er zog das Wams ein wenig auf, und Maschas betroffener Blick wurde erneut von den langen, frischen Schnitten auf seiner Brust gepeinigt. »Um den einen Schmerz mit dem anderen zu betäuben. Die entsetzlichsten Menschen auf dieser Welt sind diejenigen, die wir lieben, Nadeshda Wladimirowna! Wie wundervoll sie auch sein mögen … Und dann ist *er* aufgetaucht.«

»Wer?«, fragte Mascha in erschrockenem Flüsterton.

»Der Dämon. Nicht der ›Dämon‹ von Lermontow – sondern mein eigener, persönlicher. Demitri Kiewizki, ein Freund von Professor Prachow.«

»Demitri Kiewizki?« *K. D.? – Quatsch,* mahnte sie sich, *diese Information ist hundert Jahre veraltet. Hundertzwanzig, um genau zu sein.* »Warum bezeichnen Sie ihn als Dämon?«

»Sie, sie bezeichnet ihn so!«, sagte er mit schmerzlicher Selbstironie. »Im Spaß. Denn an ihm ist überhaupt nichts Dämonisches. Ein ganz gewöhnlicher reicher Geck, der nie um ein Bonmot verlegen ist und sich in seiner Blasiertheit einbildet, er sei an Geschichte interessiert. Zuerst habe ich in ihm einen Nebenbuhler gesehen, mir schien, sie sei ihm auch nicht gleichgültig. Aber dem ist nicht so, es ist irgendetwas anderes … Zwischen ihnen existiert eine eigenartige Verbindung: Entweder er fürchtet sich vor ihr oder sie sich vor ihm. Und warum auch immer, ich fing an, mich auch vor ihm zu fürchten, und seine Gegenwart wurde mir unerträglich. Dieser Tage habe ich ihn im Château des Fleurs getroffen. Er kommt zu mir und sagt mit so einem Grinsen: ›Sie sind, wie ich höre, auf der Suche nach dem Geist der reinen Schönheit für Ihr Bild der Muttergottes. Ich habe einen für Sie. Nadeshda heißt sie. Wladimir Fjodorowitsch ist mit ihr bekannt. Ich werde das Meine dazu tun, dass er sie mit Ihnen zusammenbringt. Denn mir scheint, Nadeshda – Hoffnung – ist genau das, was Sie augenblicklich am dringendsten benötigen.‹ Merkwürdig, dass Sie ihn nicht kennen«, meinte er nachdenklich. »Ich dachte, das sei nur ein weiterer seiner Scherze. Aber heute schickte mir Wladimir Fjodorowitsch eine Nachricht, dass Nadeshda mich morgen aufsuchen würde. Welch ein Glück, dass Sie einen Tag früher gekommen sind!«

»Glück?«, wiederholte Mascha und betrachtete seine unglücklichen, regelmäßigen, durch die lange Zeit der Qual entstellten Züge. »Worin liegt da das Glück?«

»Darin, dass ich andernfalls heute Abend bei den Prachows Herrn Kiewizki erklärt hätte, dass ich Sie nicht mehr brauche. Dann hätte ich Sie niemals getroffen, Nadeshda Wladimrowna!« Der Maler bedeckte hastig ihre Hände, die auf dem Tisch lagen, mit den seinen, und sah ihr in die Augen. »Aber jetzt werde ich nicht zu ihnen gehen. Emilia Lwowna ist eine wunderbare, erstaunliche Frau. Sie ist bereit, sich über alle Regeln des Anstands hinwegzusetzen, nur um mir zu helfen. Doch wenn ich meine Leidenschaft selbst bezwinge, dann ist dieses verstiegene Vorhaben ganz unnötig. Nicht?«

»Wahrscheinlich«, sagte Mascha. In ihrem Bauch begann es zu kitzeln, süß und unerträglich und zugleich schrecklich schuldbewusst.

»Ich liebe sie. Aber niemals würde ich sie als Modell nehmen, und das aus gutem Grund, glauben Sie mir. Auch jetzt sehe ich *Sie* vor mir. Vielleicht deshalb, weil ich Sie überhaupt nicht kenne und mit Ihnen keinerlei Vorgedanken verbinde. Und darum ist mir mit Ihnen so leicht zumute! So leicht wie in den ersten Monaten, die ich in Kiew verbrachte, es ist, als sei mein Glück zu mir zurückgekehrt. Sie werden mich doch nicht zurückweisen, Nadeshda?« Sie konnte heraushören, dass ihr angenommener Name für ihn den anderen, ursprünglichen Sinn zurückerhalten hatte. Nadeshda – Hoffnung auf Genesung. Hoffnung auf ein anderes Leben. Hoffnung auf Glück.

Sie wandte das Gesicht ab.

Ich frage mich, dachte sie, während sie aus dem Fenster auf das jetzt noch zweistöckige Gebäude der Stadtduma blickte, *wer diese echte Nadeshda ist, mit der sein »Dämon« ihn verkuppeln wollte. Und ist es gut oder nicht, dass die unberechenbare, bis an die Grenze der Verschrobenheit exzentrische Emilia Prachowa diesen Plan unwillentlich zerschlagen hat? Und warum hat sie sich so gefürchtet, als sie den Spaßvogel auf dem Porträt erkannte?*

Doch all das beschäftigte Mascha, um ehrlich zu sein, nur theoretisch, wie eine Hausaufgabe aus einem Seminar. Nicht mehr als der schneebestäubte Schnauzbärtige in dem maßgeschneiderten

Mantel, der eilig vor dem Fenster vorüberschritt, den Kopf zwischen die Schultern gezogen. Oder die junge Frau, vielleicht ein Institutsfräulein, mit dem von einer breiten Hutschleife umgebenen Gesicht, die eine Sekunde anhielt und einen verwirrten Blick genau auf sie warf. Das alte Weiblein mit dem Kopftuch …

Was, wenn sie ihr Einverständnis gab? Wenn sie die Frau Professor vor unbegründeten Gerüchten bewahrte und Wrubel vor dem Zerwürfnis mit Prachow? Dann würde der ihn nicht von der Arbeit an der Wladimirkathedrale ausschließen. Und die Wladimirkathedrale würde noch schöner! Und Mischa würde vielleicht weiter in Kiew wohnen bleiben, wie er es sich gewünscht hätte …

»Ich flehe Sie an, weisen Sie mich nicht ab.« Er lächelte fiebrig. »Gehen Sie nicht, lassen Sie mich nicht allein!« Mascha, die Unerfahrene, war ratlos, weshalb er sie so verzweifelt bat zu bleiben, wo sie doch direkt vor ihm saß und keinerlei Anstalten machte wegzugehen. »Wenn Sie heute bei mir bleiben, werde ich nicht zu ihr gehen. Retten Sie mich, ich bitte Sie inständig! Sie sind eine Frau, Sie sind dazu in der Lage. Ich weiß, dass ich Unmögliches erbitte, aber …«

In diesem Moment begriff Mascha, worum es ging. Und dass er mit dem Wort »Frau« nicht ihre Zugehörigkeit zum schwachen Geschlecht meinte, sondern den Verlust ihrer Unschuld. Ihr Magen begann auseinanderzufließen, die Knochen in ihren Knien waren plötzlich nicht mehr vorhanden.

»Lassen Sie mich nicht allein!«

Er drückte ihre Hände so fest, dass die Hitze seiner Handflächen durch Maschas Handgelenke, Ellbogen und Oberarme nach oben schoss. Ein Frosthauch rann ihren Rücken und ihre Schultern hinunter, und sie zog schaudernd und erregt die Schulterblätter zusammen. Unvermittelt und unerklärbar spürte sie in sich, weich und süß wie ein Karamellbonbon, den Wunsch, sich hinzugeben, loszulassen und zu nicken: Ja.

Einen starren Moment lang merkte sie, dass sie in Gedanken schon in einem Schlitten den verschneiten Kreschtschatik hinunterbrauste, hinauf über die Dreiheiligenstraße, am Michaelskloster und am Haus der Prachows vorbei, zurück zum Andreasstieg, zu dem Haus vor der Kirche, in das Zimmer mit dem eisernen Bett. Dass sie auf ihrer Haut, direkt unterhalb der Schläfe, schon seine Lippen spürte, die jetzt eine halbe Armeslänge von ihr entfernt waren – noch nicht erreichbar, noch nicht möglich!

Sie dachte sogar: *Wenn ich jetzt meine Unschuld verliere, hundert Jahre bevor ich geboren werde, zählt das überhaupt?*

»Ich flehe Sie an!«, flüsterte er ohne Hoffnung und schlug die Augen nieder.

Und Mascha spürte, dass die Nabelschnur, die sie mit einem 6. Juli im 21. Jahrhundert verband, endgültig und unwiederbringlich zerriss. Das schneeverwunschene Kiew, das Кievъ der Patriarchen, mit Hunderten noch nicht zerstörter Kirchen, mit Gaslaternen und Carcel'schen Lampen, das Sonnenblumenkerne kaute und sich zum Tee kandierte Früchte kaufte, klammerte sich an ihr fest, umhüllte sie mit schwerem Samt und Moiréseide, mit Weihrauch und Lavendelsäckchen, verführte sie mit österlichen Maiglöckchen, prünellfarbenen Damenschuhen, vergoldeten Weihnachtsnüssen und dem Parfüm »Lieblingsbouquet der Zarin«, das noch nicht in »Rotes Moskau« umbenannt worden war.

Es schmiegte sich an sie und flüsterte ihr bestrickend ins Ohr: *Du gehörst hierher, du bist zu Hause, es ist genau so gekommen, wie es richtig ist! Ich brauche dich!*

»Ich brauche Sie! Ich weiß, das hört sich an wie Wahnsinn. Sie kennen mich nicht, und ich Sie nicht. Aber ich fühle, glauben Sie mir, ich fühle, dass jetzt, in dieser Sekunde, mein Schicksal am seidenen Faden hängt.«

Er hat recht.

»Ich bin arm, ich habe weder Namen noch Rang noch besonders gute Zukunftsaussichten. Ich weiß selbst nicht, was morgen mit mir sein wird – mit meinem Unvermögen, mir die Zeit einzuteilen, meiner unverzeihlichen Faulheit, Sprunghaftigkeit, Wirrköpfigkeit. Gut möglich, dass ich überhaupt nicht begabt bin und nichts aus mir wird, was Beachtung verdiente ...«

»Was sagen Sie da nur?«, protestierte Mascha impulsiv. »Sie kennen Ihren Wert nicht! Sie werden ein genialer Künstler werden! Sie werden in der ganzen Welt bekannt sein!«

»Was ist mir die Welt? Hier sitze ich, und alles, was jetzt zählt, sind die Worte zwischen Ihnen und mir...«

Mascha sank zurück gegen die Stuhllehne und entriss Wrubel ihre Hände.

Mir! Ihn hatte sie vollkommen vergessen!

Aber bei der Erinnerung spürte sie nichts. Nüchtern und gleichgültig erkannte sie plötzlich, dass sie Mir Krassawizki niemals geliebt hatte, dass ihre Liebe zu ihm ebenso eingeredet, künstlich und hermetisch abgeschlossen war wie ihre früheren kindlichen Schwärmereien für literarische Gestalten und Kinohelden. Als Mir, lebendig und wahrhaftig, sie berührt hatte, hatte sie nur eines gewollt: sich losreißen und wegrennen. Und jetzt riss sie sich los, eben weil sie sich bis zum Äußersten wünschte, zu bleiben!

»Ich möchte um Ihre Hand bitten.«

Mascha schnappte krampfhaft nach Luft. »*Was?!*«

»Carambole!«, schrie jemand im Billardzimmer.

»Ich verschiebe die Reise nach Venedig.«

»Oh!«

»Sagen Sie ›ja‹!«

Ja! Sie würde ihn heiraten! Sie würden einander in der Kirche St. Nikolaus des Guten das Jawort geben, wie Tasja Lappa und Bulgakow. Sie würden sich Eheringe von der Hand der heiligen Barbara kaufen, wie Nadeshda und Ossip Mandelstam. Sie würde ihn beschützen und sich um ihn kümmern und unermüdlich wiederholen, dass er begabt sei, genial, dass sein Ruhm unabwendbar kommen werde. Er würde nicht verrückt werden! Sie würden sich am Andreasstieg niederlassen und...

Du veränderst die Geschichte!

»Nein!«, stieß Mascha mit letzter Kraft hervor.

Und rannte zum Ausgang.

»Das ist gesetzeswidrig! Dies ist ein anständiges Etablissement, meine Herrschaften!«, explodierte nun schließlich doch noch der Herr mit dem Kneifer und dem »Bolgatur«.

Mascha hörte, wie Mischa von seinem Stuhl aufsprang, bestrebt, sie einzuholen. Gleich würde er den Arm ausstrecken und sie an der Schulter packen, um sie zurückzuhalten, und wenn das geschah, würde sie anhalten und bei ihm bleiben. Hier. Für immer. Ohne Reue, dem einundzwanzigsten Jahrhundert entsagt zu haben. Denn hier war ihre Heimat. Hier bei ihm. Sie würde ihn retten!

Ihre rechte Schulter zuckte in Erwartung seiner Hand.

Aber es kam keine Hand. Sie blieb stehen und drehte sich um.

Michail Wrubel stand da, die Hände um die Lehne seines Stuhls gekrampft, und blickte unverwandt zum Fenster, hinter dem ein hochgewachsener Mann mit braunem Haar und einem schneebepuderten Zylinder stand, der mit einer Hand an seinem Gehstock zupfte. Am Ringfinger funkelte ein großer blauer Stein.

Er war es. Aber da war keine Ähnlichkeit mehr mit dem freundlichen, unbekümmerten Jungen in der weißen Jeans, ebenso wenig wie mit jenem anderen, dem dicknasigen …

Und dennoch verstand sie sofort, warum die gefühlsbetonte Emilia Lwowna ihn gleich erkannt und sich vor ihm gefürchtet hatte – tückisch und raffiniert, mit schwarzen, bodenlosen Augen, wie Tollkirschen.

Der Dämon, schoss es ihr durch den Kopf.

Mascha riss die Tür auf.

Und drehte sich im Kreis, mit einem unwillkürlichen Schrei.

Das zweistöckige Gebäude der Stadtduma war nicht mehr da. Das Glockenspiel mit dem Kiewer Stadtpatron Sankt Michael, der mit dem Schwert die Schlange Satans besiegt hatte, war verschwunden, ebenso die Konditorei von Bernard Andrejewitsch Semadeni, dem Mentholbonbon-Erfinder. Und auch der tataromongolische Junge im schneebedeckten Zylinder war fort.

An seiner Stelle standen zwei Mädchen mit je einem halbgeschmolzenen Eis in der Hand, am Leib identische grellbunte kurze Kleider und dicke Perlenketten.

»Schau mal«, nickte die eine und machte die Freundin auf die Frau in dem Theaterkostüm aufmerksam.

»Na und?«, gab die andere zurück, denn sie hatte sich bekleckert und versuchte gerade erfolglos, die süßen Tropfen von ihrer Brust zu wischen.

Mascha hob flehend die Arme zum Himmel, als könnte so die Zeit unter ihren Händen zerfließen und jene andere Welt sie wieder in sich aufnehmen. Aber nichts dergleichen geschah.

»Die tickt nicht ganz richtig, lass uns gehen«, sagte die Bekleckerte zu ihrer Gefährtin und zog sie weg. Auch andere Bummler warfen ihr schräge Blicke zu. Neugierig, aber ohne besonderes Interesse. Nur das Institut für junge Damen blinzelte Mascha traurig vom Berg her zu: *Ich verstehe dich …*

»Nein, nein, nein!« Hasserfüllt wandte sie die Augen von der korinthischen Säule mit der vergoldeten »Mutter Ukraine« in Nationaltracht darauf ab, von den gläsernen Treibhäusern der unterirdischen Geschäfte, und stieß ein hohes Wimmern aus.

Idiotin, was bin ich für eine Idiotin! Ich hätte früher stehen bleiben müssen! Mich umdrehen, es ihm sagen!, schluchzten Maschas Magen, Maschas Brust, ihre Beine und die linke Hand, während die rechte fieberhaft in ihre Tasche glitt, um dort den kostbaren Schlüssel zu finden. *Ich muss zurück, ich muss alles von vorn anfangen!*

»Kreschtschatik, du kennst all meine Nöte, meine Qualen«, sang sehnsüchtig ein Straßenmusiker in der Mitte des Fußgängerplatzes und bearbeitete dabei wild seine antiquierte Gitarre.

Maschas Finger indessen wühlten wie von Sinnen in der Tasche herum und weigerten sich, einzugestehen, dass der Schlüssel nicht mehr da war.

Oh Gott, sagte Mascha zum Kreschtschatik. *Ich habe ihn verloren.* Sie hatte ihr Leben verloren, das ihr schon so deutlich vor Augen gestanden hatte, riesig, unendlich, glücklich und unglücklich …

Und als sie jetzt verzweifelt dieses andere Hier betrachtete – so fremd, mit dem verglasten Platz, den sprühenden Brunnen, mit Kij, Schtschek und Choriw und ihrer Schwanenschwester Lybid in Bronze –, konnte sie nicht einmal mehr begreifen, wie sie es jemals als das wahre hatte ansehen können.

Zwanzigstes Kapitel,

in dem Dascha den Geist Viktor Wasnezows beschwört

> … die Gedenktafel am Haus Wladimirstraße 28 wurde, wie von dem Heimatforscher M. Kalnizki nachgewiesen, fälschlich angebracht.
>
> *L. Fjodorowa, ›Die Wladimirstraße‹*

Dascha stieg, den Schlüssel in der Hand, hinauf in die oberste Etage.

Gott zum Gruß, ehrenwerter Viktor Michailowitsch … Ich bin gekommen, Ihren Segen zu erbitten … und Ihre Empfehlung. Mein sehnlichster Wunsch … von frühester Jugend an habe ich gemalt … All meine Hoffnung ist auf Sie gerichtet … Ich werde Sie auf ewig in meine Gebete einschließen … Weil diese alte Giftnudel, der Herr vergebe mir, die Mutter Oberin, was dagegen hat, dass ich mich selbst verwirkliche!, sagte sie zu Übungszwecken leidvoll vor sich hin. »Puh. Das kann doch nichts werden. Ich und Novizin! Mascha, die ist unsere Nonne. Ich – ich bin eine fette Kuh! Wenn ich in das normale Kleid reingepasst hätte, dann hätte ich jetzt nicht den Salat …«

So keck sie sonst war, im Augenblick fürchtete Dascha sich bis auf die Knochen, weil sie wusste, dass sie die Prüfung in altertümlicher Wohlerzogenheit hoffnungslos in den Sand setzen würde, sobald Viktor Michailowitsch Wasnezow auch nur eine Frage stellte, die den Rahmen ihrer zwei Dutzend eingeprägten Sätze sprengte.

Nicht »Mädel« sagen, sondern »junge Dame«. Nicht »früher«, sondern »einst«. Und »genial« sage ich auch nicht, sondern »herrlich« … Himmel, hilf! Ganz im Ernst! Bitte!

Dascha bekreuzigte sich wahrhaftig, atmete geräuschvoll dreimal tief durch, steckte den Schlüssel geräuschlos in eines der Schlüssellöcher. Es war das richtige – sie spürte, wie er sich ganz leicht drehte, und die Tür schwang ohne zu knarren auf.

Dascha wollte sie gleich wieder schließen und auf die Klingel drücken, aber der Schwung der schweren Holztür ließ sich nicht aufhalten. Dahinter lag ein breiter, dunkler Flur. Aus einer Türöffnung weit hinten fiel ein Streifen hellen Lichts, und man hörte lebhafte Stimmen. Dascha wehte die vertraute, geliebte Atmosphäre eines fröhlichen Festes entgegen.

Scheint, als käme meine Novizin ungelegen bis zum Gehtnichtmehr. Bestenfalls sagt er mir, ich soll an einem anderen Tag wiederkommen. Dann auf die Knie gehen. »Zürnen Sie mir nicht! Ein zweites Mal brächte ich nicht den Mut auf!«

Den Hals nach dem munteren Lichtschein gereckt, machte die Novizin einige unsichere Schritte. Und duckte sich, als sie hörte, wie sich aus dem festlichen Gemurmel zwei Männerstimmen lösten. Zwei Schatten fielen in den Flur.

»Ein Jahrmarktstheater ist das, noch dazu in billigster Ausführung. Was ist er denn? Ein einstiger Telegrafierer von der Station Popelnja«, erklärte der eine.

»Was Sie nicht sagen«, entgegnete der andere.

Und ehe Dascha sich darüber klargeworden war, wie irreversibel dieser Schritt war, war sie schon in das dunkle Zimmer gegenüber geschlüpft – allein vom Instinkt der Selbsterhaltung geleitet, der für sie ausgerechnet hatte: die drei Sekunden, die sie brauchte, um sich wieder hinter die Wohnungstür zurückzuziehen, blieben ihr einfach nicht!

Die Stimme des Zweiten kam näher. »Dieser Herr Sambor ist eine höchst remarkable Persönlichkeit. Seine Begabung, Kontakt mit dem Jenseits aufzunehmen, ist unübertroffen. Und mediale Kräfte und spirituelle Energie sind wissenschaftlich erwiesene Tatsachen.«

Daschas Blick flog hektisch durch den geräumigen Salon, in dem Sessel, Sofas und hochbeinige Blumenschemel verteilt standen, und sie tauchte schnell unter einen Tisch, der von einer bodenlangen Samtdecke mit Fransen bedeckt war. Sie schaffte es gerade noch: in derselben Sekunde ging das elektrische Licht im Zimmer an.

»Sie werden doch nicht die Existenz eines solchen Phänomens wie der Elektrizität abstreiten?«, fuhr der Zweite enthusiastisch fort.

»Keineswegs«, versicherte sein Gesprächspartner amüsiert.

»Nun, jedes Kind weiß doch heutzutage, dass zwischen Menschen, die um einen Tisch herum sitzen, durch die Berührung der Finger eine Art elektromagnetische Kette gebildet wird. Und dass man mit deren Hilfe in Kontakt zur spirituellen Welt treten kann, deren Kern von nichts anderem gebildet wird als von den Geistern verstorbener und noch nicht geborener Menschen. Das kann bis zur vollständigen Materialisierung eines gerufenen Geistes gehen. Der Verstorbene kann Ihre Hand nehmen, Ihnen eine Nachricht aus dem Jenseits zukommen lassen ...«

»Ich habe schon gehört«, unterbrach ihn der Erste sarkastisch, »was die Geister des Herrn Sambor bei der Séance im ›Metropol‹ angerichtet haben! Das sind ganz große Schelme. Den Tisch in die Luft gehoben haben sie und auf der Geige gespielt, dann zogen sie allen Anwesenden die Stühle unter dem Leib weg und ...«

»Aber wie unschicklich!«, entrüstete sich der Zweite. »Wenn nun eine Dame dabei gewesen wäre? Gott behüte, dass Warwara Andrejewna in eine solche Verlegenheit gebracht wird! Dann ... dann werde ich diesen Herrn Sambor fordern!«

»Sie sind ein Romantiker«, lachte der Erste anzüglich. »Vor allem, was Warwara Andrejewna angeht.«

»Aber Sie, Sie stehen ihr doch auch nicht gleichgültig gegenüber!«

»Das ist etwas ganz anderes. Ich bin ein zynischer Mensch«, schwadronierte sein Gefährte selbstgefällig. »Bei einer solchen Mitgift würde ich nicht nur mit Warwara Andrejewna vor den Altar treten, sondern von mir aus auch mit der Dame mit Schweineschnauze. Umso mehr, da Pawel Andrejewitsch für seine Schwester gerade mal hunderttausend gibt, diese Schweinedame aber dem Hörensagen nach Millionärin sein muss!«, verglich er frech – offenbar fühlte er sich als zweiter Petschorin.

»Und das sagen Sie mir? Mir?«, rief der Romantiker, der anscheinend bis über die Ohren in selbige Warwara verliebt war.

»Und zwar«, Petschorin senkte die Stimme, »ohne jegliches Risiko. Denn Warwara Andrejewna sind Ihre Gefühle bestens bekannt. Und sollten Sie ihr mein Bekenntnis zutragen, so würde sie vermuten, Sie wollten Ihren glücklicheren Konkurrenten schlechtmachen, und Ihnen kein Wort glauben. Wer sind Sie denn – und wer ich?«

»Mir scheint Ihre Selbsteinschätzung doch übertrieben«, erklärte der Verliebte böse, worin Dascha ihm nur zustimmen konnte.

»Auf Frauen verstehe ich mich jedenfalls weit besser als Sie«, sagte Petschorin unverändert herablassend. »Sie, Iwan Iwanytsch, glauben gewiss, dass Warwara Andrejewna dereinst Ihr Herz zu schätzen wissen wird. Doch die Frauen reden zwar immer über das Herz, zugetan aber sind sie allein der Schönheit. Vom Herzen reden sie nur, weil dieses Thema schön ist. Zeigen Sie mir auch nur eine junge Dame, welche neidisch auf die Schönheit des Herzens ihrer Schwester wäre. Sind hingegen Gesicht, Gestalt, Garderobe oder Equipage der anderen schöner als die ihren, so ist sie drauf und dran, sich das Leben zu nehmen. Und ihren Liebsten betrachten sie nach demselben Prinzip – malen sich im Kopf schöne Bilder aus. Sind wir ein schönes Paar, steht er mir oder nicht? Sie suchen sich den Mann nach ihrem Hut aus. Und nur in den seltensten Fällen den Hut nach ihrem Mann!«

Dascha, die in ihren Träumen tatsächlich schon Dutzende Comics zum Thema »Ich und Jan« hatte entstehen lassen und in der sogleich eine Woge unverdienter Kränkung aufwallte, kauerte sich auf Knie und Ellbogen, verfolgte, die Wange an den Teppich geschmiegt, aufgebracht die modisch-eleganten Lackstiefel des unangenehmen Petschorin und versuchte krampfhaft, irgendein schlagendes Gegenargument zu finden.

Ja und, was ist dagegen zu sagen, was ich mir ausdenke? Das heißt doch nicht, dass ich ihn nicht liebe!

»Überlegen Sie einmal, mein guter Iwan Iwanytsch«, setzte der Pseudo-Petschorin sich weiter in Szene, »wie Ihre Chancen stehen. Ich bin ein Erbadliger. Sie hingegen arbeiten bei einer Zeitung, Ihre Kleidung ist hoffnungslos démodé. Ihr Familienname klingt unschön: Motschalkin. Ihr Äußeres ist nicht recht gefällig. Sie bedrängen Warwara Andrejewna mit Ihren unglücklichen Seufzern. Ich hingegen bedenke sie mit Blicken, die aus Amors Köcher höchstselbst geborgt sind. Ich beschenke sie mit Blumen und Bonbonnieren – Sie mit Gedichten. Nicht einmal Ihre Handschrift ist schön!«

»Und wenn! Mag sie mich niemals lieben. Aber wenn Sie nur der Mitgift wegen ... Das lasse ich nicht zu!«, stöhnte der andere.

»Treten Sie ein, treten Sie ein, Herr Sambor. Darf ich bitten, meine Herren«, ertönte eine zwitschernde Frauenstimme. »Was gibt es, Rokotow, was haben Sie hier so vertraulich mit Wanetschka zu bereden?«

»Es geht um die Dame mit der Schweineschnauze, verehrte Warwara Andrejewna«, sagte der verschlagene Kavalier mit Samtstimme. »Iwan Iwanowitsch hier erzählte gerade, dass ihm in der Redaktion des ›Kiewljanin‹ ein neuer Brief untergekommen sei. Ein weiterer Bräutigam hat sich offenbart. Er schreibt: ›Falls die Millionärin mit der Schweineschnauze in der Tat existiert und noch frei ist, bitte ich angelegentlich darum, mir ihre Adresse zu übermitteln. Meine Absichten sind zutiefst ernsthaft.‹«

»Genau«, bestätigte hilflos der unglückliche Romantiker. Und fügte begriffsstutzig hinzu: »Aber erlauben Sie, Herr Rokotow, der Brief ist noch nicht erschienen. Woher ist Ihnen das bekannt?«

»Aber, aber! Sie haben ihn mir doch geschildert. Haben Sie das etwa vergessen?«, parierte der infame Frauenverächter schamlos.

Wanja gab ein verblüfftes, zorniges Schnaufen von sich. Dascha unter dem Tisch ebenfalls.

Oh du Mistkerl!

»Arme Dame«, seufzte Warwara Andrejewna mitfühlend. »Kann man sich eine größere Qual vorstellen, als mit einem solchen Gesicht geboren zu sein?«

»Das sind die Worte einer wahren Frau«, sagte Petschorin süß, mit einem boshaften Unterton, der Wanetschka galt.

»Sie haben völlig recht, Warwara Andrejewna!«, rief der Verliebte hitzig aus. »Er wirbt nicht um sie, sondern um ihre Mitgift, und irgendwann wird er anfangen, sie zu demütigen. Sie zu quälen. Es heißt, sie sei früher gegen ein Eintrittsgeld gezeigt worden, bis ein exzentrischer Millionär sie aus Zynismus geheiratet hat. Und dieser Briefschreiber ist ein Erbadliger, der sein Vermögen durchgebracht hat …«

Inzwischen war Daschas Tisch von zahlreichen Füßen umstellt.

»Nun, Herr Sambor, wir stehen ganz zu Ihrer Verfügung«, sagte ein Bass ohne besondere Hochachtung.

»Ich bitte alle Anwesenden, sich zu setzen!«, ließ sich sogleich eine neue Stimme, ein Tenor, vernehmen. »Jenen Herren, die sich persönlich zu überzeugen wünschen, dass spiritistische Erscheinungen keine durch das Medium selbst hervorgerufenen Tricks oder Täuschungen sind, rate ich an, neben mir Platz zu nehmen. So werden Sie selbst mich die ganze Sitzung hindurch an Händen und Füßen berühren.«

»Verstehe ich recht, dass Sie sich selbst hypnotisieren werden?«, fragte die Stimme Petschorins im Ton spöttischen Desinteresses.

»Und ich bitte die Anwesenden nachdrücklich darum, hierüber keine Scherze zu machen!«, sagte nervös der Tenor, der ohne Zweifel dem einstigen Telegrafisten von der Station Popelnja gehörte. »Und den Geistern keine Fangfragen zu stellen.«

»Kennen Sie diesen Witz?«, fragte ein noch unbekannter Bariton. »Die Hausherrin fragt: ›Geister, sagt mir, wie viele Kinder habe ich?‹ – ›Vier‹, antworten die Geister. Der Mann der Hausherrin fragt aus Scherz hinterher: ›Geister, sagt mir, wie viele Kinder habe ich?‹ – ›Zwei‹, ist die Antwort. Er hat nie mehr mit den Geistern gescherzt!«

»Ich sage Ihnen, Sergej Wassiljewitsch, all dieser Spiritismus ist nur moderner Aberglaube …«

Dascha wurde auf einmal von einem Wald hölzerner Stuhlbeine und hauptsächlich männlicher Füße eingekreist. Frauenfüße gab es nur zwei Paar. Das eine, das höchst bezaubernd aussah, platzierte sich direkt ihr gegenüber – die Schuhe waren wohlgemerkt vorn spitz, nicht rund, und aus rosenfarbener Seide, mit pastellfarbenen Blüten bestickt: eigentlich keine Schuhe mehr, sondern Zuckerwerk.

Links davon nahmen die bekannten stutzerhaften Lackstiefel Platz und rechts unsichere, zaudernde Schnürschuhe.

Das ist wohl Warwara, zwischen Wanetschka und Petschorin. Und das zweite Frauenpaar gehört sicher Wasnezows Frau. Wasnezow ist wohl der Bass, der hört sich verdammt hausherrisch an!

Inzwischen hatte sich die vorgeschützte Geschichte mit der seit frühester Jugend der Malerei zugeneigten Novizin freilich erledigt. Dascha gab höchstens noch eine Novizin ab, die von ihren besorgten Eltern auf Grund ihrer unverbesserlichen Neigung zum Einbruchdiebstahl ins Kloster gesteckt worden war.

Das war's, dachte Dascha, auf der winzigen Insel inmitten der Füße zu einer gerade noch dazwischenpassenden Kugel zusammengerollt. Sie kniff die Augen zu und konnte den Vogel Strauß plötzlich von ganzem Herzen verstehen – mit geschlossenen Augen war es wirklich nicht mehr ganz so schlimm.

»Löschen Sie das Licht«, ordnete Herr Sambor schneidig an.

Jemand, wohl ein Diener, eilte, das elektrische Licht auszuknipsen.

»Oh nein, nicht so – mir wird angst«, rief Warwara. »Zünden Sie eine Kerze an!«

»Nur keine Furcht, Warwara Andrejewna«, das war Petschorins Stimme.

»Dunkelheit ist eine der wichtigsten Bedingungen für das Auftreten medialer Energie«, erklärte der ehemalige Telegrafist unbeirrbar. »Im Übrigen habe ich nichts gegen eine einzelne Kerze. Nun berühren Sie sich mit den kleinen Fingern. Wir müssen die spiritistische Figur des ›Magischen Rades‹ bilden! Und nun bitte ich Sie, wenn ich anfange zu singen, in den Gesang mit einzustimmen. Das wird einen der Geister …«

»Nein, nein«, unterbrach ihn die erregte Stimme Warwara Andrejewnas. »Ich würde gern einen bestimmten Geist herbeirufen – den der Erzmärtyrerin Barbara! Meiner Namenspatronin!«

Um den Tisch entstand eine verlegene Pause, und Dascha blinzelte durch die Lider. Die Stiefeletten an der Stirnseite des Tisches wippten nervös hin und her – auf eine solche Wendung, *der Herr vergebe uns armen Sündern,* war Herr Sambor sichtlich nicht vorbereitet.

»Aber glauben Sie, das ist gut, Warwara Andrejewna?«, fragte bebend Wanetschkas Stimme. »Darf man eine Heilige der Zerstreuung wegen stören?«

»Ich weiß, dass sie mir die Wahrheit sagen wird!«, sprach Warwara pathetisch. »Nur ihr kann ich glauben! Ich muss Barbara eine wichtige Frage stellen. Wie steht jener Mensch zu mir, an den ich in diesem Moment denke?«

Ihr Rätsel schien für niemanden ein Geheimnis zu sein. Ringsum wurden Füße unruhig. Das Paar Lackstiefel neben den Seidenschühchen schlug sich entschlossen übereinander.

»In diesem Fall«, ergriff ihr Besitzer das Wort, »würde ich der Heiligen auch gern eine Frage stellen. Wann werde ich von der Person, der meine Aufmerksamkeit gilt und die mein Herz gestohlen hat, eine Antwort erhalten?«

»Aber Barbara ist für den Kampf gegen die Hexen und alles Gezücht der Nacht verantwortlich.« Wanetschka schien sehr zu leiden, entweder aus frommer Furcht, die Heilige zu kränken, oder aber aus Angst, die unberechenbare Barbara könne Petschorin eine positive Antwort geben.

»À propos, haben Sie gehört, was für einen Skandal es vorige Woche in der Wladimirkathedrale um die heilige Barbara gab?«, fragte der Bariton. »Da hat ein Maler die Erzmärtyrerin mit dem Gesicht von Lelja Prachowa dargestellt. Die Gouverneurin ist ganz hysterisch geworden und hat verlangt, dass er die Ikone umarbeitet. Wie, hat sie gesagt, soll ich etwa zur Prachowa beten?«

»Wir waren bei den Wasnezows, er hat es uns erzählt«, äußerte sich geziert das Paar Füße, das doch nach Daschas Berechnung Wasnezows Frau gehören musste.

Bei den Wasnezows? Ja, wer wohnt denn dann hier?, dachte

Dascha entgeistert. *Die Tafel hängt hier am Haus, ich habe sie genau gesehen!*

»Meine Herren, meine Herren«, jammerte aufgeregt der Telegrafist aus Popelnja. »Gestatten Sie mir, daran zu erinnern, dass dies kein Jahrmarktstheater ist!«

Da steht es drauf!, jammerte mit ihm im Stillen die Flora-Novizin. »*In diesem Haus lebte und arbeitete von 1885 bis 1889 der herausragende russische Maler Viktor Michailowitsch Wasnezow.*« *Mitsamt seinem Porträt!*

»Herr Sambor«, verschaffte sich der selbstsichere Bass Gehör, »da ich Sie auf Bitten meiner Schwester eingeladen habe, um diese private Séance durchzuführen, seien Sie so liebenswürdig, ihren Wünschen nachzukommen.«

»Das ist unmöglich.«

Das ist total unmöglich – sowohl in der Biographie als auch im Kiew-Führer heißt es Wladimirstraße 28!

»Ganz wie es beliebt«, stammelte das Medium nach einer Pause jämmerlich, wie zur Antwort auf jemandes stummen Blick. »Legen Sie die Hände auf den Tisch und verschränken Sie die kleinen Finger mit denen der Nachbarn«, begann er mit beschwörender Stimme. »Ich rufe den Geist der heiligen Erzmärtyrerin Barbara. Barbara ...«

Wasnezow!, schrie es in Dascha, die mit allen Fasern ihres Körpers einen anderen Geist beschwor. *Wo zum Geier ist Wasnezow?*

Plötzlich begann irgendwo, wie von Petschorin vorausgesagt, eine Geige zu spielen – vermutlich war die Auswahl an Ausdrucksmöglichkeiten für Geister begrenzt. Die männlichen Knie rechts und links von Herrn Sambor pressten sich an dessen Beine, um ihre Ehrlichkeit zu prüfen. Obwohl der Telegrafist, wäre er in der Lage gewesen, mit seinen unteren Extremitäten Geige zu spielen, damit sicher viel mehr hätte verdienen können als mit der zweifelhaften Beschwörung geigespielender Erscheinungen.

Ich brauche Wasnezow! Himmel, ich hab keine Zeit mehr ... Wir sterben ja vielleicht heute noch!

»Ich habe etwas gespürt«, sagte der Bass erschüttert und ungläubig. »Eine Art Stoß.«

Ich brauche Wasnezow!

»Ich auch«, keuchte Warwara schwach.

»Sie ist hier!«, verkündete der Spiritist theatralisch und machte eine vieldeutige Pause. »Ich spüre, dass der Geist der Erzmärtyrerin hier im Zimmer schwebt! Barbaras Geist möchte uns mitteilen ...«

Wo Wasnezow wohnt?

»Aaaah!«, stöhnte das junge Mädchen furchtsam auf.

»Oh!«

»Mein Gott ...«

»Oh Herr im Himmel!«, bekreuzigte sich einer der Gäste.

Weil sich genau über dem Kopf des Mediums plötzlich ein bleiches Frauenantlitz aus dem Dämmer hob.

»Ihr habt mich gerufen«, sagte Dascha Tschub mit Grabesstimme.

Der Anblick der fassungslosen Gesichter, die wie in Trance auf die dem Nichts entstiegene Gestalt in Nonnentracht starrten, verlieh ihr sogleich Mut.

Sie war schon immer hervorragend darin gewesen, die Stimmung des Publikums aufzugreifen!

»Höre, Warwara!«, befahl sie, ohne die Lippen zu bewegen (ein Bekannter aus dem Zirkusmilieu hatte einmal versucht, ihr das Bauchreden beizubringen. Ganz hatte sie es nie gelernt – aber die fehlende Professionalität machte es noch besser: gedehnt und klagend). »Er!«, zeigte Tschub mit ausgestrecktem Finger (zum Glück des geliebten Nagellacks ledig) auf den fahl gewordenen Wanetschka, »kennt die Antwort auf deine Frage! Von seinen Lippen werde ich dir die bittere Wahrheit enthüllen! Und dir«, der entlarvende Finger richtete sich auf den dreckigen Frauenverächter, »Schönredner und Schmarotzer, bestimme ich zur Gemahlin die Dame mit der Schweineschnauze!«

»Also geht es ihm um die Mitgift?«, weinte Warwara los. »Ich habe es gewusst!«

»Er hat den Brief selbst geschrieben, er konnte anders nicht davon wissen, er hat sich verraten!«, schrie der von der Heiligen ausgezeichnete Wanetschka.

»Und jetzt!«, erhob Dascha machtvoll die Stimme und fuchtelte mit dem Finger herum, auf der Suche nach der Besucherin der Wasnezows. »Enthüllt mir, wo der Ehrlose wohnt, welcher mein Antlitz mit den Zügen der Prachowa abgebildet hat! Ihn wird die Strafe Gottes ereilen!«

»Oh Himmel! Ich weiß es nicht!« Am anderen Ende des Tisches erschrak ein schnauzbärtiger Herr zu Tode, während die dicke Dame neben ihm sich wie wild bekreuzigte. »Ich habe es nur von Wasnezow... er wohnt in der Großen Wladimirstraße 42 ...«

»Aaaah«, stöhnte Dascha Tschub hemmungslos, breitete die Arme weit aus und lief zum Ausgang.

In diesem Moment griff sich Warwara ans Herz, begann zu wanken und kippte mitsamt ihrem Stuhl nach hinten. Und vor den Augen der ohnehin fassungslosen spiritistischen Versammlung enthüllte sich ein Gewirr von Unterröcken und zwei ungebührlich nach oben gestreckten Damenbeinen in schwarzen Strümpfen und Spitzenunterhosen.

»Warwara Andrejewna!«, schrie Wanetschka.

Doch jetzt stürzte Dascha durch die noch immer offen stehende Wohnungstür hinaus und ward nicht mehr gesehen.

*

In segelartig geblähter Ordenstracht sauste Dascha Tschub wie ein Taifun in die Wohnung am Jaroslawswall und eilte zum Schrank.

»Oh nein! Ihr seid viel zu viele!«, jammerte sie in verzweifelter Ungeduld. Tausend Schlüssel mit tausend Kartonetiketten, zu deren Durchsicht Mascha eine ganze Stunde gebraucht hatte, schaukelten vor ihr an den Haken.

»Lass das!« Sie stieß Isis Puschels Pfote weg, die an ihrem Ärmel zog. »Wladimirstraße 42, wo ist sie bloß? Aua!«

Die Krallen durch den Stoff in Daschas Körper schlagend, war

Puschel an ihr hochgeklettert wie an einem Baumstamm und klammerte sich jetzt an ihrer Schulter fest.

»Ksch!« Die Markerschütternde warf die Katze rüde von sich und stieß sich dabei den Ellbogen schmerzhaft an der Schranktür.

Klirrend verteilten sich elend viele Schlüssel auf dem Boden. Mit einem Aufschrei fiel Dascha auf alle viere und fing hastig an, sie einzusammeln. Puschel sprang sofort auf ihren Rücken, der sich einladend waagerecht darbot, fing an, darauf herumzuspazieren und schnurrte dabei so laut und euphorisch, dass Dascha, deren derzeitige Gefühle jeder Euphorie ungefähr entgegengesetzt lagen, aus vollem Halse schrie: »Scher dich weg! Siehst du, was du angestellt hast? Wie soll ich jetzt ... Weg! Verschwinde!«

Puschel maunzte beleidigt, sprang auf den Boden, warf Dascha einen vorwurfsvollen Blick zu und fing an, mit betont desinteressiertem Gehabe mit der Pfote eine »Maus« in Schlüsselform zu fangen.

»Wag es nicht! Gib das sofort her!«

Isis nahm ihre Beute flink zwischen die Zähne und wich zurück.

»Jetzt gib's mir endlich! Sonst brauchst du nie mehr zu mir zu kommen! Dann mag ich dich nicht mehr! Hörst du? Schluss!«

Zutiefst gekränkt schaute die Katze sie schräg an, kam dann nach langem Zaudern argwöhnisch näher und legte den Schlüssel in Daschas ausgestreckte Hand.

Ihr Frauchen starrte darauf und traute ihren Augen nicht.

»Das ist ja ... Wusstest du etwa ... Hast du es für mich ...? Ach du mein Puschelchen! Mein Kuschelpuschelchen! Mein Wuschelkuschelpuschelchen! Du bestes Kätzchen der Welt! Komm, Küsschen!« Isis fing wie besessen an zu schnurren, rollte sich herum und warf Dascha von der Seite einen koketten Blick zu. »Komm, mein rotes Mädel ...« Rasch nahm die Markerschütternde ihre Helferin auf und drückte sie an die Brust. »Mein dickes Pummelchen! Ich komme gleich wieder und kaufe dem Kätzelchen ein Mäuselchen ... Ich bin gleich zurück! Ist ja nicht weit.«

*

Das Frauchen hatte nicht gelogen, es waren gerade mal zweihundert Schritte. Das Haus Nr. 42, direkt am Goldenen Tor, war sogar aus dem Fenster der Wohnung am Jaroslawswall zu sehen.

Der Schlüssel passte. Dascha legte das Ohr an die Tür, um zu lauschen, ob jemand in der Wohnung war – kein Lebenszeichen –, warf einen unfreundlichen Blick auf den elektrischen Klingelknopf, öffnete vorsichtig die Tür ein wenig und schlüpfte hinein.

Doch kaum hatte sie ein paar lautlose Schritte gemacht, da klingelte es an der Tür. Sie fuhr vor Schreck zusammen, glitt in das erstbeste Zimmer – und bekam tellergroße Augen.

Auf sie herab blickten drei gigantische Recken! Ihr von klein auf vertraut – und erst heute Nacht von ihr gerettet.

Na also!

Die Klingel ertönte ein zweites Mal. Irgendwo in den Tiefen des Hauses erklangen gemächliche, schwere Schritte. Dascha quetschte sich hastig in den schmalen Spalt hinter der Leinwand, die in einem riesigen Rahmen gegen die Wand gelehnt stand.

»Adrian Viktorowitsch! Kommen Sie nur herein, kommen Sie!«, hörte sie eine tiefe, bedächtige Männerstimme sagen. Es klang, als ob der Bedächtige ebenso erfreut über den Besucher war wie Dascha Tschub, die den seltenen Namen sofort einordnete.

Professor Prachow! Gott sei gepriesen! Und der andere ist, scheint's, niemand anderer als …

»Nun, Viktor Michailowitsch, ich komme vorbei, um mich nach Ihnen zu erkundigen«, verkündete eine energische Professorenstimme. Dascha seufzte erleichtert und bereitete sich darauf vor, einem weiteren Hörspiel zu lauschen. »Sie haben nicht gut ausgesehen in der letzten Zeit. Verzeihen Sie, dass ich nicht telephoniert habe. Sie wissen ja selbst, was derzeit wegen dieser Trambahn mit den Leitungen los ist. Da haben wir's, das große Wunder der Technik! He, he …« Er lachte.

»Da haben Sie ganz recht getan! Alexandra Wladimirowna macht mit den Kindern einen Ausflug nach dem Wladimirpark. Und ich bin schon wieder fast gesund, der Doktor hat mir auch Wein für Genesende verordnet …«

»›Saint-Raphael‹ aus der Apotheke von Marzintschik? Der

wurde genau für Sie gekeltert, unseren Raffael!«, scherzte der Professor ermunternd. »Unsere Sixtinische Kapelle kann es kaum erwarten! Dieses Gotteshaus wird das prächtigste in ganz Kiew sein, das sage ich Ihnen.«

»Was, Raffael soll ich sein, ich wäre schon glücklich, Correggio zu heißen!«, rief der Maler aus. »Darf ich bitten, Adrian Viktorowitsch ...«

Hierher, die Herren, bitte, drängte Dascha stumm.

Ihre Kenntnisse vom 19. Jahrhundert waren karg und dunkel, aber eines wusste sie: In jener grauen Vorzeit hatte man Häuser mit so dicken Wänden gebaut, dass es völlig unmöglich war, im einen Zimmer zu hören, was im nächsten gesprochen wurde.

Ihre Bitte wurde erhört. Die plaudernden Stimmen von Viktor Michailowitsch und Adrian Viktorowitsch wandten sich in ihre Richtung.

»Ah, wunderschön.« Die Stimme des Professors war plötzlich gefährlich nahe, gleich auf der anderen Seite des Bildes. »Welch ein Augenschmaus! Nur Sie allein konnten ein so herrliches Werk schaffen. Ach, wie vertraut es mir schon ist! Ich denke, es sind nun schon fast zehn Jahre, dass ich Ihren ›Recken‹ meine Besuche abstatte ...«

»Was sagen Sie da!«, lachte Wasnezow. »Mein Jüngster, Mischa, kann sich ein Leben ohne sie wahrscheinlich nicht vorstellen. Solange er sich erinnern kann, stehen die ›Recken‹ hier im Haus. Sie gehören für ihn zum Leben wie das Mittagessen, die Kirche, die Schwester, Mama und Papa. Und diesen Spalt«, Dascha sah voller Entsetzen, wie eine große, schwielige Männerhand mit dem Finger in ihren engen Unterschlupf zeigte, »nennen die Kinder ›hinter den Recken‹ und spielen dort.«

»Sie leisten wahrhaft Großes!« Die energische Stimme des Professors entfernte sich etwas. »Von der Ausstellung Ihrer Wladimir'schen Studien in der Tretjakow-Galerie war jedermann begeistert. Was bleibt Ihnen noch zu wünschen übrig? Und dass Ihr Freund Polenow die Arbeit an einer Kirche als eines modernen Künstlers unwürdig ansieht, das ist, verzeihen Sie vielmals, sein Problem.«

Sie reden über unsere Wladimirkathedrale, begriff Dascha. *Interessant!*

»Es ist unser beider Problem«, sagte die volle Männerstimme. »Sie beschweren sich über die Trambahn, Adrian Viktorowitsch«, schlug er nicht sehr logisch ein völlig anderes Thema an. »Als ich nach Kiew kam, gab es bei Ihnen noch nicht einmal eine Pferdebahn. Und auf dem Kreschtschatik brannten Gaslaternen. Heute gibt es überall Elektrizität, die Trambahn, Telephonverbindungen ...«

Der Professor verstand nicht. »Und was wollen Sie damit sagen?«

»Nun, mein guter Adrian Viktorowitsch, dass ich, wären Sie nicht, wegen all dem Hand an mich hätte legen können!«

Meine Güte!, dachte Dascha verblüfft. *Fährt er etwa so auf Gaslaternen ab?*

»Wegen des technischen Fortschritts?«, wunderte sich auch Professor Prachow.

»Wissen Sie, im Herbst, gerade im Herbst, wenn meine ewige Schwäche des Willens und der Lebenskraft über mich kommt, kann es geschehen, dass ich aus dem Fenster sehe und sage: ›In den Jahren, die du in Kiew verbracht hast, hat sich die Welt vollkommen verändert, die Menschen haben sich solch erstaunliche Wunder einfallen lassen, und du, unglücklicher Tropf, hast es nicht einmal geschafft, ein einziges Bild fertigzumalen! Wie soll man denn so an sich glauben?‹«

Das verstand die Lauscherin an der Wand nur zu gut – Britney Spears hatte es schon geschafft, Madonna zu überstrahlen, und sie selbst?

»Aber, aber, mein Lieber«, meinte der Gast betroffen, »was sind denn das für Gedanken? Waren nicht Sie es, der mir gesagt hat: ›Welches auch meine Aufgabe sein mag, ob mein Talent groß sei oder klein – ich will alles geben!‹ Dieser Gedanke hat mir damals sehr gefallen. Es liegt viel Trost darin. Eine Denkweise, die man bei Künstlern selten findet! Äußerst selten! Alle quälen sich mit ihrem Hochmut ab und träumen von Größe.«

»Ach, wissen Sie, es ist unendlich schwer, sich von seinen Träumen und Illusionen zu trennen«, sagte Wasnezow ernst. »Nehmen Sie es mir nicht übel, wenn ich ein wenig Trübsal blase – das ist schon vorbei. Ich sage es Ihnen nur, damit Sie erkennen, wie verbunden ich Ihnen bin ...«

»Im Gegenteil, Viktor Michailowitsch, mich müssten Sie vielmehr beschuldigen, Ihnen mit meiner Wladimirkathedrale zehn Jahre Ihres Lebens geraubt zu haben. Bei uns in Kiew fühlten Sie sich wohl nicht sonderlich glücklich.«

»Nun ja ... nicht sonderlich.«

In Dascha erwachte die Patriotin. *Wieso gefällt dir Kiew nicht?*

»Nur Sie, mit Ihrer seltenen Willensstärke und Selbstdisziplin, konnten einen so grandiosen Auftrag überhaupt erfüllen«, erklärte der Professor. »Wer sonst hätte genug Inspiration und Leidenschaft der Seele aufgebracht? Vierhundert Studien, und die Mitarbeiter anleiten, und nebenher noch die Arbeit am ›Zarewitsch‹ und an den ›Recken‹!«

»Nur, und dies ganz unter uns, Adrian Viktorowitsch, war meine Seele manchmal so betrübt ... Eine Sünde war das!«, gestand der Maler. »Eine Sünde, den Schrein Gottes zu verschönern und zugleich von Irdischem, Vergänglichem zu träumen. Sehen Sie, genau der Hochmut, von dem Sie sprechen, hatte auch mich ergriffen. Ich gierte nach ruhmreichen Ausstellungen! Ich träumte davon, die ›Recken‹ zu vollenden und auf einer Wanderausstellung zu zeigen, vor allem in Moskau ...«

Moskau, Moskau, Moskau!, schimpfte die Markerschütternde vor sich hin. *Es sind doch unsere Kiewer Recken.*

»Aber meine Kräfte, von der dauernden schöpferischen Leistung ausgezehrt, erlaubten mir nicht, zügig an dem Bild zu arbeiten. Stets musste ich meiner Vorstellungskraft mühsam hier ein Auge, hier eine Nase, da den ganzen Kopf eines Heiligen, Apostels, Propheten, Märtyrers abringen. Und in meiner Seele war es so trüb und regnerisch! Elend war es in meiner Seele! *Hier sitze ich,* dachte ich, *und das Werk meines Lebens liegt brach, auf den ›Recken‹ sammelt sich der Staub.* Und als das dritte Jahr angebrochen war, fühlte ich eine solche Mattigkeit des

Geistes, dass ... Gott weiß, wie sehr ich Ihnen verbunden bin! Gott sieht alles. Er hat mir drei Wunder gezeigt.«

Drei Wunder? Das ist ganz schön viel ... Dascha lauschte konzentriert.

Der Professor war ganz verlegen. »Lassen Sie es gut sein!«

»Sie meine ich nicht. Sie waren das dritte Wunder. Das zweite war meine wundersame Rettung, als ich vom Gerüst fiel ... Aus fünf Sashen Höhe! Ich hätte zu Tode stürzen können.«

Dascha runzelte die Stirn. *Fünf Sashen. Wie viel ist das denn?*

»Ja, da hatten Sie Glück.«

»Nein, kein Glück. Die Wladimir'sche Muttergottes hat mich gerettet! Die ich mit ebendiesen Händen malte, während ich ... Sie hat mir vergeben. Und ich fand buchstäblich von neuem zum Glauben. Nicht zufällig gehen manche Leute tausend Werst zu Fuß nach Kiew, um heilige Reliquien anzubeten. Nicht zufällig nennt man es die Wiege des orthodoxen Glaubens. All die heutigen Zyniker täten gut daran, sich dieser Wiege zu erinnern.«

Hört, hört!, dachte Dascha erstaunt und stellte ihre Reklamationen gegen den urrussischen Maler ein.

»Aber damit nicht genug, die Heilige Jungfrau hat mich nicht nur gerettet und mir vergeben, sondern mich auch getröstet. Denn am nächsten Tag haben Sie mir jenes unbezahlbare Geschenk gemacht. Recht hatte Emilia Lwowna, es ist das vielleicht allerheiligste Gut Kiews!«

Stop, stop! Emilia – Katja? Es geht um den Schatz! Die Lauscherin erzitterte vor Spannung in Erwartung dessen, »was sie wissen musste«.

»Ich weiß überhaupt nicht, wie ich Ihnen das ausreden soll«, sagte Professor Prachow. »Das sind alles Märchen, Viktor Michailowitsch. Offen gestanden bin ich noch immer erstaunt darüber, dass der Metropolit das alles ernst nahm und es nach Maria Entschlafen brachte. Was man sich über die Kyrillischen Höhlen nicht alles erzählt ... Sie wissen selbst, dass das Volk bei uns unwissend, unaufgeklärt ist.«

Was meint er mit ›das alles‹? Warum Märchen, wenn er selbst den Schatz gefunden hat?

»Nein, nein: die drei Recken Ilja, Dobrynja und Aljoscha sind keine erfundenen Helden!«, erklärte Wasnezow leidenschaftlich. »Als ich es in Händen hielt, verspürte ich einen inneren Jubel, wie ich ihn gar nicht schildern kann. Mein Gott, gehörte es tatsächlich meinem ersten Recken?!«

Ja, WAS DENN? Ist es so schwer, das mal auszusprechen?

Denn wenn es dem ersten Recken gehörte, konnte es nicht der Schatz sein. Der Schatz war vom Hetman.

Was hat er denn nun in den Händen gehalten?

»Was jammere ich Dummkopf über das Schicksal, wo es mich doch an ebenden Ort geführt hat, wo Ilja in den Höhlen der Lawra liegt? Und in der Zehntkirche liegt Wladimir, dem er in Glauben und Gerechtigkeit diente! Geht das nicht Hand in Hand mit der hehren Aufgabe, die ich derzeit in der Wladimirkathedrale erfülle? Wie kann ich eines vom anderen trennen?«, rief Wasnezow.

»Nun, wenn Sie das so sehen ...« Das Mitglied der Kommission für die Ausstattung der Wladimirkathedrale hatte ganz klar die Absicht, dieses weltentrückte Gespräch zu beschließen.

»Genau so«, unterbrach ihn Wasnezow feierlich. »Sie und ich haben uns ja schon oft darüber unterhalten, wie uns die Tiefe, Unmittelbarkeit und Aufrichtigkeit der alten Ikonenmaler erschüttert. Woher hatten sie ihre Vollkommenheit und Kühnheit? Dieses Rätsel ist einfach zu lösen. In den vergangenen Jahrhunderten haben alle Menschen, von denen sie umgeben waren – die großen wie die kleinen –, geglaubt! Und waren beseelt von den Werken ihrer Künstler. Aber wer erwartet heute von uns höhere Offenbarungen? Wir sollen die Massen auf sensationelle Art zerstreuen, wie Jahrmarktsgaukler, Hypnotismus, Sarah Bernhardt. Und wir selbst fangen allmählich auch an, uns an Ausstellungserfolgen und dem Lob der Zeitungen zu messen. So ging es mir auch mit den ›Recken‹.«

»Sie sind sehr streng zu sich«, seufzte Adrian beschwichtigend. »Und zu anderen nicht weniger. Ich weiß noch gut, wie Sie den Generalgouverneur von Odessa, als der aus Neugier in die Kathedrale kam, am Kragen wieder hinausbeförderten. Geht das denn an?«

Dascha war ganz und gar nicht einverstanden mit dem Professor – sie fand mehr und mehr Gefallen an diesem Maler, der so urtümlich und ungewöhnlich war. Er hatte vollkommen recht: Man durfte nicht stumpfsinnig den Wünschen des Publikums nachjagen! Und nicht jedes beliebige hohe Tier sollte einfach so seine Nase in den heiligen schöpferischen Prozess stecken!

»Es ging jedenfalls nicht an, dass Nesterow Ihre Tochter Lelja für die Ikonostase malen wollte«, knurrte Wasnezow zur Antwort, und es war klar: diese Ansicht sprach er nicht zum ersten Mal aus und hatte nicht vor, sie zu ändern.

»Sie sagen es«, stimmte der Professor ihm diesmal fröhlich zu. »Nesterow hat sogar um Leljas Hand angehalten. Das fehlte noch, ein Witwer mit zwei Kindern! Zudem aus einer Krämersippe ...«

Na, da hast du dich aber ganz schön geschnitten, bemerkte Dascha bissig. *Nesterow hat später den Stalinpreis gewonnen, deine Tochter hätte in Saus und Braus leben können. Einen Wolga hätte sie fahren können! Du bist mir ein schöner Kunstkenner ...*

»Und als er eine Abfuhr von ihr bekam, hat er sich das mit der heiligen Barbara ausgedacht«, beendete der Kunstverkenner seine Erzählung, nicht ahnend, dass er seine Tochter unwissentlich um einen Wolga gebracht hatte – von dessen Existenz er ebenfalls noch nichts wissen konnte.

»Übel, das«, sagte Wasnezow. »Eine Prinzessin oder den Vogel Sirin malen – das ist etwas ganz anderes. Da kann jeder fantasieren, so viel er will. Aber seine Herzensdame als Modell für eine Heilige zu nehmen ... Man darf das eine nicht mit dem anderen vermischen. Das ist eine Sünde.«

»Bei Ihnen geht das ja in einem fort – Sünde über Sünde ...«

»Waren denn nicht Sie es«, fragte der Maler versöhnlich, »der mir das erste Wunder offenbart hat? Als ich kaum in Kiew angekommen war ...«

»Tatsächlich, recht haben Sie.« Mit Prachow ging eine Veränderung vor. »Es war mir ganz entfallen ... Dabei habe ich es gemeinsam mit dem Vizegouverneur Baumgarten mit eigenen

Augen gesehen! Wäre ich allein gewesen – ich hätte es nicht geglaubt. Aber damals, in der Christwoche, ganz kurz nach Weihnachten, gehen wir beide in die Wladimirkathedrale mit den weißen, noch nicht vom Pinsel berührten Wänden, und nach langem Schweigen fragen wir uns gegenseitig ungläubig, was jeder von uns gerade zu sehen glaubt? Und gestehen uns ein, dass wir das Gleiche sehen. Die Muttergottes mit dem Kind auf den Armen in den Flecken der feuchten, weißen Wand hinter dem Altar! Ganz exakt dieselbe, die Sie mir ein halbes Jahr später in Ihren Studien vorstellten. Recht haben Sie ... Was ist das, wenn nicht ein Wunder? Durch ganz Kiew ging das Gerücht von der wundersamen Erscheinung der Muttergottes. Schade, dass der Metropolit unser Wunder nicht anerkannt hat ... Denn fünf Tage später war der Putz getrocknet. Ja, so war's.«

»Ja, so war es vielleicht, aber sie waren da!«, sprach Viktor Wasnezow in einem Ton à la: »Und sie dreht sich doch!« – »Und urteilen Sie selbst, mein lieber Adrian Viktorowitsch, hätte ich nicht einen lästerlichen Schritt getan, wenn ich an die Stelle der göttlichen Erscheinung meine liebe Gattin gemalt hätte?«

»Nun gut ...«, gab Prachow zuletzt nach. Doch sofort lebte er wieder auf. »Sie erinnern sich an Wrubels Muttergottes? Nicht die Kyrillische, sondern die zweite, die er in der Wladimirkathedrale gemalt hat, aber auf Leinwand. Mit gefletschten Zähnen und die Finger so seltsam gekrümmt, als wolle sie kratzen wie eine Katze. Und ihr Gesicht – aufs Haar meine Ehefrau! Erinnern Sie sich, wie er schrie: ›Das ist, weil sie sich verteidigt, sie verteidigt sich!‹ Vor wem, erlauben Sie, sollte sich die Heilige Jungfrau im Hause Gottes verteidigen müssen? Nun, es ist gut, dass Michail Sanytsch die Leinwand vernichtet hat.«

»O ja«, sagte Wasnezow besorgt. »Ich gebe Emilia Lwowna in nichts die Schuld. Sie ist eine Frau, und Frauen lieben es, wenn alle Aufmerksamkeit auf sie gerichtet ist.«

»Ich weiß schon, ich weiß schon, Sie mögen sie nicht. Auch ich selbst komme ja manchmal nicht zurecht mit ihren Kaprizen. Mal steht sie schier kopf, tanzt und singt, dann wird sie hysterisch, dann wieder entwickelt sie plötzlich eine solche Frömmigkeit, dass mir ganz genierlich wird. Aber glauben Sie mir!« Prachows Stimme wurde ernst. »Sie ist ein Mensch mit höchsten geistigen Qualitäten, eine hingebungsvolle Gattin und Mutter. Und was die Leute auch reden mögen, Emilia Lwowna war selbst höchst frappiert, als Wrubel ihr Porträt aus Venedig mitbrachte. Er hatte buchstäblich den Verstand verloren aus Zuneigung zu ihr... Deswegen hatte ich ihn nach Italien geschickt, damit die Sache nicht in einen Skandal ausartet. Das hatte ich nun davon! Bringt er es her! Aber wer konnte denn ahnen ...«

»Emilia Lwowna wusste es«, sagte Wasnezow dumpf.

»Verzeihen Sie, woher denn?«

»Michail Sanytsch hätte sie einfach nicht als Modell für die Unbefleckte Jungfrau und Himmelskönigin nehmen sollen«, sagte der Maler ausweichend. »Schluss – aus. Das habe jedenfalls ich ihr gesagt, als sie sich mir zur Verfügung stellen wollte ...«

»Meine Gattin wollte sich Ihnen zur Verfügung stellen?« Die Stimme des Professors entgleiste.

»Ja«, bestätigte Wasnezow und fügte nach einer Pause hinzu: »Wenn ich mich einverstanden erklärt hätte, hätte mich die Muttergottes nicht gerettet.«

»Soso«, sagte Adrian Prachow. Und Dascha spürte, dass der Besucher plötzlich nicht mehr fröhlich war.

Eine betretene Pause entstand.

»Und was macht Wrubel jetzt?«, fragte schließlich Wasnezow.

»Er scheint nur noch Dämonen zu malen«, sagte die Stimme des Professors gleichgültig. »Als Emilia Lwowna ihm nach seiner Rückkehr aus Venedig die Meinung gesagt hatte, wurde das bei ihm zu einer Art Zwangsidee. Er hatte ja schon früher seine Eigenheiten. Konnte auf einmal mit grün angemalter Nase bei einem auftauchen. Kleidete sich in Renaissancekostüme. Aber von da an ... Mit dem wird es noch schlimm enden, glauben Sie mir!«

»Ich habe gehört, dass er vor kurzem geheiratet hat. Eine Opernsängerin«, meinte Viktor Michailowitsch nachdenklich.

»Nun, Gott helfe ihm«, sagte Prachow nicht gerade überzeugt.

Einundzwanzigstes Kapitel,

in dem die Autorin für das 19. Jahrhundert wirbt

Hinterhöfe mit zersplitterten Zäunen,
Hütten, die Wände wergverfugt,
Zwei Ahornbäume, hinter dem dritten
plötzlich, benachbart, das Rejtarviertel ...

Noch einmal? Blütenständen widmend
das klangvolle Ritual des Flügels,
fällst mit dem ganzen neunzehnten Jahrhundert
du auf den uralten Bürgersteig.

Boris Pasternak

Maschas Gedanken wirbelten durch ihren Kopf, auf der fieberhaften Suche nach etwas Lebenswichtigem. Und als sie den Fußgängerüberweg über den einstigen Kreschtschatik-Platz betrat, fand sie, was sie suchte.

Zwei Schlüssel – an dem Haken im Schrank hatten zwei Schlüssel gehangen! Genau wie an dem Haken, wo sich der verehrte Schlüssel zum legendären Andreasstieg Nr. 13 befunden hatte – unter diesem hing, weniger legendär, aber nicht weniger teuer, der zum Andreasstieg Nr. 38, wo Bulgakow mit seiner jungen Frau Tasja Lappa gelebt hatte.

Das hieß, wahrscheinlich hatte der zweite Schlüssel, der unter dem zur Dreiheiligenstraße 10 hing und dessen Adresse ihr überhaupt nichts sagte, auch irgendeinen Bezug zum Leben Michail Wrubels.

Und selbst wenn nicht: von den Tausenden unidentifizierter Adressen auf den Kartonstückchen würde sicher wenigstens eine Freunden oder Bekannten von ihm gehören, oder selbst unbeteiligten Leuten, die hier zur selben Zeit gelebt hatten wie er. Und das hieß, sobald man dort anlangte, konnte man sich auf die

Suche nach ihm machen. Wenn nicht in Kiew, dann in Charkow. Wenn nicht in Charkow, dann in Moskau. Das System war ihr jetzt klar: Trat sie mit einem Menschen aus der Vergangenheit auf die Straße hinaus, so blieb sie in seiner Zeit, allein hingegen ... Wenn sie das nur gleich gewusst hätte!

Mascha hob den Saum ihres Kleides an, eilte bergab die Kleine Podwalnaja entlang und wieder aufwärts über die steile Proresnaja. Das Kleid war unerträglich warm und eng, und vom Laufen rissen die ersten Häkchen ab. Außer Atem rannte Mascha bis zur Fußgängerampel und hielt an, die Hand auf der Brust.

Nein, dachte sie verzweifelt. *Ich brauche genau diesen Tag, diese Stunde. Nicht früher und nicht später. Er braucht mich in genau jenem Moment! Ich muss ihn retten. Danach wird es zu spät sein ...*

»Wow! Mascha! Mascha!!«, tönte ein Schrei zu ihr herüber, den sie nicht gleich bewusst wahrnahm.

Über die Kreuzung rannte, Haken um bremsende Autos schlagend und das wilde Hupen der entsetzten Fahrer ebenso ignorierend wie die beiden Fußgängerüberwege, eine aufgescheuchte Nonne, zwei Tüten mit dem Logo »Sappho« in der Hand. Es konnte nur gemutmaßt werden, welchen Eindruck die Verkäuferin von der Dienerin Gottes gehabt haben musste, die sich bestimmt keine dezenten Klamotten ausgesucht hatte.

Die Wiedervereinigung der beiden jungen Damen in Schwarz löste einen regelrechten Auflauf aus. Mehrere Passanten blieben stehen, hörten zu und versuchten herauszubekommen, wo die beiden gerade herkamen: von einer Theateraufführung oder einer Beerdigung?

»Seid ihr vom Theater?«, fragte frech ein pubertäres Bürschchen und schnüffelte mit seiner sommersprossigen Nase verdächtig in Richtung Tschub. »Unterhalten wir uns ein bisschen?«

Dascha betrachtete ungnädig seine Nase. »Sascha?«

»Woher wissen Sie das?«

Die Markerschütternde zupfte irritiert an ihrem Nonnenschleier herum, erfühlte eine losgelöste Locke auf der Stirn und schob sie keusch wieder darunter zurück.

»Herr, vergib deinem sündigen Diener Alexander«, flüsterte sie unerwartet mit niedergeschlagenen Augen. »Gehe hin in Frieden, Knabe! Wir kommen nicht aus dem Theater, sondern aus dem Kloster der heiligen Flora im Podol. Sammeln Gaben für die Bedürftigen ...« Fromm schüttelte sie die beiden Tüten.

»Äh ... Entschuldigung«, sagte der Junge kleinlaut, warf noch einen verwirrten Blick auf die reichlich exklusiven modischen Gaben für die Bedürftigen, schüttelte nervös den Kopf und hastete davon.

»Komm schon, gehen wir«, zog Dascha die Freundin am Ärmel. »Ich war im 19. Jahrhundert, kannst du dir das vorstellen? Und weißt du, was am markerschütterndsten war? Warst du noch nicht zu Hause? Schau mal auf die Uhr!«

Mascha fischte gleichgültig die »Tschajka« aus der Tasche.

Auf dem Zifferblatt war es vier Minuten nach fünf.

»Siehst du?«, rief Dascha. »Und aus dem Haus gegangen sind wir gegen halb fünf! Ich war so baff, als ich die Uhr in dem Geschäft gesehen hab. Die Zeit hat stillgestanden! Die Zeit, die wir drüben verbracht haben, zählt hier nicht! Um halb fünf weg, um halb fünf zurückgekommen! Und du? Du auch?«

»Ich habe den Schlüssel verloren«, sagte Mascha mit Grabesstimme.

»Du Trine! Wo hast du ihn fallenlassen? Auf dem Weg?«

»Nein«, murmelte die Trine dumpf. »Wahrscheinlich bei Wrubel im Schlafzimmer. Als ich mich ausgezogen habe ...«

»WA-A-A-AS?!« Dascha schnappte nach Luft. »Du hast mit ihm ... Du hast mit ihm *geschlafen*?!« Ihre Augen wurden rund und leuchtend und blickten Mascha mit offener Bewunderung an.

»Nein ...« Mascha kniff die Augenlider zusammen, unter denen schon warme Feuchtigkeit hervorrann. »Er hat mir einen Antrag gemacht! Und ich wollte! Und da, peng – stehe ich wieder auf dem Kreschtschatik. Und der Schlüssel ist nicht mehr da ... Und jetzt weiß ich nicht, wie ich zurückkommen soll.«

»Donnerwetter!« Dascha war überwältigt. »Aber wie bist du denn auf den Kreschtschatik gekommen? Er hat doch am Andreasstieg gewohnt!«

»Oh, Dascha!« Mascha warf sich der Freundin stürmisch an den Hals, bewegt von deren unverhofftem Mitgefühl und Verständnis, und vergrub ihr Gesicht erleichtert in die schwarze Robe. »Du verstehst mich ... Aber du kannst ja gar nicht verstehen! Ach, du wirst es verstehen, wenn ich es dir erzähle ...«

»Na dann!«, beschloss die sehr neugierig gewordene Dascha Tschub. »Nach Hause! Dort erzählst du mir alles.«

*

»Hör mal ...«, sagte Dascha.

Mascha rannte mit vor Liebe zerflossenem Gesicht zwischen den Bücherregalen im Kreis wie ein Zirkuspferd, zog mal das eine, mal das andere Buch hervor und steckte es entnervt wieder zurück: »Wo ist es? Es war hier irgendwo! Das Buch über Wrubel! Es ist zusammen mit dem Wasnezow-Bildband herausgefallen. Das weiß ich noch genau ... Ich muss alles über ihn erfahren, alles, was mit ihm passieren wird, bevor ich wieder dorthingehe!«

»Und was ist das?« Dascha hockte sich auf alle viere, steckte den Kopf unters Sofa und zog dort ein zerfetztes Buch hervor. »Ist es das? Hm, ja, das heißt ...«

Mascha schluchzte entsetzt auf. Das Buch war systematisch mit Zähnen und Krallen bearbeitet worden. Die Seiten waren zerfetzt und aus der Bindung herausgerissen. Mehr oder weniger heil waren nur noch der Anfang und der Schluss.

»Wer von euch war das?!«, schrie Dascha drohend.

Zur Antwort fletschte der schwarze Kater, der wie gewohnt auf seinem Lieblingsplatz auf dem Kaminsims saß, die gelben Reißzähne: Anscheinend konnte er Vorwürfe nicht ausstehen. Puschel, die schmachtend um Daschas Füße gestrichen war, setzte sich aufs ausladende Hinterteil und schaute sie aus runden Bernsteinaugen unschuldig an. Belladonna war nicht anwesend.

»Ach, komm, was soll's«, versuchte Dascha Mascha zu trösten. »Was kann man schon in Büchern lesen? Eure ganze Geschichte ist doch ein Riesenschwindel! Wie alt Kiew ist, weiß kein Mensch genau. Die Wasnezow-Tafel haben sie an ein total falsches Haus gehängt. Keiner hat sich dabei Gedanken darum gemacht, wohin's mich verschlagen könnte! Wenigstens war's eine Wohnung – was, wenn es ein Puff gewesen wäre?!«, schimpfte sie mit den feige schweigenden Historikern.

»An der Wladimirstraße gab es keine Puffs. Wir müssen in die Bibliothek, bevor sie schließt!« Mascha hastete in Richtung Tür.

»Hör mal!« Dascha verstellte ihr den Weg. »Dein Wrubel hat im 19. Jahrhundert gelebt.«

»Ja und?«, schluchzte die Freundin. »Ich mag das 19. Jahrhundert! Es gefällt mir viel besser als –«

»Das meine ich nicht. Ich wollte damit sagen, dass er Vergangenheit ist, und das heißt, er kann dir nicht weglaufen! Verstehst du? Du kannst nicht zu spät kommen! Wenn wir ein Mittel finden, dorthinzugelangen, dann kannst du das auch morgen oder übermorgen noch machen.«

Kowaljowa blinzelte nachdenklich, um dies in ihren benebelten Geist dringen zu lassen. »Logisch.« Wie seltsam, dass ihr diese einfache Schlussfolgerung nicht selbst gekommen war!

»Du willst nur alles jetzt und auf der Stelle. Ich kann dich total gut verstehen. Und ich verspreche dir: Morgen machen wir uns bis ins Kleinste schlau über ihn, lesen alles und bereiten uns vor, so gut es nur geht. Und wenn du willst, dann bleibst du dort, bei ihm. Warum nicht? Wo die Zeit ja stehenbleibt! Du kannst das ganze Leben mit ihm verbringen und dann wieder hierherkommen und noch ein zweites leben. Ist das nicht cool? Aber jetzt haben wir ein ganz anderes Problem. Wir sterben heute. Erinnerst du dich? Obwohl ...«, sie rieb sich mal wieder die Nase. »Wenn wir heute sterben sollen, dann wär's auch noch ein Ausweg, uns in die Vergangenheit zu flüchten. Nur, was machen wir dann da? Wir sind doch zivilisierte Menschen ... wir werden eingehen.«

»Ach Quatsch!«, widersprach Mascha. »Die Jahrhundertwende vom 19. zum 20. Jahrhundert war die beste Zeit der Welt. Es gab schon die Trambahn und Autos. Aber man ist noch in Pferdeschlitten gefahren! Es gab schon Telefon und Charcot-Duschen, aber man küsste den Damen noch die Hand und trug sie auf Händen und verehrte sie wie Göttinnen – einfach deshalb, weil sie Damen waren! Und die Frauen haben noch Hüte und

Korsetts getragen, aber diejenigen, die wollten, haben es schon sein lassen, haben sich die Haare schneiden lassen und geraucht und eine höhere Bildung erhalten. Du wirst wahrscheinlich eine Suffragette. Oder eine Kursistin … Und du wirst die erste Frau sein, die in Kiew Fahrrad fährt!«

Dascha blieb unbeeindruckt. »Und Fernsehen? Internet? Kino?«

»Den Kinematographen gab es schon.«

»Und was wurde da gezeigt? Die Einfahrt eines Zuges? Ohne Ton? Danke!«

»In den zwanziger Jahren kamen Rudolf Valentino und Charlie Chaplin. Da musst du nur noch ein kleines bisschen warten …«

»Und Tarantino? Und Coppola?«

»Ach, du verstehst nicht«, flüsterte Mascha glühend, »ich habe erst jetzt begriffen: ich fühle mich dort viel besser als hier. Dort weiß ich alles, und hier …«

»Hast du keine verfluchte Ahnung«, präzisierte Dascha, unwillkürlich die Lippen verziehend. »Das ist ja nun wirklich nichts Neues!«

»Deshalb will ich ja Historikerin werden. Oh Gott, ich will nicht! Ich will nicht hier leben!«

»Wenn du nicht willst – dann halt nicht«, sagte Dascha kurz und bündig. »Aber solange du hier bist, lass uns, falls es dir nicht furchtbar schwerfällt, uns auf das Wesentliche konzentrieren. Übrigens«, zwitscherte sie mit einem Blick auf den heil gebliebenen Bildband, »Wasnezow ist am 15. Mai geboren, wie Bulgakow auch. Am fünfzehnten war doch das Bulgakow-Festival, nicht?«

Es half nicht. Mascha schnüffelte bedrohlich.

»Ich versteh dich total«, erinnerte Dascha sie. »Aber Masja, ich flehe dich an, lass die Charcot-Dusche mal aus dem Spiel – die Infos auf den Tisch! Ich hab dir schon alles erzählt. Und du? Ist sonst noch was Interessantes passiert, außer dass er dir einen Antrag gemacht hat?«

»Ja.« Mascha kam zu sich, und ihr fiel plötzlich das Wichtigste wieder ein – das, weswegen sie so blöde aus dem Café gerannt war und was dazu führen konnte, dass die gutherzige Dascha Tschub von einem Augenblick zum nächsten all ihr freundschaftliches Verständnis verlor –, und sie presste die Finger so fest gegen ihre Schläfen, als fürchte sie, ihr Kopf könne abfallen.

»Also, der Reihe nach«, fing sie aus Angst ganz von vorn an. »Ende des 19. Jahrhunderts lebte in Kiew die Familie des Professors Prachow, des angesehensten Kunsthistorikers der Stadt ...«

Dascha nickte zufrieden, setzte sich aufs Sofa, die Hände nach Nonnenart auf dem Schoß gefaltet, und bereitete sich auf eine lange Erzählung vor. Puschel, die auf der Sofalehne herumschlich, legte ihr liebevoll beide Vorderpfoten auf die Schulter.

»Anfang der achtziger Jahre wurde Adrian Viktorowitsch Prachow die künstlerische Leitung der Restaurationsarbeiten in der Kyrillkirche anvertraut, ebenso wie die Innengestaltung der Wladimirkathedrale am Bibikow-Boulevard«, rezitierte Mascha aufs Wort nach Prüfungsbogen Nr. 14. »Dazu bat er Michail Wrubel nach Kiew, der gerade erst die Petersburger Kunstakademie abgeschlossen hatte. Und Viktor Wasnezow, der sich bisher auch durch nichts Außergewöhnliches ausgezeichnet hatte. Das heißt, er war schon ein anerkannter Meister mit einer besonderen Begabung für historische Malerei. Aber erst die Wladimirkathedrale und die ›Recken‹ machten ihn berühmt. Danach wurde Wasnezow zum Professor ernannt, als ›verehrungswürdiger Begründer eines neuen nationalen Malstils, Erneuerer des Geistes der alten Rus‹.«

»Echt?!« Dascha platzte fast vor Stolz auf ihren Freund Wasnezow.

»Genau wie Wrubels Karriere ihren Anfang mit der Kyrillkirche und dem ›Dämon‹ nahm«, fuhr Mascha fort. »Bis dahin hatte er überhaupt noch nichts Größeres gemalt.« Gedankenversunken blätterte sie im Anfang des Buches und betrachtete Mischas studentische Arbeiten. Und gab ein klägliches »Oh« von sich, als ihr Blick auf das Aquarell ›Hamlet und Ophelia‹ fiel. »Interessant, dass Wasnezow sich anfangs anscheinend mit dem Leben in Kiew sehr schwergetan hat und erst später, nach seiner wundersamen Rettung ...«

»Als er vom Gerüst gefallen ist. Wie viel sind eigentlich fünf Sashen?«

»Etwas mehr als elf Meter«, rechnete Kowaljowa aus.

»Wie vom Zehnmeterbrett im Schwimmbad? Und auf einen Steinboden! Das ist echt ein Wunder«, befand Dascha.

»Wrubel dagegen hat diese Stadt anfangs geliebt ... Ich kann mich aus dem Prüfungsbogen erinnern: das erste halbe Jahr in Kiew war die lichteste Zeit in seinem tragischen Leben ...« Die Stimme der Studentin zitterte.

»Wie erinnerst du dich bloß an das alles?«, wunderte sich Dascha schmeichelnd.

»Viel bringt es mir!«, zischte Mascha, plötzlich bitterböse. »Nur an seine Kiewer Periode und das bisschen, was direkt hinterher passiert ist! Weiter haben wir es nicht gelernt, weil – danach war es ja nicht mehr die ukrainische Kunst um die Jahrhundertwende, sondern die russische! Ich kann mich nicht mal daran erinnern, warum er schlussendlich verrückt geworden ist! Das hätte nicht passieren dürfen!«, jammerte sie. Und plötzlich kam sie endgültig von ihrem ursprünglichen Thema ab und brach in eine erbitterte Wortsalve aus. »Nervenzusammenbruch – ach was! Er war einfach verliebt und hat gelitten! Und wenn er im Kostüm rumlief, na und? Er war eben ein kreativer Mensch!«, begehrte sie auf, es war nicht ganz klar, gegen wen (möglicherweise gegen die Geschichte selbst).

»Und die grüne Nase?«

»Und was ist damit, wie *du* rumläufst? Jeder, der dich sieht, kriegt doch einen Schlag weg! Er ist kein bisschen weniger normal als du. Ich muss einfach zurück, ich muss! Ohne mich verliert er den Verstand!«

Dascha verlor die Geduld. »Und ich verliere noch den Verstand *wegen* dir! – Wegen euch beiden!« Die letzte Bemerkung war an Puschel gerichtet, die kopfüber in ihren Schoß rutschte. Sich überschlagend, hing sie dann zwischen Daschas Beinen, die Krallen in die Kutte gegraben, und ließ ihr Hinterteil langsam auf den Boden gleiten.

»Könnt ihr euch vielleicht eine Sekunde lang auf eine Sache

konzentrieren?«, schrie Dascha, packte Puschel und nahm sie auf den Arm. »Der Professor hat in den Höhlen nicht den Schatz gefunden! Sondern etwas, was dem ersten Recken gehörte.«

»Dem ersten, das heißt Ilja Muromez«, brachte sich die Studentin wieder auf Kurs.

»Na, das hätte ich auch ohne dich erraten. Obwohl ich zugeben muss«, beeilte sie sich ihren Anraunzer wiedergutzumachen, »dass ich mit all diesen Kirchen, Kathedralen, Klöstern und Bildern eine völlige Niete bin.«

»Die Gebeine des seligen Ilja liegen tatsächlich in den Höhlen unter der Lawra.« Endlich verlor Maschas Stimme den hysterischen Unterton. »Folglich ist es völlig logisch, etwas, das Ilja Muromez gehört hat, der Lawra zu übergeben. Als Prachow die Restauration der Kyrillkirche anvertraut wurde, hatten die Kiewer die Gänge unter der Kirche schon gefunden, und wahrscheinlich ist er dort runtergestiegen. Oder vielleicht ist er gar nicht runtergestiegen, denn die Schatzsucher haben sich ja nur für Schätze interessiert, und alle übrigen Funde haben sie zusammen mit der Erde einfach rausbefördert. Es muss ein ganz besonderer Gegenstand gewesen sein, nicht einfach Iljas Helm oder sein Sattelzeug.« Mascha ging zum Sekretär, wo der heil gebliebene Kunstband lag, und betrachtete den Glanzeinband. »Vielleicht Iljas berühmter Streitkolben, der vierzig Pud gewogen haben soll. Das sind«, sie multiplizierte im Kopf, »652 Kilo!«

»Du lieber Gott! Aber weißt du, das hört sich sehr wahrscheinlich an! Red weiter.«

»Also«, bilanzierte Mascha. »Prachow hat in den Kyrillischen Höhlen so etwas wie den Streitkolben von Ilja Muromez gefunden, und seine Frau hat ihn gebeten, die Reliquie der Lawra auszuhändigen. Etwa zu dieser Zeit hat sich Wrubel in Prachows Frau verliebt und ...«

»Katjas Porträt für die Kyrillkirche gemalt.«

»Kein Porträt, sondern ein Heiligenbild für die Ikonostase. Und sie sieht überhaupt nicht aus wie Katja. Sie ist blond ...«

»Als ob Katja sich nicht die Haare färben könnte ...«

»Und außerdem wollte er eigentlich *mich* malen!«

»Vielleicht macht er das ja noch«, meinte Dascha versöhnlich. »Katja ist es ja egal, und du freust dich. Ich weiß nur nicht, ob es so angebracht ist, eine Hexe als Muttergottes zu malen?«

»Wir sind Kiewizen!«

»Wasnezow fand es trotzdem nicht gut, lebende Vorbilder zu nehmen«, sagte die von dem Maler mit der klangvollen Stimme ganz eingenommene Dascha. »Und Emilia hat er sehr dafür verurteilt, dass sie Wrubel so angemacht hat ...«

»Sie wollte ihm helfen!«, verteidigte Mascha den Schwarm ihres Schwarms. »Sie war absolut ehrenhaft, spontan, lebendig und ziemlich unbezähmbar. Wie du! Aber eine treue und gläubige Frau.«

»Meiner Meinung nach wollte sie bloß berühmt werden. Hielt sich für Gott weiß wen. ›Ich schlafe nicht mit dir, mal mich doch stattdessen als Heilige!‹ Zu Wasnezow ist deine fromme Emilia auch gegangen. Eine Ikone hat ihr nicht gereicht! Die Kyrillkirche steht schließlich irgendwo abseits, neben der Irrenanstalt. Aber zentraler als die Wladimirkathedrale geht's nicht. Und die Muttergottes dort reicht von der Decke bis zum Boden. Aber er hat ihr was gepfiffen!« Dascha stieß die zur Faust geballte Linke nach vorn und ließ sie klatschend auf die rechte Handfläche treffen (Viktor Michailowitsch Wasnezow hatte seine Ablehnung vermutlich in etwas höflicherer Form zum Ausdruck gebracht).

»Dein Wasnezow ist ein streng orthodoxer Christ!«, bellte Mascha feindselig. »Er stammt aus einer Priestersippe. Er wäre selbst einer geworden, wenn er nicht aus dem Seminar zur Akademie gewechselt wäre. Er ist reaktionär!«

»Nein, er ist aufrichtig und wahrhaftig!«, hielt Dascha dagegen. »Und seine Maria ist auch wahrhaftig und hat ihn vor dem Tod gerettet. Und jetzt die Kathedrale vor dem Feuer! Im Krieg auch. Ich glaube daran! Aber Wrubels Maria hat ihn ins Unglück gestürzt. Kein Wunder, dass er sie später mit Zähnen und Krallen gemalt hat. Deine Prachowa hat mit ihm gespielt wie die Katze mit der Maus. Willst du wissen, wann er seine Klatsche gekriegt hat? Ich sag's dir: als er ihr Porträt aus Venedig mitbrachte. Sie hatte gekriegt, was sie wollte, und prompt hat sie ihn abblitzen lassen. Und er ist richtig abgedriftet. Und dann hat er wie wild Dämonen gemalt!«

»Was übrigens den ›Dämon‹ angeht«, begann Mascha, erbost über Daschas kategorische Aburteilung, »den ersten ›Dämon‹ hat Wrubel in Kiew gemalt.«

»Ich weiß.«

»Woher?«

»Denkst du, ich bin eine totale Ignorantin?«, fragte die selbsterklärte »völlige Niete« beleidigt. »Unter anderem hab ich eine Ausbildung an der Glière-Hochschule hinter mir. Dort haben wir die Rubinstein-Oper ›Der Dämon‹ durchgenommen. Und der Prof hat gesagt: Als Wrubel die im Kiewer Opernhaus gesehen hatte, hat er gleich den ersten ›Dämon‹ gemalt. Und der ›Dämon‹ ist kein ›Bärenjunges im Kiefernwald‹. Den kennt die ganze Welt. Hast du ›Interview mit einem Vampir‹ gesehen? Da tragen Brad Pitt und Antonio Banderas es vor dem ›Dämon‹ aus. Ist das nicht abgefahren?«

»Abgefahren«, sagte Mascha bissig – sie hatte ›Interview mit einem Vampir‹ nicht gesehen, war kein Fan von Brad Pitt und hielt es nicht für ein Zeichen künstlerischer Abgefahrenheit, einmal Hintergrund für einen Hollywoodfilm gewesen zu sein. »Aber die Oper hat damit leider nichts zu tun! Und Prachowa auch nicht. Weil es nicht der Lermontow'sche Dämon ist – sondern unserer. Mischa hat ihn gekannt. Und hat mir seinen Namen verraten – Demitri Kiewizki. K. D.! Und er ist ...«

Sie atmete tief durch, schon jetzt gefasst auf Daschas Schrei, der gleich die Stille zerreißen würde, und vollendete entschlossen den Satz: »Unser Typ mit dem Ring.«

Dascha kniff die Augen zusammen. »Unser Typ? Also, das ist jetzt totaler Müll. Der sieht überhaupt nicht aus wie der ›Dämon‹. Und außerdem heißt er Jan! Ich hab's nicht erzählt, es war einfach noch keine Gelegenheit. Aber ich hab mich heute im Club mit ihm getroffen. Und er hat mir alles, absolut alles erklärt! Sein Papa ist ein hohes Tier und zwingt ihn dazu, bei der Stadtverwaltung zu arbeiten. Zu den Kanalarbeitern ist er aus Trotz gegangen. Klar, dass das nicht für immer war.«

»Aber ich hab ihn gesehen.«

»Wen hast du gesehen?«, schrie Dascha. »Wann?! Vor hundert Jahren? Als ob's nicht Leute gibt, die sich ähnlich sehen!«

»Aber der Ring …«

»Und gleich aussehende Ringe gibt's in Massen! Du hast ihn die ganze Zeit auf dem Kieker gehabt, von Anfang an!«

»Ich schwöre es!«

»Besser nicht! Dann ist es nämlich vorbei mit uns«, drohte die Markerschütternde mit dem Blick eines Menschen, der bereit ist, sein Gegenüber auf der Stelle aus seinem Leben zu streichen. »Merk dir ein für alle Mal, Mascha – das ist ein Gesetz: Red niemals schlecht über den Typ von deiner Freundin! Nicht, solange sie nicht selber damit anfängt.«

»Ist er denn schon dein Typ?«, fragte Mascha kleinlaut.

»Jedenfalls«, wechselte Dascha demonstrativ das Thema, »heute Nacht ist es so weit, und wir sind in der totalen Sackgasse. Haben uns völlig umsonst in diese Klamotten geworfen und uns halbtot geschwitzt. Die einzigen nützlichen Infos kommen von mir. Über den Streitkolben. Und den Schatz. Gut, dass wenigstens die Zeit stehen geblieben ist … Und du hast einen Heiratsantrag gekriegt. Heißt das, dein Mir spielt jetzt die zweite Geige?«

Mascha schüttelte erst den Kopf, dann nickte sie. »Ich weiß, das ist nicht schön … Erst mit dem einen, dann mit dem anderen. Das habe ich nicht sehr nett gemacht. Ich hätte ihm von Anfang an sagen sollen, dass ich ihn nicht liebe. Aber ich war es so gewohnt, in ihn verliebt zu sein, und ich hatte keine Sekunde Zeit, um mir klarzumachen, dass ich ihn in Wirklichkeit überhaupt nicht liebe. Und wenn er mich wirklich liebt, dann … Mama hatte recht, ich bin ein rettungsloses Hurending!«

»Hurenstück«, verbesserte Dascha einlenkend. »Und das bist du nicht die Bohne. Zum richtigen Hurenstück fehlt dir noch eine Menge! Wenn du's wissen willst, er …«

Doch ihr endlich herangereiftes Bekenntnis zu ihrem unabsichtlichen Vergehen mit dem Liebestrank wurde von dem schwarzen Telefon unterbrochen. Und zu Maschas Schrecken und Beschämung bat die dumpfe Stimme des ihr unrettbar ergebenen Mir sie, zu ihm an den Hauseingang zu kommen.

»Oh nein ...«, wimmerte Mascha.

»Na gut.« Dascha hatte sich endgültig beruhigt. »Zieh dich schnell um. Ich geh zu ihm runter.« Und sie fügte versöhnlich hinzu: »Wozu sind Freundinnen denn gut?«

»Warte mal ... Was meinst du, hat Mischa mir den Antrag aus ganzem Herzen gemacht? Er hat ja sie geliebt ... Und ich, ich kam nur gerade in einem günstigen Moment«, sagte sie tränenerstickt, in der Hoffnung auf Widerspruch.

»Vergiss das mal sofort wieder!«, bezeugte Dascha unverzüglich ihre Freundschaft. »Seine Liebe zu ihr war pathologisch.« Sorglos warf sie mit dem medizinischen Begriff um sich. »Von so was kann man heute geheilt werden. Diese Prachowa hat überhaupt nicht zu ihm gepasst! Er ist zerrissen und gebrochen – so jemanden muss man in Watte packen. Und genau das bist du – Watte!«

»Wirklich?« Maschas Gesicht erhellte sich bei dem zweifelhaften Kompliment.

»Glaub mir, ich weiß, wovon ich rede!«, versicherte ihr Dascha.

*

Mir fragte nicht einmal nach dem Sinn von Daschas Ordenstracht, sondern musterte sie nur mit finsterem Blick. Angesichts dessen, dass er sie beim ersten Mal in Fetzen und beim zweiten Mal in der ukrainischen Flagge gesehen hatte, hatte er sich wohl mit ihrer Extravaganz im Stil eines *princeps vulgaris* abgefunden.

Oben setzte der Ankömmling sich aufs Sofa, ließ Kopf, Schultern und die kraftlosen Arme hängen und starrte zu Boden, ohne ein Wort zu sagen.

»Was ist los?«, fragte Mascha erstickt.

Mir bewegte ganz langsam den Kopf und starrte Dascha von unten herauf an. Ohne das vorige Misstrauen, stumpf und gleichgültig.

Dascha schnappte: »Ich kann auch rausgehen!«

»Nein.« Er wedelte schlaff mit der Hand. »Ist nicht wichtig.«

»Und was *ist* wichtig?«

»Wir haben die Autonummer von Mitjas Vater. Er hat Mitja öfter besucht. Und die Nummer ist gut zu merken.«

»Und kann man jetzt rauskriegen, wem das Auto gehört?« Dascha wurde unternehmungslustig.

»Kann man, muss man aber nicht.« Wieder starrte Mir auf den Boden, mit dem Blick eines Menschen, der in sich selbst versunken und dort ertrunken ist. »Das Auto steht hier vor dem Haus. Ich bin damit gekommen.«

»Es ist dein Auto?« Dascha runzelte ungläubig die Stirn.

»Es ist das Auto meines Vaters. Mitja ist mein Bruder. Dmitri Krassawizki.«

Dascha schnappte nach Luft. »Da haben wir unseren K. D.! – Oh, du Armer!« Unerwartet wurde sie von menschlichen Gefühlen für ihn durchdrungen. Jetzt, wo seine Anwesenheit nicht länger die Gefahr in sich barg, Mascha bitter zu enttäuschen und sie selbst der Hexerei zu entlarven, tat der Schönling ihr wirklich leid. »Außerehelich? Und dein Vater hat nie was davon gesagt? Himmel, wie schrecklich – so was über sich zu erfahren! Wenn ich mir vorstelle, ich kriege plötzlich raus, dass ich eine geistesgestörte Schwester hab ...«

»Heißt das«, stellte Mascha gleichzeitig voll Entsetzen fest, »um dich zu rechtfertigen, musst du deinen eigenen Bruder beschuldigen? Und was ist mit deinem Vater? Das hält er doch nicht aus!«

»Ich habe nicht vor, irgendjemanden zu beschuldigen«, sagte Mir kaum hörbar. »Ich gehe zur Polizei. Ich sage, dass ich es war.«

»Idiot!«, rief Dascha. »Deinem Bruder passiert überhaupt nichts. Er ist doch verrückt! Er kommt einfach nur in die Geschlossene. Und zu Recht! Wenn nicht dieser Arzt wäre, der ihm alle Freiheit der Welt gegeben hat ... Einen Serienmörder hat er auf die Welt losgelassen!«

Mascha wurde jetzt einiges klar. »Er hat uns nur reingelassen, weil er bei deinem Namen dachte, es ist dein Vater! Und dann hat er sich furchtbar erschrocken, als er dich gesehen hat. Er wusste ja, dass du nichts von deinem Bruder weißt!«

»Wir müssen es sofort den Bullen sagen«, schloss Dascha resolut. »Solange er noch nicht den Nächsten umgebracht hat. Der Schatz ist nämlich immer noch dort, das haben wir inzwischen rausgekriegt.«

»Der Schatz.« Mir seufzte kummervoll und fuhr zusammenhanglos fort: »Verflucht sei diese Liebe! Um zu lieben, muss man stark sein. Und ich bin stark. Wenigstens bin ich stark ...«

»Wovon redest du?« Dascha wurde wachsam, schon erratend, wo der verfluchte Pferdefuß hing.

»Wenn ich sage, dass es Mitja war, wird Mascha mir nicht vergeben«, bestätigte er ihre schlimmsten Befürchtungen. »Sie hat ihn ja gern. Das hab ich gemerkt. Sie hat ihn verteidigt ...«

Dascha packte blitzschnell Maschas Hand und sah auf die Uhr. Zwanzig vor sechs. Der Liebeszauber nahm fatale Formen an!

»Vielleicht war er es ja wirklich nicht?«, meinte Mascha. »Vielleicht war es ja ›Onkel Kirja‹ selbst! Stellt euch mal vor, wie ergeben Mitja ihm sein muss. Sein netter Arzt ist sein einziger Lichtstrahl! Was der sagt, ist ihm Befehl. Und wenn Mitja geschnappt wird, wäscht sich Snurowski die Hände und sagt: Was wollt ihr denn, er ist eben verrückt. Er hat ihn als Werkzeug benutzt. Ihn zu Rita geschickt ... Oder nein, er hat Rita und Nikolaj Petrowitsch selbst umgebracht! Im Wissen, dass er im Fall der Aufdeckung alles auf seinen Patienten schieben kann.«

»Aber du sagst doch, er liebt ihn abgöttisch«, wandte Dascha ein.

»Na und? Was droht Mitja schon? Wenn er in die Geschlossene kommt, dann immer noch unter der milden Aufsicht des nämlichen Onkels! Der hat ihn absichtlich mit Informationen berieselt. Und dass er diese Informationen hatte, heißt, er wusste selbst von dem Schatz. Er interessiert sich für Geschichte. Er ist selbst verrückt! Psychiater verlieren oft den Verstand. Irrsinn ist ansteckend, das ist ein wissenschaftlich erwiesener Fakt. Und Snurowski glaubt, Verrückte sind auserwählt! Dass sie sehen und fühlen können, was normale Leute nicht nachvollziehen können.«

»Aber der Arzt heißt nicht K. D.«

»Was – glaubst du wirklich, den Brief hat Mitja geschrieben? Hat er eine rote Jacke?«, fragte Mascha Mir drängend.

»Nein.«

»Und der Arzt?«

»Das weiß die Schwester nicht.«

»Aha!«

Dascha zog die Streitsüchtige kräftig am Arm: »Ja und? Was macht es für einen Unterschied, ob's der Arzt oder der Patient war? Sollen sie beide verhaften. Das Wichtigste ist, dass du diesem Idioten da ganz schnell sagst, dass du ihm verzeihst, und dann soll er zur Staatsanwaltschaft gehen!«

»Aber wenn Mitja unschuldig verhaftet wird, wird ihm vielleicht alles Mögliche angetan«, sagte die Verteidigerin des kornblumenäugigen Verrückten bange, »wenn der Arzt auch verhaftet ist und ihm nicht mehr helfen kann. Besser nichts übereilen.«

»Sie-ver-gibt-mir-nicht ...«, presste Mir silbenweise hervor, als unterschreibe er buchstäblich sein eigenes Todesurteil.

»Zwei totale Knallköpfe!«, ächzte Dascha. »Die Pawlowka im eigenen Heim. Wenn ihr nicht wollt, geh ich selber zur Polizei ... Jetzt sofort!«

»Nein!« Mir wurde plötzlich lebendig, spang auf Dascha zu und fesselte ihr die Arme mit seinen kräftigen Händen auf dem Rücken. »Es wird so gemacht, wie sie es sagt. Ihr Wort ist Befehl.«

Jedes ihrer Worte ist für dich größer und bedeutender als alle Worte Christi, erinnerte sich Mascha und war entsetzt über diese uneingeschränkte Macht. *Und dabei liebe ich ihn nicht einmal!*

»Du Vollidiot!«, schrie Dascha außer sich und versuchte, sich aus Mirs unnachgiebigen Händen zu befreien. »Glaubst du denn, sie liebt dich? Sie liebt einen anderen! Sag's ihm! Das kannst du ihm doch wenigstens sagen?!«

»Das ist nicht wahr!« Mir presste ihre Handgelenke so fest zusammen, dass Dascha vor Schmerz aufschrie. »Wenn es sein müsste, würde sie für mich sterben. Und ich für sie!«

»Würde ich«, bestätigte Mascha, stehenden Fußes bereit zu sterben als Strafe dafür, dass sie ihn nicht mehr liebte.

»Das tut weh!«, kreischte Dascha. Und wäre fast hingefallen, weil Mir mit einem Schrei ihre Arme losließ.

Zischend wie ein überhitzter Motor war die schwere Isis Puschel von der obersten Stufe der Wendelleiter auf Mirs Kopf gesprungen und rutschte nun weiter zu Boden, wobei vier krallenbestückte Pfoten ihre Spuren in seiner Stirn und Kopfhaut hinterließen.

Mir taumelte rückwärts, die Hände gegen die aufgerissene Stirn gepresst. Isis fauchte bitterböse, den Rücken zum Buckel gekrümmt.

»Fasssssssss sie bloßßßßßß nicht noch mal an!«

»Wisst ihr was?«, schrie die Katzenmama mit sich überschlagender Stimme. »Eure ganze Liebe ist Talmi! Wenn auch verdammt wirkungsvolles. Du liebst sie, ja? Kannst nicht leben, wenn sie dir nicht verzeiht? Das vergeht in vier Stunden. Aber dann ist es zu spät! Du hast einen Trank getrunken. Einen Liebestrank! Aus Versehen. Er war in der Cola! Ich hatte ihn für mich selbst gebraut, aber ihr...«

Mir starrte sie beide mit hohlem Blick an. Aus den kreuzförmigen Kratzern auf seiner Stirn rann Blut.

»Ein Liebestrank? Aber warum denn?«, japste Mascha, deren Augen unwillkürlich ihren Rucksack suchten, aus dessen vollgestopfter Seitentasche der rote Deckel von Daschas Cola ragte.

»Sag ich doch – für mich!«, bellte Dascha zornbebend. »Für Sunny! Als du morgens weggegangen warst, haben Katja und ich Tränke gebraut. Ich einen Liebestrank, sie einen Unbesiegbarkeitstrank.«

»L-Liebestrank?« Mir fing an zu schwanken, geschüttelt von einem anhaltenden, finsteren Gelächter, den Mund weit geöffnet. »Eine solche Liebe? Ein Gebräu hab ich gesoffen! Ich kann's nicht glauben... Aus, aus, aus. Es reicht, ich hab keine Kraft mehr! Ich kann nicht mehr...«

Er brach auf dem Teppich in die Knie und schüttelte den Kopf, die feuchte, rotverschmierte Stirn, die strähnig ins Gesicht hängenden Haare. »Aus! Aus! Aus... Ich kann nicht mehr! Noch vier Stunden... vier Stunden. Es wird vergehen. Zu spät. Das hilft mir nicht! Was passiert ist, ist passiert. Wenn es nicht gewesen wäre, hätte ich nie erfahren ...«

»Dein Bruder?« Dascha knetete gequält ihre Arme und starrte benommen das Werk ihrer leichtfertigen Hände an. »Was bedeutet dir dieser Verrückte? Dafür weißt du jetzt alles! Die Schwester ist Zeugin! Die werden sofort von dir ablassen!«, versuchte sie ihn wenigstens notdürftig zu trösten. »Halt noch bis morgen früh aus und geh dann zur Polizei. Und vergiss Mascha. He, du hattest noch Glück! Du hättest mal sehen sollen, was mit denen passiert ist, die das Liebespulver aus meinen Fingernägeln in die Nase gekriegt haben! Die haben mich gejagt wie die komplett Gestörten. Zwei Unfälle. Ich hatte Glück, dass ich am Leben geblieben bin.«

Impulsiv packte sie die geliebte Puschel, die kühn ihrem Frauchen zu Hilfe gekommen war, drückte sie an die Brust und vergrub die Nase in ihrem Fell.

»Isch 'ab doch gesagt«, schnurrte diese ihr sanft ins Ohr, »die zwaite Kraft ist *merde*. Die Luft kann nischt kontrolliert werden. Die Liebe wird unbereschenbar sain. Ein aerodiffundierendes Miettel ist nur in geschlossenen Umgebungen idéal.«

»Aber alles, was dazu nötig war, sind Fingernägel, Taubeneier, Kräuter, Gewürze und Erde«, rechtfertigte sich Dascha betreten, den Blick auf Miroslaws zusammengesunkene Gestalt gerichtet.

»Was für Erde? Woher?«, fragte Mascha wie betäubt.

»Sie war im Schrank in einer Dose. Puschel hat sie mir gezeigt. Da gibt's hundert verschiedene Arten von Erde! Vom Bajkow-Friedhof, vom Lukjansker, vom Solomensker, aus Tschernobyl. Sogar die Asche eines Mannes, der aus unerwiderter Leidenschaft gestorben ist, haben wir!«

»Und was noch? Was war da noch?«, unterbrach sie Mascha, die den verzauberten Mir plötzlich ganz vergessen hatte. »Waren da Nadeln? Kiefernnadeln?«

»Ja, schon«, sagte Dascha nach kurzem Nachdenken. »Was ist damit?«

»Sie hat ihn verzaubert!«, stieß die Studentin erstickt hervor.

»Sie hat ihm Erde gegeben! Zum Spaß. In einem Säckchen. Sie ist eine Hexe!«

Daschas unfehlbarer weiblicher Radar registrierte sofort die Großbuchstaben des Wortes »ihn« und begriff sehr gut, wer »sie« war.

»Prachowa?« Sie schüttelte den Kopf. »Das muss gar nicht sein. Ich kenne drei Frauen, die einen Kerl verzaubert haben. Nicht so heftig wie wir, natürlich, aber schon erfolgreich. Ganz normale Mädels. Das ist bei uns schließlich eine Art Volkstradition. Alle Weiber sind Hexen, auf die eine oder andere Art …«

Miroslaw riss die Augen auf. »Ihr! Ihr alle! Alle!«

»Verzeih mir, Mirtschik! Verzeih mir!« Dascha schürzte bittend die Lippen. »Du hast mir ja auch wehgetan, aber ich verzeihe dir… Erinnerst du dich vielleicht, ob in unserem Buch ein Gegenmittel war?«, wandte sie sich besorgt an Mascha. »Ich kann einfach nicht mit ansehen, wie es ihn fertigmacht!«

»Etwas in der Art gab es, glaube ich. Bestimmte zerriebene Kräuter, die in der Mittsommernacht gesammelt werden.«

»Bis zur Mittsommernacht ist er selbst zerrieben!«, rief Dascha wütend.

»Wo ist denn unser Buch?«, fragte Kowaljowa entschlossen.

»Das Buch 'at die driette genommen«, surrte Puschel sanft.

»Wie, genommen?«, schrie Dascha laut. »Was ist denn das bei ihr, eine fixe Idee? Zwanghafter Bücherklau? Hat ihr das erste Mal nicht gereicht?«

»Vielleicht wollte sie ein bisschen darin lesen«, schlug Mascha vor.

»Damit macht man keine Witze!« Daschas Zöpfe flogen wild. »Hier geht's um Leben und Tod! Ich kann mir vorstellen, was bei ihr im Ring passiert. Katja ist sowieso kein Schneewittchen, und jetzt schlägt sie unter Garantie jemanden kurz und klein. Und wir können sie nicht erreichen. Sie hat mich ja vorgewarnt, dass sie das Telefon abschaltet.«

»Im Ring?«

»Sie hat heute einen Boxkampf in einem Privatclub.«

»Etwa im Club ›Circe‹? In der Puschkinstraße? Oh Gott. Sie

wollte dort auf mich warten!« Mascha erbleichte vor der eigenen Verantwortungslosigkeit. »Und ich hab's vergessen! Total vergessen! Es ging alles so durcheinander...«

»Ja, und dein Wrubel hat dir dann den Rest gegeben. Wir sollten sie lieber warnen, sonst...« Ohne den Satz zu beenden, warf Dascha sich Isis über die Schulter, packte ihre »Sappho«-Tüten und stürzte ins Bad, um sich umzuziehen.

Mascha sah kummervoll auf Mir, der sich nicht mehr bewegte. Und machte eine schreckliche Entdeckung: In ihrer Seele gab es nur Platz für eine begrenzte Anzahl von Gefühlen.

Die Angst in den Kyrillischen Höhlen hatte die Reste des häuslichen Skandals verdrängt. Und nach dem unerwarteten Zusammentreffen mit Krassawizki war die Erniedrigung durch Olesha und den Gestreiften vergessen. Doch wegen der Überfülle stürmischer Ereignisse hatte Miroslaws Liebe es nicht geschafft, in ihr Herz zu dringen. Sie hatte einfach keinen Platz dafür. Und nicht nur dafür.

Sie sollte wenigstens Mitleid mit Mir haben, der von Daschas Trank gnadenlos umgekrempelt und gebrochen von der Existenz seines geisteskranken Bruders war; sollte Mitgefühl für den unschuldigen, missbrauchten Mitja haben (und für diejenigen, die er umgebracht hatte, falls sie sich in seinen blauen Augen täuschte); sollte mit ihrem Vater leiden, gepeinigt durch den Tod seines Freundes und die Verletzungen durch den Höhleneinsturz; mit Katja, die versucht hatte, sie zu retten, von ihr versetzt worden und jetzt sicher von ihrer Verhaftung überzeugt war; sie sollte sich vor der Verhaftung fürchten, die als Damoklesschwert über ihnen hing, und noch viel mehr vor dem Tod, der ihnen mit düsteren Worten für heute prophezeit worden war und mit jedem Ticken ihrer braven »Tschajka« näher rückte.

Aber all das führte dazu, dass sie gar nichts fühlte, außer einer traurigen Gefühllosigkeit, die sie beim Anblick des schönen, einst so ersehnten und unerreichbaren Mir Krassawizki übermannte, der jetzt einer zerbrochenen, weggeworfenen Puppe glich. Sie betrachtete seine zerkratzte Stirn, die leiderfüllten Augen darunter. Aber sie dachte nicht an ihn...

Denn ihr erster Gedanke galt der niederträchtigen Hexe Prachowa, die den wehrlosen Mischa mit Friedhofserde vergiftet hatte. Der zweite dem schwarzäugigen Dämon im schneebestäubten hohen Zylinder und der halsstarrigen Dascha, die sich schlichtweg weigerte, die von ihm ausgehende, unerbittlich auf sie zukommende Gefahr zu erkennen.

Für einen dritten Gedanken reichte der Platz in ihrem Kopf einfach nicht aus.

Aus dem Tagebuch von X.

Die Frau, das ist die Natur. Die Erde. Eva verriet Gott mit der Schlange, die später Satan genannt wurde. Und Gott verfluchte die Frau und die Erde. Und der Teufel wurde der Große Baumeister des Kosmos genannt, Fürst der Welt …
Sie war es, die sich als Erste auflehnte gegen das utopische Eden, in dem der Tod keinen Platz hatte!
Denn die Unsterblichkeit ist nichts anderes als der Tod, ohne den Tod gibt es kein Leben, und im Tod ist das Leben enthalten, und einzig darin liegt die Formel der Unsterblichkeit. In der ewigen Geburt des Neuen und dem Tod des Alten, dem Tod des Schwächsten und dem Überleben des Stärksten. Sagt mir nicht, die Welt beruhe nicht auf diesem Prinzip.
Der HErr selbst, der fähig ist, das Meer zu teilen, ermahnte es niemals: »Töte nicht!« Er überredete nicht den Löwen, die zweite Wange hinzuhalten. Nur den Menschen versuchte er von der Erde zu lösen. Doch das Gesetz der Schwerkraft war dagegen.
Denn was auch immer über unsere Liebe und Barmherzigkeit geredet wird, in unserer Zuneigung zu unseren Nächsten sind wir eher den wilden Tieren ähnlich, die ihre Kinder verteidigen, den Walen und Delfinen, die ihre verwundeten Gefährten unterstützen, als der unendlichen Barmherzigkeit Christi.
Denn die Natur lehrt uns, zu kämpfen und zu überleben.
Während Gott uns nur lehrt, den Tod klaglos hinzunehmen.
Ihr seid Tiere, Leute, ihr seid Tiere! Und darin liegt euer Glück.

Zweiundzwanzigstes Kapitel,

in dem Mascha den Preis wahrer Liebe erkennt

Ach, Grischa, geh niemals, ach niemals zum Tanz,
denn wo man tanzt, da sind die Mädchen Hexen auch.

Als der Dienstag kam, da braute sie einen Trank,
und früh am Mittwoch gab das Gift dem Grischa sie.

Und kam der Donnerstag – und da war Grischa tot …
Marussja Tschuraj

»Da ist er«, sagte Mascha.

Dascha stieg aus Mirs Auto und blieb stehen, hielt sich am Türgriff fest und blies die Lippen auf – die Villa, die den Club »Circe« beherbergte, gebot ihr mit einem goldspiegelnden Schild »Nur mit Mitgliedsausweis« unangenehm Halt.

Mir, stumm, mit ausdruckslosem Gesicht, stieg aus und streckte Mascha mechanisch die Hand hin. Sie nahm sie mit gesenktem Blick – der Gedanke an den armen Mischa und K. D. mit dem blauen Juwelenring trat plötzlich weit zurück, und in ihr herrschte furchtbare Beschämung. Ihre Augen versuchten, so zu tun, als sei sie blind, nur damit sie ihn nicht so sehen musste.

Wie ein Roboter hatte er mit ihnen das Haus verlassen, und keine von ihnen hatte sich überwinden können, den überflüssigen Verzauberten wegzuschicken. Sie hatten sich gehorsam auf den Rücksitz seines Autos mit der kompromittierenden Nummer gesetzt und auf dem Weg zur Puschkinstraße seinen reglosen Scheitel mit Blicken gestreift und versucht, sich gegenseitig um Verzeihung zu bitten.

»Ich wollte das nicht … Ich wollte die Flasche Sunny bringen …«, hatte Dascha den Tränen nahe geflüstert.

»Ich weiß. Ich bin schuld ...«

»Aber du wusstest es doch nicht!«

Doch die Tatsache, dass sie im Grunde beide unschuldig waren, war kein bisschen tröstlich. Da zupfte Dascha sich an der Nase und tröstete sich damit, dass Mirs Qualen nicht mehr lange währen würden: *Ganze dreizehn Stunden. Ist das etwa ein Problem? Auch nicht schlimmer, als hätte er unreife Aprikosen gegessen. Hätte ich mich so zerquält, wenn ich ihm unabsichtlich unreife Aprikosen gegeben hätte? Vielleicht hat es ja sogar eine positive Wirkung. Danach wird er wissen, wie es ist, sich hoffnungslos zu verlieben!*

Mascha indessen versuchte sich in den Winkel ihres Bewusstseins zurückzuziehen, wo ihre leidenschaftslose Logik lebte, die unerschütterlich unter Beweis stellte: Es war kein Verbrechen, ihn nicht mehr zu lieben – weil es nie eine wirkliche Liebe gegeben hatte. Nur den romantischen Traum davon, der die Form des schönen Kommilitonen angenommen und die unendliche Leere ihres Daseins ausgefüllt hatte. Mir war ein Schatten aus ihrer Vergangenheit, in der hohe Dosen literarischer Abenteuer ihr das reale Leben völlig ersetzt hatten und sie ein Buch nach dem anderen verschlungen hatte wie Schmerztabletten, die der erfahrene Kranke schon nimmt, bevor der Schmerz einsetzt.

Das Wichtigste aber war, dass es keine Liebe Mirs gab, die sie verraten konnte. Denn in gerade mal vier Stunden würde es dem Schönling Krassawizki schon peinlich sein, auch nur daran zu denken, dass er das hässliche Mauerblümchen Mascha Kowaljowa geliebt hatte. Während Mischa ... Bei Mischa war es echt.

Aber kaum blickte Mascha, aus dem Auto steigend, in Mirs tote Augen, da schämte und verdammte sie sich schon allein deshalb, weil sie versuchte, sich zu rechtfertigen.

»Okay«, brummte Dascha jetzt und ging mit demonstrativer Entschlossenheit zum Eingang des Clubs. Mascha folgte ihr zaudernd. Mir trieb wie ein Schatten hinter ihr her.

Dascha stieß die Tür auf, fand sich in einer mit schwarzem Marmor ausgelegten Eingangshalle wieder und drehte sich um, den Mund schon zu einer kreativen Lüge geöffnet, da erstarben ihr die Worte auf den Lippen.

Der Wachmann des Clubs sperrte den Mund auf. »Dascha?«

»Alex? Was machst du denn hier?«

»Ich arbeite jetzt hier. Heute ist mein erster Tag.« Er schaute sie an, als könne er sein Glück nicht fassen, aber zugleich schüchtern und besorgt – zusammen mit seinen groben Gesichtszügen und seinem muskulösen Körperbau wirkte dieser Gesichtsausdruck fast komisch. »Und du?«, stotterte der Verzauberte Nummer zwei. »Bist du etwa hier… Mitglied?«

»Ja!«, bemerkte sie nachlässig-stolz. »Hat das Boxen schon angefangen?«

»Schon lange. Es geht gerade heiß her. Hast du …«

»Was, meinen Wisch willst du sehen?«, fuhr sie auf. »Ja, klar! War ja nicht genug, dass deine Tusse mich nackt ausgezogen hat! Dass du einen Freund von mir fast verprügelt hättest! Dass ich wegen dir auf der Straße fast umgekommen wäre!« Eine Logik gab es in diesem Gedankengang natürlich nicht, aber im Gegensatz zu Mascha Kowaljowa wusste Dascha ausgezeichnet: Nicht der Logik wegen lieben und ängstigen sich die Menschen.

Und darum hatte sie in Sekundenschnelle gewonnen.

Alex' schlichte Züge waren aufgelöst und entgeistert, seine gewaltigen Schultern sackten nach unten, der massige Leib trat erschrocken zurück: »Was, fast umgekommen? Wegen mir? Auf dem Moped?«

»Ach«, beschied die beinahe Verstorbene gnädig, »reden wir später darüber. Wir müssen in den Saal. Wo ist er?«

»Dort drüben.« Ihre schreiende Unkenntnis der Clubräumlichkeiten fiel ihm gar nicht auf. Er nickte dienstfertig, richtete dann den Blick auf ihre Begleiter, die verloren am Eingang herumstanden, und sein Unterkiefer klappte herunter.

»Was macht Mir denn hier?«

»Du kennst ihn?« *Ach ja,* erinnerte sie sich, *er ist ja auch ein ehemaliger Digger.* »Das ist der Freund von meiner Freundin«, erklärte sie im Ton mühsam beherrschter Freundlichkeit.

»Und wer ist die Freundin?« Beim Anblick von Maschas nicht

gerade modischem Holzfällerhemd zogen sich seine Brauen zusammen.

Ich Knickerliese! Ich hätte Musja auch was kaufen sollen!

»Eine Hexe«, schnaubte Dascha in der Hoffnung, diese wahre Antwort werde auch die Funktion des gedanklich mitgewünschten »Verpiss dich!« übernehmen. »Wir haben's eilig.«

»Das geht nicht«, sagte er zerknirscht und heischte mit dem Blick um Vergebung. »Männer dürfen nicht rein. Das ist die Regel. Nur Weiber. Selbst wenn ich ihn durchlasse, aus dem Saal wird man ihn trotzdem gleich rausschmeißen ...«

»Na gut«, lenkte Dascha schnell ein. »Mascha, gehen wir. Mir, wartest du bitte im Auto? Hier dürfen keine Jungs mit.«

Mir blickte Mascha stumm an und ging gehorsam hinaus.

Wie ein dressierter Hund, dachte Dascha.

Der üble, vermutlich alle internationalen Menschenrechtsvereinbarungen verletzende Trank hatte unbestreitbare Vorteile.

»Komm nachher doch noch mal zu mir. Ich muss dir was Wichtiges sagen«, drängte Alex.

Oh nein, ganz bestimmt nicht!

*

Das pulsierende, elektrisch geladene, ja fast schon fühlbare Summen Hunderter aufgeregter Stimmen schwirrte durch den leeren Gang, und Dascha verspürte unwillkürlich eine Woge der Neugier und beschleunigte ihren Schritt.

Sie trat in den Saal und blieb überwältigt stehen.

In der Mitte des enormen Raumes war ein von roten und blauen Seilen umgrenzter Ring aufgebaut, und darum herum gruppierten sich Dutzende verwaister runder Tische. Niemand saß mehr daran. Alle Anwesenden standen, hüpften auf und ab, fuchtelten mit den Armen, jubelten und stöhnten, schrien auf und lachten – hundert, vielleicht auch zweihundert Frauen, Blonde, Brünette, Rothaarige, gekleidet wie Models auf dem Laufsteg und aufgepeitscht wie die besoffenen Zuschauer im »Dynamo«-Stadion.

»Gib's ihr! Gib's ihr!«, brüllte eine, vorgebeugt, die Hände zu

Fäusten geballt, auf dem Kopf ein himbeerrotes Hütchen mit dünnen Federn, die hin- und herschwankten wie Ähren.

»Ja! Ja! Ja!« Die Blondine neben ihr stampfte bei jedem Wort mit dem goldenen Absatz auf.

Für einen kurzen Moment erschien der Saal Dascha wie ein grellbuntes Beet voller exotischer, berauschend giftiger und fleischfressender Blüten.

»Auf sie, Katja! Gib's dem Mastodon!«, kreischte eine hochaufgeschossene Dame und riss sich vor lauter Erregung ungestüm die bunte Glasperlenkette vom Hals. Die Kette löste sich auf, die bunten Perlen rollten wie kleine runde Bälle über den Boden. Die Dame bleckte hitzig die Zähne.

»Ah! Ah! Ah!« Die Blondine schrie bei jedem Treffer auf wie beim Orgasmus. Ihr luftiges regenbogenfarbiges Kleid war hoffnungslos verrutscht und zerknittert.

Dascha konnte nicht an sich halten. »Katja!! Katja, auf sie!«, brüllte sie und sprang auf und ab, die Augen fasziniert auf den Ring geheftet, in dessen Ecke ein albtraumhaftes, abstoßendes und atemberaubendes Geschehen im Gange war:

Der Tod.

Ein Mensch war dabei, einen anderen umzubringen.

Und das, obwohl der eine Mensch – Katja, die Züge verzerrt vor konzentriertem Hass, die schwarzen Augen bodenlos wie die Nacht, in schwarzem Trikot und kurzen Hosen, überall mit Blut verschmiert – einen Kopf kleiner und nur halb so breit war wie ihre Gegnerin, eine unwahrscheinlich bullige Frau mit energischem, kantigem Gesicht und vierschrötigem, aber durchtrainiertem, muskulösem, schweißglänzendem Körper.

Und diese schmerzhafte Asymmetrie von Schwere und Wucht gegen feinknochige Zierlichkeit nahm den Zuschauer gefangen und ließ ihm den Atem stocken. Wäre Katjas Gegnerin kleiner oder gleich groß gewesen, ihr halboffener, blutiger Mund, die aufgeplatzte Augenbraue, das zugeschwollene, dunkel verschmierte Auge darunter hätten Mitleid erregt. Doch der Anblick dieses gigantischen, in die Ecke gedrängten Urzeitwesens, das seiner furchtlosen, zerbrechlichen Gegnerin unterlegen war, rief nur wilde, stürmische, unmenschliche Euphorie hervor.

»Kat-ja! Kat-ja!«, skandierte der Saal, bebend vom mehr oder weniger rhythmischen Aufstampfen hunderter Füße.

»Gib's ihr! Gib's ihr!«, keuchte die Hochgewachsene beschwörend, als könne sie bis jetzt noch nicht an Katjas Sieg glauben und sähe nicht, dass aus dem Mund des unglückseligen Mastodons schon der Tod rann – dass sie nicht mehr in der Lage war, sich zu verteidigen, nur noch mechanisch den Kopf schüttelte, um Katjas unablässige, schrecklich präzise Schläge abzuwehren.

»Auf sie, Katja, auf sie!«, schrie Dascha, die überhaupt nicht mehr daran dachte, dass sie mit einer ganz anderen Absicht hierhergekommen war. »Noch eine! Ja!!«

Katjas Haare hatten sich gelöst und tanzten über dem schmalen Rücken, und plötzlich wirkte sie wie eine aufgerichtete Schlange, die einen tödlichen Tanz von unvergleichlicher Schönheit ausführt. Und Dascha verstand: So musste es sein! So war es von Anbeginn an gedacht. Der Stärkere gewinnt. Das war Gottes Wille. Und Katja war wunderschön und wahrhaftig in ihrer Gnadenlosigkeit, in ihrem unhaltbaren animalischen Verlangen, den Gegner zu töten, der dreimal so groß war wie sie!

Aber da hängte sich störend und ungebeten jemand an Daschas von Gänsehaut überzogenen Arm und zog mit aller Kraft daran. Böse drehte sie sich um und sah in Maschas Gesicht – bleich, gequält und verzerrt vor machtlosem Mitleid.

»Da unten«, zischte sie.

Dort, wohin Maschas Zeigefinger voll verzweifelter Hoffnung zeigte, stand hinter den rot-blau-weißen Seilen des Rings eine Frau mit einem silbernen Eimer, aus dem der rote Deckel einer Colaflasche ragte. Maschas Hoffnung war einzig auf Dascha gerichtet, so fühlbar und flehend, dass aus deren Kopf sofort alle Gedanken verschwanden außer einem.

Nein – nicht stärker. Nicht wahrhaftig.

Dascha packte Mascha grob an den Schultern, drehte sie um, riss ihren Rucksack auf und holte die warme, von Mir schon vorgekostete Cola heraus.

Die Flasche an sich gepresst, fing sie an, sich zielstrebig durch die Menge zu arbeiten. Sie wurde ungnädig beiseitegedrängt, aber sie scherte sich nicht darum. In dem allgemeinen Lärmen konnte sie nichts hören, nicht einmal ihre eigenen Gedanken. Doch in Dascha fanden jetzt keinerlei nennenswerte Gedankengänge statt, sie wurde einzig von den im Saal tosenden Wellen durchspült und mitgerissen, ihrem Ziel entgegen.

»Sie braucht schon was Kaltes zu trinken, nicht diese Brühe!«, knurrte sie das Erstbeste, was ihr in den Sinn kam, fischte die halbleere Unbesiegbarkeits-Flasche aus dem Eimer und ersetzte sie durch die mit dem Liebestrank.

Die Hüterin des Eimers nickte ebenso gedankenlos wie einverstanden, obwohl man Daschas Cola, um ehrlich zu sein, fast schon heiß nennen konnte.

Und wenn, kam ihr ein weiterer erschrockener Gedanke, *bei denen ohne Regeln und Pausen gekämpft wird? Dann nützt es gar nichts ...*

Doch wie zur Antwort kündigte ein hallender Gong das Ende der wer weiß wievielten Runde an.

Katja ließ gehorsam von ihrer Gegnerin ab.

Das Publikum atmete enttäuscht durch.

Zu dem taumelnden Mastodon eilten drei uniformierte Damen, die ein Pflaster über die Platzwunde an der Braue klebten und ihr das Gesicht mit irgendeiner Salbe einschmierten.

Die Frau mit dem Eimer hastete, begleitet von zwei weiteren mit einem Handtuch und einem Frotteemantel, in Katjas Ecke, aber Dobrashanskaja hatte es nicht eilig – sie stand da, ließ den Blick siegessicher durch den Saal schweifen, und der Saal brach in ein ohrenbetäubendes Gebrüll aus, das sie verherrlichte und den Tod von ihr forderte. Der Saal wünschte zu sehen, wie der gigantische Körper zusammenbrach und am Boden verendete.

Jemand neben Dascha flüsterte schadenfroh: »Immerhin steht das im Vertrag! Im Fall eines letalen Ausgangs übernimmt der Club ...«

»Ja, wie bei Olga! Die wäre nach dem Mastodon auch beinahe draufgegangen.«

»Sehr gut macht sie das, die Katja! Wir haben Anna alle so satt …«

Dascha tauchte zwischen den Satzfetzen durch, ohne sich umzusehen oder ihrem tieferen Sinn zu lauschen. Mascha stand an der Tür und schaute angespannt und erwartungsvoll zum Ring.

»Hat sie was getrunken?«, fragte Dascha.

»Ja.«

»Viel?«

»Mehr als Mir … Und was passiert jetzt?«

»Keine Ahnung. Hat sie sie angeschaut? Ihre Gegnerin?«

»Ich glaube ja. Ist das wichtig?«

»Ich denke schon. Mir hatte dich angeschaut …«

Der Gong ertönte. Im Ring erschien plötzlich von wo auch immer ein junger Kerl mit blendendem Lächeln und makellos geformtem Körper, mit nichts bekleidet als dem schmalen Dreieck eines Stringtangas. Der Stripper hielt ein Schild mit der Ziffer 5 über den Kopf.

Katja bewegte sich nicht.

Das reanimierte Mastodon stolperte auf sie zu, mit stumpfem, blödem, aber auf animalische Weise unbeirrtem Blick. Die Frau barg die angewinkelte linke Hand an der Brust, wie ein Hund eine verletzte Pfote. Das notdürftig gestillte Blut bahnte sich wieder einen Weg und lief als kläglicher Bach über ihre Wange. Unsicher trat Katja ihrer Gegnerin entgegen, bei jedem Schritt von neuem stockend. Es gab keinen Zweifel daran, dass ein Schlag genügen würde, um das Mastodon niederzustrecken. Nur dieses einen legendären letzten Schlages wegen hatte man sie noch einmal in den Ring geschickt. Und sie war bereit, sich ihm zu stellen, und suchte keine Gnade.

»Nein«, sagte Dobrashanskaja unerwartet laut und klar, wobei sie ihren Plastik-Mundschutz ausspuckte. »Sie gehört ins Krankenhaus!«

Durch den Saal ging ein ungläubiges Raunen.

»Seien wir menschlich!«, rief Katja gebieterisch, wenn auch nicht ganz überzeugt. »Seht ihr nicht, dass ihr Arm gebrochen ist! Und ihre Rippe!«

Die Zuschauerinnen begannen sich aufgebracht zu beschweren – sie wollten nicht menschlich sein. Nicht jetzt! Nachher, nach dem Kampf. Jetzt aber waren sie zweihundert ausgehungerte Raubkatzen, denen das lang ersehnte fette Stück Fleisch vor der Nase weggeschnappt wurde. Das Mastodon schüttelte finster den Kopf und tappte auf Katja zu, bestärkt von den anspornenden Schreien.

»Gib's ihr!«

»Katja, mach sie fertig!«

»Mach schon, Dobrashanskaja!«

»Ich kann nicht!«, stöhnte Katerina gepeinigt und zerrissen. Sie stand mit kraftlos herunterhängenden Armen da und blickte starr auf die näher kommende Gegnerin. »Ich kann sie nicht schlagen! Nein ...«

Das Mastodon holte aus und schlug zu.

Katja taumelte zurück und hielt sich den Kiefer. Aus ihrem Mund rann blutiger Speichel.

Der Saal verstummte.

Dascha schrie fassungslos: »Was hab ich getan! Jetzt bringt sie Katja um!«

Das Mastodon lachte befriedigt auf und stürzte sich von neuem auf ihre Gegnerin, die einzige verfügbare Hand zur Faust geballt.

Katja wich zur Seite aus. Ihre Widersacherin stürzte zu Boden. Und Katja, die erfolglos versuchte, den stürzenden Körper aufzufangen, fiel gemeinsam mit ihr. Das Mastodon wimmerte kläglich auf, weil sie auf den verletzten Arm fiel, und Katja drückte den riesigen, hässlichen Körper an sich und streichelte ihr mit dem gekrümmten Boxhandschuh die Schulter.

»Anetschka, halt aus ... Anetschka ... Ich weiß überhaupt nicht, warum wir so aufeinander losgegangen sind! Sch ...« Sie wiegte den gewaltigen Kopf mit den verzerrten Zügen an ihrer Brust. »Einen Arzt! – Ganz ruhig, mein Liebes, meine Arme ...« Sie presste die Lippen an die grobe Wange. Ihre Augen füllten sich mit Tränen. »Warum sind wir so? Warum?«

»Das ist ja nicht zu glauben – gleich macht sie's hier mitten im Ring mit ihr!«, schrie erbittert die Hochgewachsene neben Dascha.

»Schmeißt Dobrashanskaja raus!«

»Einen Arzt!«

»Mach sie endlich fertig!«

Das Geschrei dröhnte Dascha in den Ohren. Die Frauen drängten auf den Ring zu – eine verschwitzte, mit scharfen Parfüms geschwängerte bunte Woge des Unbewussten –, um mit eigenen Händen das noch nicht besiegte Mastodon und die sieglose Verräterin ihrer Wünsche kurz und klein zu schlagen. Katja griff sich mit dem dicken Handschuh an die Kehle und schluckte krampfhaft, wie um einen plötzlichen Würgereiz zu unterdrücken. Es funktionierte nicht. Ihr Mund öffnete sich, sie krümmte sich und erbrach sich mit schrecklicher Heftigkeit.

Anscheinend sind Liebe und Tod nicht miteinander vereinbar, dachte Dascha. Das war der vierte Gedanke, der ihr im Verlauf der letzten fünfzehn Minuten gekommen war. Und der letzte für die nächste halbe Stunde, denn die weiteren Ereignisse entwickelten sich mit einer Geschwindigkeit, die Daschas Denken einfach überstieg.

Als Katja ihren Mageninhalt restlos von sich gegeben hatte, hob sie den Kopf, und ihr schwarzer, von blankem Hass funkelnder Blick glitt über die Menge. Sie sprang auf, stieß das stöhnende Mastodon von sich. Schrie: »Was wollt ihr? Das?«

Und versetzte dem ersten wutschnaubenden Weibsstück, das in den Ring kletterte, einen unvergleichlichen rechten Haken. Es brach zusammen und blieb reglos liegen. Die Menge erstarrte, wich zurück, kam zur Vernunft. Krachend fiel ein Tisch um. Dann ein zweiter. Das Geschrei klang nicht mehr aufgepeitscht, sondern erstickt und verängstigt.

Katja indessen sprang über die Ringbegrenzung und rannte auf die Tür am anderen Ende des Saals zu.

Dascha drückte Mascha an sich. Die Flasche mit der Unbesiegbarkeits-Cola fiel zu Boden und wurde im nächsten Moment von jemandem zertreten. Eingezwängt in der Masse wurden die beiden in den Gang hinausgeschoben. Da sie gleich am Ausgang gestanden hatten, waren sie ganz vorn in der Bugwelle des Zerstörers, der hinter ihnen keuchte, stampfte und ihnen auf die Hacken trat. Und fauchte und knurrte:

»Scheiße ...«

»Lass das ...«

»Au, du Miststück!«

»Dascha!«

Sie sah, wie Alex herbeistürzte und sich ihnen entgegenwarf. Aber der Zerstörer schwemmte sie alle nach draußen.

Dort sah Dascha, wie Katjas Volvo aus der Einfahrt des Parkplatzes schoss. Er ging rasant in die Kurve und beschleunigte in ihre Richtung, die Hupe ohrenbetäubend. Dann sah Dascha, wie Mascha auf einmal auf die Fahrbahn rannte, die Arme weit ausgebreitet, als sei Katjas Auto ein dummes, aus dem Hühnerhof entwischtes Huhn, das man wieder einfangen musste – und sah im Seitenfenster Katjas Gesicht, und wie schnell der Abstand zwischen den beiden sich verkleinerte.

Maschas Arme streckten sich instinktiv nach vorn, die Hände machtlos gegen den anbrausenden Tod gespreizt – sie stand wie angewurzelt, unbeweglich.

Dascha schloss unwillkürlich die Augen, um nichts mehr zu sehen, und hörte das Kreischen der Bremsen, einen dumpfen Schlag, einen Schrei, ein Krachen – und als sie die Augen wieder öffnete, lag Mascha auf dem Boden, halb aufgerichtet auf blutigen Ellbogen, und schrie ohne Anfang und Ende. Und auf der Straße, von Katjas Stoßstange ein paar Meter zur Seite geworfen, lag der verdrehte, zerschmetterte Körper von Mir Krassawizki.

»Rettungsdienst! Hier ist ein Mann überfahren worden! Puschkinstraße ...«, brüllte Alex in sein Handy. »Ist in einer Minute da«, sagte er hastig und beruhigend zu ihr.

»Wie ...?«, krächzte Dascha heiser.

»Er hat sie weggezogen. Und ist selber ausgerutscht ... auf einer Eiswaffel. Und der Wagen hat ihn erwischt. Er ist ein Stück weggeflogen. Und die ist einfach an ihm vorbeigefahren! Vorbei und weg! Diese Drecksau! Dascha ...« Alex sprang auf sie zu.

Und Dascha eilte zu Mir.

Er lag auf der leeren Fahrbahn – viel zu verdreht, um noch zu leben. Doch er lebte noch und war selbst jetzt noch schön – viel zu schön, um zu sterben. Aber er starb. Sein unwirkliches Gesicht bewegte sich ganz leicht zu ihr hin, und sie hörte, ohne zu verstehen: »Er existiert. Das …«

Und Mascha schrie und schrie.

*

Schließlich verstummte sie, als sei in ihrer Kehle der Mechanismus zerbrochen, der die Töne hervorbringt.

Stumm sah sie zu, wie Mir in den Rettungswagen geschoben wurde, und schwieg auch den ganzen Weg zum Krankenhaus, auf dem Rücksitz von Mirs Auto, das zu fahren sie keinerlei Recht hatten, aber niemand machte sich Gedanken darum – Dascha schob die Freundin einfach hinein, setzte sich selbst auf den Fahrersitz und drehte den Zündschlüssel, den Mir dort hatte stecken lassen. Alex ließ sich neben sie auf den Beifahrersitz fallen, ohne daran zu denken, dass er seine neue Arbeit gleich wieder verlieren würde, wenn er sie im Stich ließ.

»Polizei?«, sprach er wieder in sein Telefon. »Ein Mann wurde von einem Auto überfahren. Auf der Puschkinstraße. Vor dem Club ›Circe‹. Er ist schon auf dem Weg ins Krankenhaus. Wir sind Zeugen –«

»Nein«, fuhr Dascha dazwischen.

»Ich bin Zeuge. Alexander Tarassow … Das Kennzeichen des Autos?« Er wandte sich fragend Dascha zu.

Die presste die Lippen aufeinander. »Hab ich nicht gesehen.« Sie war sich noch nicht im Klaren darüber, ob sie die fahrerflüchtige Katja verraten wollte, und war im Augenblick alles andere als in der Stimmung, diese Frage zu entscheiden.

Im Augenblick war ihre rechte, für den Verstand verantwortliche Gehirnhälfte mit dem sterbenden Mir beschäftigt – und die linke mit Mascha.

»Gott, wie dumm!« Jetzt redete Alex nicht mehr mit dem Hörer, sondern mit ihr. »Auf einem Eis ausrutschen! Aber warum zur Hölle musstest du dich auch auf die Straße stellen?«, knurrte er nach hinten zur schweigenden Mascha.

»Wag es nicht, sie anzumotzen!«, schrie Dascha.

Und dann zerbarst die Zeit, bekam Risse und Löcher. Sie hasteten durchs Krankenhaus und fragten jeden aus, den sie trafen, und niemand gab ihnen eine vernünftige Antwort – nur sinnlose Beruhigungsversuche, die sie wütend machten und noch mehr in Panik versetzten. Dascha verlor die Nerven und behauptete in ihrer Hysterie sogar, Mirs Verlobte zu sein. Und Mascha, die den Eindruck einer empfindungslosen Schlafwandlerin machte, drückte die ganze Zeit absurderweise Mirs lederne Tasche an sich, die sie genauso gut im Auto hätte lassen können, und reagierte weder auf Sprache noch auf Berührung.

Irgendwann hatten sie Alex auf irgendeine Weise verloren und saßen zu zweit auf einem großen Ecksofa herum. Das Sofa war mit schwarzem Leder bezogen, auf dem niedrigen Tisch davor lagen traurig einige Reklamebroschüren für neue Medikamente, und es hieß, Mir werde am Leben bleiben, doch die Operation sei sehr schwierig und würde einige Stunden dauern.

»Verzeihen Sie, Sie sind mit Miroslaw Krassawizki gekommen?«

Dascha hob den Blick und erblickte einen stattlichen Mann um die vierzig in türkiser Kutte und Chirurgenmütze. Zwei Schritte hinter ihm stand eine ebenso türkise Krankenschwester.

Sie schnellte hoch. »Ja! Was ist mit ihm? Wird er leben?«

»Sie sind seine Verlobte?«, fragte der Arzt langsam, wobei er nicht sie ansah, sondern die wie tot dasitzende, noch immer stumme Mascha.

»Ich bin die Verlobte«, stellte Dascha klar. »Was ist mit ihm?«

»Es tut mir sehr leid, Ihnen das sagen zu müssen. Aber Ihr Verlobter ist vor fünfzehn Minuten gestorben. Noch bevor wir ihn in den OP bringen konnten.«

Entgeistert schaute Dascha auf Mascha. »Er ist tot?«

Der Arzt, der sich kein bisschen über ihre Ungläubigkeit wunderte, fing an, seine Worte zu wiederholen, mit mitfühlender Stimme, bezahlt nach der höchsten Gehaltsstufe.

»Ist er wirklich tot?«, fragte Dascha zum zehnten Mal. »Und man hätte wirklich nichts mehr tun können?«

Die Fragen der Verlobten kamen rasch und unsentimental, der tragische Tod ihres Bräutigams rief in ihr kein Entsetzen hervor – Entsetzen, lähmendes, tränenfeuchtes Entsetzen lag in ihren Zügen erst, als sie die Antworten an das rothaarige Mädchen weitergab.

Der Arzt betrachtete noch einmal mit durchdringendem Blick die gefühllose Verlobte, um nach einer verspäteten Reaktion zu suchen, und als er begriffen hatte, dass Dascha keinerlei Anstalten machte, zu weinen, zu schreien oder in Ohnmacht zu fallen, fragte er sie leise: »Ist das eine Verwandte?«

»Nein«, flüsterte Dascha erstickt, »das ist ...«

»Ich bin schuld an seinem Tod«, sagte Mascha klar und fest.

»Soll ich Ihnen eine Spritze geben?«, fragte der Arzt milde.

Dascha aber verstand: die ganze Zeit hatte Mascha im Geiste wieder und wieder nur diesen einen Satz hergesagt.

»Keine Spritze, danke«, wehrte sie ab. »Wir kommen klar.«

»Na gut«, sagte der Arzt bedächtig. »Dort in der Eingangshalle ist die Polizei. Der junge Mann ist schon dabei, ihnen Auskunft zu geben. Sie warten auf Sie.«

Er nickte der türkisen Krankenschwester gebieterisch zu, um sie mit der Aufsicht über eventuelle hysterische Anfälle zu betrauen, und entfernte sich zielstrebig, die Hände in den Taschen.

»Mascha ...«, sagte Dascha zaghaft.

»Ich glaube es nicht«, sagte Mascha mit fremder Stimme. »Er lebt.«

»Nein.« Vor Mitleid rang Dascha die Hände. »Er ist tot. Katja hat ihn überfahren. Sie hätte nicht mehr bremsen können. Du bist davongekommen –« Sie unterbrach sich erschrocken. Vorwürfe brachten jetzt auch nichts mehr. Im Gegenteil, so wie sie Mascha kannte, musste sie sich schnell eine Rechtfertigung ausdenken, bevor die sich aus dem nächsten Fenster stürzte.

»Ja«, wiederholte diese schlicht. »Ich bin schuld.«

»Nein! Nein!« Dascha umarmte sie impulsiv.

Aber es gab keine Rechtfertigung! Maschas Handeln war unüberlegt und fatal gewesen. Und Dascha hätte sie am liebsten angeschrien: *Was hast du dir dabei gedacht? Was sollte das?*

»Denk nicht darüber nach! Hörst du, denk nicht darüber nach!«, drängte sie.

»Ich wollte sie aufhalten. An ihr war etwas ... Böses. Ich wollte sie so nicht fortlassen.«

»Ja! Ja!« Dascha war im Moment bereit, so ziemlich allem zuzustimmen.

»Ich bin schuld, dass er gestorben ist.«

»Nein! Wieso denn? Nein!«

»Nein.« Langsam, aber entschlossen befreite sich Mascha aus Daschas Umarmung und legte den Kopf zurück, um ihr mit erloschenem Blick in die Augen zu sehen.

»Nein«, sagte sie hart. »Nicht ich – du! Du bist an allem schuld! Wenn nicht dein Trank gewesen wäre ... Ich hatte es dir doch gesagt, mehrmals: Das ist nicht gut!«, schrie sie, dass es über den ganzen Gang schallte, und stieß Dascha von sich.

Dascha sah sie schweigend an, betäubt von diesem unerwarteten Vorwurf. Von innen heraus wurde ihr eiskalt. *Sie hat ja recht ...*

»Er hat mich nicht geliebt!« In ihrem Aufruhr schlug Mascha sich mit der Hand gegen die Brust. »Er hat mich nie geliebt! Wäre nicht der Trank gewesen, er hätte sich niemals –«

»Aber dann wärst *du* gestorben!«

»Das ist meine persönliche Sache, ob ich sterbe oder nicht!«, schrie sie. »Hörst du, meine persönliche Sache! Er hätte nicht wegen meiner Dummheit sterben müssen!« Die türkise Krankenschwester trat unwillkürlich einen Schritt näher, die Hand in der Kitteltasche mit der Spritze.

»*Ich* hätte sterben sollen, nicht er! Und du hast ihn dazu gebracht! Gegen seinen Willen! Du denkst niemals nach, bevor du etwas tust. Für dich ist alles ein Scherz! Du benutzt die Leute nur! Bist du jetzt zufrieden?«

Die Krankenschwester tat noch einen Schritt.

»So darfst du nicht reden!«, flehte verzweifelt die »Verlobte« mit von Schluchzern geschüttelter Stimme. »Wenn du so anfängst, bin nicht ich schuld, sondern derjenige, der dieses Eis hat fallen lassen. Oder derjenige, der sich das Ganze hier ausgedacht hat. Wenn er nicht wäre, hätte ich niemals dieses Buch in die Hände gekriegt …«

Mit der Leichtigkeit eines professionellen Taschenspielers zog die Krankenschwester flink die Spritze aus der Tasche und entfernte die Hülse von der Nadel. »Beruhigen Sie sich. Kommen Sie, ich streife Ihnen den Ärmel hoch«, sagte sie in überredendem Ton.

»Nein, nicht nötig, wir kommen klar«, schnauzte Dascha sie an, weil Mascha sich ohne jede Spritze plötzlich beruhigt hatte und, die leuchtenden Augen ins Nirgendwo gerichtet, die Hände aufs Herz presste.

»Aber –«

»Nichts aber! Es ist alles in Ordnung. Wir gehen schon.«

Zögernd trat die Krankenschwester zur Seite, von einer Sekunde auf die andere von Hass auf die blonde Afro-Verlobte erfüllt, die ihren wunderschönen Bräutigam offensichtlich kein bisschen liebte. Doch sie schaffte es, das Menschliche durch das Professionelle zu neutralisieren: *Das ist der Schock, die Arme weiß selbst nicht, was sie redet …*

»Das Buch«, flüsterte Mascha ekstatisch der angespannten Freundin ins Ohr. »Da steht ein Spruch zur Auferweckung!«

»Auferweckung?«

»Wir können Tote auferstehen lassen!«, wisperte Kowaljowa mit weit aufgerissenen Augen.

»Ja?«, fragte Dascha, der nicht ganz klar war, ob Maschas verstörter Geist sich da eine Wahnvorstellung aufbaute oder ob das die nächste ungeheuerliche Wahrheit war. »Aber das Buch hat Katja«, war das Einzige, was sie herausbrachte.

»Das ist egal, völlig egal …«, wehrte Mascha fiebrig ab, und Dascha erkannte, dass es gar nicht ihr Herz war, worauf sie die Hände drückte, sondern die Brusttasche des väterlichen karierten Hemds, aus der sie jetzt einige kleine, ordentlich gefaltete Zettel zog.

»Was ist das?«

»Spickzettel. Passagen aus dem Buch. Hab ich heute Morgen abgeschrieben.«

»Warum? Hast du etwa vorausgesehen, dass sie es klauen wird?«, flüsterte Dascha staunend.

»Nein. Ich schreibe einfach immer Spickzettel, um mir die Sachen besser zu merken«, erklärte Mascha und faltete einen davon auseinander. »Hier! ›Auferweckung eines Toten oder Sterbenden, aus seinen Überresten oder mit Hilfe eines Abbildes‹ ...«

Dascha drehte sich der Magen um.

»Mascha, das wird nicht klappen«, sagte sie leise. »Beim ersten Mal dauert es immer nur dreizehn Stunden! Er wird nur für ganze dreizehn Stunden wiederauferstehen! Entschuldige.«

Mascha blickte sie so hasserfüllt an, als wolle sie sie schlagen.

»Das hat Belladonna gesagt«, erzählte Dascha widerstrebend. »Wenn eine Hexe zum ersten Mal einen Zauber oder ein Zaubermittel ausprobiert, wirkt es nicht länger ...«

»Dann«, sagte Mascha stur, »erwecke ich ihn eben für dreizehn Stunden. Und dann ein zweites Mal. Und ein drittes. Und weiter! Wo ist hier das Leichenhaus?«

»Maschenka ...«, hauchte Dascha tonlos. Sie tippte mit dem Zeigefinger auf Maschas Zettel, wo am Ende der abgeschriebenen Beschwörung eine von Mascha unterstrichene Warnung stand:

Es ist unmöglich, jemanden zweimal wiederzuerwecken!

»Gehen wir zu ihm«, sagte Mascha mit schrecklicher Stimme.

»Dascha!« Alex kam mit ernster Miene auf sie zu. »Wie geht es dir?«, fragte er besorgt.

»Dein Freund ist tot«, sagte Dascha grabesdüster.

»Mein Freund?«, wiederholte der Türsteher mit abwehrendem Unterton. »Mir war nie mein Freund.«

»Ich meine damit, dass er ein Digger war und du auch«, erklärte sie matt.

Alex verzog das Gesicht. »Mir war kein Digger. Er ist ein Satanist! War«, verbesserte er sich.

Mascha blinzelte ungläubig. »Nein!«

»Doch. Es hat mich ganz wild gemacht, als ich ihn bei den Bullen gesehen hab und wie er sich da eingeschleimt hat.«

»Aber du hast ihm doch den Rettungswagen gerufen«, meinte Dascha konfus.

Der Rausschmeißer war sichtlich entgeistert. »Bin ich denn ein Unmensch? Er lag im Sterben. Und hat ein Mädchen gerettet. Und er war mit dir gekommen. Ich hab verdammte Angst gekriegt, ob du vielleicht jetzt bei ihnen mitmachst … Halt dich in Zukunft lieber fern von diesen Kerlen! Das wollte ich dir schon die ganze Zeit sagen. Seit heute Morgen überlege ich, ob ich nicht zur Polizei soll und ihnen erzählen, wer dieser Krassawizki in Wirklichkeit ist … Ist das vielleicht in Ordnung, uns zwei Morde in die Schuhe zu schieben? Denen eben habe ich endlich alles erzählt. Über den Unfall. Und über Mir. Und wenn's sein muss, sag ich das auch jedem anderen, der mich fragt!«

Mascha hieb mit der Hand heftig durch die Luft. »Du lügst!«

Dascha kniff die Augen zusammen. »Bist du dir ganz sicher?«

»Und ob!«, brummte er zornig. »Da unten, unter der Erde, gibt's nur sie und uns. Hat dir deine kleine Freundin nicht erzählt, wie sie da unten schwarze Messen feiern? Und von den Orgien mit Weibern? Er hat die Mädels angezogen wie Fliegen, die waren ja mit allem einverstanden …«

»Das ist nicht wahr!«

»Dein Typ war total fertig!«, explodierte Alex. »Das wissen alle! Er war wahnsinnig! Hat immer mit seinem Leben gespielt, ist in Höhlen gegangen, wo sich kein normaler Mensch hintrauen würde, weil du nur zu niesen brauchst, und aus! Und außerdem hab ich gehört, er hat sich für einen Nachfahren von Maseppa gehalten. Sagt denn ein normaler Mensch so was?«

Mascha sank wieder auf das Sofa. »Das hat nicht er gesagt.«

»Sie haben denselben Vater!«, rief Dascha aus.

In wilder Erregung öffnete sie Mirs vergessene Tasche und schüttete den Inhalt auf dem Sofa aus. Ein Kugelschreiber, Geld, Kondome, ein Heft, ein Adressbuch, ein Feuerzeug und das Taschentuch, mit dem Mascha schon Bekanntschaft geschlossen hatte, purzelten durcheinander auf einen unordentlichen Haufen.

Tschub nahm das in schwarzes Leder gebundene Heft und schlug es in der Mitte auf.

»Mascha, ist das nicht deine Schrift?«, wunderte sie sich.

Stumm nahm die Freundin das vertraute Stück Papier, auf

dem sich sorgfältige, gleichmäßige Buchstaben wie Perlen aneinanderreihten.

5. Prüfungsbg. Gesch. d. Lawra

Fünf Sätze, in denen knapp die vorrevolutionären satanistischen Praktiken der Kiewer beschrieben wurden, die das bedeutendste Kloster der Rus geschändet hatten, waren dick unterstrichen. Und am Rand standen vier schwungvolle, rasch hingeschluderte Ausrufezeichen.

»Dascha«, sagte Alex verlegen, »die Polizei wartet auf euch. Wegen eurer Aussage. Und danach könnten wir ja vielleicht etwas frische Luft schnappen gehen?«

»Nein«, lehnte sie ab, ohne aufzuschauen.

»Kann ich dir irgendwie helfen?«, fragte der Verzauberte flehend, und in seiner Stimme war die Dascha schon vertraute quälende Angst zu hören.

In der siebten Stunde kommt die Krise ... und bis zur dreizehnten ist ein tödlicher Ausgang möglich!

»Hör zu, Alex«, befahl sie. »Versprich mir ganz schnell, dass du dich nicht umbringen wirst!«

Der war verwirrt. »Sicher ...«

»Pass auf, ich kann ohne dich nicht leben!«, schwindelte Dascha großzügig. »Ich bin schon seit hundert Jahren in dich verliebt! Nur warst du mit Sajadlaja zusammen ...«

Dem Verliebten klappte der Kiefer herunter. »Ist das wahr?«

»Ja. Gibst du mir mal dein Telefon ... meins hat der Direktor beschlagnahmt. Und wenn du willst, dass aus uns beiden was wird, dann machst du dich schnurstracks wieder auf die Socken in den Club! Das würde mir noch fehlen, wenn die dich rausschmeißen würden! Hör zu: das Clubmitglied Jekaterina Dobrashanskaja hat einen Fußgänger überfahren. Und du bist mit hierhergefahren, um zu beweisen, dass sie nichts dafürkonnte. Du hast dich um den guten Ruf des Clubs bemüht! Verstanden? Und den Polizisten sag bitte, dass wir nicht mit ihnen reden können, wir haben einen Schock. Wir sitzen nur da, sind total zugedröhnt von Beruhigungsmitteln, heulen rum, und es ist überhaupt noch nicht klar, wann wir uns wieder einkriegen.«

Dreiundzwanzigstes Kapitel,

in dem die Apokalypse droht

Der Feuerdrache fliegt gewöhnlich durch die Luft ... Aber kaum ist er in der Kammer gelandet, verwandelt er sich in einen jungen Mann von unsagbarer Schönheit. Das junge Mädchen, dem ein solcher Besucher aufwartet, verliebt sich unsterblich in ihn und beginnt alsbald dahinzusiechen, bis sie stirbt.

M. Orlow, ›Geschichte der Beziehungen des Menschen zum Teufel‹

Er existiert! Der Teufel existiert!

Und ich bin der Bruder eines Wahnsinnigen. Ich bin selbst wahnsinnig, zu glauben, ich könnte mit meinem kleinen Geist den Bau der Welt begreifen. Ich bin ein Dummkopf, der sich für Gott weiß wen hält, im Grunde aber nur den Vater der Lüge gebeten hat, ihn zu täuschen. Und er hat mich getäuscht. Denn die gefährlichste Lüge des Teufels ist die, dass er nicht existiere.

Denn er existiert.

Und ich kenne ihn persönlich. Er hat drei Gesichter, und er ist die Täuschung. Er hat mir geholfen und ... mein Gold in Scherben verwandelt.

Zuerst Kyllina. Sie hätte besser die Wahrheit sagen sollen: dass eine Dritte nötig ist. Sie hatte Angst zu sterben, aber gestorben ist sie trotzdem. Dann Rita und dieser blöde Zettel ... Und dann mein Bruder. Ich hätte meinen eigenen Bruder umbringen können! Fast hätte ich es getan. Ich hätte ihn umgebracht, selbst wenn ich damals schon gewusst hätte, dass er es ist. Aber jetzt weiß ich, warum er nicht gekommen ist. Er hat die Gefahr gespürt. Er ist der Natur näher als ich, er hat sich als klüger und stärker erwiesen.

Und es stellt sich heraus, dass nicht er die Verirrung der Natur ist, sondern ich. Weil ich sie *nicht umbringen kann. Ich kann ihr nicht einmal Schmerz zufügen. Ich bin so dumm – das ganze Tagebuch mit Theorien füllen, aber selbst ... Ich muss es tun! Ich bin fast am Ziel ...*

Und das Schlimmste ist, dass diese Liebe nicht existiert. Sie ist ebenso ein Phantom wie der Teufel ...

Nein, der Teufel existiert. Gerade deshalb, weil die Liebe es nicht tut! Ich ersticke ... Ich muss es tun. Aber es fiele mir leichter –

»– selbst zu sterben«, schloss Mascha leise. Sie legte das Tagebuch weg und starrte mit blicklosen Augen ins Leere.

»Oh, weißt du, dass heute die Nacht ohne Morgen kommt?«, fragte Dascha beiläufig.

Mascha wurde eiskalt. »Was?«

»Na, der Teufel kommt wieder auf die Erde.«

»Heute? Woher weißt du das?«

»Steht im Programmheft. Heute um 21.10 Uhr. ›Nacht ohne Morgen‹ mit Arnold Schwarzenegger. Den wollte ich schon lange mal sehen. Schade, jetzt verpasse ich ihn schon wieder ...«

Dascha saß in ihrer neuen Spitzenunterwäsche auf dem Boden am Fernseher, das Programmheft vor der Nase. Ihre Kleider von »Sappho« – ein langer bunter Rock und eine rote Bluse – lagen sorgfältig zusammengefaltet im Sessel. Neben ihr lagen zwei kastrierte Fahrräder und ein Besen mit zwei anmontierten neuen Fahrradsätteln herum. Die versöhnte Isis Puschel spielte mit dem nackten Fuß ihres Frauchens, indem sie träge die wackelnden Zehen zu erhaschen versuchte. Behemoth hatte sich auf seinem Thron über dem Kamin ausgestreckt. Von weitem schien es, als säße er der blauen Byzantinerin auf den Knien.

»Und du, hast du schon fertiggelesen?«, nahm Dascha endlich wieder am Leben Anteil. »Was hat er denn Schönes aufgeschrieben?«

»Er war es. Ich hätte es merken müssen. Erinnerst du dich, dass Mir gesagt hatte, Shenja und Lida hätten Rita zu einem falschen Treffen in die Kyrillkirche gelockt, weil sie morgens die Reportage über den Rohrbruch gesehen hatten? Darin sei zum ersten Mal von Diggern geredet worden ...«

»Ja, und?«

»Ich habe die Sendung auch gesehen«, sagte Mascha müde. »Digger wurden darin mit keinem Wort erwähnt.«

»Dann sag mir bloß eins.« Dascha knabberte skeptisch an ihrer Lippe. »Warum um alles in der Welt hat er den Zettel mit der angeblichen Nachricht dagelassen? Wieso hat er sie auf seine eigene Spur bringen wollen? Wenn nicht der Zettel gewesen wäre, hätte ich ihm nie im Leben geglaubt!«

Mascha tippte traurig mit dem Finger auf die letzte Seite. »Er hat ihn nicht dagelassen. Er hat ihn vergessen. Ganz einfach vergessen. Er ist schließlich kein professioneller Mörder. Er hat zum ersten Mal getötet ...«

»Und warum hat er ihn überhaupt geschrieben?«

»Er hat ihn nicht geschrieben. Und er hat auch nicht gelogen. Fast nicht. Rita war die hellste, die aktivste der drei. Mir hat sie immer besonders behandelt. Und Lida und Shenja waren eifersüchtig. Du weißt ja, wo's um Jungs geht, endet die Freundschaft ...« Mascha seufzte. »An dem Tag hatte Rita mal wieder gefragt, ob sie mit in die Höhlen könnte, und Mir hat ihren Freundinnen gesagt ...« Mascha hob das Heft näher vor die Augen und las unbeteiligt ab. »›Sie denkt, mit Titten wie ihren hat man ein Anrecht auf alles, was man will. Manchmal kommt's mir hoch, wenn ich zusehe, wie sie sich in Szene setzt. Am liebsten würde ich sie heute zu der Kirche bei der Klapse bestellen. Und sie da stehen lassen bis in die Nacht hinein. Und nicht kommen ...‹ Wahrscheinlich hat er es einfach laut gesagt«, spann sie ihre Gedanken weiter. »Er wusste, dass Shenja ständig dumme Scherze macht und Handschriften fälschen kann. Außerdem waren sie die Ersten, die ihn des Mordes hätten verdächtigen können. So hat er im Voraus aus möglichen Gegnern Verbündete gemacht. Ja, sogar Mitschuldige. Und als ihm das mit dem Zettel passiert ist, hat er selbst daraus noch den größtmöglichen Nutzen gezogen ... Er war schon schlau.«

»Ja, dumm war er nicht. Erstens hat er es geschafft, uns zu überzeugen, zweitens hat er sich so ein Alibi verschafft. Und wenn sie ihn nicht in Ruhe gelassen hätten, hätte er im Notfall die zwei dummen Puten mitsamt ihrem Scherz verpfiffen. Fürs Erste war ihm aber wohl das Alibi wichtiger. Aber wie konnte er sicher sein, dass sie ihr schreiben würden?«

»Er wusste es von Rita selbst«, sagte Mascha gepresst. »Sie hatten sich schon tagsüber an der Kyrillkirche getroffen, da hat sie ihm den Zettel garantiert gezeigt. Und sich über die beiden Intrigantinnen lustig gemacht. Denn parallel dazu hat Mir sich noch persönlich dort mit ihr verabredet. Und hat ihr vorgeschlagen, sich doch zum Spaß für den nächsten Abend mit dem verrückten Mitja zu verabreden. Kannst du dir einen so grausamen Scherz vorstellen: das eine Opfer lädt das andere ein?«

»Mitja war ein Opfer?«

»Ja. Das mit Onkel Kolja war tatsächlich nur Zufall. Mitja hätte in dieser Nacht das Opfer sein sollen. Mir hätte seinen eigenen Bruder umgebracht.«

Mit einem Mal wurde Mascha klar, dass sie von einem Fremden sprach. Der Mir, den sie kannte – der verliebte Mir, der Mir, der mit ihr durch die dunklen, gefährlichen Kyrillischen Höhlen geirrt war, der Mir, der ihretwegen so grausam zu Tode gekommen war, von Katjas Rädern zerquetscht –, konnte einfach nichts mit diesem Ungeheuer zu tun haben!

»Aber in der Anstalt brach in der ersten Nacht eine Panik aus. Mitja ist abgehauen und hat in der Kirche das tote Mädchen gesehen. Er hat sich mit ihrem Blut beschmutzt …«

»Und darum hat er sich gefürchtet und ist in der nächsten Nacht nicht gekommen!«

»Ich glaube, das hatte einen anderen Grund«, meinte Mascha trocken. »Als der Arzt seinen Liebling voller Blut gesehen hat, bekam er solche Angst, Mitja könnte ein Mörder sein, dass er ihn in der nächsten Nacht eingeschlossen hat. Das konnte die Schwesternschülerin nicht wissen, sie war ja nur tagsüber da … Und als am Morgen eine zweite Leiche gefunden wurde, war Snurowski klar, dass Mitja damit nichts zu tun hatte. Daher hat er uns gesagt: ›Ich kann für Mitja die Hand ins Feuer legen.‹ Und Mitja hat sich wirklich schuldig gefühlt, er war überzeugt, dass das schöne Mädchen wegen ihm gestorben ist, weil er ›böse war‹ – weil er nicht zum Treffen gekommen ist! Er ist schließlich verrückt, und dass sie schon eine Nacht früher gestorben ist, war ihm vielleicht nicht mehr klar.«

»Na gut.« Zufrieden rieb Dascha sich die Nase. »Und woher kannte Mir dieses Ritual?«

»Von Kyllina. Er hat sie gekannt. Vielleicht ist er zu ihr gegangen wie wir auch. Und danach hat er meine Spickzettel gelesen und das Ritual noch selbst verbessert, indem er die Entweihung der Lawra mit eingeschlossen hat. Obwohl ich nicht verstehe, warum Kyllina ihm das eigentlich erzählt hat.«

»Da fragst du noch? Sie hat sich in ihn verknallt, wie alle! Bis er verzaubert wurde, hat er Frauen doch benutzt wie Klopapier!«

»Aber sie hätte jederzeit einen Liebestrank brauen können.«

»Das wollte sie nicht«, sagte Dascha überzeugt. »Würde ich auch nicht machen, wenn ich jemanden wirklich lieben würde. Weißt du, es ist ein furchtbares Gefühl, wenn ein Mensch vor deinen Augen so abdreht. Es ist was anderes, wenn jemand echt liebeskrank ist – das hat was Höheres, was Großes, so 'ne Art Geheimnis … Aber das andere, das ist schlicht eklig, wie wenn einem übel ist. Ich weiß nicht, wie ich es sagen soll. Es ist unecht, hässlich, jämmerlich. Und schrecklich! Als wenn du jemandem die Seele rausgerupft hättest. Brrr!«, sie schüttelte sich. »Ich kann mir vorstellen, wie außer sich er gewesen sein muss, als du ihm alles haarklein auseinandergesetzt hast und er kapiert hat, dass ihm plötzlich drei durchgeknallte Kiewizen in die Quere gekommen sind! Weißt du eigentlich, dass du uns alle drei in Lebensgefahr gebracht hast?«

»Er hätte mich nicht umbringen können!« Mit Überzeugung legte Mascha das ledergebundene Beweisstück weg. »Und meine Freundinnen auch nicht. Er wollte mir alles gestehen. Jetzt weiß ich, was er mir heute Mittag sagen wollte … Er hatte sich verändert. Er hat mich gerettet!«

»Ach«, schnaubte Dascha. »Du kannst mir dankbar sein, dass

ich diesen Trank gebraut hab. Wenn er sich nicht zufällig in dich verknallt hätte ... Im Grunde haben wir's ihm verdammt leicht gemacht – wir haben ihn ja sogar mit nach Hause geschleppt. Ein Wunder, dass uns nichts passiert ist, wo wir einen halben Tag mit einem wahnsinnigen Massenmörder rumgelaufen sind! Übrigens – ich hab gleich gesagt: er ist es! Erinnerst du dich? Und im Museum hab ich ihn mehr oder weniger erkannt. Und was hast du gesagt? Du hast versucht, mir zu beweisen, dass es mein Jan war!«

Mascha blickte zu Boden. »Glaubst du, Mir war wirklich wahnsinnig?«

»Gut möglich«, meinte Dascha ungerührt. »So was kann schließlich in der Familie liegen ...«

»Er hat von sich in der dritten Person geschrieben: ›mein Genius sagt‹, ›mein Genius lügt nicht‹.«

Dascha schnalzte mit der Zunge und schüttelte den Kopf. »Dann war er echt ein Schizo. Na, ich hab euch jedenfalls alle vor ihm gerettet. Gott sei Dank ist das alles jetzt vorbei. Übrigens, heute Abend um halb zwölf treffe ich mich mit Jan. Da wird Alex zum Glück keine Probleme mehr machen ... Ach, wie gut das Ganze doch ausgegangen ist!«

»Und der Sabbat?«

»Hör mal, verdirb mir nicht meine Verabredung. Die hab ich mir verdient! Ich würde sagen, wir haben jetzt frei.«

»Und der Schatz?«, fragte Mascha vorsichtig. »Heute Nacht ...«

»... kann man verdammt gut Schätze finden«, beendete Dascha den Satz. Und wurde schwankend.

Der Schatz, für den man ganz Kiew kaufen konnte! Na ja, vielleicht nicht ganz, aber selbst ein Hundertstel war schon viel. Wie toll wäre es, mit Jan dorthinzugehen und vor seinen Augen zu einer reichen Braut zu werden! Dann würde sein Schattenpapa sofort ganz klein werden – anders würde es mit dem sicher irgendwann Probleme geben, da brauchte man kein Hellseher zu sein. Nur ...

»Ach, ist mir egal!«, wies Dascha die Verführung von sich.

»Bei Gogol ist die Sache mit dem Schatz ganz übel ausgegangen. Wir brauchen kein Mördergold. Uns geht's auch so gut!«

Mascha blinzelte erstaunt. »Und Katja?«

»Ja, die ist komisch«, pflichtete Dascha bei. »Warum ist sie weggerast? Schließlich war sie echt nicht schuld. Du und Mir, ihr habt euch selber in den Tod gestürzt wie zwei Bekloppte. Hat sie Angst gehabt, dass wir das Buch zurückwollen? Dann hat es erst recht keinen Sinn abzuhauen, morgen Nacht rennt sie doch sowieso wieder wie gestört auf den Berg ... Aber weißt du, eigentlich sind wir nicht ihre Kindermädchen!«

»Und K. D.?«

Dascha rollte leidenschaftlich die Augen. »Jetzt fang nicht schon wieder an! Ich will nichts mehr hören. Schluss, ich geh unter die Dusche ... Scheiße, ich hab vergessen, Duschgel zu kaufen. Jetzt muss ich wieder die Kernseife nehmen.« Verärgert rümpfte sie die Nase und stapfte aus dem Zimmer.

»Seife ...«

Mascha blieb allein zurück.

Dann ging sie, ohne recht zu wissen, warum, Dascha nach in den Gang, öffnete den Besenschrank, nahm eines der schlammbraunen Stücke heraus und roch nachdenklich daran.

Lächelte. Biss sich auf die Unterlippe. Kehrte ins Turmzimmer zurück, ließ die Hand an den Bücherregalen entlanggleiten und zog einen Lexikonband heraus.

Genius – göttliche Verkörperung der inneren Kräfte und Fähigkeiten des Menschen, informierte sie dieser. *Man glaubte, dass nicht nur Menschen Genien hätten, sondern auch Städte. Lat. genius entspricht gr. daimon (s. Dämon).*

Folgsam schlug Kowaljowa nach.

Wie andere heidnische Göttervorstellungen wurde der Begriff »Dämon« in der christlichen Vorstellungswelt zu einem Inbegriff böser Mächte oder dem des Stammvaters des Bösen selbst umgedeutet (s. Teufel).

Mascha stand reglos da, den Blick auf das aufgeschlagene Buch gerichtet, den Mund geöffnet, und schüttelte den Kopf, während sie die Erkenntnis verarbeitete.

»Ich habe so viel darüber nachgedacht und bin nie darauf gekommen ...«, sagte sie unnötigerweise laut.

Ja, die beste Methode, die Wahrheit zu verstecken, ist, links und rechts damit um sich zu schmeißen! Was einem direkt vor Augen steht, ist am schwersten zu sehen.

Sie dachte an die Frage, die sie auf dem Altkiewer Berg Wassilissa Andrejewna gestellt hatte, und deren nicht gerade hilfreiche Antwort nach dem Motto »Warum? – Darum!«: *Na, weil das hier auch so jeder weiß!*

Jetzt verstand Mascha: der Satz, der auf den ersten Blick nur wie ein lumpiger Versuch aussah, sie abzufertigen, war umfassend und von genialer Logik. Ein Geheimnis, das allen bekannt ist, ist für niemanden interessant. Kein Hahn kräht nach Alltagsweisheiten! Wir sind es gewohnt, dass man die Wahrheit vor uns verbirgt, Verbote und Warnschilder »Lebensgefährlich!« davorhängt. Aber weder heute noch vor der Revolution noch unter der Sowjetherrschaft hatte jemand zu vertuschen versucht, dass Kiew die Hauptstadt der Hexen ist, und die Kahlen Berge waren in aller Seelenruhe in Stadtführern und Lexika aufgelistet ... Und eben deshalb dachten die Kiewer darüber gar nicht nach – warum über etwas nachdenken, was auch so alle wissen?

»Was ist los?« In der Tür stand, noch rot vom heißen Wasser, die blitzsaubere Dascha Tschub und befestigte munter den wirren Dschungel aus Perlen und Strass an ihrem Hals.

»Was schaust du mich so an?«, fragte sie Mascha, die mit aufgerissenen Augen auf ihre Brust starrte.

»Woher hast du das?«, krächzte Mascha heiser und zeigte mit bebendem Finger auf Daschas Dekolleté, wo die feuchte, feingliedrige Schlange hing, die sich in den eigenen Schwanz biss.

»Gefällt es dir?«, grinste Dascha. »Soll ich dir was sagen? Das hat mir Jan verkauft. Dein Dämon. Im ›Zentrum‹. Superding!«

In einem plötzlichen Schauder zog Mascha die Schultern zusammen, warf das Lexikon aufs Sofa und knöpfte den Kragen ihres Hemdes auf.

»Woher hast du das?«, quiekte Dascha.

»Das hat er mir geschenkt. Er hat mir genau die gleiche Kette geschenkt! Hat gesagt, es ist ein Glücksbringer und ich soll sie niemals abnehmen.«

»Zu mir auch ... Was soll das?« Die Markerschütternde war erschüttert bis ins Mark. »Will er was von uns beiden? Zwei gleichzeitig?«

»Nein.« Mascha fletschte böse die Zähne. »Drei!« In bitterem Triumph zog sie die dritte Schlange aus der Hosentasche, wo diese bis jetzt ein friedliches, ungestörtes Dasein geführt hatte. »Die hier hatte Katja an. Sie hat sie sich aus Versehen abgerissen, als sie in Ohnmacht gefallen ist, auf dem Berg.«

»Aber Katja hat ihn nur ein einziges Mal gesehen, im ›Zentrum‹.«

»Und im Traum«, fügte Mascha bedeutungsvoll hinzu. »Als sie Emilia Prachowa war.«

»Also hat er uns alle drei angebaggert«, rief Dascha.

»Nein, er hat was ganz anderes getan. Bevor wir zu Kyllina reingegangen sind, hat er jeder von uns diese Kette gegeben.«

»Warum hast du mir das nicht gleich gesagt?«, schrie Dascha.

»Wusste ich, dass das so wichtig ist?«, gab Mascha aufgebracht zurück. »Und als Katja die gleiche hatte, dachte ich nur, dass sie vielleicht doch mehr wert sein müsste, als er gesagt hat – er hat nämlich gemeint, sie wäre ganz billig.«

Dascha weinte fast vor Empörung. »Nirgends gehe ich mit dem hin! Weiberheld, beschissener! Nimmt, was er nur kriegen kann ... Diese Schlangen hat er wahrscheinlich dutzendweise.« Sie zerrte sich die Kette vom Hals.

»Die Bräute der Schlange!«, rief Mascha hysterisch aus und griff sich an den Hals. »Es passt alles zusammen! Ich hab's natürlich nicht geglaubt ... Wer würde denn für einen bescheuerten Schatz drei Menschenopfer bringen?«

»Es gibt Leute, die bringen wegen einer Flasche Wodka jemanden um die Ecke.«

»Ja, Säufer, Verbrecher, Halunken. Aber nicht Kiewizen! Allein durch die Tatsache, dass das ›schreckliche Ritual‹ im Buch der Kiewizen die Opferung einer Kiewiza mit einschließt, wird klargestellt: das ist etwas Außerordentliches, etwas ›Unmögliches‹, etwas ganz außer der Reihe! Das hatte ich eigentlich Mir erzählen wollen. Aber da hat gerade Katja angerufen, dann du, dann Koka, und Mir hat das mit Mitja erzählt … Und ich hab gedacht, ich hätte mich getäuscht, ich hätte mich in Spekulationen verstiegen …«

»Das passiert manchmal bei dir«, bestätigte Dascha finster.

»Unterbrich mich bitte nicht, nur dieses einzige Mal – es ist wirklich wichtig! Es ist schwer zu glauben, obwohl es eigentlich alle wissen. Tausend Jahre lang wurde Kiew das russische Jerusalem genannt.«

Dascha stöhnte und versuchte sich auf das neue Thema zu konzentrieren. »Weil hier die Rus getauft wurde?«

»Daher die Redensart ›Deine Zunge bringt dich bis nach Kiew‹. Kiew war ein richtiges Mekka!«, dozierte Mascha. »Hierher kamen Tausende von Gläubigen gepilgert, vom Bauern bis zum Zaren! Die Kiewer Lawra hatte Millioneneinnahmen, zu einer Zeit, wo eine Mahlzeit 16 Kopeken gekostet hat. Die Stadt war mehr oder weniger mit Kirchen gepflastert. Du bist auf Schritt und Tritt darüber gestolpert, bei jedem Spital, Gasthof, jeder Schule, jeder Hochschule … Da hinten«, sie gestikulierte in verschiedene Richtungen, »auf dem Lwower Platz, war die Lichtmess-Kirche, dort, in der Nähe vom Goldenen Tor, die Georgskirche, auf der Chorewiza die Dreifaltigkeitskirche, auf der Schtschekawiza die Allerheiligenkirche, auf dem Altkiewer Berg die Zehntkirche, an der Zehntstraße die Dreiheiligenkirche und Sankt Ioanniki. Beim Ersten Gymnasium die Nikolauskirche, beim Zweiten Sankt Alexander Newski, bei der Universität die Wladimir-Schulkirche …«

»Ach je!« Dascha war ehrlich beeindruckt. »Warum so viele?«

»Kiew wurde die Heimat und Wiege des orthodoxen Glaubens genannt, die geistige und geistliche Hauptstadt Russlands!«, rief Kowaljowa pathetisch. »Findest du das nicht seltsam?«

»Na ja, schon«, meinte Dascha zweifelnd, die vor profunden akademischen Kenntnissen immer schnell die Waffen streckte. »Ich hätte nicht gedacht, dass das so krass ist!«

»Das meine ich nicht! Findest du es nicht seltsam, dass die

Stadt, die als Hauptstadt des Glaubens gilt, zugleich auch Hauptstadt der Hexen genannt wurde?«

»Hmm … Aber warum? Und warum steht da nirgends was drüber?«

»Weil«, erklärte Mascha feierlich, »das auch so alle wissen. Und es scheint sowieso keine Bedeutung mehr zu haben. Die Kirchen wurden abgerissen, und schon lange kommen keine Pilger mehr nach Kiew. Und an Mittsommer wird kein karnevalsartiger Zug von Hexen über den Kreschtschatik mehr veranstaltet. Ich zähle dir jetzt ein paar Fakten auf, und du machst dir selber einen Reim darauf! Los, zähl an den Fingern ab.«

Tschub streckte unsicher die Hand aus.

»Die älteste Legende Kiews lautet, dass einer der drei Brüder – Fürst Kij – den Lindwurm besiegte, der in dieser Gegend wohnte, und danach die Stadt gründete«, begann Mascha.

Dascha streckte schweigend den Daumen.

»Nummer zwei: In den Bylinen heißt es, dass zur Zeit des Fürsten Wladimir Schöne Rote Sonne der Lindwurm noch einmal auftauchte. Er hat Frauen geraubt, um sie zu seinen Bräuten zu machen. Besiegt hat ihn damals einer der drei Recken.«

Dascha streckte gehorsam den Zeigefinger.

»Nummer drei, das ist schon kein Mythos mehr, sondern eine historische Tatsache: die in einigen Chroniken erwähnten Rituale von Frauen, in denen auch eine schlangenartige Echse eine Rolle spielte. Die wurden durch archäologische Funde bestätigt, nämlich Ritualschmuck und Talismane mit Abbildern eines Drachen.« Vielsagend zupfte Mascha an der Schlange um ihren Hals. »Im Mittelalter hat man ihn angebetet! Und bis ins 19. Jahrhundert hat die Kiewer die Angst vor dem Lindwurm verfolgt, der angeblich in den Höhlen unter der Kyrillkirche hauste.« Sie kniff die Augen zusammen. »Also, warum wurde die Hauptstadt des Glaubens auch zur Hauptstadt der slawischen Hexen? Warum sind sie gerade hier zu Hause? Nicht in Moskau, nicht in Petersburg, sondern hier, in Kiew?«

»Ja, warum?«, echote Dascha hilflos, die Hand mit den drei abgespreizten Fingern vor sich in der Luft.

»Weil Hexen immer dort sind, wo der Teufel ist! Nicht zufällig wurde zum Schutzpatron Kiews der Erzengel Michael gewählt, der Überwinder Satans.«

»Satans?«

»Satans. Des Dämons. Volands. Beelzebubs. Luzifers. *Der Schlange!*«

Mascha sprang zu dem schwarzen Sekretär und zeichnete eilig eine Art Schema auf einen Notizzettel.

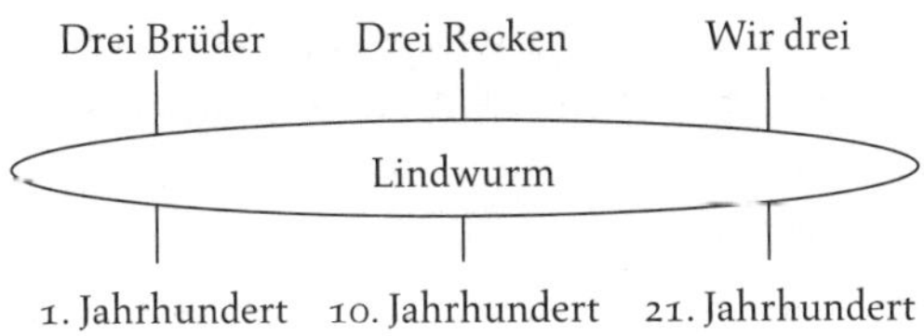

Dascha sperrte erschüttert die Augen auf.

»Schau!« Mascha winkte aufgeregt mit dem Papier. »Der Lindwurm zieht sich durch die ganze Geschichte Kiews, vom Tag seiner Gründung an. Und Kirchen baut man immer dort, wo etwas Böses weggeschlossen, versiegelt werden muss. Es hat zweihundert Kirchen und tausend heilige Reliquien gebraucht, um ihn unter der Erde zu halten ... Aber die Kirchen wurden abgerissen, gesprengt, abgetragen, und die Stadt hat ihre einstige Kraft verloren.«

»Und der Lindwurm erscheint alle tausend Jahre einmal? Wie in einem Film? Willst du damit sagen, er hat wirklich existert?«

»Nicht hat. Er *existiert*. Und du hast selbst gesagt, in der Johannisnacht werden Schlangen gefährlicher ...«

»Aber *du* hast gesagt, dass der Lindwurm nur unsere alte Erinnerung an die Dinosaurier verkörpert! Nein«, fragte Dascha nochmals fassungslos, »glaubst du allen Ernstes, dass heute Nacht aus der Erde ein dreiköpfiger Drache kriecht?«

»Natürlich nicht«, sagte Mascha unwillig. »Ich spreche davon, dass der Dämon, der Teufel, Mephistopheles, der Mahr oder, wie er in der Ukraine genannt wird, der Feuerdrache wirklich existiert. Und er ist nicht das abstrakte Böse. Er –«

»Nein!«, wehrte Dascha ab. »Jan ist vielleicht ein Arsch, aber er ist ein ganz normaler Typ. Mit zwei Armen, Beinen und, wohlgemerkt, einem einzigen roten Kopf!«

»Wie meinst du das, rot?«, fragte Mascha verwirrt.

»Na, rot halt! Oder ist er deiner Meinung nach vielleicht braunhaarig?«

Mascha verstand den Sarkasmus nicht. »Natürlich ist er braunhaarig. Dunkle Haare, schwarze Augen ...«

»Warte mal, warte!« Dascha verschluckte sich fast vor neu erwachter Hoffnung. »Heißt das, vielleicht ist er es gar nicht? Mein Jan hat feuerrote Haare! Und helle Augen! Wir reden über total verschiedene Leute!«

»Und diese verschiedenen Leute haben uns die gleiche Schlange geschenkt? Das kann nicht sein! Also, ich bin ins ›Zentrum‹ gekommen ...«, versuchte Mascha den Knoten zu entwirren.

»Nach mir und Katja«, unterstützte Dascha sie tatkräftig.

»Und vor Kyllinas Tür saß ein Typ.«

»Ja.«

»Ein junger Typ.«

»Ja.«

»Und er hatte einen Ring am Finger, mit einem großen blauen Stein.«

»Ja ...« Dascha runzelte beunruhigt die Stirn.

»Er hat ›Der Meister und Margarita‹ gelesen.«

»Ja«, brummte Dascha sauer.

»Und er war dunkelhaarig.«

»Nein! Rothaarig. Halt! Und Katja hat gesagt, er wäre blond... und sie war genauso überzeugt davon wie du jetzt.« Ratlos schüttelte Dascha die weißblonden Zöpfchen. »Dunkelhaarig, rothaarig, blond. Alles auf einmal.«

»Er hat drei Köpfe – drei Gestalten in einer Person! Der Lindwurm mit den drei Köpfen! ›Er hat drei Gesichter, und er ist die Täuschung‹!« Mascha packte Mirs Tagebuch und hielt es der Freundin unter die Nase. »Er war es, der Mir zu Kyllina geschickt hat, und danach hat er sie umgebracht. Jan, nicht Mir. Er hat Mir einen Schatz versprochen, ihn aber nur benutzt!«

»Das ist unmöglich«, sagte Dascha entschieden. »Wenn Jan gewollt hätte, hätte er uns schon tausendmal umbringen können.«

»Er braucht uns nicht umzubringen.« Mascha seufzte. »Um das Ritual zu vollenden, brauchte er nur *eine* Kiewiza. Er hat gesehen, wie wir eine nach der anderen gekommen sind, hat mit jeder von uns geredet und so sichergestellt, dass Kyllinas Nachfolgerinnen machtlos sein werden, ihn nicht daran hindern werden, ›die vorige Macht wiederzuerlangen‹.«

»Vorige Macht?«

»Irgendwann vor langer Zeit, vor der Gründung Kiews, hat dieses Gebiet ihm gehört.«

»Wann soll das gewesen sein?!«

»Ich weiß es nicht, aber es stimmt! Er hat selbst gesagt: ›Meine Vorfahren haben schon vor der Gründung der Kiewer Rus hier gelebt.‹«

»Und warum hat er sich mit diesen Ketten bei uns eingeschleimt?«

»Warum legt man Menschen Ketten an? Um sie zu Sklaven zu machen. Er wusste nicht, welche von uns als Erste zu Kyllina gehen würde, daher hat er vorsorglich uns alle in Ketten gelegt. Er hat irgendwas in uns gefesselt ...«

»Und was?«

»Unsere Kraft.«

»Das würde aber heißen, wir sind doch nicht so machtlos«, bemerkte die Markerschütternde düster.

Sie warf einen feindseligen Blick auf die Schlange in ihrer Hand und fragte sich, ob sie sie in die Ecke schleudern sollte oder ob das der Mühe nicht wert war. Und horchte in sich hinein: aber sie bemerkte keine kraftvollen inneren Veränderungen. Dort waren wie zuvor nur Leere, Enttäuschung und etwas abseits eine stille Hoffnung, Mascha könnte sich kolossal geirrt haben, und Jan war doch einfach nur Jan.

Aber wenn das der Fall war, dann war es eigentlich noch schlimmer. Wenn Mascha dummerweise farbenblind war und einen Rothaarigen nicht von einem Braunhaarigen unterscheiden konnte, dann war Jan kein grausiger, schrecklicher Dämon, sondern ein lausiger, dreckiger Weiberheld, und sie, Dascha, kein tragisches Opfer, sondern ein gewöhnliches, hoffnungsloses Dummchen!

Aus keinem besonderen Grund nahm auch Mascha ihre Kette ab und betrachtete sie vorsichtig von allen Seiten, als erwarte sie, dass sie im nächsten Moment zum Leben erwachte und sie biss – als Rache für die Entlarvung.

»Aber wenn er uns nicht umzubringen braucht, warum sollen wir dann heute sterben?«, fragte die Markerschütternde.

»Ich glaube, wir werden nicht sterben. Kyllina war eine echte Kiewiza. Und als sie uns ihre Kraft übertragen musste, hat sie nicht daran gezweifelt, dass wir sie auch nutzen würden. Sie wusste: wenn wir versuchen, in ihre Fußstapfen zu treten, werden wir sterben, weil wir keine Ahnung haben und nichts tun können. Sie hat nicht einmal daran gedacht, dass wir uns vielleicht zurückhalten würden.«

»Du willst damit sagen, wenn wir uns nicht einmischen, egal was kommt, und die Kette nicht abnehmen, dann wird uns nichts passieren? Na dann …« Schnell legte Dascha sich die Kette wieder um, wobei sie eine wenig heldenhafte Erleichterung verspürte. Grimmig warf sie ihre Ausgehkleidung vom Sessel, setzte sich selbst hinein und zog Isis Puschel auf ihren Schoß, mit der Miene eines Menschen, der felsenfest entschlossen ist, den Abend zu Hause vor dem Kamin zu verbringen und sich das von niemandem ausreden zu lassen, nicht einmal von der eigenen inneren Stimme.

»Letzten Endes«, rechtfertigte sie sich verdrossen, »gehört die Welt sowieso dem Teufel. So steht es in der Bibel. Oder nicht? ›Denn der Fürst der Welt kommt, und an mir hat er gar nichts.‹«

»Ja«, musste Mascha überrascht zugeben.

»Also, was hampeln wir dann noch rum wie die Blöden?«

Vierundzwanzigstes Kapitel,

in dem Mascha ihre Illusionen über Ritter verliert

Kupalo ist in der östlich-slawischen Mythologie die Hauptperson der Sommersonnwendfeierlichkeiten.

Mythologisches Wörterbuch

Puschel gab ein grüßendes Miauen von sich.

Durch die Balkontür trat die schneeweiße Belladonna, die offensichtlich einen Spaziergang über die Dächer gemacht hatte. Zwischen den Zähnen trug sie etwas, was Mascha zunächst für eine Maus hielt, wie jede wohlerzogene Katze sie fängt und ihren Besitzern bringt. Aber das Etwas erwies sich als ihr unbekannte Pflanze, zerdrückt, blassgrün und unansehnlich, und die Katze dachte gar nicht daran, es ihnen zu Füßen zu legen.

Belladonna fauchte plötzlich wild, ihr aufgestellter Schwanz sträubte sich wie eine Flaschenbürste, in zwei Sätzen sprang sie auf das Kaminsims und zog im Vorbeihuschen die krallenbewehrte Pfote Behemoth quer über die Verbrechervisage. Im nächsten Augenblick waren Katze und Kater in ein schwarz-weißes Knäuel verkeilt. Das Knäuel rollte über den Sims und stürzte auf den Boden, fiel auseinander, fauchte und verbiss sich von neuem.

Mascha rannte erschrocken darum herum, traute sich aber nicht, die Hände in den fauchenden, kratzenden Katzentaifun zu stecken. Dascha warf die vollkommen unbeteiligt gebliebene Isis Puschel von ihren Knien und sprang zum Tisch, wo die dritte, noch ungeöffnete Flasche von Katjas Cola stand.

Jetzt fand sie ihre Verwendung. Das über den Tag aufgeheizte schwarzbraune Getränk sprudelte zischend und schäumend aus der Flaschenöffnung und Tschub lenkte den klebrigen Strahl auf die kämpfenden Tiere.

Sofort sprang Behemoth zurück, schüttelte sich angewidert, bleckte noch einmal die Reißzähne und verschwand auf den Balkon. Belladonna, die einem begossenen Pudel ähnelte, knurrte und versuchte sich widerwillig und erfolglos die gelb gewordene Flanke zu putzen – doch mit einem Mal jaulte sie auf, den Rücken zum Buckel gekrümmt, und starrte mit angelegten Ohren auf den jetzt freien Platz über dem Kamin. Puschel drehte vorsichtig den Kopf zu der himmelblauen Byzantinerin.

»Himmel, schau dir das Fresko an!«, schrie Mascha.

»Na, was soll damit sein? Das war schon die ganze Zeit da oben ...« Daschas Stimme versagte.

Nun, da das Kaminsims leer war, sah man: der Balken der Waage in der Hand der halb abgeblätterten Dame hing fast senkrecht, die untere Schale berührte den unteren Rand des Bildes.

»Was bedeutet das?« Ingrimmig rieb sich Dascha die Nase.

»Sie hat Macht erlangt!«, zischte Belladonna tonlos.

»Sie?« Dascha deutete auf die Byzantinerin.

»Sie, die mit euch kam! Die dritte! Die Kraft ist mit ihr!«

»Kraft?«, wiederholte Dascha ratlos. »Mit Katja? Mein Gott, ja, sie hat sich die Schlange vom Hals gerissen ... Und sofort hat sie angefangen, diese Träume zu haben! Und Behemoth hat sich ihr untergeordnet. Und der Teufel! Teufel! Teufel!! Seht ihr?« Dascha breitete die Arme aus. »Ich fluche und fluche – und kein Teufel in Sicht. Und das eingestürzte Haus! Erinnert ihr euch an ihre Konkurrenten? Und wie sie sagte, sie würde das Gefängnis mit eigenen Händen abreißen? Sie hat wirklich Macht bekommen – sie ist zu einer wirklichen Kiewiza geworden!«

»Aber dann müssen wir sie irgendwie finden und warnen«, meinte Mascha besorgt.

»Zu spät. Sie wird nicht auf euch hören!« Belladonnas Augen glommen.

»Und der Satan? Die Schlange?«, fragte die Studentin bleich.

»Er wird zu ihr kommen. Und sie zu ihm ...«

Dascha zuckte zusammen. »Was heißt das?«

»Das heißt«, raunte Belladonna, jede Silbe sorgfältig betonend, »dass heute Nacht Kiew untergeht.«

»Kiew?«, fragte Mascha blöde.

»Und wir?«, fragte Dascha genauso blöde.

Die Katze wandte sich ihrer mitgebrachten Pflanze zu, die sie vorhin hatte zu Boden fallen lassen, und schüttelte verärgert erst eine Vorderpfote, dann eine Hinterpfote, was in kätzischer Gestensprache wohl den höchsten Grad von Verachtung bezeichnete. »Das ist eine Rainfarnblüte. Die habe ich euch gefunden. Aber es ist zu spät.«

»Eine *Farnblüte*? Das?« Dascha beugte sich über das unansehnliche grünliche Blümchen, die Augen zusammengekniffen, als sei sie mit einem Mal hoffnungslos blind und kurzsichtig geworden. »Das ist die Blüte des Farnkrauts? Wirklich? Aber das blüht doch erst um Mitternacht! Und nur eine Sekunde lang. Und jetzt ...«

»Blödsinn!«, schnaubte die Katze. »Der Farn ist kein Wecker. Er blüht, wenn die Knospe reif ist. Und das geschieht immer kurz nach der Sommersonnenwende.«

»Aber die ist heute, an Johannis! So steht es in dem Buch«, widersprach Dascha.

Mascha ging zu dem aufgeschlagenen Taschenkalender auf dem Sekretär, entschlossen, der ungebildeten Katze schwarz auf weiß zu beweisen, dass sie recht hatten. »›Sechster Juli. Sonnenuntergang 21.10 Uhr. Tageslänge 16 Stunden 15 Minuten‹«, las sie und stutzte, als sie ein paar Seiten zurückblätterte. »Weißt du was, die Sonnenwende ist überhaupt nicht heute. Die längsten Tage sind im Juni! Am einundzwanzigsten und zweiundzwanzigsten ist der Tag jeweils 16 Stunden 27 Minuten lang. Vielleicht ist das wegen der Kalenderreform verrutscht?«

»Zum Teufel, ich komm überhaupt nicht mehr mit«, stöhnte die Markerschütternde.

»Kaut die Farnblüte«, befahl Belladonna grimmig. »Nicht dass es euch helfen wird.«

Puschel miaute jämmerlich und strich um Daschas Beine.

»Nein. Um den Teufel zu besiegen, muss man ein echter Held sein. So wie Ilja Muromez«, flüsterte Mascha unglücklich. Innerlich beklagte sie schon ihren Tod in der Blüte der Jugend.

»Was, wie?« Dascha legte die Stirn in ungeheuerliche Falten, packte sich fieberhaft an der Nase, rollte beängstigend die Augen und sprang dann wild erst in eine, dann in die entgegengesetzte Richtung. »Nicht verzagen, Puschel! Frauchen rettet euch alle! Auf, los, Masjana! Vergiss bloß nicht deine Aufzeichnungen! Die über die Auferweckung aus den Überresten ...«

»Wozu?« Mascha erstarrte. »Du willst Ilja auferwecken? Himmelherrgott! Nein!«

»O doch!«, rief Dascha leidenschaftlich. »Ich spür's im Hintern – alles wird gut! Wir sind schließlich auch schon in der Vergangenheit gewesen ... Vertrau mir! Und was haben wir denn für eine Wahl? Jetzt geht's um alles oder nichts!« Stürmisch packte Dascha den Besen mit den zwei Sätteln.

Und Mascha blieb nichts übrig, als Daschas Hintern zu vertrauen.

*

Am Haupteingang zum Höhlenkloster, wo man heute Morgen den toten Nikolaj Petrowitsch gefunden hatte, spürte Mascha einen dumpfen Schmerz. Und als sie weiterfuhren, blieb in ihrer Magengrube ein unangenehmer, vager Nachgeschmack zurück – das Gefühl einer geheimen Unstimmigkeit in dem, was sie gerade taten, das allerdings auch von dem betäubend bitteren Geschmack der Farnblüte kommen mochte. Beim Kauen der Blüte war sich Mascha wie eine völlige Idiotin vorgekommen.

Das Moped bremste vor dem Eingang zu den ersten Höhlen. Sie stiegen ab.

»Wo liegt Ilja?«, fragte Dascha resolut, auf den Besen gestützt. »Weißt du das?«

»Wir können nicht mit dem Besen in die Lawra!«, antwortete Mascha und schaute sie mit zusammengezogenen Brauen an.

»Soll ich ihn etwa hierlassen? Der wird mir geklaut!«

»Das geht nicht. Das hier ist die heilige Lawra!«

In diesem Moment trat ihr die vage, bittere Unstimmigkeit klar vor Augen – und wurde damit noch weit unangenehmer.

Man darf keine Menschen an heilige Tore nageln! Man darf

nicht mit einem Besen auf heiliger Erde herumlaufen! Man darf nicht mit Hexenzaubersprüchen die Reliquien des seligen …

Das geht nicht. Nicht einmal, um die Stadt zu retten.

»Jetzt komm schon! Trödel nicht rum!« Ohne auf sie zu warten, schritt Dascha mit federndem Schritt auf den Eingang zu.

Himmel, was soll ich tun? Was soll ich nur tun?, flüsterte Mascha vor sich hin. *Bitte …*

Und dann sprang sie instinktiv mit einem Aufschrei zur Seite.

Denn genau auf der Schwelle taumelte Dascha plötzlich zurück, beide Hände an die Stirn gepresst, als habe man ihr kochendes Wasser ins Gesicht geschüttet. Der Besen fiel klappernd zu Boden. Dascha stieß ein hohes Kreischen aus.

»Was ist los? Was ist?« Mascha stürzte auf sie zu und versuchte, ihr ins Gesicht zu sehen.

»Es brennt! Ich brenne …«, schrie Dascha gellend. Sie öffnete die Hände ein bisschen, und in dem Spalt dazwischen sah Mascha einen grellroten Streifen auf ihrer Stirn.

Ihre Stirn war verbrannt! Verbrüht!

Gezeichnet mit dem glühenden Brandmal: HEXE.

Ungläubig starrte Mascha in den abschüssigen Gang zu den Höhlen, der für alle Interessierten einladend offen stand, ob dort vielleicht eine unüberwindbare Sperre zu erkennen war, die nur für sie beide existierte. Ganz langsam trat sie näher, einen ängstlichen Zeigefinger ausgestreckt.

»Halt«, krächzte Dascha. »Lass es! Erinnerst du dich an die dritte Regel von Großpapa, in dem Buch? Eine Hexe kann keine Kirche betreten.«

»Aber wir sind keine Hexen, wir sind Kiewizen …«, murmelte Mascha verstört.

»Nein, Mascha, Hexen«, sagte Dascha flach und düster, die Stirn noch immer in den Händen. »Betreten verboten.«

Meine Stadt wird euch nicht Geschenk sein, sondern Fluch! Ihr werdet sterben, noch bevor die Räudige gefreit wird und der Schmerz im Feuer verglüht, denn eure Rettung liegt dort, wohin es für euch kein Zurück mehr gibt …, erinnerte sich Mascha

Wort für Wort. Und der unangenehme Nachgeschmack stieg in ihr hoch und überflutete ihre Brust.

Sie waren böse. Böse, Schluss, aus, egal, was sie selbst über sich dachten. Und böse zu sein, war gar kein schönes Gefühl …

Denn wer an der Grenze zwischen Finsternis und Licht steht, vermag weder dem Lichte noch der Finsternis ganz anzugehören, ergänzte Kowaljowa.

Dascha nahm vorsichtig die Hände vom Gesicht. »Was hab ich da eigentlich?«

»Ist ganz rot.« Mascha nahm den Rucksack ab und kramte aus seinen Tiefen einen kleinen Spiegel hervor.

Dascha betrachtete finster ihre gerötete Stirn und fühlte nicht das Stigma der Aussätzigen, sondern vielmehr ihren wunderschönen Plan verraten und verkauft. Denn sie gehörte zu den Menschen, die auch, wenn sie im Sterben liegen, weniger an ihre schlimmen Sünden denken als daran, wie sie sich vielleicht noch aus der Klemme winden und dem Tod von der Schippe springen könnten.

»Und du hast behauptet, alles würde gut«, warf Mascha ihr untypischerweise vor, bodenlos frustriert. Impulsiv riss sie den Spickzettel mit dem Erweckungszauber aus der Tasche, zerknüllte ihn wütend und sah sich nach einem Mülleimer um.

»Hm, ich verwechsle die Vorahnungen von meinem Hintern leider zu oft mit seiner Abenteuerlust«, gestand die Markerschütternde reumütig. »Außerdem ist mein Hintern ein unverbesserlicher Optimist. Und es war alles so ideal … Hier Ilja, da der Zauber. Genau passend!«

Vorsichtig betastete sie ihren Kopf, der jetzt den unverbesserlichen Optimismus des entgegengesetzten Körperteils ausbaden musste. Und plötzlich unterbrach sie sich mit einer raschen, ungeduldigen Handbewegung. »Halt! Halt! Halt!« Sie packte Maschas Faust und versuchte den in Ungnade gefallenen Zettel wieder daraus hervorzuziehen. »Da war doch noch eine zweite Möglichkeit, oder? Irgendwas mit einem Abbild. Das heißt, ein Foto!«

Kowaljowa verzog das Gesicht. »Als ob Ilja Muromez mal beim Fotografen gewesen wäre …«

»Das Bild, verstehst du nicht, das Bild!«, schrie Tschub. Das rote Strafmal auf ihrer Stirn war schon vergessen. »Deshalb sollte es vernichtet werden! Weil man damit die Recken wiedererwecken könnte! Denn es ist ja kein Märchen – die Ritter gab es wirklich!«

»Nach einer Version gab es sie, ja«, stimmte Mascha ihr zu, wieder etwas Mut fassend.

»Eure Versionen können mich mal. Das hat Wasnezow gesagt. Und ihm glaube ich. Er ist sicher in die Lawra zu Ilja gegangen, das wette ich! Er hat ihn nach dem echten Vorbild gemalt. Wie die Muttergottes. Also, ich bring dich jetzt ins Museum, und ich fahre zur Kyrillkirche.«

»Wieso denn das?«

»Weil dort das Ritual abgehalten wurde! Da in den Katakomben steht der Altar, wo man ihn beschworen hat. Da hat er den Legenden nach gelebt. Und ich bin hundertprozentig sicher, dass Jan genau dahinkommt, um seine Macht wiederzugewinnen!«

Mascha blinzelte. »Aber Jan ist nicht Jan.«

»Aber er ist auch nicht der Lindwurm, sondern ein normaler Mensch! Das heißt, nicht normal, aber …«

»Wenn du dort allein hingehst, wirst du sterben. Dann erfüllt sich die Prophezeiung!«

»Ja und?« Dascha nahm ihre klassische Pose ein: die Hände in die Hüften gestemmt. »Sie erfüllt sich doch so oder so, dachte ich? Das Proletariat hat nichts zu verlieren außer seinen Ketten. Und so einfach hab ich nicht vor zu sterben! Glaubst du, ich hab Angst? Nicht die Bohne!«

»Aber ich habe Angst!«, schrie Mascha. »Ich schaffe das nicht allein. Warum können wir nicht zusammen ins Museum gehen?«

»Weil uns die Zeit davonläuft.« Dascha kniff die Augen zusammen und betrachtete den Himmel. »Wir müssen uns trennen.«

»Aber bis um zwölf ist noch unendlich lange Zeit.«

Dascha lachte finster auf. »Was bist du für ein Kind, Mascha. Hast du das mit der Farnblüte nicht kapiert? Nur in Märchen fängt alles Punkt zwölf an. Im richtigen Leben nur das neue Jahr. Die Nacht, Mascha, beginnt, wenn es dunkel wird … Und dunkel wird es um 21.10 Uhr. Schau!« Sie zeigte auf den schon bleicher werdenden Himmel – er war noch nicht grau, aber schon gedämpft, so dass es dem Betrachter scheinen mochte, seine Augen seien vom hellen Tag ermüdet. »Wir müssen uns beeilen!«

*

Dascha brauste über das Gelände der Pawlow-Klinik und stellte ihr Moped vor der Kirchenmauer ab. Der Tag war fast vergangen. Das Licht hatte schon die deprimierend gräuliche Farbe der Haut eines Sterbenden angenommen. Die Kyrillkirche, der einzige Überrest des ältesten Klosters der Rus, wirkte verlassen und unbeteiligt – ohne jeglichen Bezug zur übrigen Welt. Daschas Realitätssinn hatte ihr schon die ganze Zeit eingeredet, sie werde noch lange leben, und nun erschienen ihr die verwaiste Kirche aus dem 12. Jahrhundert und »ihr Typ«, der sich für halb zwölf mit ihr am Eingang zum Club verabredet hatte, plötzlich viel zu konkret, um Angst vor ihnen zu haben. Einen Moment lang fürchtete sie, sich blödsinnig und pathetisch geirrt zu haben, und dass die »Nacht ohne Morgen« gar nicht anbrechen würde! Das heißt, höchstens im Fernsehen. Vielleicht hatte hier den Legenden nach der Lindwurm gehaust, aber Jan lebte ja wohl kaum in der Kanalisation! Und die Macht, die den mit Beton ausgegossenen Höhlen innewohnte, war – wie der Tod des bösen Zauberers Kaschtschej im Ei – ein Märchen wie Kaschtschej selbst. Dann wieder fürchtete sie, dass alles stimmte: dass Kiew untergehen würde und sie weniger als eine Stunde hatte, um was auch immer zu tun, um das schrecklich Unausweichliche abzuwenden …

Und im nächsten Augenblick fürchtete sie sich noch mehr, denn hinter ihr sagte eine gepresste Stimme: »Geh da nicht hin!«

Sie fuhr herum. Hinter ihr – keine zwei Schritte entfernt – stand Mitja.

»Was machst du hier?«, fragte sie, der Satz halb verschluckt vor Schreck.

»Geh da nicht hin«, wiederholte er. »Sie sind da drin.«

Unwillkürlich sah Dascha »da«hin und öffnete entsetzt den Mund, denn die Tür der Kirche schob sich ein wenig auf, und als hätten sie auf Mitjas Vorrede gewartet, zwängten sich zwei

Männer heraus: der eine in einem gestreiften Hemd, der andere in einer roten (!) Jacke, die sie sofort einordnen konnte.

»Anhalten!«, brüllte sie, ohne nachzudenken. »Was macht ihr da! Koka! Oleg!«

Die beiden fingen an zu rennen – zum gegenüberliegenden Tor in der Mauer, an der Hangseite. Sie waren auf dem Weg in die Höhlen. Tschub legte ihren Besen trotz aller Hast sorgfältig dicht vor der Mauer ab und lief ihnen hinterher. Mitja folgte ihr. Doch sobald sie auf Höhe der halb offen stehenden Kirchentür war, vergaß Dascha das satanistische Pack des seligen Mir, machte eine harte Drehung und sprintete hinein.

Denn durch den Türbogen konnte sie sehen, wie der sündhaft scharlachrote Boden der Kirche im Licht zahlloser Kerzen erstrahlte.

Und als sie hineinstürzte, war das Erste, was Dascha sah, Katja.

»Oh nein!«

Hinter ihrem Rücken biss Mitja sich kläglich auf die Lippen.

Katja lag mit dem Gesicht nach unten in einem feurigen Dreieck. Grauenhaft gerade, als habe jemand ihren Körper nach einem besonderen Schema auszurichten versucht. Ihre reglosen, wie Balken eines Kreuzes ausgestreckten Arme und nackten Beine in Sportshorts und Turnschuhen, die fast an die breite Stufe hinauf zur Ikonostase stießen, lagen in einer sich ausbreitenden Blutlache. Die blutgetränkten Haare klebten ihr am Kopf.

»Katja!«, schluchzte Dascha erstickt. »Nein! Nein!«

Und schrie erneut, denn Katja hob mit Mühe den Kopf vom Boden und blickte sie aus stumpfen, blinden Augen an. Ihr Gesicht war blutverschmiert.

»Mein Gott, Katinka, du lebst noch«, stöhnte Dascha, rannte auf sie zu und stieß dabei mit den Stiefeln mehrere Kerzen um.

Katjas Kopf sank wieder hinunter. Dascha kniete sich in Katjas Blut, beugte sich zu ihr und rüttelte sie unbeholfen an der Schulter. Mitja weinte wie ein verlassenes Kind. Dascha legte sich Katjas widerstandslosen Arm um die Schultern, fasste sie um die Taille, hob sie auf die Knie. Kam in einem verzweifelten Ruck auf die Füße und schleifte den klebrig nassen Körper mit.

»Komm, Katja, gehen wir. Gleich nebenan ist ein Krankenhaus. Katinka, bitte ...« Ihre Füße drohten im Blut auszurutschen.

Sie kamen kaum fünf Schritte weit, als Katja schlaff wurde und schwer in die Knie brach. Dascha versuchte sie festzuhalten, schaffte es aber nur, sie zu stützen und gegen die Wand zu lehnen. Katja stöhnte, die Hände an den nassen Bauch gepresst.

»Ist da die Wunde? Kannst du nicht laufen? Tut es weh?«, fragte Dascha vorsichtig, obwohl das auch ohne Worte klar war.

Ohne große Hoffnung maß sie die hochgewachsene Katja mit Blicken und versuchte sie in Gedanken zu tragen, aber es war klar, sie würde es nicht einmal bis zur Schwelle der Kirche schaffen.

»Katjunitschka«, sagte sie ihr ganz nahe ins Ohr. »Sei tapfer. Versuch's!« Flehend ergriff sie ihre Hand.

»Zu spät ...«, hauchte Katja kaum hörbar.

»Dummchen«, jammerte Dascha mit Tränen in den Augen. »Du stirbst nicht.« Hysterisch zog sie Alex' Handy aus der Tasche. »Scheiße!« Das Display war leer. »Kein Netz! Mitja!« Der Verrückte antwortete mit lautem Schluchzen. »Heul nicht! Renn um Gottes willen zum Krankenhaus. Hol einen Arzt!«

Er nickte und rannte weinend zur Tür hinaus.

»Er kommt gleich wieder«, flüsterte Dascha hastig. »Du Dumme, wieso bist du hierhergekommen? Wieso? Hast du geglaubt, du wärst allmächtig, als du die Kette nicht mehr hattest? Dieses Pack ... Wir hatten ganz vergessen, dass Mir nicht allein war. Moment! Wie bist du überhaupt hier reingekommen?«, fragte sie verspätet, wobei sie die Frage auch sich selbst hätte stellen können. »Hexen können doch nicht ...«

»Zu spät«, hauchte Katja noch einmal. »Blut. Zu viel Blut.«

Und Dascha begriff: Blut! Drei Morde – das war zu viel, als dass die Kirche hätte heilig bleiben können.

An der Wand, von Katjas Blut beschmiert, schwang der einstige Bezwinger Satans, der Erzengel Michael, in der Rechten das flammende Schwert, in der Linken eine Schriftrolle: *Über jenen, die reinen Herzens kommen, um Buße zu tun im Hause des Herrn, stehe ich und wache mit strengem Schwert ...*

Aber die Drohung des himmlischen Schutzherrn von Kiew,

der nicht zufällig jahrhundertelang über die Stadt des Teufels gewacht hatte, war leer – er hatte Katja nicht gerettet. Und sein strenges Schwert nicht über jenen geschwungen, die mit alles andere als reinem Herzen in das Haus des Herrn gekommen waren.

»Nein! Nein!«, rief Dascha hitzig. »Du überlebst das … Es war überhaupt nicht nötig, dass du stirbst. Das war Zufall. Blöder Zufall!«

Katja schüttelte schwach den Kopf. »Es gibt keinen Zufall …«

»Ich bin zu spät gekommen. Ich habe versagt. Aber das dritte Opfer war doch nicht nötig!«

»Ihr wisst …?«

»Du weißt überhaupt nichts. Aber wir wissen alles. Bald kommt Mascha, mit einem von den Recken. In dem Buch steht so ein Zauber, zum Wiedererwecken.«

»Aber das Buch …«

»Ach ja«, nickte Dascha. »Macht nichts, dass du es genommen hast … Musja hat sich von allen Zaubern Spickzettel gemacht. Jetzt ist sie im Museum und erweckt Ilja Muromez. Von Wasnezows Bild. Stell dir das bloß mal vor!« Mit gespielter Fröhlichkeit zog Dascha die Mundwinkel in die Breite.

»Recken? Vom Bild?« Nur halb bei Bewusstsein, lächelte Katja ihrerseits, als lausche sie dummem Kindergeschwätz. »Ach, was ihr nur wisst … Oh … es tut so weh!«

*

Bekümmert stemmte sich Mascha gegen die schwere Museumstür mit den geschnitzten Löwenköpfen darauf – zu ihrer Verwunderung gehorchten die Löwen ihren Händen. Angespannt trat sie ins Innere und wurde sogleich von dem wachsamen Blick des Pförtners abgefangen.

»Wollen Sie zu Dmitri Wladislawowitsch?«, fragte er.

Mascha nickte nur.

»Dann gehen Sie nach links. Er wartet schon auf Sie.«

Mascha atmete verkrampft durch – halb erleichtert, halb furchtsam. Erleichtert, weil sie tatsächlich nach links musste, und wenn der erwähnte Dmitri im ersten Stock gewartet hätte, wäre es schwierig geworden. Furchtsam, weil dieser Wladislawowitsch natürlich keineswegs auf sie wartete. Und anders als Dascha war sie nicht in der Lage, sich schnell eine Ausrede auszudenken.

Der kurze Gang nach links führte sie direkt in den letzten Saal, wo an der Stirnwand die drei ›Recken‹ auf ihren Pferden saßen – einem weißen, einem schwarzen und einem roten.

Der Saal war leer. Mascha warf einen argwöhnischen Blick auf den Dienstausgang, als erwarte sie von dort eine unangenehme Überraschung. Aber sie hatte keine Zeit, sich zu fürchten. Eilig ging sie um die breite Holzbank in der Saalmitte herum und strich, als sie direkt vor der Leinwand stand, das Stück Papier glatt, das sie in der Faust gehalten hatte.

Ihre Beine zitterten. Ihre Knie gaben verräterisch nach.

Der Blick der Kiewiza muss auf jenen gerichtet sein, welcher auferstehen soll …

Der Blick der Kiewiza richtete sich unsicher auf den mittleren der Recken, der, die Augen von der schweren Hand beschirmt, streng ins Weite starrte. Genau unter ihm stand ein Ständer mit einer unter Glas liegenden Beschreibung des Bildes, obwohl solche kunstwissenschaftlichen Erklärungen gewöhnlich in der am weitesten entfernten Ecke aufgehängt waren.

Der Blick der Kiewiza nahm unwillkürlich ein Fragment des Textes auf: *… Viele Bylinen besingen ihn als größten der drei Recken. Er ist der Einzige, der gegen Ilja Muromez bestehen konnte, wenn der Zweikampf zwischen den beiden auch unentschieden ausging. Nach einigen Quellen war Dobrynja der Neffe Fürst Wladimirs, nach anderen sein Onkel. Die größte Heldentat Dobrynja Nikititschs ist der Sieg über den Lindwurm. Der Kampf, der am legendären Flüsschen Potschaj begann, verlief in mehreren Etappen und endete schließlich mit dem Sieg des Helden in den Kyrillischen Höhlen. Die Geliebte Dobrynjas indessen war eine Zauberin, die ihn mit dem Lindwurm betrog …*

Maschas Augen blinzelten ein paarmal und wurden dann groß und rund. Ihre Schultern zogen sich zusammen.

Mein Gott!, rief sie wortlos und entsetzt. *Wie konnte ich das vergessen? Das haben wir doch im ersten Studienjahr durchge-*

nommen … Dobrynja! Er *hat den Drachen besiegt! Es war nur Dascha, die mich völlig irritiert hat mit ihrem »ersten Recken«* …

Doch weder zur Selbstgeißelung noch zur Suche nach anderen Schuldigen war Zeit, genauso wenig wie dazu, sich zu fürchten. Die Kiewiza überflog hastig noch einmal den bereits auswendig gelernten Text und lenkte den Blick nun auf den linken Recken auf seinem stolzen, schneeweißen Ross Bjelojuschka, der wachsam das Schwert halb aus der Scheide gezogen hatte.

»Du, der du auf diese Erde gekommen bist, erheische bei jenem, welcher dich geschickt, mir das Leben seines Dieners zu geben, im Namen meiner Stadt, zum Wohl seiner Erde, und seines Himmels, und seiner sündigen Herde …«

Ein Schauder überlief sie. »Du, der du zu meiner Linken stehst, erheische bei jener, zu der er geworden ist, Mutter Erde …«

Ihre Augen wurden von einem plötzlichen Schmerz heimgesucht, und dann von einem unkontrollierten Strom schützender Tränenflüssigkeit. Mascha zwang die Lider mit den Fingern auf, um »jenen, der auferstehen soll«, anzublicken.

Sie sah, wie das Gemälde schwankte, und im nächsten Augenblick erkannte sie, dass nicht das Bild selbst schwankte, sondern der darauf abgebildete Ritter auf dem weißen Pferd.

»Vater Himmel …«

Auf dem unbeweglichen, zur Seite gerichteten Gesicht des Recken zeichneten sich Erschrecken und Staunen ab, seine Züge belebten sich.

»… erhöre jenen, welcher steht zu meiner Rechten …«

Seine Augen richteten sich unverwandt auf Mascha.

»… und schenke mir das Leben deines Dieners zurück. Aaah!« Die Kiewiza taumelte rückwärts und stieß einen Schrei aus. Stolperte über die Besucherbank und krachte Hals über Kopf zu Boden.

Etwas Großes plumpste scheppernd auf die andere Seite der Bank. Jemand stöhnte – nicht Mascha. Ein Mann. Mascha rappelte sich auf, fasste sich an den schmerzenden Kopf und hatte im nächsten Moment vergessen, dass er wehtat.

Das Pferd auf dem Bild stand immer noch mit stolz aufgerichtetem Kopf da, ohne zu merken, dass es seinen Reiter verloren hatte. Und auf dem Museumsboden lag ein großer, sehr bärtiger Mann in einem schweren Kettenhemd. Sein Schwert, das jetzt ganz aus der Scheide gerutscht war, lag neben ihm. Der Helm war in die Ecke gerollt. Der Bärtige stützte sich auf die Arme und starrte seine Erweckerin verständnislos an.

»Wer sind Sie?«, fragte er heiser mit tiefer Stimme.

»Ich?«, fragte Mascha verdutzt. »Äh … ich erzähle Ihnen gleich alles!« *Himmel, er versteht ja kein modernes Russisch!* »In Kiew, nun, zu Kiew, Eurer Stadt«, sprach sie unbeholfen, »ist erschienen der feurig Linddrache, das grausig Ungetier! Der sündig Teufel! Glaubt mir, Dobrynja, heut noch wird er kommen, so der Tag ein Ende hat, uns all zu verschlingen! Und dies wird sein unser aller Ende! Helft uns, bewahret uns vor ihm! Streitet mit ihm, zerschlagt ihn … Eile tut not! Versteht Ihr mich?«

Allem Anschein nach hatte der Recke ganz und gar nicht verstanden. Er ließ den Blick verdattert durch den Museumssaal schweifen, der wenig mit den Rittersälen des 10. Jahrhunderts gemein hatte, und starrte dann wieder sie an.

»Wer sind Sie, Fräulein?«, wiederholte er bittend. »Ist das meine Ausstellung? Wurde mir schlecht? Das sind wohl die Nerven … Und warum ist niemand sonst hier? Wo sind die Besucher? Wo ist Pawel Michailowitsch?«

»Was für ein Pawel Michailowitsch?« Mascha war wie vor den Kopf geschlagen. Eine schreckliche Ahnung schnürte ihr die Luft ab.

»Tretjakow. Wo bin ich?«

»In Kiew.« Maschas Stimme zitterte.

»Oh? Wie seltsam … Ich kann mich deutlich erinnern, dass ich in Moskau war und mich auf eine Ausstellung vorbereitete. Und was für eine absonderliche Kostümierung tragen Sie? Und ich?«, schloss er und betrachtete mit ungläubigem Blick sein Kettenhemd. »Ist dies ein Maskenball? Verzeihen Sie bitte meine Beharrlichkeit, aber wer sind Sie?«

»Eine Hexe.« Erschöpft schloss Mascha die Augen und spürte, dass sie gleich vor Verzweiflung das Bewusstsein verlieren würde. Demoralisiert sprach sie ihre Ahnung aus, die schon zur schrecklichen Gewissheit geworden war: »Sie sind Viktor Michailowitsch Wasnezow.«

»Also sind wir miteinander bekannt?« Der Bärtige versuchte zu lächeln. »Bitte um Vergebung, mein Gedächtnis ...«

»Haben Sie Dobrynja etwa mit Ihren Zügen gemalt?«, stöhnte Mascha. »O mein Gott ...«

»Ist Ihnen das bekannt? Ah, meine Aufmachung«, begriff Wasnezow.

»Und ich habe Sie auferweckt«, schloss Mascha, die am liebsten im Erdboden versunken wäre. »Oh Gott, was mache ich denn nun mit Ihnen?«

»Auferweckt? Ging es mir denn so schlecht?«, erschrak Viktor Michailowitsch. »Könnten Sie mir bitte helfen aufzustehen? Verzeihen Sie einem alten Mann. Welch eine Wirrnis ...«

Mascha kam wie geschlagen zu ihm und reichte dem auferweckten Maler die Hand, um ihn zu stützen. Er erhob sich, hustete und ließ sich schwer auf die Bank sinken, wobei er weitersprach, sichtlich im Versuch, den unangenehmen Eindruck zu glätten: »Also bin ich Dobrynja und Sie eine Kiewer Hexe? Wie nett. Doch nicht die Zauberin Marinka, die meinen Dobrynja mit dem Lindwurm betrogen hat? Ein sehr ungewöhnliches Kostüm ... So stellt sich die heutige Jugend also Hexen vor?«

»Marinka?«, fragte Mascha.

Ein vollbärtiger bäurischer Kerl ... Und nennt mich Hexe und »Marinka« – keine Ahnung warum. Und mir kam es vor, als hätte er mich mit einer anderen Frau betrogen, und ich war wütend, echoten in ihr Katjas Worte von heute Morgen.

»Und mit wem haben *Sie* sie betrogen? Das heißt, Dobrynja? Wissen Sie das?«, fragte sie aufgewühlt.

»Mit dem christlichen Glauben, meine Tochter«, erwiderte Wasnezow ernst. »Das war der Grund, aus dem er für mich stets der Erste der Recken war! Das hat nichts damit zu tun, dass er mit dem Schwert in der Hand für den Glauben focht, sondern damit, dass er womöglich der erste Mensch in der Rus war, der die Liebe zu Gott über die irdische Liebe stellte. Dabei war seine schöne

Marinka sicherlich genauso reizend wie Sie ... Aber sie war eine Hexe, eine Heidin! Ja, ist nicht die Liebe selbst heidnisch?«, fragte er. Mascha nickte zur Antwort, grimmig und überzeugt. »Heidnisch ist die Liebe, die in der Lage ist, Haus und Herd zu zerstören, sich über Pflicht und Ehre zu erheben ... Dagegen hilft keine physische Kraft. Die Liebe ist stärker als jeder Recke! Nein, physische Kraft – das ist Ilja, seine Kraft stammt aus der Erde. Aljoscha – der Verstand, die menschliche Klugheit und List – ist der Schwächste der drei. Denn unser Verstand ist oftmals hilflos und unzuverlässig, und was wir mit ihm erfassen können, ist nichtig. Um die Welt zu erkennen, mit all ihren Rätseln, ist die Seele erforderlich. Und Dobrynja ist die Seele dieser Gruppe. Darum ist er der Einzige, der Ilja besiegen konnte. Besiegen, aber nicht vernichten, denn er hat mit ihm das Kreuz getauscht und wurde zu seinem Bruder in Christo!« Bedeutungsvoll wies Wasnezow mit der Hand auf das Trio der Recken und erstarrte mit gerunzelter Stirn.

»Und die zwei übrigen Recken«, fragte Mascha mutlos, »nach wem haben Sie die gemalt?«

»Ilja Muromez nach meinem Kutscher Iwan. Aljoscha Popowitsch nach dem Sohn meines Freundes Mamontow«, antwortete Wasnezow mit geistesabwesender Höflichkeit und brüllte dann plötzlich fassungslos: »Erlauben Sie, aber wo ist mein Dobrynja? Da waren drei auf dem Bild! Das ist unmöglich!«

»Ein Kutscher und ein Millionärssohn?« Wie in Trance lächelte Mascha. »Die Ritter in Christo. Wir sind verloren! Die können mir nicht helfen.« Und presste die Hände vors Gesicht.

»Gott schütze Sie, mein Fräulein, warum weinen Sie denn?« Der gutherzige Künstler erschrak. »Wenn Sie meine Hilfe brauchen, stehe ich Ihnen zu Diensten! Mit allem, was in meiner Macht steht ...«

»Das hilft mir nicht!«

»Das hilft ihr nicht«, bekräftigte fest eine unerwartete, kalte Stimme.

In der Tür zu den Diensträumen stand der schwarzäugige Tatare.

Und einen absurden Augenblick lang schien es Mascha, als

stehe er genau so vor ihr, wie er ihr vom letzten Mal im Gedächtnis geblieben war – in der schwarzen Kleidung des vorletzten Jahrhunderts, mit strengem, durchdringendem Blick. Doch im nächsten Moment erkannte sie ihren Irrtum. Er trug ganz gewöhnliche Hosen und ein Hemd, nicht in Schwarz, sondern in tiefem Nachtblau. Seine langen Haare waren im Nacken zusammengebunden. Und seine dunkle Gestalt, mit den dunklen, weit über schulterlangen Haaren, war vor kaum vierundzwanzig Stunden genau hier vor Dascha geflohen.

»Herr Kiewizki!«, rief Wasnezow erleichtert. »Sie sind auch hier? Welch ein Glück … Sind Sie auch kostümiert? Vermutlich sind Sie der Dämon? Oder womöglich Mephistopheles selbst?«

Himmel, der Maler glaubte, er mache einen Scherz!

»*Sie?*«, hauchte Mascha, gar nicht zum Scherzen aufgelegt. Ihr schwirrte der Kopf. Sie trat an die Wand zurück.

»Das ist Demitri Wladislawowitsch«, stellte Wasnezow ihn hastig vor. »Ein Freund von Professor Prachow. Und das ist …«

»Ich bin mit Marija Wladimirowna bekannt«, informierte der Tatare ihn milde. »Ich habe sie erwartet. Und ihre Ankunft vorbereitet.«

»Sie sind …«, murmelte Mascha.

»… der Organisator dieser Ausstellung«, beendete er den Satz.

»Meiner Ausstellung?«, fragte der Maler verwirrt. »Sie befleißigen sich als Kunstmäzen? Demitri Wladislawowitsch, Sie glauben nicht, was mir gerade zugestoßen ist. Ich habe das Bewusstsein verloren, in meinem Kopf ist alles wirr. Ein sehr seltsames Gefühl … Wäre nicht diese freundliche Dame gewesen …«

»Diese freundliche Dame hat Sie umsonst belästigt«, unterbrach K. D. ihn finster, die linke Hand erhoben. »Beruhigen Sie sich, Viktor Michailowitsch … Beruhigen Sie sich.« Rasch wischte er mit der rechten Handfläche über die linke, wie um von dort einen unsichtbaren Gegenstand zu entfernen.

Mascha, die diese seltsame Geste nicht verstand, schaute unwillkürlich zu Viktor Michailowitsch. Und sah, dass neben ihr kein Viktor Michailowitsch mehr war. Sie war allein mit –

Fünfundzwanzigstes Kapitel,

in dem Bulgakow nicht sonderlich gut wegkommt

> Höre es also und fürchte dich, Satan, du Feind des Glaubens, du Widersacher des Menschengeschlechtes, du Mörder und Räuber des Lebens, du Verächter der Gerechtigkeit, du Wurzel aller Übel, du Herd aller Laster, du Verführer der Menschen, du Verräter der Völker, du Aufwiegler zum Neid, du Ursprung des Geizes, du Ursache der Zwietracht, du Erreger von Leid und Leiden. Warum verweilst du und widerstehst du?
>
> *Rituale Romanum*

»Sind Sie der Teufel?«, fragte sie. Ihre Zunge war so trocken wie ein Stück Sandpapier.

»Du hast also versucht, den Ritter wiederzuerwecken, um den Teufel zu vernichten?«, antwortete er seinerseits mit einer Frage.

Warum nicht – du wolltest mich doch auch umbringen, oder?

Und Mascha, die spürte, wie unter ihren Füßen der Rand des Abgrunds bröckelte, musste nicht an ihre Mutter und ihren Vater denken, nicht an Katja und Dascha, die sie nicht einmal mehr warnen konnte, nicht an den toten Mir und den geliebten Mischa, zu dem sie nun nie zurückkehren würde, sondern an Michail Afanassjewitsch Bulgakow, der sie – nein: der sich selbst so grauenhaft getäuscht hatte!

Denn wären nicht er und sein weiser, sarkastischer Voland gewesen, der immer nur das Gute wollte und schaffte, den kennenzulernen sie sich ebenso gewünscht hätte wie den einsamen Bulgakow'schen Meister – dann hätte sie niemals diesen hier kennengelernt, der nun schwarzäugig, finster und beängstigend vor ihr stand, während hinter ihr der Abgrund gähnte …

»Wie menschlich du doch bist«, sagte er traurig, als lese er ihre wild kreisenden Sterbegedanken. »Keine Sorge, ich werde dich nicht umbringen. Aber ich fürchte, helfen kann ich dir auch nicht.«

»Aber was sind Sie denn jetzt, gut oder böse?«, fragte Mascha verwirrt. Es war eine kindisch unüberlegte, kindisch schwarzweiße Frage, aber in ihr war kein Platz für Scham. Ihr ganzes Inneres war von Angst ausgefüllt, die nur zögernd abebbte.

»Auf diese Frage kann ich nicht antworten, denn Gut oder Böse gibt es nicht«, erwiderte der Herr des Bösen überdrüssig.

»Wie bitte?« Irgendwo fand Mascha die Kraft, entrüstet zu sein.

»Es gibt nur Himmel und Erde, Tag und Nacht, Flaute und Sturm ...«, erklärte er gleichgültig. »Das, was ihr böse nennt, sind nur die tiefsten Gesetze des Lebens. Tut denn die Katze Böses, die eine Maus fängt, oder der Orkan, der ein Schiff verschlingt, oder das Erdbeben, das eine ganze Stadt dem Erdboden gleichmacht?«

»Ja«, sagte sie überzeugt.

»Das heißt, euer Gott hat Böses getan, als er Sodom und Gomorrha vernichtete?«

»Ich weiß nicht ...«

»Wenn du nicht einmal weißt, ob dein Gott gut ist, über was für ein Gut und Böse willst du dann sprechen?«

»Rita und Onkel Kolja zu ermorden war böse!«, schrie sie. »Du hast Kyllina umgebracht! Ihr Tod ...«

»Es gibt keinen Tod«, unterbrach sie der Fürst des Todes.

»Was soll denn das – alles, womit man argumentieren will, gibt es plötzlich nicht!«, zischte sie mit bitterbösem Sarkasmus. Kaum hatte sie es ausgesprochen, da bemerkte sie das irrwitzige Paradoxon: Dieser abstruse Streit glich haargenau einer Szene bei Bulgakow, nur hatte sie die Rolle des überrumpelten Teufels zugeteilt bekommen!

»Schon wieder dein Michail Afanassjewitsch ...«, seufzte ihr teuflisches Gegenüber im Ton eines gelangweilten Literaturwissenschaftlers. »Ich habe doch schon gesagt, dass das nicht mein liebstes Werk von ihm ist. Es gibt keinen Teufel, hochverehrte Marija Wladimirowna!«

Ihr Mund blieb offen stehen. »Was?«

»Der Teufel ist der Weihnachtsmann«, brummte der Tatare entnervt.

»Was?«, wiederholte Mascha mühsam, während sie krampfhaft überlegte, wer von ihnen den Verstand verloren hatte.

»Ein Märchenonkel«, erklärte der verrückt gewordene Teufel, »dessen Gesicht von Weihnachtskarten, aus Schaufenstern strahlt ... Er ist so beliebt geworden, dass die meisten von euch ganz vergessen haben, wessen Geburtstag sie da eigentlich in Wirklichkeit feiern.«

»Den von Jesus Christus?« Sie verstand gar nichts mehr.

»Du hast ihn genau zwanzig Mal gefeiert, seit ich dich kenne. Und hast kein einziges Mal daran gedacht.«

»An wen, an Gott? Wer sind Sie denn nun eigentlich?« Mascha hielt es nicht mehr aus. »Der Feuerdrache? Voland? Der Dämon?«

Er schnitt ihr mit einer müden Geste das Wort ab. »Du kannst mich so nennen, wenn es dir dann besser geht. Der Dämon. Demitri, Demjan, Jan ... Ich bin daran gewöhnt. Aber ich bin nicht mehr als der Geist dieser Stadt. Das ist natürlich nicht so sensationell wie das, was du dir ausgemalt hat – der Feuerdrache, der sich in einen schönen Jüngling verwandelt, um unschuldige Jungfrauen zu verführen und blutige Opfer zu bringen. Die Menschen sind nicht in der Lage, die Wahrheit zu erkennen, weil sie zu ...«

»... schrecklich ist«, wisperte Mascha.

»... langweilig ist.« Er lachte freudlos auf. »Die Langeweile ist das größte Problem des heutigen *homo sapiens*. Das habe ich Kyllina immer gesagt. Aber sie hat mir nicht geglaubt. Sie hat zu sehr an die Menschen geglaubt und nicht verstehen wollen, dass sie sich geändert haben, dass sie nicht mehr imstande sind, die Wahrheit anzunehmen.«

»Was für eine Wahrheit? Du bist der Vater der Lüge! Du hast Mir getötet. Er hat dich beschrieben. ›*Er hat drei Gesichter, und er ist die Täuschung*‹!«

»Er hat dich beschrieben«, sagte der Dreigesichtige. »Hast du das immer noch nicht begriffen, verehrte Marija Wladimirowna? Er war überzeugt, dass der Teufel niemand anders ist als ihr. Drei Hexen, die ihm helfen. Und ihn vernichten.«

Kowaljowa fiel in sich zusammen. »Oh ...«

»Willst du den Teufel sehen?«, fragte der Tatare mit mattem Grinsen. Er knöpfte sein nachtblaues Hemd auf, so dass ein abgewetztes Ledersäckchen auf seiner Brust sichtbar wurde, fast genauso eins, wie Mischa es gehabt hatte. Der Nachtäugige riss es sich mit einem Ruck vom Hals. Löste die Schnur. Und als Mascha neugierig den Hals reckte, sah sie, dass sich in dem Stück Leder ein undefinierbares braunes Pulver verbarg.

»Was ist das?«, fragte sie, obwohl sie die Antwort kannte.

»Erde.«

Sie nickte verstehend. »Von einem Friedhof.«

Der Nachtäugige schüttelte den Kopf.

»Von einem Heiligtum? Aus Tschernobyl? Böse Erde vom Kyrillberg?« Mascha begann sich wie eine begriffsstutzige Talkshowkandidatin zu fühlen. »Die Asche eines Menschen? Eines Mannes, der an unerwiderter Liebe gestorben ist? Nein«, ihr kam ein Geistesblitz, »es ist Liebespulver! Mir hatte recht! Der Teufel ist die Liebe!«

Der Tatare schüttelte den Kopf. »Ich sagte bereits, ihr giert ständig nach Sensationen, dem Unerhörten, Verbotenen, Schrecklichen. Opfer, Blut, Laster, Tod und Leidenschaft ... Oder ihr fallt ins andere Extrem und bittet euren Gott um rettende Wunder, kostenlose Geschenke, leuchtende Zeichen. Deshalb denkt ihr euch Teufel und Weihnachtsmänner aus – anders macht es euch keinen Spaß. Aber das hier ist einfach nur Erde.«

»Einfach nur Erde«, wiederholte Mascha

»Genau solche Erde, wie sie unter deinen Füßen liegt. Aber vor tausend Jahren haben die Menschen der Erde Opfer gebracht und festlich die Tage begangen, wenn sie sich im Frühling aus dem Schlaf erhebt. Haben versucht, sie freundlich zu stimmen, weil sie wussten, dass die Erde sie mit Hunger strafen und mit einer guten Ernte belohnen kann. Und haben sie geliebt wie eine Mutter, die ihnen das Leben gegeben hat, wie einen Teil ihrer selbst, denn sie wussten, wenn sie ihren irdischen Weg beendet hatten, würden sie wieder eins mit ihr werden.«

Die Geschichtsstudentin verzog das Gesicht. »Sie wollen darauf hinaus, dass alle satanischen Riten eigentlich nur Reste von heidnischen Praktiken sind?«

»Hast du das nicht schon immer gewusst? Hat man dir das nicht schon im ersten Studienjahr beigebracht? Aber es ist so langweilig ... Fast unerträglich: eine so banale, irdische, schlichte Wahrheit anzunehmen ...« Er machte eine bedeutsame Pause. »Nein, ich kann einfach nicht verstehen, warum ihr so selbstverliebt davon überzeugt seid, dass ein Wunder aufhört, eines zu sein, wenn es erklärt wird. Ihr, die ihr nicht in der Lage seid, auch nur eine einzige lebende Zelle herzustellen! Deshalb nennt man euch Blinde – weil ihr nicht sehen könnt, was vor euren Füßen liegt, und den Teufel in Büchern sucht, die ihr geschrieben habt, und Gott an der Decke eurer Kirchen, anstatt einfach nur zum Himmel zu sehen.«

»Und Flugzeuge baut, anstatt einfach nur zu fliegen«, ergänzte Mascha unerwartet.

Er lächelte ihr zu, und zum ersten Mal in diesem Gespräch wurde sein Lächeln wenn nicht warm, so doch milder. »Ja. Ihr seid Blinde, die sich tausend Krücken gezimmert haben. Aber du bist schon zur Erleuchteten geworden. Du hast erfahren, was ihnen verborgen bleibt. Jetzt musst du noch lernen zu sehen. Und aufhören, über unzähligen Fragen zu brüten und dich zu zerfleischen, weil du sie nicht beantworten kannst, während du dich doch nur umzusehen bräuchtest, um die Antworten zu finden ...«

Automatisch sah Mascha sich um, doch anstatt unzähliger Antworten sah sie nur das Schwert, das auf dem Boden lag, wohl von Wasnezow dort vergessen, als er wieder auf seine Leinwand zurückgekehrt war.

»Das muss wieder zurück«, sagte sie in ziemlich unangebrachter Besorgnis um die Vollständigkeit des Gemäldes.

»Was?«, fragte ihr Gegenüber.

»Das Schwert, sehen Sie, er hat es aus Versehen liegen lassen.«

»Es gibt kein Versehen«, gab er im gewohnt säuerlichen Tonfall zurück.

Doch dieses Mal fand Mascha in seiner abstrakten Feststellung einen konkreten Lichtschimmer. »Sie wollen sagen …«

»Ich will überhaupt nichts sagen«, schnitt er ihr hart das Wort ab. »Bis auf das, was ich schon gesagt habe. Schau dich endlich um! Glaubst du etwa immer noch, dass ihr eure Macht zufällig erlangt habt? Dass es Zufall ist, wenn jemand einen Zaubertrank schluckt? Dass der Ständer dort nur zufällig –«

»Haben Sie ihn vor das Bild gestellt?«, rief Mascha. »Sie wollten mir helfen?«

Er wurde nur noch wütender. »Nicht ich!«

Mascha wandte ihre Aufmerksamkeit der Beschreibung zu, die zumindest höflicher war. *Viele Bylinen besingen ihn als größten der drei Recken … »Als ich es in die Hände nahm, verspürte ich einen solchen innerlichen Jubel …«* Prachow hatte in den Höhlen ein Schwert gefunden! Dieses hier! Kein anderes als dasjenige, mit dem Dobrynja in den Kyrillischen Höhlen den Lindwurm besiegt hatte! – Sie rannte zu der Waffe und versuchte sie aufzuheben. Das kostete sie große Mühe: das Schwert wog bestimmt kaum weniger als Iljas Vierzig-Pud-Streitkolben.

Er hat das Schwert Wasnezow gezeigt. Und der hat es genau nach Vorbild abgemalt. Ich habe das echte Schwert auferstehen lassen. Aber wen hat Dobrynja nun damit besiegt? Die Erde? Diese Schlussfolgerung wirkte vollkommen absurd. *Was ist dann der Lindwurm?*

Wieder sah sie sich gründlich um und erstarrte plötzlich. Ihr Mund öffnete sich. Die Antwort auf ihre Frage hing vor ihr an der benachbarten Wand. Sie hatte fünf Köpfe, aus denen Feuer sprühte, und darunter hing eine Tafel, auf der in schwarzen, unzweideutigen Buchstaben stand: *Dobrynja Nikititschs Kampf mit dem Lindwurm Gorynytsch.*

»Aber das ist unmöglich! Unmöglich!«, stotterte sie und starrte das ihr unbekannte Gemälde Wasnezows an. »Das ist der Lindwurm, der Lindwurm Gorynytsch. Das ist ein Märchen! Erzählen Sie mir bloß nicht …«

»Ich persönlich erzähle dir gar nichts«, erinnerte der Tatare sie trocken und schaute demonstrativ auf seine Armbanduhr.

»Ach du liebe Güte!« Sie warf einen erschrockenen Blick auf ihre »Tschajka«. »Ich muss mich beeilen! Dascha! Wenn der Feuerdrache wirklich – der FEUERDRACHE ist ...«

Der Drache, riesig und auf dem Bild nicht genau erkennbar, so dass er nur noch schrecklicher erschien, ein unförmiger, unendlich langgezogener Klumpen wahnsinnig machender Angst, füllte ihren ganzen Kopf aus, und die Angst schwoll so rasch an, dass ihr ganzer Schädel mit einem Meer aus Schwärze gefüllt schien.

»Helfen Sie uns, um Gottes willen!«

»Um Gottes willen?« Unwillkürlich verzog der Tatare das Gesicht, als er den Namen aussprach. »Ich muss doch sehr bitten ... Ich habe dir schon gesagt, dass ich nicht in der Lage bin, euch zu helfen. Jetzt gibt es nur noch euch ... und die Stadt.«

»Aber warum nicht? Wollen Sie nicht?«

»Das schon. Aber in euren Händen liegt jetzt auch meine Rettung«, sagte er bitter, anscheinend ohne großes Vertrauen in ihre ungeschickten Hände. »Der alte Herrscher duldet den neuen nicht, seine Erde soll ihm von neuem uneingeschränkt gehören ...«

»Ich verstehe nicht ...«

»Die Dunkelheit kann nicht die Dunkelheit vernichten! Sie kann sie nur verstärken. Nur das Licht kann das Dunkel besiegen.«

Mascha wurde von Panik überwältigt. Sie begriff nur eins: Niemand würde ihnen helfen. »Oh Gott! Was machen wir nur? Was sollen wir mit dem Schwert? Solche Schwerter gab es zu Tausenden! Wir bräuchten den, der damit gekämpft hat. Wir sind doch keine Recken! Und wenn heute Nacht aus dem Beton der FEUERDRACHE kommt, dann brauchen wir kein Schwert, sondern ein paar Panzer... Wir müssen die Polizei rufen! Wir müssen uns irgendwas ausdenken ... Dascha kann das. Die Höhlen müssen verrammelt werden!«

»Kraft kann nicht durch Kraft besiegt werden.« Der Tatare zog eine so angeekelte und hoffnungslose Grimasse, als sei sie die letzte Idiotin, in deren Kopf nicht hineinging, was zwei mal zwei war. »Aber ihr seid blind und taub. Ihr seid zu sehr Mensch. Er hat sich zum ersten Mal in seiner Wahl geirrt ... Aber nein«, fügte er nach einer langen Pause hinzu. »Der Vater kann sich nicht irren. Leb wohl!«

»Der Vater?«, fragte Mascha. »Wessen Vater?«

Aber ihr Gesprächspartner war schon verschwunden. Und Mascha, von dem schweren Schwert an ihren Platz gefesselt, versuchte nicht einmal, ihm nachzulaufen.

*

Mühsam schob sie das Schwert zurück in die Scheide. Es war grob gearbeitet und dunkel angelaufen, die Scheide hingegen golden und reich verziert, viel zu schön – aus einer anderen Zeit. Anscheinend hatte Wasnezow die uralte, nüchterne Waffe des derben zehnten Jahrhunderts in eine märchenhafte, wundersam gestaltete Fantasievorstellung derselben gehüllt. Und der Gurt an der Scheide war vollkommen neu. Mascha schlang ihn sich über die Schulter, nahm ihren Rucksack am Handgriff und bewegte sich langsam zum Ausgang. Der Wachmann bedachte sie mit einem langen Blick, machte aber keine Anstalten, sie aufzuhalten. Wahrscheinlich hatte Demitri Wladislawowitsch ihn darauf vorbereitet, und außerdem waren unter den Exponaten des Kiewer Russischen Museums keinerlei antike Schwerter.

Kowaljowa ging bedrückt bis zum Nikolajpark, der einst vom Gärtner Christiani angelegt worden war, und ließ sich kraftlos auf eine Bank fallen. Ihr Körper und ihre Bewegungen existierten unabhängig von ihr, während ihr aufgeblähter, wie in Watte gehüllter Geist sie von ferne beobachtete. Die unendlich drückende, zähe Angst hatte sich verfestigt und in eine bleierne Schwere verwandelt, die ihr jede Kraft nahm. Sie sollte ein Taxi rufen, Dascha zu Hilfe eilen ... Aber was für eine Hilfe konnte sie ihr schon sein mit diesem legendären Trumm, das keine von ihnen auch nur über ihren Kopf heben konnte? Mascha fragte sich, wen der Nachtäugige als seinen unfehlbaren Vater bezeichnet hatte – sie wusste nur eins: Dieser hatte sich doch geirrt.

Drei Fürsten! Drei Recken! Und dann –

Eine vom Leben verbitterte Schönheit, eine durchgeknallte Nachtclubsängerin und eine schwächliche Musterstudentin, die bei aller Belesenheit eine der wichtigsten Bylinen vergessen hatte: Der Lindwurm war von Dobrynja besiegt worden!

Düster blickte Mascha zur Universität hinüber, an der sie damals gar nicht gewagt hatte sich zu bewerben – prachtvoll in den Farben der Schleife des Wladimirordens, rot und schwarz.

Ganz richtig war es, dass du dich nicht getraut hast, sagte sie sich masochistisch. *Solche wie du können höchstens an der PH Einserkandidaten werden. An der Wladimir-Uni hätten sie dir schon gezeigt, was für eine Historikerin du bist …*

Aber der schmerzhafte Appell an ihre Eigenliebe wirkte nicht – er blieb dumpf und kraftlos. Dann hatte sie es eben vergessen, na und? Es war schon erstaunlich, dass sie während dieses endlos langen Tages nicht auch vergessen hatte, wie sie hieß … Und selbst wenn sie sich an die Byline erinnert hätte, wäre sie trotzdem hingegangen und hätte Wasnezow auferweckt, der anscheinend der Meinung war, einen Recken könne man, anders als die Muttergottes, malen, nach wem man Lust hatte!

Doch es gelang ihr nicht einmal, sich über Wasnezows leichtfertige Herangehensweise zu ärgern. Viktor Michailowitsch war nicht leichtfertig, er war nicht seiner Lust und Laune gefolgt. Dort, hinter den roten Mauern der Wladimiruniversität, stand noch immer die von ihm ausgemalte weltschönste Wladimirkathedrale. Und jedes Mal, wenn sie dorthingehen würde …

Oh nein! Nein. Mascha biss die Zähne aufeinander und presste die Hand auf die Brust. Es fiel ihr schwer zu atmen. Denn mit Bestürzung wurde ihr etwas klar.

In ihrem ganzen kurzen Leben hatte Mascha sich nie innig zum Glauben bekannt, doch wie der größte Teil der Slawen war sie latente orthodoxe Christin, gläubig auf einer ungreifbaren, von Zivilisation, Bewusstsein und Zynismus unerreichten Ebene. Vorhin, am Tor des Höhlenklosters, hatte dieser diffuse Teil von Maschas Sein aufbegehrt gegen etwas, was ihm ungut erschien, falsch und eisig-schmachvoll.

Doch Mascha Kowaljowa hatte kein Problem damit, ohne das Heilige Kiewer Höhlenkloster zu leben, oder auch ohne die zahllosen Kirchen und Klöster Kiews, die bestehenden, die zerstörten und die wiederaufgebauten. Aber bei dem Gedanken, dass sie – als Hexe – niemals wieder die schönste Kathedrale der Welt würde betreten können, fühlte sie sich verurteilt, verlassen, trostlos. Und plötzlich erkannte sie: alle Wunder, mit denen das Schicksal sie so großzügig überhäuft hatte, waren nichts – ja, waren ein unwiderruflicher, grausamer Fluch, wenn sie diesen Lohn forderten: niemals mehr in ihrem Leben DIE WELTSCHÖNSTE KATHEDRALE ST. WLADIMIR zu betreten!

Was habe ich nur getan? Was?

Sie hatte sich im Freudentaumel in den Abgrund gestürzt, glücklich, dass ihre Märchen und Träume in Erfüllung gingen …

Aber freut euch nur nicht darüber!

Sie hatte die ewige Stadt in ihre Arme geschlossen, die ihr erschien wie eine märchenhafte Schatulle voll uralter, wundersamer Kostbarkeiten …

Meine Stadt wird euch nicht Geschenk sein, sondern Fluch!

Und einfältig ihre Seele verspielt, die schnurstracks als schwarze Katze durch den Schornstein entflohen war.

Denn eure Rettung liegt dort, wohin es für euch kein Zurück mehr gibt.

In der Kirche. In ihrem vorigen Leben.

Erst jetzt fiel es ihr wie Schuppen von den Augen, weshalb ihr strenger Gesprächspartner sich so über ihr dummes Gefasel von Panzern und dem Verrammeln der Kyrillischen Höhlen aufgeregt hatte.

Nur das Licht kann das Dunkel besiegen.

Sie würde niemals mehr über die Schwelle der Wladimirkathedrale treten.

Niemals! Niemals! Niemals!

Und da brach Mascha endlich in Tränen aus, schluchzte hemmungslos, das verzerrte Gesicht mit den Händen bedeckend.

Zum letzten Mal hatte sie geweint, als sie von Ritas Tod erfahren hatte. Das war vorgestern gewesen. Doch seither waren Jahrhunderte vergangen. Sie hatte nicht um Mir geweint, nicht um Onkel Kolja, und nicht nach dem zutiefst demütigenden Erlebnis in den Kyrillischen Höhlen. Sie war stark geworden, ohne es zu merken, und stark geblieben bis zu dem Zeitpunkt, da sie begriff: diese Kraft war Täuschung, leere Täuschung! Diebstahl!

Da braucht es eine andere Kraft, eine viel größere …

Und sie war kraftlos, sie war der schwächste und kümmerlichste Mensch der Welt, denn selbst der Machtloseste und Ausgestoßenste kann noch immer in die Kirche gehen und um Gnade bitten. Sie nicht.

Sie hatte etwas nie Wiedergutzumachendes begangen, hatte einen Schritt über eine ihr unbekannte Grenze getan, der ihr nicht verziehen werden konnte. Nicht einmal von dem, der selbst Henkern, Huren und Halunken verzeiht.

Und alles andere verblasste daneben … Sollte die Stadt zum Teufel gehen. Sollte der Drache kommen, mit oder ohne Feuer. Mit fünf, acht oder von ihr aus zwanzig Köpfen. Sollten sie alle sterben. Sie selbst, Dascha, Katja – na und? Das Leben hatte keinen Sinn mehr, denn sie würde nie mehr die Wladimirkathedrale betreten können. Von nun an war sie für die Kirche, ja, für Gott selbst nicht mehr vorhanden, war gezeichnet mit dem glühenden Brandmal: Hexe!

Deshalb nennt man euch Blinde – weil ihr Gott an der Decke eurer Kirchen sucht, anstatt einfach nur zum Himmel zu sehen …

Mutlos sah Mascha durch von Tränen getrübte Augen zum Himmel auf – der Himmel war dabei, sich zu verdunkeln, und sie sah dort keine Spur von Gott.

Jetzt musst du noch lernen zu sehen. Und aufhören, dich mit unzähligen Fragen zu quälen und dich zu zerfleischen, weil du sie nicht beantworten kannst, während du dich doch nur umzusehen bräuchtest, um die Antworten zu finden …

Mascha sah sich um. Die Leute auf den benachbarten Bänken schielten zu ihr herüber, manche neugierig, andere mitfühlend. Vor ihrer eigenen Bank standen zwei junge Mädchen und schauten sie an, als habe Maschas Weinen ihnen das Herz erschüttert.

»Was ist passiert? Brauchst du vielleicht Hilfe?«, fragte die eine, als Maschas Blick auf sie fiel. Sie trug ein blaues Kleid und grellrote Sandalen.

»Hat dir jemand was getan? Oder dir Geld gestohlen? Oder ist jemand krank?«, fragte die Zweite, die noch sehr jung war, ein ganzes Stück jünger als Mascha.

Ihr Mitgefühl erschien Mascha so unnatürlich eifrig, dass sie das freundliche Paar verdächtigte, zu einer pseudochristlichen Sekte zu gehören.

»Geh doch in eine Kirche und stell eine Kerze auf«, schlug die Erste vor, was Maschas Verdacht erhärtete. Das junge Mädchen streckte zögernd die Hand aus, um Mascha tröstend übers Haar zu streichen. Mascha wich zurück und musste noch heftiger schluchzen als vorher.

»Eine Kerze! Was für eine Kerze denn? Wohin?«

»Oder willst du, dass ich für dich gehe?«, fragte das Mädchen. »Gleich hier ist doch die Wladimirkathedrale. Sag mir einfach, für wen ich beten soll.«

Mascha blinzelte. »Für Mascha. Marija ... Willst du das wirklich tun? Tu es, bitte!« Fahrig begann sie in ihren Taschen nach Geld zu suchen. Plötzlich fasste sie Hoffnung auf ein Wunder, das ihr nicht zustand.

»Lass doch, lass ... Es sind doch nur fünfzig Kopeken«, wehrte das Mädchen mit den roten Sandalen ihren zerknitterten Geldschein ab. »Wir gehen sowieso in die Richtung. Mascha also?« Entschlossen nickte sie. »Ich heiße auch Mascha, genau wie deine Mama. Oder deine Freundin? He, nicht verzweifeln. Es wird alles wieder gut ...«

»Kaum«, flüsterte die Hexe heiser. Mehr vermochte sie nicht zu sagen, ihre Lippen bebten.

»Es wird ganz bestimmt wieder gut!«, sagte die Zweite überzeugt und suchte ihren Blick unter den tränenverklebten rötlichen Wimpern. »Hast du gehört: heute Nacht hat die Kathedrale gebrannt! Aber es wurde kaum was beschädigt. Stell dir das vor! Das heißt, es gibt auch noch andere Wunder...«

»Seid ihr gläubig?«, vergewisserte sich Mascha vorsichtig.

»Na ja, wie alle«, antwortete die Zweite vage.

»Geht ihr in die Kirche?«

»Schon manchmal... Geht es dir besser? Dann müssen wir jetzt los. In Ordnung?«

Die Erste lächelte ihr zu und strich ihr nun doch übers Haar. »Weine nicht mehr. Ja?«

Mascha sah ihnen nach. Ihre Kehle wurde plötzlich wieder freier, und ihr Inneres war wie nach einem Regen: feucht, schlüpfrig, aber rein.

Beunruhigt, aber nicht hoffnungslos.

Die sind bestimmt nicht in die Kirche. Was kümmert es sie auch... Aber nein, sie wirkten, als würden sie es tun! Vielleicht hört er es ja...

Himmel, was bin ich blöd! Er HAT mich schon erhört!

In ihrem Magen wurde es warm und bitter, als habe sie in einem Zug ein ganzes Glas Rotwein ausgetrunken, und sie hätte wieder anfangen können zu weinen, aber diesmal aus einem ganz anderen Grund. Sie blickte den Rücken der beiden Mädchen nach. Stellte sich vor, fünf Minuten später hinter ihnen in ihre weltschönste Kirche zu treten, durch das gewaltige schwarze Portal mit dem massiven Relief des heiligen Wladimir – um sich fünf Schritte vom Eingang entfernt umzudrehen und sich Aug in Auge mit dem ›Jüngsten Gericht‹ und der feurigen Schlange der Hölle zu finden. Und dann nach links zu sehen, auf den Fürsten, der im Augenblick seiner Taufe das Augenlicht wiedererlangt hatte, das ihm, ehe er dem christlichen Glauben anhing, zur Strafe für seine Sünden genommen worden war. Und nach rechts, auf den nun beinahe schon heiligen Fürsten, den umkränzten Kopf von einem Heiligenschein umgeben, der auf dem mit gemusterten Teppichen ausgelegten Ufer der Potschajna stand und in ihren Wassern die ersten verängstigten Russen taufte, die segnenden Arme zum Himmel emporgereckt, dorthin, wo in goldenen Wolken, von Engeln umgeben, der Apostel

Andreas stand und das riesige, schwere erste Kreuz in den Händen hielt!

Sie sah es so klar vor sich, dass ihr sogar die blaue Tunika des Andreas auffiel. Und die prächtig mit Edelsteinen verzierte Kleidung des Fürsten. Und das Pfauenmuster des grünen Teppichs. Und der düstere, bärtige Ritter nicht weit vom Fürsten, in einem langen grün-goldenen Gewand, der mit der großen Hand das Heft eines Schwertes in einer goldverzierten Scheide umfasste.

›Die Taufe der Kiewer‹ war voller Gesichter, strengen, ernsten, verzagten, entrückten, verwirrten, doch nur eines trug diese stirnrunzelnde Miene, die hartnäckig eine Antwort forderte …

Mein Dobrynja, dachte sie. *Dobrynja-Wasnezow.*

Darum hat die Kathedrale gebrannt!

Dobrynja und das Schwert waren zweimal abgebildet!

Aber …

Es ging gar nicht um das Schwert.

»Das hat nichts damit zu tun, dass er mit dem Schwert in der Hand für den Glauben focht, sondern dass er womöglich der erste Mensch in der Rus war, der die Liebe zu Gott über die irdische Liebe stellte.«

Während Wladimir selbst womöglich den Glauben allein deshalb angenommen hatte, um die schöne byzantinische Prinzessin Anna heiraten zu können.

Das war die Frage, die Dobrynja-Wasnezow quälte! Wie gerissen, diese Frage dicht neben Wladimir in die Sankt-Wladimir-Kathedrale zu malen!

Sankt Wladimir … Nachdenklich betrachtete Marija Wladimirowna ihren Griwnaschein mit dem gelbgesichtigen Wladimir dem Großen im gehämmerten Bronzelorbeerkranz und hob dann den Blick auf den Christiani-Park der Wladimir-Universität, wo nach dem Willen des Gouverneurs und des Metropoliten eigentlich auch die Wladimirkirche hätte stehen sollen, um sich mit der Uni die Große Wladimirstraße zu teilen.

»Wladimir!« – Es war, als habe ihr drei Tage lang unablässig jemand diesen Namen ins Ohr geflüstert.

»Sind Sie von Wladimir Fjodorowitsch geschickt?«

Auf dem Wladimirhügel hätte ihr Treffen mit dem nun nicht mehr anonymen K. D. hätte stattfinden sollen. Zu dem er nicht gekommen war, weil er ihnen nicht helfen konnte ... Ach was, Treffen! Er hatte ihnen nur *»einen Spaziergang auf den zweiten Berg der Stadt«* empfohlen. Und sie hatten darin sofort etwas Sensationelles und Rätselhaftes gesehen ... Dabei waren sämtliche rätselhaften Worte des nachtäugigen Tataren vollkommen wörtlich gemeint. Mir hatte ihr zu Füßen gelegen, im allerwörtlichsten Sinne. Im Haus hatten sie weitere Hinweise gefunden, weil sie höflich zu ihm gewesen waren. Und die Kette hatten sie nicht abnehmen dürfen, weil ...

»Fürchtet euch nicht, Wassili wird euch kein Leid zufügen. Er wird euch helfen!«

Hastig öffnete Mascha ihren Rucksack, denn ihr war plötzlich eingefallen, wo ihr der Name Wladimir vor kurzem schon einmal begegnet war. Sie zog den geschenkten Bulgakow heraus, den sie, an die literarische Schwere auf ihrem Rücken gewohnt, all die Tage mit sich herumgeschleppt hatte.

Die Seite, wo der damals noch verschmitzte, sorglose Tatare zu lesen aufgehört hatte, war noch immer mit einem Eselsohr markiert. Sie öffnete sich von allein, und Mascha beendete seine Lektüre.

Über dem Dnjepr ragte das mitternächtliche Wladimir-Kreuz von der sündigen, blutüberströmten und verschneiten Erde in die düstere Höhe. Von weitem schien es, als wäre der Querbalken verschwunden und mit dem senkrechten Balken verschmolzen und als hätte sich das Kreuz in ein drohendes scharfes Schwert verwandelt.

*

»Halt durch, halt durch, gleich kommt jemand!« Hoffnungsvoll sah Dascha zur Tür und zwang sich, an ihre eigenen Worte zu glauben. »Der Arzt und Mascha und die Recken ...«

In diesem Augenblick wäre sie sogar über Jan glücklich gewesen. Aber nicht einmal der kam. Das Tageslicht schwand. Das Glas in den schmalen Fenstern war beinahe schwarz. Sie hatte

Katja schon all ihre Abenteuer des heutigen Tages erzählt, aber nach einer Viertelstunde hatte diese aufgehört, eine Reaktion auf ihre Worte zu zeigen. Und nach zwanzig Minuten hatte Dascha in fieberhafter Verzweiflung ihren brandneuen 200-Dollar-Rock in Fetzen gerissen und sich den Erste-Hilfe-Kurs in der Schule in Erinnerung gerufen, um Katjas Wunde zu verbinden.

Nur dass es nichts geholfen hatte ... Katja entfernte sich von ihr. Langsam und unerbittlich, gemeinsam mit dem Tag hinter dem Rundbogen der geöffneten Tür.

Ihr Gesicht hatte schon aufgehört, schön zu sein.

»Es war ein Fehler«, sagte sie plötzlich.

Daschas Herz schlug höher bei ihren Worten. »Was?«

»Das Museum. Mein Fehler ... Er hatte recht! Ich hätte keine Aufmerksamkeit erregen sollen ... Aber ihr habt es sowieso nicht rausgefunden ... Egal ...«

»Wovon redest du, Katinka?«

»Dass ich es war«, sagte sie erstaunlich fest und klar.

»Was? Im Museum? Das Bild? Aber das ist unmöglich.« Dascha fragte sich, ob Katja delirierte.

»Doch ... Auf dem Teufel. Schneller als mit ...«

»Dem Taxi?« Nein, das war kein Delirium. Daschas Augen weiteten sich: die hochgewachsene Gestalt mit den dunklen, zu einem Pferdeschwanz zusammengebundenen Haaren – Katja! Aber... »Aber warum? Hast du es vielleicht geträumt? Und es uns nicht erzählt? Dieser Recke – Ilja ...?«

»Der andere .... Dob ...«

»Dobrynja?«

»Und die Kathedrale.«

»Du hast die Kathedrale angezündet?«, rief die Markerschütternde ehrlich verblüfft. »Aber wieso denn?«

»Die Erste sein ... die Einzige ... ich!«, keuchte Dobrashanskaja. »Er kommt. Bald ...«

»Wen meinst du?« Dascha sah sich nach allen Seiten um. »Jan? Den Typ mit dem Ring? Hast du das Buch wegen dem Ritual genommen? Weißt du, was sie damit wollen? Hast du Mir absichtlich umgefahren?«

»Nein … Aber es war besser. Der Trank. Er hätte euch erzählt, was er …«

»Der Drache?«

»Das wusste er nicht … er dachte, es geht um den Schatz. Er konnte nicht mehr … nicht töten … Aber er hätte sie aufhalten können.«

»Wen? Sein Gesocks? Aber die mussten doch niemanden mehr töten! Das Ritual war vollendet.«

»Nein. Eine Kiewiza … Hier. Ihr Blut … Darum ging es. Er wird von Blut angelockt.«

»Jan?« Wieder spähte Dascha beklommen zur Tür.

Sie war nicht in der Lage, wütend auf Katja zu sein, die im Sterben lag und einen viel zu hohen Preis dafür gezahlt hatte, sich für die Beste zu halten. Sie begriff nur: so war es also gewesen. Nicht ohne Grund hatte Mir versucht, sie zu überzeugen, dass der Mord an Kyllina und der Zwischenfall im Museum nicht ins Bild passten. Klar – er hatte schließlich genau gewusst, dass er dort nicht gewesen war! Und er hatte gewusst, dass zur Vollendung des Rituals noch jemand von ihnen sterben musste. Und hatte erkannt, dass er Mascha nicht würde töten können. Und nicht einmal ihre Freundin, einfach deshalb, weil es ihre Freundin war.

Was war die Liebe doch für ein grausamer Scherz, wenn es ihm leichter gefallen war, selber zu sterben ….

»Es tut weh«, wiederholte Katja. »Zu sterben … Aber damals war es noch schlimmer. Du hast es gesehen …«

»Was?«

»Noch schlimmer. Im ›Zentrum‹ …«

Das dumpfe Pochen von Schritten ertönte. Dascha fuhr herum – und erblickte mit unendlicher Erleichterung Mascha.

»Mascha!«, rief sie glücklich. »Wo sind die Recken?« Das kam schon weniger glücklich.

»Die Recken sind wir«, gab Mascha ernst zurück.

»Was, hat es nicht geklappt?«, schrie Tschub.

»Himmel, was ist mit ihr los?« Polternd ließ Mascha die Last von ihren Schultern fallen und vergaß alles andere, kniete sich neben die Verwundete und berührte sie mit fahrigen Händen.

»Sie wird überleben, bestimmt!«, stammelte Dascha hastig. »Es war nicht Jan, sondern die Satanisten. Aber ich hab sie verbunden. Und ich hab Mitja losgeschickt. Sicher kommt gleich ein Arzt ...«

»Wen hast du geschickt?«, rief Mascha entgeistert. »Mitja? Er ist verrückt! Ihm glaubt doch niemand! Niemand wird kommen, sosehr er es auch versucht!«

»O Gott!«, schrie Dascha verzweifelt, entsetzt von ihrem Fehler. »Ich renne!«

»Bleib da, du hast keinen Rock an!«

»Scheiß drauf!«

»Die stecken dich auch in die Klapse!«

»Zu spät ...«, hauchte Katja wie ein Echo.

Und Mascha verstand: es war zu spät – etwas Unbegreifliches, das man Leben nannte, war in Katjas schwarzen Augen bereits erloschen, von ihren Lippen gewichen, durch ihre Haut entflohen. Und der Erzengel Michael, der über ihr stand, der Saum seines Gewandes von Katjas Blut befleckt, mit femininen Zügen und zwei roten Schleifen im Haar, war ebenso unerbittlich wie der Tod selbst.

»Nein!« Mascha packte Katjas leblose, kalte Hände und sprach leidenschaftlich – zuerst unsicher und stockend, dann zügiger und voll Inbrunst, überzeugter mit jedem ausgesprochenen Wort: »Du, der du auf diese Erde gekommen bist, erheische bei jenem, welcher dich geschickt ...« Und jetzt wusste sie auch, *wen* sie anflehte – Vater Himmel und Mutter Erde! »... mir das Leben seines Dieners zu geben, im Namen meiner Stadt, zum Wohl seiner Erde, und seines Himmels, und seiner sündigen Herde!«

Katja stöhnte tief in der Kehle. Ganz tief drinnen, es zu hören tat in der Seele weh. Ihr Körper krümmte sich zu einem verkrampften Bogen, erzitterte, als habe man ihr einen Hieb in die Brust versetzt, sie wand sich, und dann sackte sie in sich zusammen, und ihre Kiefer öffneten sich leicht.

»Ist es das?«, fragte Dascha heiser. »Für dreizehn Stunden?«

»Nein«, flüsterte Mascha mit starren Lippen. Sie hatte um ein Wunder gefleht! Und die erste Erweckung hatte sie ja schon hinter sich. Sie blickte voller Angst in Katjas Gesicht.

Das Gesicht wandte sich ihr langsam zu und betrachtete sie gespannt und fragend – nicht freundlich, aber lebendig. Absolut lebendig, alle Qual war daraus getilgt!

»Katja …« Mascha lächelte unter Tränen. »Katja! Wie fühlst du –«

Katja riss ihre Hände aus Maschas besorgtem Griff und brach in ein langes Gelächter aus, wobei sie die wahnsinnigen Augen zusammenkniff. Dann öffnete sie sie wieder und prustete von neuem los beim Anblick ihrer bestürzten, verwirrten Mienen.

»Teufel!«, schrie sie übermütig.

Sogleich sprang ein Stück Finsternis aus einer der dunklen Ecken der Kirche. »Wach wüncht Ihr, Herring?«

»Bank!«

Blitzschnell ging der Teufel auf alle viere, bog das Rückgrat durch und hob das dienstfertige Hinterteil. Noch immer lachend erhob Katja sich mühsam, die Hand an die Wand gestützt, von dem steinernen Boden und ließ sich in ganz alltäglicher Weise auf der zottigen Sitzbank nieder.

»Katja!« Dascha hatte endlich die Sprache wiedergefunden. »Du hast es geschafft! Katinka …«

»Katja, Katja, Katinka«, gurrte Katja belustigt. »Herrlich ist sie! Wie für mich geschaffen, maßgeschneidert …« Katjas Hände strichen selbstverliebt über ihre Brust, ihre Taille und Hüfte, als streiche sie ein langes seidenes Kleid zurecht. »Stolz, intelligent, eigenwillig, wunderschön ist sie! Eine Siegerin!«, fuhr sie fort, warum auch immer in der dritten Person.

»Irgendwas stimmt nicht«, wisperte Tschub Mascha zu. »Da ist was schiefgelaufen … Sie hat den Verstand verloren!«

»Aber mit Wasnezow hat doch alles geklappt!«

»Mit wem?«

»Später …«

Aber Katja hatte sie gehört.

»Ja«, bestätigte sie fröhlich, »eure Katja hat den Verstand verloren! Seit du dich ihr vor die Räder geschmissen hast. Du«, wandte Dobrashanskaja sich an Dascha, »hast sie daran gehindert, die Blinde im Ring umzubringen. Aber ein neues Opfer war schnell zur Hand. Menschen wie sie sind nie weit vom Mord entfernt, weil sie nicht fähig sind zu verlieren – um keinen Preis! Man muss ihnen nur sagen, dass sie die Ersten sein werden, ihnen etwas von der wahren Macht zu kosten geben ....«

Die zottige Bank, die bisher geschwiegen hatte, lachte wiehernd auf. Und Katja kraulte das schwarze Ding zärtlich hinter dem Ohr.

»Ja, guter Junge. Stör deine Herrin nicht ...«

»Das ist seine Schuld!«, brauste Dascha auf. »Er hat dir was eingeflüstert! Wegen ihm wärst du gerade fast gestorben! Er hat dich angelogen!«

»Wirklich?« Katja hob amüsiert die Brauen. »Ist sie etwa nicht die Erste geworden? Oder wer sollte ich sonst sein?«

Mit einer aufreizenden Laszivität, die überhaupt nicht nach Katja aussah, fuhr Katja sich langsam mit der Zunge über die Oberlippe, machte einen koketten Schmollmund, warf schräg unter schweren Wimpern hervor einen verschleierten Blick auf die beiden und ließ ihn dann federnd auf die blutumspülte Ikonostase hinter ihren Rücken schnellen.

Die beiden Zuhörerinnen folgten ihrem Blick – und liefen plötzlich auf die Ikonostase zu, bis sie von dem Blut gebremst wurden.

»Ist das das Porträt der Prachowa? Das hier?!« Dascha starrte es aus aufgerissenen Augen an. »Das ist überhaupt nicht Katja! Das ist Kyllina! Nur mit dunklen Augen ...«

»Aber das ist der Dämon!«, rief Mascha noch verstörter. »Wrubels Dämon! Nur als Frau! Wrubel hat den ersten ›Dämon‹ nach Prachowas Vorbild gemalt! Den Dämon und die Madonna! Gott im Himmel ...«

»Heißt das, Kyllina war Prachows Frau?«, fragte Dascha völlig verwirrt, den Blick auf die Frau mit den großen Augen und der gedrungenen Nase gerichtet, eingerahmt von zwei Säulen, deren Marmorierung einen gordischen Knoten bildete ... und versuchte vergeblich diesen Knoten zu entwirren.

»Ja, ich war seine Frau. Allerdings nicht sehr lange«, ertönte Katerinas verächtliche Stimme.

Dascha drehte sich um und sah überrascht, dass Katja aufgestanden war, von ihnen getrennt durch den Teppich aus ihrem eigenen Blut, und sich zufrieden streckte wie eine riesige Katze.

»Was denkst du denn«, säuselte sie höhnisch, »warum diese Frau meine Träume geträumt hat?«

»Du?«, fragte Mascha erstickt. »Du?!«

Katja, die nicht mehr Katja war, lachte auf. »Ich.«

»Kyllina! Aber das ist unmöglich! Du bist tot!«

»Es gibt keinen Tod«, widersprach die Tote abfällig.

»Ja, natürlich«, brummte Kowaljowa säuerlich. »Aber wie? Wie?«

»Nachdem sie sein dummes Amulett verloren hatte ...«

Jetzt begriff auch Dascha, was vor sich ging. »Was war ich blöd! Belladonna hat ja gesagt: Der Kater erkennt nur Kyllina an! Aber das ist unmöglich!«

»Nein, nein«, Mascha schüttelte den Kopf. »Katja hat doch versucht, mir zu helfen ... Heute Mittag war sie sie selbst!«

»Aber nachts nicht«, erklärte Katja, die nicht Katja war, seelenruhig. »Nicht, wenn sie bewusstlos war. Und auch nur, solange sie noch unschuldig war. Sobald sie getötet hatte ...«

»Zwei Ochsenherzen. Eine Überdosis! Deshalb hat sie Mir überfahren«, jammerte Dascha verstört. »Es war Behemoth! Und das Buch hat er auch zerrissen ...«

»... weil darin dein Porträt war!«, führte Mascha den Gedanken fort und zeigte auf die widersinnige Ikonostase.

»Nein«, lächelte Nicht-Katja, »weil mein Porträt *nicht* darin war!«

»Die satanische Madonna?«, erriet Mascha und sah an Katjas Miene, dass sie ins Schwarze getroffen hatte.

»Was ... wolltest du Jan beschwören?«, rief Dascha.

»Aber nein. Er hat ihn gefunden. Meinen Altar! Und versucht, mich aufzuhalten ... Aber er hat die Menschen schon immer unterschätzt. Gott weiß«, Nicht-Katja zog eine genüssliche Grimasse, »wie ich die Menschen liebe! Selbst euch ... Allein wegen euresgleichen habe ich in diesem scheußlichen ›Zentrum‹ gearbeitet. Was für ein Genuss, zu beobachten, wie ihr eines kümmerlichen Gewinns, einer nichtigen Liebe, einer zufälligen

Laune wegen ohne Zögern all diesen christlichen Unsinn von euch werft und zu denen werdet, als die euch die Mutter erschaffen hat. Er hätte euch niemals, niemals betrogen! Sosehr er euch auch belogen hat ...«, verkündete sie voller Pathos, die Augen zur gewölbten Decke gekehrt.

»Hast du Mir den Schlüssel zur Kirche gegeben?«, fragte Mascha leise.

»Er wollte den Schatz«, bestätigte die Frau bereitwillig. »Und er hätte ihn bekommen, im Tausch gegen das, was ich von ihm wollte. Zwei Blinde ...«

»Du lügst! Du hast ihn getäuscht!«

»Wirklich?« Sie lächelte ungerührt. »Habt ihr nicht auch bekommen, weshalb ihr zu mir gekommen seid? Du, und du, und sie ...« Nicht-Katja tippte sich leicht auf Katjas Brust. »Hat sie sich nicht ihrer Konkurrenten entledigen können? Hat sich nicht der in dich verliebt, den du wolltest? Und hast du nicht deinen Freund betört, und gemeinsam mit ihm auch den Freund dieser Sajadlaja? Und hat sie nicht geheult und mit den Zähnen geklappert?« Selbstzufrieden lachte Kyllina Dascha durch Katjas Mund ins Gesicht. »Alles, was ihr erhofft habt, habt ihr bekommen!«, zog sie den unleugbaren Schluss. »Und habt dafür einen angemessenen Preis gezahlt. Auch Mir hat gezahlt. Und seine Handlanger, die sich entschlossen haben, gegen seinen Willen das Ritual zu vollenden und mich zu opfern, werden auch bezahlen! Aber zuvor werden sie erhalten, was sie sich wünschten.«

*

Oleg machte als Erster den Mund auf. »Geschafft. Das Schlimmste ist vorbei.«

In seinen Worten schwang vorsichtige Erleichterung mit. Und Koka erkannte, dass er nicht nur das gefährlichste Stück der unterirdischen Gänge meinte, das hinter ihnen lag, sondern auch den Tod – den gewaltsamen, sinnlosen Tod. Der letzte war der schlimmste gewesen.

»Hübsch war sie, hm?«, meinte Oleg gespielt forsch.

»Ja, war sie. Schon schade ... Nicht mal Zeit zum Durchficken war«, seufzte Koka mit ehrlichem Bedauern. »Und jetzt ist sie hin …«

»Und die Erste, war's dir nicht auch leid um sie?«

»Ach, die war bescheuert«, winkte der andere ab. »Wie sie gekreischt hat, ihr Papa wird uns finden … Was für 'ne Zicke.«

»Und glaubst du echt daran, dass jetzt … an den Schatz, meine ich?«

»Weiß nicht. Du?«

»Ich auch nicht«, grunzte Olesha unschlüssig.

»Mir hat daran geglaubt«, sagte Koka. »Ganz ernsthaft. Was er nur auf einmal hatte … Die Wand hatte ja schon gezittert!«

»Hat er behauptet.«

»Jetzt schauen wir selber nach! Komm schon!«

Vor ihnen zeichnete sich die schwarzgezähnte Öffnung ab. Mir hatte diese Kammer als Heiligtum bezeichnet – bescheuertes Wort … Die beiden Lichtstrahlen von den Helmen richteten sich auf einen Punkt, verschwanden gemeinsam mit ihren Trägern im Innern und glitten dann über die Oberfläche der Betonwand – diese war von tiefen rissigen Wunden durchzogen.

»Na also!« Koka trat zu der Wand und strich mit leidenschaftlichen, ungläubigen, verliebten Bewegungen darüber.

Unter seinen Händen bröckelte die Wand, der Beton zerkrümelte wie eine trocken gewordene Sandburg, kaum dass man ihn berührte.

Er betastete ihn vorsichtig und staunend – seltsam, er war weder grabeskalt noch feucht, sondern heiß, wie ein zur Weißglut aufgeheizter Bauernofen.

Seine Fingerballen röteten sich. Nein – färbten sich rot von etwas, was darüberlief …

Kokas Arme bohrten sich bis zu den Ellbogen in die Wand. Er machte sich daran, ihren brüchigen Leib auszuhöhlen, immer wieder zurücktänzelnd, während er sich heftig auf die Hände blies. Oleg tat es ihm nach, vor Schmerz unwillkürlich aufschreiend.

»Los, los, da drüben ist der Schatz!«, feuerte er sich und Koka an.

Und erst als, fast eine Stunde später, der dichte Betonkörper in die unregelmäßige, tiefe Höhle brach, die dahinter lag, ergriff ihn nervöse Ernüchterung. Hier roch es überhaupt nicht nach irgendeinem Schatz! Sondern ganz anders.

Nach Blut.

Verwirrt betrachtete er seine Hände, die mit rötlich-braunem Staub beschmiert waren. Da hatten sie eine ganze Stunde lang gegraben wie zwei Grubenarbeiter! Und jetzt? Was war das für ein Geruch, als ob ...

»Leuchte mir dorthin, bisschen nach rechts ...« Olesha kletterte durch die Öffnung. »Da, leuchte genau hier ...«

Er fiel auf die Knie und hob etwas Kleines vom Boden auf.

»Was, was ist da?«, keuchte Koka aufgeregt. Sein Licht kreiste um Olesha und blieb rechts von ihm stehen.

Einige Sekunden lang beäugten beide in dem schrägen Strahl der Lampe das angelaufene Stück Metall, das friedlich auf Olegs Handfläche lag – eine uralte Münze mit abgegriffener Prägung.

»Das ist der Schatz?«, fragte Koka rau.

Oleg schloss mit einer schnellen Bewegung die Hand zur Faust und schnupperte an seinen Fingern.

»Hör mal, wir sollten ganz schnell von hier verschwinden«, sagte er.

*

Dascha und Mascha starrten stumm die zweimal von den Toten Auferstandene an, überwältigt von ihrem schlagenden Resümee, dem eine seltsame, unmenschliche Gerechtigkeit innewohnte: Der Mörder hatte für seine Morde mit dem Tod bezahlt. Katja für ihren Hunger nach ungeteilter Macht mit dem Verlust jeglicher Macht, sogar über sich selbst. Dascha für ihre Gedankenlosigkeit, die beinahe tödliche Ausmaße angenommen hätte, damit, dass durch ebendiese Gedankenlosigkeit auch ihr eigenes Leben gefährdet worden war. Mascha für ihre zusammenfantasierte Liebe mit deren Erwiderung, ebenso künstlich wie fatal ...

»Und derjenige, in den du dich wirklich verliebt hast, hat den Preis für seinen Frevel bereits gezahlt. Diese Kirche ist verflucht!

Und ihr Fluch ist dort!« Nicht-Katjas Kinn ruckte herum, und Mascha blickte wieder in die flachen, schwarzen Augen des Madonnendämons.

Des Dämons, zu dem man in einer christlichen Kirche gebetet, den man um Beistand angefleht und dem man Kerzen gespendet hatte!

»Aber wie war dir das möglich? Vor hundert Jahren?«, fragte Mascha. Doch sie kannte die Antwort schon. Und die Frau, die nicht mehr Katja war, wusste, dass sie sie kannte.

»Wie du auch. Ich bin zu ihm gekommen. Und er hat mich für sie gehalten. Und hat die Erde von mir angenommen.«

»Du bist zu seinem Dämon geworden! Du, nicht Kiewizki!«, rief Kowaljowa fassungslos.

»Das sagt diejenige, die meinem Mir zum Verhängnis geworden ist?!« Nicht-Katja verzog den Mund zu einem grässlichen vertraulichen Lächeln. »Worin unterscheidest du dich von mir?«

Dascha aber hörte nur eins. »Also ist Jan ganz normal? Er hat damit nichts zu tun? Er ist nicht der Teufel?«

»Es gibt keinen Teufel. Es gibt weder Gut noch Böse. Nur die Erde und den Himmel, die sich bis in alle Ewigkeit bekriegen werden.«

Erst jetzt bemerkte Mascha, wie heiß es in der kleinen Kirche geworden war. So heiß, dass der Stoff des karierten väterlichen Leinenhemdes ihr auf der schweißfeuchten Haut klebte.

Nicht-Katja-Kyllina verlor plötzlich ihre schadenfrohe Ruhe und rief heiser und fanatisch, mitgerissen von ihrem Glück: »Wie viele haben vor mir versucht, dieses Rätsel zu lösen! Meine Großmutter, meine Urgroßmutter, meine Ururur... ›Schreckliches Ritual oder Ritual, das unmöglich auszuführen ist‹! Ein Blinder und eine Blinde – das ist leicht. Aber eine Kiewiza zu opfern, das bedeutete, sich selbst! Ist das nicht geschickt ausgeklügelt? Wie soll das gehen, wenn keine von uns auch nur in der Lage ist, diese Kirche zu betreten? Und was für einen Sinn hat es, wenn du tot überhaupt keine Chance hast, dich der erhaltenen Macht zu bedienen? Aber wieder einmal sieht man: Es gibt nichts Unmögliches! Und den Tod auch nicht!« Ihre Augen funkelten wild. »Die Antwort ist der Uroboros. Mein Ende ist mein Anfang! Der wahre Hochmut liegt in der Demut. Denn in der Natur stirbt nichts – es geht nur eins ins andere über... Heute, in der Nacht zum Johannistag, wird der Feuerdrache aufs Neue aus der Erde auferstehen. Und diese Stadt wird ihm aufs Neue gehören, wie vor tausend Jahren! Er wird sich den Grund und Boden zurückholen, den ihm mein dreimal verfluchter Urahn geraubt hat! Und wir werden darüber herrschen: er und ich, seine Braut!«

»Ich kapier nicht ganz, wer da auferstehen soll«, flüsterte Dascha Mascha nervös ins Ohr.

»Niemand!«, rief die – unsagbar froh hatte sie einen klaren logischen Fehler in Nicht-Katjas pathetischem Monolog gefunden. »Nichts wird passieren«, sprach sie feierlich. »Es gibt kein drittes Opfer! Nicht hier! Wir haben es verhindert!«

»Ach, was seid ihr für kleine Kinder«, zischte Nicht-Katerina hämisch. »Hier geht es nicht um den Tod, sondern um Fleisch und Blut ... Er wird von Blut angelockt. Hört ihr, er erwacht schon!«

»Wer?« Dascha erschauerte, denn plötzlich hörte sie unerklärlicherweise das tiefe Rauschen des Blutes in einer ans Ohr gehaltenen Muschel, das gewöhnlich für Meeresrauschen gehalten wird. Nur, dass jetzt anscheinend die ganze Kirche zur Muschel geworden war.

Die Kirche erdröhnte.

»Was ist das?«

»Das wirst du bald erfahren.« Nicht-Katja strahlte. »Es dauert nicht mehr lange. Er kommt! Jetzt kann mich niemand mehr aufhalten!«

»Wer kommt?« Beunruhigt blickte Dascha ins Halbrund der Apsis auf die wie geköpfte Muttergottes mit der abgeblätterten linken Hand. Auf die abgetrennten Beine des unbekannten Heiligen daneben ...

Und dachte mit plötzlichem Unbehagen, dass das nicht richtig war. Eine Kirche hatte eine Kirche zu sein, unversehrt und vollständig!

Die Kirche, die keine war, erzitterte.

»Doch, können wir!« Bebend vor Angst stürzte Mascha mit

einem heiseren Schrei zu den eisenbeschlagenen Stufen am Eingang – dorthin, wo ihre rettende Last lag.

Die Wände der Kirche begannen zu vibrieren.

Nicht-Katja beobachtete Mascha starr und ohne zu blinzeln, als löse sie im Kopf eine komplizierte mathematische Aufgabe.

»Dach Chwert, Herring, chie hat dach Chwert!«, kreischte die teuflische Bank, sprang auf und hüpfte in der Kirche herum, als habe man sie mit kochendem Wasser übergossen.

»Das Schwert …«, wiederholte Nicht-Katja, ohne den bohrenden Blick von Kowaljowa zu wenden, die reglos auf den Stufen stand, zwischen den im Feuer schmorenden, zähneklappernden Sündern und dem gemalten braunen, knochigen, fledermausflügeligen Teufel, der rechts von ihr die krallenbewehrte Hand nach dem ihm mit dem Finger drohenden Gerechten ausstreckte.

»Dobrynjas Schwert … Mit ihm hat er den Lindwurm besiegt!«

»Wer ist denn jetzt dieser Lindwurm?«, kreischte Dascha, die das Gefühl hatte, von dem zunehmenden Lärm taub zu werden.

»Der Lindwurm ist der Lindwurm!«

»In welchem Sinne?«

»Im wahrsten Sinne des Wortes!«

»Mit drei Köpfen?«

Die Nicht-Kirche bebte durch und durch.

Der Erzengel Michael weinte haltlos Tränen aus Farbe, die von seinem Gesicht abbröckelte. Mascha schrie: »Mit fünf! Glaub mir! Den haben sie hier eingesperrt! Unter dem Beton! Und eine Kirche drübergebaut!«

Ohne zu verstehen, warum sie es tat – einfach aus der unbedingten Notwendigkeit, sofort irgendetwas zu tun –, zog Mascha die Waffe aus der Scheide und brachte sie mit einem Ruck, das Heft in beiden Händen, in eine waagrechte Position, wohl wissend, dass sie keine Kraft hatte, diese lange zu halten, und die Spitze bald auf den Boden plumpsen würde.

»Heißt das, der Drache kriecht aus der Erde?«, rief Dascha voller Panik. »Jetzt?«

»Hörst du sie, Vater?«, schrie Nicht-Katja in unerwartetem

Übermut. »Und weinst wahrscheinlich – weil deine Beschützer armselige Blinde sind! Ach, nein – eine von ihnen war würdig, zu einer Kiewiza zu werden. Und sie wurde zu einer – oder nicht? Zu mir! Er kommt! Seine Kraft ist unermesslich!«

Der Lärm schwoll an. Er dröhnte in den Ohren.

Mascha stapfte mit verkniffenem Gesicht auf Nicht-Katja zu. Auf wundersame Weise behielt sie die Waffe in den Händen.

»Willst du mich töten? Und sie auch?« In Katjas Stimme schwang eine Achtung mit, die nicht Katja eigen war, aber keine Spur von Angst. »Doch das ist unmöglich!« Nicht-Katerina begann laut zu lachen. »Ich kann euch nicht töten, und ihr mich nicht! Weil wir alle Kiewizen sind! Und niemand ist in der Lage, einer Kiewiza gegen ihren Willen das Leben zu nehmen. Niemand außer –«

»Dem Dämon.«

Mit scheppernder Endgültigkeit krachte Maschas Schwertspitze auf den Steinboden.

Der Boden rumorte aufgebracht. Ihre Füße spürten, dass der Stein darunter kein gefühlloser Stein mehr war – etwas noch tiefer unten war, genährt von menschlichem Blut, zum Leben erwacht, pulsierte und wurde stärker. Und dort unten wurde es ihm zu eng.

»Weg hier!«, kreischte Tschub.

Die Bodenplatte unter ihr wackelte wie ein loser Zahn. Die Kirche, die keine war, wehklagte mit allen vier Wänden. Nicht-Katja warf triumphierend den Kopf zurück und lachte weiter.

Und dann sah Mascha, wie Katjas Mund sich wie eine dunkle unregelmäßig geformte Höhle öffnete, ihre Augen rollten, und aus dem Mund kam ein grässlicher Laut – denn Dascha war hinter ihrem Rücken stehen geblieben, schlang ihr mit der Kraft ihres ganzen Hasses die Schlangenkette wie eine goldene Garotte um den Hals und ließ befriedigt das Schloss einschnappen.

Mascha schien es, als teile Katja sich in zwei Katjas auf: eine fleischliche, feste, die sogleich in sich zusammenfiel wie ein Bündel abgelegter Kleider, und eine zweite, diffuse, instabile, die schrie: »Zu spät! Die Sonne ist untergegangen! Er ist schon hier!«

Und mehr war beim besten Willen nicht zu hören. Der Boden bäumte sich heftig auf und bekam Risse. Von der Decke regnete Jesus Christus als trockener Stuck, begleitet von einem geflügelten Rund aus Cherubim. Mascha wich zurück – gerade noch rechtzeitig: genau dorthin, wo sie gerade noch gestanden hatte, fiel ein Stück Wand mit einem abgesprengten Teil eines Freskos. Ein flaches byzantinisches Auge blickte sie aus bleicher, regloser Pupille an.

Der Erzengel Gabriel. Von Mischa gemalt, dachte sie. Und rannte los. Dascha zog strauchelnd die bewusstlose, hoffentlich wieder zu Katja gewordene Katja zum Ausgang. Mascha sah sich um ... und fing ein letztes Mal den Blick der riesigen Augen des Madonnendämons auf. Sie erschienen ihr unendlich traurig.

Du bist an nichts schuld, Emilia! Du hättest nicht hier sein sollen ...

Ein Fenster brach in Scherben, eine davon grub sich tief in Maschas Wange.

»Mascha, lauf!!«

Dem Teufel auf dem Fresko neben der Tür fiel die rechte Pranke ab – so gelang es ihr endlich, die Hand des Gerechten zu berühren, die schon abgetrennt auf dem Boden lag ...

Plötzlich raste Mascha wie eine Irre zu der byzantinischen Ikonostase, nur von dem Gedanken beseelt, Mischas Madonna zu retten. Dascha röchelte – zu schreien war unmöglich in der schweren, erstickenden Schwüle, die mit der Geschwindigkeit einer gezündeten Gasbombe aus den breiter werdenden Spalten im Boden drang.

Mischa, verzeih mir ... ich kann nicht ... verzeih ... Krampfhaft schluchzend machte Mascha kehrt, das Gesicht verzerrt im Bestreben, so wenig wie möglich zu atmen. Das Schwert schleifte sie hinter sich her. Dascha rief verzweifelt nach ihr und hielt die Türflügel für sie offen. Als sie schon dazwischen stand, sah Mascha, wie der mittelalterliche Engel der Apokalypse den bleichen, sternenlosen Himmel zu einer Schriftrolle aufrollte ... und mit ihm zusammen in die Tiefe fiel.

Sechsundzwanzigstes Kapitel,

in dem alles in Flammen aufgeht

Ich schenke mir Kaffee in das Tässchen aus Meißener Porzellan ein und lausche dem Geläut der Glocken von der Andreaskirche.

Andrej Kurkow, ›Die letzte Liebe des Präsidenten‹

Im Hof angekommen, rang Mascha nach Luft. Hinter ihnen drang aus Fenstern und Portal der Kirche schwarzer Rauch.

»Was ist los mit mir?«, stammelte Katja. »Wo sind wir? Was ... es brennt?«

»Wie hast du das mit der Kette erraten?«, fragte Mascha planlos, obwohl die Antwort sie im Augenblick gar nicht interessierte.

»Na, ich dachte, wenn Kyllina reinkonnte, sobald die Kette ab war, dann könnte ja, wenn sie wieder dran ist ... Oh Himmel!« Entgeistert riss Dascha die Augen auf.

Die Betonplatten vor dem Eingang der Kirche schwirrten durch die Luft wie fliegende Fische. Eine machte einen Salto und brach in drei Stücke. Eine andere sauste in ihre Richtung. Unter ihren Füßen quoll weißer Dampf aus dem Boden.

Dascha stieß die Luft aus. »Das war's für sie.«

»Für wen?«

»Für die Satanisten. Sie sind in den Höhlen.«

»Wir müssen ...«

»Zu spät.«

»Feuerwehr!«, rief Katja. »Wir müssen die Feuerwehr rufen! Was ist das?«

»Der Feuerdrache«, hauchte Mascha mit zitternden Lippen.

Dascha starrte noch immer zur Kirche, deren weiße Mauern zwischen den Rauchschwaden kaum noch zu sehen waren.

»Willst du damit sagen, dass da gleich ein w-w-wirklicher D-d-drache rausk-k-kommt?«

Der Rauch verwandelte sich in rotes Feuer, es hüllte die weiße Kirche ein und leckte in Sekundenschnelle zu den fünf grünen Kuppeln hinauf, während die Kronen der nächststehenden Bäume zu Asche zerfielen. Und auf der Türschwelle zeichnete sich eine weibliche Gestalt ab, die aus dem Gewebe des Infernos gemacht schien, und bewegte sich langsam auf sie zu.

»Was steht ihr noch hier, warum tötet ihr ihn nicht?«, rief Kyllina lachend.

»Das Feuer töten?«, krächzte Mascha. Ihr Rücken war gegen die steinerne Mauer gepresst. »Wie?«

Die Frau mit dem flammenden Gesicht des Wrubel'schen Dämons trat auf sie zu. Ihre Füße setzten das Gras in Brand.

»Zum Tor! Raus hier!« Dascha stieß Katja grob in den Rücken, griff nach Maschas Ärmel und zerrte sie hinter sich her – Mascha umklammerte noch immer Dobrynjas Schwert, das sich als reichlich nutzlos erwiesen hatte.

Kyllina lachte. Haltlos. Endlos.

Wie von ihrem Gelächter geschürt loderte das Feuer in den Himmel und setzte ihn in Brand.

Der Himmel hörte auf zu existieren.

Ein gewaltiges Zelt aus Flammen ragte über ihnen auf, wie knatternde, brausende Segel. Es wurde unerträglich heiß, aber der Schweiß, mit dem sich ihre Körper sofort bedeckten, war klebrig-kalt vor Angst.

»Da ist der Besen. Mascha, lass endlich diesen Prügel fallen!«

»Nein!«

Kyllina hatte sich von ihnen abgewandt und breitete die Arme weit aus, um die Flammen willkommen zu heißen. »Komm zu mir, mein Gemahl!«, stöhnte sie. »Geh in mir auf, so wie ich in dir aufgehe! Die Kraft bedarf keines Leibes, wie auch der Sturm seiner nicht bedarf, der Brand, das Erdbeben ... Das Land, das dir genommen wurde, wird heute aufs Neue dir gehören!«

Und das Feuer erhörte sie.

Es flackerte auf und flog mit peitschenden Zungen auf sie zu –

die schmale Gestalt verschmolz mit dem gigantischen Feuermeer, dieses schoss als berghohe Feuersäule in die Höhe und spie gleichgültig die rußgeschwärzte Kirche und die verkohlten Bäume aus. Vom Klinikgelände flohen Menschen in Panik. Der Kyrillberg brüllte auf in ohrenbetäubender Qual …

Das Trio hinter der Mauer blieb wie angewurzelt stehen, ohne den Blick vom flammenden Himmel abwenden zu können, der faszinierend schrecklich und wunderschön war.

Vor ihren Augen gewannen die formlosen rotgoldenen Flammen Umriss und Gestalt. Zwei titanische Flügel. Ein langer gleißender Schwanz. Und fünf majestätische, züngelnde Köpfe …

Der feurige Drache schlug mit den gespreizten Schwingen und schoss nach Südosten davon.

»Himmel! Ich hab das Deo vergessen!«, japste Tschub.

Katja wie Mascha glotzten sie verdattert an, nicht ganz fähig, diese abstruse Feststellung und die noch abstrusere Verzweiflung in Daschas Augen zu begreifen.

»Das mit dem Bilsenkraut. Wir können nicht fliegen! Er entwischt uns!«

»Du Schaf!«, schimpfte Mascha ganz unpathetisch. »In der Seife ist das Zeug doch auch drin. Und du hast dich damit –«

»Geduscht! Juhu!«, johlte die Markerschütternde. »Alles aufsteigen! Katja auf den hinteren Sitz! Mascha vor mich auf die Stange! Sonst verlieren wir ihn!«

»Nein«, sagte Mascha gequält. »Ich weiß, wohin er geflogen ist. Auf den Altkiewer Berg.«

*

Sie flogen der glühenden Spur nach, die sich durch die Luft zog. Selbst in zweihundert Metern Höhe war es so heiß, als flögen sie durch die Backröhre eines gigantischen Ofens. Das zu unzähligen Hügeln gewölbte Kiew unter ihnen glich einem unterirdischen Drachenbau, dessen Form die Landschaft seit den Tagen, da Kij hierhergekommen war, bewahrt hatte.

»Teufel … Teufel noch mal …«, murmelte Katja mechanisch vor sich hin, die Worte vom Wind verweht.

»Nicht fluchen, das bringt Unglück!«, knurrte Dascha, ohne den Kopf zu wenden.

Aber das Unglück war schon da. Der Altkiewer Berg hingegen nicht mehr. Der Berg brannte lichterloh. Er hatte sich in eine gewaltige Feuersäule verwandelt, die das graue Steingebäude des Historischen Museums verschluckt hatte, die dreihundertfünfzigjährige Linde, die von Peter Mogila gepflanzt worden war, und das Fundament der ersten orthodoxen Kirche, erbaut vom Täuferfürsten. Auf dem Museumsplatz jaulten mehrere Feuerwehrwagen vor sich hin. Wie toll brannten die Häuser Nr. 34 und 30 ... Menschen warfen ihre Habseligkeiten aus Hausfenstern oder rannten den Andreasstieg hinunter, oder sammelten sich bei den roten Fahrzeugen, versuchten zu helfen und standen dabei nur den entgeisterten Feuerwehrleuten im Weg.

Selbstsicher vollführte Dascha einen Sturzflug direkt auf die Kuppel der Andreaskirche in ihrem golden-smaragdenen Lorbeerkranz hinunter. Mascha ließ sich vorsichtig auf die majestätische Turmzwiebel gleiten und hielt sich krampfhaft an der goldenen Stuckverzierung fest, kaum noch bei klarem Verstand vor Angst. Die Kuppel fiel steil ab, und Daschas Landung war eigentlich nur zu rechtfertigen, falls sie vorhatte, ihnen einen leichteren Tod zu schenken als durch qualvolles Geröstetwerden.

»Warum landest du hier?«, sprach Katja, die neben ihr kauerte, ihre Gedanken aus.

Tschub ließ sich seelenruhig links von Mascha nieder und legte den Besen quer über ihre sechs Knie. »Was glaubst du wohl?«

»Keine Ahnung.«

Ihrer Stimme nach zu schließen war Katja noch immer halb betäubt und handlungsunfähig. Und Mascha ging es nicht viel besser, seit sie hier gelandet waren. Von zwei Seiten eingezwängt, kniff sie die Augen fest zu und umklammerte den Besenstiel wie ein Balkongeländer. So war es etwas besser. Aber nicht viel.

»Natürlich weil es eine Kirche ist. Eine normale, keine verfluchte! Hier sind wir sicher.«

Mascha hatte da ihre Zweifel.

Und Katja hatte überhaupt keine Meinung.

»Aber wir sollten was tun!«, rief Dascha ungeduldig – sie hatte sich als Einzige ihren Enthusiasmus bewahrt. »Wieso verdammt noch mal hat er es auf uns abgesehen?« Sie fletschte die Zähne angesichts des Untergangs »ihres« Berges.

»Genau ins Herz«, murmelte Mascha, ohne die Augen zu öffnen. »Auf dem Altkiewer Berg standen die erste Stadt der drei Brüder und der Fürstenhof Wladimirs. Hier haben irgendwo die drei Recken gelebt. Und wir drei auch ... Das ist das Herz des Landes, das dem Feuerdrachen entrissen wurde.«

»Schaut mal, wie seltsam ...«, sagte Katja.

Mascha blinzelte. Dascha riss die Augen weit auf. Die weißen Strahlen des Schaums aus den Feuerwehrschläuchen wurden plötzlich orange, und wenige Sekunden darauf erkannte sie: das Wasser brannte, so als habe jemand die Tanks mit Benzin gefüllt.

»Wir müssen ihn aufhalten!«, stöhnte sie mit geballten Fäusten. »Wir hätten es verhindern müssen! Und jetzt ...«

»Aber wie kann man Feuer mit einem Schwert aufhalten?«, fragte Kowaljowa kläglich, die Augen wieder fest geschlossen.

»Was willst du nur immer mit diesem Schwert!«, explodierte Dascha. »Wo hast du das eigentlich her? Wenn du einen Recken wiedererweckt hättest, wie ich gesagt habe ...«

»Hab ich doch!« Vor Empörung öffnete Mascha sogar die Augen. »Das ist sein Schwert! Und es ist nicht nur ein Schwert! Es war einst das Kreuz, das Andreas hier aufgestellt hat!«

»Der Erstberufene?« Das kam von Katja, die sich an diesem Satz festhielt – dem einzigen, den sie bisher kapierte.

Mascha wandte sich zu Katja und klammerte sich mit dem Blick an deren ungefährliches Kinn. »Du hast Dobrynja im Traum gesehen. Er hat dich etwas gefragt ...«

»Ob es das ist.«

»*Es* – das war das Schwert!«

»Und sie? Die, mit der er mich betrogen hat?«

»Das ist die christliche Kirche.«

»Und böse Mächte fürchten sich vor dem Kreuz? Wie in einem schlechten amerikanischen Thriller?« Dascha hatte genug vom Theoretisieren. »Dann fuchtel damit rum, vielleicht geht das Feuer dann aus! Dieses Feuer scheißt auf dein Schwert und dein Kreuz! Es ist Feuer, Herrgott noch mal!«

Das Feuer verzehrte genüsslich das unbewohnte Haus Nr. 38, die einstige Residenz Murawjows. Es hatte keine Eile, kostete jeden Happen seines Landes aus, berauschte sich an dem lange vergessenen, kostbaren Geschmack. Nachdem es das leere Haus Nr. 36 verschlungen hatte, leckte es gründlich die Pflastersteine der Straße davor ab, um dann an der roten Wand des hohen, bewohnten Prachtbaus daneben zu schnuppern ...

»Aber irgendwie war es ihnen gelungen, den Drachen zu besiegen«, jammerte Mascha. »Wenn das im ersten und im zehnten Jahrhundert geklappt hat – es muss doch etwas geben, was wir heute tun können!«

»Was soll das überhaupt heißen – Drache?«, fragte Katja.

»Der Feuerdrache – das ist eine Metapher!«, erklärte Mascha.

»Eine Metapher, na klar«, nickte Tschub sarkastisch.

Die Metapher hatte bereits die linke Flanke des Hauses Nr. 34 und die tiefe Schlucht verschlungen, die einst der vielbesungene Garten Tjutschews gewesen war. Es brannten die Ateliers und Galerien, es brannte der Horizont über ihnen, es brannten die schwarzen Pflastersteine des Andreasstiegs, die eigentlich nicht hätten brennbar sein dürfen.

Aber das Andreas geweihte Gotteshaus auf dem heiligen Berg stand unerschütterlich, eine letzte Bastion, die auf das Werk der Zerstörung unter sich hinabsah ...

»Der Drache – das ist der Brand, der Sturm, das Erdbeben. Die Naturgewalten. Ihre Magie!«, erklärte Mascha. Und plötzlich, als habe sie bemerkt, dass sie die Gabe der logischen Rede wiedererlangt hatte, sprudelte sie hervor: »Die Legende von Kij und seinem Sieg über den Lindwurm kann man auch anders begreifen! Er hat die Kraft dieser Erde besiegt, indem er hier eine Stadt erbaute. Aber Kij hat den Lindwurm nicht getötet, sondern ihn sich nur untertan gemacht, mit ihm die Erde gepflügt – das heißt, er ist Heide geblieben! Erst tausend Jahre später, nachdem die Prophezeiung des Apostels in Erfüllung gegangen war und sich in Kiew das Christentum durchgesetzt hatte, war der Lindwurm endgültig besiegt. Es ist kein Zufall, dass das Flüsschen Potschaj, wo Dobrynjas Kampf mit ihm stattfand, kein anderes ist als die Potschajna, wo Wladimir die ersten Christen taufte.«

»Ja, sollen wir das Feuer jetzt mit Weihwasser bespritzen?«, schnaubte Dascha. »Schön, dass die Andreaskirche gleich um die Ecke ist ... oder besser: eine Etage tiefer. Nur, dass wir nicht reinkönnen. Wie die Hühner hocken wir hier auf dem Glockenturm ...«

»Warum können wir nicht rein?«, fragte Katja.

»Glockenturm!«, schrie Mascha. »Diese Kirche ist die einzige, die keine Glocken hat!«

»Nein?« Dascha kippte die Knie zur Seite und betrachtete erstaunt die Kuppel unter ihrem Hintern. »Ich kann mich genau erinnern, dass sie geläutet haben ... im Film ›Jagd auf zwei Hasen‹, bei der Hochzeit.«

»Das war reingeschnitten! In Wirklichkeit hat sie keine!«

»Warum nicht?«

»Warum habe ich das nur damals nicht gefragt?« Ganz ohne Angst schlug Mascha plötzlich die Augen auf und betrachtete die Wand aus Feuer, die dabei war, die gegenüberliegende Seite des Andeasstiegs zu verschlingen. Ein unerklärlicher verzweifelter Mut hatte von einem Augenblick auf den anderen jede Furcht in ihr erstickt. Aus einem unbekannten Grund schien ihr in jener damals nicht gestellten Frage eine unwahrscheinlich simple Antwort auf ihr unlösbares, alles verschlingendes Problem verborgen.

»Wen hast du nicht gefragt?«

»Wassilissa Andrejewna. Sie –«

»Dann ruf sie an und frag! Weißt du die Nummer?« Zornig starrte Dascha auf das Display von Alex' fast vergessenem Handy, dann erhellte sich ihre Miene. »Wir haben ein Netz!« Sie hielt das Gerät der Freundin hin.

Die schrak zurück. »Wasja? Mitten in der Nacht? Wie soll ich ihr das erklären?«

»Wie schon! Kiew geht zur Hölle!«, fasste Dascha den Tatbestand in einfache Worte. »Los, diktier mir die Nummer!«

Entschlossen drückte Dascha die sieben Ziffern, wartete und sagte dann mit ihrer süßesten Stimme: »Wassilissa Andrejewna? Habe ich Sie geweckt? Ich bin's, Mascha Kowaljowa!«, log sie ungerührt. »Ja, die Verbindung verzerrt die Stimmen ... Ich hab folgendes Problem. Können Sie mir sagen, warum die Andreaskirche keine Glocken hat? – Was? – Ach, ich bin gerade Kandidatin in einer Talkshow... – Was? Als das Kreuz in die Erde... Echt? Vielen Dank! Damit hab ich so gut wie gewonnen. Wir sind gerettet!« Selbstzufrieden schaute Dascha in die erwartungsvollen Gesichter neben sich. »In der Andreaskirche gibt es keine Glocken, weil unter ihrem Altar eine Quelle entspringt. Es heißt, die Quelle sei entstanden, als Andreas das Kreuz in die Erde rammte. Und nach der Legende wird das Wasser beim ersten Schlag einer Glocke aufwallen und Kiew und das ganze linke Dnjeprufer überschwemmen ... Versteht ihr nicht?«, fragte sie triumphierend. »Eine Quelle unter dem Altar – das ist heiliges Wasser!«

»Aber wir haben keine Glocken.«

»Noch besser – wir haben das Kreuz. Nur, wohin damit? Über der Quelle steht die Kirche!«

»Das ist nicht schlimm«, ertönte unerwartet die altvertraute, befehlsgewohnte Stimme Katerina Dobrashanskajas. »In meinem Traum stand das Kreuz nicht genau hier«, sie klopfte mit der Hand auf die Kuppel, »sondern dort, ein Stück weiter hinten. Ungefähr auf diesem Abhang.«

»Auf den Besen!«, schrie die Markerschütternde.

*

»Auf drei«, kommandierte Dascha Tschub. »Eins! Zwei!«

Auf »drei« stieß das Trio mit aller Kraft das Schwert in den Boden. Und ... nichts passierte.

Sie standen auf dem dunklen, rechts schon von der Glut des Feuers versengten Ausläufer des Andreasbergs, vermieden es, sich anzusehen, und wagten erst recht nicht, etwas zu sagen.

Und auch später hätte Mascha nicht sagen können, wo plötzlich all das Wasser hergekommen war. Auf einmal jedenfalls riss etwas sie mit sich fort den Berg hinunter. Mascha sah Katjas Hand vor sich, die sich nach ihr ausstreckte, aber da wurde sie schon unwiederbringlich weit von dieser Hand weggespült, schleifte zuerst über den Boden, dann verlor sie ihn unter den Füßen. Erst als sie sich daran verschluckte, nahm sie wahr, dass es Wasser war. Und von da an war das Wasser das Einzige, was sie wahrnahm.

Hilflos spuckte und hustete sie, ruderte mit Armen und Beinen, tauchte auf und versank wieder. Der mächtige, unaufhaltsame Strom warf sie umher wie ein Stück Treibholz. Sie drehte sich um sich selbst, prallte gegen die schwarzen Straßenlaternen. Kurz erhaschte sie mit den Blicken verängstigte und fassungslose Gesichter in den Fenstern des vorüberschießenden Hauses Nr. 30. Das Wasser warf sie gegen den Zaun des Schlosses von Richard Löwenherz, schlug über ihr zusammen und sog sie in die Tiefe, füllte ihre Nase, drang in ihre Kehle. Mascha bot ihm mit letzten Kräften Trotz und wurde weitergetragen, den S-förmig gekrümmten, steilen Andreasstieg hinunter, wohl wissend, dass das Wasser stärker war als sie und dass sie am Ende der Straße keine Hexe mehr sein würde, sondern eine Wasserleiche …

Ihre Hände ertasteten einen Mauervorsprung. Mit aller Kraft krampfte sie die Finger darum. Mehrere Sekunden lang schien sie nur noch aus Fingern zu bestehen, die sich verzweifelt ans Leben klammerten. Es tat weh, aber das war unwichtig – ihr Körper wusste nicht mehr, was Schmerz war, nur noch, dass er leben wollte, koste es, was es wolle, und ihre Beine schoben sich verbissen an der Backsteinmauer hoch, gegen den Widerstand des tobenden Wassers.

Ihr rechter Fuß fand einen Sims. Ihre Hände schlossen sich um die geschwungenen Stangen darüber. Einen Moment später hing Mascha wie ein Bettvorleger über einem Balkongeländer und bestand nur noch aus der überwältigenden Gewissheit: Gerettet!

Erschöpft ließ sie sich auf die andere Seite fallen. Kaum war sie auf dem ebenen, nassen, erfreulich unbeweglichen Boden angelangt, zog sie wie ein Kind die Beine an, bettete ihre Wange auf die wunden Handflächen und gab sich erleichtert dem Frieden undurchdringlich schwarzer Bewusstlosigkeit hin …

»Mascha!« Jemand zog sie zurück aus dem Nirgendwo. »Mascha!« Sie wehrte sich, weigerte sich, an die Oberfläche zu steigen. »Mascha? Lebst du noch? Mascha!«

Unwillkürlich bewegte Mascha den Arm und rieb sich die Stirn. Langsam setzte sie sich auf. Die Welt drehte sich vor ihren Augen. Und mit ihr drehten sich zwei Gestalten, die in der regendurchtränkten Luft zu hängen schienen – Katja und Dascha, die hintereinander auf dem Besenstiel saßen und sich jetzt unglaublich ähnlich sahen: dreckig, schlammverschmiert, mit nackten Beinen und demselben bang-erleichterten Ausdruck auf den Gesichtern.

»Hast du dich an dem Balkon festgehalten? Gott sei Dank!«, rief Dascha unkontrolliert schluchzend.

»Ich habe dich nicht festhalten können«, entschuldigte sich Katja beschämt, während sie abstieg. »Ich bin so froh! Wenn du gestorben wärst …«

»Mein Mädel! Meine Kleine! Marussitschka!« Dascha sprang auf den Balkon und machte sich daran, sie fast zu erdrücken.

»Du sollst mich doch nicht …«, keuchte sie matt.

»Ich tu's nie mehr! Nie mehr, Maschetschka, mein Herzchen. Das war heldenhaft … Dieser steile Hang hat dich gerettet.« Dascha ließ ihr Herzchen los und musterte sachkundig das Gelände unter ihnen. »Von dieser Seite ist der erste Stock fast das Erdgeschoss. Nein! Na, das ist ja der Hammer. Du glaubst es nicht! Mascha, weißt du, wem der Balkon hier gehört?«

»Nein. Und schrei nicht so«, bat sie schwach.

»Das ist das Haus von Bulgakow!«, brüllte Dascha aus vollem Hals. »Da! Schau! Natürlich nur, wenn sie das Schild ausnahmsweise richtig aufgehängt haben …«

Auf Daschas Arm gestützt, rappelte sich Mascha hoch und blickte nach unten auf den vertrauten bronzenen Kopf Michail Afanassjewitschs, an dessen richtiger Platzierung sie keine Zweifel hegte. Automatisch legte sie die Hände auf die Brust und fühlte dort die Umrisse des schweren Schlüssels zu dem berühmten Haus Nr. 13, das von links zweieinviertel Etagen hatte, von rechts zwei und vom Hof aus nur eine einzige.

Mascha wunderte sich über gar nichts mehr, nicht einmal über die Tatsache, dass die eben noch brausende, machtvolle Flut des Wassers jetzt nur noch in kleinen, unschuldigen Bächlein über das geschwärzte Pflaster des Andreasstiegs eilte. Mascha drehte den Kopf, um zu sehen, was mit dem Brand in der Oberstadt war.

»Keine Angst, das Feuer ist aus«, sagte Dascha. »Wisst ihr, was das Aberwitzigste ist? Dass Johannis das Fest des Feuers und Wassers ist! Da haben wir aber ordentlich gefeiert!«

»Hört ihr das?«, fragte Katja. »Woher kommt das?«

»Kamen einst der Hexen drei
An Sankt Peter, Sankt Johann …«,

trieb von irgendwoher leiser Gesang vieler Stimmen heran.

»Und die erste ists,
die die Lehren kennt,
und die zweite weiß
wie das Vieh sich nennt,
und die dritte bricht,
was die Flüsse hemmt.«

Die drei beugten sich über das verzierte Geländer und spähten angespannt ins Weite.

Auf der baumbestandenen Höhe des fünften, inoffiziellen Kahlen Bergs, des Schlossbergs, waren Lichter zu sehen.

»Das ist unsere Hexensabbat-Party!«, rief Dascha. »Die zu unseren Ehren. Ich hab's doch gleich gesagt – das ist der richtige Berg! Ach, nein«, nahm sie sich unerwartet wieder zurück. »Das hab ich nicht gesagt, glaube ich …«

»Na«, meinte Katja ironisch, »so wie wir gerade gestylt sind, sind wir die perfekten Ballköniginnen!« Sie taxierte ihre blutdurchtränkten, durch das Hochwasser nicht viel sauberer gewordenen Boxershorts und die an ihrem Oberkörper klebenden Reste des zerschnittenen ärmellosen Trikots. Dann wanderte ihr Blick zu Dascha, deren verdrecktes Spitzenhöschen seit ihren Erste-Hilfe-Maßnahmen den unteren Teil ihrer Garderobe bildete und auf deren Wange der inzwischen violette blaue Fleck von Katjas Hand das festliche Make-up ersetzte.

»Ach was … Die Sieger haben immer recht!« Dascha zuckte unbekümmert die Achseln. »Und außerdem ist es an Johannis sowieso Brauch, alle mit Wasser und Dreck zu bespritzen! Also sind wir im Moment grad so, wie's sein muss, praktisch in der Nationaltracht. Los, fliegen wir!«

Aber das mussten sie gar nicht.

»Ach du lieber Gott, was ist denn das schon wieder?« Vom Kahlen Flora-Chorewiza-Schlossberg senkte sich zum Abhang des Seufzerbergs, auf dem das Bulgakow-Haus stand, eine schmale, sehr lange Zugbrücke hinab.

»Wo kommt denn die her?«, fragte Dascha heiser. Sie war immer noch in der Lage, sich zu wundern.

»Die gab es hier im 17. Jahrhundert.« Mascha nickte der Brücke wie einer alten Freundin zu. »Und Mischa gab es einst, und den Lindwurm, und die drei Recken … Was war, wird immer sein. Und ich bin bereit zu wetten, dass uns dort drüben ein Schloss erwartet.«

*

Es war wirklich ein Schloss da – der einstige Fürstensitz der Stadt, mit fünfzehn kriegerischen Türmen und spitzgiebeligen Dächern, die sich schwarz von dem samtblauen Himmel abhoben. Und als sie das vor dreihundertfünfzig Jahren von Bohdan Chmelnizkis Kosaken zerstörte Tor durchschritten, zu dem die Brücke führte, sahen sie, dass der Schlosshof voller Menschen war.

»Euer sei die Macht, Holde Kiewizen!«, brandete eine Woge willkommenheißender Stimmen auf.

Sie waren von Frauen umringt – aufgekratzten Frauen mit funkelnden Augen, wild fallendem, ungebändigtem Haar, das ihre nackten Leiber einhüllte und sich in dem schweren Goldschmuck verfing, der auf ihren stolz herausgestreckten Brüsten mit den festen Brustwarzen klimperte.

»Die Kraft sei mit Euch, Holde Kiewizen!« Aus der Menge löste sich eine füllige nackte Gestalt und verneigte sich so tief vor ihnen, dass ihre eindrucksvollen Brüste und die unzähligen Ketten aus goldenen Münzen darüber knapp über dem Boden schwangen.

Und Mascha dachte, dass es einfach immer noch etwas zu

staunen gab und diese Stadt vielleicht niemals all ihre Geheimnisse preisgeben würde – schreckliche wie seltsame, lächerliche und völlig unwirkliche …

Denn vor ihr stand ihre vollkommen nackte Dozentin.

»Wassilissa Andrejewna«, murmelte Mascha betreten, »Sie?«

»Eure ergebene Dienerin, Marija Wladimirowna«, verneigte sich der Schrecken und Stolz von Maschas Institut ein zweites Mal vor ihr. »Die Hexen von Kiew begrüßen Eure Macht auf dem Berg Kiewiza!«

Kowaljowa war restlos verdattert. »Verzeihung, was haben Sie gesagt?«

»Kiewiza«, Wassilissa richtete sich auf, und in ihrer ungewöhnlich ergebenen Stimme schwang wieder der gewohnt dozierende Ton mit, »lautete der erste Name des Schlossbergs.«

»Und ich hatte mich so angestrengt, mich an alles zu erinnern«, rief ihre Studentin matt, die Augen krampfhaft von den üppigen Formen ihrer Lehrerin abgewandt. »Kiewskaja, Kiewljanka … Wie hatte ich das nur vergessen können?«

»Die Weisheit sei mit Euch, Holde Kiewizen!«, flutete ihr sofort ausgelassenes Gebrüll an die Ohren.

»Also wohnten die Kiewizen direkt neben dem Berg des Drachen, noch ehe der zum Altkiewer wurde …« Mascha fuhr sich über die Stirn. In dieser Beobachtung verbarg sich irgendeine unangenehme Logik, aber sie war nicht in der Verfassung, sie weiterzuverfolgen. »Das sind Dascha und Katja«, stellte sie unsicher ihre Gefährtinnen vor.

»Die dritte Macht Euch dreien!«, riefen die Hexen im Chor. »Die Flamme Marina!«

»Marina … Wie viel Uhr ist es?«, fragte Dascha plötzlich.

Automatisch schaute Mascha auf ihre Uhr, die das Bad erstaunlicherweise überlebt hatte: »Noch nicht zwölf. Wir sollten …«

»Dann erwartet Jan mich jetzt im Club!« Die Markerschütternde richtete sich auf. »Entschuldigt mich. Ihr habt hier euren Sabbat, ich hab meinen eigenen. Vielen Dank … Übrigens, falls jemand mitkommen will … es ist ja noch nicht entschieden, welche Fete besser wird!«

»Der Herr erwartet Euch, Darja Andrejewna.« Wassilissa Andrejewna klappte wieder in der Mitte zusammen und wedelte mit der rechten Hand in Richtung des Portals hinter sich.

»Jan? Er ist hier? Hat er etwa *diese* Party gemeint? Na dann ...« Ihr Gesicht erhellte sich. »Er ist ja schließlich der Dämon!«

»Der Herr liebt es nicht, so genannt zu werden – so nennen ihn nur die Menschen«, erklärte ihr die Weise freundlich. »Und der Herr liebt die Blinden nicht ...«

»Und was sind wir, etwa keine Menschen?«, begehrte die Markerschütternde flüchtig auf.

»Alles ist bereit für den zweiten Festtag des Jahres!«, verkündete Wasja mit der Feierlichkeit eines kaiserlichen Zeremonienmeisters. »Eure Räume erwarten Euch, Holde Kiewizen!«

Gequält verzog Mascha das Gesicht. Aus dem Schloss ertönte Musik. Kanonen donnerten Salut ohne Rücksicht auf ihre Trommelfelle. Ihre Kleidung war noch feucht, und Kälte umgab ihre Seiten, ihren Bauch, ihre Fußsohlen. Sie musste sich dazu zwingen, sich wieder zu bewegen und weiterzugehen durch die johlende, winkende, auf- und niederhüpfende festliche Menge.

Jetzt bemerkte sie zwischen den geröteten Frauengesichtern hier und dort die pelzigen, abgeplatteten Schnauzen von Teufeln. Wasja ging etwas seitlich in respektvollem Abstand hinter ihnen her. Vor ihnen trippelten mit winzigen Schrittchen drei alte Weiblein, die zwischen sich aufgespannt ein großes Tuch trugen, in das von allen Seiten goldene Münzen, klobige Ringe, Armreifen von Manschettenbreite, Ketten, Diademe, Kolliers und Edelsteine geworfen wurden.

»Was ist das?«, fragte sie matt, während sie sich weiterschleppte.

»Eure Macht«, antwortete Wasja. »Auch *wir* erkennen sie an«, fügte sie betont hinzu. »Das ist Gold unseres Vaters, gesammelt in der Johannisnacht ... Und das bedeutet, es gehört Euch.«

»Ein Schatz?«, mischte Dascha sich ein.

»Das sollen wir unter uns aufteilen?«, wurde auch Katja aufmerksam.

»Ach ...«, seufzte Mascha gleichgültig.

Sie wollte jetzt nur eines: sich irgendwo hinlegen oder zumindest hinsetzen. Wehmütig erinnerte sie sich daran, dass alle Märchenhelden, denen ihre Autoren auch nur ein bisschen Respekt entgegenbrachten, nach ihrem schweren Sieg in einem weichen Bett erwachten. Während die von den Helden Geretteten die Finger an die Lippen legten und sich gegenseitig zuflüsterten: »Still! Psst! Sie müssen ausruhen ...«

»Ehre, Heil und Ruhm! Ruhm den Drachentöterinnen!«, brüllten dagegen die Hexen aus vollem Hals.

Maschas Kopf sank schwer zur Seite. Die Schreie, die Unruhe, die huschenden Schatten ... Ihre an dem Balkongitter abgeschürften Handflächen brannten. Ihr war kalt, kalt, kalt ...

Wärme. Ein Geruch, scharf und vertraut, zog sie nach oben. Mascha nieste und erwachte. Sie saß auf einer warmen, mit einem Fell bedeckten Bank in einem Zimmer mit niedriger Decke und mit Goldmosaik auf dem Fußboden. Vor ihrem Gesicht schwebte ein breiter Kelch mit einem dampfenden, heißen Gebräu.

»Trinkt«, sagte Wassilissa Andrejewna.

Geradeaus in ihrem Blickfeld erstrahlte Dascha Tschub in ihrer ganzen, wieder einmal nackten Schönheit. Von Kopf bis Fuß mit Farnwedeln behängt, ausgelassen und trunken – sei es vor Freude oder von etwas anderem, auf jeden Fall hatte sie auch einen Kelch in den Händen.

»Auf die schönen Frauen! Soll sie nehmen, wer sie kriegen kann!«, brachte die Markerschütternde einen Trinkspruch aus, ein Farnblatt auf ihrer linken Wange festhaltend, und stieß mit einigen ebenso nackten Hexen an. »Auf uns und euch, Mädels!«

Etwas weiter weg war Katja von nicht weniger als zehn beflissenen Bewunderinnen umgeben. Zwei rieben ihr eifrig die schwarzen Haare mit einem flauschigen Handtuch trocken. Fünf umhüllten ihren schlanken, hochgewachsenen Körper mit einer Leinentoga. Drei weitere standen in Reserve.

Und wie sie so auf einem goldenen Fußboden im Saal eines im 17. Jahrhundert abgebrannten Wojewodenschlosses stand und die Huldigungen einer Meute barbusiger Hexen entgegennahm, wirkte Katja derart glücklich und versöhnt, als sei sie endlich an dem Ort angekommen, den sie immer gesucht hatte.

»Trinkt, Holde Herrin.«

Mascha nahm den Kelch aus Wassilissas Händen und bemerkte erst jetzt, dass ihre Hände mit irgendwelchen Blättern umwickelt waren und überhaupt nicht mehr wehtaten.

»Mutter Erde, segne das Kraut, das ich genommen habe, Teil von dir und von mir«, murmelte Wasja beiläufig. »Trinkt«, wiederholte sie, »das ist Farnblütentee. Er wird Euch helfen. Das war ein schreckliches Erlebnis – diesen Kampf ausfechten zu müssen, bevor die Kraft der Kiewizen in euch gewachsen war.«

»Gewachsen?«, fragte Kowaljowa.

»Wie ein Pflänzchen. Ein Baum«, erklärte ihr die Dozentin. »Nichts in der Natur passiert mit einem Fingerschnippen. Alles braucht seine Zeit. Nicht einmal Gras kann innerhalb eines Tages vom Samen zum Halm werden. Mir scheint«, sagte sie nachdenklich vor sich hin, »dass in der gesamten Geschichte der Kiewizen erst eine jemals in einer solchen Klemme steckte. Aber sie war eine reinblütige Hexe und hatte schon mit der Muttermilch eingesogen, was ihr euch mühsam anlesen musstet. Und dennoch hat sie verloren, im Gegensatz zu euch. Und ist gestorben. Gemeinsam mit ihrer Stadt.«

»Wann war das?«, fragte Mascha leise.

»Beim Einfall Batu-Kahns.« In Wasjas Antwort war wieder der fordernde Dozententon zu spüren.

»1240«, gab Mascha automatisch zur Antwort. »Von 50000 Kiewern blieben nur fünfzig am Leben. Die Zehntkirche wurde zerstört. Die Kiewer Rus zerfiel, die Mongolenherrschaft begann ...«

»Sehr gut, das wird dir angerechnet ... Oh, verzeiht, Herrin!«, sagte die Dozentin erschrocken. »Morgen ist das Staatsexamen des Abschlussjahrgangs. Keine Ahnung haben die, können sich an nichts mehr erinnern, wie aus dem tiefsten Sibirien –«

»Also sind Kiewizen Hexen?«, unterbrach Mascha sie. Doch es war keine Frage, nur eine müde Feststellung.

»O nein, ihr seid weder Hexen noch Heilige. Und zugleich das eine wie das andere, was wiederum bedeutet: keins von beiden«, erläuterte sie, was keineswegs mehr Klarheit schuf.

Doch Mascha verstand sie mühelos. »Wie Kiew?«

»Ja, wie unsere Stadt.« In Wasjas Worten schwang Stolz mit. »Die Hauptstadt der Hexen ...«

»... und des Glaubens.« Mascha verstummte. »Ich werde nicht feiern, Wassilissa Andrejewna. So kann ich das nicht. Die Linde von Peter Mogila. Das Museum. Die Murawjow-Residenz und die Kyrillkirche, Mischas Werk – alles verbrannt ...«

»Wollt Ihr, dass sie wiederhergestellt werden?«, fragte Wasja.

»Ist das denn möglich?«

»Keine Sorge, Holde Herrin, das können sogar wir tun. Das ist nicht das Gleiche, wie Vater Himmel und Mutter Erde um die Rückgabe eines beendeten Lebens zu bitten. Mit solchen Bitten dürfen nur Kiewizen sich an sie wenden.«

»Ach, was seid Ihr schön, Jekaterina Michailowna!«

Mascha wandte den Kopf. Am anderen Ende des niedrigen Saales stand Katja, strahlend wie die kostbar geschmückte Statue einer Göttin. Ihre bloßen Hände, Handgelenke, Unterarme, ihre Taille, ihr Haar und ihr Hals waren mit schwerem Goldschmuck behängt, zwischen dem vielfarbige Juwelen funkelten.

»Oh ... so was will ich auch!« Hastig riss Dascha sich die zerdrückten Farnwedel vom Leib. »Wir müssen das gerecht aufteilen! He, Mädels, ein letzter Toast«, rief sie ihren Zechschwestern zu. »Auf dass alle zetern und jammern, die wir nicht wollten, und alle verrecken, die uns nicht wollten!«

»Ich kann nicht mehr ...«, flüsterte Mascha tränenerstickt.

»Trinkt den Tee aus«, erinnerte Wassilissa sie fürsorglich.

Mascha deutete auf ihre Brust. »Für mich ist kein Feiertag.«

»Und wer ist da drin?«, wollte die weise Wassilissa mit halbem Lächeln wissen.

»Ach ...« Mascha blinzelte und holte stockend Luft.

»Das ist es also«, lächelte Wassilissa Andrejewna verständnisvoll. »Trinkt aus, Marija Wladimirowna, Ihr werdet die Kraft noch brauchen ... Er erwartet Euch!«

Letztes Kapitel,

in dem alles für immer endet und von neuem beginnt

> Du bist hier, wir atmen die gleiche Luft.
> Deine Anwesenheit, wie die Stadt,
> wie das stille Kiew vor dem Fenster,
> gehüllt in die Glut der Strahlen …
> *Boris Pasternak*

Mascha betrachtete ihr Gesicht in dem winzigen Spiegel, der wie durch ein Wunder in ihrer Tasche überlebt hatte. Der Spiegel war nicht zersprungen – das bedeutete Glück! Glück, das so nahe war, dass es sie mit einem süßen Kribbeln erfüllte. Ihre Wangen brannten. Jetzt konnte sie ihren Sieg spüren. Jenen gewaltigen Sieg, für den nun die gewaltige Belohnung auf sie wartete.

Er erwartet Euch!

Sie schloss die Augen. Fühlte, wie der Schlüssel in ihrer Hand sie zu der passenden Tür zog, ging den dunklen Flur des alten Hauses entlang, das einst ein Gasthof mittlerer Qualität gewesen war, und fand sie ohne Mühe.

Dahinter war es dunkel, nur das Mondlicht ließ die Dinge scharf hervortreten.

»Nadeshda?«, fragte die Dunkelheit mit bittender Hoffnung. »Bist du es?«

»Ja!«

Er hatte zusammengesunken auf einem Stuhl gesessen, doch als sie eintrat, wandte er sich zu ihr um. Seine hellen Haare erschienen im Mondlicht fast weiß.

Mascha war den Tränen nahe. »Erinnern Sie sich an mich?«

»Sie?«

»Ich bin's, Mischa, Nadeshda Wladimirowna!«

»Ich kenne Sie nicht.«

In ihrem Innern zerbrach etwas. Ihre Kehle verengte sich vor Schmerz. Nur neun Stunden nach ihrem Zusammentreffen hatte er sie schon vergessen ... Er erkannte sie nicht einmal mehr!

Der Maler stand hastig auf, tappte rückwärts, prallte als schwarzer Schatten gegen die Wand – Licht flammte auf. Und sie taumelte zurück. Denn jetzt erkannte sie *ihn* nicht mehr.

Vor ihr stand ein kleiner alter Mann in einem fleckigen, schmuddeligen schwarzen Jackett. Seine Haare wirkten nicht nur – nein, sie *waren* silbern. Sein Gesicht, vertrocknet wie altes Pergament, war verzerrt von hohler, grauer Furcht.

Und Mascha brauchte nicht weniger als dreißig Sekunden, um dieses fremde, resignierte Gesicht von den Schichten der Zeit zu befreien, die es ausgedörrt, gefurcht und verzerrt hatten, und unter der gelben Maske die Überreste *ihres* Mischa, des jungen, gutaussehenden, blondgelockten, hoffnungsvollen Mischa mit den regelmäßigen Zügen und den warmen Samtaugen zu erspüren.

»Wer sind Sie?«, fragte der Mann mit schwerer Stimme, als bereite ihm allein die Tatsache ihrer Anwesenheit in diesem Zimmer unerträgliche Qual. »Wo ist meine Frau?«

»Nadeshda?«

»Wissen Sie, wo sie ist? Sie ist fort. Ich konnte sie nicht zurückhalten!« Tiefe Traurigkeit durchtränkte jedes seiner Worte.

»Ihre Frau heißt Nadeshda?« Jetzt begriff Mascha endlich mit einem dumpfen Schmerz ganz unten in der Magengrube.

Er war verheiratet. Und liebte seine Frau. Eine andere Nadeshda hatte ihre Stelle eingenommen, sie war zu spät gekommen ... Hoffnungslos zu spät! Noch schlimmer wäre nur gewesen, wenn sie zu seinem Begräbnis gekommen wäre.

»Ich bin Nadeshda Wladimirowna. Wahrscheinlich werden Sie sich nicht an mich erinnern. Wir haben uns in Kiew getroffen. Vor langer Zeit. Im Jahr 1884, vor Ihrer Reise nach Venedig ...«

»1884?« Wrubel starrte sie an, bitter, ungläubig, aus Augen wie mottenzerfressene Stückchen Samt. »Vor neunzehn Jahren? Möchten Sie mir Ihr Beileid bekunden? Danke vielmals«, fügte er trocken hinzu. Dann wurde sein Blick leblos und wartete mit schrecklicher Offensichtlichkeit darauf, dass sie ging.

Sie stand wie angewurzelt, niedergedrückt von den zwanzig Jahren, die sich soeben über sie gehäuft hatten, den Blick unverwandt auf den unkenntlichen, verlorenen, ergrauten Mann gerichtet, in dem ihr Besuch nichts auslöste als müden Verdruss.

Versuchte sich einzureden: Das ist nicht mehr Er. Ihren Mischa gab es nicht mehr, und ihr blieb nichts übrig, als nach Hause zu gehen.

»Wir waren im Café Semadeni. Sie trugen ein Kostüm wie von Tizian. Sie haben mich eingeladen. Erinnern Sie sich?«, sagte sie, ohne zu wissen, warum, denn diese Erinnerung hatte keinerlei Sinn mehr, so wie sie selbst keinen Sinn mehr für ihn hatte. Und wie auch er für sie keinen Sinn mehr hatte – gealtert, stumpf, weinerlich und hässlich …

Aber das, was in ihr zerbrochen war und blutete, durchtränkte ihr Inneres und überschwemmte sie ganz, und sie erkannte: In den letzten wirren, schrecklichen neun Stunden war der Gedanke an ihn – an *ihren* Mischa – ihre größte Kostbarkeit gewesen, derentwegen sie alles hatte ertragen können, um ihm später ihr ganzes Leben von Horizont zu Horizont zu schenken. Ihm endlich das bei Semadeni unausgesprochen gebliebene »Ja« zu sagen und ihm alles zu geben, was er von ihr erbitten mochte.

Jetzt zu sehen, dass er all das, was ihm so ganz und gar gewidmet war, so ganz und gar nicht brauchte … Plötzlich wusste sie überhaupt nicht mehr, was sie tun sollte – mit ihrem Leben, ihrem um neunzehn Jahre verspäteten »Ja«, sich selbst.

»Semadeni? Das Kostüm. Ich erinnere mich …«, murmelte Michail Sanytsch verwundert und blickte mit seinen geröteten Augen tief in sich hinein. »Dieses Mädchen … Nadeshda. Aber waren das wirklich Sie? Sie sind so jung.«

»Sie erinnern sich an mich?«

»Sie haben sich gar nicht verändert, Nadeshda Wladimirowna.« Seine Worte klangen trotz allem wie eine Frage. Unsicher tastete Wrubel mit dem Blick über ihr Gesicht – ihre Lippen, ihre Augenlider, ihr bebendes Kinn –, als könne er noch nicht glauben, dass die Frau, die vor ihm stand, wirklich existierte.

Er lächelte gequält. »Ich habe an Sie denken müssen. Sehr oft. Sie hätten wiederkommen sollen. Ich habe gewartet ...«

»Auf mich?« *Noch neunzehn Jahre später?*

»Ich weiß, dass ich diese Nacht nicht überstehen werde«, sagte Wrubel gepeinigt. »Nur nicht in die Kyrillische!« Sein Gesicht veränderte sich. »Oh nein, nein ...« Er schrak vor ihr zurück. Schrie auf. Und begann wild durchs Zimmer zu hasten, wobei er nach Dingen griff, die ihm gleich wieder aus der Hand fielen: das Porträt einer Frau in einem ledernen Rahmen, ein zerschlissenes Reisenecessaire, ein Rasiermesser mit angetrocknetem Schaum an der Schneide.

»Nadja! Nadja!«, schrie er fieberhaft, während sein flackender Blick nach allen Seiten zuckte. »Wir müssen fort! Auf der Stelle. Aus dieser Stadt. Nadja, wo bist du? Er wird mich töten!«

»Michail Sanytsch!« In hellem Entsetzen lief Mascha zu ihm.

»Ich gehe nicht in die Kyrillische! Fassen Sie mich nicht an!«, keuchte er und wehrte sie mit zitternden Händen ab. »Lieber mache ich selbst ein Ende!« Er hob das Rasiermesser auf.

Er war wahnsinnig! Er war es schon. Das erkannte sie jetzt.

Und sie war für ihn ein Spuk, ein Wahnbild! Aber wofür sollte er sie auch sonst halten, die nach zwanzig Jahren bei ihm auftauchte, keinen Tag älter als damals?

»Michail Sanytsch, man wird Sie nicht dorthinbringen, ich verspreche es Ihnen!«, schluchzte Mascha unter dem Gewicht der Angst und der schrecklichen Schuld, die sich auf sie legten.

»Sie versprechen es mir? Wirklich?«

»Ich schwöre bei Gott!«, versicherte sie hastig.

»Ich glaube Ihnen.« Schwer atmend hielt der Wahnsinnige inne, lehnte sich mit dem Rücken gegen die Wand, die mit billiger Gasthaustapete beklebt war; der anflutende Wahn ebbte ab. »Ich erinnere mich, was Sie mir damals versprachen, als ich noch niemand war...«, sagte er zusammenhanglos. »Ich musste später immer daran denken ... Nadeshda Wladimirowna?«, schrie er plötzlich, den Blick zur anderen Seite gerichtet.

»Ich bin hier«, wisperte Mascha.

»Ja, Sie sind hier.« Noch immer sah er nicht sie an, sondern ins nebelhafte Innere seines matten Verstandes, woher, wie er glaubte, *seine* Nadeshda Wladimirowna gekommen war. »Und nicht zufällig, gerade heute Abend, wo Nadeshda mich verlassen hat … Der Tod ihres Vaters, die Krankheit ihrer Mutter, und ich … Ein halbes Jahr lang haben sie sie nicht einmal zu mir gelassen. Und nun Sawwotschka. Unser armer Kleiner. Seit er tot ist, hat sie nur geschwiegen. Kein Wort … Ich allein habe mich darum gekümmert. Das Grab, die Beerdigung. Und nun ist sie fort, ganz allein … Sie kann mir nicht vergeben. Unser Sohn … Ich hätte nicht hierherkommen sollen. Das war *er*. Er hat ihn genommen … Ich überstehe diese Nacht nicht … Ich weiß, morgen früh werden sie mich holen kommen. Aber wenn Sie mir versprechen … Nadeshda Wladimirowna?«

»Ich verspreche es, Michail Sanytsch«, versicherte Mascha, im Innern die eisige Erkenntnis, dass »das, was sie sehen musste«, der Tag der Beerdigung seines Sohnes war.

Also war sein Sohn in Kiew gestorben … Fahrig zupfte Mascha an ihrem seidenen Mieder und merkte plötzlich: so fehl am Platze es damals, Anfang Winter 1884, gewesen war – jetzt, im Jahre 1903, entsprach ihr schwarzes Trauergewand grauenhaft genau der Zeit und dem Anlass. Es war, als habe sich jemand einen üblen Scherz mit ihr erlaubt und ihr heutiges Treffen exakt passend zu ihrer Garderobe ausgewählt.

»Sie werden niemals in die Kyrillanstalt geraten«, wiederholte sie. *Dort waren Sie nie, das weiß ich genau!*

Der Künstler nickte. Kraftlos ließ er sich aufs Sofa sinken, die schlaffen Hände auf den Knien. »Welch ein Glück, dass Sie gekommen sind«, sagte er erschöpft. »Auch wenn Sie nicht existieren … Ich weiß … Sie werden mich retten. Ich muss nur abreisen. Abreisen. Ich weiß, ich habe es verdient. Es ist meine Strafe. Sawwotschka, Nadja … Oh, nie hätte ich die Heilige Jungfrau …«

»… in Gestalt der Frau malen sollen, die zu Ihrem Dämon geworden war«, schloss Mascha schwach.

»Sie wissen es«, sagte er, beinahe froh. »Natürlich wissen Sie es. Denn Sie sind mein Glück. Das, was hätte sein können …«

Hätte.

Mascha lehnte sich an den Türrahmen und schloss die Augen. Seine Stimme war noch wie damals. Seine Stimme schloss mit neun silbernen Stichen plötzlich den klaffenden Abgrund, der das Jetzt von dem Abend vor neunzehn Jahren trennte. Seine Stimme holte sie aus dem Nichtsein zurück und gab ihr einen Namen: *Sie sind mein Glück. Das, was hätte sein können.*

»Ich habe so oft daran gedacht ... Nein. Ich war glücklich mit Nadeshda. Vor allem, wenn mein Fluch mich in Ruhe ließ«, sagte Mischas Stimme wehmütig. »Ich war nach Moskau geflohen. Aber er war mir gefolgt ... Und das Schlimmste war, dass ich ihn liebte. Ja, ich liebte ihn, denn mein Dämon war auch mein Genius! Mit der Kyrillischen Muttergottes hatte es angefangen ... Man wurde auf mich aufmerksam, man redete über mich. In den Zeitungen schmeichelte man mir. Ich allein kannte ihr Geheimnis. Aber ich habe es niemandem verraten. Nur Ihnen.«

»Mir?« Mascha öffnete die Augen. Und bemerkte, dass sie die Veränderungen an ihm gar nicht mehr wahrnahm.

Dort saß niemand anders als er – ärmlich, unglücklich, ruhelos, verloren, genial – *ihr* Mischa, der noch immer wirkte wie ein großes, unsicheres Kind. Nur war das Kind jetzt müde geworden, krank, hatte den Tod des einzigen Sohnes erleben müssen ...

»Ich habe oft mit Ihnen gesprochen. Mit Ihnen, nicht mit ihr«, beteuerte er ungestüm. »Ich habe aufgehört, die Prachows zu besuchen. Aber ich habe ihr geschrieben. Wieder und wieder. Meine Abreise hatte nichts geholfen. Mein Leben lang habe ich nur Dämonen geschaffen. Wissen Sie, wie viele ich gemalt habe? Natürlich wissen Sie es ... Sie wissen alles. Ich habe sie gemalt ... Und man hat mich als Genie bezeichnet. Und dann traf ich Nadja. Aber es war zu spät. Ich gab mir Mühe, Sie wissen es ... Dann wurde Sawwotschka geboren ... Und ich malte den ›Gestürzten Dämon‹ – ich wollte mit ihm ins Reine kommen ... aber es war zu spät. Er war zu sehr eins mit mir geworden. Als das Bild ausgestellt wurde, lag ich schon in der psychiatrischen Anstalt. Von allen entfernt ... ohne Verstand. Und ich wusste, warum ich dort war. Er hatte mich mitgerissen ... *Er* hat mich hierhergelockt, nach Kiew. *Er, er* ... Von Meck hat den ›Dämon‹ gekauft.

Wir wollten auf seine Ländereien reisen, im Kiewer Gouvernement, und machten hier Station ... Was für ein Fehler! Warum habe ich das nicht erkannt? Ich hätte Sawwa niemals in die Stadt bringen dürfen, in der ich meine Seele verpfändet habe! *Er* hat mich erwartet ... Verflucht sei sie! Verflucht!«

»Emilia Lwowna ist nicht daran schuld«, sagte Mascha leise. »Ich bitte Sie, verfluchen Sie sie nicht.«

»Nein, nein«, lenkte Wrubel gehorsam ein. »Sie haben recht. Ich allein ... nur ich ... Und ich habe dafür bezahlt. Sawwotschka wurde plötzlich krank. Und zwei Tage später war es zu Ende ... Er war so klein, er hatte gerade angefangen zu sprechen. Und Nadja verstummte ... Warum haben Sie mich damals verlassen, Nadeshda Wladimirowna?«, fragte er plötzlich ohne Vorwurf. »Ich weiß, ich war selbst schuld ...«

»Nein. Nicht Sie – ich«, sagte Mascha bitter. »Ich habe Sie angelogen. Mein Name ist nicht Nadeshda. Ich heiße Mascha.«

»Marija?« Er wandte ihr den Kopf zu und schien sie zum ersten Mal direkt anzusehen, ließ den Blick fragend von oben bis unten über ihr Trauerkleid schweifen. »Ich wusste es«, sprach er nachdenklich. »Die ganze Zeit ... Ich habe es sofort gespürt ... Maria. Ich hätte Sie lieben können ... Ich weiß, warum Sie jetzt zu mir gekommen sind. Sie sind gekommen, um sich zu verabschieden. Denn das hier ist das Ende. Nun, so sei es. So sei es.«

»Nein!«, rief Mascha, die spürte, wie ihre Augen von Tränen überschwemmt wurden. »Ich bin gekommen, um Ihnen zu sagen, dass ich Sie liebe!«, schrie sie inbrünstig und trostlos. »Ich weiß, dass ich zu spät bin, aber ich ...«

Ich werde alles ändern, weinte sie innerlich. *Ich weiß, wie. Das hier wird nicht geschehen! Nicht dieser Tag, und nicht dieser Abend. Das* darf *nicht das Ende sein!*

»Mich lieben? Ich bin niemand, den man noch lieben könnte ...«

»Und Sie? Sie?« Sie rannte zu ihm, die Arme bittend ausgestreckt. »Haben Sie mich geliebt? Dort, bei Semadeni. Erinnern Sie sich, Mischa? Der Schlitten? Der verschneite Kreschtschatik? Das Eis. Ich hatte Eis bestellt, erinnern Sie sich? Damals haben

Sie Emilia geliebt. Danach Ihre Frau … Und mich? Irgendwann? Sagen Sie es mir!« Heftig packte sie seine Hände.

Ich werde alles ändern, nur sag es mir!

»Wie hätte ich Sie nicht lieben können?«, sagte er heiser. »Wie hätte ich meine Rettung nicht lieben können? Das lieben, was niemals geschehen wird?«

»Und wenn es geschieht?« Leidenschaftlich brachte sie ihr Gesicht ganz nah an seines, hakte ihren Blick glühend in den seinen.

»Zu spät … Sawwotschka, Nadja …«, sagte er matt. »Ich werde sterben.«

»Sie können nicht sterben! Ich gebe Sie nicht her! Hören Sie!«

Fieberhaft zog sie seinen Kopf an ihre Brust und versenkte die Lippen in seinem weißen Haar. Seine Haare rochen nach dem Weihrauch der Totenmesse.

»Ich gebe dich ihm nicht!«

Wem, wusste sie nicht. Nur, dass sie ihn nicht hergeben würde. Denn sie allein war das höchste Gericht dieser Stadt. Und niemand konnte ihr nehmen, für was sie bereit war zu zahlen.

Mit allem, was sie besaß.

»Du wirst leben, das verspreche ich dir! Du wirst nicht den Verstand verlieren, das verspreche ich dir! Dein Dämon ist tot. Er ist gestürzt. Ich habe ihn besiegt.«

»Emilia?«, keuchte Wrubel.

»Dein Dämon. Es gibt ihn nicht mehr. Du bist frei. Alles wird gut werden, glaub mir!«, flüsterte sie, in der verzweifelten Hoffnung, dass es die Wahrheit war und er genug Kraft haben würde. »Glaubst du mir?« Sie blickte in seine zweifelnden Augen. »Du glaubst mir, nicht wahr? Du siehst doch, ich bin da. Ich bin kein Trugbild, Mischa, ich bin lebendig.«

Er näherte ihr seinen Mund, zurückhaltend, unsicher. Sie kam ihm entgegen, berührte ihn – seine Lippen waren weich und schutzlos. Seine Hände, die über ihren Hals strichen, waren flehend und schüchtern. In seinen Augen aus zerschlissenem Samt stand eine Frage …

»Ja«, hauchte Mascha mit einer Verspätung von neun Stunden und neunzehn Jahren. Und schloss die Augen.

Epilog,

den zu lesen die Autorin nicht unbedingt für nötig befindet

Wie in den Straßen Kiews, des Wij,
ihren Mann sucht eine, ich weiß nicht wessen ...
Ossip Mandelstam

Mascha setzte sich auf die in den Boden eingesunkene steinerne Stufe vor der Grabstätte und musterte kummervoll die namenlosen Kreuze ringsum.

Über Kiew dämmerte der vierte Tag ihres neuen Lebens.

Um sie herum kauerte der endlos ausgedehnte Bajkow-Friedhof. Die Morgendämmerung lockte die Granitblöcke aus den Schatten, die schiefen Eisengitter, die mit Laub bedeckten Platten der Wege. Schon stundenlang wanderte sie kreuz und quer hier umher, in begehrlichem fieberhaftem Wahn, war dabei manchmal in Sackgassen geraten, die zu enggedrängten Gräbern führten – wie Menschen in einer Straßenbahn zur Hauptverkehrszeit –, und war ohne Rücksicht auf den Saum ihres Kleides, über weiße, silberne, rostige Grabzäune gestiegen, um den nächsten engen Pfad zu erreichen, während die Friedhofsbrennnesseln nach ihr schnappten. Doch noch hatte sie nicht finden können, weshalb sie hierhergekommen war.

Auf einem der Kreuze ließ sich ein schwarzer Rabe nieder.

Mascha senkte den Blick. Unter ihrem Kleid fühlte sie sich nackt. Sie spürte das Kleid nicht einmal – sie spürte noch seine Lippen auf ihrem Bauch, ihren Schultern, ihrer Brust.

»Sag, kannst du uns jetzt helfen?«, fragte sie den großen Vogel fordernd.

»Ja«, erwiderte der Dämon.

»Dann gib mir den Schlüssel zurück!«, befahl sie.

»Welchen?«

»Du weißt, welchen!«, sagte sie geradeheraus. »Gib ihn mir!«

»Das kann ich nicht«, erklärte er ruhig. »Aber ich kann auf deine Fragen antworten.«

Mascha hob den Kopf. Da stand der Dämon, an die hohe zierliche Umzäunung gelehnt, hinter der unter einem Marmorkreuz im ewigen Frieden die Eltern eines anderen Mischa ruhten:

Afanassi Iwanowitsch Bulgakow
Professor der Kiewer Geistlichen Akademie
Warwara Michailowna Woskressenskaja-Bulgakowa

Vor langer Zeit einmal hatte sie dieses Grab gesucht. Und jetzt hatte sie es gefunden … Zufällig. Und empfand hier im Strudel der ungezählten unbekannten Toten flüchtige Erleichterung darüber, ihre einzigen Bekannten hier zu treffen. Einen Augenblick lang kam es ihr wie Schicksal vor.

»Na gut«, lenkte sie schnell ein. »Dann sag mir, wo das Grab seines Sohnes ist. Er ist im Mai 1903 gestorben, zwei Jahre alt. Er muss hier irgendwo liegen. Das Grab muss ganz klein sein …«

»Du wirst ihn nicht finden.«

»Das ist keine Antwort!«, brauste Mascha auf.

»Doch. Du wirst ihn nicht wiedererwecken können.«

Die Sonne ging auf. Die fröhlichen Strahlen des Sommers liebkosten Maschas abgekämpftes Gesicht und das schwarze Marmorkreuz.

Bis heute hatte sie sich nie eine Vorstellung davon gemacht, wie viele Kreuze es auf dem Hauptfriedhof der Stadt gab, deren glatte Tafeln von der Zeit ihrer Aufschriften beraubt worden waren. Vielleicht lag unter diesem hier, dessen weiße Farbe nur noch in Fetzen an den verrosteten Balken hing, was es einer eisernen Birke ähneln ließ; oder unter jenem himmelblauen; oder unter diesem, von einem Fliederbusch überwucherten der winzige Sawwa Wrubel, von der Namenstafel und aus dem Gedächtnis ganz Kiews getilgt.

»Das ist es nicht«, sagte der Dämon beiläufig.

»Und das dort?«, fragte Kowaljowa.

»Das? Auch nicht. Und das hier auch nicht. Du kannst ihn nicht finden.«

»Doch! Er liegt auf dem Bajkow-Friedhof!«, rief sie zornig und warf ihm die Reste des von Behemoth zerfetzten Kunstbandes vor die Füße. »Ich lasse mir die Verwaltungsbücher geben!«

»Die Bücher sind 1940 verbrannt.«

»Ich werde jeden Zentimeter absuchen!«, zischte Mascha. »Ich werde eine Liste aller namenlosen Gräber anfertigen! Ich werde das Alter jedes Kreuzes bestimmen. Wenn es sein muss, werde ich ... Du kennst mich noch nicht! Das war *sie*! Kyllina hatte seinen Sohn schon im Voraus zum Opfer bestimmt! Sie hat Mischa Erde vom Bajkow-Friedhof gegeben, und sein Sohn ist gestorben, kaum dass er den Fuß auf Kiewer Boden setzte ...«

»Wie fürchterlich eure Friedhöfe sind«, meinte ihr Gegenüber mit angewiderter Miene, während er sich umschaute.

»Ja, das sind sie«, musste sie ihm zustimmen. »Furchtbar. Das sollte nicht sein. Nicht so ... als hätte man sie alle auf die Müllhalde geworfen. Und seinen Sohn auch ... Aber ich werde alles ändern! Ich werde ihn ihm zurückgeben ...«

»Wie Ihr wollt, Holde Kiewiza«, sagte der Dämon steif und ablehnend.

Sie gewann etwas Hoffnung. »Dann hilfst du mir?«

»Das steht nicht in meiner Macht.«

»Was dann?« Verärgert zerrte sie am Saum ihres hier so grässlich angemessenen seidenen Trauergewands – der üble Scherz gewann an Momentum! Die Hexe und der Dämon, die sich auf einem verlassenen Friedhof trafen, wie es seit Jahrhunderten Brauch war ...

»Wenn du mir nicht helfen willst, dann hau ab!«, schnappte die Kiewiza.

Sie hob das zerfledderte Buch auf und ging entschlossen davon. Das Grab zu ihrer Rechten war bis an die Spitzen der Umzäunung mit Friedhofsmüll gefüllt, wie ein Abfalleimer für alte Tafeln, Zweige, Bruchstücke von Grabsteinen, einen Frauenschuh, der auf rätselhafte Weise hierhergelangt war ...

Vielleicht das hier?

»Nein.«

Sie hörte Schritte hinter sich. Er kam ihr nach. In ihrer Brust stieg plötzlich hysterische Verzweiflung auf, überzogen von einer Schicht Hoffnungslosigkeit und von oben bestäubt mit Splittern gesunden Menschenverstands.

Wenn ich ihn nicht finde ... Wie kann ich dann zu Mischa zurückkehren?

Angespannt untersuchte sie jeden Meter mit den Blicken. Die linke Hälfte des Bajkow-Friedhofs galt als die »historische«. Aber die alten, vorrevolutionären Gräber mischten sich mit nicht ganz so alten zu einem wirren Durcheinander, und jedes dritte Grab war in einem mitleiderregenden, verfilzten Stadium der Verwahrlosung. Vielleicht zum ersten Mal fühlte Mascha die Unerträglichkeit des Gedankens, dass auch sie einmal sterben und es sich herausstellen würde, dass ihr Dasein, wie das Dasein all jener Tausende und Abertausende von Menschen, für niemanden auch nur im Geringsten von Bedeutung war und nicht den allerkleinsten Sinn hatte.

Wie hässlich mutete jedes menschliche Leben an, wenn man diese traurige Summe daraus zog – ein zugemülltes Grab, um das sich keiner mehr kümmerte.

»Interessante Vorstellung vom Sinn des Daseins«, kommentierte der Dämon, und Mascha, für die ihre Gedanken eine zutiefst intime Angelegenheit waren, zuckte zurück, als habe er sie ohne Vorwarnung an der Schulter gepackt. »Man müsste sich ein größeres Denkmal setzen.« Er zeigte auf einen massigen Grabstein, dessen behäbiger Marmorleib Zeit und Einsamkeit erdrückte. »Wie die Pharaonen. Die größten Grabmäler der Welt haben es geschafft, bei euch zu Kultstätten zu werden.«

»Nein«, widersprach Mascha. »Man müsste etwas Nützliches, Wichtiges tun.«

»Etwas Wichtiges? Nehmen wir den Generalmajor Bajkow, einen Helden des Krieges von 1812«, plauderte der Dämon im Ton eines weltläufigen Sophisten. »Der Kaiser belohnte ihn mit dem St.-Georgskreuz. Der Name ›Bajkow‹ wurde in die Wand der Erlöserkirche gehauen. Doch all das wurde zu Staub. Und die einzige Erinnerung an den Helden ist jetzt der Friedhof, der seinen Namen trägt. Ist das nicht komisch?«

»Nein!«, rief sie wütend. »Der Menschen muss man gedenken! Sie dürfen nicht einfach zu Erde werden. Sonst verliert alles den Sinn ...«

»Jedes Leben hat Sinn«, gab der Dämon zurück.

»Und wenn ein Kind mit zwei Jahren stirbt? Worin lag der Sinn von Sawwas Leben? Kannst du mir das sagen?«

»Ja. Erde zu werden.«

Er machte sich über sie lustig. Mascha verstummte.

Wowk. Kowal. Boltun. Kosin. Tussik. Chochmatsch ..., las sie sorgfältig. Wie schrecklich, dass lächerliche Familiennamen selbst nach dem Tod ihrer Träger noch lächerlich blieben.

»Wozu hast du drei von uns gebraucht?«, fragte sie nach einer langen Stille, einfach nur, um irgendwas zu sagen.

»Wozu hat Er drei gebraucht?« Er hob den Zeigefinger in die Luft.

»Aber worin liegt da der Sinn? Viktor Michailowitsch hat gesagt, die Recken, das seien Körper, Geist und Seele gewesen ...«

»Oder vielleicht Kraft, Kühnheit und Tugend? Wissensdurst, Lebenslust und Machthunger? Nutzen, Ehre und Ruhm? Ich weiß es nicht«, schloss er ohne großes Interesse. »Ich habe nur eine von euch auserwählt.«

Mascha blieb stehen und betrachtete ihn mit unwillkürlicher Neugier. »Wen?«

»Dich«, bekannte er ohne jedes Kompliment in der Stimme. »Du allein hättest als Erste in das Zimmer gehen können. Du hattest ganze fünf Minuten.«

»Warum ich?«, fragte sie.

»Aus dem einzigen Grund, dass ich dich damals gesehen hatte – bei Semadeni«, erklärte er höflich. »Ich hatte dich vor hundert Jahren gesehen, und damals warst du schon eine Kiewiza. Aber du hast an der Tür angehalten. Also wurdet ihr drei.«

Mascha erschauerte. »Und Kyllina? Hast du damals auch sie gesehen?«

»O weh«, gab der Nachtäugige widerwillig zu. »Ich wusste

nur, dass etwas nicht war, wie es sein sollte... Schon als man Adrian Viktorowitsch die Restauration der Kyrillkirche anvertraute, ahnte ich nichts Gutes. Etwas mit seiner Frau stimmte nicht. Viel zu spät erkannte ich, dass es gar nicht sie selbst war... Emilia Lwowna war nur ein Seitentrieb in der Linie der Kiewizen, und es war nicht ihre Schuld, dass hundert Jahre nach ihr eine Ururenkelin geboren werden würde, die ihr so sehr glich.«

Mascha keuchte in plötzlichem Verstehen auf. »Halt mal... Hat Kyllina die Geschichte geändert? Hätte etwa alles anders verlaufen sollen? Und Mischa hätte die Prachowa niemals gemalt? Er hätte sich nicht einmal in sie verliebt! Das war Liebespulver, ja?«

»Das werden wir jetzt niemals mehr erfahren«, resümierte der Dämon gleichgültig. »Denn wir wissen nur, was ist.«

Die Kiewiza stampfte mit dem Fuß auf. »Aber hättest du nichts ändern können?«

»Ich habe es versucht«, verteidigte er sich finster. »Ich wollte Nadeshda zu ihm schicken – seine spätere Frau Nadeshda Sabela. Sie hat hier in Kiew gelebt und am Institut für Höhere Töchter studiert. Sie sind täglich durch dieselben Straßen gegangen. Sie war gerade achtzehn Jahre alt geworden. Und hätte Michail Sanytsch sie acht Jahre früher getroffen, wäre das seine Rettung gewesen... Denn«, antwortete er auf ihre noch nicht ausgesprochene Frage, »wahre Liebe neutralisiert das Liebespulver. Aber ich kam zu spät.«

»Weil Emilia zu ihm gekommen war«, nickte Mascha. »Vor meinem Besuch. Emilia wollte ihm wirklich helfen. Nur nicht, wenn Kyllina von ihr Besitz ergriff. Adrian Viktorowitsch hat ja gesagt, dass seine Frau manchmal nicht sie selbst sei.«

»Tja«, nickte er mit schiefem Lächeln. »Prachowa war eine Frau, nicht mehr. Eine ebenso widersprüchliche und unberechenbare Frau wie später ihre Tochter. Wie ihr alle... Euch allen würde es doch gefallen, auf einer Ikone abgebildet zu sein. Und ihr alle liebt es, die Männer zu retten, die ihr ins Unglück getrieben habt. Und sie durch diese Rettung vollständig zu ruinieren.«

Mascha hielt seinem schwarzen Blick trotzig stand. »Ich habe niemanden ruiniert! Ich hätte ihn gerettet. Ich wäre bei ihm gewesen. Du kannst das immer noch möglich machen!« Flehend blickte sie in seine unergründlichen Augen. »Gib mir den Schlüssel zurück.«

»Nein!«, sagte er grob.

»Sie hat ihm das Leben vergiftet! Sein ganzes Leben lang hat er sie gemalt. Den ersten ›Dämon‹. Und den zweiten – den, den sein Vater beschrieben hat als ein ›garstiges, lüsternes, abstoßendes altes Weib‹! Mischa hat das Bild vernichtet. Wie auch das Porträt von Prachowa auf dem blauen Pferd. Und die zweite Madonna mit den Katzenkrallen, die er nicht lange nach der Kyrillischen gemalt hat. Aber er konnte nicht mehr zurück ... Er hatte erkannt, dass der Dämon ihm einen Namen machte. All seine Dämonen, das war sie! Und seine ›Muse‹, sein ›Frühling‹, sein ›Flieder‹ ... All diese rundäugigen, dicklippigen, dicknasigen Gestalten. Tausendmal ein und dasselbe Gesicht. Prachowa, Prachowa, Prachowa ... Nur, dass es nicht Prachowa war, sondern Kyllina!«

»Hör zu ...« Maschas Dämon beugte sich zu ihr herab, und plötzlich wurde seine kalte Stimme weich, menschlich. »Die Liebe beraubt einen Menschen seiner Kräfte, aber nicht seines Willens. Das, was ihr euren ›Dämon‹ nennt, ist nichts als die Wahl, die zu treffen ihr euch weigert.«

»Er hat es immerhin versucht. Er hat den ›Gestürzten Dämon‹ gemalt. Er hat versucht, seine Seele zu retten. Und was kam dabei heraus? Er hat den Verstand verloren, und seinen Sohn ... Deine Kyllina ist der Teufel! Der Teufel!«

Er grinste bitter und richtete sich wieder auf. »Jetzt ist sie es also? Ich dachte, du hättest das Wichtigste verstanden: Kyllina wollte ihrer Erde nichts Böses.«

»Ja, ja, weil das Böse nicht existiert«, erwiderte Mascha verächtlich.

»Weil das, was ihr als ›Böses‹ und ›Gutes‹ bezeichnet, viel zu oft die Plätze tauscht. Heute stellt ihr euren Zaren auf einen Sockel, und morgen werft ihr ihn als Sinnbild des Bösen wieder herunter und setzt den Dichter an seinen Platz, der für den Zaren das Böse dargestellt hat. Und bezahlt eure Rechnungen in einer Währung, für die ihr einst zwanzig Jahre lang ins Gefängnis gekommen wärt. Und seht es als gut an, Kirchen wiederaufzubauen, die ihr einst zerstört habt, weil ihr glaubtet, das sei gut für das Volk ... Und für manche war Perun, der Gott des Feuers, auf dessen Heiligtum Wladimir die erste steinerne Kirche bauen ließ, das Gute und Jesus ein Dämon.«

Mascha zuckte zusammen. »Jesus ein Dämon?«

»Kiew war eine heidnische Stadt«, erklärte der Dämon geduldig, »und Kyllina ist die Erbin der Kiewizen, für die der Feuerdrache der einzig wahre Gott war.«

»Sag mal, weißt du vielleicht«, in Mascha erwachte unversehens der geschichtswissenschaftliche Forscherdrang, »ist es wirklich so, dass Wladimir Russland das Christentum nur gebracht hat, um sich mit Anna von Byzanz vermählen zu können? Oder...« Verlegen verstummte sie.

Der Nachtäugige musterte sie mit einem langen, intensiven Blick, wie um ihre Tiefe auszuloten. Dann sagte er mit einem boshaften halben Lächeln: »Wenn ich dir mit ›ja‹ antworte, wirst du mir dann zustimmen, dass Gut und Böse nicht existieren? Und dass all euer ›Gutes‹ nur die Kehrseite des ›Bösen‹ ist?«

»Russland wurde mit Feuer und Schwert getauft«, erinnerte sich Mascha mit zusammengezogenen Brauen an das alte Klischee. Und »Feuer und Schwert« war hier ganz und gar nicht metaphorisch gemeint.

»Ja«, pflichtete der Dämon bei, »ihre Kreuze hatten sich schon lange in Schwerter verwandelt, ehe Dobrynjas Schwert geschmiedet wurde. Doch was nützen ihnen all ihre Kreuze und Gotteshäuser, wenn in ihren Herzen nicht jener Glaube ist, um dessentwillen sie Kriege führen? Als Dobrynja auf Wladimirs Befehl hin das Schwert schmiedete, um den Lindwurm zu bekämpfen, wusste Marina, dass er verloren war. Dass er sterben würde. Und wenn sie ihm zum Sieg verhelfen würde, würde ihre Stadt ihre bisherige Macht verlieren.«

Neugierig beugte Mascha sich vor. »Die Hexe Marinka? Dobrynjas Geliebte?«

»Eine Kiewiza und seine Gemahlin«, korrigierte er respektvoll. »Auf heidnische Weise, nicht vor Gott.«

»Und wie hat sie sich entschieden?« Unerwartet stockte ihr der Atem. »Für die Liebe? Natürlich, sonst hätte –«

»Nein«, schnitt er ihr scharf das Wort ab. »Für die Wahrheit.«

»Also gibt es eine Wahrheit?«

»Die Wahrheit liegt in der Mitte«, verkündete er mit einer Feierlichkeit, die sie nicht verstand.

»Die Waagschalen? Die Byzantinerin! Ist das Marina?«

»So hat sie es gewollt«, bestätigte Maschas Dämon. »Ihr Gemahl bändigte die alte Kraft mit dem Kreuz. Und darüber wurde eine Kirche gebaut. Und noch viele weitere Kirchen ...«

»Weil Kirchen immer da gebaut werden, wo etwas Böses versiegelt werden muss«, zitierte Mascha.

»Weil die Wahrheit einer Kirche ähnlich ist, die ihren Sinn verliert, wenn man sie des Himmels beraubt, und einstürzt, wenn man ihr die Erde nimmt, auf der sie steht. Selbst eine Kirche kann nicht ohne Erde sein ...«

»Und das Gute nicht ohne das Böse?«

Zweifelnd rieb sich Mascha die Stirn. Sie standen auf einer Weggabelung, neben einem Pfeil, der zum Grab von Lesja Ukrainka wies, das ganz unscheinbar zwischen all den anderen, unbekannten stand, die schon längst mit Unkraut überwuchert waren. Wieder musste Mascha an Sawwa Wrubel denken und konnte sich kein »Gutes« vorstellen, mit dem sie auf befriedigende Weise den Tod eines zweijährigen Kindes hätte vereinbaren können.

»Nein, so ist das irgendwie nicht richtig. Muss man es einfach akzeptieren? Akzeptieren, dass das Böse sein muss? Dass es seinen rechtmäßigen Platz hat?«, sagte sie unglücklich vor sich hin.

»Dass es nicht existiert.«

»Und doch existiert es.« Verstört ließ sie sich neben einem Grabstein aus weißem Marmor auf die Erde sinken.

Jelena Ossiewna Garnowitsch.
Gest. den 8. Nov. 1916, im 22. Lebensjahre.

Dieses Mädchen war so alt gewesen wie sie jetzt. Ihre Eltern hatten vermutlich ebenso geweint wie der arme Mischa …

»Was glaubst du denn, wie deine Angehörigen sich fühlen würden, wenn du im Jahr 1884 bleiben würdest?« Er las schon wieder ihre Gedanken.

Darüber hatte sie überhaupt nicht nachgedacht. »Meine Angehörigen?«

»Und soweit ich mich an eure dehnbaren Wahrheiten erinnere«, fuhr Maschas Dämon amüsiert fort, »gilt Ehebruch immer noch als böse. Und du bist einfach hingegangen und hast den Mann der unglücklichen Nadeshda Iwanowna Sabela dazu gebracht, sie zu betrügen …«

»Aber Mischa ging es nicht gut! Sie hatte ihn verlassen. Er war allein! Sein Sohn war gestorben! Er hätte die Nacht nicht …«

Er grinste. »Und so hat sich deine Sünde zur guten Tat verkehrt?«

»Nein, das nicht!« Gekränkt wandte sie sich ab. In diesem Licht hatte sie ihre Tat noch nicht betrachtet, sie hatte nur das Beste gewollt, ihn trösten …

Ihr Gefährte ließ sich neben ihr auf dem Gras nieder.

»Seltsam«, sagte Mascha nach einer langen, schweren Pause. »Alle Märchen erweisen sich als wahr, wenn man sie nur zu lesen weiß. ›Marinka hat Dobrynja mit dem Lindwurm betrogen‹ … Logisch. Vom Standpunkt der Christen aus, die viele hundert Jahre später die Bylinen niedergeschrieben haben, war die Treue zum Heidentum ein Verrat. ›Der Lindwurm hat Frauen geraubt‹ – das bedeutet: nach der Taufe der Kiewer in der Potschajna, das heißt nach dem ersten Sieg Dobrynjas über den Lindwurm am Flüsschen Potschaj, als Dobrynja ihm im Austausch gegen das Versprechen, ›auf ewig Frieden zu halten‹, das Leben schenkte, wurden dem Feuerdrachen noch immer Menschenopfer gebracht. Auch die Nichte des Fürsten sollte geopfert werden … Und ›Dobrynja, der Einzige, der Ilja besiegen konnte‹, der ihn ›besiegte, aber nicht vernichtete, sondern mit ihm das Kreuz tauschte und zu seinem Bruder in Christo wurde‹, ist auch übertragen gemeint. Ilja – das ist die Kraft der Erde! Und Dobrynja versuchte, das Heidentum mit dem Christentum zu versöhnen. Heidnische Bräuche mit dem orthodoxen Glauben. Das Kupalofest mit Johannes dem Täufer. Sich selbst mit Marina …«

»Doch manche konnten sich nicht damit abfinden.«

Kowaljowa seufzte. »Kyllina. Und ihre Großmutter. Und ihre Urururur…«

»Seit jener Zeit haben viele von ihnen ihren Lebenssinn darin gesehen, die einstige Macht wiederherzustellen, das ›Böse‹ des Christentums auszumerzen, das ihre Stadt unterjocht hatte. Und haben ihren Ahnherrn verflucht, der den Glauben seiner Väter verraten hatte, und Marina, die sie ihrer früheren Kraft beraubt hatte. Einer viel zu großen Kraft, um sie nicht zu begehren.«

Wieder seufzte Mascha. »Ja, natürlich.«

»Was du hier mit ›ja, natürlich‹ abtust«, erklärte er sarkastisch, »ist nichts im Vergleich zu dem, was du noch nicht die Gelegenheit hattest kennenzulernen. Wer in der Lage ist, durch seine Kraft die Erde zu beherrschen, hält die Welt in den Händen.«

Düster überlegte Mascha, was er mit »Erde« meinte. Und begriff: alles. Das Wasser, die Luft, die Ernte und den Fischfang, das Feuer, das auf ewig in ihren Tiefen brannte. Und das zum Archetypen der feurigen Hölle geworden war.

Die Höhle des Lindwurms war so tief, dass man sagte, sie reiche bis in die Hölle hinunter.

Erstaunlich, dass die Menschen schon so früh von der Hölle gewusst hatten, lange bevor die Anatomie der Erde Eingang in die Lehrbücher fand.

»Derjenige, der den wahren Herrn dieser Erde in Bande warf, hat ihn durch unzählige Barrieren dort dringehalten. Aber Kyllina hat sie alle der Reihe nach überwunden«, sagte der Dämon.

»Die Kyrillkirche wurde entheiligt, das Schwert in der Lawra begraben. Nur eins hatte sie nicht bedacht: dass Prachow es vorher Wasnezow zeigen würde«, schloss Mascha nachdenklich.

»Und dass dieser die Kraft haben würde, ihr zu widerstehen«, setzte er hinzu.

Sie stutzte. »Halt! Willst du sagen, dass Wasnezow auch …? Sie war bei ihm? Auch mit einem Liebespulver?«

»Was denn«, grinste er, »Kyllina war auch nur eine Frau ...«

»Sie war eine Hexe, eine Heidin! Ja, ist nicht die Liebe selbst heidnisch? Heidnisch ist die Liebe, die in der Lage ist, Haus und Herd zu zerstören, sich über Pflicht und Ehre zu erheben ...«

Also hatte Viktor Michailowitsch genau gewusst, wovon er sprach! Und nicht umsonst hatte er sich Dobrynja zum *alter ego* gewählt.

»Ich wünschte, ich wäre ebenso fest in meinem Glauben ... Dabei war seine schöne Marinka sicherlich genauso reizend wie ...«

Prachowa!

Prachowa!

Prachowa!

Nur, dass die echte Prachowa damit absolut nichts zu tun hatte – es war Kyllina.

»Die Liebe kann einen Menschen seiner Kräfte berauben, aber nicht seines Willens«, wiederholte Maschas Dämon. »All eure Dämonen existieren nur in eurem Innern. Von allein haben sie keine Macht. Und die Liebe, welcher Art sie auch sein mag, bringt nur das an die Oberfläche, was in eurem Innern schlummert.«

Mascha erschauerte – denn aus ihren Tiefen stieg ein lange vergessenes Gefühl auf. »Aber Mir? Mir Krassawizki? Er hat sich vors Auto geworfen. Das heißt ...«

»Das heißt«, bestätigte ihr Gegenüber ruhig, »in der Tiefe seiner Seele hatte er Angst, wieder zu dem zu werden, der er vorher war.«

»Und mich zu töten. Und um das zu verhindern ... Also war er gar nicht wirklich schlecht?«

Der Dämon verzog demonstrativ das Gesicht.

»Ja, ja, ich weiß schon«, sagte Mascha schnell. »Aber was war mit dir? Warum hast du Kyllina nicht früher aufgehalten? Du wusstest doch alles! Du hast es sogar schon vor hundert Jahren gewusst. Warum hast du sie nicht aufgehalten, bevor sie Mir ins Verderben gestürzt hat? Ihm Rita und Kolja zugespielt ... Und Sawwotschka! Zwei Jahre alt ... Er ist doch nicht daran schuld, dass sein Vater ...«

»Verrückt war.«

»Nein!«

»Du wirst es ohnehin in einem deiner Bücher lesen«, meinte der Dämon beschwichtigend. »Wrubels Großvater väterlicherseits war Alkoholiker, der mütterlicherseits auch schon wahnsinnig. Sawwa Wrubel war mit einer Hasenscharte geboren worden. Er hatte keine Chance …«

»Er war gesund und munter, bis er nach Kiew kam!«, protestierte sie. »Und ich glaube nicht mehr an Zufälle!«

»Gewiss doch, Holde Kiewiza«, lächelte er. »Nichts ist zufällig. Weder das Werbeschildchen, das du durchs Autofenster siehst. Noch der Balkon, an dem du dich gerade im rechten Moment festhalten kannst. Noch der Stein, der plötzlich auf jemanden fällt, der dir etwas antun will. Noch ein verlorener Schlüssel oder eine Decke, die einstürzt …«

»Der Stein ist auf den Gestreiften gefallen«, versuchte die Kiewiza ihm zu folgen, »als er mich … Und die Decke? Die Decke ist über Kyllina eingestürzt!«

»Weil niemand in der Lage ist, das Leben einer Kiewiza gegen ihren Willen zu nehmen. Selbst wenn sie die Grenzen zwischen Licht und Schatten nicht einhält. Das kann niemand tun als …«

»Als?«, fragte Mascha gebannt.

Ihr Dämon runzelte die Stirn. »Ich fürchte, wenn ich dir antworte, wirst du denjenigen, den du mehr lieben solltest als dein Leben, nicht lieben können.«

»Meinst du da möglicherweise dich selbst?«, mutmaßte sie mit bitterem Sarkasmus.

»Nein«, entsagte er kalt ihrer Liebe. »Ich spreche vom Vater. Kiew. Kiew, das euch auf den Andreasstieg geführt hat. Das dich beschützt hat, als dir Unheil drohte. Das mit dir gesprochen hat. Auch wenn du es nie gehört hast …«

»Kiew? Die Stadt selbst hat Kyllina ermordet?« Mascha wurde kalt. »Unser Kiew? Und Mir? Er ist ausgerutscht!«, stammelte sie. »Er hat den Trank getrunken, nachdem von der Höhlendecke Staub herunterkam … War das die Stadt? Ist Kiew – lebendig?«

»Der Vater hat dich gerettet«, sprach der Dämon hoheitsvoll. »Wäre er nicht gewesen, wärst du jetzt tot. Du selbst hast Mir von dem schrecklichen Ritual erzählt. Davon, warum Kyllina die Dritte hätte sein sollen. Weil die Dritte eine Kiewiza sein muss. Und wer noch hätte diese Bedingung hervorragend erfüllt? Wer hat den Satz ›Wenn es sein müsste, würde sie für mich sterben‹ ganz fest mit ›Würde ich‹ beantwortet? Mehr als alles andere fürchtete ich deine Liebe zu ihm. Eine Liebe, die dazu neigte, zu viele Zugeständnisse zu machen. Aber zum Glück war ich nicht der Einzige, der deine Liebe fürchtete ...«

»Meine Liebe? Der Schlüssel!« Mascha schwirrte der Kopf. »Die Stadt hat mir den Schlüssel genommen!«

»Der Vater konnte dich keinem Mann überlassen«, sagte er streng. »Kiewizen gehören nur ihrer Stadt an. Und die Stadt brauchte deine Hilfe.«

»Hat *Kiew* Mischa sein einziges Kind genommen? Als Strafe für ...«

»Du weißt selbst«, schnitt Maschas Dämon ihr stählern das Wort ab, »dass das, was heute geschehen ist, seine eigene Schuld war.«

»Aber wenn mir erlaubt worden wäre, dortzubleiben, wäre überhaupt nichts geschehen! Ü-ber-haupt-nichts!«, rief sie, jede Silbe betonend. »Das, was heute passiert ist, auch nicht! Kiew wäre nicht in Gefahr gewesen! Warum dann das? Etwas so Schreckliches? Sein Sohn, die Stimme seiner Frau ...«

»Sein Leben.«

Sie erstarrte. »Sein Leben?«

»Du hast doch darum gebeten, dass der Vater es ihm lassen möge«, sagte der Nachtäugige. »Und der Vater hat es dir geschenkt. Er wird wieder genesen. Und leben. Sein Dämon wird ihn verlassen. Aber sein Genius auch ...«

Hastig öffnete Mascha das zerfetzte Buch, um seine Worte anhand der unumstößlichen Geburts- und Todesdaten des Künstlers zu überprüfen: 1856–1910. »Mischa wird noch sieben Jahre leben.«

»Weil du ihn liebst«, sagte der Dämon.

»Weil ich ...« Maschas Herz sank.

Er würde leben – das war gut.

Aber Ehebruch war ziemlich schlecht.

Der Genius – das war das Gute. Der Dämon das Schlechte.

Der an sich böse Liebestrank hatte das Gute in Mir zum Vorschein gebracht. Und die Stadt hatte Mir getötet, weil es ihr für sie das Beste schien. So wie Kyllina Menschen getötet hatte, um Kiew Gutes zu tun, das wiederum sie getötet hatte, weil ihr Gutes nicht mehr mit seinem Guten übereinstimmte.

»Ich weiß nicht, ob du jetzt verstehst oder überhaupt irgendwann verstehen wirst. Aber von heute an seid ihr drei auserwählt, zwischen Licht und Schatten zu stehen, im Wissen, dass es auf der Welt keine Wahrheit gibt als die Balance«, sagte der Dämon, und aus seinem Ton hörte Mascha trauriges Mitgefühl heraus.

»Der Schlüssel.« Sie sank auf die Knie. »Gib mir den Schlüssel, bitte, um ... ich weiß nicht um wessentwillen. Aber gib ihn mir! Sonst ... sonst zünde ich diese Stadt an! Das vergebe ich ihr nicht. Das kann ich einfach nicht. Hörst du?«, rief sie, und ihr Blick irrte über die Kronen der Friedhofsbäume. »Ich vergebe dir Sawwas Tod nicht! Und dass du uns getrennt hast. Dass ich dir einfach egal war!«

»Holde Kiewiza, worum bittest du?«, fragte der Dämon streng. »Um den Schlüssel zum November 1884? Oder um das Leben seines Sohnes?«

»Aber ...« Sie verstummte.

Denn plötzlich erkannte sie: im Verlangen, *alles* wieder in Ordnung zu bringen, bedachte sie nicht, dass, wenn ihr das Erste gelänge, das Zweite gar nicht eintreffen würde! Wenn sie bei ihm blieb, im Frühwinter des Jahres 1884, statt der um einen Tag und acht Jahre verspäteten Nadeshda Sabela, würde er keinen Sohn namens Sawwa bekommen, und wenn sie ihm den geliebten Sohn Sawwa zurückgab, dann in einem Dasein, in dem sie nicht zu ihm zurückgekehrt war.

Doch wenn er den Sohn gar nicht bekommt, was macht es dann, wenn er stirbt? Das heißt, er wird gar nicht sterben, weil es ihn nicht geben wird! Mischa und ich werden ganz andere Kinder haben!

Aber... Das Problem war, dass es Sawwa schon gegeben hatte. Und dass das, was vor drei Stunden geschehen war, nicht mehr zu einer abstrakten Zukunft in der Konditorei Semadeni werden konnte. Und »andere Kinder« waren eine schrecklich abstrakte Sache. Mischa hatte schon einen Sohn gehabt. Und der war tot. Und das war falsch, ungerecht... Schlecht. Böse.

»Den Sohn«, sagte sie kaum hörbar.

»Oder den Schlüssel?«

»Papa und Mama werden wahnsinnig werden«, murmelte sie kläglich.

»Den Sohn oder den Schlüssel?«

»Mischa hat seine Frau geliebt und war glücklich mit ihr. Und als er es nicht mehr war... er hat es selbst gewählt. Er wurde zu einem Genie.« Sie weinte fast, weil sie schon wusste, dass ihre Wahl unverrückbar feststand und die Frage nur noch eine rhetorische war.

Der, der ihr den Schlüssel genommen hatte, hatte von Anfang an gewusst, was sie wählen würde.

»Doch Sawwa hatte gar keine Wahl. Er ist nicht schuld. Er hatte den Tod nicht verdient!«

»Es gibt keinen Tod«, erinnerte der Dämon sie müde. »In der Natur existiert er nicht.«

»Und was ist dann das hier?« Sie deutete auf das weißmarmorne Grab Jelena Ossiewna Garnowitschs.

»Das sind euer Egoismus, eure Angst und eure Nichtigkeit«, sagte er. »Ihr liebt euer Ich zu sehr. Und baut euch Grabmäler, um wenigstens die Erinnerung daran zu behalten, und weint, wenn man sie einebnet, weil es nichts Schlimmeres für euren Hochmut gibt als den Gedanken, dass ihr Futter für die Würmer werdet. Aber Kyllina hat die Wahrheit erkannt... Der Uroboros.« Er nickte zu ihrem Hals hin. »Die Schlange, die sich selbst in den Schwanz beißt. Das Symbol der Unsterblichkeit der Natur, die sich auf ewig selbst verschlingt, tötet und aufs Neue gebiert. In ihr ist alles im Gleichgewicht, und es gibt keinen Tod – denn dieser wird zu Erde, Würmern, Feuer… Allein ihr Menschen habt euch von der Großen Mutter gelöst. Ihr habt euch den Tod ausgedacht, weil die Unsterblichkeit unter eurer Würde ist!«

… *und alles Fleisch, es ist wie Gras*, flog ihr durch den Kopf.

»Kyllina wurde zu Kraft. Zu Feuer«, sagte sie langsam mit unwilligem Respekt. »Aber zu was wurde der kleine Sawwa Wrubel? Zu einem Wurm, den ein Fisch aß, den ein Mensch aß … Zu einem Zweig, aus dem man eine Leier machte?«, fragte sie mit einem Blick auf den Wegweiser zu dem Grab Lesja Ukrainkas, deren Heldin Mavka einst so verwandelt worden war… und die selbst zu nichts geworden war als zu einem Grabstein. »Nein, das tröstet mich nicht.« Sie bedeckte die Augen mit der Hand. »Ein menschliches Leben ist ein menschliches Leben. Und die Stadt hat das Leben seines Kindes genommen …«

»Das hat sie«, bestätigte der Dämon ernst. »Und wie hast du dich entschieden? Du wählst das Leben seines Kindes?«

»Seines Kindes?«, fragte Mascha nervös nach. »Sawwa Wrubel? Kann ich das denn wirklich?«

»Sawwa Wrubel, wenn du das willst.« Er neigte den Kopf.

Sie sprang auf die Füße. »Zeigst du mir sein Grab?«

»Warum unter der Erde suchen, was über der Erde ist?«

»Ist sein Sohn am Leben?«, fragte Mascha ungläubig.

»Seiner und deiner.«

Da begriff sie. »Oh Himmel! Aber das geht nicht! Ich … Was sage ich Mama? Dass ich schwanger bin, von einem … einem Toten? Und woher weißt du das überhaupt? Ooooh …«

Mit fiebrigen Bewegungen zog Mascha den Spiegel aus der Tasche und hielt ihn vor die Augen. Und sah: in der Tiefe ihrer Pupillen brannten zwei winzig kleine rote Flammen.

Die Legende von meiner Stadt

Tatsächlich weiß kein Mensch, wie alt Kiew wirklich ist.

Diese Erkenntnis traf mich wie ein Schlag, als ich in die Geschichte der Stadt eintauchen wollte. Ich erinnere mich daran, wie Kiew in meiner Kindheit mit Pomp und Prunk seinen 1500. Geburtstag feierte. Damals ahnte ich nicht im Entferntesten, dass dieser verdächtig runden Zahl im Geheimen die geschmeidige Formulierung »nach allgemeiner Übereinkunft« voranging, und dass sich auf diese »allgemeine Übereinkunft« Kiews ganze Geschichte aufbaut, die bei genauerer Prüfung nur aus einer unendlichen Zahl verschiedener Varianten besteht.

Archäologischen Zeugnissen zufolge ist Kiew 6000 Jahre alt. Einer anderen Beweisführung nach erst 1300. Wieder andere Stimmen setzen seine Gründung um Christi Geburt an. Üblicherweise wird behauptet, dass die erste Stadt von Kij gegründet wurde. Aber niemand weiß mit Sicherheit, ob Kij wirklich existiert hat. Wer er war – ein Fürst oder ein Fährmann über den Dnjepr –, weiß auch niemand (»nach allgemeiner Übereinkunft« ein Fürst). Das einzige historische Zeugnis für Kijs Existenz ist die Nestorchronik. Aber niemand weiß, welcher Quellen Nestor sich bediente (»nach allgemeiner Übereinkunft« sind sie verlorengegangen). Und er selbst, der im 12. Jahrhundert lebte, war nie und nimmer ein historischer Zeitzeuge, umso weniger, da er nach anderen Forschungen ganze fünfhundert Jahre später lebte!

Und von was für einer Wahrheit kann man überhaupt sprechen bei Dingen, die sich vor tausend Jahren ereigneten, wenn schon Zeugnisse, die nur ein Jahrhundert überbrücken müssen, einander widersprechen? Absolut handfeste Tafeln, die heute an den Häusern Wasnezows und Wrubels hängen, lügen uns dreist ins

Gesicht. Absolut moderne Historiker tun nichts als untereinander streiten, und die Geschichte wird vor unseren Augen ständig nach der Mode der sich wandelnden Zeit zurechtgeschnitten.

Und bei der ersten, hundertundersten oder tausendsten Variante kommt dir plötzlich die wunderbare Erkenntnis: Die Geschichte ist auch nur ein Märchen! Ein Märchen für Erwachsene, das in der Schule wie eine Wissenschaft unterrichtet wird. Aber mit Wissenschaft hat es nicht viel mehr gemein als die Alchimie.

Wahrscheinlich ist die Sage von Kij und seinen Brüdern genauso eine Legende wie der Lindwurm in den Höhlen unter Kiew. Wie die fünf Kahlen Berge Kiews, zu denen alle slawischen Hexen fliegen, um die Johannisnacht zu feiern (die »nach allgemeiner Übereinkunft« hier immer noch als Sommersonnwende gilt, obwohl alle wissenschaftlichen Kalenderdaten dem widersprechen). Und die tausend Varianten, Quellen, Falsch- und Neuinterpretationen sind nichts als tausend Legenden der Großen Stadt, aus denen jeder von uns das Recht hat, diejenige auszuwählen, die zu seinen Vorstellungen und Wünschen passt.

Mein Mischa Wrubel hat eben schon zwei Jahre früher in dem Haus bei der Andreaskirche gewohnt als der echte Michail. Was soll's, die dort hängende Tafel behauptet das Gleiche wie ich und hat diese Legende so unverrückbar in die Welt gestellt wie die Zehn Gebote! Und was soll's, wenn man von der Alexej-Insel gar nicht zur Metrobrücke kommt und man hinter der Kyrillkirche lange nach einem Einstieg in die Höhlen suchen kann ... Wie schrieb Arthur Conan Doyle in seinen Memoiren? *»Einmal merkte mein Lektor an: ›An dieser Stelle gibt es kein zweites Eisenbahngleis‹, worauf ich antwortete: ›Bei mir schon.‹«*

Also ist dieser Roman meine persönliche Legende über meine, und ausschließlich meine, persönliche Stadt!

Lada Lusina

Ich danke von ganzem Herzen meiner lieben Freundin und wichtigsten Beraterin beim Schreiben dieses Buches – der ›Kleinen Enzyklopädie des Kiewer Landes‹ von Anatoli Makarow

Glossar

Aljoscha Popowitsch (»Sohn des Popen«): sagenhafter Ritter, einer der ›Drei Recken‹

Andreas »der Erstberufene«: im slaw. Raum gängiges Attribut des Apostels Andreas

Antschutka: volkstümlicher Name für den Teufel, ursprüngl. ein Wasserdämon

Asasello, Behemoth: zwei Helfer des Teufels in Michail Bulgakows Roman ›Der Meister und Margarita‹

Babi Jar: Schlucht bei Kiew, in der 1942 Zehntausende Juden von der deutschen Besatzung ermordet wurden

Banja: russische Sauna

Bibikow, Dmitri Gawrilowitsch: 1837–1839 Generalgouverneur von Kiew, verlor im Krieg gegen Napoleon den linken Arm. Der nach ihm benannte einstige Bibikow-Boulevard heißt heute Schewtschenko-Boulevard.

Bolgatur: edler Wein von einem Gut auf der Krim

Brut, Choma: Held der Erzählung ›Der Wij‹ von N. Gogol

Bulgakow, Michail Afanassjewitsch (1891–1940): russ. Schriftsteller. Werke u. a.: ›Die weiße Garde‹ (1924), ›Der Meister und Margarita‹ (1939)

Bylinen: Sammelbegriff für die mittelalterlichen russischen Heldenlieder

Carcel'sche Öllampe: sparsame Öllampe mit Uhrwerk, erfunden Anfang des 19. Jh.

Cherson: ukr. Stadt am Dnjepr-Delta

Choriw: einer der Gründer Kiews

»Deine Zunge bringt dich bis nach Kiew«: Redensart, etwa: »Mit Fragen kommt man weiter«

Eber: In der russischen Literatur hat es Tradition, dass Männer von Hexen in Eber verwandelt werden, z. B. bei Gogol oder in ›Der Meister und Margarita‹

fersenlos: In russischen Märchen hat der Teufel keine Fersen, weil der Wolf sie ihm abbiss

»Foma Stanislawski«: 1.) Foma = russ. Thomas: der ungläubige Thomas (bibl.) 2.) Oberstleutnant Stanislaw J. Petrow glaubte am 26.09.1983 nicht, dass ein gemeldeter nuklearer Angriff Amerikas tatsächlich stattfand, und initiierte keinen Gegenschlag. Er hatte recht.

Glière, Reinhold (1874–1956): ukr.-sowjet. Komponist, geb. in Kiew

Gogol, Nikolaj Wassiljewitsch (1809–1852): russ. Schriftsteller ukrain. Herkunft

Goldenes Tor: rekonstruiertes Stadttor, original erbaut 1024

Griwna (Hrywnja): ukr. Währung

Härtezeichen ъ: seit der Rechtschreibreform 1917 im Russischen nur noch selten verwendetes stummes Zeichen der kyrillischen Schrift

Höhlenkloster: gegr. um 1050, s. a. »Lawra«

Ikonostase, die (auch: Ikonostas, der): Bilderwand vor dem eigentlichen Altarraum in orthodoxen Kirchen

Ilja Muromez: sagenhafter Ritter, einer der ›Drei Recken‹

Jaroslaw der Weise (ca. 979–1054): Sohn Wladimirs, sein Nachfolger als Großfürst von Kiew

Jaroslawswall: Geschäftsstraße direkt beim Goldenen Tor

Johannisnacht: russische Bezeichnung »Iwan Kupala« (von Johannes dem Täufer und dem altslawischen Wassergott Kupalo). Feiertage werden in der orthodoxen Kirche nach dem Julianischen Kalender bestimmt, d. h. sie werden in der Regel 13 Tage später begangen als im westlichen Europa – Johannis am 7. Juli

Kadetten- oder Schuljawski-Hain: Wäldchen, in dem ausgelassene Walpurgisnachtfeiern stattfanden, bis dort um 1850 eine Kadettenanstalt gebaut wurde

Kaschpirowski, Anatoli (*1939): russ. Wunderheiler, populär v. a. Anfang der 1990er Jahre

Kiewer Rus: Bezeichnung für das mittelalterliche Russland mit Hauptstadt Kiew

Kij: einer der Gründer Kiews

Kosatsch, Larissa: s. »Ukrainka, Lesja«

Krada: niedriges radförm. Johannisfeuer, auf dem eine Strohpuppe (in heidnischer Zeit »Jarilo, Gott des Frühlings/der Fruchtbarkeit« bzw. in christlicher Zeit »eine Hexe«) verbrannt wird

Krassawizki: russ. *krassawtschik*: Schönling

Kreschtschatik: große Kiewer Geschäftsstraße

Kreschtschatik-Platz: der heutige Unabhängigkeitsplatz

Kupalez: hohes Johannisfeuer zum Darüberspringen

Kursistin: Bezeichnung für die ersten Studentinnen in Kiew

LaVey, Anton Szandor (1930–1997): amerikanischer Okkultist, gründete in den 60er Jahren in Kalifornien die »Church of Satan«

Lawra: großes russ.-orthodoxes Kloster mit besonderem Status und Befugnissen (z. B. die Petscherskaja Lawra, das »Höhlenkloster« in Kiew)

Lermontow, Michail (1814–1841): russ. romantischer Dichter

Lukanka: volkstümlicher Name für den Teufel, etwa »Schalk«

Maseppa (auch: Mazeppa, Masepa), Iwan (1644–1709): ukrainischer Kosakenanführer (Hetman), versuchte die Unabhängigkeit von Russland und Polen zu erreichen

Matrjoschka: ineinanderfügbare bemalte weibliche Holzpuppen

Metropolit: orthodoxer geistlicher Würdenträger zwischen Bischof und Erzbischof

Michaelskloster, Goldbedecktes: gegr. im 12. Jh., unter Stalin gesprengt, in den 90er Jahren wieder annähernd original rekonstruiert

Mischa: Koseform von Michail

Morosow, Pawlik (1918–1932): Junge, der seinen Vater an die sowjetischen Autoritäten verriet und dafür von seiner Familie getötet wurde; in sowj. Zeit glorifiziert, inzwischen negativ gesehen

Nesterow, Michail Wassiljewitsch (1862–1942): russ. Maler des Symbolismus

Nesterow, Pjotr (1887–1914): russ. Pilot u. Flugzeugkonstrukteur, flog 1913 in Kiew als Erster einen Looping

Nestor: Mönch im Kiewer Höhlenkloster, bearbeitete um 1113 die sog. ›Nestorchronik‹, eine der wichtigsten Quellen der frühmittelalterlichen Geschichte Russlands

Olesha: Koseform von Oleg

Patriarchatskirche: Kirche, der ein Patriarch (Oberhaupt eines Verbands von Bistümern) vorsteht

Paustowski, Konstantin (1892–1968): russ. Journalist u. Schriftsteller, studierte in Kiew gemeinsam mit M. Bulgakow

Pawlow, Iwan Petrowitsch (1849–1936): russ. Mediziner u. Physiologe, erarbeitete Grundlagen der Verhaltensforschung

Perun: altslaw. oberster Gott des Himmels und der Höhe

Petschorin, Grigori: Protagonist des Romans ›Ein Held unserer Zeit‹ von Lermontow, Musterbeispiel des egoistischen postromantischen literarischen Helden Russlands

Podol: alte Unterstadt (Händlerviertel) am Dnjepr

Potschajna: rechter Zufluss des Dnjepr

Prachow, Adrian Viktorowitsch (1846–1916): russ. Kunsthistoriker u. Archäologe

Pud: alte russ. Gewichtseinheit, 1 Pud = ca. 16,4 kg

Pugatschowa, Alla (*1949): russ. Sängerin

Ranewskaja, Faina (1896–1984): legendäre russische (v. a. komische) Schauspielerin

Repin, Ilja (1844–1930): russ.-ukr. Maler des Realismus

Rus: s. Kiewer Rus

russische Sprache: in der sowjetischen Ukraine offizielle, seit der Unabhängigkeit eher gemiedene Sprache

Sanytsch: familiäre Kurzform von Alexandrowitsch
Sascha: Koseform von sowohl Alexander als auch Alexandra
Sashen: altes Längenmaß, 1 Sashen = ca. 2,134 m
Schewtschenko, Taras (1814–1861): bekannter ukrainischer Dichter
Schtschek: einer der Gründer Kiews
»Seltsames« Haus: Elternhaus M. Bulgakows, Haus der Turbins in der ›Weißen Garde‹
Sergejitsch: familiäre Kurzform von Sergejewitsch
Susanin, Iwan: legendärer Volksheld, führte Feinde Russlands in die Irre; »Voran, Susanin!« wird ironisch für jemanden gebraucht, der fälschlich behauptet, einen Weg zu kennen
Tjutschew, Fjodor (1803–1873): russ. Dichter
Tretjakow, Pawel (1832–1898): russ. Kaufmann und Kunstmäzen
Tschub: Name eines reichen Kosaken und dessen Töchterlein aus N. Gogols Erzählung ›Die Weihnacht‹, aus dem Zyklus ›Abende auf dem Vorwerk von Dikanka‹
Turbin, Alexej und Nikolaj: Protagonisten des Romans ›Die Weiße Garde‹ von M. Bulgakow, s. a. »seltsames« Haus
Ukrainka, Lesja (1871–1913): ukr. Dichterin, eigentl. Larissa Petrowna Kosatsch
Uroboros (griech.): sich in den Schwanz beißende Schlange; Symbol der Ewigkeit
Voland: Name des Teufels in Bulgakows ›Der Meister und Margarita‹
Wasja: Koseform von Wassili und Wassilissa
Wasnezow, Viktor Michailowitsch (1848–1926): russ. Künstler, malte v. a. mythologische und religiöse Themen
Die weise Wassilissa: russ. Märchenhexe, wunderschön und klug
Werst: altes russ. Längenmaß, 1 Werst = ca. 1 km
Wladimir Monomach (1053–1125): Kiewer Großfürst
Wladimir (Wolodymyr) »Schöne Rote Sonne« Swjatoslawowitsch (ca. 956–1015): »Wladimir der Große«, erster christlicher Herrscher der Kiewer Rus, wird als Heiliger verehrt
Wladimirhügel: Park mit Wladimirstatue (2. Hälfte 19. Jh)
Wladimirkathedrale: erbaut ca. 1882–1890
Wojewode: Fürst im Rang eines Herzogs
Wrubel, Michail Alexandrowitsch (1856–1910): russ. Maler des Symbolismus
Wydubizker Kloster: Kloster bei Kiew, gegr. um 1070
Zehntkirche: wurde von Fürst Wladimir um 996 aus den Einnahmen des Zehnten erbaut, beim Einfall der Tataren 1240 zerstört, im 19. Jh. wiederaufgebaut und unter der Sowjetregierung endgültig zerstört